新　潮　文　庫

ボヴァリー夫人

フローベール
芳川泰久訳

新　潮　社　版

10254

ボヴァリー夫人

地方風俗

パリ弁護士会会員
元下院議長
元内務大臣
マリー＝アントワーヌ＝ジュール・セナールに

高名にして親愛なる友よ、

本書の巻頭に、まさに献辞に先立ってあなたの名前を記させていただきたい。なによりもあなたに、本書の出版は負うところが大なのですから。あなたの見事な弁護を経て、私の作品はこの私自身にとっても思いがけない権威のようなものを獲得しました。ですからここに、私の感謝の気持をお受けいただきたい。この謝意がいかに大きくても、あなたの雄弁と献身に比肩《ひけん》するものではありません。

一八五七年四月十二日、パリにて

ギュスターヴ・フローベール

ルイ・ブイエに捧《ささ》ぐ

第一部

1

僕たちが自習室にいると、校長が入ってきて、後ろから私服を着た新入生と大きな机を抱えた用務員が付いてきた。眠っていた連中は目を覚まし、一同は勉強中の不意を突かれたかっこうで起立した。

校長は僕たちに合図して着席させ、それから自習監督のほうを向きながら、

「ロジェ君」と小声で言った。「この生徒をひとつよろしく、二年に編入だな。学業と操行《おこない》が立派ならば、年からいっても上級に上げるとしよう」

部屋の隅にいて、ドアの陰に隠れ、ほとんど見えなかったが、新入生は田舎の子で、十五歳くらい、僕たちのだれよりも背が高そうだった。髪を額でまっすぐ切りそろえていて、まるで村の聖歌隊の一員みたいで、聞き分けのよさそうな、ひどく当惑した様子だった。肩幅は広くないのに、黒いボタンをつけた緑のラシャ地の裾《すそ》の短い上着は袖《そで》ぐりが窮屈そうで、袖の折り返しの隙間《すきま》から、むきだしに慣れっこになっている赤い手首がのぞいていた。青い靴下をはいた足が、ズボン吊《つ》りにぴんと引っ張られた黄色っぽいズボンの裾からはみ出ていた。ごつい靴を履いていて、それはよく磨かれ

ていない上に、鋲《びょう》が打ってあった〔外観の黒・緑・赤・青・黄色は、多色のひし形模様の衣装をまとう道化役アルルカンを連想させる〕。その子は耳をそばだてて聞き入り、教会の説教を聞くみたいに熱心で、足を組もうとせず、肘《ひじ》をつこうともせず、二時になって始業の鐘がなったとき、自習監督は、みんなといっしょに整列するようにと注意してやらねばならなかった。

僕たちは教室に入ると、早く自分たちの手を空《あ》けるために帽子を床にほうり投げる習慣があって、ドアの敷居のところから椅子《いす》の下めがけて投げねばならず、壁にぶつかるようにすると、ずいぶんほこりが立つのだが、それがやり方なのだ。

ところが、このやり方に気づかなかったのか、それに従ってみようと思い切れなかったのか、新入生は祈禱《きとう》が済んでもまだ帽子を両膝《りょうひざ》にのせていた。それは寄せ集めのような帽子の一つで、近衛《このえ》兵《へい》帽とポーランド軽騎兵帽と山高帽とカワウソ皮の庇《ひさし》帽とナイトキャップ〔かつては男性がかぶった〕の要素が見られ、要するに、その押し黙った醜さには不可解な表情があって、まるで間抜けの顔みたいにあわれな代物《しろもの》だった。その帽子は卵形で、鯨のひげの芯《しん》で中ほどが膨らんでいたが、まず腸詰状のものが三重にぐるりと縁をめぐり、次にビロードとウサギの毛皮の菱形《ひしがた》模様が赤い筋をはさんで交互に並び、それから袋状にふくらんで、しまいには厚紙でつくった多角形の様相を呈し、そこに複雑なリボン刺繍《ししゅう》が施されていて、そこからやけに細くて長い紐《ひも》が垂れ、その先に留め紐の房のつもりか、金糸を撚《よ》った小さな十字形がぶらさがっていた。帽子は新品で、庇が光っていた。

「起立」と教師が言った。

新入生は起立し、帽子が落ちた。クラスじゅうがどっと笑った。

身をかがめて帽子を拾った。隣の生徒が肘で突いて帽子を落とすと、新入生はもういちど拾いなおした。

「その兜《かぶと》をどうにかしなさい」と、才人肌の教師は言った。

生徒たちの笑いが響き渡ると、かわいそうに少年はうろたえてしまい、帽子を手に持ったままでいるべきか、床に置くべきか、それとも頭にかぶるべきか分からなくなった。少年はまた着席し、帽子を膝に置いた。

「起立して、名前を言いなさい」と教師はつづけた。

新入生は名前を口にしたが、早口で、分からなかった。

「もういちど！」

名前の音の区切りが同じように早口で口にされると、それはクラスじゅうの罵声《ばせい》にかき消された。

「もっと大きな声で！」と教師は叫んだ。「もっと大きな声で！」

　そこで新入生は一大決心をして、とてつもなく大きく口を開けると、まるでだれかを呼ぶときのように力いっぱい「シャルボヴァリ」という言葉を言い放った。

　わめき声が一挙に噴き出し、甲高《かんだか》い大声も混じってしだいに高まり（みんなわめき、どなり、足を踏み鳴らし、「シャルボヴァリ！、シャルボヴァリ！」と繰り返し）、やがてそれもまばらな音になり、やっと静まり、ときどき急に腰掛けの列によってはぶり返し、まるで消し損ねた爆竹のように、押し殺した笑い声があちらこちらでなおも起こるのだった。

　それでも、罰としての課題が雨のように出され、クラスの秩序は徐々に回復し、教師は、シャルル・ボヴァリーという名前をやっと聞き取ると、その書き取りをさせ、綴《つづ》りを言わせ、書いた名前をまた読ませて、ただちにこのあわれな少年に、教壇のすぐ下の怠け者の席に着くよう命じた。少年は動きかけたが、席を立ち際《ぎわ》にためらった。

「何か探しているのかね？」と教師は訊《き》いた。

「ぼくの帽……」と新入生はおずおずと言いながら、あたりに不安げな視線をめぐらせた。

「クラス全員、詩を五百行！」これが怒り狂った声で叫ばれると、ちょうど「その者《クオ》らを私は《ス・エゴ》」〔ウエルギリウス「アエネイス」第一巻一三五行の言葉。目下の者への怒りをふくんだ脅しの表現〕という言葉と同じように、新たな爆笑の嵐《あらし》をしずめた。「静かにしていなさい！」と、怒った教師はつづけ、そしてトック帽〔教授などがかぶった縁なしの帽子〕からハンカチを取り出したかと思うと、額をぬぐい、「新入生、きみの場合は ridiculus sum《リディクルス・スム》〔ラテン語で「私は滑稽です」の意〕という言葉を二十回書き写すこと」

それから、ずっと穏やかな声になって、

「なに、見つかるよ、帽子なら。盗まれたわけじゃないんだから！」

すっかり静けさをとりもどした。どの頭も厚紙表紙のノートにかがみ込み、新入生は、二時間のあいだ模範的な姿勢でいたが、それでもときどきペン先で紙つぶてを弾《はじ》き飛ばされ、するとたまたま顔にインクのはねが飛んだりするのだった。しかし新入生は手で拭《ふ》いて、じっとしたまま、目を伏せていた。

夜になると、新入生は自習室で、机から袖カバーを出して着け、身のまわりの品々をきちんと整頓《せいとん》し、ていねいに紙に罫線《けいせん》を引いた。僕たちが見たのは、少年が正直に勉強している姿で、いちいち単語を辞書で引き、じつに苦心惨憺《さんたん》していた。おそらく、そのように発揮された熱意のおかげで、少年は下のクラスへ落とされずにすんだのだろうが、なにしろ、文法規則は曲がりなりにも心得ていたものの、文章の表現となると、からきし垢抜《あかぬ》けたところがなかったからだ。両親が節約のために、ぎりぎりの年になるまで学校にやらなかったので、村の司祭がラテン語のてほどきをしてやったのだった。

父親はシャルル＝ドニ＝バルトロメ・ボヴァリー氏という元軍の外科医補で、一八一二年ごろ、徴兵にかかわる事件に巻き込まれ、この時期、軍務を離れざるを得なくなり、すると自らに備わった美貌《びぼう》を利用して、その見かけに惚《ほ》れたメリヤス商の娘に付けられた持参金の六万フラン〔二十世紀末の貨幣価値で、およそ十五万フランという試算もある〕を、行きがけの駄賃にせしめた。美男子で、ほら吹きで、拍車を高らかに鳴らし、頬ひげを口ひげにつなげて生やし、指にはいつも数個の指輪をはめ、派手な色の服をまとい、勇者の風貌に外交販売員の気さくな調子のよさを備えていた。結婚してしまうと、妻の金で二、三年は暮らし、夕食にはうまいものを食い、朝寝坊し、陶製の大きなパイプをふかし、夜はきまって芝居がはねてからでなければ帰らず、カフェにも頻繁に通った。義理の父親が死んでみると、たいしたものは残らず、彼はそのことに憤慨し、製造業に身を投じ、なにがしかの金を失い、ついで田舎に引っ込んで、農業経営をしようとした。しかし、インド更紗《サラサ》の製造にも劣らず農作業にもほとんど精通しておらず、馬は耕作には出さずに自分で乗りまわし、りんご酒《シードル》は大樽《おおだる》で売らずに瓶につめて飲み、中庭の見事な鶏を食べてしまい、豚の脂身《あぶらみ》で狩猟靴をみがき、投機などすべてほっぽりだしたほうがましだとすぐに気づいた。

　そこで男は年二百フランを出して、コー地方〔ノルマンディー地方のセーヌ川北部の泥土地域〕とピカルディー地方〔ノルマンディー地方の北部に接するフランス北部の地方〕の境にある村に、農家とも立派な持ち家ともつかないたぐいの住まいを貸家として見つけ、そして、陰気になり、後悔にさいなまれ、天のせいにし、だれかれなしに妬《ねた》み、本人が言うには、人間どもに嫌気が差し、静かに暮らすことに決め、四十五歳というのに引きこもってしまった。

　妻はかつて、男に夢中になり、卑屈にみえるほど男を愛したが、それが仇《あだ》となって夫を余計に遠ざけてしまった。昔は陽気で気さくでじつに情の深い女だったが、年をとるにつれ（気の抜けたワインが酢に変わるように）、気難しくなり、がみがみうるさくなり、神経質になった。夫が村の尻軽《しりがる》女と見れば追い回し、夜になってあちこちの悪所から自分のもとに正体もなく酒臭い息を吐いて帰ってくる姿を見ると、妻は最初のうち、愚痴もこぼさず、どれほど苦しんだことか！　やがて自尊心が頭をもたげた。すると彼女は押し黙り、怒りを飲み込み、黙って苦しみに耐え、それを死ぬまでつづけた。しょっちゅう使いや用件で出かけた。代訴人や裁判長のもとを訪れ、手形の支払い期日を思い出しては、延期してもらい、そして、家にいれば、アイロンをかけ、縫い物をし、洗濯をし、職人の仕事ぶりを見張り、勘定を支払い、一方、亭主の方は何も気にかけず、ぐったりとふてくされてまどろみ、目を覚ますかと思えば、女房に嫌みを言うばかりで、暖炉のそばで煙草《タバコ》を吸い、灰に唾《つば》をはいた。

　彼女が子供を生むと、その子を里子に出さねばならなかった。家にもどった男の子は、まるで王侯のように甘やかされた。母はやたらとジャムをあたえ、父は裸足《はだし》で走り回らせ、思想家を気取って、いっそ動物の子と同じく真っ裸で暮らさせてもかまわないとさえ言った。母親の意図とは反対に、父親の頭には幼少期に対してある種の雄雄しい理想があって、それにしたがい息子を育てようとつとめ、立派な体つきに仕立てるためにスパルタ式に厳しく教育しようと思った。父親は息子を火の気のない部屋に寝に行かせたり、ラム酒のがぶ飲みを教えたり、教会行事の行列を侮辱することを教えた。しかし、生来おとなしいこの子は父親の努力に応《こた》えなかった。母親はいつもこの子を肌身から離さず、背後に従え、息子に厚紙を切り抜いてやり、話をしてきかせたり、息子相手に果てしなく長話をして、哀愁を帯びた快活さを発揮し、饒舌《じょうぜつ》な媚《こび》をふくんでいた。孤独な生活にあって、母親は砕けて散らばった自分の虚栄心のことごとくをこの子の頭上に注いだ。彼女は息子に高い地位を夢みて、すでに成長して美男子になり才気にあふれ、確固とした地位を築いた姿を思い描き、それは土木局だったり司法官の職だったりした。文字の読み方を教え、持っていた古いピアノで、小曲《ロマンス》を二つ三つ歌えるようにした。しかしそうしたどれもに、文学的教養など気にかけないボヴァリー氏は、その必要はないと言った。国でやっている学校に通わせたり、何か公職でも買ってやったり〔アンシャン・レジーム下や十九世紀前半、代訴人などの公的職業の売買の慣習が残っていた〕、営業権でも買い取ってやる当てでもくれるというのか？　それに、厚かましく振舞えば、世の中いつだって男は成功するものさ。ボヴァリー夫人は唇をかみ、子供は村をさまよい歩いた。

子供は百姓たちのあとについてまわり、土くれを投げてはカラスどもを追い立て、飛び去らせた。溝に沿って歩きながらクワの実を食べ、竿《さお》を持って七面鳥の番をし、収穫期には麦を干し、森を駆けめぐり、雨の日には教会のポーチの下で石けり遊びをし、大祝日には教会の用務員に強く頼んで鐘をつかせてもらい、身体《からだ》ごと太い綱にぶらさがり、綱に持って行かれ自分が宙に上がるのを感じた。

だから彼はナラの木のように成長した。たくましい手になり、血色もよくなった。

息子が十二歳になると、勉強をはじめる許しを母親がとりつけた。司祭に見てもらうことにした。だが授業は短い上にとぎれとぎれなので、大して役に立たなかった。暇なときに授業は行なわれ、洗礼式と葬式のあいだに、大急ぎで、立ったまま、聖具室でやることもあれば、アンジェラスの鐘〔信者にお告げの時間を知らせるが、ここでは夕べのお告げの鐘。ミレーの絵にある〕も済んで、司祭は出かける用事がないと、生徒を呼びにやることもあった。部屋に上がり、席に着くと、ロウソクのまわりを、羽虫や蛾《が》が飛んでいた。暑くて、少年は居眠りをし、そして、老人も両手を腹にうとうとし、すぐに口を開けたままいびきをかいた。またときには、司祭が近所のだれか病人のところに臨終の聖体の秘蹟《ひせき》を授けに行った帰りに、野原を遊びまわるシャルルを見かけると、呼び止め、十五分も説教し、その折を利用して、木の根元で少年に動詞を活用させたりした。雨が降ってきて、邪魔されることもあれば、知り合いが通りかかることもあった。しかし、司祭はいつも少年に満足していて、この若者はなかなかもの覚えがいいとさえ言った。

シャルルはそんなところにとどまってはいられない。夫人は意気軒昂《けんこう》だった。旦那《だんな》は、恥じ入るというよりうんざりして、すんなり折れたが、息子が最初の聖体拝領を済ますまで、もう一年待った。

さらに六か月が過ぎ、そして、翌年になると、シャルルは最終的にルーアン〔フランス北西部、オート＝ノルマンディー地域の中心地〕の中学校《コレージュ》にやられることになり、十月の末、聖ロマン〔七世紀のルーアンの司教、竜退治の伝説がある。ちなみに十月二十三日がその祭日〕の縁日のころ、父親がみずから少年を連れて行った。

いまとなっては僕たちのだれも、彼のことを少しも覚えてはいないだろう。気性の穏やかな少年で、休み時間には遊び、自習時間には勉強し、授業中には耳を傾け、寄宿舎ではよく眠り、食堂ではたらふく食べた。保証人はガントリー通りの金物卸商で、月に一度、日曜日になると、店じまいしてから彼を連れ出し、船を見に港を散歩させ、七時を過ぎると、夕食に間に合うように学校まで連れ帰った。毎週木曜日の夜に、シャルルは赤いインクで長い手紙を母親に書き、封緘《ふうかん》用の固形糊《のり》〔ぬらして使う〕を三か所に使い、それから、歴史のノートを復習し、あるいは自習室に散らばっている『アナカルシス』〔ジャン＝ジャック・バルテルミーが一七八七年に出した旅物語『若きアナカルシスのギリシャ旅行』〕の古い本を読んだりした。寄宿生が定期的に遠出をするときになると、彼は同じ田舎出身の使用人と打ち解けて話した。

大いに勉強熱心なおかげで、彼はいつもクラスの中ほどにとどまり、一度など、博物学で次席一等賞をとった。だが第四学年〔十九世紀フランスのコレージュ（中等学校）は下級が六年制で、上級が三年制。彼はこの時点で下級の上から三つ目にいる〕が終わると、ひとりでも大学入学資格試験《バカロレア》まで押し進むことができると確信した両親は、息子に学校《コレージュ》を退学させ、医学を学ばせようとした。

母親はロー＝ド＝ロベック川に面した知り合いの染物職人の家の五階に、息子のための部屋を選んだ。下宿代の取り決めをすると、家具類、机ひとつ、椅子ふたつを手に入れてやり、サクラ材の古いベッドを自宅から運ばせ、さらに小さな鋳物《いもの》のストーブと薪《まき》の蓄えを買ったが、これでかわいい息子も暖まるというものだ。そして母親は週末になると、これからは自分ひとりでやっていくしかないのだから、品行方正にするようにとくどくど忠告してから帰って行った。

張り出された紙に講義科目を読むと、彼は目くるめく心地に襲われ、解剖学講義、病理学講義、生理学講義、薬学講義、化学講義、植物学講義、加えて臨床と治療法の講義、さらに衛生学や薬物学もあって、どの言葉も語源さえわからず、まるでそれだけの数の聖域の扉が並んでいて、厳かな闇《やみ》に充《み》たされているようだった。

何もわからず、耳を傾けたが無駄で、理解できなかった。それでも彼は勉強し、きっちり装丁したノートを何冊も持ち込み、どの講義にも出席し、一回も回診を休まなかった。彼は毎日のささやかなつとめを果たしていて、ちょうど調教馬が目隠しされるとその場所をぐるぐるめぐってしまい、骨を折ってそうしているのにその事実を知らずにいるようなものである。

出費を節約させようと、毎週、母親は息子に使いの者をやって、焼き窯《オーブン》で焼いた一塊の子牛肉をとどけさせ、彼は病院からもどってくると、昼前に、壁を靴底で蹴《け》って冷えた足を暖めながら、その肉で食事を済ませるのだった。それから、じつにさまざまな道を通って授業に、階段教室に、施療院に駆けつけ、自室に帰ってこなくてはならなかった。夜になると、家主のところで粗末な夕食を終えて、部屋に上がり、勉強にとりかかるのだが、湿った服を着たままなので、赤くなったストーブの前にいると身体から湯気が立った。

夏の晴れた夕方の、生暖かい通りに人気《ひとけ》のなくなる時刻には、女中たちが家の戸口でバドミントンをするのだが、彼はよく窓を開け、肘をついた。見下ろすと、川が下を黄色や紫や青に染まりながら〔ルーアンが紡績の町だったことに関係していると思われる〕、いくつもの橋や鉄柵《てっさく》のあいだを流れていて、そのおかげでルーアンのこの界隈《かいわい》は汚らしい小ヴェネツィアの観を呈している。職人たちが川縁《かわべり》にしゃがみ込んで、腕を水に浸《つ》けて洗っていた。屋根裏部屋から出た何本もの竿に、綿の糸束《かせ》がいくつも外気に当てられ、干されていた。正面を見ると、連なる屋根の向こうに澄み切った大きな空が広がり、夕日が赤く沈もうとしていた。あの辺まで行けばどんなに気持いいだろう！　ブナ林の木陰はどんなに涼しいだろう！　そして彼は鼻孔をふくらませ、野のよい香りを吸い込んでみるが、自分のもとまでは匂《にお》ってこない。

彼は痩《や》せ、背丈が伸び、顔は一種の憂《うれ》いの表情を帯びて、ずいぶん味のある顔立ちになった。

ひとりでに投げやりになって、彼はしまいに自ら固めた決意をことごとく反故《ほご》にした。一度、回診に出なくなると、翌日、講義をさぼり、徐々に怠惰の味を覚え、もはや学校からは足が遠のいた。

居酒屋に通う癖がつくと、ドミノ遊びの味も覚えた。毎晩、だれもが入り浸れる汚い一室に閉じこもって、黒い点の印された羊の小さな牌《ボーン》を大理石の卓に打ち興ずるのは、自己の自由の証《あかし》となる貴重な行為に思われ、自分自身への自信となるのだった。いわばそれは社会への通過儀礼のようなものであり、禁じられた快楽への接近で、そして、その部屋に入ろうとしてドアのノブに手をかけるとき、ほとんど官能的ともいえる歓《よろこ》びを感じるのだった。そうなると、彼のうちに抑えられていた多くのものがあふれだし、彼は小唄《こうた》をそらで覚え、歓待されるとそれを歌い、ベランジェ〔一七八〇—一八五七。十九世紀を通じてとても人気のあったシャンソニエ〕に熱中し、ポンチ〔ラムやジンやリキュール類を紅茶やジュースで割った混成飲料〕の作り方を嗜《たしな》み、とうとう女を知った。

このような準備勉強に励んだせいか、開業医《オフィシエ・ド・サンテ》〔一八〇三年から九二年まで。医師に二種類あり、開業医はバカロレア資格を必要とせず、資格をとった県でしか開業できず、手術には医師の監督が必要〕試験に完敗した。ちょうどその日の夜、家では合格を祝うために彼を待っていたというのに！

彼は徒歩で帰ったが、村に入るあたりで立ち止まり、母親を呼んできてもらい、一切を打ち明けた。母親は息子を許し、不合格を試験官たちの不公平のせいにすると、彼をいくらか勇気づけ、何もかも自分にまかせておくように言った。五年ほどしてようやく、ボヴァリー氏はことの真相を知ったが、昔のことになっていたし、おまけに自分の血を分けた子がばかだと考えるわけにも行かず、父親は受け入れた。

ところでシャルルはまた勉強をはじめ、絶え間なく試験科目を準備し、あらかじめその問題をあまさず暗記した。かなりの好成績で合格した。母親にはなんと晴れやかな日！　盛大な晩餐会《ばんさんかい》が催された。

どこでこの仕事《わざ》に就いたらよいのだろう？　トストだ。そこには高齢の医師が一人しかいない。長いことボヴァリー夫人はその死を待ちわびていたが、その男がまだ死なないうちから、シャルルはまるで後継者のように向かいで開業した。

しかし、息子を育て上げ、医学を学ばせ、開業の地としてトストを見つけてやっただけでは済まない、息子には嫁が要る。母親は嫁を見つけてやったが、それはディエップに住む執達吏の未亡人で、年は四十五歳、年金による千二百リーヴル〔アンシャン・レジームの呼称だが、フランと同じ価値を持つ〕の年収がある。

この未亡人は醜く、痩せて骨と皮だけで、春先のように吹き出物が芽吹いていたが、デュビュック夫人はたしかに、選り好みできるだけの結婚相手に事欠いてはいなかった。目的を達成するのに、ボヴァリーのおばさんは結婚相手をみんな出し抜かねばならず、司祭を味方に付けた豚肉製品屋の主人の策謀を、じつに巧妙に頓挫《とんざ》させもした。

シャルルは、結婚すれば、もっとましな生活状況が到来するものと思い、もっと自由になって、人も金も使い放題だと想像していた。ところが妻の思いのままになってしまい、人さまの前ではこう言いなさい、ああ言ってはなりません、金曜日ごとに肉を断つ小斎《しょうさい》〔肉などの摂取をさけるカトリックの信心業。毎金曜日に適用される〕をしましょう、妻の求める服を着せられ、妻の命令で払いの悪い患者にはうるさく催促しなければならない。妻は彼への手紙を開封し、彼の振る舞いをこっそりうかがい、女の患者が来て診察室で診察していれば、仕切り壁ごしに聞き耳を立てた。

毎朝、妻には決まってココアが必要で、際限なく気をつかわねばならなかった。絶えず神経か、胸か、気分についてすぐれないと訴えていた。足音がしただけで具合が悪い、いなくなれば、一人にされて我慢できない、そばにもどれば、死にそうか見にきたのね、たぶん。夜になってシャルルが帰宅すると、シーツの下から痩せこけたひょろ長い両腕を出し、彼の首のまわりに回してきて、ベッドのへりに座らせてから、彼に自分の苦しみをぶちまけはじめ、自分なんか忘れて、ほかの女を気に入っているのだわ！　自分は不幸になると言われていたとおりね、そして、最後には、体調のために何か薬用シロップを望み、もう少したくさん愛してくれと求めた。

2

ある晩の十一時ごろ、夫婦は馬のひづめの音に目をさますと、それはちょうど玄関先でとまった。女中が屋根裏部屋の窓をあけ、下の通りにいる男としばらく話し合った。この男は医者を迎えにきていて、手紙を持っている。ナスタジーは寒さで震えながら階段を降り、一つひとつ錠《じょう》を開け、閂《かんぬき》を外した。男は馬をそのまま残し、女中についで上がると、とつぜんそのあとから寝室に入ってきた。男は灰色の飾り房のついた毛織の縁なし帽のなかから、ぼろ切れにくるまれた手紙を取りだし、そっとシャルルに差しだすと、彼は枕《まくら》に肘をついてこれを読んだ。ナスタジーはベッドの傍らに立ち、ロウソクのあかりを持っていた。夫人は、恥じらって、壁のほうを向いたまま、背中を見せていた。

わずかな青い蠟《ろう》で封印された手紙によると、骨折した脚の治療に、ベルトーの農場までただちにボヴァリー先生にお越しいただきたいということだった。ところが、トストからベルトーまで、近道でも、ロングヴィルとサン＝ヴィクトール経由で六里〔約二十四キロ〕はある。闇夜だった。若い方のボヴァリー夫人は、夫の身にもしものことが起きないかと恐れた。そこで、馬丁に先に帰ってもらうことに決まった。シャルルは三時間後に、月の出を待って出発するとしよう。こちらを迎えに小僧を出してもらい、農場への道を案内し、先を行って柵をあけてもらいたい。

早朝の四時ごろ、シャルルは外套《がいとう》にしっかりくるまって、ベルトーへ向けて出発した。眠気からくるほてりにまだうとうとしながら、馬の穏やかな跑足《だくあし》に揺られていた。畑のへりに掘ってあるいばらに囲まれた穴の前に来ると、馬はひとりでに立ち止まり、シャルルははっと目を覚まし、折れた脚のことをすぐに思い出し、知っている限りの骨折を思い浮かべようとつとめた。もう雨はやんでいて、夜が明けはじめ、葉の落ちたりんごの木の枝には、鳥たちがじっと止まり、朝の冷たい風に小さな羽を逆立てていた。平坦《へいたん》な畑がはるか彼方《かなた》まで広がっていて、農家を囲む木立が間遠《まどお》に、灰色の広大な野面《のづら》を背景に黒紫のしみをつけていて、その広がりは地平線上でくすんだ色調の空に紛れていた。シャルルはときどき目をあけ、それから意識がぼんやりし、おのずと眠気がぶりかえしてきて、じきに一種の半睡《まどろみ》状態におちいるのだったが、そうなると今しがたの感覚と記憶が混同され、自分自身が二重になったように感じられ、学生であると同時に新郎であり、先ほどのように自分のベッドに寝ているのに、昔のように手術を受けた患者の部屋を回診してもいる。頭のなかで、パップ剤〔湿布のために布に塗った粥状の薬剤〕の温かいにおいが朝露のみずみずしい香りに混じり合い、病室のベッドのカーテン・ロッドを鉄の環《リング》がすべる音とともに、妻の寝息を聞いていた……。ヴァッソンヴィルを通りかかると、溝のわきの草の上に座っている一人の少年を彼は目にとめた。

「お医者さんですか?」とその子供が訊いた。

そして、シャルルの返事をきくとすぐに、子供は木靴《サボ》を手に持ち、先に立って走りはじめた。

この開業医は道々、道案内の子の話から、ルオーのだんなはきわめて裕福な農民にちがいないと理解した。前夜、隣家の公現祭の祝い〔一月六日、東方の三博士の来貢を祝う〕から帰る途中で脚を骨折した。奥さんは二年前に亡《な》くなっている。お嬢さんとの二人暮らしで、彼女が父親を助けて家事をしている。

轍《わだち》が深くなった。ベルトーに近づいたのだ。男の子は、そこで生垣の穴から滑り込むと、姿が見えなくなり、やがて庭のはずれにふたたび現れ、その柵をあけた。草が濡《ぬ》れていて、馬が脚を滑らせ、シャルルは身をかがめて枝の下を通った。犬小屋の番犬たちが鎖を引っ張りながらほえた。ベルトーの農場に入ると、馬は怯《おび》え、とつぜん大きく後ずさりした。

外見の立派な農場だった。厩舎《きゅうしゃ》のなかが開け放たれた扉の上部から見え、大きな農耕馬が落ち着き払って真新しいまぐさ棚から餌《えさ》を食べていた。いくつもの建物に沿って、たっぷりと堆肥《たいひ》が広がっていて、そこから湯気が立ち昇り、そしてその上で、雌《めん》鶏《どり》や七面鳥に混じって五、六羽の孔雀《くじゃく》が餌をあさっていたが、孔雀はコー地方の家禽《かきん》を飼っているところでは富のしるしだった。羊小屋は長く、穀物倉は高く、その壁は人の手のようにすべすべしていた。納屋《なや》には、大きな荷馬車が二台と犂《すき》が四挺《ちょう》、それに鞭《むち》や馬をつなぐ胸繋《むながい》や馬具一式がそろっていたが、そのなかの青く染めた羊のふさふさした毛は、屋根裏から降り積もる細かなほこりで汚れていた。庭はしだいに爪先《つまさき》上《あ》がりになり、左右対称に間を置いて木が植えられ、ガチョウの群れの元気のよい鳴き声が池の近くに響き渡っていた。

すそ飾りを三段つけた青いメリノ・ウール地の服を着た若い娘が、家の戸口まで出てきてボヴァリー先生を迎え、台所に招じ入れると、そこにはかまどの火が燃えさかっていた。あたりには、使用人たちの朝食が不揃《ふぞろ》いな丈の小鍋《こなべ》に入れられ、ぐつぐつと煮立っていた。湿った衣類が暖炉の内側に干してあった。シャベルや火ばさみや鞴《ふいご》の口はどれもばかでかく、光沢を放つ鋼《はがね》鉄のように光っていたが、一方、壁に沿って炊事用具一式がふんだんに並び、その表面に、かまどの明るい炎が窓ガラスから射《さ》し込んだ太陽の曙光《しょこう》といっしょになって、ちぐはぐにきらきら輝いていた。

シャルルは患者を見に二階へ上がった。患者はベッドに横になっていたが、何枚もの毛布をかぶり汗をかき、ナイトキャップをかなり遠くまで飛ばしていた。五十がらみの太った小男で、肌は白く、目は青く、頭の前面は禿《は》げあがり、耳にリングをつけていた〔伝統的に、リングをつける船員の風習が、ノルマンディーの農民にも広まった〕。傍らの椅子の上に、ブランデーを入れた大きな水差《カラフ》しがあり、患者はそこからときどき注いでは飲んで、自分を元気づけていたが、医者の姿を目にしたとたん、その興奮も冷め、十二時間もずっと罵《ののし》っていたのに、弱々しくうめきだした。

骨折は単純そのもので、いかなる併発症もなかった。これ以上簡単な骨折など、シャルルにも望めなかっただろう。そこで彼は、自分の先生たちが負傷者のベッド脇《わき》でとっていた態度を思いだし、あらゆる類《たぐい》の機知に富んだ冗談を言って患者を励ましたが、それは外科医のやる見せかけの好意で、メスに塗る油のようなものだ。副木《そえぎ》をつくるために、荷車置場から大量の小幅の板を見つけてきた。シャルルはなかから一枚を選び、切り分けると、木片をガラスのかけらでみがき、一方、女中はシーツを引き裂いて包帯をつくり、エンマ嬢は当てもの《クッション》を縫ってつくろうとした。針箱を見つけるのに長いことかかったので、父親はいらいらし、彼女は何ひとつ口答えせず、しかし縫いながら、指を何度か針で刺し、そのたびに指を口まで持ってゆき、舐《な》めた。

その爪《つめ》の白いのに、シャルルは驚いた。爪はつややかで、先が細く、ディエップ〔ノルマンディ地方の郡庁所在地〕の象牙《ぞうげ》細工よりきれいで、アーモンドの形に切られていた。それでも手は美しいとはいえず、おそらく白さが足りず、指骨からもいくらか肉が落ちていたし、長すぎもして、輪郭にしなやかな丸みが欠けていた。彼女の美しいところは瞳《ひとみ》で、褐色なのに、まつげのせいで黒く見え、その視線は無邪気な大胆さでためらわずにこちらを見つめた。

手当てが済むと、医者はルオー氏自身の口から、帰る前に軽く食事をするように勧められた。

シャルルは階下にある大きな部屋へと降りた。天蓋《てんがい》付きの、トルコ人を描いた人物模様のあるインド更紗で覆《おお》われた大きなベッドの脚もとに置かれた小卓の上に、銀の杯とともに二人分の食器が用意されていた。アイリス粉〔アイリスの根から作られる芳香剤の原料〕と湿ったシーツのにおいがして、それは窓の向かいにあるナラ材の背の高い洋服箪笥《だんす》から漏れていた。部屋の隅の床には、小麦を入れた袋がいくつも立てて並べられていた。隣室の穀物置場に入りきらない分で、石の段を三つ上がればそこにいたった。白い粉《こ》〔湿った壁の表面に風解によってできる硝酸塩の結晶〕を吹いて、緑のペンキが剝《は》げ落ちた壁のまんなかに、部屋を飾ろうと、釘《くぎ》にかけてあり、黒鉛筆画のミネルヴァ〔ローマ神話の、芸術・知恵・産業の女神〕の顔が金縁の額に入れられ、絵の下方に「親愛なるお父さんに」とゴチック字体で書かれていた。

まず患者の話になり、やがてその日の天気、厳しい寒さ、夜になると野原を駆けるオオカミの話になった。ルオー嬢はあまり田舎を楽しんではいなかったが、いまではほとんど自分一人で農場の世話を任されているのでなおさらだった。部屋がひんやりしているので、彼女は食べながら身震いしたが、そうすると、黙っているときには軽くかむ習慣のある唇があらわになり、それは少しばかり分厚かった。

白い折り襟から頸《くび》がのぞいていた。真ん中で分けた黒い髪はそれぞれ一まとまりに見え、それほど滑らかで、頭の中央で左右を隔てる一本の細い分け目は、頭蓋の丸みに応じて軽やかに奥深く進み、そして、髪はかろうじて耳たぶを見せながら、こめかみに向かうウェーヴのかかった動きと一体となってゆき、項《うなじ》ではたっぷりとしたシニヨン〔婦人の後頭部に施された巻き髪、束髪〕にまとめられていて、そのような髪を田舎医者は生まれてはじめてそこで目にとめた。彼女の頰はばら色だった。まるで男みたいに、彼女はブラウスのボタンとボタンのあいだに鼈甲《べっこう》の鼻めがねをさしはさんでいた。

シャルルは、二階に上がってルオー爺《じい》さんに別れを告げてから、帰る前にもういちど部屋へ入ると、彼女は立って額を窓につけて、庭を見ていたが、インゲン豆の添え木が何本も風で倒されていた。彼女は振り向いた。

「何か探しものでも？」と彼女は訊いた。

「じつは、鞭《むち》なんですがね」と彼は答えた。

そして彼はベッドの上やドアの陰や椅子の下を探しはじめたが、鞭は袋と壁のあいだの床に落ちていた。エンマ嬢が見つけて、小麦袋の上に身をかがめた。シャルルは慇懃《いんぎん》に駆け寄り、その同じ勢いで腕を伸ばすと、胸が自分の下で、身体を曲げている若い娘の背中にそっと触れるのを感じた。彼女は真っ赤になって身を起こし、肩越しに彼を見ながら、鞭を差しだした。

約束どおり三日後に往診するどころか、まさに翌日になると彼はまたベルトーを訪れ、やがて週に二度、定期的に訪れるようになり、それとは別に、ついうっかりしてといったように、ときどき不意に立ち寄るのだった。

しかもすべて順調で、回復は型どおりになされ、四十六日もして、ルオー爺さんがひとりで裏庭を歩こうとしている姿が見られると、だれもがボヴァリー先生は大した腕利《うでき》きだと考えはじめた。イヴトーどころかルーアンの一流の医者にかかってもこれほどうまくは治らなかっただろう、とルオー爺さんは言っていた。

シャルルはといえば、どうして自分がベルトーに行くと楽しいのか、いっさい考えてみようともしなかった。考えたとしても、おそらく彼は自分の熱意を怪我《けが》の重さのせいにしたか、あるいはひょっとして、当てにしている実入りのせいにしただろう。けれども、日々のさえない仕事のなかで、農場への往診が心惹《ひ》かれる例外となったのは、はたしてそのような理由からだったろうか？　往診日には、朝早くから起き、ギャロップで出かけ、さかんに馬をけしかけ、やがて馬から降りると、草で靴をぬぐい、黒い手袋をはめてから、なかに入った。こうして中庭に着く自分の姿を見るのが好きで、肩で押すと柵が開くのを感じるのも好きで、塀の上で鳴く雄鶏《おんどり》も迎えに来る使用人たちも好きだった。穀物倉も厩舎も好きで、手をたたきながら、自分のことを救い主と呼んでくれるルオー爺さんも好きだったし、台所のきれいに洗われた敷石を踏むエンマ嬢の小さな木靴も好きで、その高い踵《かかと》が彼女の背を少し大きく見せ、そして、自分の前を歩くと、木の靴底がさっと持ち上がり、深靴《アンクルブーツ》の革に当たって乾いた音を立てた〔当時の田舎では、靴の保護のために木靴が上から履かれた〕。

彼女はいつも玄関ステップのいちばん下の段まで彼を見送った。馬がまだ連れてこられていないと、彼女はそこに残っていた。別れの挨拶《あいさつ》はすんでいて、もう口は利かず、外気が彼女を包むと、うなじの短いほつれ毛を乱雑に煽《あお》り立てたり、腰のところでエプロンの紐《ひも》を揺り動かし、紐は吹流しのように身をよじったりした。あるとき、雪解けのころで、中庭では木々の皮が濡れ滴《したた》り、建物の屋根の雪がとけかかっていた。彼女は戸口に立っていたが、日傘を取ってきて、開いた。鳩《はと》の喉《のど》の色の日傘を日射しが透過して、彼女の顔の白い肌はちらちら動く照り返しで染められていた。彼女は傘の下の生暖かさに微笑《ほほえ》み、そして、ぴんとはったモアレ地に、水滴《しずく》がぽたりぽたりと落ちる音が聞こえていた。

シャルルがベルトーに通いだした当初は、ボヴァリー若夫人は欠かさず患者の容態を訊《たず》ね、そして複式簿記で付けている帳簿にも、ルオー氏のために白紙の右ページを一枚用意した。ところがルオー氏に娘がいることを知ると、問い合わせに出かけ、そして、ルオー嬢がウルスラ会〔十六世紀に成立し、特に女子教育に献身する修道会〕の修道院で教育されて、いわゆるいいしつけを受けていて、その結果、ダンスもできれば地理やデッサンもわきまえ、タペストリー刺繍〔織目の粗いキャンバス地に施す刺繍〕もやれるし、ピアノも弾けることを聞き及んだ。あんまりだ！

「してみるとそのためだったのか」と彼女は思った。「その娘に会いに行くとなると、あの人はあれほど晴れやかな顔になり、雨でいたむ危険を冒してまで新調したチョッキを着込むのは？　ああ！　この女だ！　この女だ！……」

そして彼女はその娘を本能的に嫌った。最初は、当てこすりで気を晴らしたが、シャルルにはそれが通じず、それから、ついでに小言を言ってみたが、激怒を恐れたのか、彼は聞き流してしまい、ついに、出し抜けにぶしつけな言葉を浴びせたものの、彼はどう答えたらよいのか分からなかった。――ルオーさんは治ったというのに、それにあそこの連中はまだ払いがすんでないのに、どうしてベルトーへまた行くのだろう？　ああ！　あそこには話も心得ている立派な方が、刺繍もできる洗練された方がいるんだわ。あの人が好きなのはその人ね、都会仕込みの娘でなきゃいけないのね！

――そして彼女は繰り返した。

「ルオー爺さんの娘が、都会仕込みですって！　まさか！　あそこのお祖父《じい》さんは羊飼いよ、それに喧嘩《けんか》でひどい目に遭わせて危うく重罪裁判にかけられそうになった親類もいるわ。ちゃらちゃら強い印象を与えたって、どこかの伯爵《はくしゃく》夫人ばりに絹のドレスで日曜日に教会に姿を見せたって、むだなのよ。それに、昨年の菜種が当たらなければ、あの気の毒な爺さん、延滞金を払うにも動きがとれなかったそうよ！」

　嫌気がさして、シャルルはベルトー行きをやめた。エロイーズは、ひどくしゃくりあげて泣き、接吻《せっぷん》し、愛情を大いにぶちまけてから、もう行かないとミサ典書に手を置いて彼に誓わせた。そういうわけで彼は従ったが、振舞の卑屈さに欲望の大胆さが異議を唱え、一種の幼稚な欺瞞《ぎまん》から、あの娘に会うのを禁じられたのは自分にとって彼女を愛してもいいという権利を得たも同然と彼は考えた。それに後家《ごけ》あがりの妻は痩せこけ、貪欲《どんよく》で、一年じゅう小さな黒いショールをかけ、その先端が肩甲骨《けんこうこつ》のあいだに垂れているし、弾力のない身の丈は鞘《さや》の代わりにドレスに納まり、ドレスが短すぎて、くるぶしも見え、大きな靴に付けたリボンがねずみ色の長靴下の上で絡《から》み合っている。

シャルルの母親はときどき二人に会いに来たが、数日するうちに、息子の嫁は自らの刃《やいば》で姑《しゅうとめ》を研ぎすますように思われ、そこで、二人の女は二挺の短刀《ナイフ》のように小言や注意で彼を切りさいなみつづけた。そんなに食べるのは間違いですよ！　いつでもだれにでもブランデーを振る舞って何になるの？　ネルの肌着を着けないなんて、まったく石頭ね！

たまたま起こったことだが、春のはじめのころ、デュビュック未亡人の財産を預かっていたアングーヴィルの公証人がちょうどよい潮時に、船に乗って事務所の金をそっくり持ち逃げした。エロイーズは、たしかに、六千フランと見積もられる持ち株のほかに、サン＝フランソワ通りに持ち家をまだ所有していて、そして、それでも声高に吹聴《ふいちょう》されたこの全財産のうち、わずかの家具類といくらかの着古しを除けば、新たな所帯では何もお目にかかれなかった。事をはっきりさせねばならなかった。ディエップの家は基礎の杭《くい》にいたるまで抵当に食い荒らされていて、彼女が公証人に託した金については、神のみぞ知るで、船株は千エキュ〔一エキュは三フランに相当〕をまったく超えなかった。ということは嘘《うそ》をついていたのだ、とんでもない奥さま面《づら》だ！　父親のボヴァリー氏は、敷石にぶつけて椅子を壊すと、馬具にしたってその皮の値打ちもないあんなやせた駄馬に息子をつないで不幸にした、と言って妻を責めた。両親はトストに来た。話し合った。幾度も喧嘩になった。エロイーズは泣き崩れ、夫の腕のなかに身を投げかけ、両親から自分を守ってくれるよう彼に懇願した。シャルルは妻のために口を利こうとした。両親は腹を立て、帰ってしまった。

しかしこの一撃は効いた。一週間後、彼女は庭で洗濯物を広げているときに、喀血《かっけつ》に襲われ、翌日、シャルルが背を向けて窓のカーテンを閉めているあいだに、「ああ！　とんでもない！」と言って、ため息をつき、気を失った。死んでいる！　何とびっくり！

墓地ですべてを済ますと、シャルルは自宅に帰った。階下にはだれの姿もなく、二階の寝室に上がり、見ると、アルコーブ〔寝台を置くために壁に設けた窪みや壁際の空間〕の足元の壁にまだ妻のドレスがかけられていて、そうして、彼は書き物机《ライティングデスク》にもたれて、夜になるまで悲しい夢想にふけっていた。よく考えてみると、自分は愛されていた。

3

ある朝、ルオー爺さんがシャルルに回復した脚の治療代、四十スー硬貨で七十五フランと一羽の七面鳥を持ってきた。爺さんはシャルルの不幸を聞いていて、手をつくして彼を慰めた。

「どういうものか、わしにも分かりますよ！」と爺さんは言いながら、シャルルの肩をたたいた。「先生と同じでしたよ、わしだって！　かわいそうにうちのやつに死なれたときにゃ、野原に出て行って、ひとりっきりになって、木の根方に倒れて、泣いて、神さまの名前を呼び、悪態をついたもんで、見れば、木の枝にかけられたモグラのお腹《なか》に蛆《うじ》がうようよわいていて、そのモグラのようにこっちもくたばれたらと思いましたよ。そして、ほかの連中ときたら今時分、かわいい女房をひしと抱きかかえていちゃいちゃしていると思うと、杖《つえ》で地面を何度も激しく打ちつけたもんで、ほとんど気が変になり、もうものも口に入らなくなり、信じないでしょうが、飲み屋に行く気にさえなりませんでしたな。いやあ、ところが、じつにゆっくり、一日が次の一日に代わり、冬が春になり、夏が秋になると、少しまた少しと、ちょっとまたちょっととそいつは流れ出て、消えてしまい、どこかに行ってしまい、引いてしまったって、そう言いたいんですよ、だって、いつになっても底のほうに何か残っていますからね、なんていうか……重しのようなものが、ここ、胸につかえていますからな！　でも、こいつはわしらみんなの運命なんでしょうから、そのまま枯れ衰えちゃいけません、それに、人に死なれたから、死んでしまいたいなんて……しゃんとしなきゃいけませんよ、ボヴァリー先生、やがて終わりますよ！　うちにお出かけください、娘もときどき先生のことを忘れずに噂《うわさ》してますが、分かりますかな、自分のことなんか忘れてしまっているだろうみたいなことを言ってますよ。間もなく春が来ますから、ウサギのいる森でウサギでも撃ちませんか、お連れしますから、少し気晴らしがてら」

シャルルはその勧めにしたがった。彼はベルトーをまた訪れ、何もかも以前のままの、つまり五か月前のままの姿を見いだした。梨《なし》の木々はすでに花盛りで、ルオー爺さんがいまでは立って、行ったり来たりしていて、農場はいっそう活気づいていた。

つらい境遇にいるのだから、医者にできるかぎりの丁重さを振りまくのが自分の義務だと心得たルオー爺さんは、どうか帽子はとらずにと彼に頼み込み、まるで病人であるかのように小声で話しかけ、プチ・ポ・ド・クレーム〔焼きプリン風のデザート〕とか梨の砂糖煮のようなひときわ軽いものが医者のために用意されていない、と言って怒った振りさえしてみせた。ルオー爺さんはいろいろと物語を語ってくれた。シャルルは思わず笑ったが、妻の思い出が急によみがえり、暗い気持ちになった。食後のコーヒーが出され、彼はもう妻のことを考えなかった。

ひとり暮らしに慣れるにつれ、妻のことはしだいに考えなくなった。新たに見つけた自由気ままな楽しさにより、やがてひとり身も耐えられるようになった。いまでは食事の時間を好きに変えることもできるし、帰っても出かけても釈明しなくて済み、とても疲れると、ベッドの横幅いっぱいに大の字に横たわれる。だから、自分をかわいがり、甘やかし、慰められれば、その言葉を受け入れた。一方、妻の死は仕事にかえって幸いしていて、なにしろ、ひと月ほどのあいだ「お若いのにかわいそう！　お気の毒に！」と繰り返し言われたからだ。名前が広まり、患者が増え、そして、それに彼は好き勝手にベルトーにでかけた。あてのない希望を抱き、漠とした歓びを覚え、鏡の前で長い頰ひげにブラシを当てながら、ずっと感じのよい顔つきになっていると思った。

ある日、彼は三時ごろに着き、みんなは野良《のら》に出ていて、台所に入ったものの、当初、エンマが少しも目に入らなかった、よろい戸が閉まっている。よろい戸の隙間《すきま》から、敷石の上に日射しがいくつもの細くて長い筋を伸ばし、その筋は家具の角で砕けて、天井にちらちらしている。食卓の上で、使われたコップに蠅《ハエ》が伝いのぼり、底に残ったシードルに溺《おぼ》れてぶんぶん羽音を立てている。煙突から射し込む日の光のせいで、暖炉の壁の煤《すす》はビロードのように見え、冷たくなった灰はいくらか青みを帯びている。窓とかまどのあいだで、エンマは縫い物をしていた、三角形のスカーフ《フィシュ》はしていない、むき出しの肩の上に小さな玉の汗が見える。

田舎の風習にしたがい、彼女は何か飲まないかと勧めた。彼は断り、彼女はあくまでも言い張り、とうとう笑いながら、リキュールを一杯だけなら自分もいただくと彼に提案した。それで戸棚にキュラソーの瓶を取りに行き、小さなグラスを二つ取り出すと、一つにはなみなみと充たし、もう一つにはわずかばかりを注《つ》いで、グラスを触れ合わせてから口に持っていった。グラスはほとんど何も入っていなかったので、彼女はのけぞるようにして飲み、そして、頭をそらし、唇をすぼませ、首をのばしても、何も口に感じないので笑うと、美しい歯並びがのぞき、そのあいだから舌の先がにゅっと出て、グラスの底をぺろぺろと舐《な》めた。

彼女はまた腰を下ろし、縫い物をつづけ、白い木綿の靴下の繕いをしていて、頭を下げて縫い、口を開かず、シャルルも黙っていた。ドアの下から入ってくる風に、敷石の上のほこりが少し押しやられ、彼はほこりが床を這《は》うのを眺め、こめかみの脈打つ音だけが聞こえ、遠く、庭先で卵を産む雌鶏《めんどり》の鳴き声が混じる。エンマはときどき両方の手のひらを当てて頬を冷やし、それが済むと、その手のひらを大きな薪台の鉄の頭につけて冷やした。

彼女は、この春先からめまいを覚えると訴え、海水浴は効き目があるかと訊ね、修道院の寄宿女学校の話をしはじめると、シャルルは中学《コレージュ》の話をし、二人とも言葉が口を衝《つ》いて出るようになった。二人は彼女の部屋に上がって行った。彼女はかつての楽譜帳や褒美《ほうび》にもらった小さな本を見せ、箪笥《たんす》の下の部分にほったらかしのコナラの葉でできた冠を見せてくれた。さらに彼女は母親の話をし、墓の話になると、庭の花壇を彼に指し示し、毎月の最初の金曜日になるといつもそこから花を摘んで、母親の墓に供えに行くのだった。でも自分たちの庭師はちっとも耳を傾けてくれず、まるで用をなさない！　できることならせめて冬場だけでも、町に住んでみたい、もっとも夏場の天気のよい日々のほうが、ひょっとしたら田舎ははるかに退屈かもしれない――そして、話す内容に応じて、彼女の声は澄んだり、甲高《かんだか》かったり、あるいはとつぜん憂愁の色を帯び、抑揚を長く引いて、ついにはほとんどつぶやきのようになってしまったときには、独り言になっていて――ときに嬉々《きき》として、無邪気な瞳を瞠《みは》り、やがてまぶたを半ば閉じて、まなざしはけだるげに沈み、思いはとりとめもなくめぐるのだった。

夕方になって、ベルトーから帰りながら、シャルルは彼女の言った言葉をひとつひとつ反芻《はんすう》し、つとめて思い出し、意味を補って、自分のまだ知らない時期の彼女の暮らしを思い描こうとした。しかし彼には、最初に会ったときの彼女の姿か、さもなければ今しがた別れてきたばかりの彼女の姿以外には、まるで思い浮かべられなかった。

やがて彼は自問した、彼女はこれからどうなるのだろう、結婚するのだろうか、ならば誰と？　ああ！　ルオー爺さんはじつに金持ちだし、それに彼女ときたら！……あんなにも美しい！　それでもエンマの顔がたえずよみがえってきては目の前に浮かび、独楽《コマ》のうなりみたいな単調ななにかが耳もとでぶんぶんと言い立て、「お前が結婚したらどうだ、それなら！　お前がもらったらどうだ！」その夜、彼は眠れず、喉がつまり、からからに渇き、起き上がると、水差しから水を飲み、窓を開く、空には星がちりばめられ、暖かい風がよぎり、遠くで犬が吠えている。彼は顔をベルトーのほうに向けた。

結局のところ、虎穴《こけつ》に入《い》らずんば、と考えたシャルルは、機会《チャンス》がありしだい求婚しようと心に誓ったが、好機が訪れる度に、ふさわしい言葉が見つけられそうにないという恐れから、その唇は張り付いたまま開かなかった。

ルオー爺さんにしてみれば、家にいてもほとんど役に立たない娘を片付けられるのなら、むしろうれしいくらいだったろう。ルオー爺さんは心ひそかに娘を大目に見ていて、大金持ちには一度もお目にかからないこんな神さまから呪《のろ》われた野良仕事をやるには、娘は頭がよすぎると思っていた。爺さんは農業で財を成すどころか、毎年のように損をし、商いにかけては抜きん出ていて、そっちの権謀術数にはたけているのに、反面、本来の畑仕事とか農場の管理運営となると、だれよりも向いていなかった。ポケットのなかからおいそれとは手を出さず、暮らしにかかわることにはなんであれ出費を惜しまず、うまいものを食らい、ぬくぬくと暖まり、たっぷりと寝たかった。濃いシードルが好きで、レアの子羊の腿肉《ジゴー》を好み、じっくりかき混ぜたブランデー《グロ》入りコーヒー《リア》を愛した。台所の暖炉の前に陣取り、小さなテーブルを運ばせ、そこにすっかり用意をさせてひとり食事をしたが、さながら芝居でも演ずるかのようだった。

シャルルは娘のそばに寄ると頰を赤らめるが、これは近いうちに結婚でも申し込む表れではないかと気づくと、爺さんはあらかじめことの万端に思いをめぐらした。いささかぱっとしない男に見え、願ってもない婿《むこ》とは言えないが、噂によれば、品行方正で、倹約家で、とても学があるということだから、たぶん持参金についてうるさくごねないだろう。ところで、ルオー爺さんはというと、自分の地所のうち二十二エーカーを売り払わねばならないだろうし、石工にもだいぶ借金があり、馬具職人にも借りがかさんでいるし、ブドウ圧搾機《あっさくき》の軸も直さねばならないから、
「もし嫁に欲しいと言ってきたら、あいつにやろう」と考えた。

大天使ミカエルの祝日〔九月二十九日〕のころ、シャルルはベルトーに来て三日間を過ごした。最終日も前の二日と同じく、十五分ごとにしり込みして過ぎてしまった。ルオー

爺さんはシャルルを見送りに出て、二人は生垣に挟まれた道を歩き、いまにも別れようとしていた、いまだ。シャルルは生垣の端まで猶予《ゆうよ》を自分に与え、そしてとうとうそのとき、生垣を過ぎてしまった。

「ルオーさん、よかったらお話したいことがあるのですが」と彼はぼそぼそと言った。

二人は立ち止まった。シャルルは黙ってしまった。

「さあ、あなたの話とやらを言いなさいまし！　このわしが何もかもお見通しじゃないとでも？」とルオー爺さん優しく笑いながら言った。

「ルオーさん……、ルオーさん……」とシャルルは口ごもった。

「わしから見て、これ以上のご縁は望みようもありません」と農場主はつづけた。「おそらく娘もわしの考えと同じでしょうが、それでもあいつの意見を訊《き》いてみなければなりません。さあ、そのままお進みなさい、わしは家に引き返します。それでもしよいということになれば、いいですか、人目もあるので、先生はもどるには及びませんよ、第一、もどれば娘がびっくりするでしょうから。でも先生も不安にさいなまれちゃいけませんので、窓のよろい戸を壁ぎわまでいっぱいに押し開けますから、家の裏手に回って生垣の上に身を乗り出せば見えますよ」

そして爺さんは遠ざかって行った。

シャルルは馬を木につないだ。急いで小道に入り、待った。三十分が過ぎ、それから彼は懐中時計を出して、数えると、十九分経《た》った。とつぜん、壁に何かが当たる音がし、よろい戸はもとのように押し開かれ、留め金がまだ揺れていた。

翌日になると、九時から彼は農場に来ていた。彼が入ってくると、エンマは顔を赤らめながら、照れ隠しに少し笑おうとつとめた。ルオー爺さんは未来の婿に接吻した。持参金の取り決めについての話し合いは先に延ばされ、それに、結婚式はシャルルの喪が明けるまで、つまり翌年の春ごろまでは憚《はばか》られるので、時間ならまだ十分にあるのだった。

期待のうちに冬は過ぎた。ルオー嬢は支度《したく》にかかりっきりだった。支度の一部はルーアンの店に注文し、そして肌着やナイトキャップは、借りてきた流行のデザインにならって彼女が自ら仕立てた。シャルルが農場を訪ねてくると、婚礼の準備が話題になり、家屋のどこで晩餐を出そうか相談し合い、料理はどのくらい必要で、アントレ〔スープかオードブルにつづいてメイン料理の前に出される料理〕を何にするか、あれこれ思い描いた。

エンマは、男二人とはちがって、真夜中に松明《たいまつ》の明かりで式をあげたいと望んだが、ルオー爺さんはそのような着想にまったく理解を示さなかった。ところで婚礼は、四十三人もつめかけ、十六時間も食卓についたまま翌日もまた繰り返され、そのあと数日間なんだかんだつづいた。

4

招かれた客たちはさまざまな馬車に乗って到着したが、一頭立ての幌《ほろ》つき二輪馬車もあれば、二輪の長くて軽い馬車もあり、無蓋の古びた二輪馬車もあれば、皮の覆いを付けた家具運搬車もあり、すぐ近くの村の若い連中は二輪の荷馬車に乗って、立ったまま横に並び、急いで進んでひどく揺れても落ちないように、わきにある荷枠に手を添えていた。ゴデルヴィル、ノルマンヴィル、カニーといった十里〔約四十キロで、当時としてはかなり遠方〕も先から来た客もあった。両家の親類はあまさず招《よ》ばれていて、仲たがいしていた友人たちとも仲直りし、しばらく疎遠《そえん》になっていた知り合いにも手紙で知らせた。

ときどき、生垣の向こうで鞭の音が聞こえると、やがて柵が開いて、幌つき二輪馬車が入ってくる。玄関ステップの一段目まで駆けてきて、そこで急にとまり、客を吐き出すと、客は両側から降りながら、膝《ひざ》をさすったり、腕を伸ばしたりしていた。婦人たちは縁なし帽をかぶり、都会風のドレスをまとい、時計の金の鎖を見せ、細長い《ペル》肩掛《リーヌ》けの端を前で合わせてベルトにはさみ、あるいは色物の小さなスカーフをピンで背中に留め、首の項《うなじ》を見せていた。腕白たちは父親と同じような身なりをしていたが、その服が下ろしたてで着心地が悪そうで（その日、生まれてはじめて長靴《ブーツ》を履いた子すら多く）、そして子供たちの傍らには、おそらくその従姉《いとこ》か姉か、十四か十六くらいの年上の娘の姿があり、ひと言も口を利かず、機会に合わせて丈を延ばした初聖体拝領のときの白いドレスを着て、赤ら顔で呆然《ぼうぜん》とし、髪にはバラの香りのポマードをねっとり塗り、手袋を汚しはしないかとびくびくしていた。すべての馬車から馬を外すには馬丁が足りなくて、旦那《だんな》たちが腕まくりして、自らこれに当たった。その異なる社会的地位に応じて、旦那連中は燕尾《えんび》服《ふく》やフロックコートや背広や尾《テール》の短い燕尾服を着ていて〔階層的に上から下に服装が並んでいる〕——上等な燕尾服は一家の尊敬という尊敬に包まれ、これは儀式でもないかぎり衣装箪笥から出ることもなく、筒状の襟飾りと合わせたフロックコートはポケットも袋のように大きく、長い裾《すそ》を風に翻《ひるがえ》し、粗いラシャ地〔紡毛糸〔体の糸で織った紡毛織物〕〕の背広には概して庇《ひさし》のフレームに銅線を入れた帽子と組み合わせ、丈のつまった短燕尾服は背にある二つの飾りボタンが接近していて両の目のようで、その垂れは大工の鉈《なた》が一枚の材木からじかに切り取ったように見えた。さらに何人かは（もちろん、そうした連中は会食者の末席で晩餐に与《あずか》ることになるのだが）礼服に当たる仕事着を着ていて、つまり、襟を肩の上に折り返し、背中に小さな襞《ひだ》を寄せ、縫い付けベルトで腰の部分に布を下へ留めていた。

そしてワイシャツは胸のところで鎧《よろい》の胸甲のようにふくらんでいた！　だれもが髪を新たに刈り込んでいて、両の耳が頭から突き出て見え、ひげはていねいに剃《そ》られていて、何人かは夜明け前から起き出していたのか、はっきり見えないのに自分のひげを当たって、鼻の下に斜めに切り傷をこしらえ、あるいは、顎《あご》に沿って三フラン銀貨の大きさに皮膚を擦りむいて、そこに来る道々の外気が当たってひりひりし、そのだれもが晴れ晴れとした白い大きな顔にバラ色の斑《まだら》をぽつぽつとつけていた。

教会で式が済むと、村役場が農場から半里〔約二キロ〕のところにあるので、みんなは歩いて役場まで行き、そして同じようにもどってきた。当初、行列は色のくっきりした一筋の綬《じゅ》〔肩から斜めにかける勲章の懸章〕のようにまとまり、緑の麦畑のあいだをくねくねとした狭い道伝いに畑のなかをうねり、やがて長く伸び、ちぎれて別々の塊になり、塊はそれぞれに長々と話し込んでいた。先頭に村のヴァイオリン弾きが立ち、楽器《スクロール》の先端にリボンを飾り、新郎新婦があとからつづき、親類や友人はじつにまちまちに進み、そのあとを行く子供たちは見られてないのをいいことに、面白がってカラスムギの穂先についた花をむしったり、あるいはたがいにじゃれ合ったりした。エンマのドレスは長すぎて、裾を少し引きずり、ときどき彼女は立ち止まり、ドレスをたくし上げ、それから優雅に、手袋をはめた指でごわごわの草やアザミの小さな棘《とげ》を取り除き、そうするあいだシャルルは手持ち無沙汰《ぶさた》で、彼女が抜き終えるのを待っていた。ルオー爺さんは買ったばかりのシルクハットをかぶり、爪の先まで手が隠れるような燕尾服で着飾り、ボヴァリー老夫人に腕をかしていた。父親のボヴァリー氏はといえば、集まった連中をみなじつのところ軽蔑《けいべつ》していたが、一列にボタンの並んだ軍隊式に裁《た》ったフロックコートという簡素な格好で来ていて、金髪の田舎娘を相手に、飲み屋でよくやる愛想をさかんに並べていた。娘はお辞儀をしたり、顔を赤くしたり、どう答えたらよいか分からなかった。結婚式に呼ばれたほかの客たちは商売の話をしたり、互いの背中にいたずらをしかけたり、いまからもう上機嫌に浮き立っていて、そして、耳を澄ますと、田畑のなかを弾きつづけているバイオリン弾きの、きいきいいう音がずっと聞こえていた。みんながはるかうしろにいると気づくと、バイオリン弾きは立ち止まって一息入れ、弦がよく音を出すように長々と松脂《まつやに》を弓に塗り、それからまた歩きはじめ、ヴァイオリンの棹《さお》を代わる代わる上げ下げして、自分でうまく拍子を刻もうとした。楽器の音に、遠くで小鳥たちが飛び立った。

食卓は荷車置場のなかに用意されていた。卓上には、牛の腰肉の塊が四つ、若鶏のフリカッセが六つ、子牛肉の煮込み、羊の腿肉《ももにく》の塊が三つ、中央に、でんと見事な乳飲み豚の丸焼きが置かれ、その脇に酸葉《スカンポ》を香味に入れたアンドゥイユ〔豚の内臓を詰めたソーセージ〕が四つ添えられていた。四隅には、ブランデーが水差し《カラフ》に入って置かれていた。甘口のりんご酒《シードル》の瓶の栓のまわりには、濃密な泡が吹きこぼれ、どのコップにも前もってなみなみとワインが注がれていた。いくつもの大皿に盛られた黄色のクリームは、どんなにわずかな食卓の揺れにもひとりでに揺れ動いていたが、その滑らかな表面には新郎新婦の頭文字が小粒のドラジェ〔白、ピンクなどの糖衣菓子。結婚祝に贈る〕で唐草模様風に描かれ、並べられていた。パイやヌガーのために、イヴトーまで菓子職人《パティシエ》を呼びに行っていた。菓子職人はこの地には初お目見えだったので、万事に気を配り、そして、デザートに自らデコレーションケーキを運び入れると、一同から歓声が上がった。まず土台には、四角い青いボール紙が神殿を表し、周囲には回廊や列柱がめぐらされ、化粧漆喰《しっくい》の彫像は金紙の星をちりばめた壁龕《へきがん》〔壁に設けられた窪みで、彫像が置かれる〕のなかにおさまっていて、次いで二番目の層には、ガトー・サヴォワでつくった城の主塔《ドンジョン》がそびえ、周囲にアンゼリカの茎の砂糖漬けやアーモンドや乾ブドウや四半分に切ったオレンジで小さな防塁がめぐらされ、そして、最後に、頂上の水平面は緑の草原で、そこには岩山があり、ジャムの湖があり、ヘーゼルナッツの殻の舟を浮かべ、かわいいキューピッドがチョコレートのぶらんこで遊んでいて、ぶらんこの二本の柱のてっぺんは本物のバラの蕾《つぼみ》が二つ、留め金のつもりか飾られていた。

夜になるまで、一同は食べた。座り疲れると、庭に出て歩きまわったり、納屋でコルク倒し〔ブドウ酒のコルク栓の上に賭金を載せ、ある距離から小さな円盤状の金属や木を投げて倒す遊び〕の勝負をしたりして、やがてまた食卓にもどってきた。終わりごろになると、なかには居眠りをしていびきをかく者もいた。だが、コーヒーが出ると、座が活気をとりもどし、そこで歌いはじめたり、力業を披露したり、おもりを持ち上げたり、親指を頭上にかざしてその下をくぐる仕草をしたり、荷車を肩にかつごうとしたり、卑猥《ひわい》な冗談をとばしたり、ご婦人連中に抱きつく者もいた。夜もふけて、出発のときになると、馬たちは燕麦《えんばく》を鼻の先までつめこむほど満腹して、轅《ながえ》〔馬車の前方に長く突き出た二本の棒で先端にくびきをつけて馬に引かせる〕のあいだに入れるのに苦労し、あと足でけったり、棹立《さおだ》ちになったり、馬具が壊れたり、飼い主は悪態をついたり笑ったりし、そして、一晩じゅう、月の光を浴びながら、この地方の方々の道で、何台もの馬車が狂ったように、全速力で駆け、飛び跳ねて排水溝に落ち、何メートルもの砂利の山を飛び越え、土手の斜面をひっかけ、女たちまで扉の外に身を乗り出して手綱を取ろうとした。

ベルトーに残った連中は台所で飲み明かした。子供たちは腰かけの下で寝入っていた。

新婦は恒例のいたずらを容赦してくれるように父親にさんざん頼んでおいた。しかしながら、親類の魚屋（結婚祝いに雄雌そろいの舌びらめを持ってきた男だ）が、口にふくんだ水を鍵穴《かぎあな》に吹き込みはじめ、そのときルオー爺さんがちょうど折りよく差しかかり、魚屋を押しとどめ、自分の婿はきちんとした身分の人だからそのような無作法なまねは慎むように言い聞かせた。しかしながらその親類の男はそんな理屈になかなか折れようとはしなかった。心のうちで、ルオー爺さんをお高くとまってやがると難じて、隅っこに四、五人固まっている他の客たちのところに行って加わったが、この連中は、たまたま何度もつづけざまに上等でない肉が食事中にまわってきて、てっきり冷遇されたと思い込み、この家の主《あるじ》に関してあることないことひそひそ話し、それとなくその破産を願っていた。

ボヴァリー老夫人は一日じゅう、かたくなに沈黙を守っていた。嫁の衣装についても、祝宴の段取りについても相談を受けず、夫人は早々に引き上げて行った。夫はそのあとを追うどころか、サン＝ヴィクトールまで葉巻を買いにやらせ、夜が明けるまでくゆらせながら、キルシュ〔サクランボの蒸留酒〕入りのグロッグ〔ブランデーやラム酒を砂糖湯で割ったもの〕を飲んだが、それは一座の者にはなじみのない混合酒だったので、ボヴァリー氏にとって、さらに一段と大きな尊敬をもたらす根拠みたいになった。

シャルルはまるで冗談のわかる性質《たち》ではなく、披露宴のあいだ目立ちもしなかった。スープのときから早くも、浴びせるのが義務だと思われている皮肉やだじゃれ、二重にとれるかけことば、祝いの言葉や卑猥な言葉に、彼はぱっとしない受け答えをしていた。

翌日になると、反対に、彼は別人になったように見えた。前日までは処女だったのに、と思われたのはむしろ彼のほうで、一方、新婦はといえば、何かを気取《けど》られるようなところは何ひとつ見せなかった。だれよりも抜け目のない人たちでも、どう答えてよいか分からず、彼女がそばを通っても、度を超して精神を緊張させてしまい、ただじっと見つめるばかりだった。ところがシャルルは何も隠さなかった。エンマを、ぼくの妻と呼び、お前と親しく話しかけ、彼女がいないとだれにでも聞いてまわり、どこでも探しまわり、しばしば彼女を庭先に連れ出すと、腰のまわりに手をやり、彼女に半ば身体《からだ》をあずけて、ドレスの胸飾りのレースを頭で皺《しわ》くちゃにする姿が、遠く木立のあいだからちらちら見えた。

婚礼から二日して、夫妻は出発したが、シャルルには患者がいるので、それ以上長く家を留守にできなかった。ルオー爺さんは自分の馬車に乗せて二人を送らせ、自身もヴァソンヴィルまでいっしょに行った。そこで娘に別れの接吻をし、馬車から降り、来た道を引き返した。百歩ほど行くと、爺さんは立ち止まり、馬車が遠ざかり、土ぼこりをあげながら車輪が回っているのを見ているうちに、大きなため息をついた。それから自分の結婚式のこと、往年のこと、妻がはじめて身ごもったときのことを思い出し、あいつを実家からこちらの家に連れ帰った日には、馬の尻《しり》に乗せ抱えて、雪の上を跑足《だくあし》で駆けて、うれしくてたまらなかった、なにしろ、クリスマスのころで、野原は一面真っ白で、あいつは片方の腕でこっちにつかまり、もう一方の腕にバスケットを下げていて、コー地方特有のかぶり物の長いレースが風にあおられ、ときどきこちらの口もとにかかり、振り向くと、肩越しのすぐそこにあいつの小さなバラ色に火《ほ》照《て》った顔があって、何も言わず微笑んで、その上にかぶり物の金の留め飾りが見える。冷たくなった指を温めようと、あいつはときどきこの胸にそいつをそっと差し入れてくる。こいつはみんな、何て遠い昔のことだろう！　息子が生きていれば、いま、もう三十になるだろうに！　そこで爺さんはうしろを振り返ったが、道には何も見えなかった。彼は家具を取り払ったあとの家みたいに、自分が寂れたように感じ、そして、宴会のあとの靄《もや》がかかって鈍った頭のなかの滅《め》入《い》る思いに、優しい記憶が混ざりあい、まさに一瞬、教会のほうにちょっと寄って行こうかと考えた。しかしながら、教会を見たらなおさらわびしくなるだろうと不安になり、まっすぐ自宅に帰った。

シャルル夫妻は六時ごろトストに着いた。隣近所の人たちは窓辺に行って、先生の新しい奥さまを見ようとした。

年寄りの女中が姿を見せ、彼女にあいさつし、夕食ができてないことをわび、支度のできるまで、奥さまは家のなかをご覧くださるようにと勧めた。

5

家の正面はれんが造りで、ちょうど通りに沿ってまっすぐ並んでいて、というかむしろ街道のきわすれすれだった。ドアを開けると、小さな襟飾りのついた外套《がいとう》と馬勒《ばろく》〔馬の頭部につける頬革や馬銜や手綱などの総称〕と黒革の庇帽がかけてあり、隅の床には、一足分の脛当《すねあ》て〔脛の部分が靴にぴったりあうようになっている〕が置いてあり、渇いた泥がまだついていた。右手が広間で、つまり食堂兼居間だった。色の薄い花綱《はなづな》模様を上部にあしらった明るい黄色の壁紙が、裏地の布がぴんと張ってないので全体にちかちかして見え、赤い飾り紐《ひも》で縁取りされた白いキャラコのカーテンとカーテンが窓に沿って重なり合い、狭いマントルピースの上には、楕円形の火屋《ほや》〔明かりの火をおおうガラス製の筒〕をかぶせた二つの銀メッキの燭台《しょくだい》にはさまれて、ヒポクラテスの頭部像を載せた置時計が輝いていた。廊下の向かい側に、シャルルの診察室があり、それはおよそ六歩も歩けばいっぱいの広さの小部屋で、机が一つに、椅子《いす》が三つ、事務用肱掛《ひじかけ》椅子が一つあった。『医学辞典』〔八折判で全六十巻、一八一二―二二年刊行〕の全巻が、ページは切られていないものの、次から次へと売られて人手に渡って仮綴《かりとじ》はいたんでいて、モミ材の六段の書棚をほとんどそれだけで占めていた〔当時、本は仮綴で売られ、購入者が装丁した〕。診察中に、ルーの香りが壁を抜けて入り込んでくるのだが、同じように、診察室での患者の咳《せき》も、こまごまとした話の一切も、台所にいても聞こえるのだった。その次に来るのが、パン焼き窯《がま》のある大きな荒れ果てた部屋で、いまでは薪置き場として、ワインや食料の貯蔵庫として、不用になったものの物置として使われ、古い屑鉄《くずてつ》だの、空《から》の樽《たる》だの、使えなくなった農具だのでいっぱいで、そのほかに使い道も分からない多くのがらくたが埃《ほこり》をかぶっていて、その部屋はじかに庭に面していて、庭には馬屋があった。

　庭は縦に長く、アンズを一面にはわせた土《ど》塀《べい》にはさまれ、茨《いばら》の生垣まで延びていて、その生垣が畑との境界になっていた。庭の中央には、スレート製の日時計が石を積み組んだ台座の上につくられていて、やせ細ったノバラの生えた四つの花壇が、ちゃんとした野菜を植えたずっと役立つ四角い畑を釣り合いよく囲んでいた。庭のずっと奥には、トウヒ〔マツ科の常緑高木〕の木陰に、石膏像の神父が祈《き》禱書《とうしょ》を読んでいた。

　エンマは二階に上がった。最初の部屋には家具が少しもなかったが、次の部屋が夫婦の寝室で、赤いカーテンで仕切られたアルコーブにマホガニーのベッドがあった。貝殻細工の箱が箪笥《たんす》の上を飾っていて、そして、窓辺の書き物机の上には、水差し《カラフ》に白いサテンのリボンで結わえたオレンジの花束《ブーケ》がさしてあった。花嫁の花束だわ、先妻の花束ね！　彼女はそれを見つめた。シャルルはそれに気づき、花束を取ると、屋根裏部屋に持って行き、一方、エンマは肘掛椅子に座って（彼女の身の回りの品がまわりに運び込まれていて）、ボール箱に入れて荷造りした自分の結婚の花束《ブーケ》のことを思い、夢想にひたりながら、もしたまた自分に死ぬようなことがあったら、花束はどうされるのかしらと思った。

　最初の何日か、彼女は家のなかの模様替えをじっくり考えて過ごした。燭台から火屋を外したり、新しい壁紙を貼らせたり、階段を塗り替えさせたり、庭の日時計のまわりにベンチを作らせたりし、魚の泳ぐ噴水のある池を掘るにはどうしたらよいかと訊きさえした。彼女が馬車で動き回るのが好きだと分かった夫は、しまいに、中古の軽装無蓋の二輪馬車を見つけてきて、新しい角灯《ランタン》と車輪に革の泥よけをつけてしまい、するとどうにか軽装二輪馬車《ティルバリー》〔一八二〇年にイギリスからフランスに入ってきた二人用の馬車で、当時、最も優雅だった〕に見えた。

　かくして彼は幸せとなり、世に思いわずらうものなど何もなかった。差し向かいの食事、街道の方への夕方の散歩、真ん中で分けた髪に手をやる妻の仕草、窓のイスパニア錠〔両開きの窓用の戸締り錠〕にかけてある妻の麦藁帽子《むぎわら》の眺め、さらにシャルルには歓《よろこ》びを見いだせるとは思いも寄らなかったほかの多くのものが、いまでは尽きることのない彼の幸福を作り上げていた。朝になり、ベッドに一つ枕《まくら》でともに寝ながら、彼が見つめていると、朝の太陽の光が射《さ》し込んできて、夜帽《ボンネット》に縫い合わされた垂れ飾りに半ば隠れた妻の頰のうぶ毛が金色に輝くのだった。こんなに間近から見ると、彼女の目は大きくなったように思われ、とりわけ目覚めぎわに何度もつづけてまばたきするときには大きく見え、日陰でみると黒く、日なたで見ると濃い青に見えるその目には、切れ目のないいくつもの色の層があるようで、奥のほうは濃く、表面に向かうにしたがいしだいに色が明るくなってきて、表面はエナメルをほどこしたようだ。彼のまなざしが、そうした深みのなかへ消え入ろうとすると、そこに小さくなって肩まで映った自分が見え、頭にスカーフを巻き、パジャマの胸がはだけていた。彼は起きだした。彼が往診に出るのを見送りに、彼女は窓辺に寄り、そして、身体まわりがゆるやかな部屋着をまとったまま、窓の縁のゼラニウムの鉢と鉢のあいだに肘をついていた。シャルルは通りに出て、車よけの石に足をのせて拍車をとめ、そして、彼女は上から話しつづけながら、口で花びらや葉っぱをむしりとって、彼のほうに吹きかけると、それらはひらひらと舞い、宙に浮かびながら、空中に半円を描き、さながら鳥のようで、落下する前に、玄関先でじっとしている老いた白馬の櫛《くし》の入っていないたてがみに絡みつくのだった。シャルルは馬にまたがり、彼女に接吻を投げてよこし、彼女は合図で答えて、窓を閉め、彼は出発した。そうして、街道に出ると、いつ果てるともなく長いリボンのようなほこりを立て、トンネルのように木々が両側から覆《おお》っている道に入り、麦が膝までとどくほどの小道を行き、両方の肩に日射しを浴び、鼻孔に朝の大気を吸い込み、夜の歓びに胸は充《み》たされ、心は落ち着き、肉は充ち足り、まるでいま消化しているトリュフの味を食後になってもさらに何度も味わっている人たちのように、自らの幸福を反芻しながら、去ってゆくのだった。

現在まで生きてきたなかで、良かったことといえばなんだったろう？　あの高い壁のなかに閉じ込められ、クラスでは、自分より金持ちかよくできる同級生に混じってひとりきりで、訛《なま》りを笑われ、着ているものをからかわれ、しかも連中の母親ときたら、菓子をマフ〔円筒形の両手の防寒具〕に忍ばせて面会に来ていたが、あの中学時代がそうだったのだろうか？　そのあとの、医学を学んでいて、財布がふくらんでいたためしがなくて、情婦になってくれていたかもしれないかわいいお針子に、コントルダンス〔数組の男女が向かい合って踊る陽気なダンス〕のお礼もできなかったころだろうか？　それから、十四か月ものあいだ、ベッドに入っても足が氷の塊のように冷たかった女やもめと暮らした。ところが、いまやどうだ、一生のあいだ、大好きなあの美女を自分のものにしているのだ。彼にとって、全世界とは妻のペチコートのもたらす絹の手ざわりの範囲を超えるものではなく、そして、愛し足りないのではないかと自分を責め、彼女にまた会いたくなり、急いでもどってきて、階段を上ると、胸が高鳴った。エンマは寝室で化粧をしているところで、忍び足で近づいて背中に接吻すると、彼女はあっと声を上げた。

彼には、エンマの櫛や指輪やスカーフに絶えず触れないでいることはできず、ときどき彼女の両の頬に熱烈に濃厚な接吻をし、かと思えば、あらわな腕に沿って、指の先から肩まで、つづけざまに小さな口づけをし、そして、彼女は半ば微笑みながら、うんざりして彼を押しのけるのだったが、まるでそれはこちらを求めてしがみつく子供に対してそうするようにだった。

彼女は結婚するまで、自分が恋をしているものと信じ切っていたが、その恋から生じたはずの歓びが訪れてこないので、自分が思い違いをしたのに違いない、と思った。そしてエンマは、本のなかで読むとあんなにも美しく思われた至福とか情熱とか陶酔といった言葉が人生ではじつのところ何を意味しているのか、知ろうと努めた。

6

彼女は『ポールとヴィルジニー』〔ベルナルダン・ド・サン＝ピエールの南洋の自然が描かれた恋愛小説。一七八七年に刊行され、十九世紀前半によく読まれた〕を読んだことがあって、竹でできた小屋や黒ん坊のドマンゴや犬のフィデールを夢想し、とりわけ優しい兄のような心地よい友情を夢想したが、それは、鐘楼よりも高い大木にのぼって赤い実をとってくれたり、砂浜を裸足《はだし》で走っては鳥の巣を持ってきてくれるような兄だった。

十三歳になると、娘を修道院の寄宿女学校に入れるため、父親は自分で町〔ルーアンを指している〕まで連れて行った。二人はサン＝ジェルヴェ地区の旅館に泊まったが、夕食のときに、ラ・ヴァリエール嬢〔一六四四―一七一〇。ルイ十四世の寵愛を受ける〕の物語を描いた焼絵皿が出された。図柄の説明はナイフがかすり傷をつくってところどころ途切れていたが、どれも、信仰やこまやかな心づかいや宮廷の栄誉を称《たた》えていた。

彼女は寄宿学校に入ると、最初のころ、退屈するどころか、修道女たちとの付き合いが楽しく、面白いだろうからと礼拝堂《チャペル》に連れて行ってもらったが、そこには食堂から長い廊下を抜けて入り込むのだった。彼女は休み時間にもほとんど遊ばず、教理問《カテキス》答《ム》をよくのみこもうとし、助任司祭のむずかしい質問に答えるのはいつも彼女だった。そうしてぬるま湯のような教室の雰囲気から一歩も出ずに、先に銅の十字架のついたロザリオをつまぐる色白の聖女たちのあいだで暮らすうちに、彼女は、祭壇の薫香《くんこう》からも、聖水盤のひんやりとした冷たさからも、大ロウソクの輝きからも発散する神秘な物憂《ものう》さに心地よくまどろんだ。ミサにも出ずに、本のなかにある青く縁どられた宗教画に見入り、病める羊〔迷える羊など、羊を、救われるべき魂に、牧人を、救うキリストに喩える伝統がある〕や鋭い矢に射抜かれた聖なる心臓《サクレクール》〔キリストの心臓を指し、とりわけ十八世紀からカトリック教会で崇敬の対象となった〕を愛し、あるいは十字架を背負って歩きながら倒れるいたわしいイエスさま〔キリストが磔刑に処せられたカルバリ（ゴルゴダ）の丘へ向かう光景〕を愛した。彼女は、苦行のつもりで、一日じゅう何も食べずにいようと試みた。何か果たすべき誓いはないか、思い出そうと努めた。

告解に行くときには、少しでも長く暗がりにひざまずいて合掌しながら、格子《こうし》に顔を寄せ、司祭のひそひそ声を受けたいばかりに、小さな罪をでっちあげさえした。説教に繰り返し出てくる許婚《いいなずけ》とか、夫とか、天の恋人とか、永久《とわ》の婚姻《ちぎり》といった比喩《たとえ》は、彼女の魂の奥底に意表をつくような歓びをかき立てた。

夕方、祈りの前に、自習室では宗教書の朗読が行なわれた。平日には、『旧約聖書』や『新約聖書』の要約やフレシヌス師〔一七六五―一八四一。司教、王政復古期に文部大臣、宗務大臣をつとめる〕の『説教集』〔一八二五年に刊行され、大革命に対する宗教擁護を内容とする〕、日曜日には、息抜きに、『キリスト教精髄』〔一八〇二年に刊行されたシャトーブリアンの代表作〕の数節が読まれた。最初のうち、彼女はロマンチックな憂愁の朗々とした悲嘆の響きが、地上からも永遠からも、すべての人に向けて繰り返し沸き起こるのに、どれほど耳を傾けたことだろう！　もし彼女が幼いときを商店街の店の奥の部屋で過ごしていたのなら、おそらくはそうしたときに、叙情的に押し寄せてくる自然を理解できるようになっていて、たいていは、作家たちの表現を通してはじめてこちらにとどくものなのだ。しかし彼女は田舎を知りつくしていて、羊の群れの鳴き声も、乳しぼりも、鋤《すき》も知っていた。のどかな光景に慣れていた彼女は、反対に、波乱に富んだものに目を向けた。海が好きなのも、暴風雨があればこそで、草木の緑が好きなのも、それが廃墟《はいきょ》のなかにまばらに生えているからこそだった。彼女にとって、どんなものでも、自分の得になるようなものが引き出されなければならず、そして、自分の心がただちに摂取するのに用をなさないものは、すべて無用として打ち捨て――なにしろ芸術家というより感傷的な性分だから、風景ではなく感動を求めたのだ。

修道院の寄宿学校には、毎月一週間だけ通って来て、シーツ・クロス置場で働く一人の婆《オールドミス》さんがいた。大革命で没落した貴族の古い家柄の出身というので大司教区から庇護《ひご》され、食堂では修道女たちの食卓で食べ、食事が済むと、ちょっとだけおしゃべりをして、それから二階に上がって仕事にもどる。寄宿生たちはよく自習室を抜け出して、婆さんに会いに行った。婆さんは昔の恋歌をいくつもそらんじていて、針を運びながら小声で歌ってくれた。いろいろ物語を語ってくれ、世間の消息を教えてくれ、買物を頼まれれば町で済ませ、前かけのポケットにいつも忍ばせておいて、小説か何かをこっそり上級生に貸してくれ、このお人よしの老嬢自身も、その長い何章かを仕事の合間にむさぼり読むのだった。内容はといえば、まさに恋愛で、恋する男に恋する女、人気《ひとけ》のない一軒家で気を失う虐《しいた》げられた貴婦人、宿駅に着くと決まって殺される御者、ページごとに乗りつぶされる馬、暗い森、ときめく心、固い約束、すすり泣き、涙と口づけ、月の光を浴びる小舟、木立でさえずる小夜鳴鳥《ナイチンゲール》、獅子《しし》のように勇敢で、子羊のように優しく、だれも真似《まね》できないほど徳の高い、いつもよい身なりの、泣くとなったらたっぷり泣きぬれるほど泣く男の人たちなのだった。十五歳になったエンマはこうして、半年ものあいだ、古くさい貸本室《キャビネ・ド・レクチュール》のほこりに手を汚した。

少しすると、ウォルター・スコット〔一七七一―一八三二。スコットランドの歴史小説家〕を読んで、歴史的なことに夢中になり、櫃《ひつ》とか衛兵控室とか宮廷楽人《ミンストレル》〔十二、三世紀に封建諸侯の宮廷に仕えた詩人、音楽家〕に夢想を馳《は》せた。できることなら、長い胴着《コルサージュ》をまとった女城主のように、どこかの古い領主館《マノワール》に住んでみたかったのだが、女城主なら、尖塔《せんとう》アーチの三つ葉装飾《トレフォイル》の下で、石に頬杖《ほおづえ》をつきながら、黒い馬にまたがりギャロップで駆ける白い羽根飾りの騎士が野の果てからやってこないかと眺めて毎日を過ごすのだ。彼女はそのころ、メアリー・スチュアート〔一五四二―八七。フランソワ二世の妃で、後にスコットランド女王。ウォルター・スコットにその物語がある〕に深い尊敬の念を抱き、有名な女性たちや薄幸な女性たちを熱烈に崇拝した。ジャンヌ・ダルク〔一四一二―三一。百年戦争の際、オルレアンで英国軍を破り祖国を救ったが、後に異端の罪で火刑〕、エロイーズ〔一一〇一―六四。修道女。師であり夫であったアベラールとの愛の往復書簡で有名〕、アニェス・ソレル〔一四二二―五〇。シャルル七世の愛妾〕、うるわしのフェロニエール〔フランソワ一世の愛人。ダ・ヴィンチに「ラ・ベル・フェロニエール（婦人の肖像）」がある〕、クレマンス・イゾール〔中世のフランスの女流詩人、トゥールーズでの「花合戦」の発展に貢献した〕が、彼女にとって、歴史の広大な闇《やみ》に彗星《すいせい》のように浮かび出て、そこにまた、柏の木陰の聖ルイ王〔一二一四―七〇。ルイ九世のこと。ヴァンセンヌの森の一本の柏の木の下に座して裁判を行なったと伝えられる〕、瀕死《ひんし》のバヤール〔一四七六―一五二四。シャルル八世治下三代の王のもとで戦功をたてた〕、ルイ十一世〔一四二三―八三〕の残虐《ざんぎゃく》行為、聖バルテルミーの大虐殺〔一五七二年、カトリックがプロテスタントを大量虐殺した事件〕のいくつかの場面、アンリ四世〔一五五三―一六一〇〕の兜《かぶと》の白い羽根飾り、いつもきまってルイ十四世〔一六三八―一七一五〕が称えられた焼絵皿の記憶が、互いに何の脈絡もなく、闇のなかにいっそう深く姿を消していたのに、あちらこちらになおもせり出してくるのだった。

　音楽の時間に彼女が歌う恋歌《ロマンス》で問題にされるのは、金の翼の小さな天使や聖母《マドンナ》やゴンドラの船頭や潟《かた》〔ヴェネツィアの光景であろう〕ばかりだったが、その穏やかな曲は、軽はずみな音楽と間抜けな言葉を通して、感傷的な現実の持つ心を奪うような夢幻的光景を彼女に垣《かい》間見《まみ》せてくれた。友だちのなかには、お年玉にもらった贈答用装飾本《キープセイク》〔挿絵入りの詩文集で、一八二五年ころイギリスから伝わり、ロマン主義時代に流行〕を寄宿学校に持ち込む者もいた。人目に触れないようにしなければならず、一苦労だったが、共同寝室でこれが読まれた。サテン張りの豪華な表紙をそっと手繰《たぐ》ると、詩文の終わりに、たいていは伯爵《はくしゃく》とか子爵と署名に記してある見知らぬ著者の名に、エンマはじっと視線を注ぎ、目がくらんだ。

彼女はぞくぞくしながら、そっと息を吐いて挿絵にかけてある薄紙を持ち上げると、薄紙は半ば折れるように起き上がり、ゆっくりと反対側のページに倒れ込む。するとバルコニーの手すりの向こうに、短いマントをはおった青年が、白いドレスの乙女を強く抱きしめている姿があって、娘のベルトには財布がとめてあり、かと思うと、金髪の巻き毛のイギリスの貴婦人《レディー》たちの署名のない肖像画で、彼女たちは丸い麦藁帽子をかぶり、つぶらな澄んだ瞳《ひとみ》でこちらを見つめている。これ見よがしに馬車に乗っている貴婦人もいて、馬車は公園のなかを滑らかに進み、馬車を引く馬の前には、一匹のグレーハウンドが跳ね、白い半ズボン《キュロット》をはいた少年の御者がふたり並んで速歩《トロット》で馬を操っていた。また別の貴婦人は、ソファに座って夢見心地で、傍らには開封した手紙があり、黒いカーテンに半ば覆われた半開きの窓から月をじっとながめていた。無邪気な娘たちは、頬に一粒涙をとどめながら、ゴチック式の鳥かごの桟《さん》越しにキジバトに軽い口づけをしたり、あるいは首を傾《かし》げて微笑《ほほえ》みながら、プレーヌ〔長く先のとがった靴で、ポーランド起源、十四、五世紀に流行〕の靴のように反り返った先の細い指でマーガレットの花びらをむしっていた。そしてそこにはお前たちの姿もある、長い煙管《きせる》をくゆらすスルタン〔オスマン・トルコの皇帝〕たちよ、緑の園亭の下で恍惚《こうこつ》となり、踊子たちを腕に抱き、信仰を持たぬ者たち《ジァウール》〔トルコ人から見て異教徒（キリスト教徒）を指すが、ここではエンマの視点から見られている〕よ、トルコ刀〔反り身である〕よ、トルコ帽よ、とりわけ賞賛されてやまない国々のどんよりした景色たちよ、お前たちがしばしばいっぺんに見せてくれるのは、ヤシであり、モミであり、右手に虎《とら》がいれば、左手に獅子がいて、地平線にはタタールの尖塔《ミナレット》が見え、前景にはローマの廃墟があり、ついでうずくまるラクダたちがいて——その全体がじつにきれいな処女林に縁どられ、そこに垂直に射す昼間の日の光は水面にきらきらと細かく震え、灰色の鋼色《はがねいろ》の地を背にした白い擦り傷のように、白鳥がはなればなれに泳ぐ姿が水面に際だつ。

　そしてエンマの頭上の壁にかかったケンケ灯〔油壺を灯芯より高くし、ガラスの火屋をつけたオイルランプ。一七八二年に発明〕の笠《かさ》からの明かりに、こうした世界じゅうの光景がことごとく照らされ、共同寝室の静けさのなか、そうした絵は一枚また一枚と彼女の前を過ぎて行き、大通りをまだ走っている遅れた辻《つじ》馬車か何かの響きが、遠く聞こえた。

　母親が亡《な》くなると、当初、彼女はひどく泣いた。故人の遺髪で形見の額を作ってもらい、ベルトーに送る手紙では、人生に悲観的な考えを書き連ね、やがて自分も母親と同じ墓に埋葬してほしいと頼んだ。爺さんは娘が病気になったと思い、見舞いに来た。エンマは、無能な連中には決してたどりつけない味気ない生活の滅多にない理想境へと最初から着いたと感じられて、心のうちで歓んだ。そうして彼女は、ラマルチーヌ風の迂路《うろ》に進み入り、湖上に竪琴《たてごと》の音を聞き、瀕死の白鳥の歌をあまさず聞き、一つひとつの落葉の音を聞き、昇天する汚《けが》れなき処女の歌声を聞き、谷間に語り響く神の声を聞いた〔ラマルチーヌはロマン派の代表的な詩人で、ここに展開されるイメージは『瞑想詩集』（一八二〇）に出てくる〕。彼女はこれに飽きてきたが、そんなはずはないと思い、惰性で、やがては虚栄心からつづけていると、とうとう心が穏やかになっていることに気づき、意外に思い、額に皺がないのと同じように心にやるせなさが跡形もないのだった。

　善良な修道女たちは、彼女の宗教的天性にじつに期待をかけていただけに、ルオー嬢が自分たちの心配りから逃れそうだと気づいて、大きな驚きを隠しきれなかった。事実、修道女たちはエンマに聖務日課だの黙想だの九日間祈禱だの説教だのとやたらにやらせ、聖人たちや殉教者たちに払うべき尊敬の念をさんざん説き、肉の慎みと魂の救済のためのよい助言をむやみに与えたので、彼女はむりやり手綱を引かれた馬のようになり、とつぜん止まると、馬銜《はみ》〔馬の口にかませ、手綱をつけ制御する馬具〕が彼女の口から外れたのだ。

この心は、熱狂にしっかり包まれていればこそ積極的だったので、花あればこそ教会を愛し、恋愛詩の言葉のせいで音楽を愛し、情熱的な興奮ゆえに文学を愛していたが、信仰の玄義を前にすると反抗し、同様に、戒律に対してはいっそう腹を立て、この戒律こそ、彼女の気質と相容《あいい》れないものだったのだ。父親が彼女を寄宿学校から引き取ったとき、立ち去るその姿を見てもだれも少しも残念に思わなかった。修道院長などは、近ごろエンマが修道院そのものに対し丁重さを欠くようになったと思いさえした。

エンマは自宅に帰ると、当初、使用人たちをあれこれ指図するのが気に入っていたが、やがて田舎に嫌気がさすと、寄宿女学校が恋しくなった。シャルルがベルトーにはじめて来たころ、彼女は、いまさら学ぶことなど何もなく、もう何も感じることなどないだろうと、夢から覚めて幻滅したような気持でいた。

だが、新たな境遇への不安、というかおそらくあの男の姿があることから生じる苛《いら》立《だ》ちだけで、自分がそれまで華麗な詩の天空を舞い飛ぶバラ色の羽を持つ大きな鳥とばかり見なしてきたあの素敵な情熱を、とうとう手に入れたのだと彼女は思うことができ――そして、いま、波風の立たないこの平穏な暮らしが自分の夢見ていた幸福だとは、とうてい思えなかった。

7

彼女はときに、それでもこれが人生で最も美しい日々なのか、世間で言う蜜月《みつげつ》なのか、と思うことがあった。蜜月の歓びを満喫するには、おそらく、結婚の翌日から、身も蕩《とろ》けるような安逸をもたらす、名前をよく耳にする国々に旅立つべきだったのだ！　駅馬車に揺られ、青いシルクの日よけに守られ、御者の歌声が山にこだまし、ヤギの鈴の音や鈍い滝音の混じるのを聞きながら、険しい道を徐行しながらのぼって行く。日が沈むころには、入り江のほとりでレモンの木の香りをかぎ、やがて夜の帳《とばり》が下りれば、別荘のテラスに出て、二人きりで指と指を絡《から》ませ合い、星々を眺めながら先の計画をあれこれ語る。ちょうどその土地固有の植物がいかなるよその土地にも生えないように、この地上のどこかには、幸せをもたらすはずの場所があるように思われた。どうして自分はスイスの山小屋風別荘《シャレー》のバルコニーに肘をついてはいられないのか、あるいはスコットランドの小さな別荘《コテージ》にいて愁《うれ》う心を秘めてはいられないのか、なぜ傍らには、裾《すそ》の長い黒ビロードの服をまとい、柔らかなブーツを履き、先の尖《とが》った帽子をかぶり、飾りカフスをつけた夫がいてくれないのか！

おそらく彼女は、こうしたことの一切をだれかに打ち明けたかったのだろう。だが、雲のように形を変え、風のように渦を巻くつかみどころのない不安を、どうして口にしたらいいのだろう？　つまり彼女には言うべき言葉が見つからず、その機会もなく、その思い切りもつかなかった。

それでも、もしシャルルがそうしたことを認めてくれ、気づいてくれたなら、あの人の目が一度でもいいからこちらの思いにきちんと突き当たってくれたなら、ちょうど手を添えると果樹の枝をはわせた垣根からその実がもげ落ちるように、ありあまる思いが自分の胸からどっとほどけ出るように思われた。だが、二人の生活の絆《きずな》がさらにできてくるにつれ、内面の離反は深まり、彼女の心はシャルルから自由になった。

シャルルの話ときたら、平板で通りの歩道のようで、そこをだれもが思いつく思想がいつもの平服に身を包んで練り歩くのだから、感動や笑いや夢をそそるわけがない。あの人が言うには、ルーアンに住んでいたころ、パリから来た俳優を劇場に見に行こうなどとは酔狂にも一度も思ったことがなかった。泳げないし、フェンシングもできないし、ピストルも撃てず、ある日、彼女が小説のなかで出くわした馬術用語を訊いたのに、説明できなかった。

男とは、それどころか、何でも知っていて、武芸百般に秀《ひい》で、たぎる情熱にも、洗練された生活にも、極意のかずかずにもこちらを導いてくれるはずではなかったか？　けれど、あの人は、何も教えてくれないし、何も知らないし、何も望みもしない。こちらが幸せだと思っていて、そして、根が生えるほどのその沈着冷静さやその落ち着き払った鈍重さを、彼女は恨めしく思い、自分があの男に味わわせている幸福さえ憎らしかった。

　彼女はときどきデッサンをし、そして、それはシャルルにとっては大いに楽しみで、そばにいて、立ったまま眺めると、彼女は画板の上にかがみこむようにして、絵をもっとよく見ようとして目を細めたり、親指を使ってパンの身を小さな玉にいくつも丸めたりした。ピアノを弾くとなれば、指の運びが速ければ速いほど、彼はますます驚嘆した。彼女は落ち着き払って鍵盤《キイ》をたたき、高音から低音まで全音域を休みなく弾いた。こうしてエンマが激しく弾くと、この古いピアノは、弦が震えた音をだすのだが、窓が開いていれば村のはずれまで聞こえ、街道を通りかかった執達吏〔令状の送達、差し押さえの執行を業務とする〕の見習いがよく、帽子もかぶらず布の靴のまま、書類の紙を手にして、立ち止まって聞きほれていた。

　他方で、エンマは一家の切り盛りができた。彼女は、請求書らしくない見事な手紙を書いて、患者に往診料の支払いを求めた。日曜日に、二人が近所の人を夕食に呼ぶと、彼女はしゃれた料理を見事にだし、ブドウの葉の上に西洋スモモ《レーヌ・クロード》をピラミッド状に置くのが得意で、壺《つぼ》のジャムを皿に出して供し、デザート用に、口すすぎコップ〔香料入りのぬるま湯を入れ、食後に出される〕を買いたいなどと話題にさえした。こうしたことはどれも、ボヴァリーに対して多くの尊敬を惹《ひ》き起こした。

シャルルはついに、そのような妻を持っている自分がいっそう偉いと思うようになった。エンマが石墨《グラファイト》で描いた小さなクロッキーを二つ、とても大きな額縁に入れさせ、壁紙に長い緑の紐《ひも》でつるし、広間に飾って、彼は誇らしげに見せた。ミサが終わると、タペストリー刺繡《ししゅう》の見事なスリッパをはいた彼の姿が自宅の玄関口によく見られた。

彼は夜おそく、十時に帰るのだったが、ときには深夜になった。すると食べるものをほしがり、女中が寝ているので食事を出すのはエンマだった。彼はフロックコートを脱いで、くつろいで食事をした。次から次へと自分が会ったすべての人びとの名を口にしたかと思うと、行った村の名を告げ、どんな処方箋《しょほうせん》を書いたかを話し、自分自身に満足そうで、ミロトン〔ゆでた薄切り牛肉のオニオンソース入りグラタン〕の残りを平らげ、チーズの表皮をむき、リンゴをかじり、卓上瓶《カラフ》を飲み干し、それからベッドに入ると、仰向けになって、そのまま高いびきをかいていた。

長いこと、彼は木綿のナイトキャップをかぶって寝る習慣があったので、新たな絹のスカーフは耳のところにうまくとどまっていてくれず〔農民の伝統である木綿のナイトキャップに比べ、絹のスカーフのほうがはるかに優雅である〕、だから朝になると、その髪は乱れて顔の上に垂れかかり、おまけに夜のあいだに枕の紐がほどけてしまい、なかの綿毛が髪に白くついてしまうのだった。いつも頑丈なブーツを履いていて、そのブーツは、足の甲の付根《つけね》から踝《くるぶし》にかけて斜めに二つの深い折れ目ができていたのに、そのほかの甲の革の部分はまるで木型の足でも入れたようにぴんと張って、まっすぐに伸びていた。田舎にはこれで上等、と彼は言っていた。

　母親は息子のこうしたつましさを買っていて、なにしろ母親は、自分の家でちょっと激しい衝突か何かがあると、以前のように息子の顔を見に来るのだが、そして、にもかかわらずボヴァリー老夫人は、今度の嫁にははじめから反感を持っているようだった。嫁のうちに、身の丈に過ぎたやり口を見いだし、薪も砂糖もロウソクも、お屋敷なみにあっという間になくなるし、それにこの台所で燃えている消し炭の量があれば、二十五人前の料理だって賄《まかな》えたのに！　母親は嫁の下着類を箪笥《たんす》にしまってみせ、肉をとどけにきた肉屋に目を光らせておくよう教えた。エンマが忠告をだまって聞くと、ボヴァリー老夫人のお説教は底なしで、そして、ねえ、お前や、ええ、お母さまという言葉が一日じゅうずっと飛び交ったが、そう口にする唇はかすかにわななき、互いに優しい言葉を発しても、その声は怒りに震えていた。

デュビュック夫人のときには、老夫人は自分のほうがまだ好かれていると感じていたのに、いまでは、エンマに対するシャルルの愛が自分の愛情からの離脱であり、自分に帰属するものへの侵略であるように思われ、そして、悲しそうに口をつぐんで息子の幸福をじっと見ていて、それはさながら、破産した人がもとの自分の家で食卓についている他人を窓ガラス越しにのぞいているようなものだ。老夫人は、思い出の形を借りながら、自分の払った苦労や犠牲をシャルルに思い起こさせ、それをエンマのいい加減さと引き比べ、そんなふうにもっぱらあの嫁だけを大切にかわいがるのはちっとも合点《がてん》がいかない、としめくくった。

シャルルはぐうの音《ね》も出ず、母親を尊敬していたし、妻をかぎりなく愛していて、一方の判断を絶対に正しいと思いながら、それでも、他方も非の打ち所がないように思われた。ボヴァリー老夫人が帰ると、彼は、聞かされていた母親の注意のうち最も当たり障《さわ》りのないものを一つ二つ、同じ言葉づかいで、おずおずと切り出してみたが、エンマはたったひと言で、彼が思い違いをしていることを証明してみせ、夫を患者のほうへと追い払った。

それでもエンマは、自分がよいと思う考えにしたがって、自らのうちに恋心をかきたてようと思った。庭に出て月の光を浴びながら、彼女は諳んじているかぎりの情熱的な詩をとなえ、哀愁を帯びたアダージョの曲をため息まじりに夫に歌ってやったが、彼女はそれから以前と同じように冷静な自分にもどり、シャルルも、だからといっていっそう恋心を燃やしたようにも感動したようにも見えなかった。

こうして、夫の胸の上でちょっと火打ち石を打ち合わせてみても、火の粉ひとつ出ず、それにエンマは、自分の肌で感じないものは理解できず、また、月並みなかたちで表れないものは何ひとつ信じられないので、シャルルの情熱にはもう度を超した激しさがなくなったのだ、と難なく確信した。愛情の発露にもむらがなくなり、彼はある決まった時間にエンマに接吻した。それは、ほかの多くの習慣のなかのひとつで、ちょうど単調な夕食のあとのデザートが、前もって分かってしまうようなものである。

密猟監視人の男から、先生に肺炎を治してもらったので、奥さまに、とかわいいイタリアン・グレーハウンド〔この犬もラマルチーヌの詩により、当時、流行した〕の雌をもらって、彼女はそれを連れ出して散歩したが、ときどき外に出て、いっときひとりになりたかったし、ほこりっぽい街道と代わり映えのしない庭をもう目にしたくなかったからだ。

彼女は、野原に面した塀の角に位置する廃屋の近くにある、バンヌヴィルのブナ林まで行った。廃屋のまわりにめぐらされた広い空堀《からぼり》には、雑草に混じって、手を切りそうな葉をつけた丈のある葦《あし》が生えていた。

彼女はまず、あたり一帯を見回して、この前来たときと何も変わっていないかどうか確かめた。彼女が同じ場所に目にしたのは、ジギタリス〔ゴマノハグサ科、ヨーロッパでは、暗く寂れた場所に繁茂する不吉な植物〕やニオイアラセイトウ〔アブラナ科の一年草、芳香あり〕に、大きな石塊《いしくれ》を囲むイラクサの茂みであり、三つの窓に沿って板にはびっしりと地衣類が生え、窓のよろい戸はしまりっぱなしのまま、錆《さ》びた鉄の手すりの上に腐って崩れ落ちていた。当初、彼女の思いは当てもなく、行き当たりばったりでとりとめもなく、ちょうどグレーハウンドが野原をぐるぐる駆け回り、黄色い蝶《ちょう》にほえかけ、トガリネズミを追いかけたり、麦畑のへりに生えたヒナゲシを軽く噛《か》んだが、それと同じだった。やがて彼女の思いも少しずつ固まってきて、芝地に腰を下ろし、日傘の先で小刻みに芝をつつきながら、同じことを繰り返すのだった。

「ああ、どうしてわたし、結婚なんかしてしまったんだろう？」

彼女は、異なる運命の巡り合わせで、ほかの男と出会えなかったかしらと考え、そして、じっさいに起こらなかったそのような出来事があったらどうだったろう、いまとは違うその生活はどのようだったろう、自分の見知らぬその夫はどのようだったろう、とつとめて想像した。もちろん、すべての夫がいまの夫のような男ではないだろう。その夫は美男子で、才気煥発《かんぱつ》で、気品があり、魅力的だったかもしれず、修道院の寄宿学校の旧友たちが結婚した相手はきっとそうだったろう。お友だちはいまごろどうしているだろう？　都会に住んで、街路の騒音や劇場のざわめきや舞踏会のきらめきに包まれ、心も踊り膨らみ、感覚も花開くような生活を送っているだろう。だがこの自分は、この自分の生活はまるで北向きの天窓しかない屋根裏部屋のように冷え切っていて、倦怠《けんたい》が音をたてないクモのように、この心のいたるところにある闇に巣をかけている。彼女は賞品授与式の日を思い出すと、その日、自分は壇上に上がり、褒賞《ほうしょう》の品々をもらったのだ。三つ編みにした髪を下げて、白いドレスにスロープラム色〔青黒い〕の毛織の靴が見え、さぞや優美な物腰だったと思われ、席にもどってくると、男の先生方が自分のほうに身をかがめ、おめでとうと言ってくださり、中庭には小型四輪馬車《カレーシュ》がいっぱいで、みんなが馬車の扉越しに別れを告げてくれ、音楽の先生がヴァイオリン・ケースを提げて、通りがかりに挨拶《あいさつ》してくださった。何と遠い昔のことだろう、なにもかも！　何と遠い昔のこと！

彼女はジャーリ〔この犬の名は、ユゴー『ノートル・ダム・ド・パリ』のエスメラルダの飼っていた雌ヤギの名である〕を呼ぶと、膝《ひざ》のあいだに入れ、指をその長くほっそりした頭にやり、こう言った。

「さあ、ご主人にキスしてごらん、お前には悲しみなんてないんだろう」

　やがて、ゆっくりとあくびをするこのすらりとした犬のもの憂《う》げな表情を見つめていると、彼女は胸が熱くなり、この犬をわが身と引き比べ、大きな声で話しかけたのだが、まるでだれか打ちひしがれている人を慰めているようだった。

　ときおり突風が吹きつけ、海からの風で、コー地方の高原一帯を一挙に吹きわたり、はるかこの野原にまで潮気をふくんださわやかさを運んでくるのだった。イグサは地面すれすれにひゅうとなびき、ブナの葉はざわざわと鳴り響いてせわしなく震え、一方で梢《こずえ》は絶えず揺さぶられながら、大きなうなり声を上げつづけた。エンマは肩にショールをぴったり押し付け、立ち上がった。

　並木道に出ると、葉叢《はむら》で漉《こ》された緑の日射《ひざ》しが剃《そ》り上げたような苔《こけ》を照らし、そこを足が踏むと静かにきしんだ。日は沈むところで、枝と枝のあいだからのぞく空は真っ赤で、まっすぐに植えられた木々の同じような幹は、まるで黄金を背景にして浮かび上がる褐色の列柱《コロネード》のようで、恐怖がエンマをとらえ、彼女はジャーリを呼び、街道を通って急いでトストにもどると、肘掛椅子にへたりこみ、その夜はずっと口をきかなかった。

　ところが、九月も末になると、特別なことが彼女の生活に降ってわき、彼女はヴォビエサール荘へ、つまりダンデルヴィリエ侯爵邸に招待されたのだ。

王政復古〔ブルボン朝による復古で、一八一四から三〇年まで〕期に閣外大臣をつとめた侯爵は、政界に復帰しようとして、長い時間をかけて下院〔王政復古・七月王政・第三共和制期の両院の一方〕への立候補を準備していた。冬になると、侯爵は大量に薪の束をばらまき、県議会では、いつも口角泡《こうかくあわ》を飛ばし、自分の郡〔県の下位の行政単位〕への道路を要求した。暑さの盛りのころ、侯爵は口に膿瘍《のうよう》ができ、ちょうどよい時期にシャルルはランセット〔排膿用の小さな針〕で一突きして、不思議にも忽然《こつぜん》とこれを治してしまったのだ。執事が手術料を払いにトストにつかわされ、その晩になって、医者の家の小庭で見事な桜桃《サクランボ》を見たと話したのだ。ところが、ヴォビエサールでは桜桃の育ちが悪く、侯爵はボヴァリーに頼んで何本か挿し木用の枝を分けてもらい、今度は義務として自らが礼を言いに来て、エンマを目にとめ、この女はなかなかスタイルもよいし、挨拶も百姓上がりらしくないと思い、したがってこの若夫婦を招待しても、心づかいの限度を越えているとも、それに社交の上での失態を犯しているとも、だれも館《やかた》では考えないだろう。

ある水曜日の三時に、ボヴァリー夫妻は自家用の軽装の二輪馬車に乗り、馬車のうしろに大きなトランクを結びつけ、馬車の前部の泥よけの前に帽子の箱を置いて、ヴォビエサールに出発した。おまけにシャルルはボール箱を一つ、脚《あし》のあいだにはさんでいた。

二人は黄昏《たそがれ》どきに着き、館の庭では、馬車を照らすために提灯《ちょうちん》に火が灯《とも》されはじめた。

8

館はイタリア風の近代建築で、両翼が前に張り出し、玄関ステップが三つあり、大きな芝地の下のほうに広がるように建っていて、芝地では間隔を置いて植えられた大木の木立のあいだで何頭もの雌牛が草を食《は》み、その一方で、灌木《かんぼく》が小かごの形に刈り込まれ、ツツジやバイカウツギやカンボク〔肝木。多数の白色花を球状につける〕が砂を敷かれた道のうねりに沿って、不揃《ふぞろ》いに緑の茂みをふくらませていた。川が橋の下を流れていて、霧を通して、牧草地に点在する藁ぶきの建物がいくつか見分けられ、牧場に沿って、林に覆われた二つの丘がなだらかな斜面になってつづき、後方には、木立のなかに、二列に並行して、取り壊された以前の館の名残である車置場と厩舎《きゅうしゃ》が保たれていた。

シャルルの軽装二輪馬車が中央の玄関ステップの前にとまると、召使たちが姿を見せ、侯爵が進み寄り、医者の妻に腕を貸しながら、玄関へと案内した。

　玄関には大理石の敷石が敷きつめられ、足音も声音も教会の内部のように響いた。正面にまっすぐな階段があり、左手には庭に面した廊下がビリヤード室に通じていて、玄関からもう、象牙《ぞうげ》の玉の触れ合う音が聞こえていた。この部屋を抜けてサロンに行くとき、エンマが玉突台のまわりに見たのはいかめしい顔つきの男たちで、顎《あご》が載るほどネクタイを高く結び、みな勲章の略綬《りゃくじゅ》をつけ、静かに微笑みながらキューを突いていた。内壁の黒っぽい羽目板には金縁の大きな額が並び、額縁の下には黒い文字で書かれた名前がついていた。彼女が読むと、「ジャン＝アントワーヌ・ダンデルヴィリエ・ディヴェルボンヴィル、ラ・ヴォビエサール侯爵にしてラ・フレネ男爵。一五八七年十月二十日、クートラの戦い〔一五八七年、ジロンド県クートラでナバラ王アンリ（後のアンリ四世）がカトリック軍を破る〕にて没する」とあった。そしてもう一つには、「ジャン＝アントワーヌ＝アンリ＝ギー・ダンデルヴィリエ・ド・ラ・ヴォビエサール、海軍元帥《げんすい》、聖ミカエル勲章佩用《はいよう》者〔ルイ十一世がブルゴーニュ金羊毛騎士団に対抗し、一四六九年、聖ミカエル騎士団と勲章を創設〕。一六九二年五月二十九日、ラ・ウーグ＝サン＝ヴァーストの海戦〔一六九二年、英仏海峡沿いのラ・ウーグで、イギリス・オランダ連合艦隊をフランス艦隊が破る〕で負傷し、一六九三年一月二十三日、ヴォビエサールにて没する」とあった。それから、あとにつづく名前はほとんど識別できなかったが、なにしろランプの光は玉突台の緑のクロスに当てられるばかりで、部屋じゅうに陰をまき散らしていたからだ。光は、横に並んだ絵を褐色に見せながら、画布《カンバス》に当たると、ワニスのひびのままに細かにめくれあがった部位で砕け、そして、金色に縁どられたこの黒い大きな四角形のなかには、あちこちに、絵のいっそう明るい部分が浮き出ていて、それは、青白い額とか、こちらを見つめる二つの瞳《ひとみ》とか、赤い服の肩に髪粉を散らして広がる鬘《かつら》の毛とか、ふっくらした脹脛《ふくらはぎ》の上部にある靴下どめの留め金《バックル》だった。

侯爵がサロンの扉を開くと、婦人たちのひとり（侯爵夫人その人だった）が立ち上がり、エンマを迎えに来て、二人掛けソファの自らの傍らに彼女を座らせ、親しげに話しはじめたが、まるで侯爵夫人は彼女を昔から知っているかのようだった。四十歳くらいの女性で、美しい肩をして、鷲鼻《わしばな》で、だらだらとした声で話し、その夜は、栗《くり》色《いろ》の髪にギピュール〔地編みの部分がなく、模様と模様を繋ぎ合わせた厚手のレース〕の簡単な肩掛けをし、それをうしろへ三角形に垂らしていた。そばには、金髪の若い女性が背もたれの高い椅子に腰かけていて、紳士連中は上着のボタンホールに小さな花を挿し、暖炉を囲んで婦人たちとおしゃべりをしていた。

七時に晩餐が供された。男性は人数が多いので、玄関広間に置かれた第一テーブルに、女性は侯爵夫人とともに、食堂の第二テーブルに着席した。

エンマは食堂に入ると、むっとした温気《うんき》にくるまれたように感じ、そこには花の香りや上等なテーブルクロスやナプキンのにおい、さまざまな肉から立ちのぼるおいしそうな匂《にお》いやトリュフの香りが混じり合っていた。枝付き大燭台のロウソクは銀のディッシュカバー〔料理保温用の金属器〕の上に炎を長く伸ばし、カットグラスは蒸気にくもって不透明で、淡い光を送り返し、花束がテーブルの端から端まで一列に置かれ、縁の広い皿にナプキンが司教冠《ミトラ》のように折りたたまれ、その折り目と折り目のあいだの隙間《すきま》には一つずつ卵形の小さなパンが置かれていた。ロブスターの赤い足は皿からはみ出し、透かし編みの籠《かご》のなかには大きな果物が苔を敷物にして幾層にも盛られ、ウズラは羽つきで供され、湯気が立ちのぼり、そして、短いキュロットに長靴下をはき、胸飾り《ジャボ》に白ネクタイ姿の給仕長が裁判官のようにいかめしく、会食者たちの肩と肩のあいだからすっかり切り分けられた料理を突き出し、見事な手さばきで好みの一切れをこちらに取り分けてくれる。銅色の筋の入った磁器製の大きなストーブの上には、顎まで襞《ドレープ》を寄せた女性像が客でいっぱいのこの部屋をじっと動かずに見ていた。

ボヴァリー夫人は、何人かの夫人がワイン・グラスのなかに手袋を入れていないのに気づいた〔ワイン・グラスのなかに手袋を入れるのは、ワインを断るしるしだが、手袋をいれていないのは、この慣例を知らないことを示している〕。

一方、テーブルの端の上座に、並み居る女客に混じってひとり老人の姿があり、山盛りの皿の上に腰を曲げ、子供のように背中でナプキンを結んで食事をしていたが、口からはソースのしずくを垂らしていた。目は充血し、小さく束ねた髪の先に黒いリボンを巻いていた〔大革命まえのアンシャン・レジーム期の髪型〕。これが侯爵の義父にあたるラヴェルディエール老公爵で、ヴォードルーユにあるコンフラン侯爵邸で狩猟パーティーの行なわれたころだが、アルトワ伯〔一七五七—一八三六。一八二四年にシャルル十世を名乗り国王となる〕のかつてのお気に入りで、噂《うわさ》によれば、コワニー氏やローザン氏〔ともに将軍で、ルイ十六世に仕えた〕に混じって王妃マリー＝アントワネット〔ルイ十六世の妃で、アルトワ伯をはじめ多くの愛人を持った〕の愛人だったという。放蕩《ほうとう》で世間を騒がし、決闘や賭博《とばく》や女との駆け落ちに明け暮れた人生を送り、財産を食いつぶし、一族を震え上がらせた。老人の椅子の背後には召使がひとり控えていて、彼が口ごもりながら指さす料理の名を、耳もとで声高に告げ、そして、エンマの目はたえずひとりでにこの唇の垂れた老人のほうにもどるのだったが、それはまるで高貴で途方もないものを見るかのようだった。あの人は宮廷で暮らして、王妃さまのベッドで寝た方なのだ！

氷で冷やされたシャンパンが注がれた。口のなかにその冷たさを感じて、エンマは全身の皮膚がぞくぞくした。彼女はザクロを見るのもはじめてで、パイナップルも食べたことがなかった。粉砂糖さえもがよそよりも白く細かいように思われた。

婦人たちは、それから、めいめい部屋に引き上げて、舞踏会の身支度をした。

エンマは、初舞台を踏む女優のように丹念に心を込めて化粧をした。美容師の勧めになって髪を整え、ベッドの上に広げておいたバレージュ〔綾織にしない軽い毛織物、布として質素〕のドレスに袖《そで》を通した。シャルルはズボンの腹まわり《ウエスト》がきつかった。

「足裏のバンド〔ズボンをピンと張るために足の裏を通すバンド〕がきつくて、踊るのに困る」と彼は言った。

「踊るの？」とエンマが言葉を継いだ。

「そうだとも！」

「まあ、正気を失ったの！　ばかにされるから、身のほどをわきまえてね。それに、そのほうがお医者さまらしいわよ」と彼女は付け加えた。

　シャルルは黙った。エンマが着終えるのを待ちながら、彼は部屋じゅうを歩きまわった。

　彼は背後から、燭台と燭台のあいだにある鏡に映るエンマの姿を見た。黒い目がいつもよりいっそう黒く見える。真ん中分けの髪は耳にかけてゆるやかにふくらんでゆき、青みを帯びて艶《つや》やかに光り、束ねた巻き髪《シニヨン》に挿した一輪のバラの花がゆらゆらする茎の先で小刻みに揺れ、葉先にはまがいものの水滴を載せていた。彼女は淡いサフラン色のドレスを着ていたが、ドレスは緑の葉をつけた小さな球状のバラの花束三つをあしらわれ、引き立っていた。

　シャルルはそばに来て、彼女の肩に接吻しようとした。

「よしてよ！　皺《しわ》になるじゃないの」と彼女は言った。

ヴァイオリンの前奏の短いモチーフとホルンの響きが聞こえてきた。彼女は駆け出しそうになるのを抑えて、階段を下りた。

カドリーユ〔十九世紀に流行し、サロンで採用され、四人一組で方形を作って踊る〕がはじまっていた。人びとが集まってきた。押し合うほどになった。彼女はドア近くの長椅子《ながいす》に席を占めた。

カドリーユが終わると、寄せ木張りの床《フロア》が空《あ》いたので、男たちはいくつもの固まりになって立ち話をかわし、お仕着せを着た召使たちが大きな盆《トレイ》を運んできた。腰かけた婦人たちの列では、絵の描かれた扇がせわしなく動き、花束《ブーケ》で微笑んでいる顔が半ば隠れ、金の栓のついた香水の小瓶がわずかに開いた両手のなかでいじり回され、その手にはめた白手袋はくっきりと爪《つめ》のかたちを際立たせ、手首の肉をしめつけていた。レースの飾り、ダイヤモンドのブローチ、メダイヨン〔円形浮き彫り装飾〕つきのブレスレットが、胴で震え、胸にきらめき、あらわな腕で微《かす》かな音をたてていた。髪を見ると、額にぴったりなでつけたり、項《うなじ》のところで編んだりして、冠状や房状や枝状にして、勿忘草《わすれなぐさ》やジャスミン、ザクロの花や麦の穂や矢車菊《やぐるまぎく》を飾っていた。渋い顔の母親たちは、赤いターバンを巻きつけ、自分の席でじっと穏やかにしていた。

パートナーの男性に指先を取られ、自分が列について、ヴァイオリンの弓が弾《はじ》かれて踊りだすのを待っていると、エンマの胸はわずかに高鳴るのだった。しかしやがて興奮は消え、そして、オーケストラのリズムに合わせて身体《からだ》を揺らし、すっと前に滑るように出ながら、首を微かに動かした。ときどきヴァイオリンがいくつかの優美な旋律を独奏して、他の楽器が鳴りをひそめているときなど、彼女の口もとには微笑が浮かび、傍らにいくつもある台のクロスの上から支払われる金貨のよく響く音が聞こえ、そうしてまたいっせいに全奏となり、コルネットがとつぜん高らかに鳴り響き、足はまた拍子を踏みはじめ、スカートはふくらみ、軽くふれあい、手と手が組み合っているかと思えば、また離れ、こちらを避けて伏し目になっていたその同じ目が、いつの間にかもどって、こちらの目をじっと見つめている。

二十五歳から四十歳ほどの何人かの男たち（十五人ほどだろうか）は、ダンスをする人に混じっていたり、戸口に立っておしゃべりしていたが、年のころも身なりも顔つきも異なっているのに、どこかよく似たところがあって、大勢のなかで際立《きわだ》っていた。

彼らの服は、ひときわ仕立てもよく、ずっとしなやかなラシャ地のようで、その髪をカールさせてこめかみのほうになでつけ、だいぶ上質なポマードで艶をだしていた。彼らは富貴な顔つきをしていて、その顔色は、磁器のほの白さやモアレ模様に輝く繻子《サテン》や立派な家具の艶によっていっそう引き立つ白さであり、とびきり美味なものを控え目に摂《と》って健康に保たれている白さだった。その首は低く結んだネクタイの上でゆったりと向きを変え、長い頰ひげは折襟の上に垂れ、大きく頭文字《イニシャル》を刺繍したハンカチで口もとを拭《ぬぐ》うと、そこから心地よい匂いがするのだった。老いの影が見えはじめた人たちはむしろ若やいで見え、一方、若い人たちの顔には成熟の兆《きざ》しが広がっていた。その冷ややかな目つきには、日ごとに欲情を充《み》たしている静けさのようなものがただよい、そして、その優雅な物腰を介して独特の荒々しさが見てとれ、それは、純血種の馬を乗りこなしたり、売春婦と付き合ったり、たいして困難ではないが体力が鍛えられたり虚栄心も歓《よろこ》ぶことがらを掌握することで与えられるのだ。

エンマから三歩ほどのところで、青い服を着た男が、真珠のアクセサリーをつけた踊り相手の青白い若い女と、イタリアのことを話していた。二人が褒めちぎっていたのは、サン＝ピエトロ大聖堂の列柱の大きさやティヴォリ〔イタリア中部の保養都市〕やヴェスヴィオ火山、カステラマーレ〔ナポリ湾を望む観光地〕やカッシーネ〔フィレンツェにある遊歩場〕、ジェノヴァのバラや月下のコロセウム〔ローマにある古代の円形闘技場〕だった。エンマはもう一方の耳で、理解できない言葉が飛び交う会話を聞いていた。ごく若い男のまわりに取り巻きができていて、その男が前の週にイギリスで、ミス・アラベルとロムルスを打ち負かしていて、迷った末に思い切って決断し、二千ルイ金貨〔これは当時、賭博では一ルイ金貨は二十フランに相当するので、四万フランに当たる〕を得たという。持ち馬が太ってしまってとぼやく者がいれば、また、印刷ミスで持ち馬の名前がとんでもなく変えられたとこぼす者もいた。

ダンスをする部屋の空気はどんよりし、ランプの明かりも薄れ弱まってきた。玉突室に引き返す者もいた。ひとりの召使が椅子に上がり、ガラスを二枚たたき割った〔当時、開閉式の窓ではないので外気を入れるため〕が、その割れる音に、ボヴァリー夫人が顔を向けると、庭に、窓ガラスに顔を押し付けるようにして覗《のぞ》き込んでいる百姓たちの姿が見えた。するとベルトーの記憶が彼女によみがえった。農場や泥沼や作業着姿でリンゴの木の下にたたずむ父親の姿を思い出し、彼女は自分自身の姿を思い出したが、それは昔よくしたように、牛乳置場で鉢の牛乳から指でクリームをすくいとる姿だった。だが、いまこの時の閃光《せんこう》にさらされると、先ほどまであれほど鮮明だった自分の過去の生活がそっくり立ち消え、自分がそんな生活を送ったことさえほとんど疑わしくなるのだった。自分はここにいる、やがてダンスをする部屋のまわりは、もはや闇だけとなり、その闇が他のすべての上に広がっている。そこで彼女は金メッキした銀の貝型皿《コキーユ》を左手で持ち、マラスキーノ〔マラスカ種のサクランボから造る無色で甘いリキュール〕入りのアイスクリームを口にふくみ、スプーンをくわえたまま、目を半ば閉じた。

そばにいた婦人が扇を落とした。踊っていた男が通りかかった。

「もし、あなた、わたしの扇をとっていただけたら、どんなにご親切か！　この長椅子の後ろなのですけれど」とその婦人は言った。

紳士は身をかがめ、腕を伸ばそうと動きかけたとき、エンマが見ると、その若い婦人の手が紳士の帽子のなかに、何か白くて三角に折られたものをほうり込んだのだ。紳士は扇を拾って、うやうやしく婦人に差しだすと、彼女は感謝のしるしに軽く頭をさげ、花束を嗅《か》ぎはじめた。

夜食となり、スペインのワインとラインのワインがふるまわれ、ビスク・スープとアーモンドミルクを入れたポタージュ、トラファルガー・プディング、皿のなかで震えるジュレを添えたあらゆる種類のコールド・ミートが出され、それが終わると、馬車は一台また一台と帰りはじめた。モスリンのカーテンの隅を開けて見ると、闇のなかを馬車の角灯の明かりがなめらかに動いて行った。長椅子も人がまばらになり、賭《か》けごとをする連中が何人かまだ残っていて、楽師たちは指先を舌にあてて冷やしていて、シャルルはドアにもたれてほとんど眠っていた。

午前三時に、コチヨン〔サロンでの舞踏会をしめくくる全体でのダンスで、さまざまなダンスを踊り、遊戯が入る〕がはじまった。エンマはワルツが踊れなかった。みんながワルツ〔十八世紀末にドイツからフランスに紹介され、急速に広まった。最も陶然となるダンスの一つと考えられていた〕を踊り、ダンデルヴィリエ嬢その人も侯爵夫人も踊ったが、もう館に泊まってゆく客しかおらず、およそ十二人ほどだった。

ところが、ワルツを踊っている人のひとりで、みんなに親しみを込めて子爵と呼ばれていて、胸元を大きく開けたチョッキがその胸にぴったりしているように見える男が再三ボヴァリー夫人を誘いに来て、自分がリードするからうまくできると請け合った。

二人はゆるやかに踊りはじめ、やがてどんどん速さを増した。二人が回転すると、その周囲のなにもかもが回転し、ランプも、家具も、壁板も、寄せ木張りの床も回転し、まるで一本の軸を中心にまわる円盤のようだった。ドアのそばを通るとき、エンマのドレスの裾《すそ》が相手のズボンにまとわりつき、二人の足が絡《から》み合い、相手の男は彼女を見下ろし、彼女は男を見上げると、彼女は夢うつつの状態に襲われ、ステップをとめた。二人はまた踊りだし、そして、いっそう速いテンポで子爵は彼女を導き、廊下の端へと彼女とともに姿を消し、そこで彼女は息を切らし、危うく倒れそうになり、一瞬、男の胸に顔をあずけた。やがて、子爵は絶えず回転しながら、それでもずっとゆっくりと回転しながら、彼女をもとの席につれもどすと、エンマは壁に身をのけぞらせ、片手で両方の目をおさえた。

彼女が目を開けると、サロンの中央では、スツールに腰かけた婦人の前に、三人のダンス相手がひざまずいていた。婦人は先ほどの子爵を選び、ヴァイオリンがまた鳴りはじめた。

その二人を、だれもが見つめていた。二人は遠ざかり、またもどってきて、女のほうは上体を揺らさず、顎を引き、男のほうはずっと同じ姿勢で反《そ》り身になり、肘《ひじ》を丸め、口を突き出していた。その婦人こそ、ワルツの踊り手だったのだ！　二人のダンスはしばらくつづき、ほかのみんなを疲れさせた。

さらに数分、おしゃべりがあって、お休み、というより、おはようの挨拶を交わしてから、泊まり客は引き上げて床についた。

シャルルは手すりにつかまり、やっとの思いで上がって行き、両膝が胴体にめり込みそうだった。五時間もぶっ通しでゲーム台の前に立って、ルールも何も知らないままホイスト〔英国起源のカードゲーム。ブリッジの前身で、十九世紀にフランスで流行る〕の勝負を見ていたのだ。だからブーツを脱いだとたん、ほっとして大きなため息をついた。

エンマは肩にショールをはおり、窓を開け、肘をついた。

真っ暗な闇だった。雨粒がぱらぱらと降っていた。湿った空気を吸い込むと、まぶたにひんやりとさわやかだった。舞踏会の音楽がまだ耳のなかで鳴っていて、彼女はひたすら眠らないようにつとめ、もうすぐあきらめねばならないこの豪奢《ごうしゃ》な生活の夢幻《まぼろし》を長引かせようとした。

夜が明けてきた。ながながと、彼女は館のすべての窓を見つめ、前夜、自分が目にとめた人たちの部屋はどれだろうと当てずっぽうに推し量った。できることなら、あの人たちの生活が知りたいし、そこに入り込み、いっしょに混じりあいたかった。だが彼女は寒さで震えていた。衣装を脱いで、シーツのあいだにもぐり、眠っているシャルルのそばで身を縮めた。

午餐《ごさん》には多くの人がいた。食事は十分で済んだが、食後に一滴もリキュールが出ないので、医者は意外に思った。それからダンデルヴィリエ嬢がブリオッシュのかけらを小かごに集めて、池の白鳥に持って行き、そして、一同は温室のなかをぶらつきに出かけたが、そこには、もじゃもじゃの毛がびっしり生えた風変わりな植物がピラミッドのように段状に重なり、その上にはいくつもの壺《つぼ》がぶら下げられ、まるでいっぱいで入りきらない蛇の巣から蛇がはみ出たように、壺の縁から絡み合った緑の長いひも状のものが垂れていた〔樹木園や珍しい植物を集めた温室は一八三〇年代に広まる〕。オレンジ用の温室はいちばん突当《つきあた》りにあって、館の付属の建物〔台所や車庫や厩舎や女中部屋など〕まで屋根に守られて通じていた。侯爵はこの若い女を楽しませようと、厩舎を見せに連れて行った。かごの形をした秣《まぐさ》棚の上部にある磁器のプレートには、黒い文字で馬の名前が記されていた。そばを通りながら舌打ちすると、それぞれの仕切りのなかで馬が体を揺すった。馬具置場の床は、サロンの寄せ木張りの床と同じようにぴかぴかで目にまぶしいほどだった。馬車用の馬具は中央にある回転する二本の円柱に掛けられていて、馬銜《はみ》や鞭や鐙《あぶみ》や轡鎖《くつわぐさり》が壁に沿って一列に並んでいた。

シャルルはそのあいだに、自分の軽装二輪馬車に馬をつないでくれるように召使に頼みに行った。馬車が玄関ステップの前にまわされ、荷物がすっかりそこに押し込まれると、ボヴァリー夫妻は侯爵ならびに侯爵夫人に挨拶し、トストを目指し帰って行った。

エンマは口も利《き》かず、車輪がまわるのをじっと見ていた。シャルルは座席のいちばん端に身を置き、両腕をひろげて馬を御し、小さな馬は、体には大きすぎる轅《ながえ》〔馬車の梶棒〕のなかで、側対歩《アンブル》〔同じ側の二本の足を同時に上げる進み方〕で跑足《だくあし》を踏んでいた。ゆるんだ手綱は馬の尻《しり》を打っているうちに、馬の汗に濡《ぬ》れ、馬車の後ろにひもで括《くく》りつけたトランク《はこ》が車体にあたり、規則的にごとごと大きな音を立てた。

二人がチブールヴィルの丘を進んでいると、とつぜん、馬に乗った男たちが葉巻をくわえ、笑いながら、二人の前方をよぎった。エンマは子爵《ししゃく》の姿を見分けたように思い、振り向くと、はるか地平線を背に、速歩《トロット》か駆　歩《ギャロップ》〔馬の走り方は、並足、跑足（速歩）、駆歩（襲歩）の順で速くなる〕の足並《リズ》み《ム》のままに、下がったり上がったりする頭の動きが見えるばかりだった。

　さらに四分の一里〔約一キロ〕ほど行くと、尻帯が切れたので、馬車をとめ、縄で修理しなければならなかった。

　だがシャルルが馬具に最後にざっと目を通したとき、馬の脚のあいだの地面に何か落ちているのを見つけ、そして、拾ってみると、緑の絹で縁どられた葉巻入れで、その中央には豪華四輪馬車《カロッス》のように紋章がほどこされていた。

「なかには葉巻まで、二本も入っている。こいつを今晩の食後にいただくか」と彼は言った。

「ところであなた、お吸いになるの？」と彼女は訊《たず》ねた。

「ときどき、機会があれば」

　彼はこの思いがけない拾い物をポケットに入れると、駄馬に鞭をくれた。

　家に帰ってみると、夕食はまったく用意されていなかった。夫人はかっとなった。ナスタジーは無礼な返事をした。

「出てお行き！　ばかにしているわね、首にします」とエンマは言った。

　夕食はオニオン・スープと酸葉《スカンポ》を添えた子牛肉ひと切れで済ませた。シャルルはエンマと差し向かいに座り、両手をすり合わせながら、幸せそうに言った。

「自宅にいるだけで、こんなにうれしいとは！」

ナスタジーの泣いているのが聞こえた。シャルルはこのかわいそうな老嬢がどこか好きだった。かつて、やもめ暮らしの無聊《ぶりょう》をかこっていたころ、毎晩のようにこの女が相手をしてくれたのだ。この老嬢が最初の患者だったし、この土地のいちばん古くからの知り合いでもあった。

「お前は本気であれの首を切ったのかい？」と彼はとうとう言った。

「そうよ。そうしちゃいけませんの？」と彼女は答えた。

それから二人は、寝室の支度ができるあいだ、台所で暖をとった。シャルルは葉巻を吸いはじめた。唇を突き出して吸いながら、しょっちゅう唾《つば》を吐き、一吐きごとに後ずさりした。

「苦しくなりますよ」と彼女は軽蔑《けいべつ》するように言った。

彼は葉巻を置くと、コップ一杯の冷たい水を飲みに、ポンプのところへ駆けて行った。エンマは葉巻入れをつかむと、戸棚の奥にすばやくほうり込んだ。

翌日、一日は長かった！　彼女は自宅の小さな庭を歩きまわり、同じ小道を行ったり来たりし、花壇の前やアンズをはわせた塀や石膏の神父像の前で立ち止まり、昔からとてもよく知っているはずのこれらすべてのものを見つめては、びっくり仰天するのだった。舞踏会が何てはるか昔に思えることだろう！　一昨日《おととい》の朝と今日の夜と、いったい何がこれほど遠く引き離してしまったのだろう？　ときに嵐《あらし》がたった一夜にして山中に大きな割れ目をうがつことがあるように、ヴォビエサール行きは彼女の生活に欠落《あな》をつくってしまった。それでも彼女はあきらめ、あの美しい衣装を繻子《サテン》の靴までいっしょに、うやうやしく箪笥《たんす》のなかにしまい込んだが、靴の裏は、館の寄せ木張りの床に塗られていた滑りやすくする蠟《ろう》で黄色くなっていた。彼女の心も繻子の靴と同じで、華美なものにこすられて、その表面には消え去らない何かが付着してしまったのだ。

というしだいで、舞踏会を思い出すことがエンマの仕事になってしまった。水曜日がめぐってくる度に、彼女は目覚めながら、「ああ！　一週間前には……、二週間前には……、三週間前には、あそこにいたのだわ、わたし！」と思うのだった。そして少しずつ、人びとの顔も記憶のなかで入り混じり、コントルダンスの曲の旋律も忘れ、召使のお仕着せも部屋の様子も、もうはっきりとは目に浮かばなくなり、いくつか残った細部も消え去ったが、未練だけは残った。

9

シャルルが出かけていると、彼女はよく、折りたたんだナプキン類のあいだに忍ばせておいた緑の絹の葉巻入れを、戸棚に取り出しに行くのだった。

彼女はこれをじっくりながめ、なかを開《あ》け、裏地のにおいを嗅《か》ぐと、クマツヅラ〔多年草で、煎じ薬や香料の原料〕とタバコの混ざった香りがした。これはだれのものだったのだろう？……子爵さまのだ。ひょっとして、恋人からの贈物かもしれない。これを、かわいらしい道具でもある紫檀《したん》の枠を使ってだれの目にも触れないように刺繡し、多くの時間を費やし、その上に、もの思いにふけりながら小まめに針を運ぶそのひとの柔らかな巻き毛が垂れかかったことだろう。恋の吐息がこの帆布〔厚地の平織布で刺繡用布地に用いる〕の編目のあいだを抜け、一針一針がここに希望と記憶をつなぎとめ、組み合わされた絹糸一本一本が、まさに物言わぬ同じ情熱のつながりなのだ。そうしてやがてある朝、子爵さまはこれを持って出かけた。これが幅の広いマントルピースの上の、花瓶とポンパドゥール様式〔ポンパドゥール侯爵夫人の名をとった十八世紀の様式〕の置時計のあいだに置かれていたとき、二人は何を語ったのかしら？　その人はトストにいる。あの方はいまパリにいる、あのパリに！　そのパリは、どんなところかしら？　何と途方もない名前かしら！　彼女は小声でその名前を繰り返しては楽しむと、パリという名前は、大聖堂の大きな鐘のようにその耳に鳴り響き、ポマードの瓶のラベルにあっても、その目に燦然《さんぜん》と輝くのだった。

夜もふけて、魚卸業者の連中が荷馬車に乗って、マヨラナの仲間たち〔十六、七世紀にさかのぼる歌で、「こんな夜遅くに通るのはだれ？」という歌詞ではじまる〕を歌いながら、窓の下を通ると、彼女はよく目を覚まし、そして、鉄の車輪のがたがたいう音が、集落を出たところで、とたんに土の道になって弱まるのだ。

「あの連中も明日はパリなのか？」と彼女は思った。

そして彼女は想像のなかで、いくつも丘の斜面を上り下りし、いくつもの村を横切り、星明かりの街道を急いで進んだ。どのくらいか分からない距離を行ってから、きまって不明瞭《ふめいりょう》な広場に来ていて、そこで彼女の夢はこと切れるのだった。

彼女はパリの地図を買って、地図の上を指先でたどって、街じゅうあちこち動きまわりながら買物した。並木大通りを上って行き、角ごとに立ちどまり、通りの線と線のあいだでも、家を示す白い四角の前でも足をとめた。しまいには目が疲れ、彼女はまぶたを閉じたが、すると闇《やみ》のなかに、風に身をよじるガス灯の火が見え、そうしていると小型四輪馬車《カレーシュ》の踏み段《ステップ》が劇場正面の列柱の前に広げられ、大きな喧騒《けんそう》を惹き起こした。

彼女は「コルベイユ」という婦人のための新聞や「サロンの精《シルフ》」〔正確には「サロン誌・シルフ」で、週二回発行の社交界の出来事やパリの文化を伝える〕を予約購読した。彼女は一つも飛ばさず芝居の初演や競馬や夜会の記事をむさぼり読み、女性歌手の初舞台や店開きに興味を示した。最新モードや腕のよい仕立屋の住所にも通じ、ブローニュの森やオペラ座のにぎわう日も分かった。ウジェーヌ・シュー〔一八〇四—五七。パリの下層社会の生活を描いた小説家〕を開いては、家具調度の描写を調べ、バルザック〔一七九九—一八五〇。「パリ生活情景」の連作を書いた小説家〕やジョルジュ・サンド〔一八〇四—七六。ショパンとの恋愛で知られる女流作家〕を読んでは、個人的な渇望を充たす想像上の満足を求めた。食卓にまで、彼女は本を持ち込み、シャルルが食事中に話しかけても、ページを手繰った。読んでいてもたえず子爵の思い出がよみがえった。子爵と小説の作中人物とのあいだに、彼女は似たところを求めた。だが、子爵を中心とする領域は徐々にその周囲へと広がり、彼の背負う後光は頭部から四散し、ずっと遠くまで伸び、ほかの夢までも照らし出した。

そうしてパリは、大洋よりも茫洋《ぼうよう》として、エンマの目には真っ赤な大気の層に包まれ、きらめいていた。この喧騒のなかでうごめいている多くの生活は、しかしそこでいくつもの部分に分かれ、異なる光景として分類されていた。エンマにちらりと見えたのは、そのうちの二つか三つだけで、その二、三がほかのすべてを押し隠してしまい、それだけで人間全体を表していた。大使たちの世界では、光沢のある寄せ木張りの床の上や、壁を鏡張りにしたサロンのなかや、金の房のついたビロードのクロスでおおった楕円《だえん》のテーブルのまわりを彼らが歩いていた。そこには、裾を引くようなドレスも、秘密も、微笑《ほほえ》みの裏に隠された不安もあった。次に来るのは公爵夫人たちの社会で、そこではだれもが青白い顔をして、午後の四時に起きる、女たちって、なんてかわいそうな天使だろう！　ペチコートの裾にまでイギリス・レースをつけ、男たちは軽佻《けいちょう》浮薄な外見をして能力も認められないのに、苦もなく馬を乗りつぶし、避暑にはバーデン＝バーデン〔ヨーロッパ有数の、ドイツの温泉保養地。当時、優雅で洗練されていた〕に行って過ごし、ようやく四十前後になって金持ちの跡取り娘と結婚する。真夜中過ぎに夜食のとれるレストランの個室では、作家たちや女優たちの入り混じった一団がロウソクの明りのもとに笑い興ずる。作家たちは王侯のように気前がよく、観念的な野望と並外れた熱狂にとりつかれている。それは他の者たちを超越した生き方であり、天と地のあいだに、疾風怒濤《どとう》のなかにあり、どこか崇高だった。そのほかの世界はといえば、失われ、正確な場所も分からず、まるで存在しないみたいだった。それに、物が近くにあればあるほど、彼女の思いはその物から遠ざかった。じかにこちらを取り巻いているものはすべて、退屈な田舎も、愚かな小市民《プチブル》も、平凡な生活も、自分にはこの世界のなかの例外に思われ、自分が捕らえられた特殊な偶然のように思われ、一方、彼方《かなた》には、至福と情熱の広大な国が見渡す限り広がっていた。彼女は自分の欲望のうちで、奢侈《しゃし》のもたらす官能の歓びと心情の歓びを混同し、習慣のもたらす優雅さと感情のこまやかさを混同していた。インド原産の植物に、お誂《あつら》え向きの土壌と特殊な気候が必要なように、恋愛にも同じものが必要ではなかったか？　だからこそ、月明かりのもとでの甘いささやきに、長い抱擁に、ゆだねた手に伝い流れる涙に、肉欲の高ぶりに、恋の悩ましさには切っても切れないのが、気晴らしのふんだんにある広壮な館のバルコニーであり、ふかぶかとした絨毯《じゅうたん》を敷き、花瓶いっぱいに花を盛り、一段とベッドを高くした、絹の帳《とばり》をめぐらした閨房《けいぼう》であり、宝石類の輝きであり、召使のお仕着せの飾り紐《ひも》だったのだ。

毎朝、ここの宿駅の小僧が雌馬を世話しに来て、粗末なかぶり物をかぶって廊下を渡ってゆくのだが、仕事着は穴だらけで、裸足《はだし》のまま布の靴を履いていた。これが家《うち》の短いキュロット姿の馬丁といったところだが、これで我慢しなければならないなんて！　その仕事が済むと、その日はもう小僧がふたたび来ることはなく、なにしろシャルルは帰ってくると、自分で馬を馬屋に入れ、鞍《くら》をはずし、端綱《はづな》〔馬を固定物につなぐ馬具〕をつけ、そのあいだに女中も藁束《わらたば》を持ってきて、どうにか秣桶《まぐさおけ》にほうり込んだからだ。

ナスタジーに代わって（この老女中はとうとうトストを去るとき、あふれ出るほどの涙を流したが）、エンマは女中に十四歳の若い娘を雇ったが、孤児で温和な顔立ちだった。彼女はこの娘に木綿の頭巾《ずきん》を禁じ、こちらに話すときは三人称を使い、水のコップは皿にのせて持ってきて、ドアはノックしてから入らねばいけないと教え込み、アイロンのかけ方から、糊《のり》のきかせ方、着付けの手伝い方まで教え、娘を自分の小間使いに仕立てようとした。新しい女中は暇を出されないように文句も言わずに従い、そして、いつも奥さまが食器棚の鍵《かぎ》をそのままにしておくので、このフェリシテは毎晩、少しずつ砂糖をくすね、祈りを済ませベッドに入ると、これをひとりで食べた。

午後になると、ときどき、女中は向かいにいる宿駅の御者たちとおしゃべりをしに出かけた。奥さまは二階の居室にこもりっきりだった。

彼女は胸の大きく開いた部屋着をまとい、上身頃《うわみごろ》のショールカラー《おりかえし》のあいだからプリーツのある薄手の半袖ブラウス《シュミゼット》がのぞき、そこには金ボタンが三つついていた。彼女のベルトは大きな房のある紐で、ガーネット色の小さなスリッパには幅の広いリボンの房がついていて、足の甲に広がっていた。彼女は吸い取り紙や文具箱《パペトリ》（書くのに必要なものが入った木やボール紙の箱）やペン軸や封筒を自分のために買ったものの、だれに手紙を書くあてもなく、棚板のほこりをはらい、姿身に自分を映し、本を一冊手に取り、やがて、行間に夢想をはぐくんでは、膝の上に落としてしまうのだった。旅がしたくなったり、修道院の寄宿学校にもどって暮らしたくなった。死んでしまいたいと思うのと同時に、パリに住んでみたいと思った。

シャルルは、雪になろうが雨になろうが、馬に乗って間道を行った。農家の食卓でオムレツをふるまわれ、湿ったベッドに腕を差し入れ、吹き出した生温かい瀉血《しゃけつ》の血を顔に浴び、瀕死《ひんし》の病人のあえぎを聞かされ、たらいの汚物を調べ、汚れた下着をいくつもまくりあげたが、それでも彼は毎夜、燃え盛る暖炉の火や用意のできた食卓や柔らかな椅子にありつき、洗練された装《よそお》いの魅力的な妻の顔を拝み、妻からはさわやかな匂《にお》いがし、彼女の肌が下着に芳香を伝えていないとしたら、その匂いはいったいどこからくるのかも分からなかった。

彼女は数々の趣向でシャルルを魅了し、ときに、新しい工夫をこらして紙でロウソクの受け皿をこしらえたり、ワンピースの裾をつけかえたり、あるいは女中の作りそこねたじつに簡単な料理にも風変わりな名前をつけると、シャルルはそれでも歓んで、最後までがつがつと食べた。彼女はルーアンで、何人かの女が懐中時計に大量の小さな飾りをつけているのを見ると、自分も同じ小さな飾りを買った。彼女はマントルピースの上に青いガラスの大きな花瓶を二つほしがり、そしてしばらくすると、象牙《ぞうげ》の裁縫箱と金メッキした銀の指貫《ゆびぬき》をほしがった。シャルルはそのような趣味のよさが分からなかっただけに、ますますその魅力にとりつかれた。この趣味のよさは、シャルルの感覚の歓びと家庭の楽しさになにかを付け加えた。それは、彼の生活の小道に隙《すき》間《ま》なく敷きつめられた黄金の砂のようなものだった。

彼は元気で、顔色もよく、世間の評判もすっかりできた。ふんぞりかえらないところが、田舎の連中に好まれた。子供たちを見ればかわいがり、居酒屋には一度も足を向けず、その品行方正ぶりが信頼を生んだのだ。とりわけ肺の疾患とカタル〔粘膜細胞の滲出性炎症〕が得意だった。患者を死なせるのがとても心配で、だからシャルルは鎮痛のための水薬しかほとんど処方せず、ときどき、吐剤とか足湯とかヒル治療〔ヒルを使用した瀉血療法〕を処方した。とはいえ外科を恐れたからではなく、瀉血するとなればたっぷりと馬なみに血をとったし、抜歯にかけては地獄の腕を持っていた。

それでもとにかく、最新情報を仕入れるために、彼は内容見本が送られてきた新刊雑誌「医学論叢《ろんそう》」の購読を申し込んだ。夕食後、少し読むのだが、部屋が暖かい上に胃袋で消化しているので、ものの五分もすれば居眠りが出て、そして、そのまま顎を両手にのせ、髪をたてがみみたいにランプの脚もとまで広げてじっと動かなかった。エンマはそんな夫を見て、肩をすくめた。せめて、自分の夫が、夜も書物を開いて黙々と研鑽《けんさん》を積む熱意のある男で、六十歳ほどにもなってリュウマチの出てくる年齢になったら、最後には、仕立ての悪い黒の燕尾服《えんびふく》の胸に一列に勲章でも飾ってくれるような男であってくれたらいいのに。自分の苗字《みょうじ》になったこのボヴァリーという名前が有名になり、どの本屋の店頭にも並び、新聞紙上を賑《にぎ》わし、フランスじゅうに知れ渡ってほしかった。しかしこのシャルルには、野心のかけらもないのだ！　最近、イヴトーの医者といっしょに診察をしたが、患者の枕元《まくらもと》で、集まっている親戚《しんせき》縁者を前に、少々やっつけられたことがあった。夜になって、シャルルがその話を彼女にすると、エンマは口をきわめてその同業者にののしった。シャルルはそれを見てほろっとした。涙を見せて、彼女の額に接吻《せっぷん》した。だが彼女は恥ずかしさに苛立《いらだ》ち、シャルルをひっぱたいてやりたくなり、廊下に飛び出すと窓を開き、ひんやりした空気を吸い込んで、自分を鎮《しず》めた。

「何て情けない男！　見下げ果てた男！」と彼女は小声で言いながら、唇をかんだ。

おまけに彼女は、夫にますます苛立つ自分を感じていた。夫は年をとるにつれ、品がなくなり、食後に空になったボトルの栓を切り刻んだり、食べ終わると舌で歯の付着物をこそげ落としたり、スープを飲むときに一口ごとにのどをクックッと鳴らし、肉が付いてきたせいか、前から小さかった目が、ふっくらした頰骨によってこめかみのほうにつり上がって見えた。

　エンマはときどき、チョッキの下に肌着の赤い縁《すそ》を押し込んだり、ネクタイを直したり、夫が色あせた手袋をはめようとするのを押しとどめてわきに放り投げ、そして、夫が思い込んでいたのとは裏腹に、それは彼のためにではなく、自分自身のためであり、神経が苛立つからであり、自分を思う気持が夫にまで及んだからであった。ときにはまた、小説の一節とか、新しい戯曲とか、新聞の文化欄で語られている上流社会の逸話《エピソード》とか、自分の読んだものを彼女は夫に話したが、それはつまるところ、シャルルといえどもひとりの人間で、常に耳くらい開いていて、いつも相槌《あいづち》を打つ用意があったからだ。彼女はグレーハウンドにまで、打ち明け話をたくさんしていたではないか！　暖炉の薪《まき》や時計の振り子にだって、打ち明け話をしていたかもしれなかった。

　心の底ではしかし、彼女は事件を待ち望んでいた。彼女は難破した水夫のように、絶望した視線を、自分の孤独な生活の上にさまよわせ、霧にかすむ水平線のうちに何か白い帆でも見えないかとはるか彼方を探していた。どんな巡り合わせが、風の吹き方次第で自分のところまで運ばれ、どこの岸辺まで自分を連れて行ってくれるのか、それは小艇《ランチ》なのか、三層ものデッキのある大型船なのか、舷門《げんもん》〔大きな貨物を積み込むための船の舷側にある出入り口〕

にまであふれる積荷は苦悶《くもん》なのか幸福なのか、彼女には分からなかった。それでも毎朝、目が覚めると、今日こそはそれが来ると期待し、どんなもの音にも耳を澄まし、はっとして飛び起き、来ないのを意外に思い、やがて、日が沈むころになると、きまってますます悲しくなり、早く翌日になれと願うのだった。

春がまたやってきた。最初の暖かい時期になり、ナシの木々が花をつけるころ、彼女は息切れがした。

七月のはじめから、彼女は、十月になるまでにあと何週のこされているのかと指折り数え、おそらくダンデルヴィリエ侯爵はヴォビエサールでまた舞踏会を催すだろうと考えた。しかし手紙も訪問もないままに、九月がそっくり過ぎた。

こうして落胆の深い苦しみを味わったあと、またしても彼女の心は空《うつ》ろになり、そうして同じ毎日の繰り返しがふたたびはじまった。

してみると、これから先、このようにひっきりなしに同じ毎日が絶えず変わることなく、数限りなく、何ももたらさずにつづいてゆくのか！　ほかの人の生活だって、どんなに平板でも、少なくとも事件の一つくらい起こる機会には恵まれるものだ。ときには、ふとした出来事から予期せぬ出来事が限りなくもたらされ、舞台の背景ががらりと変わることもあろう。しかし自分には、何も起こらない。神さまがそのように思《おぼ》し召したのだ！　未来とは真っ暗な一筋の廊下で、その突き当たりにある扉はしっかり閉ざされている。

彼女は音楽をぴたりとやめた。弾いて何になるの？　だれが聞くというの？　短い袖のビロードのドレスに身を包み、エラール製のピアノ〔有名なピアノのブランド。一八二一年、ダブルペティションがグランドピアノのために発明された〕を前に、コンサートで、象牙の鍵盤《キイ》を指で軽やかにたたくと、恍惚《こうこつ》となったささやきが自分の周囲に輪を描きながらまるでそよ風のように広がるのを絶対に感じられない以上、ピアノをうんざりしてまで習って何になるというのだろう。彼女はデッサン用の紙ばさみもタペストリー刺繡《ししゅう》も戸棚に入れっぱなしにした。何になるというの？　やって何になるっていうの？　縫い物をしていても、いらいらした。

「本もみんな読んでしまった」と彼女は思った。

そして彼女は家に閉じこもったまま、火ばしを赤く焼いたり、雨の降るのをながめたりした。

日曜日、晩課の鐘〔午後の終わりと夜の始まりを告げる。十七時から十九時くらいのあいだ〕が鳴り響くと、自分はなんとわびしい気持になることだろう！　ひびの入ったような鐘の音が一つまた一つと鳴るのを、彼女は呆然《ぼうぜん》としながらも気を寄せて聞いていた。どこかの猫が屋根の上をゆっくり歩きながら、淡くなった日のなかで背を丸めていた。風が吹いて、街道に沿って筋のような土ぼこりを舞い上げていた。遠くで、ときおり、犬がほえ、そして同じ間《ま》を刻みながら単調な鐘の音は鳴りつづけ、田畑に消えて行った。

そうこうしていると、教会から人びとが出てきた。蠟で磨いた木靴を履いた女たち、新しい仕事着をまとった百姓たち、その前を帽子もかぶらず飛び跳ねる子供たち、そのだれもが家に帰って行く。そして、いつも顔ぶれの同じ五、六人が旅籠屋《はたごや》の大きな戸口の前に残って、暗くなるまでコルク倒し〔コルクの上に載せたコインを倒す昔の遊び〕をしていた。

その冬は寒かった。朝になるときまって、窓ガラスには霜がつき、それを通して差し込む日の光は白っぽく、まるで磨《す》りガラスを透過したみたいで、ときには日中《にっちゅう》もそのままだった。夕方の四時には、ランプをつけねばならなかった。

天気のよい日には、彼女は庭へ下りた。露がキャベツの上に銀色のレースを掛け、透明な長い糸がキャベツからキャベツへと延びていた。鳥の声は聞こえず、何もかも眠っているようで、果樹《アンズ》をはわせた塀は藁で覆《おお》われ、塀の笠石《かさいし》〔塀などの上に載せる石〕の下にあるブドウの木は病んだ大きな蛇のようで、そこに近寄って見ると、ワラジムシが多くの肢《あし》を動かしてもぞもぞはっていた。生垣のそばのトウヒに囲まれ、祈禱書《きとうしょ》を読んでいる三角帽をかぶった神父像は右足が欠けていて、霧氷のせいで石膏も剝《は》げ落ち、顔に白い疥癬《かいせん》ができていた。

それから彼女はまた二階にもどり、ドアを閉め、炭火《おき》を崩し広げ、暖炉の暖かさにぐったりし、前よりもずっしりとけだるさが自分にのしかかるのを感じた。彼女は階下に降りて女中とおしゃべりでもしようかと思ったが、慎みから控えた。

毎日、同じ時間に、黒い絹の縁なし帽をかぶった小学校の先生が自分の家の庇《ひさし》のある窓のよろい戸を開け、田園監視員〔農作物の管理や密猟の取締りに当たる町村の役人〕が仕事着の上にサーベルを下げて通った。朝と晩に、宿駅の馬が三頭ずつ通りを横切って、沼に水を飲みに行った。ときどき、居酒屋のドアでちりんちりんと鈴が鳴り、風があると、床屋《とこや》が店の看板代わりに金属の二本の棒にかけた銅の洗面器の、ぎいぎい軋《きし》む音が聞こえた。店の飾りは、窓ガラスに張った一枚の古いモードの絵と蠟細工の女の胸像だけで、胸像の髪は黄色だった。床屋の主人も、すっかり頭打ちの商売や絶望的な自分の先行きを嘆き、たとえばルーアンのような大都会の、港の近くか劇場のそばに店でも構えることを夢見ながら、ふさいだ顔をして、一日じゅう役場から教会まで行ったり来たり散歩しつづけ、そうしながら客を待っていた。ボヴァリー夫人が目を上げると、その姿がいつもそこにあり、まるで歩哨《ほしょう》に立っている見張りのようで、目深《まぶか》にトルコ帽をかぶり、ラスティング〔撚りの強い綿糸や毛糸で織った堅い綾織の布で、靴やカバンの内側に使う〕の上着を着ていた。

午後になるとときどき、広間の窓ガラスの向こうに、日に焼けた黒い頰ひげの男の顔が現れ、白い歯をのぞかせてやさしく満面の笑みをゆっくり浮かべた。たちまちワルツの曲がはじまり、手回しオルガンの上部は、小さなサロンになっていて、指の丈ほどの踊り手がぐるぐる回転し、ピンクのターバンを巻いた女や晴れ着姿のチロルの男や燕尾服姿のサルや短いキュロット姿の男たちが、肘掛椅子や長椅子やコンソールテーブルのあいだを回転し、四隅を細い金箔《きんぱく》紙でつないだ何面もの鏡にそれらの姿が幾重にも映し出されていた。男はクランクハンドルを回しながら、右を見たり、左を見たり、窓の方を見たりしていた。ときどき、男は車輪よけの石の上に茶色の唾を長く吐き、負い革が堅くて肩が疲れると、膝《ひざ》を使って楽器を引き上げ、そして、手回しオルガンの箱から奏《かな》でられる楽の調べは、ときに哀調を帯び、長く尾を引くかと思えば、陽気で、軽快で、唐草模様の銅の窓格子《ごうし》の向こうのピンクのタフタ〔稠密な平織りの絹織物〕のカーテン越しにうなるように聞こえてきた。それは他所《よそ》の、舞台の上で奏でられ、サロンで歌われ、夜になり輝くシャンデリアのもとで踊られる曲で、エンマの耳にまでとどいた社交界のこだまだった。果てしないサラバンド〔十七、八世紀に流行した典雅でゆったりしたテンポの舞曲〕が彼女の脳裏で鳴りやまず、絨毯の花模様の上で踊るインドの舞姫のように、彼女の思いは音符に合わせて跳ね、夢から夢へと、憂鬱《ゆううつ》から憂鬱へと揺れ動いた。男は鳥打帽で施し物を受けると、古い青いウールのカバーを下ろし、手回しオルガンを背中に回し、重い足取りで遠ざかって行った。男が立ち去るのを彼女はじっと見ていた。

だがとりわけ、この一階の小ぢんまりとした広間での食事の時間が彼女にはもうそれ以上は耐えられず、ストーブはくすぶり、ドアはきしみ、壁は汗をかき、敷石はじとじとしていて、生活の苦い味がそっくり自分の皿に盛られて出されているように思われ、ゆで肉の湯気に混じって、彼女の魂の奥底からもう一つのむかつきが発作のようにこみ上げてきた。シャルルはいつまでも食べていて、彼女はヘーゼルナッツをいくつかかじったり、あるいは肘をついたり、ナイフの先で蠟引きのテーブルクロスに傷をつけて暇をつぶしたりした。

彼女はいままでは家事を一切ほったらかしにしていて、ボヴァリー老夫人が四旬節〔灰の水曜日から復活祭までの四十六日間の悔悛と洗礼志願者の最終準備期間〕の一部を過ごしにトストに来たとき、その変わりようにひどくびっくりした。彼女は、なるほど、かつてはあれほど気を配り洗練されていたのに、いまでは何日もずっと普段着のままでいて、グレーの綿《めん》の靴下をはいたり、獣脂ロウソク〔いわゆるロウソクや油より安価である〕を灯《とも》したりした。節約しなければなりません、なにしろ貧乏ですから、と彼女は繰り返し、自分はとても満足していてじつに幸せで、トストはとても気に入っていますと付け加え、いままで聞いたこともないほかの話をするので、姑《しゅうとめ》は開いた口が塞《ふさ》がらなかった。もっとも、エンマが以前よりも姑の勧めに従うつもりになっているかといえば、そのようには見えず、一度など、ボヴァリー老夫人が気づいて、主人は使用人の宗教に気をつけるべきだと言うと、エンマは怒りのこもった目でにらみ返し、口もとに浮かべた微笑がとてもよそよそしいので、老夫人はもうそのことには触れなかった。

エンマは気難しく、気まぐれになった。自分のためだけの料理をつくらせながら、少しも口を付けず、ある日など、生《き》の牛乳だけを飲み、翌日には、やたらに紅茶を飲んだ。どうしても外には出たくない、としきりに言い張るかと思えば、やがて息がつまりそうになり、すべての窓を開け放ち、薄衣《うすぎぬ》のドレスをまとったりした。女中に邪険に当っておいて、何か物をやったり、近所の仲間うちのところに外出させてやったりし、ときには同じように、物乞《ものご》いに対し財布にありったけの銀貨を投げ与え、それでも思いやりがあるかといえば、ほとんどそんなことはなく、他人の心情もなかなか理解できず、田舎出身の者に多くあるように、いつも魂に、何か父親の手にできている胼胝《たこ》のようなものを抱えていた。

二月の末ごろに、ルオー爺《じい》さんが快気祝いに自ら婿《むこ》に見事な七面鳥を持ってきて、トストに三日滞在した。シャルルは患者にかかりきりで、エンマが相手をした。爺さんは部屋でタバコを吸っては、暖炉わきの薪台《まきだい》の上に唾を吐きかけ、農作物のこと、子牛や雌牛や家禽《かきん》類のこと、村議会のことまでしゃべり立て、だから爺さんが帰って行き、玄関の戸を閉めると、エンマはほっとしてしまい、そのことに自ら驚いたのだった。その上、彼女はもう何に対してもだれに対しても軽蔑の色を隠さず、そして、ときには奇妙な意見を口にするようになり、人が褒めることをとがめ、よこしまだったり背徳的なことを褒めたが、これにはシャルルも目を丸くするばかりだった。

こんなつらい毎日がずっとつづくのかしら？　ここから外に出られないのかしら？　幸せに暮らしているどの女たちにも負けないくらいの価値が自分にだってちゃんとあるというのに！　ヴォビエサールで公爵夫人を何人も見たけど、身体つきもこちらより重そうで、物腰もずっと品のない連中がいて、彼女は神の不公平を激しく憎悪《ぞうお》し、頭を壁にあずけて泣き、波乱万丈の生活を、仮面をつけた夜を、これ見よがしの歓楽をうらやみ、加えてそれらが与えてくれるはずの一切の情熱への陶酔を、自分は知らないのだ。

彼女は顔が青ざめ、しきりに動悸《どうき》がした。シャルルは彼女にカノコソウ〔根は生薬になり、和名で吉草根。鎮静薬で、ヒステリー、心悸亢進に効く〕をとらせ、樟脳浴《しょうのうよく》〔樟脳オイルを使用〕をすすめた。何を試みても、彼女は苛立ちをいっそう募らせたように見えた。

何日かのあいだ、彼女は熱に浮かされたようにしきりにしゃべりまくり、とつぜん、この興奮のあとに無気力になり、口も利かずじっと固まったままになった。そうなると、彼女の両腕に香水瓶のオーデコロンをまるごとぶちまけないかぎり、彼女に生気はもどらなかった。

トストが嫌だとしょっちゅう彼女が訴えるので、シャルルは、病気の原因はおそらく何かこの土地の作用にあるのだろうと想像し、そのような考えに固まると、引っ越してほかに居を構えようと本気で考えるようになった。

そのときから彼女は、酢を飲んで痩《や》せようとし、小さな空咳《からぜき》をするようになり、食欲をすっかり失《な》くしてしまった。

シャルルにとって、四年間も過ごし、そこで有名になりかけていただけにトストを捨てるのはつらかった。それでも、そうするしかないなら仕方ない！　彼は妻をルーアンに連れて行き、旧師に診《み》せた。神経の病だから、転地させるべきだ。

あちこちに当たってみると、ヌーシャテル郡にヨンヴィル゠ラベイというしっかりした大きな村があり、ポーランドからの亡命者だったそこの医者が前の週に引き払ったばかりだとシャルルは知った。そこで彼は、その地の薬剤師に手紙を書いて、人口はどれくらいで、最も近い同業者はどれほど離れているか、前の医者の年収はいくらぐらいか、等々を知ろうとし、そして、返事が満足のゆくものだったので、エンマの健康がよくなっていなければ、春ごろに転居しようと決めた。

ある日、出発に備えて引き出しの整理をしていると、彼女の指を何かがちくっと刺した。自分の結婚式のブーケについている針金だった。オレンジの蕾《つぼみ》はほこりにまみれ黄ばみ、銀色の縁取りのある繻子《サテン》のリボンはその縁のところがほつれていた。彼女はブーケを暖炉の火にくべた。乾いた藁よりもさっと燃え上がった。やがてそれは、灰の上に赤い茂みのようになり、ゆっくりと損なわれて行った。彼女はブーケが燃えるのを見つめた。厚紙でできた小さなオレンジの実がはぜ、真鍮《しんちゅう》の針金は曲がりくねり、飾り紐は溶け、そして、紙の花冠は干からびたように縮み、まるで黒い蝶《ちょう》のように暖炉の背板づたいに揺れ動いていたが、とうとう煙突から飛び去った。

三月、トストを発《た》ったときには、ボヴァリー夫人は妊娠していた。

第二部

1

ヨンヴィル＝ラベイ（と呼ばれているのは、昔そこにカプチン会の修道院《アベイ》があったためで、もはやその遺跡も残っていなかった）はルーアンから八里〔約三十二キロ〕の村で、アブヴィルへの街道とボーヴェへの街道のあいだの、リユール川の流れる谷の奥にあって、その小さな川は、やがてアンデル川に注ぎ込むのだが、その合流点近くで三台の水車を回し、そのあたりにはマスがいくらかいて、日曜日になると、男の子たちが釣りをして楽しむ。

ラ・ボワシエールで本街道を離れ、そのまま平らな道を行ってレ・ルー丘陵の上にまでいたると、そこから谷が一望される。中央を流れる川で、この谷は表情をまるで異にする二つの地域のようなものに分かたれていて、左岸はすべて牧草地になっていて、右岸はことごとく耕作地になっている。牧草地は低い丘陵の隆起《こぶ》の下方に延々とつづき、丘陵の向こうでブレ地方〔ノルマンディー北部の小地方で、牧畜がさかん〕の牧場につながっていて、一方、東側ではゆるやかに上る平野がしだいに広がってゆき、見渡す限り黄金色に輝く一面の麦畑になっている。草原の縁を流れる水は白い筋となって、牧草地の色と耕地の色を区切っていて、そんなわけで、この平原は大きなマントを広げたみたいに見え、その緑のビロードの襟には銀の縁飾りがついているようだ。

地平線の先は、行ってみると、目の前にアルグイユの森のコナラの木立があり、サン＝ジャン丘陵の急斜面になっていて、その急斜面の上から下にいくつもの長く赤い筋が不揃《ふぞろ》いについているが、それは雨のうがった痕《あと》で、煉瓦色《れんがいろ》を帯びて、灰色の山肌に細い線となってくっきり際立《きわだ》っているのは、その先の周辺の地域に鉄分をふくむ水源がたくさん湧《わ》き出ているからである。

このあたりはノルマンディー地方とピカルディー地方とイル＝ド＝フランス地方の境目で、折衷的な地方なので、言葉にとりたてて抑揚《なまり》がないのと同様に風景にも特徴がなかった。郡全体で最もひどいヌーシャテル・チーズはここでつくられていて、その上、砂と砂利だらけのもろい土壌を肥やすには、かなりの堆肥《たいひ》がいるので、ここでの農作は高くつくのだ。

一八三五年までは、ヨンヴィルに行くのに楽に通れる道は一本もなかったが、そのころ村と村を結ぶ地方道ができて、アブヴィルへの道をアミアンへの道につなぎ、いまでもときどきルーアンからフランドル地方〔フランドル地方は現在はベルギー西部・フランス北部にまたがる〕に行く車屋〔荷馬車などで商品を運搬した〕はこれを利用する。しかしながら、そうした新しい輸送路ができたにもかかわらず、ヨンヴィル＝ラベイは以前のまま停滞している。農地改良に着手することもなく、どんなに悪く言われようが、相変わらず自然まかせの牧草を押し通し、無気力な村は牧草地のほうには伸びず、おのずと川のほうに広がりつづけている。この村を遠くから見ると、川沿いに縦に寝そべっていて、まるで水辺で昼寝をする牛飼いのようだ。

丘のふもとの橋を過ぎると、ヨーロッパヤマナラシ〔ヨーロッパ産ポプラの一種〕の若木を植えた土手道がはじまり、まっすぐに村の最初の家並みまで通じている。家々は生垣に囲まれ、庭の中央にあり、そこにはいくつもの建物が散らばっていて、ブドウ圧搾《あっさく》小屋や荷車置場やカルヴァドス蒸留場が茂った木々の陰に分散して建ち、木々の枝には梯子《はしご》や果実を落とすための長い竿《さお》や柄の長い鎌《かま》が立てかけてある。藁葺《わらぶ》きの屋根は、目深《まぶか》にかぶった毛皮の頭巾《ずきん》のように低い窓のほとんど三分の一ほどのところまで垂れ下がっていて、中央の膨らんだ厚い窓ガラスは、真ん中にまるで瓶の底のような突起《こぶ》が付いている。黒い筋交いを斜めに渡した漆喰《しっくい》の壁に、ときおりやせこけたナシの木が絡《から》みついていて、一階の戸口には小さな回転柵《さく》がつけてあって、シードル酒を染《し》ませたパンのかけらを敷居のところまであさりに来るひよこがなかに入らないようにしてある。そうしているあいだにも、庭がだんだん狭くなり、家と家は接近し、生垣はなくなり、シダの束が窓の下にある箒《ほうき》の柄の先で揺れ、蹄鉄工《かじや》の仕事場になり、つづいて車大工の仕事場があり、作りたての荷車が二、三台、外の通りにはみ出している。やがて、一本の指を口に当てたキューピッド像の飾られた円形の芝生柵の向こうに、一軒の白い家が柵越しに姿を見せ、玄関ステップの両端に鋳鉄製の甕《かめ》が二つあり、盾形表札〔公証人・執達吏が事務所につける〕が扉の上に輝き、これが公証人の家で、村で最も立派だった。

　教会は二十歩ほど先の通りの反対側、広場の入口にある。教会を取り囲むように、肘《ひじ》の高さの壁をめぐらした小さな墓地があって、なかは墓だらけなので、地面すれすれになった古い墓石はびっしり舗石を敷き連ねたようで、ひとりでに生えた雑草が規則的に四角い形を緑色にくっきりと示している。教会はシャルル十世治下〔王政復古期の最後、一八二四―三〇〕の末年に新たに再建されている。木でできた丸天井は上のほうが朽ちはじめ、青く塗られているのに、ところどころ黒いくぼみができている。入口の上部、パイプオルガンがあってもいい場所に男子用の内陣桟敷《さじき》席があって、回り階段がついているが、木靴がよく響く。

　単色のステンドグラスを通してとどいた白昼の光は、壁と直角に並べられた腰掛けを斜めに照らすのだが、その座席のあちこちに筵《むしろ》か何かが鋲《びょう》で張られていて、その下のほうに大きな文字で「何某《なにがし》氏の席」という言葉が書かれている。さらに奥の、内部空間が狭まるあたりに、告解室と小さな聖母像が対《つい》をなすようにあって、聖母は繻子《サテン》の衣をまとい、銀の星をちりばめたチュール〔ヴェールに用いる平織物〕のヴェールをかぶり、両の頰が真っ赤で、まるでサンドウィッチ諸島〔ハワイ諸島のこと。一七七八年、はじめてハワイ諸島に上陸したヨーロッパ人の探検家ジェームズ・クックがそう命名〕の偶像のようで、最後に内務大臣寄進、聖家族の絵《うつし》になり、これが四本の燭台《しょくだい》のあいだから主祭壇を見下ろし、それより奥の見通しをしめくくっている。聖歌隊席は白木のままで、モミ材が使われている。

市場《いちば》といっても、つまり二十本ほどの柱で瓦《かわら》屋根を支えているにすぎないが、これだけでヨンヴィルの大広場のおよそ半分を占めている。村役場はパリのさる建築家の設計図に基づいて建てられたが、ギリシャ神殿風で、薬局と並んで通りの角にある。役場の一階には、三本のイオニア式円柱があり、二階には半円アーチの回廊があり、一方、回廊の突当りのタンパン〔ペディメントの弓形や三角の壁の部分〕にはガリアの雄鶏《おんどり》〔フランスの国鳥として革命時代に正義の旗印とされる〕が彫ってあり、その片足で一八三〇年の憲章〔七月革命の結果、一八一四年にルイ十八世が公布した憲章に修正を加えたもの〕を踏まえ、もう一方の足で正義の秤《はかり》を鷲《わし》づかみにしている。

だが、何より目を引くのは旅館兼料理屋の「金獅子《リヨン・ドール》」の真向かいにあるオメー氏の薬局だ！ 夜になるとたいがい、店のケンケ灯がともされ、店頭を飾っている赤と緑の広口瓶が遠くの地面にまで二つの色のついた光を長く伸ばすと、まるでベンガル花火〔光の色が白や赤や緑とさまざまな花火〕に包まれたみたいに、その二つの光を通して、書見台に肘をつく薬剤師の人影《すがた》が垣間見《かいまみ》える。その店は上から下まで、イギリス書体〔右に傾いた草書体〕や円書体や活字のような字体で書かれた記載《レッテル》が張られていて、「ヴィシー水〔ヴィシー産ミネラルウォーター〕、セルツァ炭酸水〔ドイツのゼルターズで産出〕、バレージュ水〔ピレネー山脈中央の水〕、浄化シロップ〔果汁からつくられる〕、ラスパイユ氏薬〔カンフルを主成分とする駆虫薬〕、アラビア・ラカウ〔カカオ、どんぐり、でんぷん、小麦粉を主原料とした食品。フランスでは十九世紀に用いられた〕、ダルセ咳止《せきど》めトローチ、ルニョー泥膏《でいこう》〔軟膏より硬めで、皮膚にじかに塗布せず、ガーゼなどに塗り広げて貼付する軟膏剤〕、包帯、うがい薬、滋養チョコレート〔当時、チョコレートは健康によいとされ、むしろ薬と考えられていた〕」等々とあった。そして店の間口《はば》いっぱいの看板には、金文字で薬剤師、オメーと書かれていた。それから、店の奥の、カウンターの上に置かれた認証を受けた大きな秤の後方に調剤室の文字がガラス戸の上部に順に読め、その中ほどには、黒地に金文字でまたしてもオメーと繰り返し書かれている。

ヨンヴィルには、このあともう見るべきものは何もない。通り（それも一本だけ）は銃の射程に収まる長さで、両側に何軒かの店があるばかりで、街道の曲がるところで急に終わる。街道を右手に残して、サン＝ジャンの丘の裾《すそ》の道を進めば、やがて墓地に出る。

コレラが猛威を振るったとき〔一八三二年の流行時には死者が多く出た。十九世紀にはしばしばコレラが流行り、一八四九年にも再び流行した〕、墓地を拡張するために壁の一方を打ち壊し、隣に三アークル〔昔のフランスの面積の単位で、約五二アール。英米のエーカーとは異なる〕の土地を買い足したが、この新しい部分にはほとんど入り手がなく、墓は以前のように入口のほうから立て込んだ。墓守《はかもり》は墓掘りと教会の用務員を同時に兼ね（そうやってこの小教区の死体から二重にもうけ）、空いている土地を利用して、そこにジャガイモを植えた。そうはいっても、年々、その小さな畑は縮小し、自分も流行病で死なずにすんだのに、死者が出るのを喜ぶべきか、墓が増えるのを悲しむべきか、墓守には分からない。

「お前は死者を食い扶持《ぶち》にしておるのじゃ、レスチブードワ！」と、ある日とうとう司祭に言われた。

この不吉な言葉を聞いて、墓守はよく考え、しばらくはやめたのだが、いまでもなおジャガイモづくりをつづけていて、ほっておいてもジャガイモはできてしまう、とぬけぬけと大きな口をたたいている。

これから語ろうとする事件以来、たしかに、ヨンヴィルでは何も変わっていない。教会の鐘楼のてっぺんには、ブリキでできた三色旗が相変わらずぐるぐる回り、服飾店の店先では、いまなお二本の細長い帯状のインド更紗《サラサ》が風に揺れ、薬剤師の店にある標本の胎児は、まるで大量の白い暖皮《だんぴ》〔ホクチダケなどから製する海綿状物質で、止血に使われる。日本では「木の綿」と呼ぶところもある〕のようで、どろんとしたアルコールに漬かってしだいに腐ってゆき、旅館兼料理屋の大きな戸口の上には、雨にさらされ色あせた昔ながらの金の獅子がいまも変わらず通行人にプードル犬のような縮れた毛を見せている。

ボヴァリー夫妻がヨンヴィルに着くことになっていたその晩、この旅館兼料理屋の女将《おかみ》で後家のルフランソワは猫の手も借りたい忙しさで、大粒の汗をかきながらシチュー鍋《なべ》をかき回していた。翌日がこの村に市《いち》の立つ日だった。前もって肉を切って、若鶏の臓物《はらわた》を抜き、スープもコーヒーもつくっておかねばならない。おまけに、いつもの泊り客の食事に加え、医者とその奥さまと女中の分もあって、ビリヤード室からは爆笑が響き渡り、小食堂にいる三人の粉屋はブランデーを持ってこいとどなり、薪《まき》は燃え、熾《おき》は爆《は》ぜ、台所の長い台の上には、四つに分割した羊の生肉のあいだから、皿の山がうずたかく積み重ねられ、ほうれん草を刻むまな板の振動にともない小刻みに揺れていた。裏庭からは、女中が首を斬《き》ろうと追い回す鶏の鳴き声が聞こえてくる。

緑のなめし革のスリッパを履き、金の房のついたビロードの縁なし帽をかぶった男が、暖炉で背中を暖めていたが、その顔にはわずかに痘瘡《あばた》が残っていた。顔には自己満足以外のなにものも表れてはおらず、ヤナギの細枝で編まれた鳥かごに入って、男の頭上につるされているヒワ〔アトリ科の小鳥〕と同じく、落ち着いた様子で、これが薬剤師である。

「アルテミーズ！」と旅館の女将が声を張り上げた。「たきつけ用に小枝を折っておくれ、カラフに水を入れ、ブランデーを持ってお行き、急ぐんだよ！　あなたがお待ちかねの方々に、どんなデザートをお出ししたらいいかせめて分かればね！　おや、まあ、驚いた！　ビリヤード室で、引越し屋の手伝い連中がまた大騒ぎをはじめたね！　それにあの連中、荷馬車をうちの玄関前《おもて》にとめたままにして！　それに「ツバメ」が着いたら、荷馬車なんか押しつぶされちまうだろうよ！　イポリットを呼んで、片づけさせるんだよ！……考えてもくださいよ、オメーさん、あの連中ときたら朝からですよ、おそらくもう十五回は勝負してるし、シードルの瓶を八本も空けてさ！……いったいあれじゃ、うちのクロスを引き裂いちゃうわよ」と女将はつづけながら、灰汁《あく》取り用の穴杓子《あなじゃくし》を片手に遠くから連中を見つめていた。

「損害といったって、たいしたことないさ」とオメー氏は答えた。「もう一台、買ったらどうだい」

「もう一台ですって、玉突台を！」と後家は叫んだ。

「だってあの台はもう持たないよ、ルフランソワさん。何度も言うが、あのままだとかえって損だよ！　大損をするさ！　それに今じゃ、愛好家が求めているのは、ポケットが小さいやつで、キューも重いものさ。もうそんな球は突いていやしないんだよ。何もかも変わったのさ！　時代とともに進まなきゃいけない！　テリエを見てごらん、むしろ……〔フランスでは三つ球のキャロムゲームが盛んだが、これは一八五〇年に登場した〕」

　女将はテリエの名を聞くと悔しさに顔を紅潮させた。薬剤師は付け加えた。

「あそこの台は、あんたが何と言おうが、お宅の台より小洒落《こじゃれ》ているよ。そして、賭《か》け金をまとめて、たとえばポーランドへの義捐金《ぎえんきん》〔ロシアに対するポーランドの反乱は一八三〇年十一月に起こり、反乱者への支援は七月王政のあいだつづく〕やリヨン市水害義捐金〔リヨンの洪水は一八四〇年に起こった〕にするなんて思いつくとは……」

「あんなろくでなしが、こっちを脅かそうたってそうは問屋が卸さないよ！」と言って、女将はさえぎりながら、いかつい肩をすくめた。「まさか！　まさか！　オメーさん、この「金獅子」の看板があるかぎり、客《ひと》は来ますよ。よそさまは知りませんが、うちは身上《しんしょう》がしっかりしてますから！　それにひきかえ、いまに見ててごらん、「カフェ・フランセ」なんて店じまいですよ、玄関の軒先に結構な張り紙が出ますから！……うちの玉突台を変えるですって」と女将は自分自身に語りかけるようにつづけた。「あいつは洗濯物を並べるにはとても便利だし、狩りの季節にゃ、あの上に六人までなら客の寝床を作ったこともあるのに！……それにしても、のろまのイヴェールのやつ、まだ着かないとは！」

「あいつを待って、それでお客の夕食ということかい？」と薬剤師は訊《たず》ねた。

「あいつを待ってるだって！　そうしてるうちにビネーさんが来ますよ！　六時が鳴ると入ってくるのが見えるでしょ、正確さにかけては、あんな人はこの地上にふたりといませんからね。席はいつもあの小部屋でなくちゃ！　よそで夕食を食べさせられるくらいなら、殺されたほうがましですとさ！　それに好みのうるさいこと！　シードルにしたってひどく味にうるさくて！　レオンさんとは大違い。こちらは、ときに七時に来るかと思えば、七時半になったりもするけど、あれこれ言わずに黙々と召しあがる。若いのにじつに立派な方ね！　絶対に大声を張り上げたりしないしね」

「そりゃ大違いもいいとこさ、女将さん、教育を受けた人間と騎兵あがりの収税吏じゃ」

六時が鳴った。ビネーが入ってきた。

青いフロックコートを着ていて、裾が、自分の意志でという感じで痩《や》せた身体《からだ》のまわりに垂れ、革の縁なし帽をかぶり、その両側の垂れを紐《ひも》で帽子のてっぺんで結び、帽子の庇《ひさし》を上げているせいか、その下に禿《は》げ上がった額が見え、かつて鉄兜《かぶと》を着用する習慣があったせいか、額はくぼんでいた。黒いラシャのチョッキ、堅いカラー、グレーのズボンを身につけ、季節を問わずぴかぴかに磨かれた長靴《ブーツ》には、足の親指が盛り上がっているせいか、ふくらみが二つ並んでできていた。顎《あご》をぐるりと取り巻くブロンドのひげの線《ライン》をはみ出る毛は一本もなく、それはまるで花壇の縁取りのように馬面《うまづら》のさえない顔を枠に収めていて、目は小さく、わし鼻だった。あらゆるトランプ勝負に長じ、狩りの腕もよく、達筆で、自宅に轆轤《ろくろ》を持っていて〔当時、轆轤を家にもつことが流行っていた〕、道楽にナプキンリングをひねり、そのせいで家じゅう足の踏み場もないほどだが、そこには芸術家の執念と凡人《ブルジョワ》の身勝手《エゴイスム》が見られた。

　ビネーは小部屋のほうに向かったが、まずそこから三人の粉屋を追い出さねばならず、そして、食卓に食器を並べてもらうあいだじゅう、ストーブのそばのいつもの席に座って黙り込んでいて、やがていつものようにドアを閉め、縁なし帽を脱いだ。

「ひとこと挨拶《あいさつ》くらいしてもいいんじゃないか！」と薬剤師は女将と二人きりになったとたん言った。

「あの人は、けっして無駄な口は利《き》きませんよ」と女将は答えた。「先週ですが、二人のラシャ売りがここに来ましてね、目から鼻へ抜ける二人の若者で、夕飯どきに山盛りの冗談を披露するので、笑いすぎて涙が出るほどでしたが、いやはや！　あの人ったらあそこにいたのに、まるでニシンダマシ〔ニシン科の遡河性を持つ回遊魚でよく食べられる〕みたいに、ひとことも口を利かなくてさ」

「だろうね、想像力もなければ、才気もなし、社交家の資格は皆無！」と薬剤師は言った。

「それでも噂《うわさ》じゃ、貯《た》め込んでるそうですよ」と女将が茶茶《ちゃちゃ》を入れた。

「貯め込んだ？」とオメーは言い返した。「あいつが！　貯め込んだ？　仕事が仕事だけに、さもありなん」ともっと落ち着いた口調で付け加えた。

そして薬剤師はつづけて、

「ああ！　相当な関係《おとくい》をかかえている卸売商とか、法律家や医者や薬剤師ならば、ひどく没頭しなきゃならないので、風変わりな人間になったり気難しい人間になったりするのは、分かるけどさ、歴史にあたればいくつも例を挙げられるからな！　もっとも、それは少なくともこうした連中が何かを考えているからだよ。たとえばこの私にしてからが、レッテルに書こうとして机の上にペンを探すものの、結局のところ、この耳にはさんでいた、なんてことがこれまで何度あったことか！」

そのあいだに、女将のルフランソワは「ツバメ」が着かないか見に戸口に行った。彼女はぎくりとした。とつぜん、黒い服を着た男が台所に入ってきたのだ。黄昏《たそがれ》の最後の明りで見分けると、男は赤ら顔で、筋骨たくましい身体をしていた。

「何かご用でいらっしゃいますか、神父さま」と旅館の女将は訊ねながら、列柱のようにロウソクを差したまま並べてある銅の燭台の一つを、マントルピースの上から手に取った。「なにかお飲みになられますか？　カシス酒を少量、それともワインを一杯？」

司祭はとても丁重に辞退した。先日エルヌモン修道院〔ルーアンにある〕に忘れてきた傘を取りに来たのだが、今晩のうちに傘を司祭館までとどけてくれるように女将のルフランソワに頼むと、そこを出て、お告げの鐘が鳴っている教会に帰って行った。

靴音が広場から聞こえなくなると、薬剤師はいましがたの司祭の振舞はぶしつけだと思った。冷たいものも受けずにあんなふうに断るなんて、偽善もはなはだしいと映り、見られていないと司祭の連中はみなどんちゃん騒ぎをするくせに、革命前の十分の一税〔土地のあらゆる生産物から徴収された教会の主要な収入源〕の時代を回復しようと躍起になっている。

女将は神父さまの肩を持った。

「だいいち、神父さまはあなたのような連中なんか、膝《ひざ》にのっけて四つにへし折っちゃいますよ。去年、うちの使用人が藁《わら》をしまい込むのを手伝ってくれたけど、神父さまはいっぺんに六束も運んでくれましたから、それくらいお強いのです！」

「でかした！」と薬剤師は言った。「さあ、それほどのたくましい男のもとに、お宅の娘さんたちを懺悔《ざんげ》にやるんですな！　もしこの私が内閣に入っていたら、司祭の連中には月に一度、瀉血《しゃけつ》をしてもらうおうと思うね。そうとも、ルフランソワの女将、毎月、公序良俗のために大々的に静脈切開《しゃけつ》を行なうとしよう！」

「さあさ、お黙りよ、オメーさん！　あなたは冒瀆者《ぼうとく》よ！　神を信じてないのね！」

薬剤師は答えた。

「私にも信仰があるさ、この自分の信仰がね、茶番の芝居や口先だけのペテンに明け暮れる司祭たちのだれよりも篤《あつ》い信仰さ！　それどころか、私は神を崇拝しているくらいさ！　私の信じているのは至高存在であり、造物主であり、それがどのようであるかなど私にはどうでもよく、公民としての義務と家長としての義務を果たすようにわれわれをこの世に置いてくれた造物主さ、でも私には教会に行く必要もなければ、銀の皿に接吻《せっぷん》する必要もなく、われわれより立派に養われている大勢の食わせ者たちを、自腹を切ってまで富ませる必要もない！　なにしろ、森にいても、野にいても、あるいは古代人のように、蒼穹《そうきゅう》を見つめるだけでも、神を讃《たた》えることができる。この私の神はね、ソクラテス、フランクリン、ヴォルテール、ベランジェ〔一七八〇―一八五七、詩人・シャンソニエ〕という神さ！　『サヴォワ人助任司祭の信仰告白』〔ルソーの『エミール』中の自然宗教論〕と八九年の不朽の原理〔フランス大革命時の『人権宣言』を指す〕に諸手《もろて》を挙げて賛成するね！　だから、杖《つえ》を手に花園を歩き回ったり、クジラの腹のなかに友を飲み込ませたり〔『旧約聖書』のヨナ書参照〕、叫びを発して死んで三日後によみがえる神様なんてやつを、私は認めないね、それ自体ばかげたことだし、だいいち、物理のどんな法則にもまるっきり反していて、そのことじたい、ついでにこちらにはっきり示しているんだが、司祭の連中は常に破廉恥《はれんち》な無知に浸《つか》って抜け出せずにいて、そのなかへいっしょに人びとまで飲み込もうとしているんだよ」

薬剤師は口をつぐみ、目で周囲に聴き手の姿を探したが、というのも、興奮し過ぎて、一瞬、自分が村議会のただなかにいると錯覚していたからだ。だが旅館の女将はもう話を聞いておらず、遠くに響く車の音に耳を差しだしていた。地面を蹴《け》るゆるんだ蹄鉄《ていてつ》の音にまじって馬車の音が聞き分けられ、ついに「ツバメ」が旅館の戸口の前にとまった。

それは二つの大きな車輪に支えられた黄色い大きな箱で、車輪が幌《ほろ》の高さまであるので、乗客は外の景色も見えず、肩までハネで汚れた。上部についている狭い窓の小さな窓ガラスは、馬車の扉が閉まっているときには枠のなかでがたがた震え、古くからの層になったほこりにまじり、そこかしこに泥の汚れをこびりつけていて、にわか雨が来ても完全には洗い落とせなかった。馬車には馬が三頭つながれていて、二頭の前に一頭だけ先頭に配していて、そうして坂を下るときには、馬車の底が地面をかすってしまい、がたがたと揺れた。

ヨンヴィルの住人が何人か広場に来て、連中はいっせいにしゃべり立て、消息を訊いたり、遅れたわけを求めたり、籠《かご》〔魚やカキや猟の獲物を運ぶ〕を早く寄越せと言ったりするので、イヴェールはどう答えてよいか分からなかった。この男が、村の人から頼まれた用事を町でしてくるのだった。彼はいくつもの店に寄って、靴屋には巻いた革を、蹄鉄工《かじや》には古鉄を、自分の女主人《おかみ》にはニシン樽《だる》を、婦人帽子屋には縁なし帽を、床屋にはカツラを持ち帰り、そして、もどりながら道にそって、御者台《せき》から立ち上がって声をかぎりに叫びながら、包みを庭の柵越しにほうり込んでは配達し、その間も馬は勝手に進むのだった。

不測のことでイヴェールは遅れたのだが、ボヴァリー夫人のグレーハウンドが野原を横切って逃げたのだった。たっぷり十五分も口笛を吹いて呼んだのだ。イヴェールは半里〔二キロほど〕も引き返しながら、しょっちゅう犬の影がちらつくように思ったが、しかし道をつづけて進まねばならなかった。エンマは泣き、かっとなって、この不幸な出来事をシャルルのせいにした。馬車に乗り合わせていた生地を商うルルー氏は、いなくなった犬が長い年月ののちにも主人を覚えていた例をたくさん挙げて彼女を慰めようとした。ルルーが言うには、コンスタンチノープルからパリまで帰ってきた犬もいる。別の犬だが、まっすぐに五十里も走り、四つの川を泳いで渡ったのもいるし、そして、だれより自分の父親もプードルを飼っていたが、十二年も行方をくらましておいて、ある晩、父が飯を食いにでかけた町の通りで、とつぜん背中に飛びついてきた。

2

最初にエンマが降り、それからフェリシテ、ルルー氏、ひとりの乳母とつづき、シャルルは、日が暮れたとたんに隅の席で熟睡してしまったので、起こさねばならなかった。

オメーが自ら名乗り、夫人に敬意を表し、先生に挨拶をして、お二人のお役に立てて光栄ですと告げ、こちらから厚かましくも勝手に押しかけまして、もっとも妻は姿を見せておりませんが、と誠実そうに付け加えた。

ボヴァリー夫人は、厨房《ちゅうぼう》に入ると、暖炉に近寄った。二本の指先でドレスの膝のところをつまみ、そうやって踝《くるぶし》までドレスをたくし上げると、黒い深靴《アンクルブーツ》〔踝の上までのハーフブーツ〕を履いた足を片方、火にかざしたが、その下では羊の腿肉《ももにく》が串を打たれ回っていた。火は彼女の全身を照らしだし、ドレスの糸目も、白い肌に均等に並ぶ毛穴も、ときどきまばたくまぶたまでも、むき出しの光で刺しつらぬいた。わずかに開いたドア風が吹き込むごとに、赤い色が大きく彼女をかすめた。

暖炉のもう一方の側から、金髪の青年が黙って彼女を見つめていた。

レオン・デュピュイ君（それが青年の名で、この「金獅子」の第二の常連だった）は、ギヨーマン先生のところで書記をしていたが、このヨンヴィルにいてすっかり退屈し切っていたので、しばしば食事の時間を遅らせて、その晩の話し相手になる旅館の旅客かだれかがいないかと当てにしていた。仕事が早く片づいた日などは、時間のつぶしようもないままに定刻に姿を見せて、スープからチーズまで、ビネーとの差し向かいを我慢しなければならないこともあった。だから新顔の客たちといっしょに夕食をと女将に持ちかけられると、青年は大喜びで承諾し、一同は大きな部屋のほうに移ったのだが、そこには女将のルフランソワが大いに見栄《みえ》を張って四人分の支度をしておいたのだ。

オメーは、鼻風邪《コリーザ》にかかるのを恐れて、トルコ帽をつけたままで失礼しますと断った。

それから、隣席のエンマのほうに向き直って、

「奥さまはたぶん、少しお疲れではありませんか？　あの「ツバメ」ときたら、もの

すごく揺れますからな！」

「ほんとうに」とエンマは答えた。「でも外出はいつでも楽しいし、住まいを変えるのも好きですわ」

「同じ場所に釘《くぎ》づけにされて暮らすのは、じつにうっとうしいことです」と書記がため息をついた。

「絶えず馬に乗らねばならないこちらの身にもなってくださいよ……」とシャルルが言った。

「でも」とレオンはボヴァリー夫人に向けて言葉をついだ。「それができるご身分ほど、快いものはないように思われますが」と付け加えた。

「それに」と薬剤師は言った。「医者の開業も当地ではさほど骨の折れるものではありません、なにしろ、道路の状況がよいので一頭立て二輪馬車《カブリオレ》が使えますし、百姓も暮らし向きが楽なので、払いはかなりよいほうですからな。医学上から見ますと、ここでは腸炎や気管支炎や胆汁《たんじゅう》疾患などといった通常の症例とは別に、収穫期にはときどき間欠熱がいくらか見られましてね、要するに、重篤《じゅうとく》なものはほとんどなく、特記すべきこともありませんね、ただしこれは別ですが、瘰癧《るいれき》〔頸部リンパ節結核〕は多くて、百姓の住まいの嘆かわしい衛生状態におそらく起因しているのでしょうな。ああ！　ボヴァリー先生、戦うべき多くの偏見がその目に入りますよ、頑固なまでの因習の数々に対し、日々、あなたの学識は全力をあげてぶつかることになるでしょうな、なにしろ、ここの連中ときたら、医者や薬屋に当たり前のように来るよりは、九日間の祈り《ノヴェナ》だの、聖遺物〔神聖視されている聖人の遺体やその一部〕だの、司祭だのにいまだに助けを求めるのですから。それでも、本当のところ、気候は少しも悪くなくて、村のなかには九十歳を超した年寄りが何人もいるくらいですよ。寒暖計では（観察記録をつけたことがありましてな）、冬場は四度まで下がり、きつい季節で二十五度、最高で三十度に達するくらいで、つまり最高でも列氏《れっし》〔一気圧のもとで水の氷点を零度、沸点を八十度としたレオミュール考案の温度目盛り〕で二十四度、言い換えれば華氏《かし》〔ファーレンハイトが考案した温度目盛りで、水の氷点が三十二度、沸点が二百十二度〕（イギリスの尺度ですが）五十四度で、それ以上にはなりません！――それにわれわれはたしかに、一方では、北風からはアルグイユの森で守られ、他方では、西風からはサン＝ジャンの丘で防がれていて、そして、その暑さですが、それでも川から水蒸気が生じるので、また牧草地に相当の家畜がいるせいで、その家畜はご承知の通り、多くのアンモニアを、つまり窒素と水素と酸素（いや、窒素と水素だけです）を放出し、その暑さ自体によって地中の腐食質《ふしょくしつ》が吸い出され、そういった異なった発散物がことごとく混合し、結合し、いわば一つながりになり、大気中に放電現象がある場合には、その電気と自《おの》ずから化合するので、ついには熱帯地方と同じように、健康によくない瘴気《しょうき》が生み出されることにもなりかねませんが――私が言いたいのは、その暑さですが、それがやって来るというかやって来るかもしれない方面では、つまりは南の方面ですがね、南東風でちょうど和らげられるのですよ、というのもこの風はセーヌ川の上を吹き渡ることで自ずと冷やされるからで、それが時おり、とつぜんこちらに吹いてきますが、まるでロシアのそよ風といった具合ですな！」

「ねえ、あなた、このあたりには、せめて散歩するところくらいございまして？」とつづけながら、ボヴァリー夫人は青年に話しかけた。

「ああ！　それがほとんどないのです」と青年は答えた。「放牧地と呼ばれている場所が丘の上の森のはずれにあります。日曜日になると、ときどきそこに行って、本を読んで過ごしたり、夕日の沈むのを眺めたりします」

「わたし、夕日ほど素晴らしいものはないと思いますわ」と彼女は言葉を継いだ。

「でも、夕日は海辺にかぎりますよ、なんといっても」

「ああ！　ぼくも海は大好きです」とレオン君は言った。

「それで」とボヴァリー夫人は応じた。「あの果てしない広がりですと、こちらの心はいっそう自由にさまよい、それをじっと眺め入ることでこちらの魂は高まり、無限とか理想といった観念まで与えてくれるようにあなたには思われないこと？」

「山の風景にしても同じですよ」とレオンはつづけた。「ぼくには従兄《いとこ》がいるのですが、去年スイスを旅してきて言うには、詩情あふれる湖水といい、魅力的な滝といい、雄大な印象をもたらす氷河といい、想像を絶しているそうです。見ると、信じられないほど大きなマツが急流をまたぐように枝を伸ばし、山小屋が断崖《だんがい》絶壁の上にひっかかったようにあり、雲が裂けると、千ピエ〔一ピエ約三二センチ〕もの眼下に谷底がそっくり拡《ひろ》がっている。そうした光景を前にしたら、熱狂もするでしょうし、祈りたくもなるでしょうし、恍惚《こうこつ》へと誘われることでしょう！　ですから、例の有名な音楽家が想像力をいっそうかき立てようと、どこか壮麗な風景を求めて出かけて行っては、その前でピアノを弾いたという習慣《クセ》を聞いても、ぼくはもう驚きませんよ」

「音楽をなさいますの？」と彼女は訊いた。

「いいえ、でも聞くのは大好きです」と青年は答えた。

「ああ！　真に受けてはいけませんよ、ボヴァリー夫人」とオメーが皿の上に身をかがめながらさえぎった。「紛れもない謙遜《けんそん》ですよ。――君！　あれはなんだい、ねえ！　このあいだなんか、部屋で『守護の天使』〔ポーリーヌ・デュシャンジュ（一七七八―一八五八）の流行したロマンス〕を見事に歌ってたじゃないですか。調剤室から聞いていたけど、スタッカートの利かせかたなんて、舞台に立って歌えるくらいだね」

レオンはたしかに薬剤師のところに下宿していて、広場に面した三階に小さな部屋を借りていた。青年は家主のお世辞に顔を赤くしたが、すでに家主は医者のほうに向き直っていて、ヨンヴィルのお歴々を次から次へと並べて行った。逸話の数々を語り、情報を与えていて、それでも公証人の財産は正確にはだれにも分からないし、チュヴァッシュ家というのがあって、これがじつにもったいぶっている。

エンマは言葉を継いで、

「それで、どんな音楽がお好きなの？」

「ああ！　ドイツ音楽ですね、夢想をかき立ててくれますから」

「イタリア座には行かれました？」

「まだです。でも来年になったら、法律の勉強を仕上げにパリに行って住みますから、この目に収めますよ」

「ご主人には手紙でお伝えしておきましたが」と薬剤師は言った。「あの逃げ出して行ったあわれなヤノダのことですが、あいつが法外な出費をつぎ込んだおかげで、奥さまはこのヨンヴィルきっての快適な家に恵まれるというわけです。医者にとって何より好都合なことに、お宅の門が「路地」のほうに面しているので、患者が人目につかずに出入りできるのです。それに、お住まいには家事に重宝なものはなにもかも揃っていまして、洗濯場もあれば、配膳室つきの台所もあり、家族の応接間もあれば、果物貯蔵室などまであります。あれは出費のことなどまるで考えない男でしたな！　あの男は、夏場にビールを飲むんだとか言って、庭の奥の池のそばに青葉棚をわざわざ作らせたのですが、もし奥さまが庭いじりをお好きなようでしたら……」

「妻は、そちらのほうは少しもやりません」とシャルルは言った。「身体を動かすように勧めてはいるのですが、いつも部屋にこもって読書するのが好きですな」

「ぼくもそうです」とレオンが答えた。「たしかに、風が窓ガラスを打ちつけ、ランプが燃えている夜などに、炉ばたで本に読みふけるほど快適なことがあるでしょうか？……」

「ですよね」と彼女は言いながら、大きな黒い目をみはって青年を見つめた。

「考える間もなく」と青年はつづけた。「時は過ぎてゆきます。その場にじっとしているのに、さまざまな国を経《へ》めぐり、この目で見ている気がして、思いは想像と絡《から》み合い、細部に遊び、あるいは出来事の輪郭を追い、こちらの思いまでが作中人物と混じりあって、その人物の衣装を着て自分がどきどきしているように思われてきます」

「そうね！　その通りね！」と彼女は言った。

「ときにこんなことはありませんか」とレオンはつづけた。「本のなかで、かつて漠然と自分が抱いた考えに出会ったり、はるかによみがえりつつある曖昧《あいまい》なイメージかなにかに遭遇したり、この上なく繊細な自分の感情なのに、それがそっくり提示されているようなことが？」

「そういうこと、ありますわ」と彼女は答えた。

「ですから」と青年は言った。「ぼくはとりわけ詩人が好きです。散文より詩のほうが琴線《きんせん》にふれてくるように思いますし、気持ちよく泣かせてくれますからね」

「でも、詩ですとそのうち飽きてしまいます」とエンマはつづけた。「そして、いまではわたし、反対に、はらはらしながら一気に筋が追える物語に目がありませんの。どこかそのへんにあるような、平凡な主人公やぬるい感情なんて、大嫌いですわ」

「じつのところ」と書記は指摘した。「そういった作品は心にふれてこなくて、芸術の真の目的からは外れるように思われます。人生のもろもろの幻滅のさなかにあって、せめて心のうちだけでも、気高い性格や純粋な愛情や幸福な光景に向かうことができれば、じつに心和むというものです。こんな世間から離れたところに暮らしているぼくには、それが唯一《ゆいいつ》の慰みですが、でもヨンヴィルでは、読むものもまったくと言っていいくらい手に入りませんよ！」

「トストでも同じよ、たぶん」とエンマはつづけた。「ですから貸本室《キャビネ・ド・レクチュール》にいつも予約購読していましたの」
「もし奥さまにお使いいただけるのでしたら」とエンマの最後の言葉を耳にしたばかりの薬剤師が言った。「私のところに、最良の作家のものを揃えた蔵書がありますから自由にご利用ください、ヴォルテール、ルソーをはじめ、ドリール〔一七三八―一八一三。詩人、ウェルギリウスの翻訳家〕に、ウォルター・スコット、『新聞連載小説集《エコー・デ・フィユトン》』などがありますし、さらに、さまざまな新聞雑誌をとっていて、なかでも『ルーアンの灯火《ともしび》』は毎日とどきますよ、私がビュシー、フォルジュ、ヌーシャテル、ヨンヴィルとその近隣地区のその通信員をやっているということもあってね」

一同はもう二時間半も前から食卓にいたのだが、なにしろ女中のアルテミーズは裁ち残りの布でつくったスリッパをタイル張りの床にだらしなく引きずりながら、次から次に料理を運んでくるものの、言われたことはすべて忘れるし、何も耳には入らないからで、それに絶えずビリヤード室のドアをきちんと閉めないので、掛け金《がね》の先が壁に当たってかたかたいった。

話していて気がつかないうちに、レオンはボヴァリー夫人の腰かけている椅子《いす》の脚の桟に足をのせていた。彼女は青い絹の小さなリボン・タイをつけていたが、それが薄手の上等白麻地《バチスト》の丸ひだのカラーをぴんと保っていて、まるで十六、七世紀に流行《はや》った円形ひだ襟《ラフ》のようで、そして、彼女が首を動かすたびに、顎がその布《ひだ》に食い込んだり、ゆっくりとそこを離れたりした。そのようにして、二人は寄り添いながら、シャルルと薬剤師が話をしているあいだに、とりとめもない会話にふけったのだが、そこでは思いがけない言葉によって、共有された好感の揺るぎない核心にいつも連れて行かれるのだった。パリの見世物《スペクタクル》から、いくつもの小説の題名、新式のカドリーユ、二人の知らない社交界、彼女の暮らしたトスト、二人のいまいるヨンヴィルまで、夕食の終わるまで、二人はすべてを眺めわたし、すべてを語り合った。

　コーヒーが出されると、フェリシテは新宅での寝室の支度に向かったが、会食者たちもやがて立ち去って行った。女将のルフランソワは暖炉の灰の傍らで居眠りしていたが、一方、馬丁の若者は角灯を手に、ボヴァリー夫妻を新居に案内しようと待ち構えていた。赤い髪に藁屑《わらくず》をつけて、左足を不自由に引きずっている。若者がもう一方の手で司祭の傘をつかむと、みんなは歩き出した。

　村は眠っている。市場の柱が影を大きく伸ばしている。地面は夏の宵のようにすっかり灰色だ。

　でも、医者の家は旅館から五十歩ほどのところにあるので、ほとんどたちまちおやすみを言い交わさねばならない、そこで一同は散り散りになった。

エンマは玄関に入るなり、濡《ぬ》れた布でも肩にかけられたような気がしたが、漆喰の冷たさだった。壁は塗りたてで、木の階段はきしんだ。二階の寝室に入ると、カーテンのない窓から青白い光が差し込んでいた。木々の梢《こずえ》が漠然と分かり、さらに向こうに牧草地が半ば霧に包まれていて、霧は月の光を浴びながら川の流れのままにかすみ立っている。部屋の真ん中には、ごちゃごちゃと、簞笥《たんす》の引き出しだの、瓶だの、カーテンの横木《レール》だの、黄色いニオイアラセイトウの鉢だの、椅子の上にはマットレスだの、床の上には洗面器だのがころがっていて——備品を運んできた二人の男がすべてをそこに投げやりに置いて行ったままだった。

彼女が知らない場所で寝るのはこれで四度目だった。最初は修道院の寄宿学校に入った日で、二度目はトストに着いたとき、三度目はヴォビエサール、四度目が今回で、そして、そのどれもが自分の人生に新たな段階の幕開けをもたらしてきた。場所が違うので、同じことがまたしても起こるかもしれないなどとは思えず、これまで体験した部分がなにしろ辛《つら》いものだったので、たぶんこれから味わうべきものは、もっとましになるだろう。

3

翌日、彼女は目を覚ますと、広場に書記の姿を見かけた。彼女は部屋着をまとっていた。書記は顔を上げ、挨拶した。彼女は素早く頭をさげ、窓を閉めた。

レオンは一日じゅう、晩の六時になるのを待っていたが、旅館兼料理屋に入って、見ると、ビネー氏しか食卓にはついていなかった。

前日の夕食は彼にとって大変な事件で、それまで一度も二時間もぶっつづけでご婦人と話したことなどなかった。以前ならあれほどうまく言えないような多くのことを、あんな話し方で、いったいどうしてあの人に話すことができたのだろうか？　いつもは内気で、本心を隠しているとも恥らっているともつかない慎重な態度を崩さない自分なのに。ヨンヴィルでは、この青年の態度は申し分ないと思われていた。壮年の人たちの教え諭《さと》しに耳を傾けるし、政治に熱中しているようにもまるで見えないし、若者には珍しいことだった。それに、多才で、水彩画も描けば、音符も読め、夕食後にトランプをしないときは進んで文学書にいそしむ。オメー氏は青年の教養を高く買い、オメー夫人はその心づかいを愛していたが、というのも青年はよく庭で、子供たちの相手をしてくれるからで、オメーのチビときたらいつも汚らしい子たちで、じつに行儀が悪く、母親譲りのいくらか粘着気質《リンパ》だった。オメー家には子供たちの面倒を見るのに、女中のほかにジュスタンという薬局を手伝う弟子がいたが、これはオメー氏の遠縁のいとこで、おためごかしに家に引き取ったものの、同時に使用人としても使っていた。

　薬剤師は最良の隣人として振る舞った。出入り商人についてボヴァリー夫人に教えたり、わざわざいつものシードル屋を呼んで、自ら酒の味見をし、酒の貯蔵室にまで入って酒樽をきちんと置くように気をつかい、大量のバターを安く手に入れるためにやっている方法まで伝え、教会で下働きしているレスチブードワとの取り決めを整えたのだが、この男は教会での仕事と墓守のほかに、ヨンヴィルのめぼしい庭の手入れを引き受けていて、一時間あたりであるいは一年契約で、と所有者の都合に応じていた。

　他人の世話をやく必要だけで、これほどのおもねるような親切に薬剤師が駆り立てられたわけではなく、その裏には思惑《おもわく》がちゃんとあった。

　医師免許を持たない者は何人《なんぴと》も医術行為を禁ずる、という革命暦第十一年風月十九日〔一八〇三年三月八日〕付の法令第一条に、薬剤師は違反したことがあって、こっそり密告され、その結果、オメーはルーアンにある下級審の主席検察官の個室に召喚されたのだった。検察官は、アーミンの垂れ布を肩からさげ頭に縁なしの法官帽をかぶった法服〔司法官は正装のとき、アーミン（オコジョの純白の毛皮）でできた垂れ布状の帯を肩から首のまわりに着用する〕姿で、立ったまま薬剤師を呼び入れた。法廷の開かれる前の朝のうちだった。廊下にはいかつい長靴を履いた憲兵の足音が響き、遠くで大きな錠前を閉めるような音も聞こえた。脳卒中でいまにも倒れるのではないかと思われるくらい、薬剤師の耳はがんがんと鳴り、地下牢《ちかろう》がちらつき、涙に暮れる家族の姿が浮かび、薬瓶も散らかり放題の売りに出された薬局が垣間見え、そして、薬剤師は気を取り直すために、途中でカフェに入って、セルツァ水割りのラム酒を一杯ひっかけずにはいられなかった。

この説諭の記憶も少しずつ薄れ、薬剤師はまた昔のように店の奥の部屋で毒にも薬にもならない診察をやりはじめていた。だが村長は面白く思っておらず、同業者は妬《ねた》むし、なにもかも気にしていなければならず、ボヴァリー先生にいろいろと礼を尽して自分に引きつけようとするのも、感謝の気持を得ておき、何か気づかれてものちのち口外させないためだった。だから毎朝、オメーは例の「灯火《ともしび》」を医者のもとにとどけ、午後になるとよく、ちょっとのあいだ薬局を留守にして、開業医《オフィシエ・ド・サンテ》〔一八九二年以前に医学博士号なしに開業できた〕のところに行って話し込んだ。

シャルルは浮かない顔をしていた、いっこうに患者が来ない。何時間もずっと口も利かずに椅子に腰かけていたり、診察室に行って居眠りしたり、妻の縫い物を眺めたりした。気晴らしに、肉体労働者のまねごとを自宅でやってみて、ペンキ屋が忘れていった残りのペンキで屋根裏部屋を塗ってみたりもした。だが、金のことが頭を去らない。トストの家の修理でも、家内のおめかしでも、今度の引越しでもひどく出費をしたので、三千エキュ以上あった妻の持参金もすっかりこの二年間で底を突いた。それに、トストからヨンヴィルへの運搬中に、どれほど多くのものが破損したり紛失し、おまけに石膏の神父像までが、ひどく揺れた荷馬車から落ちて、カンカンポワ村の舗道に当たってこっぱみじんに砕けてしまったとは！

もっとましな心配事に彼は気がまぎれたが、それは妻の妊娠だった。臨月が近づくにつれ、彼はエンマをますます大切にした。新たな肉の絆《きずな》がまさに生じつつあって、もっと込み入った結びつきを絶えず感じさせるような何かだった。遠くから、妻のだるそうな足どりを目にしたり、コルセットをしていない腰から上を無気力にひねるのを見たり、差し向かいで心おきなく妻の姿をじっくり眺めたり、肘掛椅子に座っている妻がぐったりとした姿勢をしていると、もう自分のうれしさが抑え切れずに、立ち上がり、妻に接吻し、その手で妻の顔を撫《な》でまわし、いとしいママさんと呼びかけ、ダンスをさせようとし、半ば笑いながら半ば涙を流しながら思いつくかぎりの甘い冗談を口にした。子供をもうけたのだという思いで、楽しくてしかたなかったのだ。現在、自分に何が欠けているというのか。人生をすっかり体験し、そうして彼はその食卓につき、両肘《りょうひじ》を突いて、心はうららかだった。

当初、エンマはとても驚き、やがて、母親になるとはどういうことか知ろうとして、早く肩の荷を下ろしたかった。だが、思う存分に金をかけて、ピンクの絹のカーテン付きの小舟型の揺りかごやベギン帽〔頭にぴったりした顎紐付きの子供用の帽子〕を買ったりできないので、つらい思いを炸裂《さくれつ》させて、赤ん坊の支度一式をあきらめ、なんの相談も選り好みもせずに、村のお針子にいっぺんに注文したのだった。それでエンマは、母性愛がかき立てられるあの準備作業を楽しむこともなく、その愛情にはたぶん、赤ん坊の生まれる前から、何かが希薄になっていたのである。

それでも、シャルルが食事のたびに赤ん坊のことを話すので、やがて彼女は、以前よりもつづけてそのことを考えるようになった。

彼女は息子を望んでいて、丈夫で、髪は褐色で、ジョルジュという名前にしよう、そして、男の子を持つというこの思いは、これまでできなかったさまざまなことに対するひそかな復讐《ふくしゅう》のようなものだった。少なくとも、男なら自由で、どのような情熱もたどれるし、いかなる国々も駆けめぐることができ、あらゆる障害をくぐりぬけ、どんなに遠くにある幸福でも食らいつくことだってできる。ところが女はしじゅう思うようにいかない。女は活発さに欠けるだけでなく従順だし、意に反して肉体の軟弱さを持ち、法に縛られやすい。女の意志なんて、紐《ひも》でとめられた帽子のヴェールみたいなもので、どの方向にもなびき、駆り立てる欲望があるのに、きまって引き留めようとするしきたりがある。

彼女はある日曜の夜明けの六時ごろ出産した。

「女の子だ！」とシャルルが言った。

彼女は顔をそむけると、気を失った。

ほとんどそのとたんに、オメー夫人が駆けつけて、彼女に接吻し、「金獅子」の女将ルフランソワもそうした。薬剤師は慎み深い男らしく、ドアの隙間《すきま》からとりあえずの祝辞を述べただけだった。薬剤師は子供の顔を見てみたいと言い、見ると、立派な体格だった。

産後の回復期に、彼女は娘の名前を決めるのにだいぶ時間を費やした。まず検討したのは、イタリア風な響きで終わるクララ、ルイザ、アマンダ、アタラといった名前で、ガルシュアンドもかなり気に入っていたし、イズーやレオカディー（気に入っているのはどれもロマンチツクな名前〕はもっと気に入っていた。シャルルは自分の母親と同じ名前をつけたかったが、エンマはこれに反対した。ふたりは暦〔かつて名前は、聖人の名にあやかってつけることが多く、暦にはこの聖人名の記載がある〕に端から端まで目を通し、ほかの人たちにも相談した。

「先日、レオン君とも話したのですが」と薬剤師は言った。「昨今、大流行《おおはやり》のマドレーヌにどうしてなさらないのか、彼は意外だと言ってますよ」

しかしボヴァリー老夫人は、そんな罪人《つみびと》の名前〔「罪人の聖女」といえば、マグダラのマリア（娼婦から聖女になった）を指す。マドレーヌという名は、その名にちなんでいる〕にものすごい剣幕で抗議した。オメー氏はどうかというと、偉人や栄光ある事跡や高邁《こうまい》な着想を呼び起こす名前ならなんであれ目がなかったので、四人の子供にもそのやり方で名をつけた。そんなわけで、ナポレオンという名は栄光を、フランクリンという名は自由を表していて、イルマとなると、たぶんロマン主義への譲歩だろうが、それでもアタリーとなると、これ以上ないほどのフランス演劇不朽の傑作〔ラシーヌの最後の悲劇『アタリー』（一六九一）の主人公の名にちなむ〕への敬意なのだろう。というのも、この男の哲学上の信念が芸術の称賛をさまたげることはなく、彼のうちの思想家が感受性のある人間の芽を摘んでしまうことは少しもなく、違いが分かる男だったから、空想と熱狂の区別がついた。たとえばこの『アタリー』という悲劇についても、彼はその思想を非としているのに、その文体には感心し、その着想をのろわしく思いながらも、どの細部にも敬服し、登場する人物に激しく苛立《いらだ》ちながらも、その台詞《せりふ》に感激した。優れた一節を読んでは、夢中になったが、あのくそ坊主《ぼうず》どもが自分たちの商売にそれを利用すると思うだけで、残念でならず、そうした当惑した感情に包まれ、二進《にっち》も三進《さっち》も行かなくなると、この自らの二つの手で作者ラシーヌに栄誉の冠を授けられたらと思うかたわら、ラシーヌと心おきなく議論を戦わせてもみたかった。

ついにエンマは、ヴォビエサールの館《やかた》で侯爵《こうしゃく》夫人が若い婦人をベルトと呼ぶのを耳にしたことを思い出し、だからこの名前が選ばれ、ルオー爺《じい》さんが来られないので、オメー氏に代父《なおや》〔洗礼に立ち会う〕になってくれるよう頼んだ。彼は店舗にあるありったけのものを贈物にしたが、数え上げれば、ナツメから作った咳止《せきど》め練り薬を六箱、広口瓶いっぱいのラカウ、マシマロを三籠、さらに戸棚から見つけてきた氷砂糖の棒を六本、となった。洗礼式の晩、大宴会が開かれ、司祭も席に連なり、熱気を帯びた。食後酒《リキュール》が出るころになると、オメー氏が「正直者の神さま」〔ベランジェのシャンソン。「盃を手に、われは陽気に信じる／正直者の神さまを」のリフレインがある〕を歌い出した。レオン君はバルカロール〔ヴェネツィアのゴンドラ漕ぎの舟歌〕を歌い、代母《なおや》をつとめたボヴァリー老夫人は帝政時代のロマンス〔甘美で叙情的旋律の声楽曲〕を歌うと、最後に老父のボヴァリー氏が赤ん坊をベッドからおろすよう求めて、持ったグラスのシャンパンを、その頭に上からふりかけて洗礼をはじめた。七つの秘蹟《ひせき》の筆頭である洗礼〔他の六つは、堅信、聖体、ゆるし、病者の塗油、叙階、結婚である〕をこのように愚弄《ぐろう》されて、ブールニジャン師は憤慨し、するとこれに老ボヴァリーが「神々の戦い」〔パルニー（一七五三―一八一四）の一七九九年の詩で、激しく反キリスト教的でパロディー的〕を引用して答えると、司祭は席を立って帰りかけようとしたが、ご婦人がたが帰らないでと懇願し、オメーが仲裁し、そして、どうにか聖職者をもとの席に着かせ、司祭は飲みかけのコーヒーのデミタス・カップを皿からふたたび手にとった。

老ボヴァリー氏はさらにひと月ヨンヴィルに滞在し、毎朝、階級章の銀の筋が入った立派な略帽〔処罰された軍人がかぶった〕をかぶって、広場でパイプをふかして、村の住人たちの目をくらませた。また、いつもブランデーをしこたま飲むので、よく女中を「金獅子」に使いにやって、息子への付けにしてもらって一瓶買わせ、そして、ネッカチーフに染《し》み込ませるために、嫁の買い置きのオーデコロンをすっかり使い切った。

彼女は舅《しゅうと》といっしょにいるのがちっともいやではなかった。この男は国々を転戦していて、ベルリンやウィーンやストラスブールの話もし、将校時代のこと、かつての情婦たちのこと、味わった豪勢な昼食のことを話し、やがて愛想のよいところを見せるようになり、ときには階段や庭で彼女の腰に手をまわして、

「シャルル、用心しろ！」と大声でどなった。

そこでボヴァリー老夫人は、息子の幸福を思うと怖くなり、これではそのうち夫が

若い嫁の考えによからぬ影響を与えるのではないかと心配し、あわてて出発を急《せ》かせた。ひょっとすると、老夫人はもっとゆゆしきことを気にかけたのかもしれない。老ボヴァリー氏はまったく見境《みさかい》のない男だった。

ある日、エンマはとつぜん、木工職人の女房のところに里子に出している娘に会いたいという気持にとらえられ、そして、聖母マリアの六週間〔聖母マリアにちなむとされる、伝統的に外出など控えるべき産後の安静期間〕がもう明けたかどうか暦で確かめずに、街道と牧草地のあいだにあたる、丘のふもとの村のはずれにあるロレーの住まいへ向かった。

真昼で、家々はよろい戸を閉ざし、スレート葺《ぶ》きの屋根は青く晴れわたった空の激しい日射《ひざ》しを浴びて輝き、切妻〔本を開いたまま伏せたときにできる山形の屋根〕の頂から火の粉のようなきらめきが踊っているように見えた。うっとうしい風が吹いていた。歩いてみると、エンマは身体が弱っているように感じ、歩道の小石で足に怪我《けが》をし、自宅に引き返そうか、それともどこかのお宅へ入って腰かけさせてもらおうか、迷った。

そのとき、レオン君が隣の家の玄関から書類の束を小脇《こわき》に抱えて出てきた。レオンは近づいてきて彼女に挨拶すると、ルルーの店先の、張り出した灰色の日よけの下のかげへと導いた。

ボヴァリー夫人は、子供に会いに行こうとしたのに、疲れが出てきてしまった、と言った。

「もしよろしければ……」とレオンは言いかけたが、その先がつづかない。

「これからどちらにご用があるの？」と彼女は訊いた。

そして、書記の返事を聞くと、彼女はいっしょに行ってくれないかと頼み込んだ。

このことは夕方にはヨンヴィルじゅうに知れわたり、村長の妻のチュヴァッシュ夫人は女中を前に、ボヴァリーの奥さんはいまに身を危うくするよと明言した。

乳母《うば》の家に行くには、村の通りを過ぎて、墓地に行くように左に折れ、小さな家々と庭々にはさまれた小道をたどらねばならなかったが、その小道に沿って、イボタノキ〔モクセイ科の樹木〕がつづいていた。イボタノキは花ざかりで、クワガタソウも、野バラも、イラクサも、茂みからまばらに顔をのぞかせているキイチゴも花をつけていた。生垣の裂け目から庭先を見ると、豚が堆肥《たいひ》の上に寝転んでいたり、木の首かせでつながれた雌牛が木の幹に角をこすりつけていた。連れ立った二人は並んでゆっくりと歩き、彼女は書記に寄りかかり、彼は相手の歩調に合わせて自分の歩みをおさえていたが、その前を、ハエの群れが暑い大気のなか、ぶんぶんいいながら飛びまわっていた。

乳母の家はクルミの古木でそれと分かり、木の影が家に落ちていた。屋根の低い家は褐色の瓦《かわら》で覆《おお》われ、屋根裏の窓の下に、タマネギが数珠《じゅず》つなぎになって外気につるされていた。茨《いばら》の囲いに立てかけてある小枝の束が、レタスの畑と何株かのラヴェンダーと支柱に伝い伸びたスイートピーをぐるっと取り囲んでいる。汚水が草に飛び散りながら流れていて、あたりには一面、ニットの長靴下や赤いインド更紗《サラサ》のシャツに混じって、いくつものぼろ着が見分けもつかないように干され、生垣の上にはごわごわした大きなシーツが長さいっぱいに広げられていた。柵《さく》を開けた音を聞くと、乳母が姿を見せたが、片方の腕に赤ん坊を抱いて乳をふくませていた。もう一方の手に引いていたのは、頸部《けいぶ》のリンパ節をぐりぐりに腫《は》らしたあわれなひ弱そうな子供で、ルーアンのメリヤス業者の息子だったが、商売にかかりっきりの両親が田舎に里子に出したのだった。

「お入りください、お嬢ちゃんはあっちでねんねしています」と乳母は言った。

住まいといっても一階の部屋だけで、奥の壁ぎわに帳《とばり》もついていない大きなベッドがあって、一方、パン生地の練り桶《おけ》が窓ぎわを占領し、窓ガラスには青い紙を丸く貼《は》って修理してあった。ドアの後ろの隅には、靴底の鋲《びょう》を光らせて編み上げ靴がタイルの流しの下に並べてあり、その傍らには油のいっぱいつまった瓶の口に羽根が一本差してあり、マチュー・ランスベール暦〔一六三六年に初版が出て以来、戸別販売により十九世紀を通じて広く流布。その年の天気の予報や事件の予言なども載っていた〕が一冊、火打石やロウソクの燃えさしや火口《ほくち》〔火打石で発火させた火を移し取る麻など〕の切れはしに混じって、ほこりだらけの暖炉の棚に散らばっていた。とうとうこの部屋の最後の贅沢品《ぜいたく》になったが、それはラッパを吹く女神ファーマ〔ローマ神話で噂・名声の女神。ギリシャ神話ではペーメー〕の姿絵で、おそらく香水屋の広告ビラからじかに切り抜いたのだろうか、木靴用の鋲を六本使って壁にとめてあった。

エンマの娘は床に置いたヤナギで編んだ揺りかごで眠っていた。赤ん坊をくるんでいる毛布ごと彼女は抱きかかえ、静かに歌を口にしながら身体《からだ》を左右に揺すった。

レオンは部屋のなかを歩きまわっていたが、こんなむさくるしさのまっただなかで、南京木綿《ナンキーン》〔もと南京産の淡黄色の平織綿布〕のドレスをまとったこの美しい婦人を目にすることじたい、じつに異様に思われた。ボヴァリー夫人は顔を赤くし、レオンは自分の目にたぶん何かぶしつけな感じが宿ったのかと思い、横を向いた。やがて、赤ん坊がエンマのレースの飾り襟に乳をもどしたところで、彼女は娘をまた揺りかごに寝かせた。乳母がすぐに飛んできて拭《ふ》いてくれ、目立ちませんからと言い張った。

「わたしなどしょっちゅうそうされますから」と乳母は言った。「年中、赤ちゃんの着てるものをすすぎ洗いばかりして大忙しですよ！　ですから、必要になったら石鹸《せっけん》を少々もらえるように、食料品屋のカミュに言っといていただけますか？　奥さまにもそのほうが手間がはぶけるというものでしょう、いちいち奥さまをわずらわせることもありませんから」

「いいわ、それはいいわね！」とエンマは言った。「それじゃ、さようなら、ロレーおばさん！」

そして彼女は戸口で足を拭いて外に出た。

年配の女は庭の端まで彼女を送ってくると、夜中に起きなくてはならないと苦労《ぐち》をこぼした。

「ときどきものすごく疲れきってしまい、椅子に座っていても居眠りする始末ですよ、ですから、挽《ひ》いたコーヒーをせめてほんの半キロほどもいただけると、ひと月はもちますし、朝、牛乳に入れて飲めますから」

くどくどと礼を言われてから、ボヴァリー夫人は帰途につき、そして、小道をしばらく行ったところで、木靴の音がするので、振り返ると、なんと乳母だった！

「なんなの？」

すると、百姓の女は彼女をわきに連れて行き、ニレの木陰で自分の亭主について話しはじめ、木工職人の仕事のほかに、一年六フランになる大尉《キャピテーヌ》〔地理的に考え、海軍関係の予備役の大尉と考えられる〕の……

「早くお言いなさい」とエンマは言った。

「で、ええと」と乳母はひとこと言うたびにため息をつきながらつづけた。「心配なのは、わたしがひとりでコーヒーを飲んでいる姿を見れば、主人が、さぞかし面白くないだろうと思いまして、ご存知でしょうが、男というやつは……」

「あげるといったら、あげますから！……」とエンマは繰り返した。「うるさいわね！」

「ああ！　奥さま、と申しますのも、怪我したせいで、主人は胸のところに恐ろしい痙攣《けいれん》が出るようになりまして。亭主が言うには、りんご酒をやると体によくないようで」

「さあ、早くお言い、ロレーおばさん！」

「そういうわけでして」とこの女はうやうやしくお辞儀をしながらつづけた。「こんなことまでお願いしてはまことになんですが……」と乳母はもう一度会釈《えしゃく》をして、

「よろしかったら」と、哀願する目つきになり、「ブランデーの小壺《こつぼ》を一つ」とついに言った。「そうしていただければ、お嬢ちゃまの足もさすってあげられますし、ほんと、舌みたいに柔らかな足をしていらっしゃいますよ」

　乳母から解放されると、エンマはふたたびレオンの腕を取った。彼女はしばらく足早に歩き、やがて速度をゆるめると、前方にめぐらせていた視線が青年の肩にとまっ

たが、そのフロックコートには黒いビロードの襟がついていた。その襟の上に、栗色《くりいろ》の髪がまっすぐに梳《と》かされて垂れていた。彼女は青年の爪《つめ》に目をとめると、ヨンヴィルの人たちより長かった。爪の手入れは書記のだいじな仕事の一つで、そして、そのために、特別な折り畳み式のポケット・ナイフを筆記用具入れにしまっておいた。

二人は川べりの道をとってヨンヴィルへ帰って行った。暑い季節なので、河川敷《かせんじき》がずっと広くなり、家々の庭の塀が根元まであらわれていて、そこには川まで下りる階段が数段ついていた。川は音も立てず流れ、見る目にも速く涼しげで、大きな細い草が、流れのままに押されて水のなかにそろって身を撓《たわ》め、まるで捨てられた緑色の髪が澄みきった水のなかに広がっているみたいだった。ときおり、イグサの先やスイレンの葉に、細い肢《あし》の昆虫が歩いていたり、とまっていたりした。夕日の光線が一面を染め、波の小さな粒が青く次々に起こっては砕け散り、枝を下ろされたヤナギの古木が水面にその灰色の木肌を映し、その向こう岸一帯の牧草地には人影はないようだった。農家では夕食どきで、若い女とその連れの耳に入るのは、小道の地面を踏む自分たちの足音のリズムと、二人の交わす言葉と、周囲にかすかにざわめき響くエンマのドレスの衣擦《きぬず》れの音だけだった。

家々の庭の塀の頂部の笠石《かさいし》には、瓶の欠片《かけら》が埋め込まれていて、まるで温室のガラスのように温《ぬく》もりをとどめていた。煉瓦《れんが》のあいだからニオイアラセイトウが生え出ていて、そして、通りがかりにボヴァリー夫人が広げた日傘の先でそのしおれた花に触れると、黄色い微粒子のように花びらが少しこそげ落ち、あるいはまた、塀の外に垂れているスイカズラやクレマチスの枝がいっとき日傘の房縁飾り《フリンジ》に引っかかり、シルク地とこすれた。

二人は、間もなくルーアンの劇場に出るのが待たれているスペインの舞踊団の話をした。

「いらっしゃいますか？」と彼女は訊《き》いた。

「行けましたら」と青年は答えた。

二人が語り合うのに、もっと別なことは何もなかったのだろうか？　それでも二人のまなざしはいっそう真剣な語り合いに充《み》ちていて、そして、二人はつとめてありきたりの言葉を見つけながら、同じ悩ましさが自分たち二人にそろって浸透するのを感じ、それは魂のささやきのようで、奥深く、切れ目なく、声のささやきをしのいでいた。いままで味わったことのないこの甘美さへの驚きに不意を突かれた二人は、そのことを語り合おうとも思わず、その原因を見極めようとも思わなかった。未来の幸福は、まるで熱帯地方にある岸辺のようなもので、自分たちの前にある広大無辺の海原に、その土地の逸楽や芳香を運ぶそよ風を投げ放ち、人びとはその陶酔に浸ってうとうととまどろみ、水平線の影さえ見えないことを不安にさえ思わない。

地面の一か所が家畜に踏み荒らされて陥没していて、ぬかるみのなかにとびとびにある緑に苔《こけ》むした大きな石づたいに歩かねばならなかった。たびたび、彼女はしばし立ちどまっては深靴《アンクルブーツ》をどこに置こうか見て——そして、ぐらぐらする小石の上でよろめきながら、両肘を空中に突き出し、上半身をかがめ、目は宙を泳ぎ、それでも彼女は水溜《みずたま》りに落ちるといけないと思うと、笑い声を立てた。

庭先まで来ると、ボヴァリー夫人は小さな柵戸を押し、階段《ステップ》を駆けのぼり、姿を消した。

レオンは事務所にもどった。上司の姿はなく、書類にさっと目を通し、それから自分の鵞《が》ペンを削り、とうとう帽子を手にとり、そこを出た。

アルグイユの丘の上の、森のはじまるところにある放牧地に彼は行くと、モミの木陰に寝そべって、指のあいだから空を眺めた。

「まったくうんざりする！」と彼は思った。「まったくうんざりする！」

こんな村で、オメーなんぞを友とし、ギヨーマン氏を主人にいただいて暮らしている自分が情けなかった。このギヨーマン氏は、仕事に余念はないものの、金の柄のある眼鏡をかけ、白い襟飾りの上に赤い頰ひげを生やし、精神の繊細さなどまったく理解できないのに、それでも英国風の堅苦しい振る舞いを装《よそお》って、最初のころは書記の目をくらませていたのだった。薬剤師の妻はといえば、まさにノルマンディーの良妻賢母で、羊のように従順で、子供や父や母やいとこ連中まで大切にし、他人の不幸に涙を流し、家事いっさいをうまくこなし、コルセットが大嫌いで——しかし動きはのろく、話は退屈で、風采《ふうさい》は上がらず、話題は貧弱なので、年こそ三十で、自分は二十なのに、すぐ隣の部屋で寝ていて、毎日話しかける間柄なのに、この人がだれかにとって女であるなんて、その性別によって女物の服をまとう以外に何かを身につけているなんて、絶対に思いもよらなかった。

さあ、そのほかにだれがいるというのか？　ビネー、商人が何人か、居酒屋の主人が二、三人、司祭、それに村長のチュヴァッシュとその息子が二人で、どいつも裕福で、無愛想で、鈍くて、自分の土地を自分で耕すような連中で、内輪でごちそうをたらふく食べ、そのくせ信心深く見られたくて、まったく手に負えない輩《やから》だ。

しかし、こうした連中の顔という顔がいっしょになった背景から、エンマの顔だけが切り離されてくっきり際立《きわだ》ち、それでもそれははるかに遠く、なにしろ彼女と自分のあいだには、漠然とした深淵《しんえん》のようなものが感じられるからだ。

はじめのうち、レオンは薬剤師といっしょに何度も彼女のところを訪問した。シャルルは書記の来訪にことのほか気をそそられるようにも見えず、そして、レオンは差し出がましく思われたくない気持と、もっと親密になりたい気持とにはさまれて、どう振る舞ってよいか分からず、親しくなるなんて、自分にはほとんどできないように思われた。

4

寒くなりはじめると、エンマは二階の部屋を逃れて広間でほとんど過ごすようになったが、これは天井の低い細長い部屋で、そこのマントルピースの上には、枝サンゴ〔ポリプの内側や外側に石灰質の共同骨格や外骨格ができ、観賞用となるサンゴ〕が鏡に接してこれ見よがしに置かれていた。彼女は肘掛椅子に座って窓のそばから歩道を通る村人たちを眺めた。

レオンは日に二度ずつ、事務所から「金獅子」に通った。その足音の近づいてくるのが聞こえると、まだはるか先なのに、エンマは身をかがめて耳をそばだて、そして、青年はカーテンの向こうをすべるように進み、いつも同じ身なりで、振り向きもしなかった。しかし夕暮れになって、手を着けたタペストリー刺繍《ししゅう》を膝《ひざ》の上に放り出して、左手に顎《あご》先をのせているときなど、とつぜんその影が現れよぎって行くので、よくエンマはぎくりと身震いした。彼女は立ち上がり、食卓に食器を並べるように命じるのだった。

オメー氏は夕飯の最中にやってきた。トルコ帽を片手に、そっと忍び足で入ってきて、だれも迎えに立たせたりさせず、いつも同じ文句を「みなさん、今晩は！」と繰り返す。そうして夫妻のあいだの食卓に身を落ち着けると、患者たちの様子を医者にたずね、医者のほうからは支払いの見込みについて意見を訊かれる。それから新聞に載っていたことが話題になる。オメーはそのときには記事をそらんじているので、記者の見解からフランスの国内や国外で個人の身に起きた不慮の災難までもれなく伝え聞かせる。だが種《たね》が尽きかけると、すかさず目にしている卓上の料理について所見を言い放つ。ときには半ば立ち上がって、最も柔らかい肉の部位をたくみに夫人に教え、かと思えば、女中のほうに向きなおり、肉と野菜の煮込み方や調味料の衛生的な使い方まで助言を与え、アロマやオスマゾーム〔赤身肉に含まれる窒素系の旨味成分〕、さまざまなエキスやゼラチンを語らせては、驚嘆すべきものがあった。だいいち、薬瓶でいっぱいの薬局よりも多いレシピ〔フランス語では薬の処方も調理法も同じ単語 recette を使う〕でいっぱいの頭を持つオメーは、ジャムやビネガーや甘口混成酒《ソフト・リキュール》をいろいろと作るのに抜きん出ていて、ありとあらゆる新発明の節約になる加熱調理用具にもチーズの保存法にも傷《いた》んだワインの治し方にも熟知していた。

八時になると、薬局を閉めるのでジュスタンが迎えに来た。するとオメー氏は、自分の弟子が医者の家を好んでいることに気づいているので、フェリシテでもその場にいようものなら、揶揄《やゆ》するような目つきでこの見習いを見つめるのだった。

「うちの快男児ときたら、いろいろその気になりはじめていて、おやまあなんてことだ、思うに、お宅の女中さんに逆上《のぼ》せてますな！」などと口にした。

だがオメーがとがめるもっと困った欠点は、いつもジュスタンが人の話に聞き耳を立てることだった。たとえば日曜日に、オメーの子供たちが肘掛椅子で眠り込んでしまい、大きすぎるキャラコ〔薄地の平織り綿布〕のカバーがその背中から外れそうになって、夫人がジュスタンを呼んで子供たちを連れて行かせようとするのに、なかなか客間から出て行こうとしない。

薬剤師の行なうこうした夜の集いには、たいして人が来るわけでもなく、その口の悪さと政治的な意見のせいで彼から次々にさまざまな村の名士たちが離れてしまっていたのだ。書記は欠かさずそこに出た。呼鈴の音が聞こえるとたちまち、彼は急いでボヴァリー夫人を出迎えに行き、ショールを受け取り、雪があるときには靴の上に履いてくる大きな端切《はぎ》れで作ったスリッパを、店の事務机の下に置いた。

　最初はみんなでトランテ・アン〔トランプのゲームで、三枚のカードの合計が三一点に近い者が勝ち〕の勝負を何回かやり、次いでオメー氏がエンマとエカルテ〔二人のプレイヤーが三二枚のカードを用いるトランプ遊び〕をしたが、レオンは彼女の後ろに回り、助言を与えた。彼女の椅子の背に手をかけて立ちながら、彼はその巻き髪《シニョン》に食い込んでいる櫛《くし》の歯を見つめた。カードを捨てようとして彼女が身体を動かすたびに、ドレスの右脇が持ち上がった。髪をかき上げると、そこから背中にかけて褐色の輝きが流れくだり、しだいに薄くなり徐々に闇《やみ》のなかに見えなくなる。それから彼女の服は椅子の両脇にふんだんに襞《ひだ》をつくってふっくらと垂れ、床まで広がっていた。ときどきレオンはその上をブーツの靴底が踏んでしまったと感じると、まるでだれか人の足でも踏みつけたかのように、さっと身を引き離した。

　カードの勝負がつくと、薬剤師と医者はドミノをはじめ、エンマは席を替え、テーブルに肘をついて「イリュストラシオン」誌〔フランスの挿し絵入り週刊新聞。創刊は一八四三年。当時、目新しかった〕をぱらぱらとめくった。このモード誌を、彼女は自宅から持ってきていた。レオンは彼女のそばに身を置き、二人でいっしょに挿し絵をながめ、ページの最後でたがいに待ち合った。よくエンマは彼に詩を朗読するように頼み、レオンはゆっくりとした声で朗読し、恋愛をうたう個所に来ると注意して消え入るように息を吐いた。だがドミノ札の音がその邪魔をし、オメー氏はドミノが強く、彼はダブル・シックスで完全にシャルルを打ち負かした。それから百点勝負を三回やると、二人とも暖炉の前に足を投げ出し、たちまち眠り込んでしまう。火は灰に埋《うず》もれいまにも消えそうで、ティーポットは空で、レオンはまだ詩を朗読していて、エンマはこれを聞きながら、ランプの笠を無意識に回していたが、その笠の薄布には馬車に乗ったピエロや長い棒を持った綱渡りの女芸人が描かれていた。レオンは読むのをやめて、聴衆が眠ってしまったのを身振りで示すと、二人は小声で話し合うようになり、たがいの交わす会話が二人にはいっそう甘美に思われ、というのもだれにも聞かれてはいないからだった。

　こうして二人のあいだには一種の示し合わせができ、本や恋歌《ロマンス》の頻繁な貸し借りが生じたが、ボヴァリー氏は嫉妬《しっと》深くないので、それを意外とも思わなかった。

　シャルルは霊名の祝日に立派な骨相学用の頭《ず》蓋《がい》標本（木と蠟でつくられ、ガル（一七五八―一八二八）の骨相理論に即した脳の部位が記されている）をもらい、胸郭にいたるまで全体に数字が打たれ、青く塗られていた。それは書記からの心づかいだった。彼はほかにもよく気配りを示し、ルーアンまで医者のために使いに行き、ある小説家の本のせいで多肉植物《サボテン》が流行ると、レオンはいく株かを夫人のために買い、膝にのせて「ツバメ」に揺られ、その硬い針で指を刺されながら持ち帰った。

彼女は窓にぴったりあわせて手すり付きの棚板をつくらせ、植木鉢を置いた。書記もまた自分用の小さな吊《つ》り庭《だな》を設け、二人には花の世話をする互いの姿が窓から眺められた。

村のすべての窓のなかで、もっとずっと頻繁に人影の見える窓が一つだけあって、なにしろ日曜日には朝から晩まで、ほかの日でも天気さえよければ午後になるときまって、轆轤《ろくろ》の上にかがみこむビネー氏の痩《や》せた横顔が屋根裏部屋の窓に見られ、轆轤の単調なうなり音は「金獅子」まで聞こえた。

ある日の夕方、レオンが帰宅してみると、部屋に絨毯《じゅうたん》が一枚とどいていて、それは薄い地の色に木の葉模様のある、ビロードとウールを混ぜて織った絨毯で、書記はオメー夫妻からジュスタンや子供たちや女中まで呼んで見せ、主人の公証人にまでその話をすると、村じゅうがその絨毯を見たがったが、どうして医者の奥さんが書記にこんな贈物をしたのだろう？　これはどうにもおかしな話で、あの人は書記のいいひとにきまっている、と最終的にはだれもが思い込んだ。

彼はそう思われても仕方のないところを見せていて、それくらい人に会えばしょっちゅう夫人の魅力や才気の話をするので、あるときビネーはひどく荒々しく彼に向かってどなり返した。

「わしにはどうでもいいことさ、このわしには、だってこっちは取り巻きなんかじゃないんだからな！」

レオンはどうやって彼女に愛の告白をしようかともがき苦しみ、そして、嫌われやしまいかという不安とこうも臆病《おくびょう》であるのを恥じる気持とに揺れて常に二の足を踏み、絶望と欲望とに泣いた。それから、断固とした決心をして、手紙を書いては破り捨て、先送りした期日になるとまた延期した。しばしば、万難を排す覚悟を胸に動きだすのに、エンマの前に出るとたちまちその決意も彼を見放し、ひょっこり現れたシャルルに、その軽装二輪馬車に乗って近所の患者を見回りにと誘われると、レオンはとたんに同意して、夫人に挨拶《あいさつ》して行ってしまう。その夫だって彼女の一部分ではないか？

エンマのほうは、自分がレオンを愛しているのかどうか心に問うまでもなかった。彼女が思うに、恋愛とは電光石火の華々しい輝きをともなってとつぜん起こるはずのもので――天空の荒れ狂う嵐《あらし》が人生に容赦なく襲いかかり、これを転覆し、木っ端《こっぱ》のように意志をもぎとり、心をそっくり奈落《ならく》へと奪い去るものでなければならなかった。家の露台《テラス》でさえ、樋《とい》がつまっていれば、雨で水浸しになることを彼女は知らず、そんなわけで彼女は安心した状態にとどまっていられたのだろうが、そのときとつぜん、彼女は壁にできているひびに気づいたのだ。

5

それは二月のある日曜日の午後のことで、雪が降っていた。

ボヴァリー夫妻とオメーとレオン君はそろって、ヨンヴィルから半里ほどのところにある谷まで、建設中の亜麻《あま》糸の紡績工場を見にでかけた。薬剤師は運動になるからとナポレオンとアタリーをいっしょに連れて行き、ジュスタンは肩に傘を何本もかついで同行した。

しかしながら、見てまわるにはこれほど興味を引かない場所もまたなかった。だだっ広い空き地に、いくつもの砂や砂利の山に混じって、乱雑にすでに錆《さ》びている歯車が転がっていて、その中央に細長《ほそなが》の四角い建物があって、小さな窓がたくさんついていた。完成にはほど遠く、屋根を組む梁《はり》のあいだから空が見えた。切妻壁〔山形の屋根の側面壁〕の小梁に穂の混じった麦藁《むぎわら》の束がとめてあり、風を受けて、三色のリボンがぱたぱたとはためいていていた。

オメーはしゃべり立てた。この施設の将来の重要性を連れに説明し、床板の強度や壁の厚さを概算し、メートル尺にもなる杖《つえ》〔メートルなど新度量衡は大革命の産物で、一七九二年に採用されているので、進歩の表象物でもある〕を持っていないのを大いに悔やんだが、ビネー氏はこれを持っていて自分用に使っていた。

エンマはオメーに腕を貸し、その肩にいくらかもたれて、遠く円盤のような太陽が霧にかすんでまばゆい弱い光を放っているのを眺めながら、しかし振り向くと、そこにシャルルがいた。眉《まゆ》のところまで庇帽《ひさしぼう》を目深《まぶか》にかぶり、厚い二つの唇は寒さにぶるぶる震え、それがその顔にどこか愚鈍のような表情を付け加えていて、その背中さえ、彼の落ち着きはらった背中さえ見ているだけで苛立たしく、彼女はそのフロックコートの背中に、シャルルの全人格の凡庸さが広がっている気がした。

彼女がシャルルの姿を見つめながら、そうやっていらつきのうちに一種の異常な快感を味わっていると、レオンが一歩前に進み出た。寒さに血の気が引いて、その顔にいっそう甘美な悩ましさを添えているようで、ネクタイと首のあいだのシャツのカラーが少しゆるめで、なかの肌がのぞき、髪の房の下から耳たぶが見え、雲を見上げている青い大きな目は、空を映す山間《やまあい》の湖水よりも美しく澄み切っているようにエンマには思われた。

「なんてことを！」ととつぜん薬剤師がどなった。

そして彼は息子のもとに駆け寄り、見れば息子は山積みにされた石灰に突進したところで、靴を真っ白にしていた。叱責《しっせき》を浴びせられて、ナポレオンはわめき声をあげはじめ、一方、ジュスタンは一握りの藁でその靴を拭いてやっていた。だがどうにも小刀が要《い》りそうで、シャルルが自分の小刀を差しだした。
「ああ！」と彼女は思った。「ポケットに小刀を持ち歩いているなんて、まるで百姓じゃない！」

霧氷がちらつきだし、一行《いっこう》はヨンヴィルに帰った。

ボヴァリー夫人はその晩、隣人宅には行かず、シャルルが出かけて、ひとりきりになったと感じると、いつもの比較がまたはじまったが、印象はほとんど手で触れられるくらい鮮明で、追憶によって事物の見え方に奥行きが付与されていた。ベッドに入ってあかあかと燃える暖炉の火を見つめているうちに、彼女はさらに、先ほどと同じようにレオンが立っていて、片手で杖を撓ませ、もう一方の手でアタリーの手を握っている姿を目にしていて、アタリーは静かに氷のかけらをしゃぶっていた。レオンは感じがいいと彼女は思い、彼から心が離れなくなり、ほかの日の別の仕草をいくつも思い出し、彼の言った言葉や声音やその全人格までも思い浮かべ、そして、まるで接吻《せっぷん》するみたいに唇を前にすぼめながら、繰り返した。

「ええ、感じがいいこと！　感じがいいこと！……あの人は恋しているのではないかしら？」と彼女は自分に問いかける。「いったいだれに？……ああ、このわたしにだわ！」

その証《あかし》がすべていっぺんに目の前に示され、胸は激しく高鳴った。暖炉の炎は天井に嬉々《きき》とした輝きを細かく震わせていて、彼女は両腕を伸ばしながら寝返りを打った。するとまたお決まりの繰り言がはじまった。「ああ！　もし神さまの思召《おぼしめ》しでああなっていたらなあ！　どうしてそうじゃないの？　いったいだれに邪魔されたのだろう？……」

シャルルが真夜中に帰ってくると、彼女は目を覚ましたふりをし、彼が服を脱ぎながら音を立てるので、頭痛がすると訴え、それから今夜はどうだったかと何気なく訊ねた。

「レオン君は早くから部屋に引き上げたよ」とシャルルは言った。

彼女は防ぎようもなく口もとがほころび、新たな歓《よろこ》びに胸をふくらませて眠りについた。

翌日の黄昏《たそがれ》どきに、彼女は、最新の流行品を扱うルルーという男の訪問を受けた。この商売人は抜け目のない男だった。

ガスコーニュ〔フランス南西部の三県をふくむ旧州名〕に生まれてノルマンディー〔フランス北西部の五県に相当する旧州名〕の人間になったルルーは、南仏人の多弁にコー地方人のずる賢さをあわせ持っていた。丸ぽちゃの顔は皮膚がたるんでひげもなく、淡いカンゾウの煎出液《せんしゅつえき》〔カンゾウは紫色の染色に用いられる〕を塗ったようで、白い髪のせいで小さな黒い目のきつい輝きをさらにいっそうどぎつくしていた。かつて何をやっていたかよく分かっておらず、行商をやっていたという者もいれば、ルートーで金貸しをしていたという者もいた。確実なのは、ビネー自身がたじろぐほどの複雑な計算を、暗算でこなすということだった。媚《こ》びへつらいになるくらい馬鹿《ばか》丁寧で、いつも腰を半ば折っていて、お辞儀をする人やだれかを迎える人の格好だった。

　クレープのリボンを巻いた帽子を戸口にかけ、緑のボール箱をテーブルに置くと、敬意をたっぷりにじませて、今日まで信頼にあずからないままであったことの愚痴を夫人にまず述べた。手前どものところのようなしがない店は、エレガントなお客さまを惹《ひ》きつけるようにはできておりませんが、とルルーはエレガントなを強調した。それでも、注文さえいただければ、小間物でも肌着類《ランジェリー》でも、ニット製品でも新作でも、お望みのものを何でも責任もって納めさせていただきますし、なにしろ月に四度は決まって町〔もちろんルーアン〕まで出かけます。最も有力な商店とも広く取引させてもらっております。「三兄弟商会《トロワ・フレール》」でも「金の髭本舗《ラ・バルブドール》」でも「大野蛮人屋《グラン・ソヴァージュ》」でも、当方《こちら》のことを言っていただければ、どの店でもちゃんとよく知られておりますから！　そこで本日は、滅多にないものを手に入れる機会に恵まれまして、たまたまここに持ってきておりますので、ついでながら、さまざまな商品を奥さまにお目にかけようと思います。そしてルルーは箱から刺繡された飾り襟を半ダースほど取り出した。

ボヴァリー夫人はそれらをじっくり見た。

「要りませんわ、どれも」と言った。

するとルルー氏は、アルジェリアの肩掛け〔当時、アルジェリアというとオリエンタル趣味と植民地趣味に対する嗜好が流行っていた〕を三枚、イギリス針を数箱、麦藁のスリッパを一足、最後に四人が透かし彫り細工を施したコヤシの実の卵立てを四個とりだして、慎重に並べた。それから、彼は両手をテーブルに突き、首を伸ばし、上体をかがめ、ぽかんと口をあけながら、これらの品々のあいだを、決められずにさまようエンマの視線を追った。ときどき、まるでほこりでも払うように、丈いっぱいに広げられた肩掛けの絹地の上を爪ではじき、そして、肩掛けは軽やかな音をたて、夕暮れの緑がかった光を受けると、布地の金のつぶつぶの輝きはまるで小さな星々のようにきらめいた。

「おいくらするの、肩掛け？」

「ほんのわずかですよ」と彼は答えた。「いくらでもありません。でも、ぜんぜん急ぎませんし、いつでもけっこうです、なんせわたくしどもはユダヤ人じゃありませんから！」

　彼女はしばらく考えてから、最後にはこれも断ることにしたが、ルルーは動ずることなく答えた。

「それでは、いずれ意見も合うでしょう。ご婦人方とはこれでもいつも仲良くやっていますので、それでも家《うち》のやつとは別ですけどね！」

　エンマは微笑《ほほえ》んだ。

「こんなことを言ってはなんですが」とルルーは、冗談を言ったあとに人のよさそうな表情を見せてつづけた。「お金のことなど気にしておりません……必要なら、お立て替えいたしますよ」

　彼女は意表をつかれたような仕草をした。

「ああ！」と素早く彼は小声で言った。「ご用立てするのに、遠くに求める必要もありませんので、当てにしてください！」

　そしてルルーは、そのときボヴァリー先生にかかっていた「カフェ・フランセ」の主人テリエ爺さんの様子を訊ねはじめた。

「いったいどうなんですか、あのテリエ爺さんは？……咳き込むと、家じゅうが揺れるほどで、このぶんじゃ近々、ネルの寝間着《ねまき》なんかより棺桶《かんおけ》が必要じゃないかと心配してますがね、若いころは、道楽三昧《ざんまい》でね！　あの年代の連中ときたら、羽目の外しすぎでしたよ！　あの爺さんもブランデーで身体を焼いた口ですな！　まあ、それにしても知り合いが死ぬのを見るのはつらいものですが」

そして、彼はボール箱にふたたび紐をかけながら、シャルルの患者のことをそんなふうにしゃべった。

「ああいった病気も、おそらく」と彼はむっつりした顔で言いながら窓のほうを見た。「この陽気のせいかもしれませんな！　わたくしなんぞも、気分がすぐれませんな、背中が痛みますんで、近いうちに先生に診てもらいに来る必要もあるでしょうな。とにかく、失礼いたします、ボヴァリー夫人、何なりとお申しつけください、しがないわたくしめに！」

そして彼はドアをそっと閉めた。

エンマは部屋で夕食をとることにして、盆にのせて暖炉のそばに運ばせ、時間をかけて食べると、すべてが美味《おい》しく思われた。

「わたし、聞き分けのよい子だったこと！」と彼女は肩掛けのことを念頭に思った。

階段に足音が聞こえた、レオンだわ。彼女は立ち上がり、へりをかがる予定の雑巾《ぞうきん》の山の一番上のものを箪笥《たんす》の上から取った。レオンの姿が見えたとき、彼女はじつに手がふさがっているように見えた。

会話はだれ気味で、ボヴァリー夫人はしょっちゅう言葉をとぎらせ、一方、彼自身もすっかり困惑していた。暖炉のそばの低い椅子《いす》に腰を下ろして、レオンは象牙《ぞうげ》の針入れの筒を指でくるくるまわし、彼女は縫い物をして、あるいはときどき、その爪で布に襞を寄せた。彼女は口を開かず、彼もその沈黙に魅せられて口を利《き》かなかったが、彼女が口を開いていても、やはりその言葉に魅せられていただろう。

「かわいそうに！」と彼女は思った。

「何かこの人の気にさわったことでもしたのだろうか？」と彼は自問した。

そうしているうちにレオンはとうとう、近いうちに事務所の用事でルーアンに行くことになっていると言った。

「奥さんの楽譜の購読予約が切れていますよね、再開を申し込んでおきましょうか？」

「いいえ」と彼女は答えた。

「どうして？」

「だって……」

そして、口もとをぎゅっと結ぶと、おもむろに彼女は灰色の糸を縫う分だけ長々と引いた。

この針仕事にレオンはいらいらした。そうしていると、エンマの指が先の皮膚からすりむけて行きそうに思われ、ふと女の人に言うべき優しい言葉が思い浮かんだが、思い切って口にできなかった。

「じゃあおやめになるのですね？」と彼は言葉を継いだ。

「何を？」と彼女は素早く言った。「音楽のこと？　ああ！　まあ、そうですわね！　家事を切り盛りしなくちゃならないし、夫の世話もしなくてはいけないし、要するにあれやこれやあって、音楽より先にしなくてはならない務めがたくさんありますもの！」

彼女は置時計を見た。シャルルの帰りが遅かった。そこで彼女は心配そうな女の素振りを見せた。それを二度、三度と繰り返した。

「うちの人、じつにいい人ですもの！」

書記もボヴァリー氏に愛着を抱いていた。だが夫に対してこれほどの愛情を示されると、レオンは意外な感じを受けると同時にいやな気がしたが、それでも医者を褒めつづけ、だれもが褒めるのを耳にしている、特に薬剤師は褒めている、と言った。

「ああ！　あの方も律儀《りちぎ》でいい人」とエンマは付け加えた。

「もちろん」と書記は受けた。

そして彼はオメー夫人について話しはじめ、そのひどくだらしない身なりがいつもなら二人の笑いを誘うのだった。

「それがどうかして？」とエンマはさえぎった。「一家の立派な母親ともなれば身支《みじ》度《たく》なんかにかまっていられないものよ」

それから彼女はまた黙り込んでしまった。

つづく日々も同じようで、彼女の話も態度もすべてが一変した。家事に専心する姿が見られ、彼女はふたたび教会にも信心深く通うようになり、女中をいっそうきびしく仕込んだ。

彼女は乳母のもとからベルトを引き取った。フェリシテが赤ん坊を連れて帰ると、来客があるたびに、ボヴァリー夫人は娘の服を脱がせてその手足を見せた。子供には目がないのだと言ってはばからず、これこそ自分の慰めであり、歓びであり、熱中だと言い、同時に思いのたけを吐露するような愛撫《あいぶ》をして見せ、ヨンヴィル村の住人以外のだれもが『ノートル＝ダム・ド・パリ』のサシェット〔ジプシーにさらわれエスメラルダとなった娘の母親〕を連想したことだろう。

シャルルが帰ってくると、暖炉のそばにいつもスリッパが暖めてあった。いまではもうチョッキの裏地もはがれていることもなく、シャツのボタンがとれていることもなく、箪笥のなかにナイト・キャップがすべて均等な山に並べられているのを見るのも、うれしかった。彼女は以前とはちがって庭の散歩をいやがることもなくなり、夫の言い出すことにはいつも同意し、その意図が分からなくても、文句も言わずに従い――そして、夕食後シャルルは暖炉のそばで両手を腹にあてがい、両足を薪台《まきだい》に乗せ、食後のせいか頰を紅潮させ、幸福に目を潤《うる》ませ、かたわらでは絨毯の上を子供がはいまわり、ほっそりした妻に肘掛椅子の背もたれ越しに額に接吻をしてもらう姿を目にすると、レオンは、

「なんと狂気の沙汰《さた》だったことか、どうやってあの人に近づけよう？」と思った。

それで彼女は貞淑で近づきがたいと思われたので、レオンからは最も漠とした望みさえすべて消え去った。

しかしこの断念によって、彼は夫人を途方もない状況に祀《まつ》り上げてしまったのだ。レオンから見ると、そこからは具体的に何も手に入れられないので、エンマは肉体という特質を脱してしまい、そして、彼の心のなかで彼女は、神の列に加わり天に立ち昇るように壮麗に、常にどんどん上昇し、肉体を離れてしまった。それは、人生の遂行を邪魔しない純粋な感情となったのであり、それを大切にするのは珍しいからであって、こうなってはそれを失う苦しみのほうが所有する歓びよりも大きいだろう。

エンマは痩せ、頬は血の気を失い、顔も細った。黒髪を真ん中で分け、瞳《ひとみ》は大きく、鼻筋は通って、歩き方は鳥のようで、常に寡黙《かもく》で、いまでは彼女は、この人生を過《よ》ぎるのにほとんど地に足を触れず、何か崇高な運命が漠然とその額に徴《しるし》として刻まれているみたいに見えなかっただろうか？　彼女はじつに悲しげで、もの静かで、優しくかつ慎み深かったので、そばに寄ると身もこごるような魅力にとらえられたと感じるのだったが、それはちょうど教会に入って、花の香りの混ざり合った大理石の冷たさに包まれ、思わずぞくっと身体が震えるのに似ている。ほかの人たちもこの魅力からはのがれられなかった。薬剤師は言った。

「たいした器量の女だ、郡の副知事夫人だってそぐわなくはないだろう」

かみさん連中はエンマの倹約ぶりに、患者たちはその丁重さに、貧乏人たちはその慈悲深さに感心した。

ところが彼女はというと、羨望《せんぼう》と憤怒《ふんぬ》と憎悪《ぞうお》でいっぱいだったのだ。襞《プリーツ》のまっすぐなそのドレスは取り乱した心を覆い隠し、慎み深い唇は狂おしさを語りはしなかった。彼女はレオンに恋していて、それでも孤独を求めたのは、恋する人のイメージを心ゆくまで楽しむためだった。じっさい当人の姿を見ると、かえってこの瞑想《めいそう》の快楽を妨げたのだった。彼の足音を聞くと、エンマは胸がどきどきし、やがてその姿が目の前に現れると、感動は消滅し、そうして後に残るのはただただ巨大な驚きであり、それがしまいにはやるせない思いとなった。

レオンは絶望して彼女の家を出て行くと、その後を追うように彼女が立ち上がって、通りを行く自分の姿を見ている、とは知らなかった。エンマは彼の態度が気になり、その顔色をうかがい、彼の部屋を訪れるきっかけを見つけようとして、あらゆる作り話をでっちあげた。薬剤師の妻は同じ屋根の下で眠れてとてもうらやましく思われ、そして、彼女の思いはいつも、「金獅子」の鳩《はと》がその家の軒樋《のきどい》にピンクの肢と白い翼を浸しに来るように、その家の上に舞い降りるのだった。しかしエンマは自分の恋に気づけば気づくほど、これを押し殺し、表に出ないようにし、弱めようとした。できることなら自分の気持をレオンに気づいてもらいたいと思い、そして、偶然の出来事や天変地異が起これば、それも容易《たやす》くなると想像した。彼女を引き止めたのは、おそらく億劫《おっくう》さもあったろうし、大きな不安もあったろうし、恥じらいもあったろう。あの人を遠くまで押しのけすぎた、もう好機はすぎてしまった、何もかもおしまいだ、と彼女は考えていた。そうして誇りと歓びから「わたしは貞節な女なのだ」と考え、あきらめのポーズをとって鏡に自分を映していると、自分が払っていると思い込んでいる犠牲をいくらか和らげてくれるのだった。

そうなると、肉欲も金銭欲ももの憂《う》い情熱も、すべては同じ一つの苦しみのなかで混ぜ合わされ——そして、彼女はそうした苦しみから思いを逸《そ》らすどころか、いっそう自分の思いをそこにつなぎとめ、苦悩に胸をときめかせ、いたるところにその機会を求めるのだった。料理の出し方が悪いとかドアが少し開いていると言っては苛立《いらだ》ち、ビロードがない、幸福が欠けていると不平を言い、夢が大きすぎる、家が狭すぎると嘆くのだった。

無性に腹が立ったのは、この責苦にシャルルの気づいてくれる様子がいっこうにないことだった。彼女を幸福にしてやっているというシャルルの確信は、間の抜けた侮辱のように思われ、その上に築かれた安心感など忘恩もはなはだしいと思われた。いったいだれのために自分は貞淑にしているのか？　この人だわ、この人こそ、すべての幸福に対する障害ではないか、すべての苦痛の原因ではないか、この身をあらゆる方向からしめつけてくる入り組んだ革帯の留め金の尖《とが》った舌《ピン》ではないか？

だから彼女は、さまざまな不都合から生じる数多くの憎しみをシャルル一人に向け、憎しみを弱めようと努力しても、その度に憎しみを増すことにしかならず、というのも、その空《むな》しい苦労じたいが、ほかの絶望の原因といっしょになって、さらにいっそう隔たりを助長してしまったからだ。自分自身の優しさじたい、彼女には受け入れられなかった。家庭の凡庸さは彼女を豪奢《ごうしゃ》な空想へと駆り立て、夫婦愛は彼女を不倫への欲望へと駆り立てた。シャルルに打たれたほうがよかったかもしれない、そうすれば、もっと正当に夫を憎むことができ、復讐《ふくしゅう》できただろう。むごたらしい推測を頭で思い浮かべていて、自分でもときにびっくりし、そして、こうしていつまでも微笑まなければならず、こちらは幸せだと繰り返し聞かされ、幸せである振りをしなければならず、そのように思わせておかねばならないなんて！

しかしながら、彼女はそんな偽善がいやだった。レオンとどこか遠くへ逃げて、新たな運命を試してみたい気持にとらえられたが、たちまち彼女の心のなかに、闇に包まれた深淵がおぼろにぽっかりと口を開くのだった。

「それに、あの人はもうわたしを愛してはいないわ、どうなるのかしら？　どんな救いを、どんな慰めを待てばいいの？　どんな安らぎがあるというの？」と彼女は考えていた。

彼女は打ちひしがれ、あえぎ、ぐったりし、声を忍ばせて泣きじゃくり、流れ出る涙に搔《か》き暮れていた。

「どうしてご主人にお話しにならないのでございますか？」と、こうした感情の激発している最中に入ってきた女中は言った。

「神経なのよ、主人に言ってはいけないよ、苦しめるからね」とエンマは答えた。

「ああ！　はい」とフェリシテはつづけた。「奥さまのご様子はこちらに来る前ですが、ディエップで知り合ったル・ポレの漁師ゲランの娘ゲリーヌにちょうどそっくりですよ。その娘《こ》は陰気で、それは陰気で、家の敷居にでも立たれたら、まるで戸口に棺覆《ひつぎおお》いでも張られたような印象ですよ。その娘の病気は、なんでも頭のなかに霧みたいなものがかかるとかいうやつで、お医者さまも神父さまも手のほどこしようがないんです。そいつでひどく病むようなときには、ひとりっきりで海辺へ行って、だから巡回中の税関の助役さんは、その娘が砂利の浜にうつぶせになって泣いている姿をよく見かけたそうです。やがて嫁に参りますと、そいつがぴたっと消えてなくなったという話です」

「でも、わたしはね、結婚してからこれがはじまったのよ」とエンマは言葉を継いだ。

6

ある日の夕方、開け放たれた窓辺に腰を下ろしたエンマが、黄楊《つげ》を刈り込む教会の用務員、レスチブードワの姿をいましがた見たと思ったのに、とつぜん、「お告げの鐘」が聞こえてきた。

四月のはじめで、サクラソウが咲いていて、生暖かい風が耕された花壇の上を吹き渡り、庭という庭がまるで女のように夏という祝宴のために自らの化粧をしているようだった。青葉棚の格子《こうし》を通して、その向こう一帯の牧草地を流れる川が見え、その川は草の上にたえず川筋を変えながらうねうねとした姿を見せていた。夕霧が葉をつけていないポプラの木々のあいだを過《よ》ぎりながら、その輪郭を、枝に引っかかった繊細な薄布よりももっと淡くて透明なスミレ色にぼかしていた。遠くに牛の群れが歩いていたが、足音も鳴き声も聞こえず、そして、鐘はずっと鳴りやまず、大気のなかにその穏やかな嘆きの声をはなちつづけていた。

繰り返される鐘の音に、若妻の思いは、青春時代と寄宿舎生活の古い記憶のなかをとりとめもなく動いた。彼女は大きな燭台《しょくだい》を思い出したが、それは祭壇の上で、花を盛った花瓶や小さな柱のある聖櫃《せいひつ》〔聖体を納め、通常は中央祭壇上に固定される〕よりも高くなっていた。できることなら昔のように、白いヴェールをかぶった長い列にいまも混じっていたいと思い、そのところどころに、祈禱台《きとうだい》の上に身を傾けた修道女《シスター》たちのぴんとした頭巾《ずきん》が黒い斑《まだら》をつくり、日曜日のミサのときなど、顔を上げると、立ちのぼる香煙の青みがかった渦のなかに聖母マリアの優しい顔が見えた。そのとき彼女は感動にとらえられ、嵐のなかを舞う鳥の和毛《にこげ》のようにへなへなとうち捨てられた気がし、そして、自覚もないままに彼女の足は教会のほうへと向かい、自分の魂を奪ってくれるなら、生活をまるごと消し飛ばしてくれるなら、どんな深い信仰にも身をささげてみようという気になっていた。

　彼女は広場で、教会からもどってくるレスチブードワに出会ったが、それというのもこの男は、日当が削られないように、そのときの都合に応じて、引き受けた仕事を中断しては「お告げの鐘」を鳴らし、また仕事にもどるようにしていた。もっとも、早目に鳴らされた鐘は、子供たちに公教要理《カテキスム》の時間になったことを知らせていたのである〔田舎では教会の鐘が生活のリズムを刻むので、その時間は教会の用務員次第という側面があった〕。

　すでに何人かは集まってきていて、墓地の敷石の上でビー玉遊びをしていた。塀にまたがって脚を揺らし、その木靴で、この小さな囲いと最もきわにある墓石のあいだに生えた背の高いイラクサをなぎ倒している者たちもいた。緑といえばそこだけで、あとはすべて墓石ばかりで、墓石はいつも細かなほこりに覆われていたが、それでも聖具室には箒《ほうき》があった。

　布の靴を履いた子供たちは、まるで自分たちのためにつくられた床同然にそこを駆け回っていて、その大声を通して教会の大鐘の鈍い音が聞こえてきた。鐘楼の高みから太い綱が下がってきて、その端が床にとぐろを巻きだすと、揺れ幅もおさまりだし、鐘の音も小さくなってゆく。何匹かのツバメが小さな鳴き声を上げながら過《よ》ぎり、まるで空気を劈《つんざ》くように飛ぶと、たちまち雨覆《ひさし》い石〔軒下や窓の上部につく雨をふせぐ庇状の水切り〕の下の黄色い巣にもどった。教会の奥にはランプがともっていたが、つまり、吊《つ》り下げられたガラス容器に入った灯芯《とうしん》だった。その明りを遠くから見ると、白っぽい斑点《はんてん》が灯油《あぶら》の上で打ち震えているように見えた。中央の身廊《しんろう》いっぱいに日射《ひざ》しが長く横切っていて、かえって側廊や隅はいっそう暗くなっていた。

「神父さまはどちら？」とボヴァリー夫人は、軸受け穴の広がった回転木戸を揺すって遊んでいる少年に訊いた。

「いまに来るよ」と少年は答えた。

たしかに、司祭館の扉がきしんで、ブールニジャン師が姿を見せ、子供たちはごちゃごちゃと教会のなかへと逃げ込んだ。

「このやんちゃ坊主《ぼうず》どもめ！　いつもこの調子だ！」と聖職者はつぶやいた。そして、足に引っかけたぼろぼろの公教要理問答集を拾い上げると、

「あいつらは何も敬うことを知らん！」

しかし、ボヴァリー夫人に気づくとすぐに、

「これは失礼、どなたでしたかな、思い出せないのじゃが」と司祭は言った。

彼はポケットに公教要理問答集を押し込むと、立ちどまり、聖具室の重い鍵《かぎ》を二本の指ではさんで振りつづけた。

夕日のきらめきが急にじかにその顔に当たると、僧服《スータン》〔カトリック教会の聖職者の通常服〕のラスティング〔撚りの強い綿糸や毛糸で織った堅い綾織の布で、靴やカバンの内側に使う〕は色褪《いろあ》せてみえ、両肘はてかり、その裾《すそ》は擦り切れていた。脂《あぶら》や煙草《タバコ》の汚れがいくつも大きな胸の小さなボタンの列に沿ってついていて、胸飾りから遠ざかるにつれ汚れの数は増え、胸飾りの上には、首の赤らんだ皮膚にたくさんできた皺《しわ》がのっかり、その皮膚は黄色い染《し》みだらけで、ごま塩まじりのこわいひげのおかげで目立たなかった。司祭は夕食を済ませたところで、ぜいぜい大きな音をたてて息をしていた。

「お元気ですかな？」と司祭は言い添えた。

「いけませんの、苦しいのです」とエンマは答えた。

「おやおや、わしもですな」と聖職者は言葉を継いだ。「この最初の暖かさで、みんな驚くほどへなへなになっているのじゃないですかな？　要するに、仕方がないということですわい！　われわれは苦しむために生まれてきたと、聖パウロも言っておる通りですな。ところで、ボヴァリー先生はどうお考えになっておいでかな？」

「あの人ですって！」と彼女は軽蔑《けいべつ》した身振りをしながら言った。

「何ですって？」とこの老人はじつに驚いて言い返した。「何か薬はくださらんのか？」

「ああ！」とエンマは言った。「わたしに必要なのはこの地上の薬ではございません」

だが司祭はときどき教会のなかをのぞきこんでいて、そこでは子供たちがみなひざまずいて、肩で押し合っていて、将棋倒《しょうぎだお》しになっていた。

「わたし、知りたいのです……」と彼女は言葉を継いだ。

「待たんか、待たんか、リブーデ」と聖職者は怒った声で怒鳴った。「あとでお前をとっちめてやるからな、悪がきめ！」

それからエンマのほうに向きなおると、

「あれは大工のブーデの倅《せがれ》でしてな、両親も裕福で、息子に好き放題させています。それでも、その気になれば、もの覚えは早いですな、なにしろ頭はいいのでしょうな。それにときどき、わしはからかい半分にあいつのことをリブーデと呼ぶんですが（ちょうどマロンムへ行くのに通る丘陵の名でな）、それでリブーデさん、と言うてやることもあります。おやおや！　リブーデ山！　とですな。先日も、この洒落《しゃれ》を猊下《げいか》に申し上げたら、笑っておられた……あの方は聞き流してくださった――それで、ボヴァリー先生はお変わりありませんかな？」

夫人には聞こえていないようだ。司教はつづけた。

「相変わらず、ひどく忙しいのじゃろうな、おそらく？　なにしろ間違いなく、この小教区で一番することがあるのは先生とわしのこの二人じゃ。だが先生は、身体《からだ》のお医者で、このわしは魂のお医者じゃ！」と粗野な笑いを交えて付け足した。

彼女は哀願するような目を司祭に向けた。

「そうです……司祭さまはこの世のあらゆる不幸を救済してくださいます」

「ああ！　ボヴァリーの奥さま、不幸の話はなさらんでくださいよ！　今朝も、バ＝ディヨーヴィルまで行かねばならなくてな、雌牛が腹を腫らしたと申しましてな、連中は呪《のろ》いだと思っておるんですよ。どの雌牛もな、雌牛が、どうしてか分かりませんが……ちょっと失礼！　ロングマールにブーデ！　ちぇ、いまいましい！　いいかげんにせんかい！」

そう言うと、司祭は一気に教会のなかに駆け込んだ。

子供たちはこのとき、聖書をのせる大きな見台《けんだい》のまわりにひしめき、聖歌隊員のための背のない椅子によじ登り、ミサ典書を開き、そして、抜き足差し足になって、もう少しで思い切って告解室に入ろうかという者たちもいた。ところがとつぜん、司祭が平手打ちを雨あられと全員に降らせた。上着の襟をつかんでは、連中を床から持ち上げ、しっかりと、内陣の敷石の上にひざまずかせて置き、さながらそこに子供たちを植えつけてでもいるかのようだった。

「まったく」と司祭はエンマのそばにもどってくると言い、インド更紗《サラサ》の大きなハンカチの隅を歯でくわえながら広げた。「百姓どもはじつに気の毒なものじゃ！」

「気の毒なものはほかにもいます」と彼女は答えた。

「間違いなく！　たとえば都会の労働者たちですかな」

「そんな連中じゃなくて……」

「そうはおっしゃるが！　都会でかわいそうな一家の母親たちを見てきましたぞ、貞淑な女たちで、本当ですぞ、正真正銘の聖女たちが、食うものにもこと欠くありさまでね」

「でも、女は」とエンマは言葉を継いだが（話しながら口元がねじれて歪《ゆが》み）、「司祭さま、食べるものがある女でも、ないものが……」

「冬なのに、火がないとか」と司祭は言った。

「とんでもない！　そんなもの、どうでもいいわ」

「何と！　どうでもいいと言われるか？　このわしが思うには、しっかり暖まって、食事もじゅうぶんに与えられて……、なにしろそれでようやく……」

「ああ！　ああ！」と彼女はため息をついた。

「不快そうじゃが？」と司祭は言いながら、心配そうに歩み寄った。「消化の具合じゃろう、おそらく。お帰りになって、ボヴァリー夫人、紅茶を少し飲まれるとよい、さすれば元気になられますぞ、あるいはコップ一杯の冷たい水に粗糖〔未精製の甘蔗糖の結晶〕を入れてもよい」

「なんのために？」

そして彼女は、夢から覚めた人のような表情をした。

「手を額に当てられたのでな。めまいでも起こされたのかと思いましたのじゃ」

それから、思い直すと、

「ところでわしに何かお訊《たず》ねじゃなかったかな？　さてなんであったか？　もう分からんが」

「わたしが？　なにも……、なにも……」とエンマは繰り返した。

そして彼女の視線は、あたりをさまよってからゆっくりと僧服《スータン》をまとっている老人の上に下りてきた。二人とも互いに顔と顔を黙ったまま見つめ合った。

「では、ボヴァリー夫人」と司祭はついに言った。「これで失礼、やはりなにより務め優先ですからな、あの腕白どもの勉強を片づけてしまわねば。間もなく初聖体拝領式になりますのでな。今度も予想外のことが起こりはせぬかと、心配でなりませんのじゃ！　それで、「昇天祭〔復活祭から四十日目に行なわれるキリストの昇天を記念する祭日〕」からきっちりと水曜日ごとに一時間よけいに引き止めておるのじゃ。この悪がきどもときたら！　この連中を神の道へ導くのに早すぎることなどないのじゃ、しかも、神みずから御子《みこ》キリストの口を通じてわれわれにさとされる通りですわい……それではつつがなく、奥さん、ご主人にもどうぞよろしく！」

　そして司祭は、扉のところからすでに跪《き》拝《はい》して、教会のなかに入って行った。

　エンマが見ていたのは、二列に並んだ椅子の列のあいだに消えてゆく司祭の姿で、足取りも重く、頭をいくらか片方の肩にかしげ、両手を外側に向けて開き気味にしながら歩いていた。

　それから彼女は身体ごと踵《かかと》でくるっと回ったが、まるで彫塑台《ちょうそだい》の上で回される彫像みたいで、家路についた。だが司祭の荒げた声と子供たちの澄んだ声が彼女の耳にとどき、自分の背後でこうつづけた。

「汝《なんじ》はキリスト教徒なりや？」

「然《しか》り、われはキリスト教徒なり」

「キリスト教徒とは何ぞや？」

「キリスト教徒とは、洗礼を受けて……、洗礼を受けて……、洗礼を受けて」

彼女は自宅の階段を手すりにつかまりながら上り、自分の部屋に入ると、肘掛椅子にくずおれた。

窓ガラスの白っぽい日射しは静かにうねりながら弱まって行った。いつもの場所にある家具類はさらにじっと動きを止め、闇《やみ》のなかに見えなくなり、まるで真っ暗な大海原に呑《の》まれたようだった。暖炉の火は消えていて、置時計は絶えず時を刻み、エンマは自分のなかにこんなに動揺があるのに、周囲の事物にこれほどの静謐《せいひつ》が充《み》ちていることに、漠然と魂消《たまげ》ていた。すると幼いベルトが窓と裁縫台のあいだに姿を見せ、ニットの半長靴を履いてよろけながら、母親のもとに近づこうとし、彼女のエプロンのリボンの端をつかもうとした。

「うるさいわね！」と彼女は言いながら、娘を手で払いのけた。

すぐに娘はまた近づき膝《ひざ》のところまできて、そして、両腕で膝につかまりながら、青いつぶらな瞳で彼女のほうを見上げ、そのあいだに透き通った涎《よだれ》が一筋、唇から絹のエプロンの上にたらたら垂れた。

「うるさいわね！」とこの若い女はひどく苛立って繰り返した。

その顔に娘は怯《おび》えて、泣き叫びだした。

「ねえ！　ほっといてったら！」と彼女は言いながら、肘で娘を押しやった。

ベルトは箪笥のきわに倒れ、銅の洋服掛けにぶつかり、頰が切れて、血が流れた。ボヴァリー夫人は急いで娘を抱き起こし、呼鈴《よびりん》の紐《ひも》を引きちぎり、女中をあらんかぎりの声で呼び、自分を呪いはじめたとき、シャルルが姿を見せた。ちょうど夕食どきで、帰ってきたのだ。

「ほら、ご覧になって、あなた」とエンマは落ち着いた声で夫に言った。「娘が遊んでいて、倒れて怪我《けが》しましたの」

怪我はたいしたことはなく、シャルルは彼女を安心させ、鉛丹硬膏《えんたんこうこう》〔鉛丹硬膏を布にのばし絆創膏のように用いる〕を取りに行った。

ボヴァリー夫人は食堂には降りて行かず、ひとり残って娘を見守りたかったのだ。するとと眠っている娘を見つめているうちに、抱え込んでいた不安が徐々に消え、いましがたこんなささいなことで取り乱したこの自分が、愚かにもひどくお人よしにも思われた。じっさいベルトは、もう泣きじゃくってなどいない。いまでは寝息のたびに、ゆっくりと木綿の毛布が持ち上がっていた。半ば閉じたまぶたの端に大粒の涙がとどまり、奥目の色の薄い瞳が二つまつげのあいだからのぞいていて、頰にはった絆創膏がぴんとした頬を斜めに引っぱっていた。

「変だわね、この子の不器量なことといったら！」とエンマは思った。

その晩の十一時にシャルルが薬局から帰ってきたとき（夕食後、残りの鉛丹硬膏を返しに行っていたのだが）、見ると、妻は揺りかごの傍らに立っていた。

「このおれが、なんでもないとお前に請け合うんだから」と彼は妻の額に接吻しながら言った。「くよくよするのはおよし、いいかい、お前が病気になってしまうよ！」

彼は薬剤師の家に長居した。ひどく動揺した姿は見せなかったのに、オメー氏はそれでもつとめて医者をしゃんとさせよう、士気を鼓舞しようとした。そこで、子供の身に迫るさまざまな危険や使用人の不注意が話題になった。オメー夫人には不幸にもそんな経験があって、かつて料理をつくっていた女中に上っ張りのなかに小鉢いっぱいの燠《おき》を取り落とされて、その痕《あと》がいまも胸に残っていた。そうして立派な両親はひどく用心を重ねるようになった。ナイフは決して研がないし、部屋の床にはワックスをかけない。窓には鉄の格子をはめ、暖炉の縁枠にはしっかりした柵《さく》を設けた。オメーの子供たちは、そのわがままぶりにもかかわらず、身動きひとつにも背後に監督の目が光っていて、たかがほんの風邪くらいでも、父親は気管支の薬をたっぷりとらせ、四歳を過ぎるまで、情け容赦なく、子供たちはみんな怪我よけ用の詰め物をした頭巾をかぶっていた。実を言うと、これはオメー夫人の偏執で、夫のほうは心ひそかに嘆いていて、そのような圧迫のせいで、ひょっとしたら知能器官にはよくないのではと危惧《きぐ》していて、ついかっとして夫人にこのように言ってしまうのだった。

「お前はうちの子をカリブ族〔ヨーロッパ人の進出以前に小アンティル諸島を中心に住む好戦的な人びと〕かボトキュドス族〔ブラジル原住民のインディアン〕にでもするつもりか？」

シャルルはそれでも、何度も会話を打ち切ろうとしていたのだ。

「お話しすることがあるのですがね」と、彼は自分より先に階段を降りはじめた書記の耳もとに小声でささやいた。

「何か感づかれたかな？」とレオンは思った。胸がどきどきして、あれこれ推測して迷った。

薬局の扉を閉めるとようやくシャルルは、上等な銀板写真《ダゲレオタイプ》〔当時、新しく流行っていたが、まだまだ贅沢だった〕を撮るとどのくらいするものなのか、ルーアンに出向いたときに調べてきてくれまいかと頼んだのだが、それは妻のために用意した愛情に充ちた思いがけない贈物であり、こまやかな思いやりであり、つまり黒い燕尾《えんび》服《ふく》を着た自分の肖像写真《ポートレイト》なのだった。だが自分は前もって事情に通じていたいし、なにしろレオン君はほとんど毎週のように町まで出かけるのだから、そのくらい頼んでも迷惑にならないだろう。

何のためだろう？　毎週町に出かける裏には何か若者ならではの問題、つまり火遊びがある、とオメーは踏んでいた。だがそれは間違っていて、レオンはいかなる浮いた恋もしていなかった。かつてないほどしょげていて、いまや彼が皿に食べ残す量で、ルフランソワの女将《おかみ》にはそれがよく分かるのだった。もっと詳細に知ろうとして、女将は収税吏に訊ねたが、ビネーは横柄に、警察から金をもらっていないので、と答えた。

しかしながら、ビネーの目にも、この友人はいつもとひどく変わっているように見え、というのも、レオンはしばしば椅子の背にもたれかかりながら、両手を広げて、生きていることをなんとなく嘆くからだった。

「それは君の気晴らしが足らないからだよ」と収税吏は言った。

「どんな気晴らしがあります？」

「わしが君なら、轆轤《ろくろ》を買うだろうな！」

「でも買ったところで、ぼくには回せませんよ」と書記は答えた。

「ああ！　たしかに！」と相手は言いながら、顎《あご》をさすり、得意げな表情に軽蔑の色をまじえた。

レオンは成果の見えない恋愛に飽き飽きし、やがて同じ生活の繰り返しがもたらす単調さにうんざり感じはじめていたが、それは、どんな興味も人生を導いてはくれず、どんな希望も人生を支えてはくれないときに感じるものなのだ。ヨンヴィルにも退屈し、その住人にも退屈していたので、ある人びとに会ったり家々が目に入ったりすると、いらいらして耐えられなくなり、そして、薬剤師にしても、じつに好人物なのに、どうしようもなく我慢できなくなるのだった。それでいて、新しい境遇を見通してみても、わくわくすると同時にたじろぐのだった。

そうした漠とした不安はたちまち居ても立ってもいられない気持に変わり、するとパリがはるか遠くにありながら、自分に向かって、仮面舞踏会のファンファーレや尻軽な女工《グリゼット》たちの笑い声を煽《あお》り立ててよこすのだった。法律の勉強をしめくくるのはパリのはずなのに、どうして発《た》とうとしないのか？　何が引き止めているのか？　そして彼は心の準備をしはじめ、前もって仕事を片づけた。頭のなかで、アパルトマンに家具を備え付けてみた。そこで、ボヘミアン的な生活を送るのだ！　ギターのレッスンも受けよう！　部屋着も買おう、バスク・ベレーも、青いビロードのスリッパも！　そして彼は早くもすでにマントルピースの上に、フェンシングの剣を交差するように飾り、その上に髑髏《どくろ》とギターを掛けた光景を見とれるように思い描いた。

難点は母親の同意を得ることで、それでもこれほど筋の通っているものはないように思われた。彼の主人でさえ、もっと自分を伸ばせる事務所がほかにあれば移るように勧めてくれている。それで折衷的な方針をとって、ルーアンに見習い書記の口を探したが、見つけられずに、とうとう母親に詳細な長い手紙を書き、ただちにパリに行って暮らさねばならない理由を述べた。母親は同意した。

彼は急《せ》かなかった。毎日、まるひと月のあいだ、イヴェールは書記のためにヨンヴィルからルーアンへ、ルーアンからヨンヴィルへ、大箱だの旅行鞄《かばん》だの小荷物を運び、そして、レオンは着るものをまたそろえ直し、三脚の肘掛椅子の詰め物を替え、いくつもネッカチーフを買い、ひと言でいえば、世界一周旅行を上回る支度を整えてしまうと、一週また一週と引き延ばし、しまいには母親から二通目の手紙がとどいて、夏休み前に試験を受けたいと思うなら、いますぐ発《た》たなければいけないと迫られた。

別れの接吻《せっぷん》を交わすときが来ると、オメー夫人は泣き出し、ジュスタンはしゃくりあげて泣き、オメーは毅然《きぜん》とした男として感動を押し隠し、友のパルトー〔丈の短いゆったりしたオーバーコート〕を自ら公証人の家の門口まで持って行くと言い、というのも公証人が自分の馬車でレオンをルーアンまで送ることになっていたからだ。書記はかろうじて、ボヴァリー氏に別れの挨拶《あいさつ》をしに行く時間を見つけた。

階段を上がりきると、彼は立ちどまったが、それくらい息が切れたように感じたのだ。彼が入ってゆくと、ボヴァリー夫人は素早く立ち上がった。

「また参りました！」とレオンは言った。

「きっといらっしゃると思ってました！」

彼女は唇をかみ、肌の下を血の気が駆けめぐり、生え際《ぎわ》から襟元までさっとバラ色に染まった。彼女は立ったまま、片方の肩で板張りの壁に寄りかかっていた。

「先生はいらっしゃらないようですね？」と彼は言葉を継いだ。

「留守ですの」

彼女は繰り返した。

「留守ですの」

それから沈黙の時間となった。二人は見つめ合い、そして、二人の思いは同じ一つの苦悶《くもん》に溶け合い、ぴったりと絡《から》み合って、まるで二つの鼓動を刻む胸のようだった。

「ベルトちゃんにお別れのキスをしたいのですが」とレオンは言った。

エンマは階段を二つ、三つ降りて、フェリシテを呼んだ。

彼は自分の周囲に広くざっと視線をめぐらしたが、壁や飾り棚や暖炉の上に伸びるその一瞥《いちべつ》は、まるですべてを射通し、持ち去ろうとするかのようだった。

だがエンマはもどってきてしまい、女中がベルトを連れてくると、子供は風車《かざぐるま》を紐の先に逆さにつけて振っていた。

レオンはその首筋に何度も接吻した。

「さようなら、お嬢ちゃん！　さようなら、おちびちゃん、さようなら！」

そして彼は娘を母親に返した。

「この子を連れてお行き」と彼女は言った。

二人きりになった。

ボヴァリー夫人は背を向けて、額を窓ガラスに押し付けて、レオンは帽子を手に持ち、それで腿《もも》をそっとたたいていた。

「雨になりそうね」とエンマは言った。

「外套《がいとう》があります」と彼は答えた。

「そう！」

彼女は向きを変え、顎を引き、額を突き出していた。光は額の上を眉毛《まゆげ》の曲線のところまで滑り、まるで大理石の肌のようで、それでもエンマが地平線に何を見ているのか分からなかったし、心の奥底で何を考えているのか分からなかった。

「さあ、お別れです！」と彼はため息まじりに言った。

彼女は唐突に顔をあげた。

「ええ、お別れね……、お行きになって！」

二人は互いに歩み寄り、彼は手を差し伸べ、彼女は迷った。

「では、イギリス風〔頬にするキスの習慣の代わりに、握手することが、当時エレガントで自由に思われた〕にね」と彼女は言いながら、手をゆだね、つとめて笑顔になろうとした。

レオンは彼女の手を指のあいだに感じ、すると自分の全存在を成す本質そのものが、そのじっとりした手のひらのなかになだれ込むように思われた。

やがて彼は手をほどいたが、なおも二人の目は見つめ合っていて、彼は去った。

彼は市場の軒下にくると、立ちどまり、柱の陰に身を隠し、緑のよろい戸の四枚あるあの白い家を最後に見納めようと思った。部屋の窓の背後に人影が見えたような気がしたが、カーテンはまるでだれも触れていないかのように留め金からはずれ、斜めになった長い襞《ひだ》がゆっくり動くと思いきや、一挙にすべてを覆い、閉じたカーテンはまっすぐのまま、漆喰《しっくい》の壁よりもぴくりとも動かなかった。レオンは駆け出した。

遠くの路上に、主人の二輪馬車が見え、その傍らには粗い麻布の前掛《エプロン》けをした男が馬をおさえている。オメーとギヨーマン氏がともに立ち話をしていた。レオンを待っていたのだ。

「抱いてくれ」と薬剤師が目に涙をためて言った。「ほら、きみのパルトー、友よ、風邪を引かないように！　身体に気をつけて！　自分をいたわるように！」

「さあ、レオン、乗った！」と公証人が言った。

オメーは馬車の泥よけの上に身をかがめると、嗚咽《おえつ》にとぎれとぎれになった声で、悲しい言葉をはいた。

「無事でな！」

「それじゃ」とギヨーマン氏は答えた。「それっ！」

二人は出発し、オメーは引き返した。


ボヴァリー夫人は庭に面した窓を開けて、雲を眺めていた。

雲は西方のルーアンのあたりに寄り集まり、急速に黒い渦のようなものを巻いていたが、渦の背後から幾筋もの日射しが大きくもれて、まるで壁にかけた飾り武器の金の矢のようで、一方、空のほかの部分には何もなく、磁器のような白みを帯びていた。だが一陣の突風にポプラの木々が撓《しな》ったかと思うと、とつぜん雨が降りだし、緑の葉《は》叢《むら》にぱらぱらと音を立てて落ちた。やがて日射しがまた現れ、若鶏《わかどり》が鳴き、濡れた茂みで雀《すずめ》は羽ばたき、砂地に水たまりができ、流れながらアカシアの淡紅色の花を運び去った。

「ああ！　もうすでにあの人は遠くまで行っているだろう！」と彼女は考えた。

六時半になると、オメー氏はいつものように夕食の最中にやって来た。

「ところで」と彼は座りながら言った。「先ほどあの青年を見送りましたが」

「だそうですね！」と医者は答えた。

それから、椅子に座ったまま身体をそちらに向けて、

「で、お宅ではお変わりありませんか？」

「たいして。ただ、家内《かない》が昼過ぎからいくらか心を乱しましてな。女というのは、ご存知でしょうが、なんでもないことに取り乱しますからな！　特にうちのときたら！　それにそのことにいちいち腹を立ててもはじまらないですし、なにしろ女の神経組織は男よりはるかに影響されやすくできてますから」

「レオン君もかわいそうに、パリでどのように暮らしますかな？……パリの暮らしに慣れますかな？」とシャルルは言った。

ボヴァリー夫人はため息をついた。

「どうして、どうして！」と薬剤師は舌を鳴らして言った。「料理屋では、女をはべらせてパーティーでもしますな！　仮面舞踏会だ！　シャンパンだ！　なんだかんだうまく行きますすよ、間違いなく」

「あの青年が道を踏み外すとは思いませんね」とボヴァリーは反論した。

「わたしだって、そうは思いませんよ！」とオメー氏は素早く言葉を継いだ。「それでもまわりのほかの人たちに合わせる必要があるでしょうな、偽善者と思われたくなければ。自堕落な連中がカルチエ・ラタン〔パリの学生街〕で女優を相手にしてどんな暮らしを送っているか、ご存知ありませんな！　それに、パリでは学生はとても受けがいいときてます。少しでも愛想の言える才覚でもあれば、最上の社交界にも出入りができ、フォーブール・サン＝ジェルマン〔貴族たちが多く住む地区〕のご婦人のなかには、そういう学生に惚《ほ》れるものもいて、そうなればそのあと、じつにけっこうな婚姻をあげる機会も出てくるというわけですな」

「しかし」と医者が言った。「私がレオン君のために心配なのは……あそこでは……」

「ごもっともですな」と薬剤師はさえぎった。「物事には不快な裏面もありますから！　パリではしょっちゅう財布に手を当てていなければなりません。そんなわけで、あなたがどこかの公園にいらっしゃるとしますよ、すると知らない男が現れて、身なりもいいし、勲章の略綬《りゃくじゅ》さえつけていて、外交官か何かに見えますよ、その男が近づいてきて、話を交わし、巧みに取り入り、嗅《か》ぎ煙草を一服すすめるとか、帽子を拾ってくれるとかします。やがてもっと仲良くなると、カフェに連れて行ってくれたり、田舎の別荘に招待されたり、ほろ酔い加減で、いろんな人たちを紹介してくれますが、その四分の三は、まさしくこちらの財布をだまし取ろうという魂胆《こんたん》か、危険な道に引き込もうという魂胆ですな」

「そのとおり」とシャルルは答えた。「でも私の頭にあったのはとりわけ病気のことでして、たとえば田舎からきた学生がかかる腸チフスだとか」

エンマは震えあがった。

「原因は生活態度の変化と」と薬剤師はつづけた。「そこから全身組織に生じる変調ですな。それに、パリの水ときたら、ご承知の通り！　レストランで出す料理も、そこで何を食べても香辛料がききすぎで、しまいにはこちらの血が逆上《のぼ》せきってしまいますな、それに何と言っても、うまいポトフ〔牛肉と野菜を煮込んだ家庭料理〕にはかないませんよ。この私などは常に質素で質のよい料理を好んできましたが、そのほうが健康によいときている！　ですから、ルーアンで薬学を学んでいたときも、賄《まかな》い付きの寄宿舎に入って、教授連中と食事をともにしたものです」

だからこうして、オメーは一般的な意見と個人的な嗜好《しこう》を述べ立て、ジュスタンが卵の黄身入りホット・ミルクを作ってもらいたいと呼びに来るまでつづいた。

「いっときの休息もない！」とオメーは声を発した。「いつも鎖につながれている！

一分たりとも外出してはいられない！　農耕用の馬みたいに、血のにじむような努力をしなきゃならん！　貧乏の、頸環《くびわ》のしめつけることといったら！」

それから戸口まで来ると、

「ところで、情報をもうご存知ですかな？」と彼は言った。

「いったい何のことです？」

「つまりですな、どうやら」とオメーは、眉をつり上げじつに真面目《まじめ》な顔つきになってつづけた。「下《しも》セーヌ県の農業共進会が、今年はヨンヴィル＝ラベイで開かれるらしい。少なくとも、そういう噂《うわさ》が流布《るふ》してます。今朝の新聞も少し触れていましたがね。もしそうなれば、われわれの郡にとってはこれ以上ない重大事ですぞ！　まあ、今度またお話ししましょう。大丈夫、見えます、どうもありがとう、ジュスタンが角灯を持ってきておりますから」

7

翌日は、エンマにとって、気の滅入《めい》る一日となった。なにもかもを陰鬱《いんうつ》な雰囲気が包み、すべての事物の表面に漠然とただよっているように思われ、悲しみが穏やかなうめき声をあげて彼女の心に流れ込んできたが、それはまるで打ち捨てられた城に冬の風が吹き入るようだった。もはやもどらぬものを求める夢であり、ことが成されるたびごとに後から人を襲う倦怠《けんたい》であり、要するに、いかなる慣れた動きでも中断したり、つづいていた振動が急に停止したりすると人を見舞う苦痛だった。

ヴォビエサールから帰ってくると、カドリーユの曲が頭のなかでぐるぐる旋回していたように、彼女は陰鬱な憂愁を、麻痺《まひ》したような絶望を、抱いていた。レオンの姿がひときわ大きく、ひときわ美しく、ひときわ心地よくおぼろげに現れ、引き離されてはいても、彼は自分のもとを去らず、そこにいて、家の四方の壁が彼の影を守ってくれているように思われた。彼女はレオンが歩いた絨毯《じゅうたん》から目を離せず、彼が座っていたのにいまはだれも座っていない椅子《いす》からも、目が離せなかった。相変わらず川は流れ、滑りやすい土手に沿って小さな流れをゆっくりと押し進めていた。二人はその土手を何度も、つぶやくような同じ小波《さざなみ》の音を聞きながら、苔《こけ》むした砂利を踏んで散歩したことがあった。なんと快適な日射しを浴びたことだろう！　なんと楽しい午後のひとときを、二人きりで庭の奥の木陰で過ごしたことだろう！　あの人は帽子もかぶらず、乾燥した丸太の椅子に腰をかけて朗々と本を読んでいて、牧草地からの涼しい風が本のページを震わせ、青葉棚の金蓮花《キンレンカ》〔ノウゼンハレン科のつる状植物〕を揺らしていた……ああ！

人生の唯一《ゆいいつ》の魅力であり、唯一の幸福への希望の可能性だったのに、あの人は行ってしまった！　どうしてその幸福が現れたときにつかまなかったのか！　その幸福が逃げ去ろうとしたとき、なぜ両膝をついて、両手でしっかりと引きとどめなかったのだろう？　そうして彼女はレオンを愛さなかった自分を呪わしく思い、彼の唇を激しく求めた。走って彼のもとに行き、その腕に身を投げて、「わたしよ、このわたしはあなたのものよ！」と言ってやりたい気持にとらえられた。しかしエンマはこの企てを思うと、その難しさにあらかじめ足をとられ、欲望は心残りによってつのり、ますます激しくなるばかりだった。

だからレオンのこの思い出は、彼女の憂愁の中心となり、ロシアの草原《ステップ》の雪の上に旅人が残して行った焚《た》き火よりもなお勢いよく、ぱちぱちと爆《は》ぜた。彼女はそこに駆け寄っては、ぴったりとそばにうずくまり、思い出の火が消えかかるとこれをそっとかき立て、火をもっと燃え上がらせる縁《よすが》となるものをあたりに探しに行き、そして、どんなに遠いかすかな思い出も、どんなに手近な機会も、実感したことも想像したことも、散って消え去る官能に対する欲望も、枯れ枝のように風に折れる幸福の企ても、実りのない貞節も、挫折《ざせつ》した希望も、家庭から出る藁屑《わらくず》さえも、手当たりしだいに彼女はかき集め、何もかも手にとり、すべてをくべて、わが身のつらさを燃え立たせた。

それでも、燃やす糧《かて》じたいが尽きたのか、くべすぎたのか、炎は衰えた。恋心は相手が不在なので少しずつ消えて行き、未練は習慣の力に負けて消えてしまい、そして、彼女のうす曇りの天空を真っ赤に染めた恋の炎のきらめきは、さらに多くの影に覆われ、徐々に消えた。まどろむ意識のなかで、彼女は夫への嫌悪《けんお》を恋人へのあこがれと勘違いし、焼けつくような憎悪《ぞうお》を愛情の暖かさと取り違え、しかし、嵐《あらし》は相変わらず吹き荒れ、情熱は身を焼き尽くし灰となり、いかなる救いもやって来ず、日の光はどこからも射さなかったので、あたり一面、完璧《かんぺき》な闇となり、身を切る恐ろしい寒さのなかを彼女はさ迷いつづけた。

そうしてトストのころの耐えがたい日々がまたはじまった。いまのほうがはるかにもっと不幸だと思われたが、それというのも彼女には悲しみの経験があって、悲しみには終わりがないことを確信していたからだ。

こんなにも大きな犠牲を払った女であれば、気まぐれな望みを充たしたっていいじゃないか。彼女はゴチック風の祈禱台を買い、爪《つめ》をきれいにするために、ひと月に四十フランもレモンに使い、ルーアンに手紙を出して青いカシミアのドレスを求め、ルルーの店で最も美しいスカーフを選び、それを部屋着の上から腰のまわりに巻き、そして、窓のよろい戸を閉め、手に本を持って、そんな奇妙な身なりで長椅子に横たわったままでいた。

彼女はよく髪形を変え、ゆるくカールした髪を三つ編みにして中国風にするかと思えば、頭のサイドに分け目を入れ、髪は下方に撫《な》でつけ、男のようにした。

彼女はイタリア語を勉強しようと思い、辞書や文法書や多くの白い紙を買い込んだ。歴史書とか哲学書など堅い読み物を試したこともあった。夜中、ときどきシャルルは、患者のためにだれかが呼びに来たのだと思い、はっと目を覚ました。

「行くよ」と彼は口ごもりながら言った。

そしてそれは、エンマがランプを点《つ》けようとしてマッチをすった音だった。だが彼女の読書も、やりかけてどれも戸棚に詰め込んであるタペストリー刺繡《ししゅう》と同じことで、読み出しては、途中でやめ、またほかの読書に移るのだった。

彼女は発作を起こしたが、そうなると対応しだいで簡単に彼女はむちゃな振る舞いに出るのだった。ある日など、夫に突っかかり、大きなグラス半分くらいのブランデーなら飲んで見せると言い張り、シャルルが愚かにもできるものならやってみろとたきつけたので、彼女は最後までブランデーを飲み干してしまった。

見かけこそ軽率（これはヨンヴィルの主婦連中の言葉だが）な割りに、それでもエンマは愉快そうには見えず、いつも口の端に引《チ》きつ《ッ》り《ク》をとどめ、表情をこわばらせているが、これはオールド・ミスや失脚した野心家の顔を歪ませるものだ。全身に血の気がなく、リネンのように白く、鼻の皮膚は鼻孔のほうに引きつれ、こちらを見る視線も漠として定まらなかった。こめかみに三本の白髪を見つけたせいで、彼女は自分の老いを大いに口にした。

しばしば無気力に襲われた。ある日など、血を吐くと、シャルルは慌《あわ》てふためいて自分の不安を分からせようとするので、

「ふん、それがなんなの！　これがどうしたというのよ？」と彼女は答えた。

シャルルは診察室に逃げ込み、そして、事務用の肘掛《ひじかけ》椅子に腰を下ろし、机に両肘をついて泣き、それを骨相学用の髑髏《どくろ》が見下ろしていた。

そこで彼は母親に手紙を書いて、来てくれるように頼み、二人はエンマのことでいっしょに長いこと相談した。

なにしろ彼女がいかなる治療をも受け入れない以上、何をすることに決めたらいいのか？　どうしたらいいのか？

「お前の嫁に何をしてやったらいいのか、というのかね？」とボヴァリー老夫人は言葉を継いだ。「いやでも用事をさせることだろうね、手仕事でも！　ほかの多くの女みたいに、生活の糧を稼がなきゃならなくなれば、あんなふうに気分がすぐれないと

いうこともなくなるんだがね、仕事もしないで暮らして、頭のなかにいろんな考えを押し込んでおくからこんなことになるのさ」

「それでもエンマは忙しくしてますよ」とシャルルは言った。

「ああ！　忙しくしてるだと！　いったい何をしてさ？　どうせ小説やろくでもない本や信仰に反対する本の類《たぐい》だろう、ヴォルテールの言葉を引っぱってきて司祭さまを馬鹿《ばか》にするようなね。だけどあのまま行けば重大な結果を招きますよ、お前、信心を持たない者はきまってしまいには素行が悪くなるのさ」

そこで、断固、エンマに小説を読ませないことになった。この企てはたやすく行きそうには思えなかった。老夫人がこの役を引き受け、ルーアンを通ったついでに自ら貸本屋に寄って、エンマが予約購読をやめる旨《むね》を伝えることにしよう。それでも本屋がいつまでも害毒を流す商売をつづけるようなら、警察に通報する権利だってあるんじゃないか？

姑《しゅうとめ》と嫁の別れはつれなかった。二人が同じ屋根の下にいた三週間のあいだ、食卓で顔を合わすときとか夜の就寝前を別にすれば、ほとんどわずかしか言葉を交わさなかった。

ボヴァリー老夫人は水曜日に発ったが、それはヨンヴィルに市《いち》の立つ日だった。

広場は、朝から荷車の列でごったがえしていて、荷車はどれも尻《しり》もちをつき轅《ながえ》を宙にあげ、教会から旅館兼料理屋までの家々に沿って並んでいた。向かい側には、テント張りの屋台が出ていて、綿布や毛布やウールの靴下、それに馬につける端綱《はづな》〔馬の口につけて引く綱〕や大量の青いリボンを売っていたが、リボンの端が風にはためいていた。山に積まれた卵とべとべとした藁のはみ出たチーズ籠《かご》のあいだの地面には金物類が広げられ、麦扱《こ》き機のそばで、平籠に入れられた若鶏が鳴きながら籠目〔籠の編み目〕から首を突き出していた。人だかりは同じ場所にあふれ返り、動こうとせず、薬局の店先をときどきいまにも壊しそうだった。水曜日になると、薬局は客が引きも切らずつめかけ、それも薬を買うより診察を受けるためで、それくらいオメー氏の評判は近隣の村々では大したものだった。その揺るぎない落着きが、田舎の者たちの目をころりとくらませたのだ。連中はオメーをどんな医者より偉いと思っていた。

エンマは窓辺に肘を突き（そこによく身を置いたが、窓は田舎では劇場や遊歩道の代りになる）、ごった返す田舎の連中を面白がって眺めていて、そのとき緑のビロードのフロックコートを着た紳士を見かけた。この男は黄色い手袋をはめていたのに、丈夫そうなゲートル〔革やラシャなどで作った洋風の脚絆。筒状のもの、巻くものもある〕をつけていて、そして、一人の百姓を引き連れて医者の家のほうへやって来るが、百姓はうなだれ、じつに思慮ぶかそうな様子で歩いていた。

「先生にお目にかかれますかな？」と男はジュスタンに訊《たず》ねたのだが、ジュスタンは玄関先でフェリシテと油を売っていたのだ。

そして、ジュスタンをこの家の使用人と思い込んで、

「先生に、ラ・ユシェットのロドルフ・ブランジェが来ている、と言ってください」

この新しい客が自分の名前にラ・ユシェットのと付け加えたのは、自分の地所への見栄《みえ》からではなく、そう名乗ったほうがよく分かってもらえるからだった。ラ・ユシェットはじっさい、ヨンヴィル近くの所有地で、この男は最近そこの館《やかた》と二つの農地を買い込み、そうしながら道楽がてら自分で耕していた。独り身、少なくとも一万五千フランの年金収入！　があると思われていた。

シャルルは広間に入ってきた。ブランジェ氏は医者に下男を紹介したが、この下男が身体じゅうを蟻がはうように感じるので、瀉血《しゃけつ》してもらいたいという。

「そいつで血をきれいにしてくだせえ」と本人は言ったきり、どう言って聞かせても受けつけない。

そこでボヴァリーは包帯と血受けの容器を運んでくるよう命じ、ジュスタンに容器を持っていてくれるように頼んだ。そうして、すでに蒼白になっている村の男に言葉

をかけた。

「怖がらなくていいよ、君」

「どうして、どうして、とにかく進めてくだせえ」と相手は答えた。

そして、虚勢を張って、太い腕を差しだした。ランセット〔出血させるための細くとがっている刀〕の針を刺すと、血が噴きだし、鏡にはねかかった。

「容器を近づけて！」とシャルルは叫んだ。

「ほれ！」と百姓は言った。「まるでちっこい噴水みたいでねえか！　おれの血の赤《あけ》えこととといったら！　こいつはきっといいしるしにちげえねえ、でしょ？」

「ときに」と開業医は言葉を継いだ。「最初のうちは何も感じなくても、やがて失神がとつぜん起こることがある、特にこの男のように身体のがっしりした連中の場合には」

その言葉を聞くと、田舎の男は指でいじりまわしていた針のケースを手放した。肩がぎくしゃく動き、椅子の背がきしんだ。帽子が落ちた。

「そんなことだろうと思っていた」とボヴァリー！は言いながら、指で静脈を押さえた。

ジュスタンの手のなかで、容器が震えだしたかと思うと、その膝ががくがくとふらつき、顔から血の気が引いている。

「エンマ！　エンマ！」とシャルルは呼んだ。

一気に、彼女は階段を降りた。

「酢を頼む！」と彼は叫んだ。「ああ！　とんでもない、二人いっぺんだ！」

そして、シャルルは興奮していて、ガーゼを当てる手元が覚束《おぼつか》なかった。

「大したことありませんよ」とブランジェ氏は落ち着き払って言いながら、ジュスタンを抱きとめていた。

そしてジュスタンをテーブルに座らせると、背中を壁にもたせかけた。

ボヴァリー夫人はジュスタンのネクタイを外しはじめた。結び目がシャツの織り糸の畝《うね》にひっかかり、彼女はこの若者の首もとでほっそりした指先を数分間動かしつづけ、それから、自分のバチスト〔細糸で平織りした上等な白麻や木綿地〕のハンカチに酢をたらし、それで若者のこめかみを少しずつ湿らせ、その上にそっと息を吹きかけた。

荷車引きは意識がもどったが、ジュスタンの失神はまだつづいていて、瞳《ひとみ》は、まるで牛乳のなかに青い花が沈むように艶《つや》のない白目のほうに行って見えなくなっていた。

「そいつをジュスタンに見せちゃいけない」とシャルルは言った。

ボヴァリー夫人は血を受けた容器を取った。それをテーブルの下に隠そうとして、身をかがめながら行なった動作で、彼女のドレス（それはスカートの部分がゆったりした丈の長い、フリルの四段ついた黄色のサマー・ドレス）で、それが広間のタイル張りの床の上で周囲にふわりと広がり、――そして、かがみこんだエンマが両手を広げながらちょっとよろめくと、上身頃《うわみごろ》のひねりに応じて、ところどころでふくらんだ生地がつぶれた。それから彼女は水差しを取りに行き、砂糖のかたまりを水に溶かしているときに、薬剤師が到着した。女中がどさくさの最中に呼びに行ったのだが、自分のところの見習いが目を開けているのが目に入ると、薬剤師はほっと一息入れた。それからそのまわりをぐるぐるめぐりながら、頭のてっぺんから足の先まで眺めわたして、「ばか者！」と薬剤師は言った。「ばかなやつだ、ほんとうに！　文字通りのばかだ！　いずれにしても、静脈切開《フレボトミ》を見たくらいで、大したざまだ！　怖いものなど何もない元気な男なのに！　ご覧のとおり、目もくらむような高い木にのぼって枝を揺すって胡桃《くるみ》を落とすリスみたいなやつなのに。ああ！　そうさ、触れまわって、自慢するがいい！　これから薬屋をやって行くのに申し分のない素質を見せてくれたもんだ、なにしろ重大な事件になると法廷に呼び出されることもあって、裁判官の良心を晴れやかにしなければならない、そして、それでも冷静さを失わず、筋道の通った考えを述べ、男である姿を見せなければなるまい、さもないと間抜けとみなされちまうぞ！」

ジュスタンは答えなかった。薬剤師はなおもつづけた。

「お前はだれに頼まれてここにいるのか？　いつも先生と奥さまに迷惑ばかりかけおって！　おまけに水曜日には、いつにもましてお前がいてくれなきゃ困るのに。いまも店には二十人からの客がいる。なにもかもうっちゃってきたのも、お前に目をかけていればこそだぞ。さあ、行った！　走って行け！　わしの帰るのを待っていろ、薬瓶の番でもしていろ！」

ジュスタンが服装を直して、出てゆくと、しばらく失神の話になった。ボヴァリー夫人には一度も経験がなかった。

「それはご婦人にはじつにまれなことですね！」とブランジェ氏は言った。「もっとも、とても繊細な男もいます。そういえば、決闘の介添え人でしたが、ピストルに弾《たま》をこめる音を聞いただけで意識を失ったのを目にしましたよ」

「私も」と薬剤師は言った。「他人の血を見るぶんにはまったくなんでもありませんがね、自分の血が流れると思っただけで、くらくらっときますな、考えすぎでしょうが」

そのあいだにブランジェ氏は、蟻がはうという幻覚もこれで終わりだから安心するよう使用人に言って聞かせ、これを先に帰した。

「あれの幻覚のおかげで、光栄にもお近づきになれました」と付け加えた。

そしてそう言っているあいだ、彼はエンマを見つめていた。

それから、テーブルの隅に三フラン置くと、彼は無造作に一礼して立ち去った。

彼はやがて川の反対側へ渡って行き（それがラ・ユシェットへ帰る道筋だった）、
そして、エンマは牧草地のポプラの下を歩いているその姿を見かけたが、もの思いにふける人のように、ときどき歩みをゆるめるのだった。

「かわいい女《ひと》だ！」と彼は考えていた。「じつにかわいい、あの医者の妻は！　きれいな歯並びに、黒い目、こぎれいな足、物腰はまるでパリの女だ。いったいどういう出なのか？　まったくどこで見つけてきたのだろう、あのもっさりした男が？」

ロドルフ・ブランジェ氏は三十四歳で、人もはばからない気性で、頭も切れるし、加えて女性関係も盛んだったので、女にかけてはじつに目が肥《こ》えていた。そういう男の目に、彼女は美人と映り、そうしてエンマのことに思いをはせ、夫のことまで考えたのだ。

「あの亭主はじつに愚かだ。きっと彼女はうんざりしているだろう。医者は汚い爪をしていて、三日も剃《そ》らないひげをはやしている。医者が馬を走らせて患者のもとに行っているあいだ、彼女は家にいて靴下でもつくろっている。そして退屈する！　都会に住んで、毎晩でもポルカを踊りたいだろう！　気の毒なかわいい女！　キッチンテーブルに載っているのに水を求めて口をぱくつかせる鯉《こい》のように、あいつは恋を切望している。甘い言葉を少しかけてやれば、こっちに惚《ほ》れるのは間違いない！　きっと柔らかいだろうな！　すてきだろうな！……そうだ、そのあとどう縁を切るかな？」

そこで、快楽にともなう煩雑《はんざつ》さをちらっと将来に思い描くと、逆に、愛人のことが思い浮かんだ。ルーアンの女優をかこっていて、そして、その姿に足をとめているうちに、思い出としてさえ、うんざりしてきたのだ。

「ああ！　ボヴァリー夫人」と彼は考えた。「こっちのほうがずっと美人だ、なんといっても新鮮だ。たしかに、ヴィルジニーのやつは太りすぎてきた。ああいちゃつかれては面倒でやりきれない。それに、そもそも、あのテナガエビへの偏愛《マニア》ぶりときたら！」

野面《のづら》に人の姿はなく、ロドルフの周囲に聞こえるのは、靴にあたる草の規則正しい音と、はるか燕麦《えんばく》畑に潜んでいるコオロギの鳴き声だけで、彼は、先ほど見た通りの服をまとって広間にいるエンマを思い描き、その服を脱がしてみた。

「ああ！　手に入れるぞ！」と彼は叫びながら、ステッキで突いて、目の前の土塊《つちくれ》を押し崩した。

そしてただちに彼はこの企ての駆け引きの部分を検討した。こう自問していた。

「どこで会おう？　どうやって？　いつも子供を引き受けているだろうし、女中がいる、隣近所や夫の目もある、なんだかんだ相当の煩《わずら》わしさがあるぞ。ああ、そうか！　時間がかかりすぎるな！」と彼は口にした。

　それからまたやり直した。

「それにしてもなにしろ彼女の目が錐《きり》のようにこの心臓に突き刺さっているからな。それにあの青白い顔の色ときたら！……このおれは、青白い女には目がないのだ！」

　アルグイユの丘の頂まで来ると、決心がついた。

「あとは好機を探すばかりだ。それでは、ときどきあの家に寄ろう、猟の獲物やうちの鶏をとどけよう、必要なら、瀉血をしてもらおう、仲良くなって、うちにも招待しよう……ああ！　そのとおり！」と彼は付け加えた。「間もなく共進会がある、彼女も来るだろうから、会えるぞ。そうしてはじめるとしよう、それも大胆に、なにしろ女はこの手にかぎるからな」

8

例の「共進会」がたしかにやって来た！　朝になるとすぐに、住人たちは戸口に総出で、式典の準備について話し合い、役場のペディメント〔建物上部や出入り口の上に取りつけられた三角形の切妻部分〕をキヅタで飾り、牧草地に祝宴のためのテントを張り、教会の前の広場の中央には、一種の旧砲が置かれていて、知事閣下の到着を知らせたり、賞を受ける農民の名前を呼んだりする合図に、大砲を撃って知らせることになっていた。ビュシーの国民軍〔大革命時に市民によって自衛のために組織された軍隊で、主に治安維持にあたり、パリ・コミューンまで全国的に設けられた〕が（ヨンヴィルにはなかったので）来て、ビネーの率いる消防団に加わっていた。その日、ビネーはいつもより高いカラーをつけていて、そして、詰襟《つめえり》の略式軍服を着て強く締めつけられ、その上半身はしゃちほこばって固まっていたので、身体《からだ》じゅうの生ある部分はすべてその二本の足に下降してしまったように見え、その二本の足が規則正しいリズムで上げられ、足踏みが刻まれると、たった一つの動きとなった。収税吏と国民軍の隊長のあいだには対抗心があったので、互いに自分の手腕を見せつけようとして、別々に部下を操っていた。交互に、赤い肩章《けんしょう》〔消防隊〕と黒い胸当て〔国民軍〕が行ったり来たりするのが見られた。それは終わる様子もなく、いつまでも繰り返された！　こんな盛大な展開はこれまでなかった！　前の日から家の外観を洗う住人が何人もいて、三色旗が半開きの窓から垂れ、どの居酒屋も満員で、そして、おりからの晴天に、糊《のり》のきいた縁なし帽や金の十字架や色物のスカーフが雪よりもまっさらに見え、明るい日の光を浴びてきらめき、そのさまざまでとりどりの色がフロックコートや青い仕事着のくすんだ単調さを引き立てていた。近隣の農家の女たちは、馬から降りると、跳《は》ねで汚れるといけないので、服の裾《すそ》をめくって胴のまわりに止めておいた大きなピンをはずし、そして、亭主たちは反対に、帽子を気づかって、その上にハンカチをかぶせ、その端を口にくわえていた。

群集は村のどちら側の端からも大通りに到着した。路地からも、小路からも、家々からも、人がはき出され、麻の手袋をした村の奥さん連中が祝典の様子を見ようと出てくると、そのうしろで戸口のノッカーのまたおりる音がときどき聞こえた。なかでも目を見張ったのは、お偉方たちが上がることになる壇をはさんでいる二つの大きな三角形の台で、そこには提灯《ちょうちん》がたくさん付いていて、そして、役場の四本の柱にはさらに、四本の竿《さお》のようなものが立てかけてあり、それぞれ金文字の書き込まれた緑がかった布の小さな旗がついていた。その一つには「商業のために」、もう一つには「農業のために」、三つ目には「工業のために」、四つ目には「芸術のために」と読めた。

だが歓《よろこ》びにどの顔も晴れやかになっているのに、旅館兼料理屋の女将《おかみ》ルフランソワの表情は暗くなっているようだった。勝手口の段に立って、顎《あご》に埋まるようにぶつぶつ言っていた。

「何て馬鹿なんだい！　布のバラックなんかこさえて、何て馬鹿なんだろうね！　あんなところで知事さんが食事して歓ぶとでも思ってるのかね、旅回りの芸人じゃあるまいし？　こんな迷惑を招いておいて、村のためになるとでもいうのかね！　こういうことなら、わざわざヌーシャテルから下手くそな料理人なんて呼んでくるには及ばなかったんだよ！　それにいったいだれが食べるのさ？　どうせ牛飼いの連中に貧乏人たちだろ！……」

薬剤師が通りかかった。黒の燕尾服《えんびふく》に南京木綿のズボン、ビーバー皮の靴、どういう風の吹き回しか帽子——それも山の低い帽子を身につけている。

「それでは失礼しますぞ」と彼は言った。「すみませんな、急ぐので」

そして太った寡婦《やもめ》がどちらへと訊《き》くと、

「妙に思われるでしょうな、それもチーズのなかにこもる寓話《ぐうわ》のお人よしのネズミ〔ラ・フォンテーヌの『寓話』第七巻第三寓話「浮世を捨てた鼠」参照〕以上に、いつも調剤室に閉じこもりっきりの私ですからな」

「どんなチーズ？」と女将は訊ねた。

「いや、なんでもない！　なんでもないんだ！」とオメーは繰り返した。「ルフランソワの奥さん、ただ、私がいつもうちに閉じこもりっきりだということを言いたかっただけさ。しかし今日は、状況が状況だからそうもしてはいられない……」

「ああ！　あそこに行くの？」と女将は軽蔑《けいべつ》したように言った。

「ええ、行きますよ」と薬剤師はびっくりして言葉を返した。「なんせこちらも審査委員のはしくれですからな」

ルフランソワの女将はしばらく彼をじっと見ていたが、ついに微笑《ほほえ》みながらこう答えた。

「それはまた別の話ですよ！　だけどどうして畑仕事があなたに関係あるんです？　いったいそんなことにまで通じているんですか？」

「もちろん、通じておるよ、なにしろ私は薬剤師だよ、ということはつまり化学者さ！　で、化学は、ルフランソワの女将、自然界のあらゆる物体の相互的な分子作用についての知識を対象としているので、農業は当然この化学の分野にふくまれるということになる！　それに、じっさい、肥料の成分、液体の発酵、ガスの分析、瘴気《しょうき》の影響、これらみな、純然たる化学の対象でないとしたら、いったい何なのか、お訊きしたいですな」

女将は何も答えなかった。オメーはつづけた。

「農学者になるには、自ら土を耕したり鶏を飼う必要があると思ってはいませんかな？　ところがむしろ知らなければならないのは、問題となる物質の組成であり、地質学的にみた鉱脈であり、大気の作用であり、土壌や鉱物や水の質であり、さまざまな物体の比重や毛細管現象なのです！　ほかにもいろいろです。それに、衛生学の基礎知識を完全に身につけなければ、建物の建設や動物の食餌《しょくじ》や使用人の栄養摂取を指導し、批判することはできませんぞ！　ルフランソワの女将、まだ必要ですぞ、植物学も熟知しなければならないし、いいですか、植物が識別できなくてはね、どれが健康によいか有毒か、どれが無用で、どれが滋養に富むか、こちらは引っこ抜いてよし、あちらは種をまき直すべし、これは殖《ふ》やし、あれは絶やすべし、とね、つまり、小冊子《パンフレット》や新聞雑誌を通して科学の最新の情報を把握しなければならないし、常に動ける準備をしていなければならないわけさ、さまざまな改良点を指示するにはね……」

女将は「カフェ・フランセ」の店先から目を離さず、薬剤師はさらにつづけた。

「われらが農民たちが化学者であり、少なくとも、もっと科学の助言に耳を傾けますように！　そんなわけでこの私は、最近すぐれた小冊子を書いたのですよ、七十二ページもある研究報告で、題して『シードル酒について、その製造と効用、およびこの問題に関する若干の新考察』というもので、これをルーアンの「農学協会」に送ったのさ。その結果、光栄にも農業部門の果樹園芸類の会員に迎えいれられたという次第で、それで、もし私の著作が公刊されていたならば……」

だが薬剤師はそこで中断したのだが、それほどルフランソワの女将はほかに気を取られているように見えた。

「まったくあの連中を見てごらんよ！」と女将は言った。「まったく分かっちゃいない！　あんな安食堂なのに！」

そして、肩をすくめると、ニットの服の編み目が胸のところで引っぱられたが、彼女はそのとき歌声のもれてくる商売がたきの居酒屋を両手で指した。

「もっとも、あの店はもう長いことはない」と女将は言い添えた。「一週間もしないうちに、なにもかも終わりさ」

オメーは唖然《あぜん》として後ずさりした。女将は三段ほど降りて、彼の耳もとでささやいた。

「なんとまあ！　知らないのかい？　あいつは今週中に差し押さえを食らうんだよ。ルルーがあの店を競売にかけるんだ。ルルーが借金の手形を突きつけて、葬《ほうむ》ったのさ」

「なんて背筋が寒くなるような破局だろう！」と薬剤師は叫んだが、この男はいつも、想像しうるかぎりのどんな状況にもふさわしい表現を持ち合わせていた。

そうして女将は、ギヨーマン氏の使用人のテオドールから聞いたこの話を薬剤師にしゃべりはじめたが、彼女はテリエをひどく嫌っていたのに、ルルーを非難した。あいつは口のうまいやつで、媚《こ》びへつらう男だよ。

「ああ！　ほら」と女将は言った。「噂の当人が市場の軒下にいますよ。ボヴァリーの奥さんに挨拶《あいさつ》している。奥さんは緑の帽子なんかかぶっている。ブランジェさんと腕まで組んでいる」

「ボヴァリーの奥さんだ！」とオメーは言った。「急いで行って挨拶してこよう。仕切りのなかの役場正面の列柱の下に席をとってあげたら、おそらく歓ばれるだろう」

そして、もっと詳しく話を聞かせたくてしきりに呼びもどすルフランソワの女将には耳もかさず、薬剤師は急ぎ足で遠ざかり、口元に笑みを浮かべ、堂々とした姿勢で、右や左に会釈《えしゃく》を振りまき、黒い燕尾服の大きな裾を風にうしろへとはためかせ、広い空間をふさいでいた。

ロドルフは、遠くにオメーの姿を見かけて足を速めたが、ボヴァリー夫人が息切れすると、それで速度をゆるめ、微笑みながら取り付く島もなく言った。

「あの太っちょの男を避けるためですよ、ね、あの薬屋を」

彼女はロドルフを肘でつついて合図した。

「なんの意味だろう？」と彼は自問した。

そして彼は歩きつづけながら横目でエンマをうかがった。

彼女の横顔は落ち着いているので、何も読み取れなかった。その顔は楕円の鍔《つば》広の帽子から、はっきり分かるほどくっきりと浮き出ていて、帽子を顎に結ぶ色の薄いリボンは葦《あし》の葉のようだった。目は、反り返った長いまつげの下で前方を見つめ、大きく見開かれてはいたものの、頬骨にかけていくらか細くなっているように見え、それはどうやら肌理《きめ》の細かいその肌の下で血液が静かに脈打っているせいだと思われた。鼻孔の仕切りにバラ色が染《し》み込んでいるようだった。彼女は片方の肩のほうに首をかしげていたが、唇のあいだからのぞく白い歯の先は真珠のように艶《つや》やかに見えた。

「おれをからかっているのだろうか？」とロドルフは考えた。

しかしながらそのエンマの仕草は警告にすぎず、というのもルルー氏が二人についてきていたからで、この男はときどき二人に話しかけてきて、会話に入りたそうにしていた。

「絶好の日和《ひより》になりましたな！　こぞって出てきますぞ！　東からの風ですな」

そしてボヴァリー夫人もロドルフもほとんどこれに応じないでいると、ルルーは二人がどんなにわずかな動きを見せても、「え、なんとおっしゃいました？」と言いながら近づいてきて、帽子に手をやった。

蹄鉄工《かじや》の家の前まで来ると、道をそのまま進んで柵《さく》のところまで行かずに、ロドルフはとつぜん、ボヴァリー夫人を引っぱって小道に入り、こう叫んだ。

「ルルーさん、これで！　さようなら！」

「見事に追い返したわね！」と彼女は笑いながら言った。

「どうして」と彼は言葉を継いだ。「余計な連中に割り込ませることがありましょう、なにしろ今日は、うれしくも奥さんとごいっしょできるというのに……」

エンマは赤くなった。彼はいまの言葉を最後まで言わなかった。そうして口にしたのは、天気のよいことや草の上を歩くのは楽しいということだった。ヒナギクが生えていた。

「ほら、きれいなヒナギクが」と彼は言った。「この村のすべての恋する乙女に恋占いができるくらいありますね」

彼は付け加えた。

「摘みましょうか。いかがです？」
「あなた、恋をしてらっしゃいますの？」と彼女は少し咳《せ》き込みながら言った。
「えっ！　まあ！　おそらく？」とロドルフは答えた。

牧草地が人で埋まりはじめ、おかみさん連中は大きな傘や籠《かご》を提げ子供を連れながら人にぶつかっていた。しょっちゅう田舎の女たちの長い列が通るので歩きを中断しなければならなかったが、それは女中をしている連中で、青い靴下に平底靴を履き、銀の指輪をはめ、そばを通ると乳臭かった。この女たちは手をつなぎながら歩き、そうやってポプラの並木から祝宴のテントまで、牧草地の縦いっぱいに延びていた。だが審査のはじまるころあいとなり、百姓たちは次から次へと馬場みたいなところに入って行ったが、そこには棒杭《ぼうぐい》に長い縄が張られていた。

家畜はそこにいて、張られた縄のほうに鼻面《はなづら》を向け、不揃《ふぞろ》いな臀《しり》を雑然と一列に並べていた。豚たちはまどろんで鼻先を地面に突っ込み、子牛たちは鳴き、雌羊たちはめえと鳴き、雌牛たちは片膝を折って腹を芝生に横たえ、ゆっくりと反芻《はんすう》しながら、重たそうなまぶたを開け閉めし、そのまわりの上方で、羽虫がぶんぶんいっている。種馬たちは後肢《あとあし》で立ちあがり、雌馬のほうへ鼻息も荒くいななくので、その端綱《はづな》を、荷車引きたちは腕をまくって抑えにかかる。雌馬たちはおとなしく、首を伸ばし、たてがみが垂れ、一方で子馬たちはその傍らで体を休め、あるいはときどきそばにきては乳を吸い、そして、ぎっしりつめこまれた動物の体という体が長いうねりとなり、その上に、白いたてがみが風に煽《あお》られて波のように持ち上がり、あるいはとがった角が突き出たり、人間の頭がひょこひょこ動いたりするのが見えた。囲いの外の百歩ばかり先には、一頭だけ離れて大きな黒い雄牛がいて、口籠《くつこ》をはめられ、鉄の鼻輪を通され、青銅《ブロンズ》でできた動物《おきもの》みたいにぴくりとも動かなかった。ぼろを着た子供がその牛の綱を握っていた。

そうしているうちに、二列に並んだ家畜のあいだを審査員たちが重い足どりで進んできて、一頭一頭を吟味し、それから小声で相談し合っていた。最も偉そうに見えるそのなかの一人が、歩きながら、手帳になにかを書きとめている。それが審査委員長のドロズレ・ド・ラ・パンヴィル氏だった。彼はロドルフに気づくや、素早く歩み寄ってきて、愛想よく笑いかけながら言った。

「おやおや、ブランジェさん、われわれをお見限りですかな?」

ロドルフは、これからうかがいますよと言い張った。だが委員長の姿が見えなくなると、

「行きませんとも」と言葉を継いだ。「行くもんですか、奥さんといっしょのほう

が、あいつらといるよりはるかに大切ですよ」

そしてロドルフは、共進会を気にもとめないと言いながら、気ままにめぐろうとして、憲兵に通行証を見せたり、何か見事な出品の前ではときに立ちどまりさえしたが、そうしたものにボヴァリー夫人はほとんど感心しなかった。彼はそのことに気づくと、そこでヨンヴィルのご婦人連中の装《よそお》いについて冷やかしはじめ、それから自身の無造作な身なりをわびた。その身なりは、粗野なものと洗練されたものがちぐはぐに合わされていて、そこに庶民であればたいてい、突飛な生活のあらわれや感情の混乱や芸術の強い影響力を垣間見《かいまみ》たり、常に社会習慣に対するある種の軽蔑を認めた気になって、そのことで魅せられたり、あるいは激怒するのだ。そんなわけで、彼のチョッキはグレーの太綾織の綿〔マットレスやズックや作業着などの素材〕で、そのあいだから、バチスト地のシャツが風しだいでふくらみ、シャツの袖には襞《プリーツ》が入り、くるぶしのところで、太い縞《しま》のズボンから南京木綿のブーツが見え、つま先だけエナメル革が張られていた。つま先は光沢があるので、草がそこに映るほどだった。彼は片手を上着のポケットに突っ込み、麦藁帽子を斜めにかぶり、その靴で馬糞《ばふん》を踏んで行った。

「もっとも」と彼は言い添えた。「こんな田舎に住んでいては……」

「何をやっても徒労に終わる」とエンマが言った。

「その通りです！」とロドルフは答えた。「考えてもください、このあたりの善良な連中にはだれひとり服装の良《よ》し悪《あ》しが分かるのがいないのですよ！」

そうして二人が語ったのは、田舎の凡庸さであり、田舎の息苦しい生活であり、田舎に埋もれて失われてゆく夢だった。

「ですから」とロドルフは言った。「私はわびしい気持にはまってゆくのです……」

「あなたが！」と彼女は驚いて言った。「でも、とても陽気な方とばかり思っておりましたのに」

「ああ！　うわべを見れば、そうかもしれません、なにしろ世間にあっては、冷やかし好きの仮面を顔につける術《すべ》を心得ておりますが、そしてそれでも、月の光に照らされた墓地を見ますと、何度、あそこに眠っている連中に加わったほうがましなのではないか、と自問したことでしょう……」

「ああ！　でもお友だちは？」と彼女は言った。「お友だちのことをお考えに入れてませんわ」

「友だち、ですか？　いったいだれが？　私に友だちがいるでしょうか？　だれが私のことなど気にかけてくれますか？」

そして彼はこの最後の言葉につづけて、口笛のような音を唇のあいだから発した。

しかし二人は、背後から一人の男が椅子をたくさん積み重ねて抱えてきたので、左右に分かれて道を譲らなければならなかった。椅子を積みすぎているので、木靴の先といっぱいに伸ばした両方の腕先しか見えなかった。これは墓掘り人のレスチブードワで、教会の椅子を群衆のなかへと運んでいるのだった。自分の利益にかけては頭がはたらく男なので、共進会を利用する新たな手を見つけていて、そして、その思いつきはまんまと当たり、なにしろ引く手あまたで応じきれないくらいだった。じっさい、村人たちは暑いので、香《こう》の匂《にお》いのする藁をつめた椅子を奪い合い、大ロウソクの蠟《ろう》が垂れて汚れたごつい背もたれに、ある種のうやうやしさをもって寄りかかった。

ボヴァリー夫人はまたロドルフの腕を取ると、彼はまるで自分自身に言い聞かせるかのように語りつづけた。

「ええ！　多くのものが私には欠けています！　いつもひとりきりだった！　ああ！　もし私がこの人生に目的を持てていたら、もし私が愛情に出会えていたら、もし私がだれかを見いだしていたら……ああ！　だとしたら、私はこの身に可能なかぎりのありったけの力を費やしていただろうし、なにがあっても乗り越え、なにもかも打ち砕いていたことでしょう！」

「でも」とエンマは言った。「あなたには気の毒なところなんてほとんどないように見えますけれど」

「ああ！　そうお思いですか？」とロドルフは言った。

「だって、それでも……」と彼女はつづけた。「自由でいらっしゃる」

彼女は言いよどんだ。

「お金持ちですもの」

「からかうのはよしてください」と彼は答えた。

そして、自分は絶対にからかってなどいない、と彼女は言い、そこに砲声が一発ととどろき、たちまち人びとはごちゃごちゃになりながら村のほうに殺到した。

誤って撃たれた大砲だった。知事閣下は到着せず、審査委員たちは式をはじめたものか、さらに待ったものか分からず、ひどく困惑していた。

ようやく、広場の奥に一台のランドー型の貸馬車〔幌の前半部と後半部が別々に開閉し向き合った座席の四輪馬車〕が見え、痩《や》せこけた二頭の馬に引かれていたが、白い帽子をかぶった御者がこれを力いっぱい鞭打《むちう》っていた。ビネーはすかさず「銃をとれ！」と叫ぶと、国民軍の隊長もこれにならった。いっせいに叉銃《さじゅう》〔休止などを取る際、銃を三挺ずつ三角錐状に立てかけること〕のほうに駆け出した。みなが突進した。カラーをつけ忘れた者も何人かいた。だが知事の馬車はこの混乱ぶりを察知したかのようで、連結された二頭の駄馬が馬具と轅《ながえ》を結ぶ小さな鎖につながれたまま体を左右に揺すりながら、小刻みに跑《だく》〔トロットのこと〕を踏んで役場の列柱の前に到着したちょうどそのとき、国民軍と消防団がそこに意気揚々と行進してきて、太鼓を打ち鳴らし、止まるところだった。

「足踏み！」とビネーが叫んだ。

「止まれ」と隊長が叫んだ。「隊列、左向け！」

そうして、銃身固定環〔十九世紀に用いられた銃身と銃床を連結した環〕のがちゃがちゃいう音が広がり、銅の鍋《なべ》が階段から転げ落ちたように響いて捧《ささ》げ銃《つつ》の姿勢になってから、すべての銃がふたたびおろされた。

そのとき、銀の縁どりをした短い燕尾服を着た紳士が馬車から降りるのが見えたが、後頭部にひと房残して額はずっと禿《は》げあがり、顔色は青白く、じつに温厚に見えた。その二つの目はとても大きく、厚ぼったいまぶたに覆《おお》われ、群衆をよく見ようとしてほとんど細く閉じられ、同時に尖《とが》った鼻を上に向け、微笑むと口元がすぼんだ。肩から腰にかけた綬《じゅ》で村長だと分かると、男は、知事閣下は来ることができないと村長に説明した。自分は県の参事官である、それから男はいくらか弁解を付け加えた。チュヴァッシュは敬意を表してこれに応《こた》えると、相手は恐縮だと言い、そして、二人はそうやって顔と顔を突き合わせ、ほとんど額も触れんばかりとなり、まわりを審査委員たちや村会議員や有力者や国民軍や群衆にすっかり取り巻かれた。参事官は小さな黒い三角帽を胸にあてがい、繰り返し挨拶を述べれば、一方でチュヴァッシュは弓みたいに腰を曲げ同じく微笑み、口ごもりながら、言葉を探し、王政〔ルイ＝フィリップの七月王政〕への忠誠を誓い、このたびヨンヴィルに与えられた栄誉に礼を述べた。

旅館の下働きのイポリットが来て、御者から馬の馬勒《ばろく》〔馬の頭部につける馬具の総称〕を受け取り、湾曲した足を引きずりながら「金獅子」の玄関先に導くと、大勢の百姓が馬車を見ようと群がった。太鼓が鳴り、旧砲がとどろき、お歴々は一列になって壇上に上がり、チュヴァッシュ夫人の貸した赤いビロードの肘掛椅子《ひじかけいす》に着席した。

この連中はみな似かよっていた。その淡い黄色の顔はしまりなく、少し日焼けして甘いシードルの色合いになり、ふくらんだ頰ひげが大きな堅いカラーからはみだし、これ見よがしに花結びにされた白いネクタイがそのカラーを保っていた。チョッキはどれもビロードで、折り返しの付いたダブルで、どの時計も長いリボンの先に、紅玉髄《カーネリアン》でできた楕円《だえん》の印章かなにかをつけていて、そして、だれもが二つの腿《もも》の上に両手をのせ、ズボンの股《また》をきちんと広げ、仕上げ加工のとれていないズボンの布地は頑丈な長靴《ブーツ》の革よりもてかてかと輝いていた。

良家のご婦人方はその後方の、玄関広間の円柱のあいだにいたが、一方、一般の群衆はその向かいにいて、立っていたり椅子に腰かけていたりした。じっさい、レスチブードワが牧草地からすべての椅子を運び出してそこに持ってきたのだが、それでも彼はひっきりなしに駆けては教会に別の椅子を取りに行き、その商いのためにひどい混乱を惹《ひ》き起こしたので、壇へ上る小さな階段のところにまで達するのも一苦労だった。

「私、思いますに」とルルー氏が（自分の席に行こうとして通りかかった薬剤師に向かって）言った。「あそこにヴェネツィアにあるような旗竿《はたざお》をもう二本ばかり突き刺すべきでしたな、最新柄の生地かなにか少し厳粛で豊かなものを添えると、ぐっと引き立つ眺めになるのですが」

「たしかに」とオメーは答えた。「でも仕方ないじゃありませんか！　すべてを独断で取り仕切ったのが村長ですからな。かわいそうにあのチュヴァッシュは大したセンスも持ち合わせていませんし、ましてや芸術の才っていうやつはからっきしありませんな」

そのあいだにロドルフとエンマは役場の二階の会議室に上がっていて、そこに人がいないので、くつろいで見物としゃれ込むにはもってこいだと彼は言った。彼は国王の胸像の下にある楕円のテーブルの周囲から背もたれのない椅子を三脚もってきて、それを窓の一つに近づけて並べ、肩を並べて腰を下ろした。

壇上にざわめきが生じ、長いひそひそ話となり、話し合いがなされた。ようやく、参事官が立ち上がった。いまでは参事官がリューヴァンという名であることが分かって、群衆のなかを次から次へとその名前が繰り返し伝えられた。彼はそうして数枚の紙を確かめると、よく見えるようにその上に視線を押し付けるようにして、読みはじめた。

《諸君、

まず最初にお許しいただきたいのは（本日の会合の意図についてお話するに先立ち、みなさま全員とこの考えを同じくしていると私は確信しておりますが）、そのお許しいただきたいと申しますのは、言うなれば、上部省庁に、政府に、君主に、われらが支配者に、そして最愛の国王に報いることであり、諸君、その国王におかれましては、公共の繁栄と個々の繁栄のいかなる部門をも心に留めていただき、かくも揺るぎなく賢明なる手をもって、嵐《あらし》逆巻く荒海の絶えざる危難にある国家という車の舵《かじ》をかかるときに執《と》られ、その上、平和も、戦争も、工業も、商業も、農業も、芸術までも国民に尊重させる術《すべ》をお持ちなのです》

「ほんの少し」とロドルフは言った。「後ろへさがらなくては」

「どうしてですの？」とエンマは言った。

しかしそのとき、参事官の声の調子が異常なほど高まった。参事官は朗々と述べた。

《諸君、いまや市民の反目がわれらの広場を血に染める時代は去り、所有者や卸売商や労働者自身が、夜、平和な眠りに就くと、とつぜん火災の警報の音に夢やぶられて怯《おび》える時代は去り、この上なく秩序を破壊しようとする主義主張が大胆にも社会基盤を覆《くつがえ》そうとした時代は去ったのであります……》

「つまり」とロドルフは言葉を継いだ。「下からこっちが見られるかもしれないからですよ、そうなったら二週間も言い訳をしてまわる破目になるでしょうね、それに、私の評判の悪いことといったら……」

「あら！　ご自分でご自分のことを悪く言っているだけですわ」とエンマは言った。

「いや、いや、誓って、最悪ですよ」

《しかし、諸君》と参事官はつづけた。《こうした暗澹《あんたん》たる光景から記憶を遠ざけて、この目を麗《うるわ》しの祖国の現状に転ずるとき、いったいそこに吾人《ごじん》は何を見るでありましょうか？　いたるところ商業と技芸の花が咲き誇り、いたるところ新たな交通路が、この国家という体を新たな動脈のごとくかけめぐり、そこに新たな関係を築いております。われらが製造業の大いなる中心地はふたたび活動を開始し、宗教はさらに揺るぎなく、万人の心に微笑んでいます。われらが港湾も船舶に充《み》ち、国民の信頼も回復し、ついにフランスはほっと一息つくまでになりました！……》

「もっとも」とロドルフは言い添えた。「世間のほうから見れば、おそらくその通りなのでしょうね」

「どうしてそうなの？」と彼女は言った。

「なんですって！」と彼は言った。「そうじゃありませんか、絶えず思い悩む魂の持ち主だっているんですよ。そうした人間には、次から次へと夢想と行動が、この上なく純粋な情熱とこの上なく激しい享楽《きょうらく》が、必要になるのです、そうして、あらゆる種類の空想や無分別な行動に身を投じてしまうのです」

するとエンマは彼を見つめたのだが、それはまるでとんでもない国々を経《へ》めぐって来た旅人を見るようで、ふたたび言葉を発した。

「わたしたちあわれな女には、そのような楽しみはございません！」

「くだらない楽しみですよ、だってそこには幸福がないのですから」

「でも幸福って、いつか見つかるものでしょうか？」とエンマは訊いた。

「ええ、いつの日にかめぐりあえますよ」と彼は答えた。


《そしてそのことは、納得いただけたでありましょう》と参事官は言った。《農村の労働者および農業従事者のみなさん、文明事業に取り組む平和な開拓者であるみなさん！　進歩と徳性の人であるみなさん！　みなさんには納得いただけたでありましょう、つまり政治の嵐こそは大気の混乱よりもまさにはるかに恐るべきものであることが……》

「いつの日にかめぐりあえますよ」とロドルフは繰り返した。「いつの日にか、とつぜん、絶望しているときに。そうなると地平線が左右にぱっと開け、それはまるで『これが幸福だ！』と叫ぶ声のようなものです。その人に自分の人生を打ち明け、その人にすべてをゆだね、その人のためにすべてを犠牲にする欲求をあなたは感じるのです！　言葉はいりません、おたがいに分かり合うのです。夢のなかで互いに会っているのです。（そして彼はエンマをじっと見つめた。）ついにそこに、あれほど探し求めた宝がそこに、目の前にあって、きらめき輝いています。しかしまだそのことを疑っていて、思い切って信じられない、まだそのきらめきに、目がくらんだままで、まるで暗闇《くらやみ》から日なたに出るときみたいです」

そしてロドルフは言葉を終えようとするとき、そのセリフに身振りを添えた。めまいに襲われた人のように、顔に手をやり、それからその手をエンマの手の上に落とした。彼女は手を引っ込めた。にもかかわらず参事官はずっと読みつづけていた。

《そしてそのことに驚く人などいるでしょうか、諸君、分別を欠き、浸《つ》かりきっている（あえてそう申し上げますが）、別の時代の偏見にどっぷり浸かりきっているような輩《やから》のみが、農業に従事する人間の精神をいまだ認識できないのであります。事実、いったいどこに見いだせるでありましょうか、農村の持つ愛国心以上のものを、公《おおやけ》の利益に対するこれほどの献身を、ひと言でいえば、これほどの英知を？　そして諸君、私の言わんとするのは、あの皮相な英知ではなく、有閑人種のもてあそぶ無駄な飾りの英知でもなく、何をおいても有益なる目的の追求に専心する多大なる英知であって、かくして各人の利益と全体の向上と国家の維持に貢献するものです、これぞ、法律の遵守《じゅんしゅ》と義務の遂行の成果にほかなりません……》

「ああ！　まただ」とロドルフは言った。「いつも決まって、義務ですからね、こうした言葉にはうんざりです。ネルのチョッキを着た年寄りの間抜けが大勢いて、数珠と足温器を欠かせない信心に凝り固まった婆《ばあ》さんも大勢いて、絶え間なくこちらの耳もとに『義務！　義務！』と唱えたてるのですから。いかにも、ごもっとも、なんて！　義務とは、気高いものを感じ、美しいものを愛することで、社会のあらゆる約束事や社会のもたらす卑劣な行為を受け入れることではありません」

「でも……でも……」とボヴァリー夫人は反対した。

「いや違いますとも！　どうして情熱を悪く言うのですか？　情熱こそがこの地上でたった一つの美しいものではないでしょうか、雄々しさや感動の根源であり、詩情や音楽や芸術の源泉であり、要するにすべての源ではないでしょうか？」

「でも、少しは」とエンマは言った。「世間の意見に耳をかし、道徳にも従う必要がありますわ」

「ああ！　つまり道徳には二種類あるのです」と彼は言い返した。「一方に、小さな道徳、型どおりの道徳、人間の道徳があって、これは絶えず変わり、大声でわめき立て、あそこに見える間抜けどもの人だかりのように、地面すれすれに、下の方でうごめく道徳です。しかしもう一方は永遠の道徳であり、あたり一面に、頭上にも広がる道徳で、ちょうどわれわれを取り巻く風景みたいで、われわれを明るく照らしてくれる青空みたいなものです」

リューヴァン氏はハンカチで口をぬぐったところだった。また言葉を継いだ。

《そして諸君、ここでみなさんに農業の有用性を明らかにする必要があるというのでしょうか？　いったいだれがわれわれの欲求を充たしてくれるのでしょうか？　いったいだれがわれわれの滋養を提供してくれるのでしょうか？　農業従事者ではありませんか？　諸君、それこそ農業従事者であって、田畑の肥沃《ひよく》なる畝《うね》に骨身惜しまぬ手で種をまき、小麦を生ぜしめ、すりつぶされた小麦は巧妙な器械によって製粉され、小麦粉という名でそこを出ると、そうして都市という都市に運ばれ、やがてパン屋に届くや、パン屋はこれで、貧しき者のためにも富める者のためにも食料を製造するのであります。さらにまた、われわれの衣服のために、放牧地でおびただしい家畜を肥育するのも農業従事者ではありませんか？　なにしろ、農業従事者がいなければ、どうやってわれわれは衣服をまとったらいいのか？　どうやって食べ物を口にいれたらいいのか？　まして、諸君、わざわざ遠くまで例を探しに行く必要があるでしょうか？　われらが鶏小屋の誉れであるつましい家禽《かきん》から手にする大いなる重要性を、しばしば思わなかった者がおりましょうか？　この家禽はわれらが褥《しとね》に柔らかい枕《まくら》を提供してくれるばかりか、われらが食卓に滋養に富む肉と卵を提供してくれるのです。子供に対し惜しみなく与える母親のように、よく耕された大地がふんだんにもたらすさまざまな生産物については、次から次に枚挙しなければならないとしても、きりがありません。ここにブドウの木があれば、別の場所にリンゴの木があり、シードルを生む。あそこにセイヨウアブラナがあるかと思えば、さらに先に、チーズがある、それに、亜麻《あま》もある、諸君、亜麻を忘れないように！　近年、この亜麻こそ著しい増産を見たのであり、ことのほかこれに対し、みなさんの注意を喚起するものであります》

参事官が注意を喚起する必要もなく、なにしろ群衆の口はどれもぽかんと開いたままで、まるで演説の言葉をそのまま吸い込むみたいに見えた。チュヴァッシュはその隣で、大きく目を見開いて聞き入り、ドロズレ氏はときどきそっとまぶたを閉じ、そして、さらに先では、薬剤師が息子のナポレオンを股ぐらに入れ、一言たりとも聞き逃すまいと手を耳に当てていた。ほかの審査員たちはチョッキに包まれ、同感のしるしにその顎《あご》をゆっくりと揺り動かしていた。消防団員たちは壇の下で銃剣にもたれて休んでいて、そして、ビネーだけが不動の姿勢で、肘を外に張ったままサーベルの切っ先を空に向けていた。おそらく団長の耳は聞こえていただろうが、目は何も見えなかったにちがいなく、それというのも兜《ヘルメット》の庇《ひさし》が鼻の上までずり下がっていたからだった。副団長はチュヴァッシュ氏の末っ子で、この青年ときたら、団長の兜の上をいっていて、なにしろ途轍《とてつ》もなくでかい兜をかぶっていて、それが頭の上でぐらぐら揺れ、インド更紗《サラサ》のネッカチーフの端がわずかにのぞいていた。彼はその兜の下でじつに子供っぽく穏やかに微笑んでいたが、その小さな顔は青白く、玉の汗がとめどなく流れ、表情は歓んでいるようにも、打ちひしがれているようにも、眠そうにも見えた。

広場は家々のきわまで人びとであふれていた。見ると、どの窓にも肘をついている人がいるし、どの戸口にも立っている人がいて、薬局の店先に立つジュスタンはじっともの思いにふけるように見つめている様子だった。静まり返っているのに、リューヴァン氏の声は大気のなかにかき消えていた。声がこちらにとどいても、とぎれとぎれの言葉になっていて、それも群衆のなかのあちこちで、椅子のきしむ音によってさえぎられ、やがてとつぜん後ろのほうから、長く尾を引く牛の鳴き声が聞こえ、かと思うと、通りの角から鳴き交わす子羊たちの鳴き声が聞こえた。なるほど、牛飼いも羊飼いもそのあたりまで家畜を追い立てていて、家畜たちは鼻面にぶら下がっているわずかな葉を舌でむしりながら、ときどき鳴き声をあげた。

ロドルフはエンマに身を寄せていて、小声の早口でまくしたてた。

「こうした世間の結託に、腹立たしくありませんか？　世間が非難しない感情が一つだってありますか？　どんなに崇高な衝動でも、どんなに純粋な共感でも、不当に攻撃され、中傷され、ようやく二つの魂が出会っても、気の毒に、一つに結ばれることのないようにすべてが仕組まれているのです。それでも二つの魂は結ばれようとするでしょうし、羽ばたき、呼び合うでしょう。ああ！　大したことじゃない、いずれそのうち、半年後、十年後には、一つになることでしょう、愛し合うことでしょう、なぜなら運命がそう求めているからですし、二つの魂は互いのために生まれてきたのですから」

彼は腕を交差して膝《ひざ》の上に置いたまま、そうやって顔をエンマのほうに上げると、近くからじっと見つめた。ロドルフの目をのぞくと、小さな金の光の筋が黒い瞳《ひとみ》の周囲に広がるのを彼女は見分け、彼の髪を光らせているポマードの匂いを感じさえした。そうして彼女はだるさにとらえられ、ヴォビエサールでワルツを踊ってくれたあの子爵《しゃく》を思い出し、そのひげからもロドルフの髪と同じヴァニラとレモンの匂いがし、そして、無意識にまぶたを半ば閉じてもっとよくかごうとした。だが、彼女が椅子の上で身を反らしながらまぶたを閉じかけたとき、はるか地平線のかなたに、古ぼけた乗合馬車「ツバメ」が見え、その背後にもうもうと土ぼこりを長く引きながら、レ・ルーの丘をゆっくりと降りてきた。あの黄色い馬車に乗ってレオンが何度も自分のほうに帰ってきて、そして、あそこに見える道を通ってあの人は永久に行ってしまった！向かいの、いつもいた窓辺にその姿が見えるような気がして、それからなにもかもが混ざり合い、雲のようなものが過《よ》ぎり、いまもなおシャンデリアの明りに照らされて、子爵の腕に抱かれてワルツを踊っているように思われ、レオンは遠くにいるのではなく、いまにもやって来るように思われ……そのあいだロドルフの顔が隣にあると常に感じていた。そうしてこの感覚の甘さは昔の欲望に染《し》み込み、欲望は、突風に舞い上がる砂の粒のように香りの強く匂い立つなかで舞い、その香りが彼女の魂に広がった。彼女は何度も鼻孔をふくらませ、それも強く、柱頭のまわりにからまるキヅタのみずみずしい芳《かぐわ》しさを吸い込んだ。彼女は手袋を脱いで、手の汗をぬぐい、それからハンカチで扇《あお》いで顔に風を送り、一方で、こめかみの脈の音を通して群衆のざわめきや一本調子に言葉を読み上げる参事官の声が聞こえた。

参事官は言った。

《継続するのです！　辛抱強くつづけるのです！　因習の教唆《きょうさ》には耳をかさず、軽率な経験主義のあまりに拙速な教えを聞いてはなりません！　とりわけ土壌の改良と肥料の改善に専念され、馬や牛や羊や豚の品種育成にあたられよ！　本共進会が諸君にとって平和な闘技場たらんことを切望するとともに、勝利者も退場するにあたり敗者に手を差し伸べ、いっそうの上首尾を期待して敗者と相睦《あいむつ》むべし！　そして、尊敬に値する僕《しもべ》たる諸君！　謙虚な使用人たる諸君、今日にいたるまでいかなる政府も諸君の耐え難い労苦を斟酌《しんしゃく》せざるものの、いまこそここに来《きた》りて諸君の寡黙《かもく》なる美徳に報いる褒美《ほうび》を受けたまえ、そして国家が今後、諸君に大いなる関心を注ぎ、諸君を援助し、保護し、諸君の正当な要求を認め、政府は持てる力の限り、諸君の辛苦《しんく》に充ちた犠牲という重荷を軽減するよう努めることを信じたまえ！》

そこでリューヴァン氏はふたたび席に着き、ドロズレ氏が立ち上がり、また演説をはじめた。彼の演説はおそらく、参事官の演説ほど飾りたてられてはいなかったが、いっそう実証的な文体の特徴によって、つまりいっそう専門的な知識といっそう立派な考察によって目立っていた。だから、そこでは政府への賛辞がより少なく、宗教と農業がより多くの場所を占めていた。宗教と農業の関係が考察され、両者が常にどのように協力して文明に貢献してきたかが検討された。ロドルフはボヴァリー夫人と夢や予感や動物磁気〔十八世紀末にメスメルの唱えた流体的な力〕のことを話していた。演説している男は、社会の揺籃《ようらん》期にさかのぼり、人間が森の奥でどんぐりを糧《かて》に暮らしていた未開の時代を描写していた。それから、人間は獣からはいだ皮を脱ぎ捨て、毛織物を身に着け、畝を作り、ブドウを植えた。それははたしてよいことだったのか、この発見には利益よりも不都合が多くはなかったか？　ドロズレ氏はそのような問いを自ら差しだしていた。ロドルフは動物磁気から少しずつ親和力の話に移っていき、一方、審査委員長は鋤《すき》を手にしたキンキナトゥス〔古代ローマの国民的英雄で、執政官に任ぜられた報を受けたとき、鋤を手に畑を耕していたという〕や、キャベツを植えたディオクレティアヌス〔二四五—三一三、古代ローマの皇帝。引退後、故郷でキャベツをつくっていたという〕や、年のはじめに種まきを行なう中国の皇帝を引き合いに出し、若い男は若い女に対し、親和力の抗《あらが》いがたい力は何か前世にその原因を負っていると説いていた。

「たとえば、この私たちです」と彼は言った。「どうして知り合ったのでしょうか？

いかなる巡り合わせでそうなったのでしょう？　おそらく、遠く隔たっていても、しまいには合流する二つの川のように、私たちは個々の傾きに導かれて、互いのほうへ押し出されたのです」

そして彼はエンマの手を取ると、彼女はその手を引っ込めなかった。

「たとえば、今日の午後、私がお宅にうかがったときには……」

《農作業優秀者！》と委員長が叫んだ。

「ごいっしょすることになるなんて、私に分かっていたでしょうか？」

《カンカンポワ村のビゼー君》

「何度も、立ち去ってしまおうかと思いました、でもあなたのお伴《とも》をして、こうしてそばに残っています」

《賞金七十フラン！》

「同じように今晩も、明日も、ほかの日も、一生涯おそばにとどまるでしょう！」

《堆肥《たいひ》》

「なにしろ人と付き合っても、これほど充ち足りた魅力を覚えたことは一度もないのです」

《アルグイユ村のカロン君、金メダル！》

《ジヴリー＝サン＝マルタン村のバン君！》
「ですから私は、あなたの思い出を携えて行くことにします」
《雄のメリノ羊に対し……》
「でもあなたは私のことなどお忘れになるでしょう、私など影のように通り過ぎただけなのでしょう」
《ノートル＝ダム村のブロ君……》
「ああ！　そんなことはない、ですよね、私だってあなたのお気持のなかの、あなたの人生のなかの何かになれるでしょうか？」
《豚の品種、同　等《エクス・エクオ》の賞として、ルエリッセ君、キュランブール君、賞金六十フランン！》
ロドルフが彼女の手を握りしめると、じつに火照《ほて》って震えていて、まるで飛び立とうとする囚《とら》われのキジバトのようで、しかし、手を振りほどこうとしてなのか、それとも握る力に応えようとしてなのか、彼女は指を動かし、彼は声を発した。
「ああ！　ありがとう！　あなたは私を拒まれない！　心の広いかただ！　この私があなたのものだと分かっていただけた！　お顔を見せてください、じっと見つめさせてください！」

突風が窓から吹き込み、会議机のクロスに皺《しわ》が寄り、下の広場では百姓女たちの大きな縁のない被《かぶ》り物がいっせいに持ち上がり、まるで白い蝶《ちょう》の羽が揺れ動いたようだった。

《菜種絞《しぼ》りかす利用者》と委員長はつづけた。

彼は急いでいた。

《フランドルの肥料〔フランドルやアルザスで使われていた人糞をふくむ肥料で、当時、衛生面から問題視されていた〕、——亜麻栽培、——長期賃貸借による排水施設、——使用人永続勤務》

ロドルフはもう何もしゃべらなかった。二人は互いに顔を見つめていた。欲情がきわまって、二人の乾いた唇が震え、そして、しっとりと事もなげに、指と指は一つに溶け合った。

《サスト＝ラ＝ゲリエール村のカトリーヌ＝ニケーズ＝エリザベート・ルルーさん。同一農場勤続五十四年に対し、銀メダル——賞金二十五フラン！》

《どこにおられるか？　カトリーヌ・ルルーさんは？》と参事官が繰り返した。

姿は現れず、ひそひそ話をする声が聞こえた。

「お前さん、お行きよ！」

「いやだよ」

「左のほうにだよ！」

「心配無用！」

「ああ！　なんて馬鹿《ばか》なやつだい！」

「やれやれ、来ておるのか？」とチュヴァッシュが叫んだ。

「ええ！……あそこにおりますだ！」

「さあ、さっさとこっちへ来るように！」

すると、一人の小さな老婆《ろうば》がおずおずと壇上に進み出る姿が見られ、みすぼらしい服のなかによけいに身を縮めているように思われた。足にはごっつい木底靴《きぞこぐつ》〔泥よけなどのために靴の上にはく〕を履き、腰のまわりには大きな青い前掛けをしていた。瘦せこけた顔は縁なしのベギン帽〔ベギン修道女の帽子に似た顎紐付きの婦人帽〕に包まれ、しなびたレネット・リンゴ〔リンゴの品種で香りの強いデザート用〕よりも皺だらけで、赤いゆったりした胴着の袖《そで》からはやせて骨ばった関節の目立つ二本の長い手が出ていた。納屋《なや》のほこりや洗濯に使う灰汁《あく》〔主成分は炭酸カリウム〕や羊毛にふくまれる脂肪《スイント》のせいで、その手は見事に垢《あか》に包まれ、擦り傷だらけで、強《こわ》ばってしまったので、きれいな水で洗ってきたのに汚れて見え、そして、これまで大いに畑仕事に精を出したせいか、両手を合わせても半開きのままで、まるでその手じたいがこれまでにこうむった山ほどの労苦を控え目に証言しているみたいだった。修道女を思わせる厳しい何かがその顔の表情を引き立たせていた。どんな悲しみも優しさも、その生彩を欠いた視線を和らげることはなかった。動物たちとなじむうちに、その沈黙とその平静さが身についてしまったのだ。これほど大勢の人のなかに自分の姿を見るのははじめてで、そして、いくつもの国旗や太鼓や黒い燕尾《えんび》服《ふく》の紳士たちや参事官の胸に輝くレジオンドヌール勲章に心のうちで怯えながら、老婆はじっと立ちすくんだままで、進んでいくべきか逃げ出すべきか見当がつかず、どうして群衆は自分を押し出すのか、どうして審査員たちは自分に微笑《ほほえ》んでいるのか、分からなかった。こうして、半世紀におよぶ隷属の化身が晴れ晴れとした体制的な連中の眼前に立ったのである。

「こちらへどうぞ、尊いカトリーヌ＝ニケーズ＝エリザベート・ルルーさん！」と、委員長から受賞者リストを受け取った参事官が言った。

そして名簿の紙片とそれから老婆を交互に注意深くながめながら、参事官は温情に満ちた口調で繰り返した。

「こちらへ、こちらへ！」

「耳が聞こえんのか？」と、チュヴァッシュは椅子の上で飛び上がらんばかりに言った。

そして彼は老婆の耳もとで叫びはじめた。

「勤続五十四年！　銀メダル！　二十五フラン！　お前にだぞ」

それから、老婆はメダルをもらうと、じっくり眺め入った。そこで老婆の顔に、この上なく幸福そうな微笑が広がり、立ち去りながらつぶやくのが聞こえた。

「うちの村の神父さまにこれをあげるべえ、そしたらわしにたんとミサをあげてくれるべえ」

「なんという狂信ぶり！」と薬剤師は公証人のほうに身をかがめながら声をあげた。

式は終了し、群衆は四散し、そして、演説もすべて済んだいまとなっては、だれもがもとの地位をとりもどし、なにもかもいつも通りにもどり、主人は使用人を邪険に扱い、使用人は家畜たちをひっぱたいたが、それは角のあいだに葉で編んだ冠を載せて家畜小屋へと帰ってゆくものぐさな勝者たちだった。

そうしているあいだにも、国民軍の兵士たちが銃剣にブリオッシュを突き刺して役場の二階に上がってきて、大隊の鼓手は、ワインボトルのつまった籠《かご》を抱えていた。ボヴァリー夫人はロドルフの腕を取り、彼は夫人を家まで送って行き、二人は玄関先で別れ、それから彼はひとり牧草地を散歩しながら、祝宴の時間を待った。

宴《うたげ》は長く、やかましく、料理も大したことはなく、ぎっしり詰め込まれていたので、肘を動かすにも苦労するほどで、長椅子がわりに渡した細長い板は客の重みで危うく折れそうだった。客たちはたらふく食べていた。各自、払った分の元《もと》をとるように思うさま食べていた。どの額も汗をかいていて、そして、白っぽい湯気が、秋の朝の川《かわ》面《も》に立ちこめる靄《もや》のように、テーブルの上方に吊《つ》られたケンケ灯のあいだを漂ってい た。ロドルフはテントの薄地の綿布《カナキン》に背をもたせて、エンマのことでひどく頭がいっぱいで、何も耳に入らなかった。後ろの芝地の上で、使用人たちが汚れた皿を積み重ねていて、隣の席の連中が話しかけたが、ひと言も答えず、コップにワインが注がれ、周囲のざわめきがますます大きくなるのに、頭のなかには静けさが生じていた。彼女の言ったことを思い、彼女の唇の形を思い描くと、まるで魔法の鏡に映ったように彼女の顔がシャコー帽〔前立てと庇のついた円筒形の軍帽〕の徽章《きしょう》の上に輝いていて、彼女のドレスの襞《ひだ》がテントの壁面に沿って流れて行き、未来を思い浮かべると恋の日々がどこまでも広がっていた。

夜、花火を見るときに、彼はふたたびエンマに会ったが、彼女は夫やオメー夫妻といっしょで、薬剤師は打ち上げそこねた花火が危ないとしきりに気をもんで、そして、絶えず連れから離れてビネーのもとへ忠告しに行った。

村長のチュヴァッシュあてに送られた花火の玉は、念には念を入れて地下倉にしまい込まれ、だから火薬が湿ってほとんど着火せず、尻尾《しっぽ》をかむ竜の絵柄を咲かすはずの目玉の花火は完全に不発に終わった。ときどき貧弱な乱玉《ローマンキャンドル》〔一本の筒から次々に星が連続して打ち上げられる花火〕が上がり、すると口を開けていた群衆はどよめいたが、そこに暗闇に紛れて腰回りをくすぐられた女たちの嬌声《きょうせい》も混じっていた。エンマは黙ってシャルルの肩にそっと身を寄せ、やがて、顎《あご》を上げて、空の闇に噴き上がる花火の光を追った。ロドルフは、ともる飾り提灯《ちょうちん》の明りに照らされた彼女をじっと見つめていた。

提灯の火も徐々に消えた。星が煌《きら》めきだした。だしぬけに雨がぱらぱらと落ちた。エンマは無帽の頭に三角の肩掛けを結んだ。

そのとき、参事官を乗せた馬車が旅館から走り出た。酔っていた御者は急にうとうとしたらしく、そして、遠くから見ると、幌《ほろ》の上につけた二つの角灯のあいだで、車体を吊っている革帯の上下の揺れのままに、左右あちこちに身体《からだ》を揺らしていた。

「じつに」と薬剤師は言った。「酔っ払いにはしっかり厳罰で臨むべきですな！　週ごとに、役場の表《おもて》に設置した専用の掲示板に、その一週間にアルコールで酩酊《めいてい》した連中の名を残らず書き入れてもらいたいもんです。おまけに、統計の観点から言っても、異論の余地のない年間記録のようなものができあがるでしょうから、必要とあらば役場に行ってそいつを……いや、ちょっと失礼」

そして彼はまた消防団長のもとへ駆けて行った。

団長は家に帰るところだった。轆轤《ろくろ》にまたお目にかかろうというのだった。

「たぶん苦しまずに済むから」とオメーは団長に言った。「部下のだれかを遣《や》るか、君自身が行くかすれば……」

「もうそっとしておいてくださいよ」と収税吏は答えた。「何にも起こらないといったら起こらないんだから！」

「これで一安心ですぞ」と、薬剤師は連れのもとにもどってくるや言った。「ビネー氏が、措置は講じたと請け合ってくれました。火の粉は一つも落ちていないようです。消防ポンプも水で満タン。帰って寝るとしましょう」

「もちろん！　眠たくて」と、盛んにあくびをしていたオメー夫人が言った。「それにしても、何もなく、今日のお祝いはお天気にもじつに恵まれましたし」

ロドルフは優しいまなざしになると、小声で繰り返した。

「ああ！　そうだ、じつに恵まれた！」

そして、一同は挨拶《あいさつ》を交わし、背を向けて別れた。

二日後、「ルーアンの灯火《ともしび》」紙上には、共進会に関する記事が大きく載った。オメーが、翌朝さっそく興のおもむくままに筆を揮《ふる》ったのだ。

《この花綱《はなづな》〔祭日などに用いる花や葉や実を綱状に編み込んだ飾り〕は何故《なにゆえ》か、この花、この花飾りは何故か？　われら

が耕作地に暑熱をふりそそぐ猛烈な陽光をさんさんと浴びながら、この群衆が荒れ狂う海の怒濤《どとう》のように押し寄せるは何処《いずこ》か？》
つづいて彼は農民たちの実情を語る。たしかに政府は多くをなしたが、十分ではない！《しっかりしろ！》と彼は叫んでいた。《幾多《いくた》の改革が不可欠であり、これを成し遂げよ。》それから、参事官の入場を描き、忘れずに書き添えたのは、《われらが国民軍の決然とした様子》であり、《われらが村の溌剌《はつらつ》とした女性たち》であり、《そこに列席した古老とも言うべき禿頭《はげあたま》の老人たちで、そのうちの何人かは、われらが不滅のナポレオン軍の名残《なごり》の兵士にして、勇壮な太鼓の音にいまもなお胸の高鳴りを感じていた》。彼は自らの名を審査員の上位に掲げ、とくに注で、薬剤師のオメー氏は農学会にシードル酒に関する研究報告を送ったと念を押した。褒賞《ほうしょう》の授与に至ると、受賞者の歓《よろこ》びを絶賛する筆致で描写した。《父親は息子を、兄は弟を、夫は妻をかき抱いた。ささやかなる自分のメダルを誇らしく見せる者が何人もいて、おそらく自宅の良妻のもとに帰れば、感涙にむせびながら、その藁葺《わらぶ》きの家の地味な壁にこれをかけるであろう。》
《六時ごろ、レジャール氏所有の牧草地で開催された宴は、祝典の主な参加者を一堂に集めた。この上なき親愛の情が絶えず宴にみなぎっていた。さまざまな乾杯がなされ、リューヴァン氏は国王陛下に！　チュヴァッシュ氏は知事閣下に！　ドロズレ氏は農業に！　オメー氏は姉妹とも言うべき工業と美術に！　ルプリシェ氏は改良事業に！　夜には、まばゆいばかりの花火が突如として大気を照らし、まるで正真正銘の万華鏡《まんげきょう》のごとくであり、まさしく歌劇場の舞台装置のようでもあり、一瞬、わが小村も『千一夜物語』の夢のただなかへと運び移されたと思われるようであった。》

《ちなみに和気藹々《わきあいあい》としたこの会合を乱すいかなる不都合な出来事も起こらなかったことを、申し述べておこう。》

そして彼は付け加えた。

《ただ聖職者の姿がなかったことだけは注目された。おそらく、教権を擁護する連中はわれわれとは別の仕方で進歩を理解しているのだ。君たちの自由である、ロヨラ〔一四九一―一五五六。イエズス会の創立者、異邦への伝道に尽力〕の徒よ！》

9

六週間が過ぎ去った。ロドルフは来なかった。ある晩、ようやく彼が姿を見せた。

共進会の翌日、彼は考えたのだった。

「すぐには再訪しないようにしよう、それこそヘマというものだ」

そして、その週の終わりには、彼は猟に出かけてしまった。猟から帰ると、もう遅すぎるとも思ったが、やがてこう考えた。

「だが、もしあの女がはじめからおれを気に入ったとすれば、いまごろはこちらに会いたくてうずうずし、もっとおれを好きになっているにちがいない。さあ、このままつづけるとしよう！」

そして彼は、広間に入ると、エンマの顔から血の気が引くのを見て、自分の思惑が正しかったことを理解した。

彼女はひとりだった。日が暮れようとしていた。窓に沿ってかかったモスリンの小さなカーテンが、黄昏《たそがれ》をさらに深くし、金メッキの晴雨計が一筋の残光を受け、枝サンゴの表面のぎざぎざのあいだの鏡にその光を広げていた。

ロドルフは立ったままでいて、そして、その最初の挨拶の言葉にエンマはかろうじて答えたにすぎなかった。

「用事があったものですから」と彼は言った。「病気もしましたし」

「重かったの？」と彼女は声を発した。

「その」とロドルフは言いながら、彼女の傍らのスツールに腰を下ろした。「病気じゃなかったのです！……じつはお会いしたくなかったのです」

「なぜですの？」

「お分かりになりませんか？」

彼はエンマをもう一度見つめたが、あまりに強烈なまなざしに、彼女は顔を赤らめうなだれた。彼はつづけた。

「エンマ……」

「困ります！」と彼女は言いながら、少し身を離した。

「ああ！　ほらね」と彼は愁《うれ》いを帯びた声で答えた。「私がうかがいたくなかったのも無理がないでしょ、だって、あなたのお名前はこの胸にあふれるほどで、つい口から漏れ出てしまったそのお名前を、私に使うなとおっしゃるのですから！　ボヴァリー夫人！……ねえ！　これじゃだれもがあなたを呼ぶのと同じですよ！……それに、これはあなたの名前じゃない、ほかの人の名前です！」

彼は繰り返した。

「ほかの人のものです！」

そして彼は両手で自分の顔を覆《おお》った。

「そうです、私はあなたのことを絶えず思っています！……あなたの記憶が私を絶望へと誘うのです！　ああ！　失礼しました！……お別れします……さようなら！　私は遠いところに行きます……それもあなたがもう私の噂《うわさ》など聞かれることのないくらい遠いところです！……それにしても……今日はまた……どういう風の吹き回しで、またしてもあなたのもとへと背中を押されたのでしょう！　というのも、人は天と戦うことができないからですし、天使の微笑には抗えないからです！　人は美しいもの、魅力的なもの、あがめるべきものに駆り立てられるからです！」

　こんなことを言われるのはエンマにとってはじめてで、そして、彼女の自尊心は、蒸し風呂《ぶろ》に入ってくつろぐ人のように、この言葉の熱気を浴びて全体がふにゃふにゃに伸びきってしまった。

「しかし、うかがうことができなかったとしても」と彼はつづけた。「お会いすることができなかったとしても、ああ！　少なくとも私はあなたを取り巻くものを飽《あ》かず眺めていたのです。夜になると、それも夜毎《よごと》、私はベッドから起き上がると、ここまで来てしまい、あなたの家を、月の光を浴びて輝く屋根を、あなたの部屋の窓辺に揺れる庭の木々を、小さなランプを、闇のなかにあって窓ガラス越しにぽつんと際立《きわだ》つほのかなその光を見つめていたのです。ああ！　あなたはご存じなかったのです、そこに、これほども近くに、そしてこれほども遠くに、一人のあわれで惨《みじ》めな男が佇《たたず》んでいたことを……」

　エンマはすすり泣きながら彼のほうを向いた。

「まあ！　お気の毒なこと！」と彼女は言った。

「いえ、あなたをお慕いしている、ただそれだけです！　信じてくださいますね！　信じる、とおっしゃってください、ひと言！　たったひと言！」

　そしてロドルフはゆっくりとスツールから床までずり落ちたが、台所で木靴の音がし、気づくと、広間のドアが閉《し》まっていなかった。

「寛大なお気持にお願いするのですが」と彼はつづけながら立ち上がった。「こちらの気まぐれな希望をかなえていただけないかと思いまして！」

　それは家を詳しく見たいというもので、家の模様を知りたいと彼は望み、そして、ボヴァリー夫人は何の差しつかえもないと答え、二人がそろって立ち上がったとき、シャルルが入ってきた。

「お邪魔しております、博士」とロドルフは言った。

　医者は、その思ってもみない肩書きに気をよくして、さかんにお愛想を振りまき、相手はそれを利用していくぶん落ち着きをとりもどした。

「奥さまは」とそこで彼は言った。「お体の具合を話されていましたが……」

シャルルは彼をさえぎった、たしかに自分もひどく心配が絶えず、妻の息切れがぶり返している。するとロドルフは乗馬など身体にいいのではないかと訊《たず》ねた。

「たしかに！　素晴らしい、言うことありませんな！……名案ですな！　お前、この案に従ってみては？」

そして、馬を持っていないからと彼女が反対すると、ロドルフ氏は一頭提供しようとし、彼女がその申し出を断ると、それ以上はこだわらず、やがて自分の訪問を動機づけようとして、家の荷車引き、例の瀉血《しゃけつ》をしていただいた男が相変わらずめまいを感じているという話をした。

「そのうちお寄りしますよ」とボヴァリーが言った。

「いえ、いえ、私が連れてまいります、こちらのほうでうかがいますよ、そのほうが好都合でしょうから」

「ああ！　結構ですな。それはどうも」

そして、ふたりきりになると、

「どうしてお前はブランジェさんの申し出をお受けしないのだ、あんなに好意的な話なのに？」

彼女はふてくされた顔をし、いろいろと断る口実を探し、最後に、そ、そ、そんなことをしたら変に思われるだろうからとはっきり言った。

「なんだ！　私ならそんなことまったく意に介さないよ！」とシャルルは言いながら、その場でくるりと回った。「何よりも健康第一だよ！　お前は間違ってるよ！」

「でも！　乗馬服もないのに、馬に乗れってどうしてわたしにおっしゃるの？」

「注文したらいいじゃないか、一着！」と彼は答えた。

乗馬服が彼女を決心させた。

服が用意できると、シャルルはブランジェ氏に、妻はいつでもかまわないので、ご好意を当てにしています、と手紙を書いた。

翌日の正午に、ロドルフは所有している二頭の馬をともない、シャルルの家の玄関先にやって来た。その一頭の耳はバラ色の房で飾られ、バックスキンの女性用の鞍《くら》が置かれていた。

ロドルフは、柔らかい革の長めのブーツを履いていて、おそらく彼女もこんな代物《しろもの》はこれまで一度も見たことがないだろうと思っていたが、案の定エンマは、踊り場に姿を見せた彼の、ビロードのゆったりした上着に白いジャージーの乗馬ズボンの出《い》で立《た》ちにうっとり魅了されてしまった。彼女は支度を整えて、待っていたのだ。

ジュスタンは彼女の姿を見ようと薬局を抜け出し、薬剤師も仕事をやめて出てきた。

彼はブランジェ氏にあれこれ忠告をした。

「不幸な事故はあっという間に起きますからな！　気をつけなさい！　お宅の馬はどうやら癇《かん》が強そうですな！」

彼女は頭上での物音を耳にしたが、フェリシテが幼いベルトをあやそうとして窓ガラスをこつこつとたたいていた。子供は遠くから接吻《せっぷん》を投げてよこし、母親は鞭《むち》の握りで合図を送り、娘に応《こた》えた。

「行ってらっしゃい！」とオメー氏が叫んだ。「くれぐれも、慎重に！　慎重に！」

そして薬剤師は新聞を振りながら、遠ざかって行く二人を見送った。

エンマの馬は、土の感触に変わったとたん、駆歩《ギャロップ》になった。ロドルフは彼女と並んでギャロップで走った。ときどき、二人はひとことふたこと言葉を交わした。顔を少し伏せて、彼女は右腕を伸ばして手綱を引きしめ馬を抑えぎみにし、馬のリズムに身をゆだねていると、鞍の上であやされるように揺すられるのだった。

丘のふもとまで来ると、ロドルフは手綱をゆるめ、二人はともに一挙に駆け上り、やがて頂上に達すると、馬はとつぜん立ちどまり、彼女の大きな青いヴェールは垂れ下がった。

十月のはじめだった。野面《のづら》には靄が立ちこめていた。靄は丘の輪郭をぬって地平線へと伸び、そして、ちぎれた別の靄は上昇し、消えて行った。ときどき、靄の塊が裂けて日の光が射《さ》すと、遠くヨンヴィルの家々の屋根が見え、川べりの庭園も、中庭も、塀も、教会の鐘楼も望まれた。エンマは半ばまぶたを細めて自宅を見分けようとして、自分の暮らしているつまらない村がこんなにも小さいことにはじめて気づいた気がした。二人のいる高みからだと、流域全体が色の薄い広大な湖に見え、大気に湯気を立てているようだった。木立がところどころにあって、黒い岩のように突き出ていて、そして、靄を突き破った背の高いポプラの並木が砂浜を描き出していて、その砂浜は風が吹くと揺れ動くのだった。

脇《わき》を見ると、芝地に生えたモミの木のあいだを抜けた褐色の光が生暖かい空気のなかに広がっていた。土は、嗅《か》ぎ煙草の粉のように赤茶けていて、蹄《ひづめ》の音を和らげ、そして、馬は進みながら蹄鉄《ていてつ》の先で落ちている松ぼっくりを前にはじいた。

ロドルフとエンマはこうして森のきわをたどった。彼女はロドルフの視線を避けようとして、ときどき顔をそむけたが、すると一列に並んだモミの木の幹ばかりが目に入って、その切れ目のない連なりに少しくらくらした。馬の息づかいは荒かった。鞍の革がきしんだ。

二人が森に入ると、日が射してきた。

「神のご加護だ！」とロドルフは言った。

「本当にそう思うの！」と彼女は言った。

「さあ前進！　前進！」と彼はかわした。

彼は舌を鳴らした。二頭の馬は駆け出した。

道端の長いシダがエンマの鐙《あぶみ》にひっかかった。ロドルフは馬をやりながら、そのつど身をかがめて、シダを引き抜いた。またときには枝を押しのけようとして彼女の隣りを進んだが、エンマは彼の膝が自分の脚に軽く触れるのを感じた。空は青くなっていた。木々の葉はそよとも動かなかった。ところどころ一面にヒースの咲き乱れた広い空き地があり、そしてスミレの広々とした原と雑多な林が交互に現れ、林は多様な木の葉に応じて灰色だったり、黄褐色だったり、黄金色だったりした。灌木《かんぼく》の茂みに忍び込む小さな羽音や、あるいはコナラの木々から飛び立つカラスのしゃがれた心地よい鳴き声がたびたび聞こえた。

二人は馬から降りた。ロドルフは馬をつないだ。彼女は先に立って、コケを踏みながら轍《わだち》のあいだを進んで行った。

しかし彼女のドレスは長すぎて、裾《すそ》を持ち上げるようにしても歩きの邪魔になり、後ろを歩くロドルフは黒いラシャ地と黒い深靴《アンクルブーツ》のあいだの優雅な白い靴下にじっと見入ったが、それは彼女の生身《なまみ》の肌か何かのように思われた。

彼女が立ちどまった。

「疲れましたわ」と彼女は言った。

「さあ、もうひと歩き！」と彼は答えた。「元気を出して！」

それから、百歩ほど行くと、彼女はふたたび立ちどまり、そして、彼女のかぶっているる男ものの帽子から斜めに腰にかけて垂れているヴェール越しに顔を見ると、透き通るような青っぽさに包まれ、まるで彼女は紺碧《こんぺき》の波の下を泳いででもいたかのように見えた。

「いったいどこまで行きますの？」

彼は何も答えなかった。彼女はとぎれとぎれに息をしていた。ロドルフはあたりを見まわし、口ひげを噛《か》んでいた。

二人は一段とひらけた場所に出たが、切り残しておく若木まで伐採されていた。倒された木の幹に二人は腰を下ろし、ロドルフは自分の恋の思いを彼女に語りはじめた。彼は最初から賛辞を連ねて相手をたじろがせるようなことはしなかった。落ち着いていて、まじめで、もの悲しげだった。

エンマはうつむいて、地面に散らばった木《こ》っ端《ぱ》を足の先で転がしながら聞いていた。

しかし、

「私たちの運命はいまや一つになったのではないでしょうか？」という言葉を聞くと、

「いいえ、ちがいます！」と彼女は答えた。「お分かりでしょう。できないことですわ」

彼女は立ち上がり、帰ろうとした。その手首を彼はつかんだ。彼女は立ちどまった。それから、しばらく潤《うる》んだ恋する目で男を見つめると、素早く言った。

「ああ！　まったく、そのお話はもうよしましょう……馬はどこなの？　帰りましょう」

彼は怒ったような、困ったような身振りをした。彼女は繰り返した。

「馬はどこですの？　馬はどこ？」

すると彼は怪しい笑みを浮かべ、目を据え、歯を食いしばり、両腕を広げながら進み寄った。彼女は後ずさったが、震えていた。口ごもって言った。

「ああ！　怖いわね！　苦しませるのね！　帰りましょう」

「どうしてもとおっしゃるのなら」と彼は答えながら、顔色を変えた。

そして彼はたちまち、もとのようにうやうやしく優しさのこもった内気な態度にもどった。彼女は腕を貸した。二人は帰路についた。彼は口を開いた。

「先ほどはいったいどうなされたのです？　なぜあんな具合に？　私には分かりませんん。おそらく、勘違いされたのではありませんか？　あなたは私の心のなかでは台座の上にいる聖母像《マドンナ》のようなお方で、高く、堅牢で、汚《けが》れのない場所におられるのです。しかし生きる上で私にはあなたが欠かせないのです！　そのあなたの目が、あなたのお声が、あなたのお気持が必要なのです。どうか私の友だちに、私の妹に、私の天使になってください！」

そして彼は腕を伸ばすと、エンマの腰にまわした。彼女は身を振りほどこうとしたが、弱かった。彼はそのまま身体を支えて、歩いて行った。

だが二人は、二頭の馬が木の葉を食べる音を聞いた。

「ああ！　もう少し」とロドルフが言った。「帰らないでいましょう！　ここにいてください！」

彼はエンマをさらに先の小さな池のふちに連れて行ったが、その水面にはアオウキクサが緑をなしていた。枯れたスイレンがイグサのあいだでじっと動かなかった。二人の草を踏む足音に、カエルが跳ねて見えなくなった。

「いけないことだわ、いけないことだわ」と彼女は言った。「あなたのおっしゃることを聞くなんて、わたしどうかしてるわ」

「どうして?……エンマ！　エンマ！」

「ああ！　ロドルフ！……」と若い女は男の肩に身をかしげて、ゆっくりと言った。

ドレスのラシャ地が男の上着のビロードに絡《から》まった。彼女がのけぞると白い喉《のど》が見え、ふくらみ、ため息がもれ、そして、気が遠くなり、涙に暮れながら、長々と慄《おのの》き、顔をおおって、身をまかせた。

夕闇が降りてきて、地平線をかすめる日の光が枝を抜け、彼女の目をくらませた。自分の周囲のあちらこちらに、木々の葉叢《はむら》にも、地面にも、光の斑点《はんてん》が震えていて、まるでハチドリが飛びながら羽を撒《ま》き散らしたようだった。あたりは静かで、甘やかな何かが木々から漏れでているようで、彼女は自分の心臓が鼓動を再開し、血潮がまるで牛乳の流れのように体内をめぐるのを感じた。そのとき、はるか遠く、森の彼方《かなた》の別の丘のほうに、引き延ばされたはっきりしない叫びを彼女は聞いたが、それは漂うような声で、黙って聞いていると、その声は興奮した自分の神経のいまなお残る震えに、音楽のように混ざり合ってくる。ロドルフは、葉巻をくわえ、切れた片方の手綱をポケット・ナイフでつくろっていた。

二人は同じ道を通ってヨンヴィルに帰った。二人がもどった泥土《どろつち》の上には自分たちの馬がつけた蹄の跡が並んでついていて、灌木も同じなら、草むらの石ころも同じだった。二人のまわりでは何も変わっておらず、そして、彼女にとってはそれでも、まるで山が場所を移動したよりもはるかに甚大《じんだい》なことが不意に生じたのだった。ロドルフはときどき身をかがめ、彼女の手を取って接吻した。

馬に乗った彼女は惚《ほ》れ惚《ぼ》れするほどだった！　すらりとした上半身をまっすぐ起こし、馬のたてがみの上に片膝を折り曲げ〔一九世紀前半までは、女性の乗馬といえば横座りが普通だった〕、外気にほんのりと顔を紅潮させ、赤く染まる夕映えに包まれていた。

ヨンヴィルに入ると、舗道の上を彼女は跳ねるように騎乗した。窓という窓から彼女の姿を人びとはながめた。

夕食のとき、夫は彼女の顔色がいいと思い、散歩のことを聞こうとしたが、彼女は聞こえない振りをし、そして、燃える二本のロウソクのあいだにある自分の皿のそばに肘《ひじ》をついたままでいた。

「エンマ！」と夫は言った。

「何ですの？」

「それでね、今日の午後、アレクサンドルさんの家に立ち寄ったんだがね、あの人は牝馬《ひんば》を持っていて、年寄りだがまだとても見事で、ただ膝に少しばかり傷があるんだ、間違いなく、百エキュ〔三百リーヴル、つまりほぼ三百フランに相当〕も出せば手に入ると思うんだが……」

彼は言い添えた。

「これはお前も歓ぶだろうと思って、予約してきた……というより、買ってしまったんだ……でかしただろう？　ねえ、お前」

彼女は同意のしるしに頭をたてに振り、それから、十五分ほどすると、

「今晩はお出かけになる？」と訊《き》いた。

「出かけるが、どうしてまた？」

「ああ！　なんでも、ないのよ、あなた」

そして、シャルルがいなくなるとすぐ、彼女は二階に上がり、自分の部屋に閉じこもった。

最初は、まるで酔ったように陶然となり、木々や道や溝やロドルフが見えてきて、その腕に強く抱かれた一方で、葉叢がざわめき、イグサがさらさらと鳴った。

しかし、鏡に映る自分を見て、彼女はその顔に驚いた。こんなにも大きく、こんなにも黒く、こんなにも奥深い目をしていたことはなかった。口では言えないほど微妙な何かが全身を駆けめぐり、彼女を一変させたのだった。

彼女は、「わたしには恋人ができた！　恋人が！」と繰り返し、その思いに深く歓びを感じながら、まるで第二の思春期がとつぜん訪れてきたみたいで嬉《うれ》しかった。だ

からようやく恋の歓びを、あきらめきっていたあの慄《おのの》くような幸福をこの手にしようとしている。なにもかもが情熱であり、恍惚《こうこつ》であり、熱狂であるような驚異のなかに入って行き、彼女は青みがかった広がりに包まれ、感情の連なる頂がきらめくその上を自分の思いは飛び越え、通常の生活ははるか彼方のずっと下方の、高みと高みのあいだの陰にかろうじて見えたにすぎなかった。

するとは彼女はかつて読んだ本のヒロインたちを思い出し、そうした不倫の恋をした女たちの激情にかられた群れはエンマの記憶のなかで歌いだし、その姉妹のような声は彼女を魅了した。エンマ自身もそうした夢想の女たちの紛れもない一員になり、若いころの長くつづいた空想を実現し、かつてあれほどにもうらやんだ類《たぐい》の恋する女に仲間入りした自分を見ていた。それに、エンマは復讐《ふくしゅう》の歓びも感じていた。じゅうぶん苦しんだではないか！　だがいまや自分は勝利を収め、あれほど長いこと抑えてきた恋心がそっくり滾《たぎ》る激しい歓びとともにどっとほとばしり出たのだ。彼女はその恋の思いを味わいつくしたが、後悔もなく、不安もなく、動揺もなかった。

翌日も、一日が経験のない甘やかさのうちに過ぎた。二人は誓いを交し合った。彼女はやるせないわびしさを訴えた。ロドルフは彼女の訴えを接吻でさえぎり、そして、彼女はまぶたを半ば閉じながら男を見つめ、もういちど自分を名で呼んで、愛していると繰り返して、とせがんだ。前日と同じ森のなかの、木靴づくりの小屋にいたのだった。壁は藁《わら》でできていて、屋根がひどく低いので、身体を曲げていなければならなかった。二人はぴったりと身を寄せて、枯れ葉の褥《しとね》に座っていた。

その日から、二人は毎晩きちんと手紙をやりとりした。エンマは川に近いほうの庭の端の築山《つきやま》を支える石垣の隙間《すきま》に手紙をはさみ、ロドルフはそれを取りに来て、別の手紙を置いてゆくのだが、彼女はいつもその手紙が短すぎると言って責めた。

ある朝、シャルルが夜明け前から出かけることがあったとき、彼女はすぐにもロドルフに会いたいという気まぐれに襲われた。手際よくラ・ユシェットに行って、一時間ほどいて、ヨンヴィルにもどっていることができれば、まだだれもが眠っているだろう。そう思うと、欲しい気持で息も切れ、やがて気がつけば牧草地のただなかにいて、彼女は後ろも見ずに早足で歩いていた。

日が顔を出しはじめていた。エンマは遠くから恋人の家が分かり、ツバメの尾の形をした風見が二つ、夜明けの薄明かりを背景にくっきりと黒く見えた。

農場の庭を過ぎると、館《やかた》と思《おぼ》しき主屋《おもや》があった。彼女はそこに入ったが、まるで自分が近づくと壁がひとりでに開いたかのようだった。大きなまっすぐな階段を上ると廊下に出た。エンマが一つのドアの掛《か》け金《がね》をまわすと、とつぜん、部屋の奥に眠っている男の姿が目に入った。ロドルフだった。彼女は叫び声を上げた。

「来たんだね！　来たんだね！」と彼は繰り返した。「どうやって来ることができたの？……ああ！　ドレスがこんなに濡《ぬ》れて！」

「恋しくなって！」と彼女は答えながら、両の腕で男の首に抱きついた。

この最初の向こう見ずな試みがうまく行ったので、いまではシャルルが朝早く出かけることがあるたびに、エンマは手早く着替えると忍び足で川べりに出る石段を降りた。

しかし、牛用の渡し板が外されていると、川に沿った塀づたいに行かねばならず、土手の道は滑りやすく、彼女は転ばないように、枯れたニオイアラセイトウの茂みに手でつかまった。それから、耕作中の畑を横切って行ったが、そこでは華奢《きゃしゃ》な深靴《アンクルブーツ》がめり込み、つまずき、足をとられた。牧草地に入ると、頭にかぶって結んだスカーフが風にはためき、彼女は牛が怖いので、駆け出し、到着するころには息が切れていて、頬をバラ色に染め、全身からは樹液や草や外気のさわやかな香りが匂《にお》い立った。ロドルフは、その時間、まだ眠っていた。彼の部屋に春の朝が訪れたみたいだった。

黄色のカーテンが窓に沿って一面を覆い、そこを心地よく抜けた光は重そうで淡い黄色《ンド》だった。エンマは目をしばたたきながら手探りで進むと、一方で真ん中分けの髪に付着した玉の露がまるでトパーズの光の環《わ》のように顔のまわりに輝きを放った。ロドルフは笑いながら、彼女を自分のほうに引き寄せ、胸に抱いた。

それから、彼女は部屋じゅうをこまかく調べ、家具の引き出しをすべて開けたり、彼の櫛《くし》で自分の髪を梳《と》かしたり、ひげ剃《そ》り用の鏡に自分を映したりした。しばしば、水差《カラフ》しの傍らのレモンや角砂糖といっしょに、ナイト・テーブルの上に置いてある大きなパイプをくわえることさえあった。

別れるのにたっぷり十五分はかかった。そうしてエンマは泣き、ロドルフのもとを去りたくなかったのだろう。自分を超えた何かによって彼女はロドルフのもとへと駆り立てられていたので、ある日、出し抜けにその姿を見た彼はいやな顔をしたのだが、それは苛立《いらだ》った人のように見えた。

「いったいどうなさったの？」と彼女は言った。「具合でも悪いの？　おっしゃって！」

ついに彼は真剣な表情で、何度も来るのは迂闊《うかつ》だし、悪い評判が立つ、と言い渡した。

10

　徐々に、ロドルフの懸念《けねん》は彼女をもとらえた。最初は、恋に陶酔し、その先のことは何も考えてもみなかった。しかし、この恋が生きることに欠かせないいまとなっては、何かちょっとでもこれを失うことが彼女には怖く、邪魔されることさえ恐ろしかった。彼の家から帰るとなると、不安なまなざしをあたりに向け、地平線を過《よ》ぎる影はないかとうかがい、村に入れば屋根窓からだれかが自分を見てやしないかと目を凝《こ》らした。彼女は足音にも、叫び声にも、鋤《すき》の音にも耳をそばだて、そして、立ちどまると、頭上でそよぐポプラの葉よりも青ざめ、震えていた。

　ある朝、こんなふうに帰ってきた彼女がとつぜん見分けたように思ったのは、自分に狙《ねら》いをつけているように思われる騎兵銃の長い銃身だった。溝のふちの草むらに半ば隠れたように置かれた小さな樽《たる》のへりに、銃身が斜めに突き出ていた。エンマは、恐怖のあまりいまにも気を失いそうだったが、それでも前に進み、すると一人の男が樽からひょいと出てきて、まるで箱の底からひょっくり顔を出すバネ仕掛のびっくり箱みたいだった。男は膝《ひざ》までゲートルをはき、ハンチング帽を目深《まぶか》にかぶり、唇を震わし、鼻を赤くしていた。マガモを待ち伏せしていたビネー消防団長だった。

「遠くから声をかけてくださらなくては！」と彼は叫んだ。「鉄砲を見かけたら、いつでもそうするものですよ」

　収税吏はそう言って、自分が味わったばかりの心配を隠そうとしたのだが、というのも、県の条例では、舟に乗ってするカモ猟以外は禁じられていたからで、ビネー氏は、法律を遵守《じゅんしゅ》する身にありながら、法律違反をしていたのだった。だから彼はいまにも農村保安員の足音がするのではないかと思っていた。しかしこの不安こそが彼の歓びをひりひりとかき立て、樽のなかにひとり潜みながら、自分の僥倖《ぎょうこう》と自分の悪だくみに満足していたのである。

　エンマの姿を見て、彼はずっしりとした重圧から解放されたようで、たちまち話をはじめた。

「お寒うございます、ちくちく刺しますな！」

　エンマは何も答えなかった。彼はつづけた。

「こんな早い時間にお出かけですか？」

「ええ、まあ」と彼女は口ごもりながら言った。「子供を預けている乳母のところへ行ってまいりましたの」

「ああ！　そうですか！　それは、それは！　私なんぞ、ご覧の通り、明け方からここにこうしていますが、天候がこうも細かな霧雨ですから、獲物の羽が鼻先にでも来てくれないかぎり……」

「それでは、ビネーさん」と彼女はさえぎると、くるりと向きを変えた。

「いや、失礼」と彼はそっけなく答えた。

そして彼はまた樽のなかにもどった。

エンマはあんなにもぶっきらぼうに収税吏と別れたことを悔やんだ。ひょっとしたら、あれこれ好意的でない推測をするかもしれない。乳母を持ち出したのは何よりもまずい言い訳で、一年前からボヴァリーの娘が両親のもとに帰ってきていることくらい、ヨンヴィルでは知らない者などいない。それに、出会ったあたりにはだれも住んではいないし、あの道はラ・ユシェットにしか通じていない、だからビネーはこっちがどこから来たのか見抜いたにきまっている、しかもあの男はじっと我慢のできる男ではない、きっとしゃべる、そうにきまっている！　彼女は夜までずっと、考えられる嘘《うそ》をどうつこうか知恵を絞って練りに練り、目の前には絶えず、獲物袋をぶらさげたあの間抜け男の顔がちらついていた。

夕食後、シャルルは心配そうにしている彼女を見て、気晴らしに薬剤師のところに連れて行こうとし、そして、彼女が薬局で最初に見かけた人こそ、まさにその当人、収税吏だった！　彼は赤い広口瓶の光に照らされて、売り台の前に立ち、こう言った。

「濃硫酸を半オンス、いただきましょうか」

「ジュスタン」と薬剤師は叫んだ。「硫酸をもってこい」

そうして、二階のオメー夫人の部屋に上がって行こうとするエンマに向かって、

「いいえ、そこにいらしてください、部屋まで行くには及びません、あいつはじきに降りてくるでしょう。それまで、ストーブにでもおあたりになって……ちょっと失礼……ようこそ、先生《ドクトゥール》（というのも、薬剤師はこのドクトゥール〔学位を持った医師、博士の意〕という言葉を口にするのが大好きで、相手に向かってそう呼びかけると、その言葉にふくまれていると思い込んでいる荘厳《そうごん》な何かが自分自身にまで及ぶように思われたからだった）……いいか、乳鉢をひっくり返さないように気をつけるんだぞ！　むしろ居間から椅子《いす》を取ってこい、分かってるだろう、客間の肘掛椅子はそのままにしておかなきゃいかんということくらい」

そして、肘掛椅子をもとの場所にもどそうとして、オメーが売り台の外に急いで出ようとすると、ビネーは彼に糖酸を半オンスさらに頼んだ。

「糖酸ですと？」と薬剤師は軽蔑《けいべつ》したように言った。「存じませんな、まるで！　た

ぶん蓚酸《しゅうさん》のおつもりでは？　蓚酸じゃないのですかな？」

ビネーの説明によれば、自ら銅磨き液を調合するために腐食剤《ふしょくざい》が必要で、それでさまざまな猟の道具の錆《さび》を落とすという。エンマは全身に戦慄《せんりつ》が走った。薬剤師はこう言いはじめた。

「たしかに、湿気が多くて、いま時分の天候は打ってつけとはいきませんな」

「それでも」と収税吏は抜け目なさそうな表情で答えた。「そこをなんとかやってのける人間もおりましてな」

彼女は息が詰まりそうだった。

「さらにいただきたいのは……」

「これだと一向に出て行きそうもない！」と彼女は思った。

「松脂《ロジン》とテレピン油を半オンス、黄蠟《おうろう》を四オンス、骨炭《こったん》〔動物の骨を乾留して得る炭素質の粉末。着色料、染料として用いる〕を一オンス半、お願いします。エナメル革の狩猟服を磨くためにね」

薬剤師が蠟を切りはじめると、オメー夫人がイルマを抱いて、ナポレオンを脇《わき》に、アタリーを後ろに連れて姿を見せた。夫人は窓ぎわのビロードの長椅子に腰かけ、男の子はスツールの上にうずくまり、一方、姉娘のほうはいとしいパパのそばにある咳《なつ》どめ練《め》り薬《とう》の箱のまわりをうろついた。そのパパは、漏斗《じょうご》を薬品で充《み》たし、瓶《びん》に栓をし、ラベルを貼《は》り、包みをつくった。その周囲ではだれも口を利《き》かず、そして、ただときどき秤《はかり》に分銅《ふんどう》を載せる音がし、見習いに助言を与える薬剤師の小さな声がいくらか聞こえるだけだった。

「お宅のお嬢さん、お元気？」と藪《やぶ》から棒《ぼう》にオメー夫人が訊いた。

「静かに！」と帳簿に数字を書き込んでいた亭主が叫んだ。

「どうして娘さん、連れていらっしゃらないの？」と夫人は小声でつづけた。

「しっ！　お静かに！」とエンマは薬剤師を指で示しながら言った。

しかしビネーはすっかりのめり込んで勘定書を読んでいて、おそらく何も聞こえてはいなかったようだ。ようやく彼は出て行った。そこでエンマは肩の荷を降ろし、大きくため息をついた。

「深い息ですこと！」とオメー夫人は言った。

「ああ！　少しここが暑いものですから」と彼女は答えた。

そういうことで二人は翌日、逢引《あいびき》の仕方をよく考え、エンマは何か物をやって女中を手なずけようと言ったが、ヨンヴィルにどこか秘密の家を見つけたほうがいいだろうということになった。ロドルフはそのような家を探してみようと約束した。

冬のあいだずっと、週に三、四度、真っ暗に暮れてから、ロドルフは庭に来た。エンマはわざわざ柵戸《さくど》の鍵《かぎ》を抜き取っておいたが、シャルルは鍵がなくなってしまったと思い込んだ。

ロドルフは、来たことを彼女に告げるために、一つかみの砂をよろい戸に投げつけることにしていた。彼女ははっとして立ち上がろうとするが、ときどき待たなければならず、というのもシャルルには暖炉ばたでおしゃべりをする癖があって、いつまでも終わらないのだ。彼女はじれったさに身を焦《こ》がし、自分の目にそうする力が宿っていたら、夫を窓から投げ飛ばしていただろう。ようやく、彼女は夜の身支度《みじたく》をはじめ、それから本を手に取り、じつに平然と読みつづけ、まるで面白くて仕方ないといわんばかりだった。だが、ベッドに入っているシャルルはもう寝ないかと呼びかけてくる。

「さあおいでよ、エンマ」と彼は言う。「そろそろ時間だよ」

「ええ、いま行くわ！」と彼女は答えるのだった。

そうしているあいだに、ロウソクがまぶしいので、彼は壁のほうに寝返り、眠り込んでしまう。彼女は息を殺し、笑みがわき、胸が高鳴り、寝巻きに着替えたままの姿で抜け出すのだった。

ロドルフは大きな外套《がいとう》を持ってきていて、それで彼女をすっぽりくるむと、腰に手をまわして抱き、何も言わず庭の奥まで連れて行った。

それは青葉棚の下の、かつて夏の夕べにレオンがあれほどにも恋心をこめて彼女を見つめたのと同じ、朽ちかけた棒材を渡したベンチの上だった。いまでは彼女の念頭にレオンのことなどなかった！

葉の落ちたジャスミンの枝ごしに見ると、星々が煌《きら》めいていた。二人の背後には川のせせらぎの音が聞こえ、ときどき、土手の枯れたヨシがかさかさと音を立てた。あちらこちらにある茂みの影が闇《やみ》のなかで丸くふくらみ、ときおりいっせいに身震いし、盛り上がり、傾くさまは大きな黒い波さながらで、押し寄せてきて自分たちを飲み込もうとしているようだった。夜の寒さに二人はさらにひしと抱き合い、唇からもれる息はいっそう激しく映り、闇にかろうじて見える互いの目は一段と大きく見え、静けさのなかで小声で交わす言葉は二人の魂にとどくと、澄んだ結晶のような響きを立て、さまざまな震えとなって反響した。

雨の夜には、納屋《なや》と馬小屋のあいだにある診察室に逃れた。彼女はあらかじめ本の背後に隠しておいた台所の燭台《しょくだい》の一つに火を灯《とも》した。ロドルフはまるで自宅にでもいるようにそこに腰を下ろした。書棚を見ても机を見ても、つまりその部屋そのものに愉快な気持がかき立てられるのか、そして、彼は抑えきれずにシャルルをからかう冗談をさんざん口にし、エンマを辟易《へきえき》させた。彼女はもっと真剣なロドルフを、時にはもっと深刻《ドラマチック》でさえあるロドルフを見ていたいと思ったが、そのとき彼女は小道で足音が近づいてくるような気がした。

「人が来る！」と彼女は言った。

彼は明りを吹き消した。

「あなた、拳銃は？」

「なんのためにまた？」

「だって……その身を護《まも》るためよ」とエンマは答えた。

「ご主人から、この身を？　えっ！　あんな情けない男なんか！」

そしてロドルフは自分の言葉をしめくくるのに、一つの仕草をしてみせたが、それは「あんなやつはこの指の一はじきでやっつけられるさ」と語っていた。

彼女はその豪胆さに啞然《あぜん》としたのだが、そこに一種の繊細さ《デリカシー》の欠如や素朴な粗野な一面を感じて、眉《まゆ》をひそめたのだ。

ロドルフはこの拳銃の一件についてじっくり考えてみた。もしあのとき彼女が本気であぁ言ったのだとしたら、それはひどく滑稽《こっけい》で、忌《い》まわしくさえある、と思い、なにしろこの自分はあのお人よしのシャルルを憎む理由など何もないし、嫉妬《しっと》にさいなまれるなんていう柄《がら》でもない——そして、嫉妬に関して、エンマが自分に固い誓いをしたことがあったが、これなどさして良い趣味とは思えなかった。

　それに、あの女はひどく感傷的になっている。小さな肖像画を交換しなければいけなくなったり、髪を一つかみ切ったこともあったし、いまでは彼女は指輪が欲しいといい、それも正真正銘の結婚指輪を、永久《とわ》の絆《きずな》のしるしに求めている。彼女はよく夕べの鐘や自然の呼ぶ声の話をしてくるし、それから自分の母親のことやこちらの母親のことを話してくるようになった。ロドルフは二十年も前に母親を亡《な》くしていた。それでもエンマは甘ったるい言葉で自分を慰めてくれ、まるで捨て子にでも言い聞かすみたいで、ときには月を見つめながら、

「あそこで、二人のお母さまはいっしょになってわたしたちの愛を褒めたたえてくれていますわ、きっと」と言いさえした。

　だがそれにしてもじつに美しい！　自分はこれほどの純真さを持った女をものにしたことなどなかった！　彼にとって、こうした淫蕩《いんとう》気分を離れた恋愛は経験のないもので、いつもの安易な習慣から脱け出て、自尊心と同時に官能性をくすぐられた。エンマの高揚ぶりも、その俗物的な常識からすれば厭《いと》わしかったが、心の底では魅力的に思われ、というのもそれは自分という人間に向けられたものだったからだ。そうして、間違いなく愛されていると思うと、気兼ねがなくなり、彼の態度はいつの間にか

変わった。

以前とはちがって、エンマに感涙を流させたあんなにも甘い言葉を彼はもうささやかず、彼女を狂おしくさせた激しい愛撫《あいぶ》もしなかったので、自分がどっぷりと浸《つ》かって暮らしている二人の大恋愛も、ちょうど川の水が川床に引いてしまったみたいに、その足もとまで下がってきているように思われ、彼女には底の泥が見えた。彼女はそのことを信じたくないと思い、愛情を倍にし、そして、ロドルフはつれなさをますます見せるようになった。

彼女は、自分がこの男に身をまかせたのを悔やんでいるのかどうかも分からなかったし、反対に、この男をもっと愛したいと思っているのかいないのかも分からなかった。自分が弱いと感じる屈辱は恨みに変わったが、その恨みも性の快楽によって和らげられた。それは愛着から生まれたものではなく、いつまでも繰り返される誘惑のようなものだった。ロドルフに征服されたのだ。彼女はほとんど怖い気さえした。

しかしながら、ロドルフが好きなようにこの不倫を巧みに操るので、見た目はかつてなく落ち着いていて、そして、六か月たって春になったころには、二人は面と向かい合うと、まるで泰然として家庭の火を絶やさない夫婦のように自分たちを感じた。

それはルオー爺《じい》さんが元どおりになった脚の記念に七面鳥を送ってよこす時期だっ

た。贈り物にはいつも手紙が添えてあった。エンマは籠《かご》に手紙をくくりつけてある紐《ひも》を切って、次のような文面を読んだ。

《親愛なる子供たちへ

この手紙を健やかなお二人が読まれんことを、今年の七面鳥も例年に劣らぬものと期待しておりますが、なにしろ、今年のものは、あえて言えば、少し柔らかく、いっそうどっしりしております。しかし、この次は、どうしても七面鳥というのでなければ、変化をつけて、ニワトリでも送りましょう、そして、前の二つといっしょにどうぞ籠を送り返してください。うちの荷車置場に災難が生じ、大風が吹いたある晩のこと、屋根が吹き飛ばされて、木立に引っかかってしまいました。収穫も上等とは行きませんでした。やれやれ、いつ会いに行けるやら分かりません。私ひとりになってから、いまや家を空けるのはたいそう難しくなってしまいました。かわいそうなエンマ！》

そしてここで、行と行のあいだに間《ま》がとられていて、まるで爺さんが筆を置いてしばし夢想にふけったみたいだった。

《私はといえば、先日、イヴトーの市《いち》に行った折りに風邪を引いたほかは元気で、そこには羊飼いを雇いに行きましたが、これまでの羊飼いが食うものにうるさすぎるので、首にしたからです。あのようなごろつきを相手にするのは、我ながらなんと気の毒なこと！　おまけに、あの男は無礼者でもありました。

この冬、そちらの村に出かけて歯を抜いてもらった行商人がいて、その男から聞きましたが、ボヴァリー殿はいつも猛烈に働いているとのこと。それを聞いても、驚きませんが、その男は抜いた歯を見せてくれ、二人でいっしょにコーヒーを飲んだ次第。お前を見かけたかと訊ねたところ、その男が言うには、見なかったが、馬屋に馬が二頭いたとのこと、そこから商売順調と判断いたしました。それはなによりで、親愛なる子供たちよ、神さまからありったけの幸福を受けられんことを。

いたく悲しいのは、まだ愛する孫娘のベルトの顔を見てないこと。孫娘のため、お前のいた部屋の真下の庭に、スモモの木を一本植え、だれにも触れさせずにおき、もっとも、後々、孫娘用に砂糖煮《コンポート》を作っておき、彼女が来た折のために戸棚にしまっておくつもり。

さようなら、親愛なる子供たち。わが娘よ、接吻を送ります。婿《むこ》どのにも同じく、そして孫娘には両方の頰に。

くれぐれもよろしく。

愛する父

テオドール・ルオー》

彼女はしばらくざら紙に書かれたこの手紙を指で握ったままでいた。そこには誤字が絡みつくようにふくまれ、エンマはその誤字を通して、なんだかんだ語りかけてくる愛情のこもった思いを追ったのだが、それはちょうど茨《いばら》の生垣に半ば隠れた雌鶏《めんどり》の鳴き声を追うようなものだった。暖炉の灰で文字のインクを乾かしたのか、手紙から灰色の粉が彼女のドレスの上にこぼれ落ち、父が火床のほうに背を丸めて火ばさみをつかもうとしている姿がほとんど目に浮かぶような気がした。なんて昔のことだろう、父の傍らで腕も背もない腰かけに座って、暖炉で、ぱちぱちはぜるハリエニシダの燃えさかる炎で棒切れの端を焼いたっけ！……日射《ひざ》しがまだみなぎっていた夏の夕べを彼女は思い出した。わきを通ると、子馬たちはいないで、駆けに駆け回った……部屋の下にはミツバチの巣箱があって、ミツバチは日光を浴びて旋回していたが、ときどき窓ガラスに当たって、まるでよく弾む黄金の弾《たま》のようだった。あのころは何て幸せだったのかしら！　何て自由だったのかしら！　何て希望に充ちていたのかしら！　何ていっぱい夢があったのかしら！　いまはもう何も残ってやしない！　心をゆさぶるいくつもの出来事を経るうちに、娘時代、結婚、恋愛と次々にさまざまな境遇を経ることで、かつてあったものを使い切ってしまい――そうやってこの人生を通じて絶えず失ってゆき、ちょうど旅人が旅程の宿屋ごとに自分の持ち金のなにがしかを落としてゆくようなものだわ。

それにしても、いったい何が自分をこうも不幸にしたのだろう？　いったいどこで途方もない不幸に遭って、自分はめちゃめちゃにされたのだろう？　そして彼女は顔を上げてあたりを見回したが、まるで自分を苦しめる原因を探そうとするかのようだった。

四月の陽光が棚に並んだ磁器の肌を玉虫色に輝かせ、暖炉の火は燃え、彼女はスリッパの下に絨毯《じゅうたん》の柔らかさを感じ、日射しは透明で、空気は暖かく、娘のはじけるような笑い声が聞こえた。

見ればたしかに、娘はそのとき芝生に乾してある刈り草のなかを転げ回っていた。干し草の山の上に、娘は腹ばいになって寝転んでいる。女中は娘のスカートをつかんでいる。レスチブードワがそばで熊手《くまで》で掃除し、この男が近づくたびに、娘は身を乗り出して、両方の腕をばたばたさせた。

「娘をこちらに連れておいで！」と母親は言ったかと思うと、急いで駆けつけ、娘に接吻した。「いい子だこと、お前！　いい子だこと！」

それから、娘の耳の縁《へり》が少し汚れているのに気づくと、エンマはすぐに呼び鈴を鳴らし、お湯を持って来させ、娘を拭《ふ》いてやり、下着や靴下や靴まで替えさせ、娘の体調についていくつもの質問を浴びせ、まるで旅から帰ってきたときのようで、最後にまた娘に接吻しながら、少し涙ぐみ、娘を女中の手にもどし、その女中は、そうした過度の愛情表現を目の当《ま》たりにして、ひどく啞然としていた。

その晩、いつになく彼女が堅いようにロドルフには思われた。

「これはじきに終わるな」と彼は思った。「気まぐれさ」

そして彼はつづけざまに逢引を三度もすっぽかした。彼がふたたび来てみると、彼女はつれなく、ほとんど馬鹿《ばか》にしたような態度を示した。

「ああ！　時間を無駄にする気かい、かわいい人……」

そしてエンマが哀愁を帯びたため息をついても、ハンカチを取り出しても、彼は気づかない振りをした。

エンマが後悔したのはそのときだった！

いったいどうして自分はシャルルを嫌うのか、シャルルを愛することができたらもっと好ましいのではないか、とさえ彼女は自問した。しかしこうして愛情をいくらもどしても、つかみどころのない彼はまるでその甲斐《かい》なく、だから罪滅ぼしの気持はあるのに、どうするかひどく戸惑っていたとき、薬剤師が折りよくやって来て、またとない機会を提供してくれた。

11

最近、薬剤師は反り足の新しい治療法を称賛する文章を読んだのだが、進歩の信奉者だったので、ヨンヴィルでも水準に追いつくように湾足《わんそく》手術を行なうべきだという郷土愛的な見解を抱いたのだった。

「なにしろ」と薬剤師はエンマに言った。「どんな危険があるというのです？　いいですか（と言って彼は指を折ってこの企ての利点を数え上げ）、成功はほぼ確実、患者は苦境から救われ、見映《みば》えもあがるし、執刀者はたちまち名声を馳《は》せる。たとえばお宅の先生など、「金獅子」のあわれなイポリットを救ってやろうと思ったっていいじゃないですか？　いいですか、あいつが泊り客という泊り客に吹聴《ふいちょう》することは必定《ひつじょう》、さらに（とオメーは声をひそめてあたりを見まわし）私が新聞にそのことに関しちょっとした記事を書き送ってもかまわないわけでしょ。ね！　いやほんとに！　記事はめぐりますぞ……だれもが噂《うわさ》しますぞ……それがしまいには雪だるまのように大きくなって！　それにあり得ないことじゃない、おそらく」

たしかに、ボヴァリーだってできるかもしれないし、彼の腕が立たないという確証も、エンマには何もなく、名声と財産が増えるかもしれない振る舞いへと夫の背中を押したとなれば、この自分だってじつにうれしい。恋愛よりもしっかりしたものをよりどころにしたい、という思いしかなかった。

シャルルは薬剤師と妻にそそのかされ、その気になった。ルーアンからデュヴァル博士の著書を取り寄せ、毎晩、両手で頭をかかえ熟考し、著書と首っ引きとなった。

彼がエクイヌスやワルスやワルグス、つまり馬足症や内反症や外反症（というか、わかりやすく言えば、足の下部の変形か、内側への変形か、外側への変形）や尖足症《せんそくしょう》や腫足症《しょうそくしょう》（言い換えれば、下向きのねじれや上向きのねじれ）を研究しているあいだ、オメー氏はあらゆる理屈をこねて、旅館の下働きに対し手術をしてもらうように説得していた。

「ほとんど感じないくらいさ、ひょっとしたら、かすかな痛みがあるかもしれないけど、ただちくっとして、ちょっと瀉血《しゃけつ》するくらいで、魚《うお》の目を摘出するより簡単さ」

　イポリットは考え込み、愚鈍そうな目をきょろきょろさせた。

「それに、これは」と薬剤師はつづけた。「こっちには関係ないことさ！　お前さんのためなんだ！　まったくの思いやりからだよ！　いいかい、その醜い跛行《はこう》から解放されたお前の姿が見たいんだよ、腰部《ようぶ》がそう揺れたんじゃ、お前さんがどう言おうと、仕事をする上でも相当に妨げになっているにちがいない」

　そこでオメーは、手術を受ければどんなにしゃんとして足の動きが軽く感じられるか描いてみせ、恩恵を受けて女にもてるようになると分からせさえし、そして、馬丁《ばてい》はみっともなくにやけだした。そうして薬剤師は相手の見栄《みえ》を攻めた。

「お前さんは男じゃないのかい？　忌々《いまいま》しい。兵隊にとられて、軍旗のもとで戦わねばならなくなったら、いったいそれでどうなる？……なあ！　イポリット！」

　そしてオメーは、科学の恩恵を受け入れようとしない頑固さや無分別が理解できない、とはっきりと言い置くと、去って行った。

　この不幸な男はついに折れたのだが、というのも寄って集《たか》っての共謀《たくらみ》みたいになったからだ。他人のことに決して口出ししないビネーをはじめ、ルフランソワの女将《おかみ》、アルテミーズ、近所の連中、そして村長のチュヴァッシュ氏まで、だれもが勧誘し、説教し、叱《しか》ったが、下働きの男にきっぱり決心をつけさせたのは、ただでいいから、と、いうことだった。ボヴァリーが手術のための器具の提供を引き受けてくれた。エンマがこの気前のよい着想を思いつき、そして、シャルルも同意し、心の底で、妻は天使のような人間だと思った。

薬剤師の助言にしたがい、三度も繰り返して、シャルルは指物師《さしものし》と錠前屋《じょうまえや》に箱のようなものを作らせたが、それはおよそ八リーヴル〔一リーヴルは五百グラム〕も重さがあり、鉄や木や鉄板や革やネジやナットが惜しげもなく使われていた。

しかしながら、イポリットの足のどの腱《けん》を切るのかを知るには、まず、彼の湾足がどういう種類か、分かっていなければならない。

彼の足は下肢に対しほとんど一直線になっていて、つまり下肢が内側に曲がらず、だからこれは馬足症《エクイヌス》に少し内反症《ワルス》が加わっているというか、軽い内反症《ワルス》に馬足症《エクイヌス》がひどく目立つものだった。それでも、馬足症《エクイヌス》、すなわち馬の蹄のように幅があり、皮膚はざらざらで、腱は瘦《や》せ干からび、足の指は太く、その爪《つめ》は黒くてまるで馬蹄釘《ばていくぎ》のようで、そんな馬足症《エクイヌス》を引きずりながら、朝から晩までこの湾足男はシカのように走り回っていた。ちぐはぐなほうの支えの足を前に突き出して、荷馬車のまわりをぴょこんと飛び跳ねる姿が、いつも広場に見られた。その足のほうがもう一方の足よりかえってたくましくさえ見えた。大いに使われたせいで、悪いほうの足には忍耐と気力という精神的な美質のようなものがそなわり、何かきつい仕事を与えられると、彼は悪い足のほうで好んでぐっとそのまま踏みこらえた。

ところが、馬足症《エクイヌス》であるから、アキレス腱を切る必要はあるのだが、なにしろ一度に二つの手術をあえてやる勇気がない以上、あとから責任もって前脛骨筋《ぜんけいこつきん》〔いわゆる「弁慶の泣き所」の少し外側の筋肉〕に取りかかり、内反症《ワルス》を処置しなければならず、自分の承知していないどこか重要な部位を傷《いた》めないかと心配で、もうすでにシャルルはがたがた震えていた。

千五百年を挟んで、ケルシウス〔古代ローマの医者〕以来はじめて動脈の直接結紮《けっさつ》を実施したアンブロワーズ・パレ〔一五〇九―九〇。アンリ二世、アンリ三世等の外科医〕にしても、脳の厚い層の奥にある膿瘍《のうよう》を切開したデュピュイトラン〔一七七七―一八三五。ルイ十八世、シャルル十世の外科医〕にしても、上顎骨《じょうがっこつ》の切除をはじめて行なったジャンスール〔一七九七―一八五八。リヨンの外科医〕にしても、たしかに、切腱刀を手にしてイポリットに近づいたボヴァリー氏ほど、心臓がぴくぴく動悸《みゃく》を打ってはいなかったし、手が震えてはいなかったし、判断力が緊張してはいなかった。そして病院よろしく、傍らのテーブルの上には、綿撒糸《めんざんし》〔古布をほぐしたガーゼ代り〕の山に、蠟引《ろうび》きした糸に、多くの包帯に、ピラミッド状に積まれた包帯に、薬屋にあるだけの包帯などが見られた。オメー氏は朝からこれらすべての支度を整えて、おびただしい見物人の目を奪おうとすると同時に、自分の目をも欺《あざむ》こうとした。シャルルが皮膚を突くと、ぽきっと乾いた音がした。腱は切断され、手術は終了していた。イポリットは意表をつかれ驚いてばかりいて、ボヴァリーの手に身をかがめ、そこにやたらと接吻《せっぷん》した。

「さあ、安静に」と薬剤師は言った。「恩人への感謝はいずれ表すとして！」

そして薬剤師は、庭から動こうとしない物見高い五、六人に結果を伝えに降りて行ったが、連中はイポリットがまっすぐに歩いて現れるだろうと想像していたのだ。それからシャルルは、患者の足を例の手作り矯正器へとバックルで留めると、家に帰り、そこではエンマがじつに気をもんで、戸口のところで待っていた。彼女は夫の首に飛びつき、二人は食卓につき、彼はたらふく食べ、食後になると、コーヒーまで所望したが、それは、日曜日に客があったときだけ自分に許している楽しみだった！

話に花が咲き、共通の夢にあふれた楽しい晩となった。これからの財産について、家に加えるべき改修工事について語り合い、彼は自分への尊敬が拡大し、生活の快適さが増大し、妻にいつまでも愛されている姿を思い描き、そして、彼女はいっそう健やかで好ましい新たな気分にひたってさわやかになることができ、自分を大切にしてくれるこの気の毒な男にようやくいくらかでも愛情を感じることができて、うれしかった。一瞬、ロドルフのことが頭を過《よ》ぎったが、彼女の目はシャルルに向けられ、夫がきれいな歯並びをしていることに気づいて、驚きさえした。

二人がもうベッドにいると、女中の止めるのも聞かず、とつぜんオメー氏が寝室に入ってきて、手には書き上げたばかりの一枚の紙をにぎっていた。それは「ルーアンの灯火《ともしび》」に送るための宣伝文だった。二人に読ませようと持って来たのだ。

「読んでくださいな、あなたが」とボヴァリーは言った。

薬剤師は読んだ。

「《偏見がいまなおヨーロッパの一部を網の目のように覆《おお》いつくしているとはいえ、それでも光明がわが農村に射しはじめようとしている。かくて去る火曜日に、わが小村ヨンヴィルは外科学の実験の舞台となり、と同時に、その実験は気高い人類愛的行為でもあった。われらが最も卓越した臨床医ボヴァリー氏は……》」

「ああ！　過分なお言葉です！　恐縮です！」とシャルルは感動に息をつまらせて言った。

「いや、いや！　とんでもない！　ご謙遜《けんそん》を！……《湾足《そりあし》の手術を行なったのである……》専門用語は入れませんでしたが、なにしろご承知の通り、新聞となりますと……おそらくだれもが分かるとはかぎりませんからな、なんとかいま少し大衆ってやつも……」

「たしかに、でその先を」とボヴァリーは言った。

「つづけます」と薬剤師は言った。「《われらが最も卓越した臨床医ボヴァリー氏は湾《そり》足《あし》の手術を行なったのであるが、患者の名はイポリット・トータンと言い、寡婦《かふ》ルフランソワが経営するアルム広場に面した旅館「金獅子」に馬丁として二十五年間勤務。この手術の斬新《ざんしん》さと患者に寄せられる関心があいまって、ものすごい人だかりを集め、旅館の戸口はまさに飽和状態となった。しかも、手術はまるで魔法にでもかけられたかのように行なわれ、ほんの数滴の出血を皮膚に見たくらいで、それもまるで根治できない腱がついに医術の努力を前にして屈したと告げに来た観があった。驚くべきことに（筆者は見たままを断言するが）、患者はいささかも苦痛の表情を浮かべなかったのである。患者の様態は、現在までのところ、しごく良好。すべての点から見て、回復は間近と思われ、そして、次回の村祭りには、愉快な連中の一団にまじってわれらが律儀《りちぎ》なイポリットがバッカス踊りに繰り出し、そうしてだれの目にも、溌剌《はつらつ》とした姿や飛び跳ねる姿を見せて、その全快ぶりを立証することだってありえないことではない。それゆえ高潔な博学の徒を讃《たた》えよう！　人類の進歩や救済に刻苦勉励を重ねる不屈の人間を讃えよう！　讃えよう！　そして讃えに讃えよう！　いまこそまさに盲人は見、聾者は聞き、跛行者《はこうしゃ》は歩く〔聖書・マタイ伝第十一章五節参照〕と叫ぶときではないか！　されどその昔には狂信によって神に選ばれた人にのみ約束された奇跡が、いまでは科学によって万人のために成し遂げられようとしている！　かくも注目すべきこの治療の経過は逐次、本紙読者にお知らせする予定である。》」

こうした賛辞も、五日後、ルフランソワの女将がすっかり度を失ってやって来て、こう叫ぶのを妨げられなかった。

「助けて！　イポリットが死にそう！……どうしたらいいの！」

シャルルは「金獅子」に大急ぎで駆けつけ、帽子もかぶらず広場を行く医者を見た薬剤師は店をほっぽり出した。薬剤師じしん息を切らし、真っ赤になり、不安な様子で、階段を上ってゆく連中に片っ端から訊《き》いた。

「いったいどうしたっていうんです、われらが関心の湾足患者は？」

この湾足患者はすさまじい痙攣《けいれん》に襲われ、ひどく身をよじるので、足をはめた手作りの矯正器を壁にぶつけていて、これを突き破る勢いだった。

細心の注意をはらって、足の位置を動かさないように箱を取り外すと、ぞっとするような光景が目に入った。足の形は消えるほどひどくむくみ、皮膚全体がいまにもはち切れそうで、例の矯正具のせいで生じた斑状《はんじょう》出血が皮膚一面を覆っていた。イポリットはとっくに痛いと訴えていたのだが、だれも取り合わず、それもまったくのでたらめではないと認めねばならなくなり、そして、数時間のあいだ彼の足をそのままにしておいた。しかし浮腫《ふしゅ》が少しひきかけるとたちまち、二人の博学の徒は足を矯正器にもどすのが適切と判断し、事態を促進するために、矯正器のなかの足を前よりもいっそう強くしめつけた。三日後、とうとうイポリットが我慢できないというので、二人はもう一度、矯正器を外し、患部を見て、大いにたまげた。鉛色の腫脹《しゅちょう》は片足全体に広がり、水疱《フリクテン》があちこちにできていて、そこから黒い滲出液《しんしゅつえき》がしみ出ていた。それは深刻な展開となっていた。イポリットは寂しがりはじめ、ルフランソワの女将は、せめていくらか気晴らしになればと思って、この男を調理場の近くの小部屋に移した。だが、毎晩そこで夕食をとる収税吏は、こんなやつに隣りにいられてはと辛辣《しんらつ》に不満を言いたてた。そこでイポリットは玉突部屋に移し替えられた。

彼はそこに入ると、粗末な掛け布団《ぶとん》の下で呻《うめ》き、顔に血の気はなく、ひげは伸び放題で、目は落ち窪《くぼ》み、ハエがたかってくるので、汚い枕《まくら》の上でときどき汗まみれの頭の向きを変えた。ボヴァリー夫人はよく見舞いに来た。ハップ剤のための布を持ってきては、馬丁をなぐさめ、励ました。それに、話し相手にはこと欠かず、特に市《いち》の立つ日には、まわりで百姓たちがビリヤードの玉を突いたり、キューを剣のように使ってみたり、タバコを吸ったり、酒を飲んだり、歌ったり、わめいたりした。

「どんな具合だい？」と連中はイポリットの肩を叩《たた》きながら言った。「ああ！　見たとこ、元気がねえようだな！　だが、それじゃいけねえのじゃねえか。これをやってみたり、あれをやってみたりしねえと」

そしてみんなは、ほかの治療法で治った連中の話ばかりし、やがて慰めるつもりで、付け加えた。

「おめえは、身体《からだ》をいたわりすぎじゃねえのか！　ほれ、起きてみろやい！　王さまみてえに、自分を楽させよって！　なあ！　かまうもんかい、食わせ者めが！　それにしてもおめえ、くせえな！」

というのも、壊疽《えそ》がますます上に広がっていた。ボヴァリーまでがその臭《にお》いに気分が悪くなった。彼は絶えず時間をおかず往診した。イポリットは不安いっぱいの目で医師を見つめ、泣きじゃくりながら口ごもって言った。

「いつになったら治るんでしょう？……ああ！　救ってくださいよ！……こんな目に遭うとは！　こんな目に遭うとは！」

するとと医者はきまって減食を勧めては帰って行った。

「医者の言うことなんか、聞いちゃいけないよ、お前」とルフランソワの女将は言葉を継いだ。「医者と薬屋にもうじゅうぶんひどい目に遭わされてるじゃないか。身体が衰えちまうよ。ほら、食べるんだよ」

そして女将はイポリットにおいしいスープや薄切りにした羊の腿肉《ももにく》や一口大の豚の脂身《あぶらみ》を、ときにはブランデーを小さなコップで勧めたが、それらを口元に持ってゆくだけの元気もなかった。

馬丁の具合が悪化していると聞いたブールニジャン師は、自分に会いたいと思わせた。師はまずイポリットの災難に同情しながら、これも天命である以上、そのことを歓《よろこ》ばねばならない、そしてすばやくこの機会を利用して神と和解しなければならないとはっきり述べた。

「なにしろ」と聖職者は温情に充ちた口調で言った。「お前は少しお勤めをなおざりにしておるな、聖務《ミサ》にもめったに姿を見せんし、祭卓に寄り付かなくなってから何年になる？　仕事のせいで、現世の目まぐるしい動きのせいで、自分を救う心がけから離れてしまったのも分かる。だがいまこそ、そのことをよく考えてみるときではないかな。とはいえ、あきらめてはいかん、大罪人が神の裁きを受けるまぎわになって（お前はまだそこまでいたっていないことは承知しておる）罪の許しを懇願し、間違いなく立派に大往生したことも知っておる。そういう連中と同じく、お前もよい手本を示してほしい！　というわけで、念のために、朝と晩に『めでたし、聖寵充満《せいちょうみちみ》てるマリア』〔「天使祝詞」のはじまりの言葉〕と『天にまします我らの父よ』〔主禱文（主の祈り）のはじまりの言葉〕を唱えてみてはどうかな？　そうしてみてくれ！　わしのために、わしに恩義を施すと思って。大変でもないだろう？……わしに約束してくれるか？」

あわれな男は約束した。それから毎日、司祭はやって来た。司祭は女将とおしゃべりし、冗談と語呂《ごろ》あわせを織り込んだ小話まで語ったが、イポリットにはちんぷんかんぷんだった。そうして、状況が許すと見てとるとすぐに、適切な兆《きざ》しをとらえて宗教の話題に舞いもどるのだった。

司祭の熱意は通じたらしく、というのもやがて、湾足患者は治ったらボン＝スクール〔ルーアンの近郊にある教会〕巡礼に行きたいと言いだし、それに対しブールニジャン師は、何の差支えもない、二つの用心は一つに勝ると答えた。大丈夫にきまっている。

薬剤師は聖職者の術策と自ら呼ぶものに憤慨し、それがイポリットの回復をはばんでいると主張し、ルフランソワの女将に繰り返し言った。

「いらぬ世話はやかないこと！　やかないこと！　あんたは、ご自分の迷信好きでイポリットの心をかき乱しおって！」

しかしこの女は薬剤師の言うことを聞こうとはしなかった。こいつこそすべての種をまいた張本人なのだ。異議を唱える気持で、女将は聖水盤に水を充たしツゲの枝

〔ツゲの枝は「枝の主日」に使う聖なるもの〕をそえて、患者の枕元にかけてやった。
しかしながら、宗教も外科学と同じく馬丁を救うことにはならないようで、常に壊疽は勝ち誇ったようにどんどん足を上って下腹部のほうに進んで行った。水薬を変えてみても、ハップ剤を取り替えてみてもむだで、日に日に筋肉はますます剝離《はくり》を起こし、ついにシャルルも、ルフランソワの女将が窮余の一策でヌーシャテルから高名なカニヴェ先生に来てもらえないものかと訊《たず》ねたとき、首を縦に振らないわけにはいかなかった。

　五十がらみの医学博士で、よい地位に恵まれ自信満々のこの医者は、膝《ひざ》まで壊疽を起こしている足を見ると、だれはばかることなく軽蔑するように笑った。それから、切断しなければならないときっぱり言うと、薬剤師のもとに行き、気の毒な男をこんな状態にまで追いやってしまった愚か者どもをさんざんこきおろした。フロックコートのボタンをつかんでオメー氏を揺さぶりながら、この医師は薬屋の店内でがなり立てた。

「こいつもまたパリの新発明とやらだ！　首都《みやこ》の連中が思いつきそうなことだ！　やれ、斜視矯正手術だ、クロロフォルムだ、膀胱《ぼうこう》結石破砕手術だといった類《たぐい》の、政府が禁じなければいかん諸々《もろもろ》の醜悪な療法なんじゃ！　だが才気をひけらかそうとして、結果も気にかけずに薬ばかり押し込んでおく。このわしらは、そんなやつらみたいに頭は使わん。わしらは学者じゃないし、気取ったきざ男じゃないし、女たらしじゃない、わしらは臨床医じゃ、病気を治す人間じゃ、すこぶる元気な人間を手術しようなどとは思いもよらぬ！　ねじれた足を治すじゃと！　ねじれた足を治せるというのか？　たとえばじゃ、まるで傴僂《せむし》の背中をまっすぐにしようと思うようなもんだ！」

この演説《はなし》を聞きながら、オメーは耳が痛かったが、カニヴェ先生の処方箋《しょほうせん》はときおりヨンヴィルまでまわってくることもあって、この人は丁重にあつかう必要があるので、お世辞笑いを浮かべて心地悪さを隠し、そういうわけでボヴァリーの味方にもならず、いかなる意見もさしはさまず、自分の主義主張もほったらかし、いっそう確かな商売の利益のために自尊心を犠牲にした。

カニヴェ博士による大腿部《だいたいぶ》切断手術は、この村の重大事件となった！　当日は、村じゅうの人間がいつもより早く起き、大通りは人びとで埋めつくされたが、どことなく打ち沈んでいて、まるで死刑執行さながらだった。食料品店ではだれもがイポリットの病気について話し合い、ほかの店にはだれもおらず、村長の妻のチュヴァッシュ夫人は窓辺から動かず、そこで執刀医の来るのを一目《ひとめ》見ようと待ちきれずにいた。

医師は自ら二輪馬車《カブリオレ》を御して到着した。しかし肥満の重みを受けて右側のバネがいつしか押しつぶされていて、馬車は少し傾きながら走り、医師の傍らのもう一つのクッションの上には大きな箱が見え、それは赤い羊皮が張られ、銅の留め金が三つ堂々と輝きを放っていた。

まるで旋風さながらに「金獅子」のポーチの下に入るとたちまち、博士は大声を張り上げて馬を外すように命じ、それから馬屋に行って、じゅうぶんカラスムギが馬にあてがわれているかをその目で見たが、というのも患者のところに着くと、まず最初に馬と馬車の面倒をみることにしていたからだ。そのことで、「ああ！　カニヴェ先生ときたら、こりゃ変わり者だわ！」と世間は言いもした。そしてその確固とした落着きゆえにいっそう高く評価された。最後の一人まで全人類が死に絶えたとしても、博士はこれっぽっちも自分の習慣を違《たが》えなかっただろう。

オメーが姿を見せた。

「当てにしているよ」と博士は言った。「準備はいいかね？　開始！」

だが薬剤師は赤面しながら、自分はひどく虚弱で、このような手術には立ち会えないと白状した。

「単に見ているだけといっても」と薬剤師は言った。「ご存知のように、想像力が強い衝撃を受けてしまうので！　それに私の神経組織というのがひどく……」

「ふん！　それが何なのだ！」とカニヴェはさえぎった。「それどころか、お見受けしたところ、どうもあんたには脳卒中の気《け》があるようだ。それにしたって、そもそもこっちは驚かないね、だって、あなたがた薬剤師の連中はずっと薬局につめっぱなしで、それじゃあしまいには体質もそこねるにちがいない。むしろこのわしを見なさい、毎朝四時に起き、冷水でひげを剃《そ》り（冷たいと感じたことは一度もないぞ）、ネルの肌着は身につけないが、風邪ひとつひかず、肺が丈夫なんじゃ！　そのとき、そのときどきで暮らしざまにこだわらず、泰然として、ありあわせのもので暮らす。だからあんたとは違って、わしは少しも虚弱ではないぞ、だから人ひとり切り刻むのとたまたま通りかかった最初の鶏を切り捌《さば》くのと、わしにはまったく同じことなのじゃ。あとは、いいかな、慣れ……慣れじゃよ！……」

そこでこの男たちは、シーツと掛け布にくるまれ不安で脂汗をかいているイポリットなどまるでおかまいなしに、会話をはじめ、薬剤師が外科医の冷静さを将軍の冷静さになぞらえ、そして、その比較に気をよくしたカニヴェは医術のもとめる要請について存分に語った。自分はこの医術を聖職と考えているが、開業医の連中はこれを汚《けが》している。ようやく、博士は患者のほうにもどると、オメーが持って来た包帯、つまりこの前の湾足手術のときに用意されたのと同じ包帯を点検し、患者の足をおさえるための人間をもとめた。レスチブードワを呼びに行かせると、カニヴェ先生は腕まくりをして、ビリヤード室に入り、一方、薬剤師はアルテミーズや女将とともに残ったが、この二人の女はエプロンよりも血の気のない白い顔で、ドアのそばで耳を澄ましていた。

そのあいだ、ボヴァリーは家から一歩も動く勇気がなかった。一階の広間にいたが、火を熾《おこ》していない暖炉の傍らに腰を下ろし、顎《あご》を胸にうずめ、両手を組んで、目は据わったままだった。何たる災難！　と彼は思った。何たる期待外れ！　それでも考えられるあらゆる予防策はとったのに。不運の邪魔が入ったのだ。そんなことはどうでもいい！　この先、万一イポリットが死ぬようなことにでもなったら、殺したのはこの自分ということになる。それに、往診先で訊かれたら、こちらの正しさをどう説明しよう？　それでもおそらく、なにかを間違えたのだろうか？　見いだそうとしても、見つからない。だがどんなに名高い外科医だって間違えることはある。それをだれも信じようとはしないのだ！　それどころか、笑い興じ、悪口を言いふらすだろう！　フォルジュにまでこの噂は広まるだろう！　ヌーシャテルまでも！　ルーアンまでも！　いたるところに！　同業者がこちらの非難文書を書かないともかぎらない。そうして論争が起これば、新聞でやり合わねばならないだろう。イポリットがこちらを訴えてくることだってありうる〔開業医は学位をもつ医者の監督下でなければ大きな外科手術はできないので、訴訟になれば負けるというふくみがある〕。名誉を傷つけられ、破産し、堕落した自分の姿が見える！　そして彼の想像力は、さまざまな仮定に攻め立てられ、そのなかをはげしく揺れ動き、まるで空っぽの樽《たる》が沖まで運び去られ、波間を漂い流れるようだった。

　エンマは正面から夫を見つめていたが、その屈辱感までは共有せず、別の屈辱感を味わっていて、つまりこんな男にも何かの価値があるかもしれないと思い込んだ屈辱感で、すでに何度も夫の凡庸さを自分は見ているのに、まるでそれでは十分ではないかのようだった。

　シャルルは部屋のなかを行ったり来たり歩き回った。長靴が寄せ木張りの床に乾いた音を立てた。

「腰をかけたら」と彼女は言った。「いらいらするから！」

　彼はふたたび座った。

　いったいどうして自分はまたしても思い違いを（こんなにも頭が切れるのに）してしまったのか？　しかも、残念でしかたないが、どういうおかしな成り行きでこうして自分の生き方をつづけざまに犠牲にし、台無しにしてしまうのか？　思い出してみれば、贅沢《ぜいたく》なものへの本能があったのに、自分の思いを奪われて、結婚と夫婦生活の低俗さを知り、まるで傷ついたツバメのように夢は泥のなかに潰《つい》えてしまい、あれほどあれこれと自分が望んだのに、ことごとく拒まれてしまい、そうした一切を自分は持てていたかもしれないのに！　どうして？　どうしてなの？

　村がどっぷり浸《つ》かる静けさのなか、大気をつんざいて胸を裂くような叫びが聞こえた。ボヴァリーの顔から血の気が引き、いまにも気を失いそうだった。彼女は苛立《いらだ》たしげに眉《まゆ》をひそめ、それからもの思いをつづけた。そうはいっても、これはこの人のため、この男のため、何も理解しないこの男のためだ、何も感じないこの男のためなのだ！　その証拠に、この男はここにいて、まるで落ち着き払っていて、もの笑いの種となるその名前がこれからは本人と同じようにこっちまで汚すことになるなんて気づきもしない。自分はこんな男を愛そうとしていろいろ努めたのか、ほかの男に身をゆだねたことを悔いて涙を流したのか。

「そうか、ひょっとして外反症《ワルグス》だったのか！」と熟考していたボヴァリーはとつぜん叫んだ。

　この言葉はまるで鉛の弾が銀の皿に当たるようにエンマの思いにぶち当たったが、その思いがけない衝撃に、彼女はぎくりとして顔を上げ、どういう意味かを見抜こうとし、そして、二人は黙ったまま顔を見合わせ、相手を見ていることにほとんど仰天し、それほど二人は意識の上で互いに遠くかけ離れていたのだった。シャルルは酔った人のとろんとした目で彼女を見つめながら、じっとして、切断手術を受けた男の最後の叫び声を聞いていたが、その叫び声に長く尾を引く抑揚がつづき、ときどき鋭い断続音があいだに加わり、殺された家畜かなにかの叫びを遠くから聞くようだった。エンマは血の気の引いた唇をかみ、そして折ってしまった枝サンゴの小片《かけら》を指のなかで転がしながら、瞳《ひとみ》の燃えさかる切っ先をじっとシャルルの上に注いだが、まるでそれはまさに放たれようとしている二本の火の矢のようだった。いまでは夫のなにもかもにいらいらし、その顔も、その身なりも、その寡黙《かもく》さも、その全人格も、要するに夫の存在じたいがいやだった。彼女は夫に対するかつての貞節を、まるで許しがたい罪のように後悔し、いまなお残っている貞節も、自尊心から袋だたきに遭い、崩れ去った。勝利を収めた不倫の恋の側から、ありったけの辛辣な皮肉を思いついては、無上の楽しみを味わった。恋人の記憶がよみがえり、目もくらむほどの力でぐいぐい引きつけられ、彼女はその力におのれの魂を投げ打ち、新たな熱狂によって恋人の面影のほうへと突き動かされ、そして、シャルルはこの目の前で死に瀕《ひん》し、いまにも息を引き取りかけているみたいに、こちらの生とは切り離され、永久に不在で、この世にあってはならず、消滅しているように彼女には思われるのだった。

歩道に足音がした。シャルルは目を向け、そして、降ろしたよろい戸越しに、さんさんと日を浴びて市場の端に立つカニヴェ博士の姿が見え、ハンカチで額の汗を拭いている。その後ろにいるオメーが大きな赤い箱を手に持ち、二人はいっしょに薬局のほうへ向かった。

そこでシャルルは意気消沈し、急に甘えたくなり、妻のほうに振り向きながら言った。

「さあ、キスしておくれ、いとしい人！」

「ほっといてよ！」と彼女は怒りで真っ赤になりながら言った。

「どうしたんだい？　どうしたんだい？」と彼は呆気《あっけ》に取られて繰り返した。「落ち着いて！　気を取り直してくれ！……このおれがお前を愛していることくらい、分かってるだろう！……さあおいで！」

「やめてよ！」と彼女はものすごい形相《ぎょうそう》で叫んだ。

そして広間から飛び出たエンマはドアをとても強く閉めたので、晴雨計が壁からはずんで落ちて、床に粉々に砕けた。

シャルルは肘掛椅子《ひじかけいす》にくずおれ、気も動転し、いったいあれはどうしたのだろうと考えながら、神経の病を想像し、涙を流し、不吉で不可解なものが自分の周囲をめぐるのをそれとなく感じた。

その夜、ロドルフは庭に来てみると、愛人が玄関先のステップのいちばん下の段にたたずんで、自分を待っていた。二人は抱きしめ合い、それぞれの恨《うら》み辛《つら》みはこの接吻の火照《ほて》りをうけて雪のように溶けてしまった。

12

二人はまた愛し合いはじめた。しばしば、昼のうちなのに、とつぜんエンマは彼に手紙を書き、やがて窓ガラス越しにジュスタンに合図をすると、ジュスタンは粗布のエプロンをすぐさま外して、ラ・ユシェットへ飛んで行き、ロドルフが来ることになるのだが、そうして彼に愁訴するのは、退屈で、夫には耐え難く、自分の生活がいやでたまらない、ということだった！

「それを私がどうにかできるとでも？」と彼はとうとうある日、我慢しきれなくなって叫んだ。

「ああ！　あなたさえその気なら！……」

彼女はロドルフの膝に挟まれて床の上に座っていたが、二つに分けた髪も解《ほつ》れ、目も虚《うつ》ろだった。

「で、どうするの？」とロドルフは言った。

　エンマはため息をついた。

「二人で暮らすのよ、どこか……、よそで……」

「どうかしてるよ、まったく！」と彼は笑いながら言った。「冗談だろう？」

　エンマはその問題に立ちもどったが、理解してもらえたようには見えず、話をはぐらかされた。

　色恋くらいの単純なことに、どうしてそうまでときめくのか、彼には分からなかった。彼女にはちゃんと動機があり、理由もあり、その愛着には後押しのようなものがあった。

　たしかに、ロドルフへの愛は夫への嫌悪《けんお》によって日毎《ひごと》にますます募って行った。一方に打ち解けるほど、他方を忌《い》み嫌うようになり、ロドルフと会ったあとで、夫婦が顔を合わすときほど、シャルルが不快に見え、指もごつく角ばっていれば、頭も鈍く、物腰も下品に見えることはなかった。そうして彼女は、妻らしく、それも貞節な妻の振りをしながら、あの黒い髪が日焼けした額にかけて巻き毛になってゆく顔を考えるだけで、あれほどもがっしりとして優美な体軀《たいく》を思うだけで、要するにあれほども判断力に経験を持ちながら欲望に夢中になれる男を思うだけで、興奮してくるのだ！その彼のためにこそ、彫金師の入念さで爪《つめ》にやすりをかけるのだし、彼のためを思えばこそ、肌に塗るコールド・クリームも決して十分だとは言えず、ハンカチにふりかけるパチョリの香料〔東南アジア産のシソ科の植物から抽出した香料〕も十分あるとは言えなかった。ブレスレットも指輪もネックレスも身につけた。彼が来ることになっているときには、青いガラスの大きな花瓶ふたつにバラをたっぷり活《い》け、さながら貴公子《プリンス》を待つ高級娼婦《しょうふ》のように部屋とわが身を整えた。女中はしょっちゅう下着類の洗濯をしていなければならず、そして、一日じゅうフェリシテは台所から動けず、小僧のジュスタンがそこに来て、女中の働くのを眺めながらよく相手をしていた。

　女中がアイロンをかけている長い板の上に肘を突いて、ジュスタンは自分のまわりに広げられた女ものの衣類をあれやこれやむさぼるように眺め入ったのだが、それはバサン〔亜麻糸と綿糸の綾織物〕のペチコートに、フィシュ〔レースなどの三角形のスカーフ〕や飾り襟に、さらには腰のところが太くて裾《すそ》すぼまりの紐付きランジェリーだった。

「これは何に使うのかな？」と小僧はクリノリン〔鯨骨などで作られたスカートにふくらみを持たせるための腰枠〕やホックに手で触れながら訊ねた。

「それじゃ、お前さんは一度も見たことないのかい？」とフェリシテは笑いながら答えた。「お前のとこのオメーの奥さんは、こんなもの身につけないみたいじゃないか」

「そうなんだよ！」

　そして彼は考え込む様子をしながら付け加えた。

「あれがここの奥さまみたいな女の人だっていうのかい？」

　しかしフェリシテは、こうして小僧にまわりをうろちょろされていらいらした。彼女は六歳も年上だったし、ギヨーマン氏の使用人のテオドールに言い寄られだしていたのだ。

「こっちに構わないでおくれ！」と彼女は糊壺《のりつぼ》の位置をずらしながら言った。「さっさと帰ってアーモンドでも乳鉢ですりつぶすんだね、女のそばにずっとまとわりついてばかりでさ、そんなことをやるのは、顎《あご》にひげでも生えてからにしな」

「さあ、そう腹を立てないでくれよ、代わりに奥さんの靴をみがいてやるからさ」

　そしてたちまち、小僧はドアの縁のほうに手を伸ばしてエンマの靴をとったが、その全体が泥――逢い引きの泥――まみれで、指で触れると粉になって剝《は》がれ落ち、彼は日射しを浴びながら音もなく舞い上がるほこりに見入った。

「靴を傷めないかって、何て心配してるんだい！」と女中は言ったが、自分がみがくときはそれほどていねいには扱わず、というのも奥さまは布の部分が少しでも傷むとすぐに彼女にお下《さ》がりにしてくれるからだった。

エンマは戸棚にたくさんの靴を持っていて、同時に履きすてたが、シャルルは決してこれっぽっちも口うるさく言わなかった。

その伝《でん》で、彼女がよいと判断してイポリットに義足を贈ろうとなったときも、シャルルはぽんと三百フランを出した。木製の義足はコルク張りになっていて、関節にバネのついている複雑な機械装置《からくり》で、上から黒いズボンで被《おお》われ、その先にエナメルの革の長靴がついていた。ところがイポリットは、こんな立派な義足を毎日つかうなんて思い切れないから、もっと簡単な別なやつを欲しいとボヴァリー夫人に懇願した。それを買うにも、もちろん、医者がまた出費した。

そんなわけで、馬丁は少しずつまた仕事をはじめた。以前のように村じゅうを駆け回る姿が見られたが、遠くから敷石に当たる義足のこつこつという音が聞こえると、シャルルはすばやく道を変えた。

義足の注文を引き受けたのは商人のルルーで、それがきっかけになり、商人はよくエンマのもとを訪れた。彼はパリから着いたばかりの商品や珍しい女ものの話をエンマにし、じつに愛想のよい態度を示して、一度も代金を請求しなかった。エンマはこの便利さにひたって、自分の移り気をつぎつぎにかなえた。たとえば、ロドルフに贈るために、ルーアンの傘の店にあるとても見事な乗馬用の鞭《むち》を彼女は欲しいと思う。翌週になると、ルルー氏がその鞭を彼女のテーブルの上に置くことになる。

だがその翌日、ルルーは二百七十フランと何サンチームかの請求書をもって彼女の家に姿を見せたのである。エンマは途方に暮れ、書き物机《ライティングデスク》のどの引き出しも空っぽで、レスチブードワにも半月分以上の支払いの借りがあり、女中にも四半期分の支払いが二回たまっていて、ほかにもたくさん借金があって、ボヴァリーはドロズレ氏からの送金を首を長くして待っていて、例年、聖ペテロ祭〔六月二十九日〕のころに支払われるのが氏の習慣だった。

当初、彼女はルルーの要求をうまく断ったが、とうとうこの男も痺《しび》れを切らし、自分はいま訴えられていて、資本も払底《ふってい》しているので、いくらかでも回収しないと、そちらに渡した商品をそっくり返してもらわねばならなくなるだろう。

「ええ！　もって行って！」とエンマは言った。

「まあ！　冗談ですよ！」と彼は応じた。「ただ、あの鞭だけはどうにも残念ですが。むろん！　鞭はご主人にお返しいただくよう言いましょう」

「だめ！　だめです！」と彼女は言った。

「ほう！　金づるだな！」とルルーは思った。

そして、自分の発見を確信すると、いつものしゅうしゅういう音とともに小声で、

「まあいいでしょう！　いずれまた！　いずれまた！」

どうやってこれを切り抜けようかと彼女が考えていると、女中が入ってきて、ドロズレさまからですと、マントルピースの上に小さく巻いた青い紙を置いた。エンマはそれに飛びつき、開けた。ナポレオン金貨〔二十フラン〕が十五枚入っていた。勘定に見合う額だった。シャルルが階段を上る音が聞こえ、彼女は金貨を引き出しの奥に放り込み、鍵《かぎ》を抜き取った。

三日すると、ルルーがまた姿を見せた。

「一つ取り決めをご提案いたそうかと思いまして」と彼は切り出した。「お約束の額をお支払い願う代わりに、よろしければ手形のほうに……」

「ほら、これでいいんでしょ」と彼女は言いながら、相手の手のなかにナポレオン金貨を十四枚置いた。

商人はあっけにとられた。そこでルルーは失望の色を見せまいと、存分に詫《わ》びやらご奉仕の申し出やらを連ねたが、エンマはことごとく突っぱね、そうしてしばらく、釣りに寄越した百スー硬貨《コイン》を二枚〔十フランに相当〕エプロンのポケットのなかでもてあそびな

がら、そのままじっとしていた。彼女は心に誓って節約し、いつかは返そう……。

「なあに！　うちの人はいつまでも覚えていないだろうけど」と彼女は思った。


銀に金メッキした握りのある例の鞭に加え、ロドルフは「心に愛を《アモル・ネル・コル》」とイタリア語で銘を刻んだ印章を受け取り、さらにマフラーにもなるようにとスカーフをもらい、とうとう、かつてシャルルが道で拾ってエンマがしまっておいたあの子爵《ししゃく》の葉巻入れとそっくり同じものまで贈られた。しかしながら、こうした贈り物をされて彼は侮辱されたように感じた。いくつかは断ったが、彼女がどうしてもと言い張るので、ロドルフはついに言われるままに受け取ったが、横暴でじつに押しつけがましい女だと思った。


やがて彼女は不可解な思いを抱くようになった。

「真夜中の時が告げられたら、わたしのことを思ってね！」と彼女は言った。

そして、頭から抜け落ちていたと言おうものなら、たっぷりと難じられて、いつもきまってこう言われて終わるのだった。

「わたしを愛している？」

「もちろん、愛しているよ！」と彼は答えるのだった。

「すごく？」

「間違いなく！」

「ほかの女の人なんか愛したことない、のね？」

「この私が女を知らなかったとでも言うつもりかい？」と彼は笑いながら声をあげた。

エンマは涙を見せ、彼はつとめて彼女をなぐさめたが、誓いの言葉にも語呂《ごろ》あわせをちりばめた。

「ああ！　これもあなたを愛しているからなのよ！」と彼女はつづけた。「あなたなしではいられないほど愛しているの、分かっている？　ときどき無性にお会いしたくなって、恋しさのあまり苛立《いらだ》って、自分を責めさいなむの。『あの人はいまどこなのかしら？　ひょっとして、ほかの女の人に話しかけているのかしら？　女の人があの人に笑いかける、あの人が近寄ってゆく……』って自分でいぶかるの。ああ！　いやね、まったく、好きな人なんていないわよね？　わたしよりきれいな人はいくらもいるわ、でも、わたしだけよ、だれよりも愛することができるのは！　わたしはあなたに仕える女、そして結婚していなくても伴侶《はんりょ》なのよ！　あなたはわたしの王さまであり偶像よ！　優しいお方！　美しいお方！　賢いお方！　強いお方！」

こんな言葉をそれまで何度も耳にしていたので、ロドルフには新奇でもなんでもなかった。エンマもほかのどの情婦とも似たり寄ったりで、そして、目新しさの魅力は少しずつ剝《は》げ落ち、衣服と同じことで、そうして目にする裸は、お定《き》まりの恋情の単調さで、恋情はいつも同じ形をしており、同じ言葉づかいをするのだ。じっさいの経験をつんでいるこの男も、同じ表現を浴びせられると、感情の違いなど見きわめようもなかった。というのも、放埒《ほうらつ》な唇や金で買った唇にも同じ文句をささやかれていたからで、彼はエンマの言葉の純真さをろくすっぽ信じられず、凡庸な情熱を秘めている大げさな愛の言葉は割り引いて聞くべきだと思っていて、まるで心が充ち足りると、ときどきじつに空虚な比喩《ひゆ》がこぼれでるようなもので、なにしろだれであれ自分の欲求や想念や苦悩が正確にどれほどのものか示すことなど決してできないからで、さらに人の言葉は音の狂ったひどい楽器のようなものだからで、空の星までほろりとさせようとしても、熊《くま》を踊らせる節回しを打ち鳴らすことにしかならないのだ。

しかしながらロドルフは、うしろに下がって見る人間の持つ優れた批判力をそなえていたから、この恋にはまだ生かすべき別の楽しみがあると見てとった。彼はあらゆる羞恥心《しゅうちしん》を邪魔なものと考えた。彼はエンマを遠慮せずに扱った。彼女を言いなりになる堕落した女に仕立て上げたのだ。それは一種の愚かな愛着だったが、彼にとっては賛嘆に充ち、彼女にとっては快感に充ちていて、しびれるほどの恍惚《こうこつ》であり、そして、彼女の魂はこの陶酔にどっぷり浸《つ》かり、耽溺《たんでき》し、めちゃめちゃになり、まるでマルボワジー〔ギリシャ原産のブドウからつくられる甘口のワイン〕の樽に投げ込まれて死んだクラランス公〔イギリス国王エドワード四世弟の〕のようだった。

恋の習慣という力だけで、ボヴァリー夫人は立ち居振る舞いががらりと変わった。目つきはぐっと大胆になり、言葉づかいはぐっと遠慮がなくなり、くわえ煙草《タバコ》でロドルフ氏と散歩するといったぶしつけな振る舞いにさえ及び、まるで世間など物ともしないかのようで、とうとうある日、身体にぴっちりチョッキを着込んで男のように「ツバメ」から降りてくる彼女の姿を見ると、それまで信じていなかった連中ももはや疑わず、そして、ボヴァリー老夫人は夫とひどいけんかをして息子の家に避難しに来ていたが、眉をひそめる村のかみさん連中と違わなかった。ほかにもたくさん老夫人の気に入らないことがあって、まず、小説の類《たぐい》を禁止したのにその助言をシャルルがいっこうに聞かず、ついで、この家の作法が気に入らず、彼女はずけずけ注意し、嫁も気分を害して、特に一度などはフェリシテのことでやりあった。

ボヴァリー老夫人は前の晩、廊下を渡ろうとして、女中が男といっしょにいるところにばったり出くわしたが、その男は褐色の顎《あご》ひげを生やし、四十がらみで、足音を聞くと、台所からすばやく逃げて行った。それを聞くと、エンマは笑い出したが、老夫人はかっとなり、風紀を気にもとめないならばいざ知らず、さもなければ使用人の生活態度くらいには目を光らせておかねばなるまいとはっきり言った。

「そういうあなたは、どんな階層の出だというの？」と嫁はぶしつけな目つきで言い返したので、ボヴァリー老夫人は、そっちこそ自分自身の立場を守ろうとしているのじゃないか、と訊ねた。

「出て行って！」と若い女は言うと、一挙に立ち上がった。

「エンマ！……母《かあ》さん！……」とシャルルは叫んで、仲をとりもとうとした。

しかし二人とも激高の殻にとじこもってしまった。エンマは地団駄を踏みながら繰り返した。

「ああ、もう！　何よ、しつけばかり言って！　とんでもない不作法者のくせに！」

シャルルは母親のほうに駆け寄ると、怒りに我を忘れて、もぐもぐ言った。

「無礼にもほどがあるよ！　軽薄な女のくせに！　たぶん、もっとひどい女だよ！」

そして母親は、向こうから来て詫《わ》びなければ、ただちに帰ると言った。それでシャルルは妻のほうに引き返すと、どうか折れてくれと懇願し、ひざまずくと、とうとう妻は答えてくれた。

「いいわ！　謝りましょう」

たしかに妻は姑《しゅうとめ》に手を差しだしながら、侯爵夫人のような威厳を保って言った。

「相すみませんでした、奥さま」

それから、エンマは二階の自分の部屋に上がると、ベッドにうつぶせに身を投げ出し、枕に顔をうずめて子供のように泣きじゃくった。

彼女とロドルフのあいだには、まさかのことが起こったら、よろい戸のところに小さな白い紙きれを結びつけておくという取り決めがなされていて、たまたま彼がヨンヴィルに来ていたら、家の裏の路地に駆けつけるということになっていた。エンマはその合図をし、四、五十分も待っていると、とつぜん市場の角にロドルフの姿が見えた。彼女は窓を開けて、呼びかけたくなったが、もう彼の姿は見えなくなっていた。彼女は絶望してふたたびベッドに倒れ込んだ。

それでもやがて、だれかが歩道を歩いてくる気がした。たぶん、あの人かもしれない、彼女は階段を降りて、庭を横切った。そこに、庭の外にロドルフがいた。彼女はその腕に飛び込んだ。

「さあ、用心して」と彼は言った。

「ああ！　聞いてもらえたら！」と彼女は応じた。

そして彼女は大急ぎで脈絡なくすべてをはなしはじめ、あることないことをでっち上げながら誇張し、ふんだんに余談を加えるので、彼にはさっぱり理解できなかった。

「さあ、かわいそうに、愛《いと》しい人、しっかりするんだ！　気にするな！　辛抱《しんぼう》だよ！」

「だってわたし、もう四年も辛抱してきて、苦しんでるのよ！……わたしたちのような恋なら、神さまの前でだって堂々と責任もてるわ！　あの人たち、ずっとわたしを傷《いた》めつけるのよ！　もう耐えられないわ！　助けてちょうだい！」

彼女はロドルフにぴったり身を寄せていた。目にいっぱい浮かべた涙は、まるで波の底にある炎のように煌《きら》めき、しゃくり上げるように胸をはずませ、このときほど彼はエンマを愛しく思ったことはなく、だからうろたえてしまい、こう口にした。

「どうしたらいいんだ？　どうして欲しいんだい？」

「連れて行って！」と彼女は叫んだ。「わたしを連れて行ってちょうだい……ああ！　お願い！」

そして彼女は飛びかかって唇をもとめたが、まるでそうして接吻《せっぷん》のうちにこめられる思いがけない同意を逃すまいとするかのようだった。

「でも……」とロドルフはふたたび口を開いた。

「何ですって？」

「で、子供は？」

彼女はしばらく考え、それから答えた。

「わたしたちが引き取りましょう、仕方ないけど！」

「何て女だ」と彼は、遠ざかるエンマを見つめながら思った。

なにしろいましがた庭へと逃げてきたところなのに。その彼女が呼ばれたのだ。

その翌日から、嫁の変わりようにボヴァリー老夫人はとてもびっくりした。じっさい、エンマはずっと従順な態度を見せ、敬意を表して小さなキュウリをマリネする秘訣《レシピ》を姑に訊くほどになった。

これは夫と姑の二人を巧みにだますためだったのか、それとも、一種の快楽を秘めた克己心から、やがて自分が捨てることになるものから味わう辛《つら》さを、もっと深く感じておこうとしたのだろうか？　しかし反対に、そんなことはどうでもよくて、間近に迫った幸せを前もって味わうことに没頭するかのように彼女は生きているのだった。それこそロドルフとのおしゃべりの尽きない話題《タネ》だった。彼女は恋人の肩に寄りかかって、ささやいた。

「ねえ！　二人で郵便馬車に乗るときがくるのね！……考えている？　くるわよね？　馬車が走り出したと感じるとき、まるで気球に乗って空に上がってゆくような、雲のほうへ向かってゆくような気がするでしょうね。わたし、いまかいまかと待っているのよ、知ってた？……あなたは？」

このころほどボヴァリー夫人が美しかったことはなく、彼女の持つその曰《いわ》く言いがたい美しさは、歓びと熱狂と充足から生まれ、それはまさに気質と状況の調和にほかならなかった。堆肥《たいひ》や雨や風や太陽によって花が育つように、その渇望と悲しみと快楽の経験といつまでも初々しい夢想によって、彼女は徐々にはぐくまれ、ついにその本性を十全に発揮して花開いたのだった。まぶたは、食い入るような恋するまなざしのためにわざわざ裁断されたかと思われるほどで、そのまなざしのなかに瞳は消えて行くようで、一方、激しい息づかいになるとほっそりした小鼻は広がり、肉付きのいい口もとは上がったが、そこにわずかな黒い産毛《うぶげ》の陰ができていた。項《うなじ》にかかるねじり編みにした髪は、あたかも退廃にも長じている画家が整えたかのようで、どっしりとしたヴォリュームを出して巻かれていて、しどけなく、成り行きまかせの不倫に応じて、日ごとに解《ほど》け乱れるのだった。いまではその声は一段と柔らかな調子を帯び、身体《からだ》つきも同様で、こちらを貫くととらえられない微妙な何かがドレスの襞《ドレープ》や足の土踏まずから発散されていた。シャルルは新婚当初のように、彼女をじつにほれぼれとながめ、すばらしく魅力的だと思った。

彼は夜中に帰ってくると、彼女をあえて起こす気にはならなかった。一晩じゅうつけておく磁器製の豆ランプは天井に揺らめく明かりを丸く投じ、小さな揺籃《ゆりかご》の覆《おお》いがベッドの脇《わき》の闇《やみ》のなかで、白い小屋《ヒュッテ》のようにふくらんで見える。シャルルはじっとそのカーテンを見つめた。子供のかすかな寝息が聞こえる気がした。この子は今後、成長してゆき、季節を経るごとに、みるみる成長をとげるだろう。日が暮れると、笑顔で、服にインクの染《し》みをつけて腕にバスケットをさげて学校から帰ってくる娘の姿がすでに目に浮かぶようで、それからどこかの寄宿学校に入れねばならないだろうな、そうなればとても金がかかるが、どうしたものか？　そこで、彼は考えた。近くに小さな農地を借りて、毎朝、往診に行く途中、自分で小作人に目を配ってはどうだろうと思った。そこからの収入を貯《た》めて、貯蓄銀行に貯金して、それからどこかの株を買おう、どんな銘柄でもかまわない、だいいち、患者も増えるだろうし、そうなると期待していて、なにしろベルトには立派な教育を受けさせ、素質を伸ばしてやり、ピアノも習わせてやりたい。ああ！　やがて十五にもなれば、母親似になって、夏にはそろって大きな麦藁《むぎわら》帽子をかぶったら、どんなに愛らしいだろう！　遠目には、二人は姉妹に見えるだろう。想像するのは、夜、ランプの光のもと、自分たち夫婦の傍らで手仕事をする娘の姿で、自分のスリッパに刺繡《ししゅう》を施してくれ、家事にたずさわり、その感じのよさと陽気さで家じゅうを充たしてくれるだろう。いよいよ、自分たちは娘の結婚のことを考えるだろうが、娘には、確かな職業についたいい男を見つけてやろう、その男は娘を幸せにしてくれるだろう、それがいつまでもつづくだろう。

エンマは眠ってはおらず、眠った振りをしていて、そして、一方で彼が傍らでまどろみかけると、目が覚めて、別の夢想に浸《ひた》るのだった。

四頭立ての馬車を飛ばして、一週間も前から彼女は新しい国へと運ばれていて、そこから二人はもうもどってはこない。腕をからませたまま、口も開かず、二人は進み、さらに進む。たいてい山の高みから、とつぜんどこかの壮麗な都市が見え、丸屋根《ドーム》があり、橋がかかり、舟が停泊し、レモンの木の森があり、白い大理石の大聖堂《カテドラル》がそびえ、その尖《とが》った鐘楼にはコウノトリが巣をかけている。大きな敷石のせいか、馬車はゆっくりと進み、道端にいくつも花束が並べられ、それを赤い胸着《むなぎ》をまとった女たちがこちらに差しだす。鐘の音が聞こえ、雄ラバがいななき、ギターのささやきや噴水の音がまじり、そこから舞い上がる細かな水しぶきが、噴きでる水の下で微笑《ほほえ》んでいる白っぽい像の足もとに山と積まれた多くの果物を冷やしている。それから二人はある晩、とある漁村にたどり着き、断崖《だんがい》に沿って並ぶ小屋には、褐色の魚網が風に干されている。二人が足をとめて暮らすのはまさにここで、その入り江の奥の海辺のヤシの木陰にある平屋根の低い家に住むのだ。二人はゴンドラに乗ってあちこち散策し、ハンモックに揺られ、そして、二人の生活は安楽でゆったりしていて、まるで絹の衣服のようで、じつに暖かいのに星をちりばめたような光沢で、まさに二人が眺める心地よい夜のようだ。そうしながら、彼女がありありと思い描く限りない未来には、何も変わったことは起こらず、毎日がどれも素晴らしく、寄せる波どうしのように互いに似ていて、そして、それは果てしなく、耳に心地よく、青みがかり、燦燦《さんさん》と日に包まれた水平線となって揺らめいていた。だが子供が揺籃のなかで咳《せき》をしはじめたり、あるいはボヴァリーのいびきがいっそうひどくなったりして、エンマはようやく明け方になって眠り込むのだが、そのころには夜明けが窓ガラスを白く染め、もう小僧のジュスタンが広場に出て、薬局の庇《ひさし》のある窓をあけていた。

エンマはルルーを呼び、こう言った。

「コートが欲しいのだけど、襟の広い、裏つきの、大きなコートが」

「ご旅行でございますか？」と彼は訊《き》いた。

「いいえ！　でも……、そんなことどうでもいいじゃない、頼みましたよ、いいわね？　急いでね！」

彼は頭を下げた。

「それからわたしに必要なのは」と彼女はつづけた。「トランクね……あまり重すぎのものを」

「はい、はい、かしこまりました、九十二センチに五十センチほどの、ただいま流行《はやり》ない……使いやすい」

「それとボストンバッグ」

「どう考えても」とルルーは思った。「この裏にはひと悶着《もんちゃく》あるぞ」

「ほら、これ」とボヴァリー夫人はベルトのあいだから懐中時計を取り出しながら言った。「これを取っておいて、お勘定以上になるでしょう」

しかし商人は、彼女は間違っていると大声で言い、知らない仲じゃあるまいし、まさかそちらを疑っているとでも？　まるで子供のすることですよ！　それでも彼女は、せめて鎖だけでも取ってくれと言い張り、ルルーがすでに鎖をポケットにしまい、その場を去ろうとすると、彼女は呼び止めた。

「お願いしたものはどれもお店のほうに置いといてね。コートは」──とちょっと考えた様子で──「それもとどけなくてかまわないわ、ただ、仕立屋の住所を教えてちょうだい、こちらが好きなときに取りに行くと言っておいてね」

二人が駆け落ちするのは来月と決めていた。彼女はルーアンに買物にでも出かけるようにヨンヴィルを発《た》つ。ロドルフは馬車の座席を予約しておき、旅券も取っておいて、パリに手紙を書いて、マルセイユまで郵便馬車を借り切れるようにしておき、マルセイユに着いたら、折り畳みの幌付き四輪馬車《カレーシュ》を買うことにして、そこからジェノヴァへの道を休みなくひた走る。彼女は気をつけてルルーの店に荷物を送っておき、そこからじかに「ツバメ」に積んでもらい、そうすればだれも疑いを抱くものもおらず、そして、そうした手はずのどこを見ても、子供のことなど一度も問題にされなかった。ロドルフはその話題を避けたし、おそらく彼女はそのことなど念頭になかったのだろう。

彼は準備を完了するのに、さらにもう二週間ほしがり、やがて一週間たつと、あと二週間もとめ、それから病気になったと言い、次には旅行をして、八月は過ぎ去り、こうして延期につぐ延期を重ねた末、二人が決めたのは、いよいよ撤回できないかたちで九月四日の月曜日に決行ということだった。

ついに、前々日の土曜日が来た。

ロドルフはその晩、いつもより早くしのんで来た。

「すっかり用意はできて？」と彼女は訊いた。

「ああ」

そこで二人は花壇をひとめぐりし、築山《つきやま》のそばの塀の縁石《ふちいし》の上に腰を下ろした。

「悲しそうね」とエンマは言った。

「いいや、どうして？」

そしてそのあいだ、ロドルフは彼女をいつになく思いやりを込めて見つめていた。

「遠くに行くのですからね？」と彼女は言葉を継いだ。「愛着あるものを見捨て、あなたの生活を見捨てるのですからね？　ああ！　よくわかるわ……でも、このわたしはこの世に持っているものなどないわ！　あなたがわたしのすべてだもの。だからわたしがあなたのすべてになってあげる、わたしがあなたの家族になり、祖国になってあげる、あなたを大切にします、いつまでも愛しますから」

「なんて素敵な人なんだ！」と彼は言いながらエンマを両腕で抱きしめた。

「ほんとう？」と彼女は色っぽく笑って言った。「わたしのこと愛してる？　さあ誓って！」

「愛しているかだって！　愛しているかだって！　それどころか惚《ほ》れ切っているよ、お前！」

まん丸の赤い色の月が牧草地の奥の地面すれすれに昇っていた。月は見る見る昇り、ポプラの枝と枝のあいだにさしかかると、枝はあちこちで月を隠すので、まるで穴の開いた黒いカーテンのようだった。やがて月は白く皓々《こうこう》と虚空《こくう》に輝き出て、これを明るく照らし、そして、そのとき歩みをゆるめながら川面に大きな影を落とすと、それが砕けて無数の星となり、そして、その銀の光はそこで身を捩《よじ》って川底にまで至るのだが、それはまるで光の鱗《うろこ》に覆《おお》われた頭のない蛇のようだった。それはまた巨大な枝付き大燭台にも似ていて、そのどの枝からもとめどなくあふれ出るのは、熔《と》けたダイヤモンドのしずくだった。穏やかな夜が二人のまわりに広がり、闇《やみ》の層が幾重にも葉《は》叢《むら》を充《み》たしていた。エンマは目を半ば閉じて、そよ吹く涼風を大きく胸いっぱいに吸い込んだ。押し寄せる夢想に耽《ふけ》りすぎているのか、二人は口も利《き》かなかった。かつての日々の愛情が、まるで流れている川のようにたっぷりと、ひっそりと、バイカウツギの香りが運ぶのと同じくらい甘やかに二人の心によみがえり、草の上に長く伸びているそよとも動かないヤナギの影よりも途轍《とてつ》もなく大きくもの悲しい影を、二人の思い出に投げかけるのだった。たびたび、ハリネズミかイタチだろうか、何か夜行性の動物が獲物をあさりだし、葉をかさこそかき乱し、あるいはときどき、果樹をはわせた垣根から、熟れた桃がひとりでにぽたりと落ちる音が聞こえた。

「ああ！　美しい夜だ！」とロドルフが言った。

「これからはいくらもこうした夜を過ごすのよ！」とエンマは答えた。

そして、まるで自分自身に向かって言うように、

「ええ、旅するって気持いいでしょうね……でも、どうして心がこうも悲しいのかしら？　未知のものが不安なのかしら……慣れた暮らしを捨てるせいかしら……それとも……？　そうじゃない、幸福すぎるのが怖いのよ！　なんてわたしって弱い女なの！　ねえ？　ごめんなさい！」

「まだ間に合うよ！」と彼は大声で言った。「じっくり考えるんだ、さもないとおそらくあとで後悔するから」

「とんでもない！」と彼女は威圧的に言った。

そして、ロドルフに身を寄せながら、

「いったいどんな不幸がこの身に起こるというの？　あなたといっしょなら、どんな砂漠でも断崖絶壁でも大海原でも、渡りきって行けるわ。わたしたちがいっしょに暮らすほどに、絆《きずな》のようなものは日毎《ひごと》にいっそうぴったりと、いっそう完璧《かんぺき》なものになってゆくでしょう！　わたしたちには何の妨げもなく、何の心配もなく、なんの障害もないのよ！　わたしたちは二人きりで、お互いになにもかもが相手のもので、永遠に……ねえ、何か言って、わたしに答えてちょうだい」

彼は規則的に「そう……そう！……」と答えるだけだった。エンマは両手を彼の髪に差し入れ、大粒の涙が流れるのもかまわずに、あどけない声で繰り返した。

「ロドルフ！　ロドルフ！……ああ！　ロドルフ、愛しい、かわいいロドルフ！」

　真夜中の鐘が鳴った。

「十二時だわ！」と彼女は言った。「さあ、これでいよいよ明日《あした》ね！　あと一日！」

　彼は帰ろうと立ち上がり、そして、彼のその動作がまるで二人の駆け落ちの合図となったかのように、エンマは、とつぜん、陽気な表情になった。

「旅券はあるわね？」

「ああ」

「忘れ物はない？」

「ああ」

「きっとね？」

「きっと」

「じゃあ、「プロヴァンス・ホテル」で、ねえ、待っていてくださるのね？……正午に？」

　彼はうなずいた。

「じゃあ、明日！」とエンマは最後の愛撫《あいぶ》をしながら言った。

　そして遠ざかる彼の姿を見送った。

彼は振り返らなかった。彼女は駆けて後を追い、川べりの低い茂みのあいだから身を乗り出すと、

「明日ね！」と叫んだ。

彼はすでに川の向こう側へ渡っていて、足早に牧草地を歩いていた。しばらくすると、ロドルフは立ちどまり、そして、白い服をまとった彼女の姿が闇のなかに少しずつ、まるで亡霊のように消え去るのを目にすると、どきどきする胸の鼓動にとらえられ、倒れまいと傍らの木に寄りかかった。

「おれとしたことが、なんと間抜けなんだ！」と彼は言いながら、ぞっとするほどの罵《ののし》りを吐いた。「それにしても、あいつはじつに上玉《じょうだま》だった！」

するとたちまち、この恋のあらゆる快楽とともに、エンマの美しい姿が彼の胸のうちにふたたび現れてきた。最初、彼はほろりとし、やがて彼女の気持に抗《あらが》った。

「つまるところ」と彼は身振りを交えて叫んだ。「この国を離れたり、子供を背負い込んだり、おれにはできない」

彼はそうしたことを言って、自分の考えをさらに揺るぎないものにした。

「そして、おまけに、窮地には陥るだろうし、出費もかさむだろう……ああ！　ごめんだ、ごめんだ、なにがなんでもごめんだ！　そんなことをしでかしたら、愚かにも

ほどがある！」

13

家に帰り着いたとたん、ロドルフはいきなり机に座ったが、机の上の壁には、狩猟の記念品の鹿《しか》の頭部《はくせい》がかけられていた。しかし、ペンを指につかんでみると、何も思いつくことができず、それゆえ両肘をついて考えはじめた。エンマは遠い過去に後退してしまったように思われ、まるで自分の下した決心によって、とつぜん、途方もない隔たりがいまや二人のあいだに差し挟まれてしまったかのようだ。

彼女のよすがとなるものをふたたび手にしようとして、彼はベッドの枕《まくら》もとにある戸棚から、いつも女からの手紙をしまい込んでおくランス名産のビスケット〔ランスはパリ北東、シャンパーニュ地方の都市で、ローズ・ビスケット（ビスキュイ・ローズ）で有名〕の古い箱をとってきたが、開けるとそこから湿ったほこりの匂《にお》いと枯れたバラの匂いが立ちのぼった。まず目に入ったのがハンカチで、薄い小さな染みが点々といくつもついていた。彼女のハンカチで、いちど散歩の途中で彼女が鼻血を出したことがあったが、彼はもうそのことを忘れていた。すぐそばには、エンマのくれた小さな肖像画があって、四隅が折れていて、その衣装が彼にはもったいぶっているように思え、横目での盗み見は、じつに情けない印象を与え、やがて、肖像を見つめて本人の思い出を呼び起こそうとしすぎて、かえってエンマの輪郭が少しずつ記憶のなかで紛れてしまい、まるで生きている顔と肖像に描かれた顔とが互いにこすれ合って、ともに消し合ってしまったみたいだった。最後に彼はエンマの手紙を読んだが、どれも二人の旅立ちについての打ち合わせで、短く、事務的で、急を要するものばかりで、まるで商売のための短信みたいだった。長い、かつての手紙を読みたくなり、箱の底のほうに見つけようとして、ほかの手紙をすべてわきにやり、そして、無意識にそうした紙や物の山を調べはじめると、そこにごちゃごちゃになって出てきたのは、花束や靴下留《ガーター》めや黒い仮面やピンや髪の毛で――髪の毛！　褐色のもあれば、ブロンドのもあり、その何本かは箱の金具にひっかかっていて、開けた拍子に切れてしまっていた。

そうやって思い出のあいだをさまよいながら、彼は手紙の筆跡や文体をつぶさに見たが、それらは綴《つづ》りと同じくまちまちだった。優しい手紙もあれば、快活なものもあり、ふざけたものもあれば、もの悲しい手紙もあって、愛情を求めるものもあれば、金を求めるものもあった。一つの言葉から、さまざまな顔やある種の仕草や声音《こわね》を思い出したが、それでもときには何も思い出さなかった。

たしかに、こうした女たちが彼の思いに一度に押し寄せ、互いに押し合い圧《へ》し合いし、まるで同じ一つの恋愛水準に身を縮めているかのようで、どれも同じに見えた。そこで彼はごちゃごちゃになった手紙を手いっぱいつかむと、それを右の手から左の手へつぎつぎに落として、しばらく楽しんでいた。しまいに退屈したロドルフはまどろみ、箱を戸棚にもどしに行きながら、思った。

「悪ふざけも積もりに積もったもんだ！……」

この言葉はロドルフの考え方を要約していて、というのも校庭で遊ぶ生徒たちと同じで、快楽がこの心をしっかりと踏み固めてしまったので、そこにはいかなる青草も生えず、しかもこの体験をした者は生徒たち以上に茫然《ぼうぜん》としてしまうのか、壁に落書きする生徒たちとはちがって、そこに自分の名前をさえ刻み残さなかったのだ。

「さあ、とりかかろう」と彼は自分に言った。

ロドルフは書きだした。

《しっかりするのです、エンマ！　しっかりするのです！　あなたの一生を不幸にしたくありません……》

「いずれにしても、この通りだ」とロドルフは考えた。「あの女のためになればこそ、おれはこうするのだ。こちらにやましいところはない」

《ご自分の決断を慎重に吟味なさいましたか？　かわいそうに、愛する人、私がお連れしようとしたのが奈落《ならく》の底だとお分かりですか？　分かっていなかったのですね？　あなたは幸福と未来を信じて、疑いもさしはさまず夢中になって突き進んだのです……ああ！　わたしたち人間はあわれなものです！　じつに無分別です！》

ロドルフは筆を止め、ここで何かうまい言いわけを見つけようとした。

「おれの財産がそっくり失われた、と言ってみてはどうだろう？……ああ！　まずい、それにだいいち、そんなことじゃまったく取りやめないだろう。しばらくすれば、また同じことの繰り返しだろう。ああいう女に道理を分からせることがはたしてできるというのか！」

彼はよく考え、やがてこう書き継いだ。

《信じてください、あなたのことを忘れはしませんし、いつまでもあなたに身も心も深く捧《ささ》げてゆきます、それでもいつの日か、遅かれ早かれ、この熱い思いも（それこそが人の世の定めなのでしょうが）冷めてしまうことでしょう、おそらく！　倦怠《けんたい》が私たちを襲うかもしれませんし、起こり得ないとは言い切れないのですが、もしもあなたが後悔するのをこの目にしたり、私自身その後悔を分かち合うとしたら、どれほど耐えがたい苦痛をこの身に感じるのではないか、なにしろその後悔を惹《ひ》き起こしたのがおそらくこの私なのですから。あなたの身に悲しみが訪れると思うだけで、苦しみに責めさいなまれます、エンマ！　私を忘れてください！　私はなぜあなたを知らねばならなかったのでしょうか？　あなたはなぜあれほどにも美しかったのでしょうか？　これは私の罪なのでしょうか？　ああ、神さま！　いいえ、いいえ、これはまさに運命のせいなのです！》
「この言葉はいつだって効果覿面《てきめん》だからな」と彼は思った。
《ああ！　あなたがどこにでも見かける浮気な心を持つ女だったら、たしかに私は自分のことだけを考えて、そんな女の身など心配せずに、駆け落ちくらいやれていたでしょう。しかし、あなたの魅力であるとともにそちらをひどく苦しめもする甘美な恋の高揚のせいで、熱愛に値するあなたには、私たちの行く末に待っている過《あやま》った立場の危うさがお分かりにならなかったのです。そういう私にしても、最初はそんなことは思ってもみず、どんな結果が待っているか先も見越せずに、理想の幸福のかげにくつろいでいたのですが、それはさながらマンチニール〔カリブ海や熱帯アメリカ原産のトウダイグサ科の低木で、木からしみ出る白い樹液が猛毒。「死の木」ともいわれる〕の木陰でくつろぐようなものです。》
「ひょっとして、こっちが駆け落ちを断念するのは金が惜しいからと思われてしまうかもしれないが……ああ！　かまうものか！　仕方ないな、早いとこ片付けちまわねば！」

《世間は残酷なものです、エンマ。私たちがどこに逃れても、世間は追いかけてくるでしょう。ぶしつけな質問や中傷や軽蔑《けいべつ》やおそらく侮辱を、あなたは受けねばならないでしょう。あなたに、侮辱がですよ！　ああ！……しかも私が玉座に据えたいと思っているあなたに、ですよ！　この私はあなたの思いを護符のように肌身離しません！　それゆえあなたを苦しめた罰にあなたからの追放を自分に課すことにします。行ってきます。どこに？　私にもまるで分かりませんが、どうにも抑えきれないのです！　さようなら！　いつまでも優しいあなたでいてください！　あなたを失った不幸な男を記憶にとどめてください。お子さまにも私の名前を教えて、祈りのときにその名を唱えさせてください。》

二本のロウソクの芯《しん》が揺らいでいた。ロドルフは立ち上がり、窓を閉めに行き、ふたたび腰を下ろすと、

「こんなところでいいかな。そうだ！　もう一筆、こうだ、万一付きまとわれるようなことになってもいけないから」

《あなたがこの悲しい行文を読むころ、私はもう遠くに行っていますが、なにしろ、あなたにもう一度会いたい気持を免れようとできるだけ早く逃げ出したかったからで

す。身体《からだ》を弱らせないでください！　いずれもどってくるでしょうが、おそらくずっとあとになれば、じつに冷静に二人の昔の恋をともに語らうこともあるでしょう。お別れです《アデュー》！》

そして少しあけて最後の別れの言葉を、「神のみもとで《ア・デュー》」と書き、彼はなかなか趣味がいいと思った。

「さあ、どう署名するか？」と彼は考えた。「あなたの忠実なる僕《しもべ》？……いかん。あなたの友？……そう、これだ」

《あなたの友》

彼は手紙を読み返した。それでよいように思われた。

「かわいそうに！」と彼は思い、ほろりとした。「あの女はおれを岩石よりも無情だと思うだろうな、ここで何粒か涙が欲しいところだろうが、このおれに泣けとはどだい無理だ、泣けなくてもおれの責任じゃない」

そこでロドルフはコップに水を注ぎ、そこに指をつけ、上のほうから大きなしずくを垂らすと、インクの上に薄い染みができ、ついで手紙に封をしようとして、「心に愛を《アモル・ネル・コル》」という印章が目にとまった。

「この状況にはちとまずいかな……なあに！　かまうものか！」

それから彼は三服ほどパイプを吸って、ベッドに行って横になった。

翌日、彼は起きると（眠ったのがおそく、二時ごろだった）、アンズを一籠《ひとかご》摘ませた。彼は籠の底に敷いたブドウの葉の下に手紙を忍ばせると、すぐさま作男《さくおとこ》のジラールを呼び、これをボヴァリー夫人のもとへそっと届けるように命じた。季節に応じて果物だったり猟の獲物だったりを送りとどけて、彼女との連絡の手段にしていたのだ。

「もし奥さんにわしのことを訊かれたら」と彼は言った。「旅行にお発ちになりましたと答えてくれ。籠は奥さん本人の手に渡すのだ……行ってこい、気をつけるのだぞ！」

ジラールは新しい仕事着をひっかけ、アンズのまわりにハンカチを結ぶと、鋲《びょう》を打った大きな木底靴を履いて重たそうに大股《おおまた》で歩きながら、平然とヨンヴィルへと向かった。

この男が家に着いたとき、ボヴァリー夫人はフェリシテとともに台所のテーブルの上で、たくさんの洗濯物を片づけていた。

「これがうちの主人から奥さまへのお届けものですが」と作男は言った。

彼女は不安にとらえられ、ポケットに小銭を探しながら怯《おび》えた目で百姓を見つめ、一方、百姓自身も唖然《あぜん》として彼女を見ていたが、どうしてこんな贈り物で人がこれほど動揺するのか分からなかった。ようやく男が出て行った。まだフェリシテが残っている。もう我慢しきれず、アンズを持って行くと見せかけて広間に駆け込み、籠をひっくり返し、ブドウの葉を引き抜くと、手紙を見つけ、封を切り、まるで尻《しり》に火がついたようにぞっとし、激しい不安にかられ、エンマは二階の部屋に逃げ込もうとした。

そこにはシャルルがいて、彼女がその姿を目にすると、話しかけられたが、何も耳に入らず、勢いよく階段を上りつづけ、息が切れ、動転し、正気を失い、ずっとその恐ろしい手紙を握りしめ、彼女の指のなかでその紙片がまるでブリキ板か何かのような音をたてた。三階の屋根裏部屋のドアの前に立ちどまったが、ドアは閉まっていた。

そこで彼女は気を鎮《しず》めようとし、手紙を思い出し、読んでしまわねばならないのに、読む勇気がなかった。だいいち、どこで？　どのように？　見られちゃうかもしれない。

「そうよ！　見られないわ、ここなら」と彼女は考えた。「大丈夫よ」

エンマはドアを押して、なかに入った。

屋根のスレートから、そのまま垂直にうっとうしい熱気が降り注いできて、こめかみがしめつけられ、息がつまりそうで、彼女は閉まった小窓のところまでやっとの思いでたどりつき、差し錠を外すと、一挙にまぶしい光が差し込んできた。

正面には、家並みの向こうに平坦《へいたん》な畑が見渡すかぎり広がっていた。眼下の村の広場に人影は見えず、歩道の砂利がきらめき、家々の風見《かざみ》はじっと動かず、通りの角の下の階からうなるような音がもれ出て、ときに甲高《かんだか》い音に変化した。ビネーが轆轤《ろくろ》を回しているのだ。

彼女は屋根裏部屋の窓枠にもたれて、手紙を読み返したが、怒りをふくんだ冷笑が浮かんでいた。だが文面に注意を注げば注ぐほど、ますます思いは混乱した。彼女はロドルフの姿をありありと思い出し、その声をありありと聞き、両腕でその身体をぎゅっと包み、心臓の鼓動は城を壊す槌《つち》の激しい打撃のように彼女の胸をたたき、一撃ごとに勢いを増し、不規則な断続となった。この大地も揺れ崩れればいいと思いながら周囲を見まわした。どうしてひと思いにケリをつけないのか？　だれがこちらをとめるというのか？　自分は自由ではないか。そして前に進み出ると、彼女は舗石《しきいし》を見ながら、思った。

「さあ！　さあ！」

下からじかに昇ってくる明るい日の光に、身体の重みじたいが奈落へと引き寄せられる。広場の地面が揺れ、家の壁づたいに迫《せ》り上がってくるように思われ、床も端《まえ》のほうが傾くようで、まるで縦揺れしている船みたいだった。自分はまさに船べりの、ほとんど浮いているような高みにいて、周囲には果てしない空間が広がっている。空の青さが染み入ってきて、空っぽの頭のなかを大気が駆けめぐり、身をゆだねるだけでいい、受けとめてもらうだけでいいのだ、そして、轆轤のうなりはとぎれずにつづき、まるで自分を呼ぶ怒り狂った声のようだ。

「お前！　お前！」とシャルルが叫んだ。

彼女は踏みとどまった。

「いったいどこにいるんだ？　おいで！」

自分はいまこうして死から逃れたという思いに、彼女は恐怖のあまり気を失いかけ、目を閉じ、すると袖《そで》にだれかの手が触れたのでびくっとした。フェリシテだった。

「旦那《だんな》さまがお待ちです、奥さま、スープが出ております」

それじゃあ降りて行かねばならないわね！　食卓につかねばならないのね！

彼女はつとめて食べようとした。肉が喉《のど》を通らない。そこで彼女はまるで繕う個所を調べるかのようにナプキンを広げ、じっさいにかけはぎにとりかかる気になって、布と同じ糸を用意した。とつぜん、手紙の記憶がよみがえった。いったい失《な》くしてしまったのか？　どこへやったのだろう？　しかし彼女は心までひどくだるく感じたので、食卓を離れる口実を一つも思いつけなかった。それに彼女は臆病《おくびょう》になってしまっていて、シャルルが怖い、なにもかも知られている、きっとそうだ！　事実、彼はこんな言葉を口にしたのだ、選《よ》りに選《よ》って。

「これからロドルフさんにも会えなくなるようだね」

「だれが言ったの？」と彼女はびくっとして言った。

「だれが言ったかって？」と彼はそのぶっきらぼうな口調に少し驚いて答えた。「ジラールさ、さっき「カフェ・フランセ」の前でばったり会ってね。ロドルフさんが旅に出たとか、出るとか」

彼女はむせび泣いた。

「何をそうびっくりしているんだい？　あの人はときどきああして気晴らしに家をあけるんだ、たしかに！　いいじゃないか。金があって独身ときちゃ！……それに、なかなかの遊び人らしいよ、あの彼！　放蕩者《ほうとうもの》だってさ、ラングロワさんが話してくれたんだが……」

女中が入ってきたので、彼は体面を考え、そこで口を閉ざした。

女中は棚の上に散らばったアンズを籠にもどし、シャルルは妻が顔を赤くしたのに気づかず、アンズを持ってこさせると、一つを取り、じかにかぶりついた。

「ああ！　じつに結構！」と彼は言った。「お前も一つ、食べてごらん」

そして彼は籠を差しだすと、妻はこれをそっと押し返した。

「さあ、嗅《か》いでごらんよ、いい香りがするから！」と彼は言いながら、彼女の鼻先に何度もアンズを持って行った。

「息がつまる！」と彼女は叫ぶと、一気に立ち上がった。

だが、意志の力でなんとか痙攣《けいれん》を抑えつけると、つづいて、

「なんでもないの！」と彼女は言った。「なんでもないのよ！　神経です！　お座りになって、召し上がってちょうだい！」

というのも彼女は、質問ぜめにされたり、介抱されたり、傍らにつきっきりになられてはと恐れたのだ。

シャルルは、その言葉に従い、また食卓に座り、アンズの種を手のひらに吐き出し、それからそれを自分の皿に置いた。

とつぜん、青い軽二輪馬車《ティルバリー》が大急ぎで広場を通りすぎた。エンマはあっと叫ぶと、硬直してばったり床に仰向けに倒れた。

というのも、ロドルフはさんざん思案したあげく、ルーアンに向かうことに決心したのだった。ところが、ラ・ユシェットからビュシーまではヨンヴィル街道のほかに

道はなかったので、彼は村を横切らざるをえなくなり、まるで稲妻みたいに夕闇を切り裂く角灯の明かりからエンマは男の姿をそれと認めたのだ。

家のなかで生じた騒ぎを耳にして、薬剤師が駆けつけた。食卓は皿ごとそっくりひっくり返り、ソースも、肉も、ナイフも、塩入れも、酢とオイルの小瓶も、部屋じゅうにまき散らされ、シャルルは助けを呼び、ベルトは怯《おび》えて泣き叫び、そして、フェリシテは震える手で夫人のコルセットの紐《ひも》を解いていたが、その全身が痙攣をともなってわなわな震えていた。

「ひとっ走り行って」と薬剤師は言った。「調剤室から、芳香酢〔酢にさまざまなハーブを加えたもので、気付け薬として使われた〕を少々とってきましょう」

やがて、瓶の匂《にお》いをかがされると、エンマは目を開いたので、

「ほら間違いないでしょ」と薬剤師は言った。「これさえあれば、死人でも息を吹き返しますな」

「何か言ってごらん！」とシャルルは言っていた。「言ってごらん！　しっかりするんだ！　ぼくだよ、お前を愛してるシャルルだよ！　ぼくのこと、分かるかい？　ほら、こっちが娘のベルトだよ。キスしておやり！」

娘は母親のほうに両腕を差しだし、首にすがろうとした。だがエンマは顔をそむけ

て、とぎれとぎれの声で言った。

「よして、よして……だれも、いや！」

彼女はまた失神した。ベッドに運ばれた。

彼女は横たわったまま、口を開け、まぶたを閉じ、手をぴんと投げ出し、身動き一つせず、まるで蠟《ろう》人形のように血の気が引いていた。その目から二筋の涙があふれ出て、ゆっくりと枕の上に伝い流れた。

シャルルはアルコーブの奥に立ちつくしていて、その傍らには薬剤師が考え込んでいるふうに沈黙を保っていたが、人生のこのような由々《ゆゆ》しき事態では取るのがふさわしい態度だった。

「安心なさい」と薬剤師はシャルルの肘を突つきながら言った。「発作は過ぎ去ったようですな」

「ええ、いまはどうやら休んでいるようです！」と、彼女の寝顔をじっと見ていたシャルルは答えた。「かわいそうに！……かわいそうに！……また再発したんだ！」

そこでオメーはこの発作がどのように起こったかを訊《たず》ねた。妻がアンズを食べようとしているときに、とつぜん襲われたのだ、とシャルルは答えた。

「なんとまた！……」と薬剤師は応じた。「しかしアンズが失神を惹き起こしたということも、あり得なくもないかもしれませんな！　ある種の臭《にお》いに対してひどく敏感な体質《たち》もあるのです！　そしてこれは研究すべき立派な問題でさえあるでしょうな、病理学の点から見ても、生理学の点から見ても。聖職者たちはこの問題の重要性を認識していて、連中は自分たちの儀式にいつも香料を用いていますよ。これはこちらの理解力を麻痺《まひ》させ、忘我状態《エクスタシー》を惹き起こすためで、おまけに男性よりも敏感な女性のほうがずっと簡単におちいる事態なのです。角《つの》を焼く臭いとか、ほかほかのパンの匂いで気を失う例はいくらもあります……」

「気をつけて、家内が起きますから！」とボヴァリーは小声で言った。

「それに人間だけでなく」と薬剤師はつづけた。「動物もまた、こうした変則的事態にさらされております。そういうわけで、当然ご存じだとは思いますが、例のネペタ・カタリア、俗名イヌハッカ〔ネペタラクトンという猫の興奮物質をふくむ〕が猫族に及ぼす特別な催淫《さいいん》効果がありますな、そして他方また、間違いないと請け合いますが、一例を挙げますと、ブリドゥーという男（私の昔の同級生で、現在はマルパリュ街〔ルーアンの中心街〕に住んでいます）が、犬を飼っていて、こいつが嗅ぎタバコ入れを鼻先に突き出されると、たちまちひきつけて倒れてしまいますよ。このブリドゥーはよく、ボワ＝ギヨーム〔ルーアン近郊〕の別荘に友人たちを集めて実験してみせますな。単なるクシャミ誘発剤が四足動物の生理組織にこれほどの機能低下をもたらすなんて？　きわめて好奇心をそそられる、そうでしょう？」

「ええ」とシャルルは言ったが、聞いていなかった。

「こうした例がわれわれに示しているのは」と相手はつづけながら、寛大なうぬぼれの表情を浮かべて微笑んだ。「神経系統に生じる変則的症例が数え切れないほどあるということです。そこで奥さまについて申し上げると、正直に言って、ずっとそのようにお見うけしたのですが、紛れもない神経過敏症ですな。ですから、あなた、対症療法を口実に、体質そのものを攻撃するようないわゆる治療薬など一切おすすめいたしません。断じて、無駄な投薬など要りません！　食餌《しょくじ》療法こそがすべてです！　鎮静作用のあるもの、緩和を促すもの、味を中和するものがいいでしょう。それから、おそらく想像力を刺激するべきだと思われませんか？」

「いかなる点で？　どうやって？」とボヴァリーは訊いた。

「ああ！　そこが問題です！　じつにそれこそが問題なのです、ザット・イズ・ザ・クエスチョン！　でしたかな、最近、新聞で読んだんですが〔当時の新聞の常套句になっているが、オメーはシェイクスピアに出典があることを知らない〕」

しかし、エンマが目を覚まして、叫んだ。

「それで手紙は？ それで手紙は？」

錯乱している、と周りにいた者は思ったが、彼女がまさに錯乱状態になったのは真夜中からで、脳炎の症状がはっきりと現れた。

四十三日ものあいだ、シャルルは妻に付きっきりだった。どの患者もほったらかし、夜も寝ずに、絶えず脈をとり、カラシ硬膏《こうこう》〔カラシ粉を基調にした湿布の膏薬〕を湿布したり冷水を押し当てたりした。ジュスタンをヌーシャテルまでやって氷をもとめ、氷が途中で融《と》けると、また使いにやった。カニヴェ先生を呼んで診断してもらい、ルーアンから恩師のラリヴィエール博士にまで来てもらったが、彼は絶望していたのだ。彼を何よりも不安にさせたのは、エンマの衰弱ぶりで、なにしろ彼女は口も利かず、何も聞こえず、苦しささえ少しも感じない様子だからで――まるで心身ともにこのところの興奮騒ぎの疲れを癒《い》やすために横になっているみたいだった。

十月も半ばになると、彼女はベッドの上で、枕《まくら》を背に当てれば座っていられるようになった。彼女がはじめてジャムを塗ったパン切れを食べるのを見て、シャルルは涙を流した。体力がもどってきて、午後には何時間か起き、ある日、気分がいいというので、彼は腕を貸して、庭を一回り散歩させてみた。小道の砂は枯葉で埋《うず》もれ、彼女は一歩一歩歩き、スリッパを引きずっていたが、肩でシャルルにもたれかかり、微笑《ほほえ》みを絶やさなかった。

そうして二人は庭の奥の築山《つきやま》のそばまで行った。彼女はゆっくりと背を伸ばし、目に手をかざして眺めると、遠くに、はるか遠くに目をやったが、地平線をかぎる丘の上には、枯れ草を焼く大きな火しかなく、煙を上げていた。

「疲れないかい、お前」とボヴァリーは言った。

そして、彼女をそっと押して、青葉棚の下へ入れようとした。

「さあこのベンチにおかけ、休まるよ」

「ああ！　だめ、そこはいや、そこはいや！」と彼女は消え入るような声で言った。

彼女はめまいがし、その晩から病状がぶり返し、容態はたしかに前ほどはっきりしたものではなかったが、いっそう複雑な様相を呈した。いましがた心臓が苦しかったかと思うと、次には胸が疼《うず》いたり、頭痛がしたり、手足が痛くて、不意に吐いたりして、シャルルはてっきり癌《がん》の初期症状を目にしていると思い込んだ。

そしてあわれにもこの男には、その上さらに金の心配もあったのだ！

14

まず、オメー氏の店から調達しているすべての薬の代金を弁済するのに、彼はどのようにしたらいいのか分からず、そして、医者として、それらを払わずにおくこともできないことはなかったが、そうして借りたままでいることが少し恥ずかしかった。それに、家の出費も、現在は女中まかせだが、すごい額になっていて、請求書がいろいろと家のほうに押し寄せ、出入りの商人たちもぶつぶつ言うようになり、ことにルルー氏は取立てが執拗《しつよう》だった。事実、この男はエンマの病気の真っ最中に、その状況に付け込んで、請求額をふくらませ、さっさとコートやボストンバッグ、一個頼んだトランクを二個、さらにほかの品をたくさん運び込んだ。そんなものは要らない、といくらシャルルが言っても無駄で、どれも注文された品ですから引き取るわけには行かない、と商人は横柄《おうへい》に答え、それにそんなことをなさったら、回復なさった奥さまを怒らせてしまうし、旦那さまもよく考えるように、要するに、自分の権利を放棄して品物を持って帰るくらいなら、そちらを法廷に告訴する覚悟はできている。シャルルはあとでそれらの品を店に送り返すように言いつけたが、フェリシテは忘れ、彼にはほかに心配ごともあって、もうそのことも念頭を去り、ルルー氏は根気よく請求を繰り返し、つぎつぎに脅したり泣き落としたり、そんなふうに策を弄《ろう》した結果、とうとうボヴァリーは六か月期限の手形に署名してしまった。だがその手形に署名してしまうと、とたんに思い切った考えが彼の頭に浮かび、いっそルルー氏から千フラン借りたらどうだろう。だから彼は困惑した様子で、千フランを借りられる方法はないものだろうかと訊ね、期間は一年で、相手の望む利子で、と付け加えた。ルルーは自分の店まで急いで帰り、金を持ってくると、もう一枚手形を書かせ、その手形によってボヴァリーは、翌年の九月一日に金一千七十フラン也《なり》を支払うべき旨《むね》を明言したが、これに、すでに決まっている百八十フランを加えると、ちょうど千二百五十フランに達する。こうして、年六パーセントで貸し付け、その四分の一は手数料分で増え〔これを計算すると七十五フランの利子となり、七十フランより多くなるので、満一年より短い期限で借りている〕、納入品が少なくともその額の三分の一〔納入品の金額の三分の一は六十フランになる〕をもたらしてくれるだろうから、それで十二か月後には百三十フランの利益を生んでくれることになり、そして、ルルーは当て込んでいるのだが、この取引は記された期限では終わらないし、手形は払えないだろうから、新たな書き替えとなり、そうなればささいな元の金が、まるで療養所にでも入ったかのようにこの医者のところで栄養を与えられ、いつの日にか手元にもどってくるときには著しく前より太っていて、財布が裂けてしまうくらいかさばっているだろう。

その上、ルルーは何もかもうまく行っていた。ヌーシャテルの病院へシードルを納入する権利も落札したし、ギヨーマン氏からグリュメニルの泥炭鉱《でいたんこう》の株を約束されていたし、アルクイユ〔パリ南郊二キロの町〕とルーアン間に乗合馬車の業務を新しく興《おこ》すことを切望していて、そうなればおそらくすぐにも「金獅子」のおんぼろ馬車などつぶしてみせるし、こっちの乗合馬車はずっと速いし、ずっと安いし、荷物ももっと積めるし、そのようなわけでヨンヴィルの商売はすべてこちらの手に落ちるだろう。

次の年になると、シャルルはどうやったらあんな大金を返済できるか何度も思案に暮れ、そして、あれこれ手段を思い浮かべ、つとめて父親に助けを求めてみようとか、何かを売却してみようとかした。だが、父親は貸す耳をもたないだろうし、自分にだって売れるものはなにもない。そうして彼の目にはっきりするのは、とんでもない窮地であり、だからすぐにもこんな不愉快な考えごとを自分の意識から遠ざけるのだった。そうしてエンマのことを忘れていた自分をとがめ、自分の思いのすべては妻に帰属する以上、まるで一瞬でも妻のことを考えなかったら、それは妻から何かをくすねてしまうようなものだったろう。

その冬は厳しかった。夫人の回復は長くかかった。晴れると、肘掛椅子《ひじかけいす》に座ったままの彼女を窓辺まで押すのだったが、それは広場を見下ろす窓のほうで、というのも彼女はいまでは庭が嫌いになっていて、そちら側のよろい戸は常に閉めきっていた。馬も売りはらうことを望み、かつて好きだったものがいまは嫌いだった。彼女の思いはどれも自分自身のことにかぎられていた。ベッドにいたままで軽いおやつをとったり、呼び鈴を鳴らして女中を呼んで、ハーブティーができているか聞いたり、女中を相手におしゃべりした。そうしているあいだじゅう、市場の屋根に積もった雪はその部屋に白い光を照り返し、光はじっととどまっていたが、やがて雨が降るようになった。そしてエンマは毎日、判で押したように繰り返すささいな出来事をどこか不安な気持を抱いて待ち暮らしたが、それでも彼女に重要なことなど起きなかった。最大の出来事は、毎晩の「ツバメ」の到着だった。そうなると、旅館の女将《おかみ》が大声を張り上げ、ほかの声がそれに答え、一方で、馬車の幌に上って荷物を探しているイポリットの大きな角灯が、闇《やみ》のなかにぽつんと一つ星のように見える。正午になると、シャルルが帰ってきて、ついでまた出かけ、それから彼女はスープを飲み、五時ごろになって日が暮れると、学校から下校してくる子供たちが木靴を引きずりながら歩道を来て、だれもが次から次へとよろい戸をとめる掛け金を自分の定規でたたいてゆく。

ちょうどその時刻になると、ブールニジャン師が彼女に会いに来るのだった。師は彼女に体調を訊ね、あれこれと出来事を知らせてくれ、優しいおしゃべりのうちにも信仰を説いて勧めてくれたが、その話もじゅうぶんおもしろかった。その僧服《スータン》を見るだけでも、彼女は励まされた。

ある日、病状の最もひどいときに、自分は死に瀕《ひん》していると思った彼女は、聖体拝領をしたいと願い出て、そして、彼女の部屋で臨終の秘蹟《ひせき》の用意がととのい、シロップ剤の瓶でいっぱいの箪笥《たんす》を祭壇にしつらえ、フェリシテが床《ゆか》にダリアの花をまくにつれて、エンマは、何かしら強いものが自分を刺し貫くのを感じ、それによって苦悩からも解放され、一切の知覚からも、一切の感情からも解き放たれた。軽くなった自分の身体にはもはや重みはなく、新しい生がはじまろうとしていて、自らの存在が神のもとへと昇ってゆき、その愛のうちに消えてゆくように思われたが、それはちょうど香が燻《くゆ》らされて煙となって消えてゆくのに似ていた。ベッドのシーツに聖水がふりかけられ、司祭が聖体容器から白い聖体のパンを取り出し、そして、彼女はこの世のものならぬ歓《よろこ》びに我を忘れて、唇を差しだし、いまや姿を見せようとする救世主の御《み》体《からだ》を受けようとした。アルコーブの帳《カーテン》は彼女のまわりに雲のようにふんわりとふくらみ、箪笥の上にともる二本のロウソクの光はまるでまばゆいばかりの後光のように思われた。熾天使《してんし》の奏《かな》でる竪琴《たてごと》の調べがあたりに聞こえた気がして、見ると蒼穹《そうきゅう》に、緑のシュロを手にした聖人たちに囲まれて黄金の玉座に、荘厳《そうごん》に満ち溢《あふ》れた父なる神がおわして、炎の翼を持つ天使たちに合図をして、自分を抱いて天へと運び去るようにと下界へ向かわせる姿を目にした気がして、そのとき彼女はがっくりと頭《こうべ》を垂れた。

この壮麗な光景《ヴィジョン》は、およそ夢見ることのできる最も美しいものとして彼女の記憶に残り、その結果いまでは、その感覚をもういちど味わおうとつとめると、そのあいだは感覚がつづいたが、あのときほど圧倒的ではないものの、同じように深く心地よさがともなった。自尊心でくたくたになった彼女の魂は、ようやくキリスト教的な謙虚さのうちに疲れを癒やし、そして、弱き者である歓びをじっくり味わいながら、エンマは自身の心のうちで自らの我《が》が打ち砕かれるのをじっと見つめるのだったが、これによってきっと神の恩寵《おんちょう》の入り込んでくる広い入口ができるだろう。だから幸せなどというものに代わって、もっと大きな至福があるのだ、いかなる愛情にも勝る別の愛があって、これは途切れることも終わることもなく、永遠に増加しつづける愛なのだ！　自分の希望の描きだす幻影のうちに彼女が垣間見《かいまみ》たのは、地上はるかをただよって天とも交じり合う純粋な境地で、彼女はそこに達したいと切に願った。聖女になりたかったのだ。彼女は数珠《ロザリオ》を買い求め、護符《おまもり》を身につけ、部屋のベッドの枕元《まくらもと》に、エメラルドをはめ込んだ聖遺物箱を置いて、毎日これに接吻《せっぷん》したいと思った。

こうした態度に感嘆しながらも、司祭は、エンマの信仰は熱意のあまりしまいには異端すれすれになり、常軌を逸してしまうかもしれない、と思った。しかし司祭はこの方面に精通していないので、この問題がある種の度を超したと見るやたちまち、司教猊下《げいか》御用の本屋ブーラール氏に手紙を書いて、知性豊かなご婦人の信仰指導のための優れた本があれば送ってほしいと頼んだ。本屋は、まるで黒人のもとに金物類《かなものるい》を送るほどの無頓着《むとんちゃく》さで、宗教書の取引でそのころ流通していた本をすべてごちゃまぜに荷造りして送ってよこした。問答形式による小型の手引書だったり、メーストル〔教皇の絶対権を主張したジョゼフ・ド・メーストル（一七五三―一八二一）を指す〕氏ばりの尊大な調子の小冊子《パンフレット》だったり、バラ色の厚表紙で製本された甘ったるい文体の小説まがいのものだったが、これはトルバドゥールもの〔中世南フランスの宮廷風恋愛詩を指すよりも、特に十九世紀前半に流行した「トルバドゥールもの」を指していると思われる〕に心酔した神学生の手になるか、悔悛《かいしゅん》した青鞜派女流作家《ブルーストッキング》〔フランスでは、一八二〇年代から見られる〕の手になるものだろう。『よく思いをこらせ』とか、『各種勲章佩用《はいよう》者M・ド・＊＊＊氏著、聖母マリアの足もとにひざまずく上流社会の男』とか、『ヴォルテールの謬見《びゅうけん》、若き人のために』等々といったものもあった。

ボヴァリー夫人は、何であれ本気で専念するにはじゅうぶん明晰《めいせき》な理解力がまだもどっていなかったが、それでも、これらの本を大急ぎで読もうとした。礼拝の諸々《もろもろ》の規定に彼女は苛立《いらだ》ち、傲慢《ごうまん》な攻撃的な著作が自分の知らない人びとを責め立てるその執拗《しつよう》さも好きにはなれず、そして、信仰を際立《きわだ》たせた世俗の物語は、あまりに世間を知らない書きっぷりに思われたので、あれほど証明されるのを期待していた真実なのに、その真実から彼女はゆっくりと離れて行った。それでも彼女は読みつづけようとし、本を手のあいだから落としたときには、至純な魂が抱くかもしれないカトリックの言う最良の憂鬱《ゆううつ》に自分もとらえられたと思い込んだ。

　ロドルフの思い出はといえば、彼女はこれを心の奥深くに沈めてしまい、そして、思い出はそこに、地下に眠る王のミイラよりもいっそう荘厳に、いっそう揺るぎなくとどまっていた。防腐処理を施されたこの大恋愛からは匂いが漏れてきて、あらゆるものを貫き通し、彼女が住みたいと思っているまさに汚《けが》れ一つない空気をも甘い愛情の芳香で包んだ。ゴシック風の祈禱台《きとうだい》にひざまずいて、彼女が主《しゅ》にささげる言葉は、かつて不倫の恋を吐露する際に恋人にささやいた甘美な言葉と同じだった。それは、信仰が訪れるのを願ってだったが、いかなる歓びも天からは降りて来ず、手足も疲れ切って彼女は立ち上がると、どことなく途方もないペテンにでも遭ったような気持になった。このような探求にも一つくらい長所は余計にあって、と彼女は考え、そして、自分の信仰心を誇りに思う点で、エンマは自分を昔の貴婦人たちになぞらえたのだが、それは、ラ・ヴァリエール公爵《こうしゃく》夫人の肖像画〔ルイ十四世の寵愛をうけるが、最後にはカルメル会の修道院に入り、尼僧となった〕に接してその栄光をエンマも夢見た貴婦人たちであり、長いドレスのはでやかなトレーンを壮麗に引きずりながら、隠遁《いんとん》してひとり隠れ住み、生活で傷ついた心の涙を思いっきりキリストの足もとに流した貴婦人たちだった。

そうして彼女は極端な慈善に没頭した。貧しい者たちに着るものを縫ってやり、産褥《さんじょく》にある婦人たちに薪《まき》をとどけてやり、そして、ある日シャルルが帰ってみると、台所で三人の浮浪者が食卓についてポタージュをすすっていた。妻の病気中、夫が乳母のところにふたたび預けておいた娘を、彼女は家に呼びもどした。彼女は娘に読み方を教えようとしたが、ベルトがいくら泣いても、もう以前のようにはいらいら怒らなかった。それはだれに対しても寛容であるというあきらめの決意のたまものだった。彼女の言葉づかいは、何を言うにしても、非の打ちどころのない表現に充《み》ちていた。娘にもこう言うのだった。

「お腹《なか》の痛いのはもう治ったのかしら？　愛《いと》しいおまえ」

ボヴァリー老夫人にも非難すべき点は何も見つからず、おそらく強いて言えば、雑巾《ぞうきん》を繕わずに、孤児たちが上に着るものを熱中して編んでやることくらいだった。ところで、老夫人は自分の家のもめごとでへとへとなので、この静かな家が気に入り、ボヴァリー爺《じい》さんの皮肉の利《き》いた嫌みを避けて、復活祭の後まで逗留《とうりゅう》したが、この爺さんときたら、聖金曜日〔復活祭の前の週を「聖週間」と呼び、その週の金曜日。カトリックでは、この日は肉断ち〕になるときまって、必ずアンドゥイユ〔豚などの臓物を詰めたソーセージ〕を注文した。

エンマは、姑《しゅうとめ》の判断の的確さやどっしりした態度にいくらか心強い感じを受け、その相手をするだけでなく、ほとんど毎日のように、さらに多くの交際を持った。ラングロワ夫人だったり、カロン夫人だったり、デュブルイユ夫人だったり、チュヴァッシュ夫人で、きまって二時から五時までは気立てのよいオメー夫人が訪ねて来たが、夫人はこの隣人についてとやかく言われる陰口をまるっきり信じようとはしなかった。オメーの子供たちも会いにやって来て、ジュスタンも付いて来た。この小僧は子供たちといっしょに二階の部屋に上がり、ドアのわきに立ったままでいて、じっとして黙っていた。ボヴァリー夫人はよく、そのことに気づかずに身繕いにとりかかったりした。まず櫛《くし》を引き抜いて、ぶっきらぼうに頭を振り、そして、ジュスタンがはじめてこの髪全体を目にすると、髪は巻いてある漆黒の毛を解くようにひかがみまで垂れたが、それはこのあわれな小僧にとって、何か経験のない途方もない世界にとつぜん入ったようなもので、その華々しさに恐れ戦《おのの》いた。

エンマはおそらく、ジュスタンの秘めた思いにも、その内気さにも気づかなかったろう。エンマには、自分の生活から消えてしまった恋心がついそこに、すぐそばに、粗末な綿《めん》のシャツを着て、その若い心のうちにぴくぴくと息づいているとは思いもよらず、若い心は放射される彼女の美しさに無防備にさらされていたのだった。それに、いまの彼女はなにもかもを無関心で包み込んでいるので、その言葉にはとても愛情がこもっているのに視線にはすごく横柄なところがあって、態度がじつにちぐはぐで、人から見ると身勝手なのか思いやりがあるのか、堕落しているのか貞節なのか、もはや見分けがつかなかった。たとえば、ある晩など、口実を見つけながら口ごもって外出させてほしいという女中を叱《しか》っておきながら、やがてとつぜん、

「それじゃあ、お前、好きな人ができたんだね？」と彼女は言ったりした。

そして、顔を真っ赤にしているフェリシテの返事も待たずに、悲しそうに付け加えた。

「さあ、早くお行き！　楽しんでおいで！」

春先になると、彼女は庭を端から端まで一変させ、ボヴァリーには異論もあるものの、それでも彼女がようやく何らかの意志を示してくれたのを目にしてうれしくなった。彼女は回復するにつれ、したいことをますますはっきり示すようになった。手はじめに、乳母のロレーおばさんをうまく追い払ったが、エンマが回復に向かうあいだに、乳母は二人の乳飲み子と預かっている男の子を連れて台所に頻繁に入り浸るよう

になっていて、しかも男の子は食人種も顔負けの大食らいだった。それから、彼女はオメー夫人と子供たちを厄介払いすると、つぎつぎとほかのいかなる訪問客にもお引取り願い、教会にも以前ほどきちょうめんに通わなくなり、これを薬剤師は大いに称賛し、そこで彼女に親しみを込めてこう言った。

「奥さんも司祭にはいささかだまされましたな！」

ブールニジャン師は、以前と同じように教理問答《カテキスム》の稽古《けいこ》をつけ終わると、毎日のようにやって来た。師は外にいるほうを好み、木陰のなかにいて外気を吸うほうを選び、青葉棚のことをそのように呼んでいた。ちょうどシャルルも帰ってくる時刻だった。二人とも暑がるので、甘口のシードルを運んで出すと、ともに夫人の全快を祝して乾杯した。

ビネーもそこにいて、といってももつまり、もう少し下にいて、築山の塀に寄りかかってザリガニを釣っていたのだ。ボヴァリーはこの男にも喉《のど》を潤《うるお》すようすすめたが、ビネーは酒瓶《ボトル》の栓を抜くのが申し分なくうまかった。

「要は」と彼は言いながら、満足そうな視線を周囲にめぐらし、彼方《かなた》の眺めにまで走らせた。「こうしてボトルをテーブルの上に垂直に保ち、栓をとめている紐を切ってから、少しずつ、そっと、そっとコルクを押し出して、そもそも料理屋でセルツァ炭酸水に対してやるようにですな」

ところが、実地にコルクを抜いていると、シードルはよく吹きこぼれて、連中の顔面に命中することがあって、すると司祭は不可解な笑みをもらしながら、必ずこのような冗談を口にした。

「ご親切がぱっと目に染《し》み入りますな！」

事実、師はお人よしでもあって、ある日、薬剤師がシャルルにすすめて、夫人の気晴らしにルーアンの劇場にかの有名なテノール歌手ラガルディーを見に連れていってはどうかと言っても、眉《まゆ》ひとつひそめなかった。黙っている司祭に驚いたオメーが、その意見を聞きたいというと、音楽は文学に比べ風紀にとっての危険性は少ないと思う、と師は明言した。

それでも、薬剤師は文学を擁護した。劇作品は、偏見を溶かすのに役立つし、娯楽の仮面をかぶって美徳を教示する、と主張した。

「それは笑いによって風紀を正す〔フランス十七世紀のジャン・ド・サントゥールの言葉。「それ」とは喜劇を指す〕ですな、ブールニジャンさん！　たとえば、ヴォルテールの悲劇を見てください、そのほとんどに啓蒙《けいもう》思想の考えが巧みにちりばめられていて、民衆にとって、彼の悲劇は道徳と人事万端の知恵を教える本当の学校となっています」

「この私ですが」とビネーが言った。「かつて『パリの蕩児《とうじ》』〔一八三六年にジムナーズ座で初演されたバヤールとヴァンデルビュックの二幕のヴォードヴィル〕という芝居を見ましたが、そこに出てくる老将軍の気骨ぶりには目をみはりましたよ、本当に見事で！　女工を誘惑する良家の息子を、この将軍がこらしめて、最後に女工は……」

「なるほど！」とオメーはつづけた。「よろしからぬ薬屋があるように、よろしからぬ文学もあって、けれど芸術のなかで最も重要なものを一まとめにして断罪するなんて、私には愚かな行為に思われますな、ガリレオを軟禁した忌《い》まわしい時代にふさわしい時代遅れの考えにね」

「わしもよく承知しておる」と司祭は反論した。「良い作品に良い著者がいることとくらい、それでも、世俗の虚飾に囲まれたうっとりするような室内に男女が群れ集いますな、それに、異教徒的な衣装もあり、紅白粉《べにおしろい》を塗りたくり、燭台《しょくだい》の灯りを煌々《こうこう》ともし、声色も軟弱で、そういったすべてから、ついにはある種の精神の放蕩が生まれ、みだらな考えや背徳へと走る気持がこちらにもたらされることにもなる。これが、少なくとも歴代の教父の見解じゃ。とにかく」と、師は急に神秘的な声の調子になって付け加えながら、他方で嗅ぎタバコを一つまみ親指の上で丸めた。「教会が見世物を断罪した以上、教会が正しいのであって、われわれはその教令に従わねばならん」

「なにゆえ」と薬剤師は訊《き》いた。「教会は俳優たちを破門するのですか？　だって、その昔、俳優たちは宗教の儀式に公然と加わったものです。そうですとも、合唱隊のまっただなかで、聖史劇と呼ばれた笑劇《ファルス》の類《たぐい》をやっていました、まさに上演していましたよ、なかには慎みの掟《おきて》を破るものもよくあった」

司祭はうめき声をもらしただけで、薬剤師はつづけた。

「聖書だって同じで、ありますよね……ご存知でしょ……細部を見ればいくつも……刺激をそそるのが……いくつもの状況で……本当に……きわどいのが！」

そして、ブールニジャン師が苛立つ仕草をしたのを見ると、

「ああ！　あなただってそう思うでしょ、聖書は若い娘の手に渡すべき本じゃないって、私だって遺憾に思いますよ、もしうちのアタリーが……」

「ですが、聖書を読むよう奨励するのは」と相手はたまりかねて声を発した。「プロテスタントの連中で、われわれではない！」

「大差ありませんな！」とオメーは言った。「驚きですな、今日《こんにち》、この知識の光あふれる時代に、知的な気晴らしをあくまで禁止しようとするなんて、しかも無害で、道徳的で、ときには健康に益することもあるのに、ねえ、先生？」

「おそらく」と医者は、薬剤師に同感なのだが、だれも傷つけたくないと思ったのか、

それとも考えなど持ち合わせないのか、ともかく投げやりな返事をした。

会話も終わりと思われたそのとき、薬剤師はここぞと思ったのか、最後のひと突きを食らわした。

「知ってますよ、私服に着替えて、ダンスを踊る女の子たちを見に行く司祭を何人も」

「ばかな！」と司祭は言った。

「ああ！　私は知ってますとも！」

そして、オメーは自分の言葉を細かい音に区切って繰り返した。

「私は、知って、ますとも」

「いやはや！　そうならその連中がいかん」とブールニジャンは、なんでも言わせてやれとあきらめて言った。

「そのとおり！　連中はほかにもどっさりなさいますな！」と薬剤師は叫んだ。

「オメーさん！……」と司祭はつづけて、ものすごい目でにらんだので、薬剤師は怖《おじ》気《け》づいてしまった。

「ただ私の言いたかったのは」と薬剤師は、そこで矛先《ほこさき》を収めた口調になって答えた。

「人びとの魂を信仰に引き寄せるには、寛容こそ何よりも確実な手段だということでして」

「ごもっとも！　ごもっとも！」とこの好人物は折れて、椅子に座りなおした。

だが司祭は、ほんのわずかのあいだしかそこにとどまってはいなかった。そうして司祭がいなくなると、オメー氏は医者に言った。

「これぞ口論というのをお目にかけましたな！　打ち負かしてやりましたよ、ご覧になったでしょ、ともあれ、あっと言わせるくらいにね！……とにかく、本当ですよ、奥さんを見世物に連れて行かれることです、たとえ一生にほんの一度、あの黒衣の僧《そう》侶《りょ》の一人を悔しがらせることにしかならなくてもね、まったく！　だれか私に代わることができれば、こっちだってあなたがたとごいっしょしたいくらいですよ。急がれてくださいよ！　ラガルディーは一回しか興行しないのですから、相当なギャラで、イギリスで歌わねばいけないとか。確かな向きによれば、精力的な男らしいですな！　大金持ちときている！　愛人を三人、料理人を一人、同行させる！　こうした大芸術家はみな財産も生命も浪費するのですよ、この人たちには、想像力を多少でもかき立てる放縦《ほうじゅう》な生活が必要なんでしょうな。ところがこの連中は、困窮のどん底で一生を終えるものです、というのも、若いときに、節約をするなどという料簡《りょうけん》を持ち合わせていませんからな。さあ、夕食をおいしく召し上がれ、また明日！」

このオペラ見物の考えはボヴァリーの頭のなかですぐに芽を出し、なにしろ、彼はたちまちその話を妻に知らせたからで、それでも当初、彼女は断り、疲れてしまうだの、席への出入りが面倒だの、金がかさむだのと言い立てたが、どうしたことか、シャルルは譲らず、それくらい彼はこの息抜きが妻の身体《からだ》のためになるにちがいないと思ったのだ。何の差支えもないし、当てにしていなかった金が三百フラン母から送られてきたし、当座の支払いは大した額ではないし、ルルー氏に払うべき手形の期限はまだ先のことで、気にかける必要はない。それに、妻が遠慮していると思ったシャルルは、ますますくどくすすめ、その結果、うるさく言ったおかげで、とうとう彼女は行く決心をした。そして、翌日の八時に、二人は「ツバメ」に乗って出発した。

薬剤師は、ヨンヴィルに自分を引き止めるものなど何もないのに、どうしてもそこから動けないものと思い込んで、二人が出かけるのを見てため息をついた。

「さあ、行ってらっしゃい！」と薬剤師は二人に言った。「あなた方は、何て幸運なんだ！」

それから、四段の裾飾り《フリル》のある青いシルクのドレスを着たエンマに向かって言った。

「じつに愛くるしいですな！　ルーアンではもてはやされることでしょう！」

乗合馬車はボーヴォワジーヌ広場に面した宿屋「赤い十字」にとまった。これは地方の場末ならどこにでもあるような宿屋で、大きな馬小屋に小さな客室から成り、庭の中央には、旅回りの外交販売員の泥で汚れた二輪馬車《カブリオレ》の下に入ってカラスムギをついばむ雌鶏《めんどり》が何羽も見られ——木のバルコニーは虫に食われ、冬の夜には風にきしみ、客で立て込み、喧騒《けんそう》だらけで、食い物のまずい古き良き宿で、その真っ黒なテーブルはブランデー入りコーヒーでべたつき、その厚い窓ガラスはハエが黄色く汚し、その湿ったナプキンは安物のワインで染みができ、そして、ずっと田舎臭さが抜けず、まるで平服を着た作男《さくおとこ》みたいで、通り側はカフェになっていても、その裏手は菜園になっている。シャルルはすぐにチケットを買いに行った。彼は、前桟敷《まえさじき》〔舞台両側の二階、三階の貴賓席〕も天井桟敷《ギャラリー》も、平土間も桟敷席《ボックス》も区別がつかず、説明をしてもらったが理解できず、チケット係りから支配人のところへ回され、宿屋にもどって、ふたたび劇場の窓口に行き、そうやって何度も、劇場から大通りの広場までの距離《ながさ》を測るように歩き回った。

　夫人は帽子と手袋と花束を買った。旦那《だんな》のほうは開演に間に合うか大いに心配になり、そして、スープを飲む間《ま》もそこそこに、二人が劇場の玄関の前に駆けつけると、扉はまだ閉まっていた。

15

建物の壁ぎわに、左右に分かれて柵《さく》のあいだに押し込められたように、人だかりができていた。近くの通りという通りの角には、ばかでかいポスターに奇異な字体で、「ランメルモールのリュシー〔ドニゼッティ作曲のイタリア・オペラ。一八三五年ナポリ初演、フランスでは三九年以降、フランス語で上演され、大人気を博す〕……ラガルディー……オペラ……」などと書かれていた。天気もよく、暑く、カールした髪にも汗が流れ、取り出されたどのハンカチも赤く火照《ほて》った額の汗をぬぐい、そして、ときおり生暖かい風が川のほうから吹いて、居酒屋の入口のそばに張り出したキャンバス地のテントの縁《へり》を弱々しく揺すっていた。もう少し川のほうに行くと、それでもひんやりした風の流れがあって涼しかったが、獣脂や革や油の臭《にお》いが鼻をついた。それはシャレット通りからの臭気で、そこには暗く大きな倉庫が立ち並び、人夫が大きな樽《たる》を転がしていた。

滑稽《こっけい》に見えるといけないので、エンマは桟敷に入る前に、河港あたりをひとまわり散歩したいと思い、シャルルは用心深く、ズボンのポケットのなかでチケットをぎゅっと握りしめ、その手を下腹に押し当てた。

玄関に入ったとたん、彼女の胸は高鳴った。自分は二階指定席への階段を上って行くのに、一方、右手の別の廊下のほうに人だかりが殺到するのを見て、彼女はうぬぼれから思わず笑みを漏らした。皮張りの大きな扉を指で押すと、たわいなくうれしさがこみ上げ、通路のほこりっぽい匂《にお》いを胸いっぱいに吸い込み、自分の桟敷席に腰を下ろすと、まるで公爵夫人のような屈託のなさで反り身になった。

会場は人で埋まりはじめ、ケースからオペラグラスを取り出したり、常連であろうか、遠くから姿を見つけあうと、挨拶《あいさつ》を交わしていた。彼らは、芸術のうちに商売の憂《う》さを気晴らしに来たのだろうが、取引のことは少しも忘れず、木綿やトロワ＝シス〔度数八五から九五度の精溜アルコールを水で二倍に薄めた飲料〕やインジゴ染料〔染物業はルーアンの重要な産業だった〕の話をしている。そこには老人の顔も見え、無表情で、穏やかで、髪も顔色も白っぽく、鉛の蒸気で燻《いぶ》した銀のメダルのようだった。若いしゃれた男たちは平土間を気取って歩き、チョッキの胸元にバラ色や緑のネクタイをひけらかし、そして、ボヴァリー夫人はこの連中に二階から見とれていたが、彼らは黄色い手袋をぴんとはめた手のひらを、細身のステッキの金の握りに押し付けていた。

そうこうしているあいだに、オーケストラ席のロウソクがともり、シャンデリアが天井から降りてきて、その切子《きりこ》面《めん》が輝きを放つと、会場にたちまち陽気さがみなぎり、やがて楽団員たちがつぎつぎに入場し、最初は長い騒音のような低音がうなり、ヴァイオリンがきしみ、ピストンバルブの金管楽器が鳴り響き、フルートやフラジョレットが甲高《かんだか》い音をたてた。しかし舞台から開演を告げる合図が聞こえると、ティンパニの連打がはじまり、金管楽器がいっせいに演奏され、幕が上がって、一つの景色が姿を見せた。

森のなかの四つ辻《つじ》で、左手に、コナラの木陰になっている泉がある。農夫たちも貴族たちもみな、肩にプレード〔格子縞の肩掛け〕をはおり、狩りの歌を歌っていると、やがて一人の士官が急に現れ、両腕を天に差し上げながら悪の天使に助けを求め、また別の男が姿を見せ、二人とも退場し、狩猟する者たちがまた歌い出す。

彼女は若いころの読書の世界に、ウォルター・スコットのまっただなかにひたっている自分を見いだした。霧を通して、ヒースの丘に繰り返し響くスコットランドの風笛〔バグパイプの一種〕の音が聞こえるようだった。それに、小説を覚えていたので〔オペラの原作がウォルター・スコットの『ランマムーアの花嫁』（一八一九）で、ランマムーアはスコットランドの丘陵地帯〕、オペラの脚本の理解が容易になり、彼女は一句ごとに筋を追っていたのに、胸によみがえるとらえがたい思いは、突風のような音楽にたちまち吹き散らされた。彼女はメロディーに揺られるままに身をまかせ、自分自身がその全存在をあげて震えているように感じたが、まるでヴァイオリンの弓に自分の神経を行きつもどりつこすられているかのようだった。衣装に舞台装置に登場人物、歩くと揺れる書き割りの木々にビロードの縁なし帽にマントに剣など、そうした空想されていた一切が調和のうちに揺れ動き、まるで別の世界の雰囲気に包まれているかのようで、それらを見るにはいくら目があっても足りなかった。だが一人の若い女が進み出ながら、緑の服の従者に財布を投げ与えた。女がひとり残り、するとフルートの音が聞こえ、泉のさざめきのようでもあり、小鳥たちのさえずりのようでもあった。リュシーはト長調のカバティーナ〔オペラのなかで歌われるアリアより単純な独唱曲〕を壮重華麗に歌いはじめ、恋心を訴え、翼をもとめた。エンマも同じように、憂《う》き世を逃れ、抱擁されて舞い上がりたかった。とつぜん、エドガール役のラガルディーが登場した。

この男はまばゆいばかりの青白さを帯びていて、それは南仏人の情熱的な顔にどことなく大理石のような荘厳さを与えている。そのたくましい上半身を褐色の胴衣《プールポワン》に包み、彫金をほどこした短剣を左の腿《もも》に揺らし、白い歯を見せながら悩ましげに視線をきょろきょろ動かしていた。噂《うわさ》によれば、ある晩、ポーランドのさる公爵夫人が、ビアリッツ〔フランス・バイヨンヌ南西の保養地〕の海岸で小艇《ランチ》の修理をしていたこの男の歌を聞き、すっかり逆上《のぼ》せあがってしまったという。公爵夫人は男のために破産までした。彼は夫人を置き去りにして、ほかの女たちに走ったのに、この愛情がらみの評判は、芸術家としての名声を高めることにしかならなかった。この駆け引き上手の旅役者は、宣伝するときにも、自分の容姿の魅力や思いやりのある心に対する詩的な文句をいつも滑り込ませるよう心がけていた。美しい声、沈着冷静さ、知性よりも多感さ、叙情性よりも仰々しさによって、その見事な香具師《やし》のような気質を高める結果となったが、そこには床屋や闘牛士めいたところがあった。

最初の場面から、彼は観客を熱狂させた。リュシーを両の腕に強く抱き寄せるかと思えば、そばを離れ、また取って返し、絶望しているように見えて、激昂《げっこう》し、やがて限りなく滑らかな哀調を帯びたあえぎとなり、歌声があらわな喉《のど》からもれると、悲しみと愛撫《あいぶ》に充《み》ちていた。エンマは身を乗り出して彼を見ようとして、桟敷席のビロードを爪《つめ》でひっかいていた。コントラバスの伴奏にのって長く尾を引く妙《たえ》なる愁訴で、彼女は心をいっぱいにしたが、それは荒れ狂う嵐《あらし》にのまれた遭難者たちの叫びに似ていた。彼女は、自分が危うく命を落とすところだった陶酔と苦悶《くもん》をことごとくそこに認めた。女性歌手の歌声は自分の意識の響きとしか思われず、魅了されてやまないその幻影は、自分の生活の一部か何かのように思われた。だが、このような愛で自分を愛してくれた人はこの地上にだれもいない。最後の夜、月の光を浴びながら、二人で「明日《あした》ね、明日ね！……」と言い交わしたときも、あの人はエドガールとはちがって泣いてくれなかった。会場は拍手喝采《かっさい》にきしみ、ストレッタ〔フーガの終結部で応答が主題の完結前に現れ重なる切迫部〕の全部が繰り返され、恋人どうしは自分たちの墓の花について、流謫《るたく》について、運命について、希望について語り合い、二人がいよいよ最後の別れを告げると、エンマは鋭い叫びを発したが、それは最後の旋律の震えと一つになった。

「いったいどうして」とボヴァリーが訊《たず》ねた。「あの貴族は女を責めさいなんでばかりいるのかね？」

「ちがいますよ」と彼女は答えた。「恋人じゃありませんか」

「だって、あの男は女の家族に復讐《ふくしゅう》してやる〔家族どうしがいがみ合っている〕と誓っていたし、一方、先ほど出て来たもう一人の男は『私はリュシーを愛しているし、私も彼女に愛されていると思う』と言っていた。それに、その男は女の父親と互いに腕を組んで立ち去ったじゃないか。だって、あれがまさに女の父親なんだろう、ね、帽子に雄鶏《おんどり》の羽をつけていた醜い小男が？」

エンマがあれこれ説明したのに、従者のジルベールが主人のアシュトンに忌まわしい術策を伝える叙唱《レチタティーヴォ》〔言葉の自然な抑揚に即して語りに近い調子で歌われるもの〕のデュエットがはじまったとたん、シャルルは、リュシーをだますことになる贋《にせ》のエンゲージリングを見て、これはエドガールが送る愛の記念《かたみ》だと思い込んだ。しかも、話がよく飲み込めないのだ——音楽がやかましいせいで――セリフの邪魔ばかりしていて、とシャルルは白状した。

「わからなくたっていいじゃないですか」とエンマは言った。「黙ってて!」

「なにしろ」とシャルルは彼女の肩に身を寄せて答えた。「ご承知の通り、わかってないと気がすまない性質《たち》でね」

「黙って! 静かにして!」と彼女は我慢しきれずに言った。

リュシーが髪にオレンジの冠〔昔、花嫁がかぶったとされる〕をつけ、白いサテンのドレスよりも蒼白《そうはく》な顔をして、半ば侍女たちに支えられるようにして進み出た。エンマは自分の結婚式の日をぼんやりと考え、そして、あそこだった、麦畑の真ん中の小道を、あのとき教会へと歩いて行った自分の姿がありありと目に浮かんだ。どうして自分は、この舞台の女がしたようには、反抗し、懇願しなかったのか? それどころか、奈落《ならく》の底に身を投げようとしているとも知らずに、嬉々《きき》としていて……ああ! 初々《ういうい》しい美しさに包まれ、結婚生活による汚れも不倫の幻滅も知らないころに、この人生をだれか揺るぎない大きな心の持ち主に託せていたら、そのときには貞節も愛情も快楽も義務も一つになって、かくも高い幸福の頂《いただき》から決して降りはしなかったのに。しかしそのような幸福も、おそらく、いかなる欲望も叶《かな》わない絶望ゆえに考え出された嘘《うそ》なのではないか。いまの彼女は、芸術が誇張して表現する情熱の矮小《わいしょう》さを分かっていた。だから自分の思いを舞台から逸《そ》らそうとつとめながら、エンマは自分の苦悩を再現していると思ったオペラに、単に目を楽しませるのにうってつけの細工のできる空想の産物しかもはや認めておらず、舞台の奥から、ビロードの帳《とばり》を押し分けて黒いマント姿の男が現れてきても、彼女は心のなかで蔑《さげす》むような哀れみを感じて微笑《ほほえ》んだのだった。

その男のかぶるスペイン風のつばの広い帽子が、その身振りのはずみで下に落ち、そして、たちまち楽器も歌手も六重奏に入った。火花を散らすほど怒り狂ったエドガールは、ひときわよく通る声で他のすべての連中を圧倒した。アシュトンは低音で、殺意を秘めた決闘を彼にしかけ、リュシーは甲高くうめく声をあげ、アルチュールが一人離れて、中間の声域《バリトン》に抑揚をつけ、司祭はバス・ターユ〔バリトンとバスの中間の声 バス・シャンタントの古称〕でパイプオルガンのように唸《うな》り、すると女性たちの声が合唱で司祭の言葉を反復しながら心地よくつづく。彼らはみな一列にならんで身振りをし、そして、その半ば開いた口から、同時に漏れ出たのは、怒りであり、復讐であり、嫉妬《しっと》であり、恐怖であり、憐憫《れんびん》であり、驚愕《きょうがく》だった〔フローベールは六重奏のポリフォニーを、六つの感情として列挙して表現している〕。屈辱を受けた恋人エドガールは、抜き身の剣を振り回すと、胸の動きにともない、ギピュールの襟飾りががくんがくんと持ち上がり、至るところ大股《おおまた》で歩きまわり、舞台の床を踏むたびに、踝《くるぶし》のところで広がった柔らかな長靴の金メッキした拍車が鳴った。これほどふんだんに聴衆に愛をぶちまけるには、きっと尽きることのないほどの愛情がこの男にはあるのだろう、と彼女は思った。役柄にあふれる詩情に圧倒され、充たされて、漠とした誹謗《ひぼう》する気持もすっかり消え去り、その配役のもたらす夢想のせいで俳優本人にまで彼女は惹《ひ》きつけられ、その生活を思い描いてみようとし、するとその生活は華々しく、途方もなく、華麗で、もし偶然がそのように望みさえしたら、それでも自分だって、そうした生活を送れたかもしれない。二人は知り合い、愛し合ったかもしれないのだ！　この人といっしょに、ヨーロッパのあらゆる国々をめぐり、首都から首都へと自分も旅して、この人の疲れも誇りも分かち合い、この人に投げられる花を拾い、舞台衣装にこの手で刺繡《ししゅう》したかもしれないし、それから、毎晩、桟敷の奥の、金色の金網格子の後ろに立って、あっけにとられながら、自分のためだけに歌ってくれるこの人の魂から吐露されるものを寄せ集めていたかもしれない、この人なら、歌いながら舞台から自分を見てくれただろう。だがそのとき彼女は狂おしい思いにとらえられた、この人が、自分を見つめている、これは間違いない！　彼女は駆け寄ってその腕のなかに身を投げ、恋愛そのものの権化《ごんげ》みたいなこの男の力のうちに逃げ込み、言ってやり、叫んでやりたかったのだ。「あなたのものよ、あなたのものなの！　この燃える思いもすべて、この憧《あこが》れもすべて！」

幕が下りた。

灯火ガスの臭《にお》いが人いきれに混じり、扇子の風によって空気がいっそう息苦しく感じられた。エンマは外へ出ようとしたが、廊下も人であふれ返っていて、動悸《どうき》がして息がつまりそうで、ふたたび座席に倒れ込んだ。シャルルは、彼女が気を失うのではないかと恐れて、一杯のアーモンド水を買いに軽食堂に駆け込んだ。

座席にもどるのが大変で、なにしろ両手でコップを持っているので、一歩ごとに両《りょう》肘《ひじ》が人にぶつかり、袖《そで》の短いドレスを着たルーアン女の肩にコップの四分の三ほどこぼしてしまい、腰に冷たい液体の流れ込むのを感じた女は、クジャクのような金切り声を上げたが、まるでクジャクが殺されでもしたみたいだった。その夫は紡績工場主で、この粗忽《そこつ》者に憤《いきどお》り、そして、その妻が桜桃《サクランボ》色のタフタ織〔稠密な絹織物〕の美しいドレスについた染みをハンカチでふき取っているあいだじゅう、ぶつぶつと無愛想な口調で、賠償金だの、費用だの、弁償だのといった言葉をつぶやいていた。ようやく、シャルルは妻のもとにたどり着くと、息を切らしながらこう言った。

「本当に、もどれないかと思ったよ！　大変な混みようだ！……大変な！……」

彼は付け加えた。

「上で、だれに会ったと思う、当ててご覧？　レオン君だよ！」

「レオン？」

「本人さ！　お前に挨拶しにくるって」

そして、その言葉を言い終えないうちに、ヨンヴィルの元書記が桟敷に入って来た。

貴族のように無造作に、彼は手を差しだし、ボヴァリー夫人はとっさに手を差し向けたが、おそらく、より強固な意志に引き寄せられたのだった。この手を握るのはあの春の夕べ以来で、あのとき、青葉に雨が降っていて、窓辺に立ったまま別れを交わしたのだった。だが、たちまち状況をわきまえ、彼女はつとめてそうした気《け》だるい思い出を振り払い、一気に言葉を口にしようともぐもぐ言いはじめた。

「まあ！　お久しぶり……どうして！　あなたがここにいらっしゃるの？」

「しいっ！」と平土間から声があがったが、なにしろ第三幕がはじまるところだったのだ。

「では、ルーアンにいらっしゃるの？」

「ええ」

「で、いつから？」

「出てゆけ！　出てゆけ！」

みんなが二人の方を振り向き、彼らは黙った。

しかし、このときから彼女はもはやオペラを聞いてはおらず、そして、結婚式の招待客たちの合唱も、アシュトンとその従者の場も、二長調の重要な二重唱も、彼女にとってなにもかもが遠くに逃れ去り、まるで楽器の音もよく響かず、人物も後退してしまったかのようで、思い出すのは、薬剤師の家でのトランプの勝負だったり、乳母の家への散歩だったり、青葉棚の下での読書だったり、炉辺《ろばた》での差し向かいだったりで、あのけなげな恋はあんなにも穏やかで、あんなにも長く、あんなにも慎み深く、あんなにも優しく、なのに忘れていたなんて。いったいなぜこの人はふたたび姿を見せたのだろう？　どういう偶然のめぐり合わせで、自分の人生にこの人は立ちもどってきたのだろう？　この人は自分の後ろに、桟敷の仕切り壁に肩をもたせて立ち、そして、ときどき、生暖かい鼻からの息が髪にかかって、彼女は慄《おのの》く自分を感じていた。

「面白いですか？」と彼は言いながら、とても近くまでかがみこんできたので、口ひげの先が彼女の頬に触れた。

彼女は投げやりに答えた。

「あら！　まあ、面白くないわ！　たいして」

それなら、劇場を出て、どこかで氷菓《つめたいもの》でも食べに行こう、と彼は誘った。

「ああ！　まだですよ！　もっと見ましょう！」とボヴァリーは言った。「あの女、髪を振り乱した、悲劇の見せ場になるぞ」

しかし狂乱の場は少しもエンマの興味を惹かず、女性歌手の演技はわざとらしく大げさに思われた。

「絶叫しすぎよ」と彼女は、聞いているシャルルのほうを向いて言った。

「そうか……たぶん……いくらか」と彼は、率直に楽しい気分と妻の意見への敬意の板ばさみになって、どっちつかずに答えた。

やがてレオンはため息をつきながら言った。

「こう暑くては……」

「我慢できませんわ！　ほんとうに」

「気分が悪いのかい？」とボヴァリーは訊いた。

「ええ、息苦しくて、出ましょう」

レオン君は彼女の肩にレースの長いショールをそっとかけてやり、三人は連れ立って、河港に臨むガラス張りのカフェの前の屋外席《テラス》に腰を下ろした。

最初は彼女の病気が話題になったが、レオンさんに退屈になるといけないから、と彼女が言って、ときどきシャルルをさえぎり、そして、レオンが二人に語るには、ノルマンディーではパリの仕事の扱い方と違うので、こちらの仕事に慣れるため、有力な事務所に二年ほど勤めるためにルーアンに来ていた。それから彼は、ベルトのことやオメー一家のことやルフランソワの女将《おかみ》のことを訊ね、そして、レオンもエンマも、夫のいる前ではもう何も語り合うことはなく、やがて会話はとだえた。

オペラから出てきた人びとが、大声で「ああ、麗《うるわ》しの天使、わがリュシー！」と口ずさんだりわめきながら歩道を通ってゆく。するとレオンは、愛好家《ディレッタント》を気取って音楽について語りはじめた。タンブリーニ〔一八〇〇—七六、バス・シャンタントの歌手〕もルビーニ〔一七九四—一八五四、テノール歌手〕もペルシアーニ〔一八一八—六七、ソプラノ歌手〕もグリージ〔一八一一—六九、メゾ・ソプラノ歌手〕も見たが、そして、こうした連中に比べると、ラガルディーがいくら華々しい喝采を得ていても、足元にも及ばない。

「そうは言っても」とシャルルは、ラム酒入りのシャーベットを少しずつ口に運びながら話をさえぎった。「人びとの評判では、最終幕のラカルディーはまったく見事らしいですよ、終わりまで見ないで出てきたのは悔やまれますな、だってようやく面白くなりはじめたのに」

「もっとも」と書記は答えた。「近々、またやるそうですよ」

しかしシャルルは、翌日になれば自分たちも帰るのだと答えた。

「それとも」と彼は妻のほうを向きながら付け加えた。「お前が一人残りたいのなら話は別だが、ねえ？」

そして若者は、自分の望みに差しだされた思いがけない好機を目《ま》の当たりにすると、手の平《ひら》を返して、終幕のラガルディーを称賛しはじめた。あれは素晴らしいものですな、崇高でさえある！　するとシャルルはなおも粘った。

「お前は日曜日に帰りなさい。さあ、決めて！　間違っても、ほんの少しでも身体にいいと感じたらね」

いつのまにか、まわりのテーブルは空になっていて、ボーイが目立たないように来て、彼らのそばに立ち、気づいたシャルルが財布を取り出そうとすると、書記がシャルルの腕をおさえて払い、おまけに銀貨二枚を忘れずに置いたとき、テーブルの大理石に当たって音が響いた。

「申しわけない、じつに」とボヴァリーはつぶやいた。「あなたにお金を……」

相手は、好意にあふれた無視する仕草をして、帽子に手をやった。

「了解です、よね？　明日の六時に」

シャルルはさらにもう一度、これ以上長いこと休みにはできないと抗議したが、エンマについては何の問題もない……。

「と言われても……」と彼女は口ごもったが、奇妙な笑みが浮かんでいた。「どうしよう、よく分からない……」

「よろしい！　よく考えてごらん、あとで分かるさ、一晩寝れば知恵も浮かぶってね……」

それから、二人についてきたレオンに対して、

「お近くにいらっしゃるので、これからは来ていただいて、ときどき夕食でもわれわれといかがですかな？」

書記は、ヨンヴィルにはそもそも事務所の用事で行く必要もあることだし、必ずうかがうと確言した。そして彼らはサン＝テルブラン小路の前で別れたが、ちょうど十一時半の鐘が大聖堂で鳴った。

第三部

1

レオン君は法律の勉強の傍ら、「ラ・ショーミエール」〔一七八七年にモンパルナス大通りに創設されたパリで最も有名なダンスホール「ラ・グランド・ショーミエール」のこと〕にもかなり足しげく通っていて、そこでは上品な態度を認められ、尻軽な女工《グリゼット》たちにじつによくもてていた。きわめてきちんととした学生で、髪は長く伸ばしすぎもせず短く刈りすぎもせず、月の一日《ついたち》には、四半期分の仕送りを浪費してしまっているということもなく、教授たちとも良好な関係を保っていた。

よく、部屋にとどまって読書をしているときとか、夕方、リュクサンブール公園の菩提樹《ぼだいじゅ》の木陰に腰を下ろしているときなど、法典を取り落としてしまうと、エンマの思い出がよみがえってきた。しかし、少しずつ、こうした感情も弱まり、ほかのいくつもの欲望がその上に積み重なったが、それでもその欲望を通り越すと、底には感情が存続していて、なにしろレオンはすべての希望を失《な》くしたわけではなく、不確かながら見込みのようなものが彼にはあって、未来に揺れていて、それは夢の国の葉叢《はむら》にたわわになっている黄金の果実のようなものなのだ。

そうして、三年ぶりに彼女に再会してみると、彼の恋心は燃え熾《おこ》った。覚悟を決めなければならない、とうとうこの女をものにするのだ、と彼は思った。それに、その内気さもはしゃいだ学生仲間たちとの触れ合いで徐々に失われ、彼が田舎にもどってきたときには、パリの大通り《ブールヴァール》のアスファルトをエナメル革の靴で踏んだことのない人間をみな軽蔑《けいべつ》していた。勲章をもらい自家用の馬車を持つ著名な医者の客間で、お上品なパリの女のそばに寄るなら、この貧乏書記もおそらく子供のように震え上がっただろうが、しかしここルーアンの河港で、こんな田舎医者の妻を前にしたくらいでは、気づまりなど感じず、たらし込む自信も初めからあった。平静でいられるのも、自分がどこにいるか場所によりけりで、中二階と五階とでは話し方からして違うし、金持ちの女ともなれば、貞操を守るため、身の回りに、まるで胴鎧《よろい》よろしくコルセットの裏地にありったけの札びらをしのばせているも同然だった。

前夜、ボヴァリー夫妻と別れると、レオンは遠くから二人をつけて通りを行き、やがて「赤い十字」の前で二人が立ちどまるのを見とどけて、踵《きびす》を返し、一晩じゅう計画を練って過ごした。

だから翌日の夕方五時ごろ、レオンは喉《のど》をつまらせながら、血の気の引いた頰をして、旅館の調理場に入って行ったが、何があっても止められない臆病者《おくびょうもの》の決意を固めていた。

「ご主人のほうはここにはいませんよ」と使用人が言った。

それは吉兆《きっちょう》に思われた。彼は二階に上がった。

彼の到着を目にしても、エンマはうろたえず、それどころか、自分たちの投宿先を言い忘れたことを詫《わ》びた。

「ああ！　ここだと見当がつきましたよ」とレオンが答えた。

「どうしてですの？」

勘によって、当てどなく、彼女のほうに導かれたのだとレオンは言い張った。彼女は笑いだし、すぐにレオンは、自分の愚かさを取り繕おうとして、午前中かかって、町じゅうの旅館をつぎつぎに当たって彼女を探しまわったと語った。

「では決められたのですね、残るって？」と彼は付け加えた。

「ええ」と彼女は言った。「でもいいことじゃなかったわ。なかなかできないような気晴らしの癖なんかつけちゃいけないわね、身の回りにしなきゃいけないことをいろいろ抱えているのに……」

「ああ！　分かりますが……」

「まあ！　分からないわよ、だってあなたは女ではいらっしゃらないから」

しかし男だって同じように悩みがあって、と会話は思索的な反省からはじまった。

エンマは、地上の愛の惨《みじ》めさについて、心が埋まったままになる永遠の孤独について、大いに述べ立てた。

自分を引き立たせようとしてか、彼女のそうした憂鬱《ゆううつ》ぶりに引き込まれて考えもなく真似《まね》たのか、この若者はパリで学んでいたあいだじゅう、驚くくらいうんざりしていたと言った。訴訟手続などただもう苛立《いらだ》たしく、ほかに天職があるのではないかと惹《ひ》きつけられ、手紙のたびに母親には悩まされつづけた。なにしろ二人はますます自分の悩みの理由をはっきり語るようになり、話してゆくにつれ、深まる打ち明け話に少しずつ夢中になった。しかしときに二人は自分の思いをまるごと披露しかねることもあり、そうなると、それでもその思いを伝えられそうな言い回しをなんとか思いつこうとした。彼女は別の男に恋をしたとは告白しなかったし、彼もエンマのことを忘れていたとは言わなかった。

おそらくレオンも、ダンスのあとでがっしりした下層の女たちに夜食をおごったこともう忘れていただろうし、そして、エンマもたぶん、早朝、草をかきわけ駆けて愛する男の館《やかた》へ向かった、かつての逢《あ》い引《び》きのことなど思い出さなかっただろう。町のざわめきも二人のところまでほとんどとどかず、そして、部屋は狭く思われ、まるで二人っきりでいるのをわざといっそう際立《きわだ》てるかのようだった。エンマは、綾織《バザン》の部屋着をまとい、古い肘掛椅子《ひじかけいす》の背にシニョンに結った髪をもたせかけ、彼女の背後の黄色い壁紙はまるで金色の背景のように見え、そして、何もかぶっていない髪が鏡に映っていて、真ん中の白い分け目と髪の裾《すそ》からのぞく耳たぶが見えた。

「あら、ごめんなさい！」と彼女は言った。「いけないわね！　切りのないグチばかりお聞かせして、うんざりでしょ！」

「いいえ、ちっとも！　ちっとも！」

「分かっていただけたら」と彼女は答えながら、涙の浮かぶ美しい目を天井のほうに向けた。

「まったくこのぼくときたら！　ああ！　いっぱい苦しみましたよ！　しょっちゅう家を空けては出歩き、河岸《かし》通りものろのろと歩き、雑踏の喧騒《けんそう》に気を紛らわそうとしましたが、自分につきまとって離れない思いを追い払うことはできませんでした。大通りの版画屋に、詩の女神《ミューズ》を描いたイタリアの版画がありました。チュニカ〔古代ギリシャ・ローマで男女が着用したガウン状の貫頭衣〕をゆったりまとって、解《ほど》いた髪に勿忘草《わすれなぐさ》を挿し、月を仰ぎ見ていました。何かに押されて、ぼくは絶えずそこに行って、何時間もぶっ通しで釘付《くぎづ》けになっていました」

　それから、震える声で、

「女神はどこかあなたに似ていたのです」

ボヴァリー夫人は、こらえきれずに口もとに浮かんできてしまう笑みを見られまいとして、顔をそむけた。

「よく」と彼は言葉を継いだ。「あなたに手紙を書いては、あとから破り捨てました」

彼女は答えなかった。レオンはつづけた。

「ときには、思いがけない偶然からあなたに会えるかもしれないと思いました。街角で、あなたを見かけたような気がしたこともあり、あなたのに似たショールやヴェールが辻《つじ》馬車の扉にはためくのを見れば、いつでもそのあとを駆けて追ったものです……」

彼女はさえぎらずにレオンに言わせておくことに決めたようだった。腕を組み、うつむき、スリッパの花結びにしたリボンを見つめ、そのサテンの布のなかで、ときどき足の指を小さく動かしていた。

そうしながら、彼女はため息をついた。

「何が情けないといって、わたしのように、徒《あだ》な生活をずるずる送ることくらい情けないことはありませんでしょ？　それもわたしたちの苦しみがだれかのお役に立つものならば、犠牲だと思って自分を慰めもしましょうけれど！」

彼は美徳と義務と無言の自己犠牲を褒めそやしはじめたが、自分自身、充《み》たされることのない献身の欲求を嘘《うそ》のようだがかかえている。

「どんなにいいかしら」と彼女は言った。「施療院の尼にでもなれたら」

「ああ！」と彼は答えた。「男にはそうした神聖な使命はないのです。その種の職業はどこにも一つも見当たらない……おそらく医者くらいしかありませんよ……」

　エンマは軽く肩をすくめて彼の言葉をさえぎり、危うく死にかけたこの前の病気のことをこぼし、じつに残念！　死んでいれば、こうしていまごろもう苦しまなくて済むのに！　ただちにレオンは、墓の静寂が欲しくなり、ある晩など、遺書をしたため、自分が死んだら、あの人からもらったビロードの縁《へり》の付いたあの美しいキルティングの足掛けに包んでくれるようくれぐれも頼みさえしたな、なにしろ二人は、そのようにありたかったのだろうが、互いに理想を描きながら、その理想にいまでは二人とも自分の過去のほうを合わせようとした。それに、それを語る言葉は圧延機《プレスローラー》のようなもので、いつでも感情を長く引き延ばして変えてくれる。

　しかし、この足掛けの作り話を聞くと、

「いったいどうして？」と彼女は訊《たず》ねた。

「どうしてって？」

彼はためらった。

「だって、あなたに好意を抱いているからです！」

そうして、言いにくいことを言い終えて満足したレオンは、横目でこっそり彼女の表情をうかがった。

その顔はまるで突風でも吹いて雲を追い払った空のようだった。たまりにたまった悲しい思いのせいで暗い影を落としていたのに、その青い瞳《ひとみ》からはみるみる影が引くようで、顔全体がぱっと輝いた。

彼は待っていた。とうとう彼女は答えた。

「ずっとそうだと思っていたの……」

そこで、二人は遠い過去の生活のこまごまとした出来事を互いに語り合い、その歓《よろこ》びや哀愁を、ひと言のうちにまとめて言ったところだった。クレマチスの形づくる青葉棚も、彼女の着ていたドレスも、彼女の部屋の調度も、彼女の家もそっくり彼は覚えていた。

「それで、あのサボテンは、まだあります？」

「この冬の寒さで枯れましたわ」

「ああ！　ぼくはどんなにあのサボテンのことを思ったか、ご存知ですか？　夏の朝など、日の光がよろい戸に当たると、よく、かつてのようにあのサボテンをありありと思い出しました……そして花と花のあいだに見え隠れするあなたのあらわな二つの腕が目に浮かんでくるのでした」

「まあ、あなた！」と彼女は言いながら手を差しだした。

レオンはすぐさまその手に唇を押し当てた。それから、大きく息をついた。

「あなたはあのころ、ぼくにとって、どうにも分からない人知を超えた力で、このぼくの人生をとらえたのです。たとえば、一度お宅にお邪魔したことがありますが、でもおそらくあなたは覚えていらっしゃらないでしょう？」

「そんなことありません」と彼女は言った。「つづけて」

「あなたは階下《した》にいて、ちょうど出かけるところで、玄関の次の間の階段のいちばん下の段のところで——小さな青い花をつけた帽子をかぶっていて、そして、あなたのほうから誘いをまったく受けていないのに、思わず、あなたのお伴《とも》をしていたのです。それでも、そのうちひっきりなしに、自分のしでかした愚かな真似にいよいよ思いいたり、しっかりとお伴をする勇気もなく、といってお別れもしたくなくて、あなたのとなりを歩きつづけたのです。あなたがある店に入って行ったとき、ぼくは通りにいましたが、手袋をとって売り台の上でつり銭を数えているあなたの姿を窓ガラス越しに見ていました。それからあなたはチュヴァッシュ夫人の家の呼び鈴を鳴らすと、ドアが開いてあなたが入っていかれ、ふたたび閉まったその大きな重いドアの前で、ぼくは間抜けのように立ちつくしたのです」

ボヴァリー夫人は、その話を聞くうちに、ひどく年をとったことにびっくりし、こうしたことが一つひとつ思い描かれてゆくと、自分の生涯まで押し広げられてゆくように思われ、それは広大な感情の世界のようなものをつくり、そこに彼女は立ち返り、そして、ときどき小声でまぶたを半ば閉じて言った。

「ええ、たしかに！……たしかに！……たしかに……」

二人はボーヴォワジーヌ界隈《かいわい》のさまざまな大時計が八時を告げるのを聞いたが、この界隈には学校の寄宿舎や教会やもう使われていない大邸宅がいっぱいある。二人はもう口を利《き》かなくなっていたが、見つめ合っていると、まるでじっと動かない瞳と瞳から何か響きのようなものが互いにもれているみたいに、二人の頭のなかにはざわめきが感じられたのだった。二人は手と手を握り合ったところで、そして、過去も未来も、思い出も夢も、すべてがこの陶酔の甘やかさのなかに一つに溶け合っていた。夜は四方の壁の上で濃さを増していたが、そこには闇《やみ》に半ば見えなくなりながらも、四枚の版画の濃い鮮やかな色合いがなおも際立っていて、それらは「ネールの塔」〔二一八二〕

年初演の大当たりをとったデュマの歴史に材をとった散文劇で、かつてネールの塔はパリのセーヌ左岸にあった）の四つの場面を描いていて、その下にスペイン語とフランス語で説明が付いていた。上げ下げ式の窓から、尖《とが》った屋根と屋根のあいだに黒い空の一角が見えていた。

彼女は立ち上がり、箪笥《たんす》の上にある二本のロウソクを灯《とも》し、それからまた腰を下ろした。

「ところで……」とレオンは言った。

「ところで?……」と彼女は答えた。

そして彼が途切れた話の接《つ》ぎ穂《ほ》をどう見つけるか探していると、彼女が言った。

「いままで、そんな風に気持をだれも一度もわたしに語ってくれなかったのは、どうしてなの?」

申し分のない天性ほどなかなか理解されにくい、と書記は抗議するように言った。この自分は、一目見たときから彼女を愛してしまい、そして、運命の恵みにより二人がもっと早く出会っていて、互いに断ち切れないほどに結ばれていたなら味わっていただろう幸福を考えると、悲嘆に暮れてしまう。

「わたしもときにそのことを考えましたわ」と彼女は答えた。

「なんと夢のようだ!」とレオンはつぶやいた。

そして、彼女の長くて白い帯の青い縁をそっといじりながら、彼は付け加えた。

「いったい新たにはじめてはいけない、とだれが言うのでしょう？……」

「いけません、あなた」と彼女は答えた。「わたしは年をとりすぎました……あなたはまだ若すぎるくらい……わたしのことなんか、忘れて！　あなたを愛する人はこれからいくらもいます……その方たちを愛してあげることね」

「あなたのようには愛せませんよ！」と彼は大きな声を発した。

「きかん坊ね、あなたって！　さあ、お利口さんにしてね！　お願いよ！」

彼女は、二人の恋がさまざまに不可能であることを説いて聞かせ、二人はかつてと同じく、姉弟のように単に睦《むつ》まじい仲でいなければならない、と指摘した。

彼女は本心からそう言ったのだろうか？　おそらくエンマも、誘惑の魅力と誘惑から身を守る必要とにすっかり気をとられて、自分でもそのことはまったく分からなかっただろう、そして、優しいまなざしでこの若者を見つめながらも、彼が震える手でおずおずと試みる臆病な愛撫《あいぶ》を、彼女はそっと押しのけた。

「ああ！　すみません」と彼は言いながら身を引いた。

そしてエンマは、この内気さを目《ま》の当たりにすると、漠然とした不安に襲われたが、それはロドルフが両手を広げて進み寄ってきたときの大胆さよりも、彼女にとって危険だった。男がこれほど美しく思われたことは一度もない。その身のこなしから、心地よいあどけなさが匂《にお》い立っていた。彼は反った長く細いまつげを伏せていた。頰の滑らかな肌が赤く染まっていて――思うに――この身体《からだ》が欲しいのだ、エンマはその頰に唇を持ってゆきたい欲求を抑えがたいほど感じた。そこで、時間を見るような振りをして、置時計のほうに身を乗り出しながら、

「あら、もうこんな時間！」と彼女は言った。「すっかりおしゃべりをしてしまいましたわ！」

彼は仄《ほの》めかしに気づいて、帽子を取りに立った。

「オペラも忘れてしまいましたわ！　気の毒に、うちのボヴァリーもわざわざそのためにわたしを残してくれたのに！　グラン＝ポン通りのロルモーさんが、奥さまとごいっしょにわたしを連れて行ってくださることになっていましたのに」

そして機会は失われてしまい、というのも翌日になれば、彼女は帰るからだ。

「本当に？」とレオンは言った。

「ええ」

「それでもぼくは、どうしてももう一度あなたに会わねばなりません」と彼はつづけた。「お話しすることがあるのです……」

「それは……重大な、真剣なことなんです。まさか、そもそも、いけません、お発《た》ちになるなんていけません、まさかそんなことがあるなんて！　お分かりいただければ……聞いてください……それではぼくの気持が分かっていただけなかったのですか？　察してもいただけなかったのですね？……」

「それでもずっとあなたはしっかり話されているじゃありませんか」とエンマは言った。

「ああ！　ご冗談を！　やめてください、やめて！　お願いですから、せめてもう一度会ってください……一度だけ……たった一度だけでも」

「あらまあ！……」

彼女は言いよどみ、やがて、思い直したように、

「ああ！　でもここじゃ、いやよ！」

「どこでもお好きなところで」

「では……」

彼女は考え込むふうで、そしてそっけない口調で、

「明日《あした》、十一時に、大聖堂で」

「何ですの？」

「わかりました！」と彼は叫びながら、エンマの手を握ったが、彼女はその手を振り払った。

そして、二人とも立ったままになり、彼がエンマの後ろにいて、彼女がうつむくと、その首筋のほうにレオンは身をかがめ、長々とその項《うなじ》に接吻《せっぷん》した。

「まあ、どうかしてるわ！　ああ！　どうかしてる！」と彼女は小さなよく響く笑い声を立てながら言ったが、そうしているあいだにも接吻は数を重ねた。

そうして、レオンは顔を彼女の肩越しに前に突き出し、目の色に同意を探ろうとしているようだった。彼に出くわしたエンマの目は、凍るように冷たい威厳に充ちていた。

レオンは退室しようとして、三歩ほど後ろにさがった。ドアの敷居のところで立ちどまった。やがて震える声でささやいた。

「では明日」

彼女はうなずいて答えると、小鳥のように隣の間《ま》に姿を消した。

エンマはその晩、書記にあてて、逢い引きをご破算にするきりのない手紙を書いた、なにもかも終わってしまい、自分たちの幸福のためには、もうこれ以上会ってはなりません。しかし、手紙に封をしてから、レオンの住所が分からないので、彼女はじつに途方に暮れた。

「この手で手紙を渡そう」と彼女は思った。「あの人は来るだろうから」

レオンは翌日、窓を開け、歌を口ずさみながらバルコニーに出ると、自ら踵の低い靴《エスカルパン》に光沢《つや》出しを塗り、何層にも塗り重ねた。白いズボンに上等の靴下をはき、緑の上着を着込み、ハンカチにはありったけの香水を振りかけ、それから髪にウェーヴをつけてもらったが、より自然な優雅さが髪にあったほうがいいと思い、もとにもどした。

「まだ早すぎる！」と彼は、理髪店の九時を指している鳩《はと》時計を見ながら思った。

彼は古いモード雑誌を読み、外へ出て、葉巻を一本吸い、通りを三筋ほど上がり、そろそろ時間になると考え、ゆっくりとノートル＝ダム大聖堂前の広場のほうに向かった。

晴れた夏の朝だった。金銀細工の店では、銀食器が輝き、大聖堂に斜めに射《さ》す日の光のせいで、灰色の石壁の割れ目がきらめいて見え、ひと群れの鳥たちが三つ葉装飾《トレフォイル》の小尖塔《ピナクル》をめぐるように青空を旋回し、広場では呼び合う声が響き合い、その敷石を縁どる花々が匂い立ち、バラやジャスミンやカーネーションやスイセンやチューベローズ〔和名は月下香〕で、それらの花々のあいだにはまちまちに、イヌハッカやハコベといった植物が露を置いていて、広場の中央では、噴水がごぼごぼと音を立て、大きな傘の下では、ピラミッド状に積まれたカンタループメロン〔マスクメロンの一種〕にはさまれ、物売りの女たちが帽子もかぶらずスミレの花束を紙で巻いていた。

青年はその花束を一つ買った。女のために花を買うのはこれがはじめてで、そして、その匂いを吸い込むと、彼の胸は誇りでいっぱいになり、まるで女に用意した敬意が自分のほうに向きを変えたみたいだった。

それでも彼はだれかに見られやしないかと恐れ、意を決して教会のなかに入った。

大聖堂の守衛がそのとき、ちょうど左手の扉口の真ん中の敷居の上に立っていて、ちょうど「踊るマリアンヌ」像〔ルーアン大聖堂の正面北門のタンパン部分を飾る「踊るサロメ」像のことで、マリアンヌとはサロメの名を間違って民衆が伝えたもの〕の真下で、帽子《あたま》に羽根飾りを付け、ふくらはぎまでとどく細身の長剣を提げ、杖《つえ》を握り、その姿は枢機卿《すうききょう》より威厳に富み、聖体容器のように燦然《さんぜん》と輝いていた。

守衛はレオンのほうへ進み寄ると、微笑を浮かべたが、それは、聖職者が子供たちに問いかけるときの猫かぶりの優しさをたたえていた。

「おそらく、ここにお住まいの方ではありませんよね？　教会の宝物を拝観なさりたくはありませんか？」

「けっこう」と彼は言った。

そして彼はまず教会の側廊をひとまわりした。それから広場にもどって眺めまわした。エンマは来ていない。彼は大聖堂の内陣のほうまで行ってみた。

教会入口の水をたたえた聖水盤には、身廊《しんろう》が映っていて、オジーヴ〔教会の内側の天井を補強するため、四つや八つの球面三角形に分けられた丸天井の稜線に配される肋材のこと〕の起点やステンドグラスの一部も影を落としていた。だがステンドグラスを透過した光は、大理石の盤の縁に当たって砕け、もっと遠くの敷石の上にまで延びて、まるでそこを色とりどりの絨毯《じゅうたん》のように見せた。外の白昼の光は、開け放たれた三つの正面の扉口から、大きな三本の光の束となって教会内部に長く射し込んでいた。ときどき奥のほうで、聖具室係が祭壇の前を通りながら、急いでいる信者がよくするように、ちょこっと膝《ひざ》を曲げた。クリスタルガラスのシャンデリアが吊《つ》られていたが、じっと動かない。内陣では銀のランプが灯っていて、そして、脇《わき》にある礼拝堂や教会の暗い部分から、ときおり、発散物《いきれ》のようなため息がもれ、仕切り格子《ごうし》を下ろす音もして、その響きが高い丸天井《ヴォールト》に反響する。

レオンは確かな足どりで壁のそばを歩いていた。人生がこれほど楽しいと思われたことは一度もなかった。あの人はもうすぐやって来るだろう、魅力的で、動揺して、じろじろつけまわす視線はないか背後を気にしながら——フリルのいくつもあるドレスを着て、金の鼻めがねをぶらさげ、細い深靴《アンクルブーツ》をはき、彼が味わったこともないようなあらゆる種類の優美さに身を包み、筆舌につくせない貞節の魅力をただよわせて姿を見せるだろうが、その貞節が折れて身をまかすことになる。教会は、さながら巨大な閨房《けいぼう》のようなもので、彼女を中心に整いを見せ、丸天井さえ彼女の恋の告解を暗がりのうちに聞き漏らすまいとして身をかがめようとし、ステンドグラスは彼女の顔を明るく照らそうと輝きを放ち、香炉は燃え盛ろうとし、やがてその煙《けぶ》る香りのなかにまるで天使のように彼女が姿を見せることになる。

それでもエンマは来なかった。彼は椅子に腰を下ろすと、その目が一枚の青いステンドグラス〔これは聖ジュリアン（聖ユリアヌス）のステンドグラスで、フローベールに着想をあたえた〕にとまり、船頭が魚籠《びく》を運んでいる絵柄を眺める。長いこと、彼は注意深くその絵を見つめ、魚の鱗《うろこ》の数を数え、船頭の上着のボタン穴の数まで数えたが、一方で、その思いはエンマを求めてとりとめもなく彷徨《さまよ》っていた。

守衛は、少し離れたところにいて、ひとりで勝手に聖堂を見物しているこの男に対し、心ひそかに憤慨していた。守衛には、おぞましい振る舞いに思われ、いわば盗みを働くようなもので、ほとんど神への冒瀆《ぼうとく》の罪を犯しているようにさえ思われた。

だが、敷石に絹の裾飾りの触れる音がして、帽子のつばが、黒いケープが……あの人だ！　レオンは立ち上がり、彼女を迎えようと駆け寄った。

エンマの顔には血の気がなかった。彼女は足早に歩いてくる。

「お読みになって！」と彼女は言いながら一枚の紙を差しだした……「ああ！　いいわ」

そしていきなり、その手を引っ込めると、聖母マリア礼拝堂〔教会内部の側廊などに設けられた聖人をまつる祭室〕に駆け込み、椅子に接するように跪《ひざまず》いて、祈りはじめた。

青年はその気まぐれな信心ぶりにいらいらし、それでもやがて、逢い引きの最中に、まるでアンダルシアの侯爵《こうしゃく》夫人か何かのようにこうして祈りに没頭する女の姿を目にするのも、それなりの魅力があると思ったが、なにしろきりがないので、そうしてじきに嫌気が差した。

エンマは祈り、というよりむしろ、祈ろうとつとめ、天から何か決心がとつぜん自分のもとに降りてくるのを期待し、そして、神の救いを招きよせようとして、聖櫃《せいひつ》の光輝をその目いっぱいに受け入れ、大きな花瓶にいけた花を咲かせている白いハナダイコン〔アブラナ科ヘスペリス属の花で房状になる〕の香りを吸い込み、教会の静けさに耳を傾けたが、かえって自分の心の喧騒を増すばかりだった。

彼女は立ち上がり、二人は外に出ようとすると、守衛が素早く近づいてきて、言った。

「奥さまは、おそらくここにお住まいの方ではありませんよね？　教会の宝物を拝観なさりたくはありませんか？」

「いや、けっこう！」と書記が叫んだ。

「見てもいいじゃない？」と彼女が答えた。

　というのも、彼女は聖母マリアにであれ、彫刻にであれ、墓にであれ、ありとあらゆるきっかけに貞操をつなぎとめようとしていたのだ。

　そこで、守衛は順路どおりにはじめようと、二人を広場に近い正面入口まで案内し、そこの大きな円形に並べられた黒い敷石を杖で指したが、銘もなければ鑿《のみ》の跡もなかった。

「これが」と守衛は厳かに言った。「かのアンブロワーズの名鐘の円周を象《かたど》ったものです。重さは四万リーヴル〔一リーヴルは五百グラムなので、二十トン〕になります。ヨーロッパじゅうに、これに並ぶ鐘はありません。これを鋳造した職人は、歓びのあまり死んでしまい……」

「行きましょう」とレオンが言った。

　男はまた歩きだし、やがて聖母マリア礼拝堂にもどると、全体を説明するような身振りで両腕を広げ、それは、人に果樹の垣根をこれ見よがしに示す田舎の地主よりも自慢げだった。

「このただの敷石の下には、ピエール・ド・ブレゼ公〔一四一二?―六五〕が眠っております、ヴァレンヌとブリサックの領主で、ポワトゥー地方の最高行政官にしてノルマンディー地方の総督であり、モンレリーの戦いにおいて一四六五年七月十六日に戦死されました」

レオンは唇を嚙《か》みながら、地団駄を踏んでいた。

「そして右手になりますが、甲冑《かっちゅう》に身を固め後肢《うしろあし》で立った悍馬《かんば》にまたがる貴人は、その孫になるルイ・ド・ブレゼ公で、ブレヴァルおよびモンショヴェの領主にして、モールヴリエ伯爵とモーニー男爵を兼ね、国王の侍従をつとめ、マルタ十字勲章を佩用《はいよう》し、祖父と同じノルマンディー地方の総督で、一五三一年七月二十三日の日曜日に亡《な》くなりましたこと、銘に記されている通りで、そして、その下のほうですが、墓穴に降りようとしている人こそまさに同じ方を描いています。死をこれほど完璧《かんぺき》に表現したものを見ることは不可能ではないでしょうか？」

ボヴァリー夫人は鼻めがねを手にした。レオンはじっと立ちつくし、彼女を眺めていたが、ひと言も口を利く気になれず、動作ひとつする気になれないくらい、この二重の、意を決したようなおしゃべりとつれなさとにひどく気持を殺《そ》がれたように感じていた。

切りのない案内人はなおもつづけた。

「そのお方の傍らで、ひざまずいて泣いておられるご婦人は、奥方のディアーヌ・ド・ポワチエことブレゼ伯爵夫人で、ヴァランチノワ公爵夫人とも言い、一四九九年に生まれ一五六六年に亡くなり、そして、左手の、幼な子を抱いているご婦人こそ、聖母マリアさまです。さあ今度は、こちらをお向きくださいませ、これがアンボワーズ家の墓所でございます。こちらのお二方《ふたかた》ともルーアンの大司教をつとめ、枢機卿にもなられました。こちらの方は国王ルイ十二世の宰相をなさいました。この大聖堂にも多大の善行を施されました。その遺言には、金貨三万エキュを貧しい人びとに与えるようにとあったそうです」

そして守衛は、休むことなくしゃべりつづけながら、二人を一つの礼拝堂に押し込むと、そこには壊れた手すりが山と積まれていて、そのいくつかをかき分けて塊のようなものを見つけたのだが、それはどうやら出来そこなった彫像らしかった。

「かつてこれが飾りとなっていたのは」と男は言って、長いうめき声をもらした。「イギリス国王兼ノルマンディー公である獅子心王《しししんおう》ことリチャード一世の墓所でございます。これをこのような状態にしたのは、殿方、カルヴァン派の連中です。連中ときたら、意地悪な振る舞いにおよび、猊下《げいか》の司教座の下の土中にこれを埋めたのです。さて、こちらが大司教猊下のお住まいへ向かう扉でございます。つづいて怪獣のステンドグラス〔伝説によると、ルーアン司教聖ロマンは、住民を悩ます怪獣を奇蹟によって退治したという〕を見にまいりましょう」

しかしレオンは素早くポケットから銀貨を一枚取り出すと、エンマの腕をつかんだ。よその土地の人にはまだ見るものがたくさん残っているのに、と守衛はその時ならぬ気前のよさを理解できずに、じつに呆気《あっけ》にとられていた。だから、呼びもどそうと、

「ねえ！　あなた。尖塔がありますよ！　尖塔が！……」

「けっこう」とレオンは言った。

「それはいけません！　尖塔は四四〇ピエ〔一ピエは約三二・四センチ〕あって、エジプトの大ピラミッドより九ピエ足りないだけですよ。すべて鋳鉄でできてまして、それに……」

レオンは逃げ出したが、というのも、やがて二時間近くも聖堂内で石のようにじっと動かずにいたので、自分の恋心がいまにもちょうど煙のように、折れた管というか細長い外枠というか透かし模様のある煙突みたいな尖塔から消えて行ってしまいそうに思われたからで、その尖塔は、気まぐれな鋳物《いもの》屋の常軌を逸した企てとして大聖堂の上にじつに異様に身をさらしていた。

「いったいどこへ行きますの？」と彼女は言った。

彼は答えずに早足に歩きつづけたが、すでにボヴァリー夫人は指を聖水のなかに浸していて〔聖水盤は教会の入口に置かれることが多い〕、そのとき二人の背後に聞こえたのは、息を切らして大き

くあえぐ音で、そこに石を打つ杖の音が規則正しくとぎれとぎれに混ざった。レオンは振り向いた。

「もし！」

「なにか？」

そして彼には守衛だと分かったが、この男はおよそ二十冊ほどの分厚い仮綴本《かりとじぼん》を腕に抱え込み、下腹で支えて釣り合いをとっていた。それは大聖堂に関する書物だった。

「馬鹿《ばか》もの！」とレオンはぶつぶつ言うと、聖堂の外に飛び出して行った。

少年が聖堂前の広場で遊び回っていた。

「辻馬車《つじばしゃ》を呼んできてくれ！」

子供はカトル＝ヴァン街を鉄砲の弾のように駆けだし、そこで彼らはしばらく二人だけになり、顔と顔を見合わせ、いくらか当惑した。

「ああ！　レオン！……ほんとうに……分からないわ……乗るべきかどうか……！」

彼女は媚態《びたい》を示した。やがて、真顔になると、

「とてもぶしつけです、お分かりでしょ？」

「何のことです？」と書記は答えた。「パリでは当たり前ですよ！」

そしてこの言葉を、有無を言わせぬ論拠のように聞くと、彼女は心を決めた。

ところが辻馬車はいっこうに来なかった。彼女が教会にもどりはしないか、レオンは心配だった。やっと辻馬車が見えた。

「せめて北側の扉口を見てからお帰りください！」と、戸口のところに立っていた守衛は二人に叫んだ。「『キリストの復活』、『最後の審判』、『天国』、『ダビデ王』、それに地獄の業火《ごうか》に焼かれる『神に見放された人びと』といった彫刻だけでも見て」

「旦那《だんな》、どこへやりますか？」と御者が訊《き》いた。

「どこへでも好きにやってくれ！」とレオンはエンマを馬車のなかに押し込みながら言った。

そして重い馬車は動きだした。

馬車はグラン＝ポン街をくだり、デ・ザール広場からナポレオン河岸に出て、ヌフ橋を渡り、ピエール・コルネイユ像の前で急にとまった。

「そのまま走らせて！」と内側から声が飛んだ。

馬車はまた動きだし、ラ・ファイエットの十字路を過ぎると、下り坂に運ばれるままに行き、全速力で鉄道の駅〔これは当時のサン＝スヴェール駅のことで、パリとルーアン間の鉄道は一八四三年に開通〕の前に入った。

「いや、まっすぐ行ってくれ！」と同じ声が叫んだ。

辻馬車は駅前の鉄柵《てっさく》を出て、やがて散歩道に出ると、大きなニレの木々のあいだをゆっくりと跑足《だくあし》で進んだ。御者は額をぬぐい、革の帽子を膝のあいだにはさむと、馬車を大通りの側道の外の川べりの芝生の近くまで進めた。

馬車は川に沿って、乾いた砂利の敷いてある曳船道《ひきふねみち》〔川や運河に沿ってつくられていた〕を進み、長いことかかり、川中にある島々を通り越し、ワセルのほうへと向かった。

しかしとつぜん、馬車は一挙に駆けだし、カトルマール通り、ソットヴィル通り、ラ・グランド゠ショッセ通り、エルブッフ街を抜けて、植物園の前で三度目の停止をした。

「さあ走った！」と声は一段と激しく叫んだ。

そしてただちに馬車はまた走りだし、サン゠スヴェール通り、キュランディエ河岸、オ・ムール河岸を通って、もう一度ヌフ橋を渡り、シャン゠ド゠マルス広場を通り、養老院の庭の裏手を抜けると、そこでは、黒い上っ張りを着た老人たちがキヅタにすっかり覆《おお》われた築山《つきやま》を日なたぼっこしながら散歩していた。馬車はブーヴルーユ大通りを上り、コーショワーズ大通りを走り切り、やがてモン゠リブーデ通りをすっかり走ると、ドゥヴィルの斜面にまで至った。

馬車は引き返し、そして、そのときから決まった先も向かう方向もないまま当てどなく、馬車はとりとめもなく進んだ。サン゠ポル地区にいたかと思えば、レスキュール河岸にも、モン・ガルガン通りにも、ルージュ＝マール〔いまは広場にその名を残すが、かつてはベネディクト会の礼拝堂があり、当時その建物がほかの目的に使われていた〕にも、ガヤール＝ボワ広場にもいて、さらにはマラドルリー通りやデイナンドリー通りを行き、サン＝ロマン通り、サン＝ヴィヴィアン教会、サン＝マクルー教会、サン＝ニケーズ通りを過ぎ——税関の前も通り——バス＝ヴィエイユ＝トウール小広場やトロワ＝ピップ酒場〔十九世紀にルーアン・ビオレル地区にあったガンゲット（野外で飲食できる大衆的な遊び場）〕やモニュマンタル墓地も過ぎた。御者はときどき、御者台の上から居酒屋に絶望的な視線を投げた。どこにも止まろうとしないこの客たちを衝《つ》き動かしている移動への熱狂がどこから来るのか、合点《がてん》が行かなかった。ときどき止めようとしたが、たちまち背後から怒りの叫びが浴びせられた。そこで、汗だくの二頭の駄馬にいっそう激しく鞭《むち》をくれるものの、馬車の揺れなどお構いなく、あちこち引っかけても、気にもかけなくなり、意気阻喪し、喉の渇きと疲れとつらい気持にほとんど泣きそうになった。

そして河港では四輪の荷車や大樽《おおだる》のさなかで、通りでは車よけの石の傍らで、窓掛けを閉めきった馬車といった地方では途方もない代物《しろもの》を目の当たりにすると、町の人びとはびっくり仰天のあまり大きく目を見開くのだが、それは墓よりもなお閉ざされた姿を、船さながらに激しく揺さぶられた姿を、そんなふうに絶えず見せるのだった。

一度、昼のさなかに、野原の真ん中で、日射《ひざ》しがもっときつく古びた銀メッキの角灯に当たっていたときに、小さな黄色い布の窓掛けの下から、一つの手がにゅっと出て、破いた紙切れを投げ捨て、それが風に乗ってずっと遠くの花ざかりの赤いクローバーの野原に落ちかかり、さながら白い蝶《ちょう》のようだった。

そうして六時ごろ、馬車はボーヴォワジーヌ界隈の路地に止まると、なかからひとりの女が降り立ち、ヴェールを下ろしたまま歩み去り、振り向きもしなかった。

2

宿にもどると、乗合馬車が見えないのでボヴァリー夫人は驚いた。イヴェールは五十三分も彼女を待ったが、とうとう出発していた。

とはいえ、どうしてもいま発たねばならないということもなかったが、まさに今晩じゅうに帰ると約束してあった。それに、シャルルは待っているだろう、そして、すでに彼女は心のうちで従順さがひるむのを感じていたが、それは多くの女にとって、まさに同時に罰のようなものであって、不倫の代償にほかならなかった。

彼女は素早く荷造りをし、勘定をすませ、宿の中庭で折り畳み式幌付き二輪馬車《カブリオレ》に乗ると、馬丁を急《せ》きたて、励まし、しょっちゅう時間を訊ね、どれくらい走ったかを訊き、ようやくカンカンポワ村の最初の家々にさしかかったところで「ツバメ」にどうにか追いついた。

乗合馬車の片隅に腰を下ろしたとたん、彼女は目を閉じ、丘を降りきったところでふたたび目を開けると、遠くにフェリシテの姿が見分けられ、蹄鉄工《かじや》の家の前に立って見張っていたようだ。イヴェールは馬を止め、女中は窓のところまで背伸びをして、不可解にもこう言った。

「奥さま、いますぐオメーさんのお宅においでください。何か急用のようです」

村はいつもと変わりなくひっそりしていた。通りの角々で、バラ色の小さな山があって、空中に湯気をたてていたが、というのもジャム作りの時季《とき》だからで、ヨンヴィルではみな同じ日にジャムの蓄えを作ることになっていた。だが薬剤師の店先のジャムの山は、ほかの家のジャムの山をしのいでひときわ大きく、だれもがこれに感嘆したが、薬局は村人たちのかまどに勝っていなければならない、全体の需要は個人の気まぐれな望みより優先しなければならない。

エンマは薬局へ入った。大きな肘掛椅子は引っくり返り、「ルーアンの灯火《ともしび》」も床に落ちて、二本の乳棒のあいだにページを広げていた。彼女は廊下のドアを押し、そして、台所の真ん中に目にしたのは大人も子供も勢ぞろいしているオメー一家の姿で、顎《あご》までとどくエプロンをかけ、手にはフォークを握っていて、まわりには、房をほぐされたスグリの実でいっぱいの茶色の大きな壺《つぼ》に粗い粉砂糖や塊のままの砂糖があり、テーブルには秤《はかり》が、かまどの火には鍋《なべ》がのっていた。ジュスタンがうなだれたまま立ちつくし、薬剤師がわめいていた。

「だれがお前にそれを取りに物置部屋まで行けなどと言ったというのか？」

「いったい何ごとですの？　どうなさったの？」

「どうしたと思います？」と薬剤師は答えた。「私らはジャムを作っていて、ジャムは煮えたのですが、強く煮立って泡ができたせいで鍋からこぼれそうで、私はもう一つ鍋を買って来いと言ったのです。すると、こいつときたら、面倒くさがり、ずるずると怠けて、調剤室の釘《くぎ》にかけてある物置部屋の鍵《かぎ》を取りに行ったんですよ！」

薬剤師が物置部屋と呼んでいたのは、屋根裏にある小部屋のことで、商売に使う道具や薬品がいっぱい詰め込まれていた。彼はよくその部屋でひとり長い時間を過ごし、ラベルを貼《は》ったり、薬を別の容器に移し替えたり、紐《ひも》をかけなおしたりし、そして、この小部屋は彼にとって単なる倉庫ではなく、まさしく聖域であって、彼の手により入念に整えられてやがてそこを出るのは、あらゆる種類の小粒丸薬や大粒丸薬、煎《せん》じ薬やローション剤や水薬であって、近郷に彼の名声を広めることになるのだった。だれひとりそこに足を踏み入れた者はなく、そして、彼はその小部屋をものすごく大切にするあまり、自らの手でその掃除をしていた。要するに、だれでも入れる薬局がオメーの自慢をひけらかす場所だとすれば、この物置部屋は、彼が自分本位に精神を統一しながら好きなことをやって大いに楽しむ隠れ家《が》で、だから薬剤師にはジュスタンの軽率な行為が無礼千万に思われ、そして、オメーはスグリの実よりも真っ赤な顔になって繰り返した。

「ええ、物置部屋の鍵をです！　あろうことか、さまざまな酸や腐食性のアルカリをしまい込んである部屋の鍵をですぞ！　そのうえ予備の鍋を取ってくるとは！　それも蓋《ふた》のある鍋をです！　あれはこの私だっておそらく一生使わないといったものなのに！　われわれの仕事ときたら、細心の取り扱いこそがすべてにおいて重要なのに！　いったい、なんてことだ！　物にはしっかり区別というものがなくてはいかん、調剤用にしか使わないものを、ほとんど家庭での使用に供するなど言語道断！　それはまるで若い雌鶏《めんどり》をさばくのにメスを用いるようなもので、また司法官なら……」

「まあ、落ち着いて！」とオメー夫人は言った。

そしてアタリーは、父親のフロックコートを引っぱりながら、

「パパ！　パパったら！」

「いいや、ほっといてくれ！」と薬剤師はつづけた。「ほっといてくれ！　いやはやまったく！　いっそ食料品屋でも開業するがいい、誓ってもいいぞ！　さあ、行っちまえ！　遠慮はいらん！　やっちまえ！　打《ぶ》ちのめせ！　蛭《ひる》を放て！　ギモーヴ〔マシュマロに似たフランス菓子〕を燃やせ！　広口瓶にピクルスを漬けろ！　包帯をずたずたに引き裂いちまえ！」

「ですがわたしに何かご用が……」とエンマが言った。

「間もなく！――分かってるのか、お前はどんな危険に身をさらしたか？……何も見なかったのか、左の隅の三段目の棚にあったものを？　正直に言え、答えろ、なんとか言ったらどうだ、そこにあったものを！」

「わ、わ……わかりません」と小僧は口ごもった。

「ああ！　分かりませんだと！　いやはや、分かっているのだ、このわしにはな！　お前は見ているよ、青いガラスの瓶を、白い粉が入っていて、ラベルにわしの字で「有毒」と書いてある瓶を！　そのなかに入っているのが何か知っているか？　砒素《ひそ》だぞ！　お前はそれにさわるところだったのだ！　その隣りにある鍋を取ろうとしたのだぞ！」

「隣りですって！」とオメー夫人は両方の手を合わせながら叫んだ。「砒素の？　お前はわたしたち一家を毒殺しかけたのよ！」

　すると子供たちは叫び声をあげはじめたが、まるですでに内臓にむごたらしい痛みを感じているかのようだった。

「あるいは患者のだれかを毒殺したかもしれん！」と薬剤師はつづけた。「お前はこのわしを、重罪裁判所の被告席に座らせる気か？　このわしが死刑台に引っぱられるのを見たいのか？　薬物の取り扱いにわしが留意しているのが分からんのか？　ものすごく習熟しているこのわしでさえ、そうなんだぞ。自分に課せられた責任を思うと、わし自身よく不安にさらされる！　なにしろ政府はわれわれをうるさく責め立ててきて、こちらを縛る不合理な法律ときたら、まさしくこの頭上にぶら下げられたダモクレスの剣〔紀元前四世紀のシラクサの僭主ディオニュシオスにちなむ一触即発の情勢を戒める比喩〕なのだぞ！」

　エンマはなんで自分が呼ばれたのかもう念頭になく、薬剤師は息を切らしながら言葉をつづけた。

「わしがお前にしてやった親切への、これがお礼だというのか！　父親代わりに惜しみなくお前の面倒をみてやったことへの、これがお返しだというのか！　だいいち、このわしがいなかったら、いったいお前は今ごろどうしていると思う？　何をしていると思う？　お前に飯を食わせ、礼儀をしつけ、着るものを着せ、いつの日か社会の人びとにまじって立派に伍《ご》して行けるように一切を仕込んでやっているのはどこのだれだと思っているのだ！　だがそのためには自分でオールを漕《こ》いでしっかり汗をかく必要があるな、世に言う、手にマメをこしらえる必要があって、仕事をすることによって《ファブリカンド・》職人がつくられる《フィット・ファベル》、汝の仕事に集中せよ《アゲ・クオド・アギス》〔汝がなすことをなせ、の意〕」

薬剤師はラテン語を引いたが、それほど激しく高ぶっていた。知っていれば、中国語でもグリーンランド語でも引用しただろうが、というのもそのときの彼は、魂がそっくり抱え込んでいるものを洗いざらいさらけ出してしまうあの発作に瀕《ひん》していて、さながら嵐《あらし》の大洋が大きく裂けて、海辺のヒバマタ〔岩礁に生育し、扇形の灰褐色の海藻〕から深海の底の砂までを顕《あら》わにするようなものだ。

そして彼は言葉を継いだ。

「お前の身柄を引き受けたのを、ひどく後悔しはじめている！　お前を生まれついた貧しい暮らしのなかに放っておいたほうがたしかによかったのだ！　かろうじて牛飼いくらいになるのがお前にはお誂《あつら》え向きなのだろう！　学問に向いている素質のかけらもない！　ラベルもろくに貼れないくせして！　それなのにお前はこのわしの家で、のうのうと、ぬくぬくと暮らして、ごちそうに与《あずか》ろうというのだからな！」

そこでエンマは、オメー夫人のほうに向きなおり、

「わたしにこちらに来るようにと……」

「ああ！　それがまあ！」と人のよい奥さんは悲しげな様子で言葉をさえぎった。

「なんと申し上げたらいいのかしら？……よくない知らせですのよ！」

彼女は最後まで言い終わらなかった。薬剤師の怒号がとどろいた。

「その鍋を空にせんか！　よく拭《ふ》きとれ！　もとの場所に返して来い！　さっさと行かんか！」

そして、仕事着の襟をつかんでジュスタンを揺すると、その拍子にポケットから本が落ちた。

小僧は身をかがめた。オメーのほうが素早く、本を拾い上げると、目を大きく見開いてじっと本を見つめ、口をぽかんと開けたままだった。

「夫婦の……愛！」と彼はその二つの言葉をゆっくりと区切って声にだした。「ああ！　じつにけっこう！　けっこう！　ご立派なこと！　それに絵入りときている！……ああ！　強烈すぎるわい！」

オメー夫人が覗《のぞ》き込もうと前に出た。

「いかん！　触れちゃいかん！」

子供たちはなかの絵を見たがった。

「ここにいちゃいかん！」と薬剤師は威圧的に言った。

そして子供たちは出て行った。

薬剤師はまず行ったり来たりし、大股《おおまた》で、本に指を挟んで開いたまま、目をきょろきょろさせて歩きまわり、激情に息をつまらせ、顔をふくらませ、まるで卒中でも起こしたようだった。やがて見習いのほうにまっすぐ来ると、腕を組んでその前にじっと立った。

「まあ、悪い癖ばかり身につけているのか、お前ときたら？……気をつけろ、悪い方向に進んでいるぞ！……いったいい考えたことはないのか、この本が子供たちの手に渡ったら、その頭によからぬ火種を植えつけて、アタリーの純真無垢《むく》を汚《けが》すだろうし、ナポレオンを堕落させるだろう！　ナポレオンは男としてもう年頃なんだぞ。せめて、間違いなく、子供たちの目には触れていないだろうな？　わしに請け合えるんだろうな……？」

「でいったい、それで」とエンマは言った。「わたしに言うことがあったのでしょ……？」

「たしかに、奥さま……あなたのお舅《しゅうと》さまが亡くなられました！」

その言葉どおり、老ボヴァリー氏は前々日、食卓を離れるときに、とつぜん、卒中に襲われてこと切れてしまい、そして、エンマの神経過敏を過度に用心して、シャルルはこの恐ろしい知らせを彼女に知らせてくれるようにオメー氏に頼み込んでいたのだ。

薬剤師はその文案をじっくり考え、流麗にし、推敲《すいこう》し、リズムをつけ、それはまさに傑作で、慎重さに充《み》ち、展開があり、優れた表現と繊細な思いにあふれていたが、そうした美辞麗句を怒りが奪い去ってしまったのだ。

エンマは、詳細を少しも聞かずに薬局を辞したが、なにしろオメー氏がまたもや罵《ば》倒《とう》をはじめたからだった。それでも彼は落ち着いてきて、いまでは温情に充ちた口調でぶつぶつ文句を言いながら、トルコ帽で顔をあおいでいた。

「この本の何から何までいけないというのではない！　著者は医者だ。このなかには大人が知っても悪くない、あえて言えば、大人が知らねばならない科学的な面がいくつもある。だが、読むのはもっと後だ、もっと後！　せめてお前が一人前の大人になるまでは待て、その体質ができあがるまでは待つのだ」

エンマが玄関のノッカーをたたく音を聞くと、待っていたシャルルは両方の腕を広げて近づいてきて、涙声で彼女に言った。

「ああ！　お前……」

そして彼はそっと上体をかがめて接吻した。だが彼の唇が触れたとき、別の男の思い出がエンマをとらえ、彼女は身震いしながら顔に手をやった。

それでも彼女は答えた。

「ええ、聞きました……聞きました……」

彼はエンマに手紙を見せたが、そこでは母親が感傷的な欺瞞《ぎまん》をまったく交えずに出来事を語っていた。ただ、母親に悔やまれたのは、夫がかつての士官たちの集う愛国晩餐会《ばんさんかい》のあと、ドゥドヴィルの通りにあるカフェの入口で急死したので、終油の秘蹟《ひせき》を受けていないことだった。

エンマは手紙を返し、やがて夕食になると、礼儀からか、食が進まない振りをした。しかしどうしてもと勧められて、彼女は意を決して食べはじめたが、一方、シャルルは彼女の向かいで、打ちひしがれた姿勢のままじっと身動きせずにいた。

ときどき彼は顔を上げ、悲嘆に充ちたまなざしをじっと彼女にそそぐのだった。一度、彼はため息をついた。

「もう一度会っておきたかったのに！」

彼女は黙っていた。とうとう、話しかけるべきだと理解して、

「おいくつでしたかしら、お父さま？」

「五十八さ！」

「ああ！」

それだけだった。

十五分ほどして、彼は言い足した。

「かわいそうに、母さんは？……どうなさるのだろう、これから？」

彼女は分からないという身振りをした。

彼女がこうも黙っているのを見ると、深く悲しんでいるのだろうとシャルルは推測し、つとめて何も言わないようにし、彼女の心を動かしているこの心痛を刺激しないようにした。それでも、自分の心痛を振り払って、

「昨日は、しっかり楽しめたかい？」と彼は訊いた。

「ええ」

テーブル・クロスが取り去られても、ボヴァリーは立ち上がらなかった。エンマも立たず、そして、夫の顔を見ているうちに、この単調な光景が彼女の心から一切の哀れみの情を追い出していた。夫が、貧弱で、無力で、無能に見え、要するに、いずれにせよつまらない男に思われた。どうやって厄介払いしたらいいのかしら？　なんて

きりのない夜なの！　人を麻痺《まひ》させる何かが、まるで阿片《アヘン》の煙のように彼女をぐったりさせていた。

床板を棒でたたく乾いた音が玄関から聞こえた。イポリットが奥さまの荷物を運んで来たのだ。肩の荷物を下ろすのに、彼は義足でどうにかやっと四分の一ほどの円を描いた。

「あの人ったら、もうこの男のことを忘れているわ！」と彼女は、もじゃもじゃの赤毛の頭から汗をしたたらせている哀れな男を見ながら思った。

ボヴァリーは財布の底に小銭をさぐっていたが、そして、そこにじっと立っているこの男の姿は、まるでこの人の度し難い無能ぶりを絵に描いて非難しているようなものなので、その姿を目にしただけでも屈辱感が湧《わ》くだろうに、当人にはそれすら気づく様子もない。

「おや、きれいな花束があるじゃないか」と、マントルピースの上にレオンのくれたスミレの花を認めると、彼は言った。

「ええ」と彼女は気のない様子で言った。「さっき買った花束ですの……女の乞食《こじき》からら」

シャルルはスミレを手にとり、赤く泣きはらした目にあてて冷やしながら、そっとその香りを吸い込んだ。彼女はたちまち夫の手からスミレを取り上げると、それを持って行ってコップの水に活《い》けた。

翌日、ボヴァリー老夫人が到着した。彼女と息子は大いに泣いた。エンマは、いろいろ指図しなければならない用事があるからと言って、席を外した。

次の日に、みんなで喪服のことを相談する羽目になった。裁縫箱をもって、川べりの青葉棚の下に行って腰をかけた。

シャルルは父親のことを思い、それまであまり愛していたという気のしないこの男に、これほどの情愛を感じているのが意外だった。ボヴァリー老夫人も夫のことを考えていた。かつての最もひどい日々でさえ、老夫人には羨《うらや》ましく思い返された。あれほども長くつづいた習慣を無意識に懐《なつ》かしむ気持で見ていると、なにもかもが水に流せ、そして、針を運んでいると、ときどき大粒の涙が鼻筋を伝い、しばし鼻の先にぶらさがった。エンマは、せいぜい四十八時間ほど前には二人きりで、世間を遠くはなれ、恍惚《こうこつ》に浸りきり、互いを眺めるのにいくら目があっても足りないほどだったのに、と思っていた。消えて行ったあの日の感じ取れないほどの細かなことまでも、躍起になってふたたび取りもどそうとしていた。しかし夫や姑《しゅうとめ》が目の前にいて邪魔だった。できることなら何も聞きたくない、何も見たくない、一心に思うこの恋心をかき乱されたくない、この恋心にしたって、どうしたところでしだいに消え去って外界の感覚に紛れてしまう。

彼女はドレスの裏をほどいていて、布切れがまわりに散らかり、ボヴァリー老夫人は目を伏せたまま、鋏《はさみ》の音をきしませていて、シャルルは縁布《へりぬの》でできたスリッパを履き、部屋着代わりに褐色の古びたフロックコートを着て、両手をポケットに入れたまま、これまた口を利《き》かず、白い小さなエプロンをつけたベルトがシャベルで小道の砂をがりがりこすっていた。

とつぜん、庭の柵戸から生地屋のルルー氏が入ってくるのが見えた。

このたびの、いい、いい、ご不幸の事情を斟酌いたしましまして、何か手助けできないか申し出るために彼は来たのだった。エンマは、手助けなしに済むと思うと答えた。この商人はそのくらいのことで尻尾を巻く男ではなかった。

「いろいろと申しわけないのですが」と商人は言った。「ちょっと個別にお話できればと思いまして」

それから、小声になって、

「例の件に関しましまして……お分かりでしょ？」

シャルルは耳まで真っ赤になった。

「ああ！　ええ……もちろん」

そして、動揺して、妻のほうを振り向いて、

「お前、よかったら……一つ……？」

彼女は察したらしく、というのも立ち上がったからで、するとシャルルは母親に言った。

「大したことじゃありません！　おそらく何か家事のささいなことでしょう」

文句を言われるのがひどく怖く、彼は手形の一件を母親に知られたくなかった。

二人だけになると、ルルー氏はかなり率直な言葉でエンマに遺産相続の祝いを述べはじめ、ついでどうでもよいことを話し、塀にはわせた果樹のことや収穫量のことや自分の健康のことをしゃべり、話はいつもきまってどうにかこうにか、よいとも悪いとも言えない、に落ち着くのだった。事実、自分など大いに苦労していて、世間でどう言われているか知りませんが、それなのにせいぜいパンに塗るバター代ほどしか儲《もう》からない。

エンマは好きにしゃべらせておいた。この二日間、彼女はじつに驚くほど退屈をもてあましていたのだ！

「それでお身体《からだ》のほうはすっかり回復されましたか？」と彼はつづけた。「たしかに、

お見かけしましたな、かわいそうにご主人ときたら、ひどいご様子でした！　よい方ですな、わたしたち二人のあいだにはちょっとしたごたごたもございましたが」

彼女はどんなごたごたかと訊き、なにしろ調達してもらったものを引き取る引き取らないで異議をさしはさんだことを、シャルルは彼女に隠していたからだった。

「まあ、よくご存じでしょう！」とルルーは言った。「奥さま思いつきの、例のご旅行用トランクとかですよ」

彼は帽子を目深《まぶか》にかぶり、両手を背中に回すと、にやつき、軽く口笛を吹き、じつに不愉快なくらい正面から彼女の顔をまじまじと見つめた。何かがあったと思っているのだろうか？　彼女はあらゆる種類の懸念に思いふけっていた。それでもついに、彼は言葉を継いだ。

「そのことでしたらわたしたちには折り合いがついております、今日はまた別の手はずをご提案しようとまいったのですが」

それはボヴァリーの署名した手形の書き替えだった。もっとも、旦那《だんな》さまにはお好きなように振る舞ってもらっていい、少しも悩まれることにはならない、とりわけいまからは面倒をたくさん抱えられるだろうから。

「それでいっそ、旦那さまの責任をだれかに肩代わりしてもらうほうがよいかと、例えば、奥さまにですが、なにしろ委任状ひとつで済みますから、簡単でして、そうなされればわたしたちのあいだだけの些細《ささい》な用件という……」

彼女には呑《の》み込めなかった。商人は黙った。やがて、ルルーは商売に移り、奥さまは何か入用《いりよう》でないはずはないと言い切った。黒いバレージュ〔婦人用のガーゼのように薄い毛織物、ピレネー地方の町バレージュ産〕はどうか、それでドレスが作れるよう十二メートルほどお届けします。

「いまお召しになっているドレスは、家で着るには申し分ありません。でもお出かけということになりますと、もう一着お入用ですな。こちらに入って来たとき、わたくし、すぐにそう思いました。商売柄、目ざといものですから」

彼は布地を送ってよこさず、自ら持ってきた。それからまた布の寸法を測りに来て、さらに何やかやと言っては顔を見せ、そのつどつとめて愛想よく親切に振る舞い、オメーなら、君主に仕えるごとし、とでも言っただろうが、いつもエンマとの話に委任状についての助言を織り込むのだった。手形のことはまるで話さなかった。彼女もそのことは念頭になく、病気がよくなりかけたころ、シャルルは手形のことを彼女に話してはおいたのだが、多くの動揺が彼女の脳裏を過《よ》ぎったので、もはや思い出すことはなかったのだ。それに、彼女は利害がらみの言い争いにはできるだけ口を慎むようにしていて、ボヴァリー老夫人はそのことに驚き、そうまで気分が変化したのは、病気中に彼女が身につけた信仰心のせいだと思った。

しかし姑が帰ったとたん、エンマはすぐに実務的な能力を発揮してボヴァリーを驚嘆させた。情報を得なければならないだろうし、抵当に入っていないか確認しなければならないし、競売による処分が必要か、あるいは清算が必要かを確かめなければならない。彼女は口から出まかせに専門用語を並べ立て、秩序とか将来とか先見の明といった大げさな言葉を発し、始終、相続の障害を大袈裟《おおげさ》に言い立て、そうした結果、ある日、彼女は総括委任状なるものの見本をシャルルに示したのだが、それによると「委任者の財産を管理運営し、すべての借り入れを行ない、すべての手形に署名および裏書し、一切の支払いに応じ、等々」を許可していた。彼女はルルーの教えを利用したのだった。

シャルルは、ばか正直にも、こんな書類をどこから持ってきたのか訊《たず》ねた。

「ギヨーマンさんからいただきましたの」

そして、それ以上望みようもないくらい平然と、彼女は言い添えた。

「といってあの人をそんなに信用しているわけじゃないわ。公証人はだれも評判がひどく悪いんですもの！　おそらくどなたかに相談するべきなんでしょうけど……知っているといってもせいぜい……ああ！　だれもいないわね」

「レオン君なら別だが……」と思案していたシャルルは答えた。

でも手紙では意図がよく伝わりにくい。そこで彼女は自分が足を運ぶと言いだした。シャルルはそれには及ばないと断った。彼女は行くと譲らない。思いやりの応酬になった。しまいに、彼女はわざと駄々を捏《こ》ねるような口調で叫んだ。

「いいえ、お願い、わたしに行かせて」

「なんて優しいんだ！」と彼は言いながら、妻の額に接吻《せっぷん》した。

翌日さっそく、彼女は「ツバメ」に乗って、レオン君に相談しにルーアンに出かけ、そして、彼女はそこに三日のあいだ滞在した。

3

それは充ち足りて、心地よく、まぶしいほどの三日間で、正真正銘の蜜月《みつげつ》となった。二人は河港に臨む「ブローニュ・ホテル」に泊まっていた。そしてそこで二人は、よろい戸を閉め切り、ドアを閉ざして過ごし、床には花を撒《ま》き、氷を浮かべたシロップを朝から部屋まで運ばせた。

夕方ごろになると、屋根のある小舟に乗って、川のなかの島に食事にでかけた。

造船所の周辺では、船体をコーキング〔船板の隙間やつなぎ目に詰め物をする作業〕する木槌《きづち》の音がまだ聞こえる時刻だった。タール〔炭素化合物を熱分解するとき生じる黒または褐色の粘性の油状物質〕から上がる蒸気が木々のあいだから漏れて行き、見ると川面《かわも》に、ねっとりした油のしずくが染《し》みのように広がり、夕日の緋《ひ》色《いろ》を浴びながらまちまちに波に揺れていて、まるで真鍮《しんちゅう》〔銅と亜鉛の合金で、かつてはヴェネツィアのブロンズ、フィレンツェのブロンズとも呼ばれた〕の板が浮かんでいるようだった。

係留された何艘《なんそう》もの舟のあいだを二人の小舟は下って行き、その長い舫《もや》い綱が小舟の屋根に斜めにいくらか触れていた。

町の喧騒《けんそう》も少しずつ遠ざかり、荷車の転がる音も、人びとの声のざわめきも、ほかの船の甲板《かんぱん》で吠《ほ》える犬の声も遠くなった。彼女は帽子の紐を解き、二人は目指す島に接岸した。

二人は、入口の扉に黒い綱のつるしてある居酒屋の天井の低いホールに席を占めた。キュウリウオ〔サケ目キュウリウオ科の海水魚〕のフライに、クリームやサクランボを食べた。草の上に寝ころび、人目を避けてポプラの木々の陰で抱き合い、そして、まるで二人ともロビンソン・クルーソーのように、この狭い場所で永久に暮らしたいと思ったが、完全な幸福に浸る二人には、その場所が地上で最も素晴らしいと思われたのだった。二人が木々や青空や芝生を見るのはこれが初めてではなく、流れる水の音や葉叢《はむら》を渡るそよ風の音を聞くのも初めてではなかったが、おそらくそれらすべてに心揺さぶられたことなど一度もなく、まるで以前は自然など存在していないようで、というか、二人の欲望が充たされたとたん、まるで自然が美しくなりはじめたかのようだった。

夜になると、二人は帰って行った。小舟は島々に沿って進んだ。二人とも舟底の闇《やみ》にまぎれて口を利かずにいた。角ばった櫂《かい》が鉄の櫓杭《ろぐい》〔櫂を受ける支点となる〕にこすれて音を立てていて、そして、それが静けさのなかでまるでメトロノームの打つ音のように刻まれ、一方、艫《とも》のほうでは垂れた舫い綱が水に当たって、微《かす》かな心地よいぴちゃぴちゃいう音を絶え間なく立てていた。

あるとき、月が出ると、二人は逃さずに美辞麗句を並べ、この天体を、もの悲しく詩趣にあふれていると感じ、彼女は歌さえ歌いだした。

あの夜を、覚えていますか？　二人で漕いだ……〔ラマルチーヌの『湖』で、ロマンチックな状況を歌う常套句となっている〕

彼女の耳に快いかすかな歌声は波の上に消えて行き、そのルラード〔一音節のなかですばやく歌われる一連の装飾音〕は風に運び去られ、レオンは自分のそばを、その歌声がまるで鳥の羽音のようにかすめるのを耳にした。

自分と向き合って、彼女は小舟《ランチ》の仕切り壁にもたれていたが、月の光が空《あ》いているよろい戸の一つから射《さ》し込んでいた。彼女の黒いドレスのドレープが扇形に広がり、本人をすらりと見せ、いっそう背が高く見えた。彼女は顔を上げ、手を合わせて、その目を空に向けていた。ときどき、彼女は岸のヤナギの影にすっぽり隠れ、やがてまたとつぜん姿を見せるのだったが、月の光を浴びて、まるで幻のようだった。

レオンは彼女の傍らで床に座っていたが、その手に触れるものがあって、見ると真っ赤な絹のリボンだった。

船頭はそのリボンに目をとめると、しまいにはこう言った。

「ああ！　そいつはこないだ乗っけた連中のものでさあ。男も女も冗談好きがごそっと来ましてね、菓子やらシャンパンを持参で、コルネットまで吹いて、そのほかいろいろ持ち込んで！　そんなかに一人だけ特に、恰幅《かっぷく》のいい色男がいて、ちょび髭《ひげ》をはやしていて、これがひどく愉快なお客さんでね！　『さあ、なんか話してちょうだい……アドルフ……、ドドルフったら……ね』と仲間に言われてましたな」

彼女は身震いした。

「具合が悪いの？」とレオンは彼女に寄り添いながら言った。

「あら！　なんでもないわ。たぶん、夜のせいで冷えたのかしら」

「そのお客さんも、女の方には不自由なさそうでしたよ、おたくと同じでね」と年寄りの船頭は今夜の客に挨拶《あいさつ》を言うつもりで、そっと付け加えた。

それから、両手に唾《つば》を吐きかけると、櫂を握りなおした。

それでも、別れなければならないときとなった！　別れは辛《つら》かった。彼が手紙を出すことになっていたのは、ロレーおばさん宛《あ》てで、そして、彼女はレオンに二重封筒で、とじつにはっきり忠告したので、恋がもたらす狡知《こうち》に彼は大いに舌を巻いたのだった。

「だから、万事いいわね？」と彼女は最後の接吻をしながら言った。

「うん、もちろん！」——でも、どうしてまたあの人はあんなにひどく委任状に執着しているのだろう？　と、彼は別れたあとで一人になって通りを帰りながら思った。

4

レオンはやがて同僚たちの前で尊大な態度をとるようになり、付き合いも絶ち、関係資料などにもまったく目を通さなくなった。

彼は手紙を待ち、来れば手紙を何度も読み返した。彼女に返事を書いた。欲望と追憶の力のかぎりをつくして彼女を思い描いた。彼女にまた会いたいという思いは、その不在によって弱まるどころか、さらにつのり、だからある土曜日、彼は事務所を抜け出した。

丘の高みから、この谷間に、教会の鐘楼と風にまわるブリキの国旗を目にすると、彼は勝ち誇ったような虚栄心と身勝手な感動の入り混じった歓《よろこ》びを覚えたが、それは百万長者が故郷の村に錦《にしき》を飾るときに抱くにちがいないものだった。

彼はエンマの家のまわりをうろついた。台所に明りがついていた。カーテンの向こうに、彼女の影が現れるのを待ち構えた。何の影もできなかった。

ルフランソワの女将《おかみ》は、彼の姿を見ると、大変な歓びようで、「背が伸び細くなった」と思い、一方、アルテミーズは反対に「たくましくなり日に焼けた」と感じた。

昔どおり、彼は小部屋で食事をしたが、一人きりで収税吏の姿はなく、というのもビネーは、「ツバメ」の到着を待つのにうんざりしてしまい、要するに食事を一時間くり上げていて、いまでは五時きっかりに食事をし、にもかかわらずしょっちゅう、古びたおんぼろ馬車がまた遅刻だ、と言っていた。

それでもレオンは意を決し、医者の家に向かい玄関をノックした。夫人は自分の部屋にいて、そこから十五分ほどしてようやく降りて来た。亭主のほうはレオンの顔を見ることができ非常にうれしそうだったが、その晩も翌日も一日じゅう家を空けなかった。

その晩もかなり更《ふ》けてから、庭の裏手の小道で彼女はレオンとふたりきりで会い——といってもそれは前の相手と同じ小道だ！　嵐になっていて、二人は稲妻のきらめくなか相合傘で語り合った。

耐えがたい別れとなった。

「死んだほうがましなくらい！」とエンマは言った。

彼女は泣きながら男の腕に抱かれて身悶《みもだ》えた。

「さようなら！……さようなら！……こんどいつ会えるのかしら？」

二人は引き返し、ふたたび抱き合い、そして、そのとき彼女は、なんとしてでも近いうちに心おきなく恒常的に会える機会を見つける、せめて週に一度は会える機会を見つけるとレオンに約束した。エンマはそうできると思っていた。それに、当てもあった。金が入ることになっていたのだ。

そういうわけで、彼女は自分の部屋用に、太い縞《しま》の黄色いカーテンを一対《いっつい》買い、それはルルー氏がお買い得と売り込んだもので、彼女は絨毯《じゅうたん》も切望していて、ルルーは「それはさほど困難ではない」と言い切り、一つ見つけて彼女にとどけると丁重に約束した。彼女はルルーの世話なしではもはやいられなくなっていた。日に何度も呼びにやると、たちまち仕事を放りだしてやって来て、不満ひとつもらさなかった。それにもまして、だれもが理由を理解しかねたのは、ロレーおばさんが毎日彼女の家で昼飯を呼ばれ、なにやら内密にエンマだけを訪ねることだった。

そのころ、つまり冬のはじめのころ、彼女は音楽への情熱にひどくとりつかれたように見えた。

ある晩、シャルルが聞いていると、彼女は同じ曲をつづけざまに四度も弾きなおし、そのつどきまって悔しがったが、一方、彼にはその違いも分からず、次のように声をあげた。

「ブラボー！……じつにうまい！……やめるなんて間違ってるよ！　さあ、つづけて！」

「いや、だめだわ！　最悪よ！　指が錆《さ》びついちゃったわ」

翌日、シャルルはまた何か弾いてくれと彼女に頼んだ。

「いいわ、あなたが歓ぶなら！」

そしてシャルルは少し腕が落ちたようだと正直に告げた。彼女は五線譜を取り違えて、下手くそに弾き、やがて急に弾く手を止めて、

「ああ！　おしまいだわ！　レッスンを受けなきゃだめみたいね、でも……」

彼女は唇をかんで、付け加えた。

「一回のレッスンが二十フランじゃ、高すぎるわ！」

「うん、たしかに……ちょっと……」とシャルルは言いながら、間抜け顔でにやにや笑った。「でも、たぶんもっと安くてできるんじゃないかな、だって有名な人よりも優れている無名の音楽家が何人もいるんだから」

「じゃあ、見つけてちょうだい」とエンマは言った。

翌日、シャルルは帰ってくると、曰《いわ》くありげな目つきで彼女を見つめ、ついにはこらえきれずにこう切りだした。

「お前もときに頑固一徹だからな！　今日は、バルフシェールに行ってきたよ。それで、リエジャール夫人が請け合ってくれたのだが、ミゼリコルド修道会の女学校へやっている三人のお嬢さんがね、一回につき五十スー〔つまり二フラン半〕でレッスンを受けているというのさ、しかも名の通った女の先生のレッスンをね！」

彼女は肩をすくめ、もはやピアノを開けることはなかった。

それでも彼女はピアノのそばを通るとき（そこにボヴァリーがいる場合だが）、ため息をついて言うのだった。

「ああ！　わたしのかわいそうなピアノさん！」

そしてだれかが彼女に会いに来ると、きまってその客に、自分は音楽をやめてしまい、致し方ない理由から、いまは再開できないと告げるのだった。するとだれもが同情した。残念！　とても素晴らしい才能があるというのに！　ボヴァリーにそのことを言う人さえいた。彼を非難する人もいて、特に薬剤師はそうだった。

「あなた、間違ってますよ！　天賦《てんぷ》の才能を荒れ地の状態にしておくのは絶対いけません。それに、考えてもご覧なさい、あなた、奥さまにレッスンを積ませれば、将来、お嬢さんの音楽教育にかかる費用を節約できるってものですぞ！　子供の教育は母親自らが当たらねばならない、と私は思っております。ルソーの教えですが、たぶんまだ少々聞きなれないものの、この考えもついには勝利を収めると確信していますな、ちょうど母乳主義や種痘の予防接種と同じですよ」

そこでシャルルはもう一度、このピアノの問題を見直した。エンマは熱烈に、ピアノなど売り払ったほうがましだと答えた。あんなにも虚栄心の満足をもたらしてくれたこのピアノが、かわいそうに、売られてゆくのを見るなんて、ボヴァリーにとっては、まるで彼女自身の一部が不可解にも自殺するようなものなのだ！

「お前がその気なら……」と彼は言った。「ときどきレッスンを受けるくらい、よく考えてみれば、ひどく費用がかかるわけでもないだろう」

「でもレッスンは」と彼女は応じた。「つづけなければ、ためになりませんわ」

そして彼女はそのように振る舞って、週に一度、恋人に会いに町に出かける許しを夫からまんまとせしめたのだった。一月《ひとつき》たつと、彼女はものすごく上達したとさえ思われた。

5

木曜日だった。彼女は起き、シャルルを目覚めさせないようにそっと着替えを済ませたが、こんなに朝早くから支度をするところを起きた彼に見られでもしたら、何か言われていたことだろう。それから彼女は行ったり来たり歩きまわり、窓辺に立つと、広場を眺めた。薄明が市場の柱のあいだに流れ込み、ほのかな色をたたえた夜明けの光のなかに、よろい戸を閉ざした薬剤師の店の看板の大文字が見えた。

置時計が七時十五分を指して、彼女は「金獅子」に出かけると、アルテミーズがあくびをしながら来て、戸を開けてくれた。この女は奥さまのために灰のなかの埋《うず》み火を掘り熾《おこ》してくれた。エンマは調理場に一人になった。ときどき彼女は表へ出た。イヴェールが急《せ》かずに馬車に馬をつけながら、その上ルフランソワの女将の話に耳を傾けていて、その女将はといえば、ナイトキャップをかぶったままの頭を小窓から突き出し、買い物を言いつけ、説明をしていたが、まったくほかの人間が聞いたら困惑してしまうような説明だった。エンマは深靴《アンクルブーツ》の靴底を中庭の敷石に打ちつけていた。

イヴェールは食事を済ませ、粗毛のマントをはおり、パイプに火をつけ、鞭を手に取ると、やっと平然と御者台に座った。

「ツバメ」はゆっくりと跑《だく》を踏みはじめ、四分の三里〔約三キロ〕ほどのあいだあちこちで止まり、庭の柵戸の前の道端で立って待ち構えている乗客を拾って行く。前日に予約した客はなかなか出て来ず、なかにはまだ家のベッドにいる連中さえいて、イヴェールは呼んだり、叫んだり、罵《ののし》ったり、やがて御者台から降りて、戸口を激しくがんがん叩《たた》く。風が馬車のひびの入った小窓から吹き込んでくる。

それでも四つの座席はふさがり、馬車は走りだし、リンゴの木々が一列になってつぎつぎに流れて行き、黄色い水をたたえた長い溝にはさまれて、街道はずっと地平線のほうに向かってだんだん細くなっている。

エンマは街道を端から端まで知りつくしていて、牧草地が終わると標柱が来て、つづいてニレの木があり、納屋《なや》というか道路工夫の小屋がつづき、ときには思いがけなく歓びたいばっかりに、目をつむってみた。だが彼女はあとどれくらい走らねばならないか、きっちりした距離の勘を決して失わなかった。

ようやく、煉瓦《れんが》の家々が近づいてきて、車輪の踏む地面の音が響くようになり、「ツバメ」が家々の庭のあいだをかすめると、柵の向こうに、石像が見え、小道やブドウ棚のある築山が見え、刈り込まれたイチイ〔イチイ科の常緑高木で、別名アララギ〕やブランコが見える。やがて、ぱっと一挙に町が目に飛び込んでくる。

階段状に下って行くと、町は霧に包まれていて、いくつもの橋の先のほうへとぼんやりと霞《かす》みながら広がっている。つづいて、完全な野原が一本調子で高くなってゆき、はるか彼方《かなた》で光の淡い空のはっきりしない裾《すそ》にまで達している。そうやって高みから見渡すと、眺めはどこもじっと動かないように見え、まるで一枚の絵で、錨《いかり》を下ろした船は川の隅にかたまり、川は緑の丘のふもとを蛇行し、細長い形をした川のなかの島は、捕らえられた大きな黒い魚が水に浮かんでいるみたいに見える。工場のいくつもの煙突は巨大な褐色の羽根飾《けむり》りを吐き、その先は吹き飛ばされている。鋳造所のうなりが聞こえ、そこに霧のなかにそびえる教会の鐘の音《カリヨン》〔カリヨンは教会の塔に吊り下げ、鍵盤や時計仕掛けで打ち鳴らされる鐘〕の音が混じる。大通りの木々は葉も落ちて、家並みのなかにあって紫色の茂みに見え、家々の屋根は雨に光り、それぞれの界隈《かいわい》の高さに応じてまちまちに煌《きら》めいている。ときおり突風が吹いて、雲をサント＝カトリーヌの丘のほうへ流し去ったが、雲はまるで崖《がけ》にあたって音もなく砕け散る空のなかの波みたいだった。

そうした密集した人びとの生活から、自分のほうに何か眩暈《めまい》を誘うようなものが発散してきて、まるでそこに息づく十二万人もの人間がみないっせいにこちらに情熱の息吹《いぶき》を放ってくるかのようで、彼女はそんな息吹を想像した。こうした広がりを目の前にして、彼女の恋心は強くなったが、沸き上がってくる漠としたざわめきを聞いていると、動揺で充《み》たされるのだった。その恋心を彼女は外へと、広場に、散歩道に、街路に注ぎ返し、その目には、このノルマンディーの古都が途轍《とてつ》もない首都《みやこ》さながらに繰り広げられて行き、まるでバビロンの都に自分はいま入ろうとしているのだ。彼女は両方の手を使って馬車の小窓から身を乗り出し、そよ風を吸い込み、三頭の馬は疾駆し、ぬかるみのなかで砂利がきしみ、乗合馬車は揺れ、イヴェールは街道を行く二輪馬車《カリオール》に遠くから呼びかけて抜き去り、一方、ボワ・ギヨームで夜を過ごした町の人びとは小さな自家用馬車に揺られてのんびりと丘の斜面を下っていた。

市門のところで馬車はいったん止まり、エンマはソック〔泥や寒さをよけるため普通の靴の上に履く厚い木底の靴〕を外し、別の手袋に替え、ショールをきちんと直し、さらにもう少し先で彼女は「ツバメ」を降りた。

そのとき町は目覚めようとしていた。トルコ帽をかぶった店員たちが店先のショーウィンドーをみがき、腰に当てて籠《かご》を抱えた女たちがときどき町の角々でよく通る大声を張り上げる。彼女は地面に視線を落としながら壁をかすめるように歩き、下ろした黒いヴェールの下から、うれしくて笑みがこぼれてくる。

見られることを恐れて、いつもは最も近い道をさける。彼女は暗い裏通りに入り込み、ナシオナル街のはずれの、噴水のあるあたりにまで着くころには汗びっしょりになっている。そこは劇場と居酒屋と娼婦《しょうふ》の界隈である。しばしば傍らを荷車が通るが、大道具か何かが運ばれていて、揺れている。前かけをつけたボーイたちが舗石に並ぶ緑の灌木《かんぼく》のあいだに砂をまいている。アブサンと葉巻と牡蠣《かき》の匂《にお》いがする。

彼女は通りを曲がり、すると帽子からのぞく縮れた髪でレオンだと分かった。

レオンは歩道を先にたって歩いて行く。彼女はあとを追ってホテルに着くと、彼は上がって行き、ドアを開け、部屋に入る……やがてひしと抱き合う！

それから、接吻につづいて言葉が堰《せき》を切って出る。一週間の辛《つら》い思いや虫の知らせや手紙への不安を語り合い、しかしいまは何もかもが忘れ去られ、二人は向かい合って互いに見つめたまま、快楽に笑みがこぼれ、愛の呼び名を口にする。

ベッドは小舟の形をしたマホガニーの広いものだった。天井から下がった赤い絹地のカーテンは、すぼまった枕元《まくらもと》のかなり近くへ向けて引き絞られ——彼女が恥じらいから、あらわな両腕を合わせるようにして手で顔を覆《おお》うと、カーテンの緋色を背景にその白い肌と褐色の髪がくっきり際立《きわだ》って、これほど美しいものはこの世に絶えてなかった。

控え目な絨毯と陽気な装飾と穏やかな光のこの暖かい部屋は、睦《むつ》まじい恋情にはじつにぴったりに思われた。先が矢の形をしたベッドの支柱も、銅でできたカーテン留めも、暖炉の薪台《まきだい》に付いた大きな球の飾りも、日が射し込むと、とつぜんきらきらと輝くのだった。マントルピースの上の枝付き燭台《しょくだい》と燭台のあいだには、耳に当てると潮騒《しおさい》の音が聞こえるというバラ色の大きな貝殻が二つ置いてあった。

いささか色褪《いろあ》せた豪華さではあったが、二人は楽しさにあふれたこの好ましい部屋をどれほど愛したことだろう！　家具は変わらずいつもの場所にあって、ときには前の週の木曜日に彼女が置時計の台の下に忘れたヘアピンが、見つかったりした。二人は暖炉の傍らの紫檀《したん》を象嵌《ぞうがん》した小さな円卓で食事をとった。エンマは肉を切って、彼の皿に盛ってやりながら、あらゆる種類の甘い言葉をとめどなくしゃべり、そして、シャンペンの泡が軽やかなグラスからあふれて指輪にかかると、みだらな高笑いを響かせた。二人はすっかり夢中になって互いの肉体をむさぼるあまり、その部屋が自分たちの特別な家のようで、きっと死ぬまでそこで暮らすことになると思いなし、まるで永遠に若い夫婦のようだった。二人は、わたしたちの部屋と呼び、わたしたちの絨毯と呼び、わたしたちの肘掛椅子と呼び、彼女がふとした思いつきからレオンにプレゼントしてもらったスリッパは、わたしのスリッパとさえ言われた。白鳥の綿毛で縁どられたバラ色の繻子《サテン》のスリッパだった。彼女がレオンの膝《ひざ》の上に座ると、その足は床にはとどかず、空中で揺れ、そして、その可憐《かれん》な履物《はきもの》は踵《かかと》まわりの腰革がないので、素足の指先にやっとかかっていた。

彼は生まれてはじめて、言葉では表せないほど洗練された女らしい優雅さの味をかみしめた。これまで一度も、このようにしとやかな言葉づかいや慎みのある衣装にふれたこともなく、そのまどろむ鳩《はと》のような姿態《したい》に接したこともなかった。彼はエンマの心の高ぶりに見とれ、スカートのレース飾りに感心した。それに、上流婦人じゃないか、しかも人妻だ！　ついに紛れもない愛人ではないか？

彼女は次々に神秘的になったり、陽気になったり、饒舌《じょうぜつ》になったり、寡黙《かもく》になったり、怒りっぽくなったり、もの憂《う》げになったりして、そのときどきの多様な気分によって、レオンのうちに数え切れないほどの欲望が絶えずかき立てられ、本能や追憶が呼び起こされた。エンマはあらゆる小説の恋する女となり、あらゆる劇のヒロインとなり、あらゆる詩集のとらえがたい彼女となった。彼はエンマの肩に湯浴《ゆあ》みするオダリスク〔ハレムの女〕の琥珀色《こはくいろ》を認め、彼女は封建城主の奥方のように胴長で、バルセロナの青白い女〔詩人ミュッセの「アンダルシアの女」に、「バルセロナで見なかったか／褐色の胸のアンダルシアの女を／秋の美しい夕べのように青白かった」とある〕にも似ていたが、何よりも天使にほかならなかった！

彼女を見ていると、レオンにはよく、自分の魂が彼女のほうへ漏れだし、波のようになって彼女の顔のまわりに広がり、その白い乳房へと誘い込まれて行くように思われた。

彼はエンマの前の床にひざまずき、そして、彼女の膝に両肘を預けて、微笑《ほほえ》みながら額を差しだすようにして彼女をじっと見つめる。

彼女はレオンのほうに身をかがめ、まるで陶酔して息もできなくなったようにささやきかける。

「ああ！　動かないで！　しゃべっちゃだめ！　じっとわたしを見つめて！　あなたの目から何かとても心にしみるものが出てるわ、とても心地よくなる！」

エンマは彼を坊やと呼んだ。

「坊や、わたしのこと好き？」

そして彼女にはほとんど返事が聞こえなかったが、彼女の唇にレオンの唇が下から性急に押し付けられていたからだ。

置時計の上では小さなブロンズのキューピッドが媚態《びたい》を示しながら、両方の腕で輪を作って金メッキされた花飾りを支えていた。二人はそれがおかしいと言って何度も笑い合ったが、別れのときになれば、何もかもが二人には深刻に思われた。

じっと向き合い、二人は同じことを繰り返した。

「木曜日に！……木曜日に！」

とつぜん、彼女はレオンの顔を両手で挟むと、素早く額に接吻して、「さようなら！」と叫んで、階段へと飛びだした。

彼女はラ・コメディー街の美容院に行き、真ん中分けの髪を整えてもらう。日が暮れ、店のガス灯が点《とも》される。

旅役者たちに上演を知らせる劇場の鈴の音が聞こえ、そして、彼女の見ている前を、青白い顔の男たちやしおれた身なりの女たちがぞろぞろと通って、楽屋口に吸い込まれて行く。

美容院の部屋は狭くて天井も低すぎる上に、かつらやポマードが並ぶなかにストーブががんがん焚《た》かれていて、むんむんと暑かった。カール鏝《ごて》の匂いや髪を扱う油染みた手の匂いをかぐうち、彼女はすぐさま陶然となり、ケープをつけたまま少しまどろんだ。彼女はよく、髪を整えてもらいながら、店の使用人に仮面舞踏会のチケットを勧められた。

それから彼女は帰って行った！　彼女は通りを逆にたどって、「赤い十字」に着き、朝、座席の下に隠しておいたソックスをふたたび履き、待ちきれずいらついている乗客たちのあいだの自分の席に身体を押し込んだ。何人もが丘のふもとで降りた。彼女は馬車のなかで一人きりになるのだった。

道を曲がるたびに、だんだん見えてくるのは町のすべての明りだが、一体となった家々の上に大きな光の靄《もや》ができていた。エンマはクッションの上に膝をついて、このまばゆい光のなかに目をさまよわせた。彼女はしゃくり上げて泣き、レオンの名を呼び、優しい言葉と接吻を彼に送ったが、それらは風のまにまに消えて行った。

坂道にさしかかると、哀れな男が杖《つえ》をついて行き交う乗合馬車のあいだをうろついていた。ぼろの重ね着が肩を覆い、着古しのビーバー帽は底が抜けて洗面器のように丸くなっていて、その顔を隠していたが、帽子をとると、まぶたのあるはずの場所に、大きく口を開いたような眼窩《がんか》が二つ現れ、血にまみれていた。肉は赤くただれ、ぼろぼろにちぎれ、そして、そこから体液のようなものが流れでて、鼻の両脇《りょうわき》まで、緑色の疥癬《かいせん》状になって固まっていて、その黒い鼻の穴が痙攣《けいれん》するみたいに洟《はな》をすする。こちらに話しかけるときには、間抜けのように笑って、顔を反らせ――すると青っぽい瞳がぎょろっと連動して動き、こめかみのほうまで寄って、生々しい傷口のへりに突き当たる。

その男は馬車について来ながら、小唄《こうた》を口ずさんだ。

晴れた日の熱気に当たればしばしば
小娘も恋の思いに誘われる。

そしてつづく言葉には、小鳥や日の光や葉叢《はむら》が出てきた〔この小唄はレチフ・ド・ラ・ブルトンヌ（一七三四―一八〇六）の『愛国婦人年鑑あるいはフランスの一女性の日々の歴史』からの引用〕。ときどき、男はエンマの後ろから帽子をとった顔をとつぜん出した。彼女は叫びをあげて身を引く。イヴェールが男をからかいに来る。聖ロマンの縁日に小屋でもかけたらどうだと勧めたり、恋人は元気かなどと笑いながら訊《き》いている。

走っているときによく、いきなり小窓から馬車のなかに帽子が差しだされ、見ると、男はもう一方の手で踏み台にしがみつき、車輪の跳ね上げる泥にまみれている。その声は、当初は弱く、赤ん坊が泣いているようだったが、甲高《かんだか》くなってくる。声は闇のなかにのろのろと尾を引き、まるでどこか漠とした悲嘆をとりとめもなく愁訴する声のようで、そして、馬のつける鈴の音や木々のざわめきやがらんとした馬車のうなりのような音に混じって聞いていると、その声には遠くはるかなものがにじんで、エンマは心を揺さぶられた。それは彼女の魂の奥底にまでとどき、さながら旋風が深淵《しんえん》の底まで吹き下りるようで、果てしない憂愁の広がりのなかへと彼女を運び去るのだった。しかしイヴェールは片側に重みがかかっているのに気づくと、むやみに鞭《むち》をびしびしと打ち下ろした。鞭の先の房がその傷口に強く当たると、男はわめき声を上げながらぬかるみのなかに転び落ちた。

そのうち、ついには「ツバメ」の乗客たちも眠りこけ、ある者は口をぽかんと開け、またある者は頭を垂れ《こうべ》、隣りの乗客の肩にもたれかかり、あるいはつり革に腕を通して、馬車の揺れに合わせて一様に振動し、そして、外では馬車を引く馬の尻《しり》の上で角灯の光が揺れ、チョコレート色のキャラコ〔薄地の平織り綿布〕のカーテンを通して車内に射し込み、じっと眠りこけた連中の上に血に染まったような影を投げていた。エンマは、悲しみに朦朧《もうろう》としてきて、自分の服のなかにくるまって震え、そして、爪先《つまさき》までどんどん冷え込んで行き、魂まで死んでしまいそうだった。

シャルルは家で彼女を待っていたが、木曜日になると決まって「ツバメ」は遅れる。

奥さまがようやくお帰りだ！　かろうじて彼女は娘にキスをする。夕食はできていない、結構よ！　彼女は女中を許す。いまではこの小娘に傍若無人に振る舞わせる気らしい。

夫はよく、彼女の顔色があまりに青白いのを目にすると、気分がすぐれないのかと訊いた。

「いいえ」とエンマは答えた。

「でも」と彼は応じた。「今夜はじつに顔色がすぐれないけど？」

「いや、何でもないの！　何でも！」

ほとんど帰るなり、二階の自分の部屋に上がってしまうときさえあって、そして、ジュスタンがそこに居合わせれば、足音もたてずに動きまわって、すぐれた小間使いなどよりよっぽど巧みに彼女に仕えようとしてくれた。マッチや手燭《てしょく》や本をそろえて、寝間着を用意し、掛布をめくっておいてくれた。

「さあ」と彼女は言った。「いいから、もう行きなさい！」

というのも、そう言わないと、ジュスタンは両手をだらんと垂らして目を見開いたまま、そこに突っ立っていたからで、まるでとつぜん夢想に襲われ、その数え切れないくらいの糸にがんじがらめになっているみたいだった。

翌日は、一日じゅう不快で、つづく日々は、幸福をもう一度手にするのがエンマには待ちきれなくて、さらにもっと耐え難く——欲情は激しくなるばかりで、知りつくしたイメージを思っては燃え上がり、七日目になると、レオンの愛撫《あいぶ》のうちにその欲情が存分に炸裂《さくれつ》するのだった。彼の熱情は、感謝と驚嘆の吐露のかげに隠れがちになった。エンマはそうした恋をひそかに心奪われるように味わい、自分の愛情のすべての技巧をつくして、レオンの恋を保とうとしたが、それでもそれがいつかは失われるのではないかといくぶん恐れた。

彼女はよく、哀愁をおびた声に甘美さをこめてこう言った。

「ああ！　あなただって、いまにわたしを捨てるのよね！……結婚なさって！……ほかの人たちと同じように」

彼は訊ねるのだった。

「ほかの人たちって、だれ？」

「だれですって、男の人たちみんなよ、つまり」と彼女は答えた。

そうして彼女は悩ましげな身振りでレオンを押しのけると、付け加えた。

「あなたがた男なんて、みんな破廉恥《はれんち》よ！」

ある日、二人がこの現世の失望について冷静に語り合ったとき、彼女はたまた

(レオンの嫉妬《しっと》心《しん》を試してみようとしてか、それともおそらく、心情を吐露してしまいたいというかなり切実な欲求に屈してか)、自分はかつて彼よりも前にある人を愛したことがあると打ち明け、すぐさま「あなたとのようなことはなかったの!」と言葉を継ぎ、娘の身に誓って何も起こらなかったと言った。

青年は彼女の言葉を信じたが、それでもその人が何をしているか知ろうとして、彼女に質問した。

「海軍の大佐だったの、あなた」

そう答えたのは、あらゆる詮索《せんさく》を封じ込めるためではないか、と同時に、好戦的な性質を持つとともに尊敬にも慣れているはずの人物を魅了したということにして、自分をひときわ高く見せようとしたのではないか?

そこで書記は自分の地位の低さを自覚し、肩章《けんしょう》や勲章や称号が欲しくなった。そういったものが彼女はきっと好きなのだ、ふだんの贅沢《ぜいたく》好みから推して、そうにちがいない。

しかしながらエンマは、それどころではない多くの突飛な考えを言わずにいて、たとえば、ルーアンへ行くのに、青い軽装二輪馬車《ティルバリー》を持ちたくて、イギリス馬を付け、折り返し付きのブーツを履いた馬丁に手綱をとらせたかったのだ。彼女にそうした気まぐれを吹き込んだのはジュスタンで、この男は彼女の家に従僕として自分を置いてくれるよう強く願っていて、そして、そうした自家用馬車がないと、逢瀬《おうせ》のたびに、到着の歓びは減りこそしないものの、帰りのつらい思いは間違いなくいっそうつのるのだった。

二人はよくいっしょにパリの話をしたが、彼女はきまって最後につぶやくのだった。

「ああ！　わたしたち、パリへ行って暮らせたら、どんなにいいでしょうね！」

「いまぼくたちは幸福ではないというのかい？」と若者は彼女の髪に手をやりながら優しく言い返した。

「ええ、その通り幸福ね」と彼女は言った。「わたし、どうかしてたわ、キスしてちょうだい！」

彼女は夫に対してかつてないくらい感じよくし、ピスタチオ入りクリームを作り、夕食後にワルツを弾いた。だから彼は自分ほどの果報者はいないと思い、エンマは何の心配もなく暮らしていたが、ある晩、とつぜん、

「お前にレッスンをしてくれるのはランプルールさんといったよね？」

「ええ」

「それで、今日の午後、その人に会ったんだ」とシャルルはつづけた。「リエジャー

ル夫人のところでね。お前のことを話したんだが、先生は知らないというんだ」

青天の霹靂《へきれき》だった。しかし彼女はいつもと変わらない様子で答えた。

「あらまあ！　ひょっとしてこっちの名前を忘れてしまったのかしら？」

「それともおそらく、ルーアンには」と医者が言った。「何人かランプルールさんがいてピアノの先生をしているのだろう？」

「そうかもしれませんわね！」

それから、激しい口調で、

「それでも領収書がありますわ、さあ、ご覧になって！」

そして彼女は書き物机のところに行くと、すべての引き出しを調べまくり、書類をごた混ぜにし、しまいにはうまく取り乱したので、シャルルはたかがつまらない受け取り一つでそんなに苦労することはない、と彼女に強く言った。

「ああ！　きっと見つけてみせるわ」と彼女は言った。

たしかに、次の金曜日になるとさっそく、衣服をしまっておく暗い納戸《なんど》でシャルルがブーツの一方を履こうとすると、靴底と靴下のあいだに何か紙切れでもあるように感じ、それを取り出して読んだ。

「三か月分のレッスン料および諸々《もろもろ》の雑品代として、六十五フランを領収いたしました。音楽教師、フェリシー・ランプルール」

「いったいどうやって、これがおれのブーツになんか入ってるんだろう?」

「それはおそらく」と彼女は答えた。「棚の端にあるあの古い書類挟みから落ちたんでしょう」

このときから、彼女の生活は嘘《うそ》の寄せ集め以上のものとなり、彼女は自分の恋を、まるでヴェールで包むように隠したのだった。

それじたい一つの欲求となり、熱中となり、快楽となったので、もし彼女が昨日は通りの右側を通ったと言ったとすれば、左側を通ったと考えねばならないほどだった。

ある朝、いつもの通りかなりの軽装で彼女が出かけたところで、とつぜん雪が降りはじめ、そして、ちょうど窓辺で空模様をうかがっていたシャルルは、チュヴァッシュ村長の軽装二輪馬車に乗せてもらっているブールニジャン師を目にとめ、二人はルーアンへ向かうところだった。そこで彼は階下《した》に降りて、司祭に厚手のショールを託し、「赤い十字」に着き次第、家内に渡してやってほしいと頼んだ。旅館に着くなり、ブールニジャンはヨンヴィル村の医者の細君はどこかと訊ねた。宿の女主人は、こちらのほうにはほとんど来ることはないと答えた。だからその晩、司祭は、「ツバメ」のなかでボヴァリー夫人の姿を認めると、困惑しきった話を語って聞かせたが、もっともそのことを重視しているようには見えず、なにしろ司祭はそのころ大聖堂で素晴らしい効果をあげている説教師の礼賛《らいさん》をはじめたからで、婦人連中はこぞって聞きに押しかけるという。

司祭が説明を求めなかったのはいいとしても、これからほかの連中が口うるさい態度に出ないともかぎらない。だから彼女は毎回、「赤い十字」に宿を取ることにするのが有益と考え、その結果、旅館の階段に彼女の姿を認めたヨンヴィル村のおめでたい面々は、何も気づきはしなかった。

ところがある日、レオンと腕を組んで「ブローニュ・ホテル」を出た彼女はばったりルルー氏に出くわしてしまい、そして、彼女はこの男が言いふらすのではないかと勝手に思い込んで、心配になった。ルルーはそんな馬鹿《ばか》ではなかった。

だが三日後にルルーは彼女の部屋に入ってきて、ドアを閉めると、言った。

「お金が入《い》り用《よう》でして」

とても都合がつかない、と彼女は申し渡した。ルルーはひどく嘆き、自分がこれまで取り計らった厚意をいちいち数えあげた。

たしかにその通りで、シャルルが署名した二つの手形のうち、これまでにエンマが決済したのは一つだけだった。二つ目の手形について、商人は、彼女の頼みを聞き入れ、二つの手形に取り替えることに同意し、それもだいぶ先の支払期日に書き替えてくれていたのだ。やがて彼はポケットから未払いのままの納入品のリストを取りだしたが、列挙すれば、カーテン地、絨毯、肘掛椅子張替え用布地、ドレス数着、化粧品各種で、その価格は総額およそ二千フランに達していた。

彼女はうなだれ、商人はつづけた。

「しかしですね、現金はお持ちでなくとも、財産がおありですから」

そして彼は、オーマルの近くのバルヌヴィルに所在する、たいして収益もあがらないしけたあばら屋のことを切りだした。それは、老ボヴァリー氏が売却した小さな農場にかつては付属していたもので、なにしろルルーは何もかも知っていて、そこが何ヘクタールの広さになるか、隣人の名前にいたるまで心得ていた。

「私があなたの立場でしたら」と彼は言った。「これを売って債務を弁済し、おまけにあまった金を手にするでしょうな」

彼女は買い手がつかないだろうと反論すると、彼は見つかると希望をもたせ、しかし彼女は、どうやったらこの自分に売ることができるのかと訊《たず》ねた。

「委任状があるのじゃありませんか?」と彼は答えた。その言葉はまるで一陣のさわやかな風のように彼女にとどいた。

「さっきの請求書を置いていってちょうだい」とエンマは言った。

「ああ！　それには及びません！」とルルーは言葉を継いだ。

彼は次の週にまた来ると、大いに奔走した結果、ついにラングロワなる男を見つけたと大口をたたいたが、この男はずっと前から所有地をひそかに物色しているのに、買い値を明かさない。

「いくらだっていいわ！」と彼女は叫んだ。

いや、それどころか、じっくり待って、こいつの出方を窺《うかが》わなくてはならない。この件は出向くだけの価値はあり、自分が現場におもむき、ラングロワと渡りをつけると商人は申し出る。帰ってくるとすぐに、買い手は四千フランでどうかと言っていると告げた。

エンマの顔はこの知らせに晴れやかになった。

「有《あ》り体《てい》に申して」と彼は付け足した。「なかなかの額でしょうな」

彼女はその場でじかに総額の半分を受け取り、納品書を清算しようとすると、商人はこう言った。

「それだけまとまった金額をいきなりいただくなんて、もう絶対に、しのびないですな」

そこで、彼女は紙幣をつくづく眺め、そして、その二千フランがあればできる数え切れないくらいの逢瀬《おうせ》を夢に思い描いた。

「なんと！　なんと！」と彼女はぼそぼそと言った。

「おや！」と彼は人のよさそうな表情で笑いながら言った。「納品書には何とでも書けますから。家庭に必要な品々をこの私が知らないとでも？」

そして商人は彼女をじっと見つめながら、二枚の長い書類を手にすると、指ではさんでそれを滑らかに動かした。最後に、彼は財布を開けると、テーブルの上に四枚の約束手形を並べたが、それぞれ千フランの額だった。

「これに署名を」と彼は言った。「そしてお金はすべてお取りになればいい」

彼女は憤慨して、激しく抗議した。

「しかし、このように金を余らせて差し上げるのですから」とルルー氏はしゃあしゃあと答えた。「お役に立ちますよね、あなたの？」

そして、ペンを取ると、彼は先の納品書の下にこう記した。

《ボヴァリー夫人より四千フランを領収いたしました》

「何を心配なさるのですか？　だって六か月後にはあのあばら屋の未払い金を受け取られるのですし、いま署名された手形の支払期日は、その金の支払われる後に設定してあるのですから」

エンマは勘定に少しもたつき、彼女の耳には、まるで袋からあらわになった金貨が自分のまわりの寄せ木張りの床にこぼれて鳴り響いているようだった。とうとうルルーが説明したところによれば、自分にはルーアンで金貸しをしているヴァンサールという友だちがいて、その男がこの四千フランの手形を割り引いてくれるだろう、そしてこうした実際の債務から余らせた金を、自分がこの手で奥さまに渡すことにする。

ところがルルーは、二千フランではなく千八百フランを持ってきたのだが、というのも友人のヴァンサールが（当然のように）そこから手数料と割引料として二百フラン差し引いたからだった。

それから彼は無造作に受領書を求めた。

「お分かりでしょう……商売の方面では……ときどき……それから日付も、お願いします、日付です」

実現可能な空想の視界がそのときエンマの前に開けた。彼女は慎重を期して千エキュ〔三千フランに相当〕には手をつけずにおき、最初の三つの手形が支払期限をむかえても、それで支払ったが、思いもかけず、ある木曜日に四つ目の手形が家にとどくと、シャルルは気が動転して、妻の帰りをじっと待ち、説明を求めた。

自分がこの手形のことを伝えなかったのは、家庭の気苦労を彼にかけたくなかったからで、彼女は夫の膝に乗り、愛撫し、甘くささやき、ツケで買った入り用な品物をことごとくながながと数え上げた。

「とにかく、これだけ買ってのことなら、高すぎるわけじゃないと認めてくれるわね」

シャルルは、アイデアも底をついて、やがていつものルルーに助けを求めると、この男は、もし二通の手形に先生が署名してくれれば、万事うまく収めると誓ったが、手形の一つは三か月後に支払期限のくる七百フランのものだった。必要に迫られると、なんとか都合をつけようとして、シャルルは母親に悲痛な手紙を書いた。母親は返事をよこす代わりに自らやって来て、そして、なにがしか出してもらえたかエンマが知りたがると、

「ああ、でも」と夫は答えた。「納品書によく目を通したいと言うんだよ」

翌日、夜が明けると、エンマはルルー氏の店に駆け込み、千フランは超えない明細書をもう一通つくってくれるよう頼んだが、それというのも、四千フランの明細書を見せれば、そのうち三分の二はすでに払ったと言わねばならず、結果として、商人がうまく運んでくれた交渉なのに、不動産を売却したと打ち明けねばならないからだが、

このことがじっさい知れわたったのは、だいぶ経《た》ってからにすぎなかった。

それぞれの品物の値段はとても安かったが、出費がかさみすぎるとボヴァリー老夫人が気づかないはずはなかった。

「絨毯くらいなくても済まなかったのかね？　なんでまた肘掛椅子の布を張り替えたのかね？　わたしらのころは、肘掛椅子なんぞ、一家にたった一つで、年寄りのためでしたよ――少なくとも、わたしの母親の家ではそうでしたよ、母さんは本当に誠実なひとでした――だれもが金持ちのようにできるわけじゃないさ！　どんな財産だって浪費すりゃもたないさ！　お前さんのように自分を甘やかしていたら、わたしなんか恥ずかしくなっちまうよ！　しかしこのわたしだって、年をとって、面倒をみてもらう必要があるというのに……なんていうこと！　なんていうこと！　部屋の模様替えときたら！　気取った飾りときたら！　何ですって！　裏地に使う絹が、二フラン！……それにしたって十スー〔二分の一フラン〕も出せば、いや八スーだって、ジャコネット〔薄地の平織綿布〕が見つかるし、それで申し分なくちょうどいいのさ」

エンマは二人掛けのソファーにそっくり返って、できるだけ落ち着いて言い返した。

「ねえ！　お母さま、やめて！　もうやめて！……」

相手は彼女に説教をつづけ、このままじゃ二人は施療院〔かつて、貧困者や老人などを無料で世話した〕で死ぬ破目になるだろうと予言した。そもそもは、ボヴァリーが悪い。幸いにも、あの委任状を取り返すって約束してくれたからまだしも……。

「何ですって？」

「そう！　この子はわたしに誓いましたよ」と老夫人は答えた。

エンマは窓を開けて、シャルルを呼び、あわれな息子は母親に約束させられたと白状せざるを得なかった。

エンマは姿が見えなくなり、やがてすぐにもどってくると、姑《しゅうとめ》に厳かに大きな一枚の紙を差しだした。

「ありがとう」と老夫人は言った。

そして暖炉に委任状を投げ込んだ。

エンマは笑いはじめたが、その笑いはきんきんと響き、甲高く、切れ目もなく、ヒステリーの神経発作だった。

「あっ！　とんでもない！」とシャルルは叫んだ。「ねえ！　まずいな、母さんも！　喧嘩《けんか》を売りに来るんだから！……」

母親は、肩をすくめて、これもみんな見せかけだよと主張した。

しかしながら、シャルルは生まれて初めて母親に盾突き、妻の肩を持ったので、ボヴァリー老夫人は帰ると言い張った。翌日になるとすぐに出発し、戸口で彼が引きとめようとすると、母親は言い返した。

「だめさ、だめよ！　お前はわたしより嫁がいいんだ、もっともだよ、分かっていたことさ。しかし、残念だが仕方ない！　あとで分かるよ！　達者で！……だって、お前の言うように、喧嘩を吹っかけに来ることはまずないからね」

シャルルはエンマに向かい合ってもやはり同じようにしょげ返っていて、彼女はそれまで夫に対して抱いていた恨みを少しも隠さなくなり、すっかり信頼もしなくなり、何度も頼み込んでからようやく、彼女は委任状を受け取り直すのに同意し、彼は妻についてギヨーマン氏の事務所にまで出向き、まったく同じもう一通の委任状を作成してもらったのだった。

「分かりますよ」と公証人は言った。「学者は生活の実際的な些事《さじ》に引きずり込まれるわけにはまいりませんからな」

そしてシャルルは、このさも優しげな物言いに気が楽になったのだが、その言葉が、自分の弱みを高尚な先入観という有難い外見でくるんでくれたからだった。

次の木曜日に、いつものホテルの自分たちの部屋で、レオンといっしょにどれくらい羽目《はめ》を外したことだろう！　彼女は笑い、泣き、歌い、踊り、シャーベットを取り、煙草を吸いたがり、レオンにはむちゃに思われ、ほれぼれとして、素晴らしかった。

彼女の全存在にどんな反発が生じて、エンマはこうしていっそう生の享楽《きょうらく》にのめりこもうと駆り立てられるのか、彼には分からなかった。彼女は怒りっぽくなり、飲み食いに目がなくなり、扇情的になり、そして、レオンと町なかを昂然《こうぜん》とのし歩き、彼女が言うには、評判を危うくするなんて平《へい》ちゃらだった。しかしながらときどき、ロドルフに出くわすかもしれないと不意に思い立つと、彼女の全身に震えが走り、というのも、二人は永久に別れたとはいえ、その依存から自分が完全には自由になっていないように思われたからだ。

ある晩、彼女はヨンヴィルに帰らなかった。シャルルはそのことにうろたえ、幼いベルトはお母さまが帰るまで寝ないと言い、胸がつぶれるほどしゃくり上げて泣いた。ジュスタンは当てどなく街道へ飛び出していった。オメー氏さえ薬局から出て来た。

とうとう十一時になると、もうじっとしていられず、シャルルは軽装二輪馬車に馬をつけ、飛び乗り、馬に鞭をくれて、午前二時ごろに「赤い十字」に到着した。だれもいない。ひょっとしたら書記が妻を見かけたかもしれない、と考えたが、どこに住んでいるのか？　幸いにも、シャルルは書記の主人の住所を思い出した。そこに駆けつける。

日が昇りはじめた。玄関の上部に公証人事務所を示す盾形標識が見分けられ、彼は玄関をたたいた。戸も開けてくれずに、訊ねた書記の住所をだれかが叫びながら、こんな夜なかに人騒がせな輩《やから》に対しこっぴどく罵《ののし》りを加えた。

書記が住んでいる家には呼び鈴もノッカーもなく、門番もいなかった。シャルルは庇《ひさし》のある窓をがんがん拳《こぶし》でたたいた。たまたま警官が通りかかり、そこでシャルルは怖くなり、立ち去った。

「おれもどうかしている」と彼は思った。「おそらく、ロルモーさんのところで夕食にひきとめられたのだろう」

ロルモー一家はもうルーアンに住んではいないか。

「デュブルイユ夫人の看病でもして居残ったのかもしれない。えっ！　デュブルイユ夫人は十か月前に死んでいるぞ！……いったいどこにいるのだろう？」

ふと思いついた。カフェに入ると、「人名録」を持ってきてくれるよう頼み、そして、急いでランプルール嬢の名前を探すと、ルネル＝デ＝マロキニエ通り七十四番地に住んでいる。

その通りに足を踏み入れると、向こうの角にエンマその人の姿が現れ、彼は抱きしめるというより飛びつくようにしながら、叫んだ。

「昨日はだれに引き止められたのかな?」

「わたし、気分が悪くなって」

「どこの具合が?……どこで?……どんなふうに?……」

彼女は額に手を当て、答えた。

「ランプルールさんのところで」

「きっとそうだと思った! いま行くところだった」

「まあ! それには及びません」とエンマは言った。「先生はさきほどお出かけになったところよ、でも、これからは安心してください。こんなふうにちょっと遅れたくらいで大騒ぎされては、気兼ねしてしまって、分かるでしょ」

これで遠慮なく義務やモラルから逃れる一種の許可を、彼女は手にしたようなものだった。だから彼女は存分にたっぷりとこの許可を利用した。レオンに会いたくなると、彼女はなんでも口実にして出かけたが、そんな日には彼のほうで待っていないので、彼女は事務所までむかえに行った。

はじめのうちは大歓《おおよろこ》びだったが、やがて彼も本当のことをそれ以上隠しておけず、すなわち、そうした仕事の邪魔に主人がひどく不満をもらすというのだった。

「あら! そんなこと! さあ、いらっしゃいよ」と彼女は言うのだった。

そしてレオンは抜け出した。

彼女はレオンに黒ずくめの服を着せたがり、ルイ十三世に似せて、顎《あご》にとがったひげを生やしてもらいたがった。彼の住まいに行きたがり、見ると平凡だと言い、彼は赤面したが、そんなことにはおかまいなく、彼女はやがて、自分の部屋と同じカーテンを買うよう勧め、出費がかさむと反論されると、

「あら！　あら！　こまかいお金にご執着ね！」と彼女は笑いながら言った。

会うたびに、レオンはこの前の逢瀬から何をしていたか、もらさず彼女に報告しなければならなかった。エンマは詩を贈ってほしいと言い、それも自分にささげる詩を、自分をたたえた恋の詩を求めたが、レオンは二行目に来る脚韻を見つけることがどうしてもできず、しまいには贈答本《キプセック》〔一八二五年ごろ、英国から伝わりロマン主義時代にフランスで流行る〕に見つけたソネットを丸写しした。

見栄《みえ》からそうしたというより、一途《いちず》に彼女に気に入られたいと思えばこそだった。レオンは彼女の考えには異を唱えず、彼女の趣味はすべて受け入れ、エンマが彼の愛人というより、レオンが彼女の愛人になっていた。彼女に甘い言葉をささやかれ、接吻《せっぷん》をされると、彼の魂は持ち去られてしまうのだった。じつに深々と秘められていたせいでほとんど形をとることのなかったこうした爛熟《らんじゅく》ぶりを、いったいどこで彼女は

身につけたのだろうか？

6

彼女に会いに村まで出向いてくると、レオンはよく薬剤師の家で夕食をごちそうになり、礼儀上、こちらからも薬剤師を招かざるを得ないと思うようになっていた。

「よろこんで！」とオメー氏は答えた。「それに、いささか英気を養わねばならん、なんせここに閉じこもってばかりですからな。芝居でも見て、うまいものでも食って、ぱっと羽目を外すとしましょう！」

「まあ、あなた！」と、夫がやる気になっているなんだか分からない無茶《むちゃ》にたじろぎ、オメー夫人はやさしくつぶやいた。

「おいおい、何だって？　薬剤の放つ毒気に絶えずさらされて日を送っていて、わしの健康がそこそこどころではなく損なわれていると思わんのか！　しかも、それが女というものの特徴だろうが、こちらが仕事に精を出せば学問に嫉妬し、やがてこちらがごくごく正当に気晴らしでもしようとすると反対するのだ。なに、かまいません、当てにしてください、そのうち、ルーアンにふらっと姿をみせますよ、ひとついっしょにゲンナマをすっかりぶちまけるとしましょう」

　昔だったら、薬剤師もそのような言葉づかいは差し控えただろうが、いまではパリ風のはしゃいだ流儀に凝り固まり、それが最上の趣味と思い込み、そして、隣人のボヴァリー夫人と同じく、首都《みやこ》のしきたりを知りたがって書記にうかがいを立て、村の俗物たちを……煙《けむ》に巻こうと隠語を話す始末で、チュルヌ〔ねぐらの意〕とか、バザール〔売春宿の意〕とか、シカール〔イケてるの意〕とか、シカンダール〔超イケてるの意〕とか、ブレダ＝ストリート〔売春街の意〕とか、立ち去ると言えばいいのに、ずらかると言った。

　だからある木曜日、「金獅子」の調理場で旅支度のオメー氏に出くわし、彼女はびっくりしたのだが、その出で立《い》ちとは、だれも見たことのない古いマントに身をくるむ一方、片手に旅行鞄《かばん》を提げ、もう片方の手に薬局で使っている裏に毛皮のついた足温袋を持っていた。自分の不在が客の連中を不安にさせてはいけないと思い、彼はだれにもこの計画を打ち明けていなかったのだ。

　青春時代を過ごした場所にふたたび見《まみ》えるという思いにおそらく高揚したのか、なにしろ薬剤師は道すがらずっとあれこれまくし立て、やがて着いたとたん、すばやく馬車から飛び降り、レオンを探しはじめ、そして、書記がどれほど抵抗しようが無駄で、オメー氏は書記を引っ張って大きなカフェ「ノルマンディー」に行き、そこに帽子もとらずに堂々と入り、だれもが集まる場で帽子を脱ぐのはじつに田舎くさいと見なしていた。

エンマは四十五分もレオンを待った。とうとう事務所にまで駆けつけ、あれこれさかんに推測して、そのつれなさを詰《なじ》り、自分自身の弱さを責め、ホテルの部屋の窓に額を押し付けたまま午後を過ごした。

男どうしは二時になってもまだ互いに向き合って食卓についていた。ホールも空《す》いてきて、ヤシの木の形をしたストーブの煙突が、白い天井のところで、束ねられた金色の葉先に丸み《カーブ》をつけていて、そして、二人のそばには、ガラスの面のこちらに差し込む日射《ひざ》しを浴びて、大理石の鉢にごぼごぼと水が噴きこぼれ、その鉢に盛られたクレソンやアスパラガスのあいだに、三匹のオマール海老《えび》が動かなくなって、山と積まれたウズラのほうにまで、横向きに長々と身を横たえていた。

オメーは深い歓びを感じていた。ごちそうよりも豪華さに陶然となっていたが、それでもポマール〔ブルゴーニュのコート・ド・ボーヌの中心地、力強い秀逸な赤ワインで有名〕の赤ワインが彼のしゃんとした判断力をいささか興奮させ、ラム酒入りオムレツが出るころには、女性についてみだらなご高説を繰り広げた。なによりもぐっと心をとらえるのは、シックかどうかだ。調度のよい部屋にエレガントな装《よそお》いと来たら、こたえられない、身体《からだ》つきで言うなら、むっちり、薬剤師は飲み、食べ、しゃべりも悪くない。

レオンは絶望にかられて掛け時計をじっと見つめた。薬剤師は飲み、食べ、しゃべりまくった。


「君もきっと」と薬剤師はとつぜん言った。「ルーアンではさぞかし不自由しているんだろう。もっとも、君の恋はそう遠くにはないと踏んだが」

そして相手が赤くなると、

「さあ、率直に行きたまえ！　ヨンヴィルじゃないとでも言うのかな……？」

青年は口ごもった。

「ボヴァリー夫人の家で、言い寄ってはいないかね……？」

「いったいだれに？」

「女中にだよ！」

オメーはふざけているのではなかったが、しかしいかなる慎重さよりも自尊心が勝ったレオンは、思わず叫んだ。そもそも、褐色の髪の女しか好きじゃない。

「君に賛成だな」と薬剤師は言った。「そういう女のほうが色好みだな」

そしてオメーは友の耳もとに身を乗りだして、色好みの女に認められる兆候《きざし》の数々を教えた。民俗学的な余談にまで発展したが、ドイツ女は靄《もや》がかかったようで、フランス女はみだらで、イタリア女は情熱的だ。

「では、黒人の女はどうです？」と書記が訊いた。

「芸術家好みってとこかな」とオメーは答えた。――「ボーイさん！　食後のコーヒー、二つ！」

「出ませんか？」とついにレオンはがまんできずに言った。

「イエス」

しかしオメーは帰る前に、店の主人に会いたいと言い、あれこれ賛辞を述べた。

そこで青年は、一人になりたくて、用があると言い立てた。

「そりゃ！　送って行くよ！」とオメーは言った。

そして、いっしょに通りを下りながら、薬剤師が話題にしたのは妻のこと、子供たちのこと、その将来のこと、自分の薬局のことで、店がどれほどはるかにさびれていたかを語り、自分が店をどれほど完璧《かんぺき》な状況にまで押し上げたかを語った。「ブローニュ・ホテル」の前まで来ると、レオンは不意に薬剤師と別れ、階段を駆け上がってゆき、恋人の姿を見ると、ひどく動揺していた。

薬剤師の名前を耳にすると、彼女はいきり立った。それでも、彼はもっともな釈明を積み重ねた、これは自分のせいではないし、オメー氏がどんな人間か分かるでしょう？　そもそもこの自分があの男といっしょのほうがいいなんてどうして思うことができるのか？　だが彼女は顔をそむけ、レオンは彼女を押しとどめ、そして、くずおれて膝《ひざ》をつき、彼女の腰に両手をはわせると、情欲と哀願に充《み》ちた悩ましげな姿勢となった。

　彼女は立ちつくし、その大きな瞳《ひとみ》は熱情に燃え、レオンを真剣に見つめていて、ほとんどすさまじいほどだった。やがて涙があふれてかすんで見え、バラ色のまぶたをおろすと、彼女は両手をゆだね、レオンはその手に唇を寄せたのだが、そのときホテルのボーイが現れ、旦那《だんな》さまに面会の方があると知らせたのだった。

「もどってくるわね？」と彼女は言った。

「ええ」

「でもどれくらいで？」

「ほどなく」

「一計を案じたのさ」と薬剤師はレオンの姿を見ると言った。「ここの用事というのが迷惑そうに見えたから、途中で切り上げさせようと思ったんだ。ブリドゥーのところに行って、ガリュス〔シナモン、ナツメグ、サフランをアルコールに溶かした薬用酒、健胃薬〕を一杯やろうじゃないか」

　レオンは事務所に帰らねばならないときっぱり言った。すると薬剤師は、訴訟の一件書類や形式的書類について冗談を言った。

「なんてことだ、キュジャス〔フランスの法学者（一五二二─九〇）〕やバルトリ〔イタリアの法学者（一三一三─五六）〕の徒などほっときたまえ！　邪魔するのはだれだ？　勇敢にやりたまえ！　ブリドゥーのところに行こう、犬がいるからね。じつに変わってるんだ！」

そして書記がずっと強情を張るので、

「じゃあ、わしも事務所に行くとしよう。君の用事が終わるまで、新聞でも読むか、法典のページでもめくっているよ」

レオンは、エンマの怒りとオメー氏のおしゃべりに茫然《ぼうぜん》となり、おそらく昼食のもたれも手伝ったのか、決めかねたままで、まるで薬剤師の幻惑《じゅもん》にでも射すくめられたかのようで、その薬剤師は繰り返した。

「さあブリドゥーのところへ行こう！　マルパリュ街〔ルーアンの中心街〕といえば、目と鼻の先だ」

そうしてレオンは、ふがいなくも、愚かにも、嫌でたまらない好意にこちらをぐいぐい引きずり込んでゆくあの名状しがたい感情によって、ブリドゥーの家に連れて行かれ、そして、見ると小さな庭先で、三人がかりで男たちがセルツ水製造機の大きな動輪をはあはあ言いながら回していて、これをブリドゥーは監督していた。オメーは連中に助言を与え、ブリドゥーと抱擁を交わすと、ガリュスが出された。レオンは何度も帰ろうとしたが、その腕を薬剤師は差し押さえながら言った。

「もうちょっと！　わしも帰るから。『ルーアンの灯火《ともしび》』社に行って、社の連中に会おうじゃないか。トマサンに君を紹介するよ」

それでもレオンはなんとか厄介払いをすると、一っ飛びにホテルまで駆けもどった。もうそこにエンマの姿はなかった。

彼女は激しく苛立《いらだ》って、帰ったところだった。いまではあの男が憎かった。このように逢瀬をすっぽかされては侮辱もはなはだしく思われ、彼女はレオンから心を引き離す理由をほかにもさらに見つけようとし、あの男には勇敢なところがなく、脆弱《ぜいじゃく》で、凡庸で、女よりも腰抜けで、それに金に細かくて、臆病《おくびょう》だ。

やがて、気がしずまってみれば、彼女はレオンをたぶんそしりすぎたことにやっと気づいた。しかし、こちらがずっと愛している人を誹謗《ひぼう》すれば、そのぶん少しだけその人から心が離れる。偶像には手を触れてはいけない、その金箔《きんぱく》が触れた手についてしまう。

二人は自分たちの恋とは無関係なものごとについていっそうよく語り合うようになり、そして、エンマから彼に送る手紙でも、花とか詩とか月とか星が話題にされたが、それは外にあるものの力をできるだけ借りて、冷めかかった情熱の勢いを激しくしようとする率直な手立てだった。彼女は、次の逢瀬でこそ、この上ない深い幸福をと絶えず期待をかけるのだが、やがて過ぎてみれば、特別のことは何も感じられなかったと認めるしかなかった。そうした失望もすぐに消えて、新たな希望を抱き、エンマは男のものとなるのだが、いっそうむさぼり餓《かつ》え、いっそう燃え上がるのだった。手荒に服を脱ぎ、コルセットの細紐《ひも》を引き抜くと、紐は腰のまわりをめぐり、しゅしゅっと蛇のすり抜けるような音がした。彼女は裸足《はだし》のまま爪先《つまさき》だって、ドアが閉まっているかもう一度たしかめに行き、それから、さっといっぺんにすべての衣服をまとめて落とし、――そして、青ざめた顔をして、何も言わずに、真顔で、男の胸に崩れ落ち、すぐにはわななきがとまらない。

しかしながら、冷えた汗の粒を浮かべるその額にも、たどたどしく何かを訴えるその唇にも、宙にさまようその瞳にも、抱きしめてくるその腕にも、何かぎりぎり極端な、得体《えたい》の知れない、不気味なものが秘められていて、その何かが二人のあいだに忍び入ってくるのに、捉《とら》えがたく、まるで二人を割こうとでもするようにレオンには思われてならなかった。

彼にはあえてエンマに訊いてみる勇気はなかったが、彼女がこれほどにも経験豊かな女だと気づくと、苦しみも歓びも一切の試練を体験しているにちがいない、と思われた。かつては自分を魅了したものに、いまではいくらかたじろぐのだった。それに、日ごとにますます、自分であることが吸い取られてゆくようで、レオンには腹立たしかった。こうしていつも勝ち誇るエンマを恨みがましく思った。もうつとめてエンマなんか深く愛さないようにしようとしても、やがて彼女の深靴《アンクルブーツ》のみしみし踏む音が聞こえると、自分の意気地が怯《ひる》む気がして、まるで強い酒を目にした酒飲みのようになるのだった。

たしかに、彼女は欠かさずレオンにはあれこれいろいろと気づかいを示し、凝った食べ物から洒落《しゃれ》たおめかしや悩ましげな目つきにまで及んだ。ヨンヴィルからバラの花をドレスの胸にうずめて持ってきて、レオンの顔に向かって投げつけたり、彼の健康を案じたり、素行について助言したり、そして、彼をいっそう引き止めておこうとして、おそらく天の加護も期待してだろうか、聖母マリアのお守り《メダル》を彼の首のまわりにかけた。まるで立派な母親のように、彼女はレオンの仲間のことまで訊《き》きだした。

彼女は言うのだった。

「そんな人たちとは会わないで、外出はやめて、わたしたちのことだけ考えてね、わたしを愛して！」

彼女はレオンの生活を見張ることができればいいのにと思い、だれかに通りを行くその後をつけさせるという思いさえ浮かんだ。いつもホテルの近くに浮浪者のような男がいて、旅行客と見ると寄ってくるが、この男なら断るまい……だが彼女の自尊心が逆らった。

「なに！　仕方ないじゃないの！　だまされたって、かまわないわ！　わたしとしたことが、そんなことに執着するなんて？」

ある日、二人が早めに別れて、彼女が大通りをひとりもどってくると、昔いた修道院の寄宿女学校の塀が見え、そこでニレの木陰にあるベンチに腰を下ろした。あのころは何と安らいでいたことだろう！　書物をもとに、言いようのない恋の思いを一生懸命に想像しては、それをどんなにうらやましく思ったことだろう！

結婚当初の数か月は、馬に乗って森を散歩した、子爵《ししゃく》さまとワルツを踊った、ラガルディの歌も聞いた、何もかもがふたたび目の前を通り過ぎた……そしてレオンの姿もとつぜん、ほかの人たちと同じ遠景に退いたように思われた。

「それでもこんなにあの人を愛しているのに！」と彼女は思った。

それがなんだというのか！　自分は幸福ではない、一度だって幸福だったことはない。いったいなぜこのように人生が充ち足りないのだろう、いったいなぜ自分の頼るものがあっという間に腐敗してしまうのか？……しかし、もしもどこかに強くて美しい人がいてくれたら、胸の高揚と洗練にあふれた勇敢な人がいてくれたら、哀愁を帯びた祝婚歌を天に向かって奏《かな》でてくれる堅固な弦の竪琴《たてごと》のように、天使の姿に詩人の心を持った人がいてくれたら、ひょっとしてそんな人に自分だって出会わないことがあるだろうか？　ああ！　なんてあり得ないことだろう！　そもそも、この世にわざわざ求めるに値するものなんて何ひとつない、何もかも嘘っぱちよ！　どんな微笑にも退屈のあくびが、どんな歓びにも呪《のろ》いの言葉が、どんな快楽にも嫌悪《けんお》が秘められていて、最高の口づけさえこちらの唇に残すものといったら、もっと高い逸楽を欲してしまう叶《かな》わぬ欲望なのだ。

金属的なしゃがれ声が空をゆっくり過《よ》ぎると、寄宿女学校の鐘が四つ聞こえた。四時だ！　とても長い時間、ここのベンチに自分がいるように思われた。しかし、群衆が狭い場所にひしめくように、無限の情熱が一瞬のうちにこめられることもある。

エンマは自分の情熱にすっかり心を奪われ日を送っていて、大公妃のように金のことなど気にかけなかった。

ところがあるとき、禿《は》げ頭で赤ら顔の貧弱な風采《ふうさい》の男が彼女の家に入ってきて、ルーアンのヴァンサール氏からの使いだと名乗った。緑の長いフロックコートの脇《わき》ポケットを留めてふさいでいるピンを外し、袖《そで》に留めると、ていねいに一通の書類を差しだした。

それはエンマの署名した七百フランの手形で、ルルーがあんなに堅く誓っていたのに、ヴァンサールに譲渡してしまったものだった。

彼女はルルーのところに女中を行かせた。うかがうことはできない。

すると、突っ立ったままの見知らぬ男は、ブロンドの太い眉毛《まゆげ》の陰からあちこちに物見高い視線を向けながら、素朴な様子で訊ねた。

「ヴァンサール氏にはどうご返事いたしましょう？」

「そうね」とエンマは答えた。「いま持ち合わせがないから……来週にしてちょうだい……それまでお待ちくださいって……言ってちょうだい……ええ、来週まで」

そして男はひと言もいわずに帰った。

しかし、翌日の正午に、彼女は拒絶証書〔手形・小切手の権利の行使に必要な行為をしたのに、支払いを拒絶されたことを証明する公正証書〕を受け取り、そして、証印を押された書類を見ると、そこにはいくつも繰り返して大きな字で「ビュシー町の執達吏〔執行官の旧称〕アラン」とこれ見よがしに書かれていて、彼女はひどく怯《おび》えてしまい、大急ぎで布地商人のところに駆けつけた。

見ると、商人は店にいて、包みにひもをかけている最中だった。

「いらっしゃいまし！」と彼は言った。「ご用を承ります」

それでもルルーは十三歳くらいの娘に手伝わせて仕事をやりつづけ、娘は少し猫背で、店員と女中の役目をはたしていた。

やがて、店の床板に木靴を響かせながら、商人は夫人の前に立って二階へと上がり、狭い事務所に招き入れたが、そこにはモミ材の大きな机があって、その上にいくつもの帳簿が並び、水平に渡した鉄の枠に守られていて、その枠には南京錠《ナンキン》がかけられていた。壁ぎわの、インド更紗《サラサ》の端切《はぎ》れを積んだ下に金庫がちらっと見えたが、そのやたらな大きさからして、なかには手形や現金とは別のものも入っているにちがいない。事実、ルルーは担保をとって高利で金を貸していて、そこにボヴァリー夫人の金の鎖も入っていたし、あのかわいそうなテリエ爺《じい》さんのイヤリングも入れてあって、この爺さんはカンカンポワに小さな乾物屋を買って営んでいたのだが、とうとう店を手放す破目となり、いまではまわりに置いてあるロウソクよりも黄色い顔をして、持病の気管支カタルで死にかけていた。

ルルーは自分用の藁《わら》をつめた大きな肘掛椅子《ひじかけいす》に腰を下ろして、言った。

「何か変ったことでも？」

「これです」

そして彼女は書類を見せた。

「いやあ、この私に何ができるというのでしょう？」

そう言われて、彼女はかっとなり、手形はほかに流さないという商人の約束を持ちだしたが、そのことは彼も認めた。

「でもこっちだって、そうせざるを得なかったんですよ、喉《のど》もとにナイフを突きつけられたような状態で」

「それで、これからどうなりますの？」と彼女はふたたび言った。

「ああ！　言うまでもないですな、裁判所の判決が出て、それから差し押さえ……で、い、い、い、い、い、どうしようもありません！」

エンマは相手を引っぱたきたいのをぐっとこらえた。ヴァンサール氏をなだめる方法はないのかと、彼女は静かに訊いた。

「そうなんですな！　ヴァンサールをなだめるとは、やつをご存じないからですな、アラビア人より冷酷ですよ」

それでも、ルルーさんに口を利《き》いてもらわなければならない。

「まあお聞きください！　今日《こんにち》まで、奥さまにはいろいろよくしてまいったように思うのですが」

そして、帳簿の一つを広げて見せながら、

「これを！」

そうして、指でページを上になぞりながら、

「ほら、ちょっとこれを……ちょっと……八月三日、二百フラン……六月十七日、百五十フラン……三月二十三日、四十六フラン……四月……」

商人はそこでやめたのだが、なにかへまでも出てくるのを恐れているかのようだった。

「それに何も申し上げませんが、旦那さまの署名なさった手形もございまして、一つは七百フランともう一つは三百フランです！　奥さまの細々《こまごま》とした手付金の分にしても、利子の分にしても、きりがありませんし、わけが分からないくらいです。お節介をやくのももうこのくらいで！」

彼女は泣きだし、この男のことを「親切なルルーさま」とさえ呼んだ。しかし彼はきまってあの「こすいヴァンサール」で済ませた。それに、自分は一銭も持っていないし、いまではこちらへの支払いをだれも果たさず、自分こそ食い物にされて、手前のような商売人には前貸しなどとてもできない相談だ。

エンマは黙り込み、そして、ルルーは鵞《が》ペンの羽枝《うし》〔羽軸の左右にのびる板状の部分〕を軽くつかんでい

たが、おそらく彼女の沈黙が不安になったのだろう、なにしろこう言葉を継いだから
だった。
「とにかく近いうちにいくらかでも受け取る金がありましたら……なんとかこちらも
……」
「何ですと？……」
「そもそも」と彼女は言った。「バルヌヴィルの未払い金さえ入れば……」
そして、ラングロワがまだ完済していないと聞いて、彼はひどく驚いたように見え
た。やがて、いやに甘ったるい声で、
「取り決めるとして、お考えでも……？」
「あら！　あなたのよいように！」
するとルルーは目を閉じて思案し、いくつか数字を書きまくり、たいそう難儀だ、
こいつは厄介だぞ、血の出るような犠牲を払うことになると口にしたが、それぞれ支
払い期限を一か月置きにした二百五十フランの手形を四通、口述どおりに書かせた。
「ヴァンサールがこちらの言うことを聞く気になってくれさえすれば！　もっとも、
奥さまとはこれで一致ですな、わしはぐずぐずしませんから、リンゴが丸いくらい単
刀直入でして」

それから、ルルーは無造作にいくつか新入荷の商品を彼女に見せたが、自分の意見では、奥さまにふさわしいものは一つもない。

「こんなドレス生地が、堅牢《けんろう》染めの保証つきで、一メートル七スーとは驚きですな！　それでもそれをみなさん鵜《う》呑《の》みにされますな！　お察しのように、そうして買われた連中に本当のことなど言いませんがね」と、ほかの客へのこうした下劣な告げ口によって、自分の実直さを彼女に納得させようという魂胆だった。

それからルルーは帰る彼女を呼び止め、最近「ある差押え品競売で」見つけてきた三オーヌ〔布の計測に用いられる昔の長さの単位で、一オーヌは約一・二メートル〕ほどのギピュールを見せた。

「見事でしょう！」とルルーは言った。「このごろでは肘掛椅子の頭部に使われる方が多くて、それが流行《はやり》なんですな」

そして、手品師でも舌を巻く手際《てぎわ》よさで、商人はギピュールを青い紙に包むと、エンマの手に押し込んだ。

「せめて、お値段くらい知らないと……？」

「ああ！　のちほど」とルルーは答えて、くるりと彼女に背を向けた。

その晩さっそく、彼女はボヴァリーを急《せ》かせて母親に手紙を書かせ、遺産相続の未払い分をそっくり送ってくれるように頼んだ。姑《しゅうとめ》からは、もう何もないと返事があり、清算はもう済んでいるし、二人に残されたのは、バルヌヴィルのほかには六百リーヴル〔ほぼフランと同じ〕の年金だけで、これについてはきちんと支払う。

　そこで夫人は二、三の客に請求書を送り、やがてこの方法をさかんに用いたが、これがうまくいった。彼女はきまって「主人にはご内密に願います、ご承知の通り、誇りだけは高いので……申し訳ありません……かしこ……」という追伸を添えるように心がけた。苦情もいくらかはあったが、彼女が握りつぶした。

　金をつくるために、彼女は古い手袋も、古い帽子も、古くなったがらくたまで売るようになり、そして、とことん値段をふっかけて――親譲りの百姓女の血のせいで勝利を手にした。そうして、ルーアンの町に行くとなれば、つまらない骨董品《こっとうひん》を買いあさるとしよう、ほかに買い手が見つからなくても、ルルーならきっと引き取ってくれるだろう。彼女は自分用にも、ダチョウの羽根や中国磁器や櫃《ひつ》〔ふたがカマボコ形で革張りも多く、衣装箱として使われる〕を買い、フェリシテからも、ルフランソワの女将《おかみ》からも、「赤い十字」の女主人からも、だれかれかまわずどこからでも金を借りた。ようやくバルヌヴィルの金を受け取ると、彼女は手形を二つ決済したが、残った千五百フランは使い果たした。彼女はまた借金をし、ずっとそんな具合だった。

　たしかに彼女は、ときに借金の計算をしてみることはあったが、とんでもない状況がさらけ出されて、信じられない。そこでやり直すと、すぐにこんがらかって、すべてを投げ出し、もうそんなことを考えなかった。

いまや家のなかはじつに陰気になった！　怒り狂った顔をして出入りの商人たちが家から帰ってゆく姿が見られた。かまどの上にハンカチが垂れ下がったままで、そして、オメー夫人の顰蹙《ひんしゅく》を大いに買ったのだが、娘のベルトは穴のあいた靴下を履いていた。シャルルが遠慮がちに注意でもあえて口にしようものなら、彼女はずけずけと自分のせいではない、と答えた！

妻のこうした態度はどうしてだろう？　シャルルはすべてをかつての神経症のせいにし、そして、妻の持病を至らぬところと思ってしまった自分をとがめ、自分の身勝手を責め、駆け寄って接吻してやりたかった。

「ああ！　よそう」と彼は思うのだった。「どうせ嫌がられてしまうだろう！」

そしてシャルルは思いとどまった。

夕食後、彼はひとりで庭を散歩し、ベルトを膝に乗せ、医学雑誌を広げて、字を教えようとした。勉強などしたことのない娘は、すぐに大きな瞳を悲しそうに開き、泣きだした。すると彼は娘をあやし、娘のためにジョウロに水を入れてきて、砂の上にまいて川をこしらえ、あるいはイボタノキ〔モクセイ科の落葉低木〕の枝を折って花壇に挿し木した、そこらじゅう雑草がぼうぼうに生え放題だが、このくらいではは庭が台無しになることはない、それにしてもレスチブードワにも日当の払いがたんとたまっている！　やがて娘は寒がって、母親を求めた。

「ねえやをお呼び」とシャルルは言った。「いいかい、お前、お母さんは邪魔されたくないんだよ」

秋がはじまっていて、すでに葉が散りだしていて――エンマが病気を患《わずら》っていた二年前と同じだ！――いったいいつになったら、こんなことにケリが付くのだろう！……そしてシャルルは両手を背に組んで歩きつづけた。

夫人は自分の部屋にいた。だれも上がって行かなかった。彼女はそこに一日じゅうこもって、麻痺《まひ》したようになって、ほとんど着替えもせずに、ときどき、ルーアンのアルジェリア人の店で買ってきたハーレムの練り香を焚《た》いた。夜になれば、横になった夫にそばで眠ってもらいたくないので、さんざんいやな顔をしてみせ、とうとう彼女は夫を三階に追いやり、そして、自分は夜の白むまで常軌を逸した本ばかり読みふけり、そこでは乱痴気騒ぎの光景とともに流血沙汰《りゅうけつざた》も起こるのだった。よく恐怖にとらえられ、思わず叫び声を上げると、シャルルが駆け下りてきた。

「ああ！　行ってちょうだい！」と彼女は言った。

あるいは、またときには、本のなかの姦通《かんつう》が刺激したのか、胸の炎にひときわ強烈に身を焦《こ》がした彼女は、息づかいも激しく、興奮し、すっかり欲情にとらえられ、窓を開け、冷気を吸い込み、髪を風になびかせるのに、髪はあまりに重く、星々を眺めながら王公との恋を願うのだった。あの人のことを、レオンのことを思った。だから、自分を堪能《たんのう》させてくれる逢瀬《おうせ》の、それもたった一回のためでも、彼女は何を差しだしたってかまわないという気になっただろう。

その日こそまさに祝祭なのだ。その日だけは豪華であってほしい！　それでレオンが一人で払い切れないときには、彼女が気前よくその分を補ってやったが、それがほとんど毎回のことになった。もっとほかの、ずっと安いホテルに行っても、二人は同じように楽しめるとレオンは分かってもらおうとしたが、彼女はあれこれ言って反対した。

ある日、彼女はバッグから、金メッキした銀の小匙《こさじ》を六本取り出すと（それはルオー爺さんからの結婚祝いだった）、いますぐこれを公営質屋に自分の代わりに持って行ってくれと頼み、そして、レオンは従ったが、そんなやり方は気に入らなかった。自分の評判を危うくするのではないかと恐れたのだ。

それに、よく考えてみると、恋人の様子が奇異になったような気がして、自分を彼女から切り離そうとする向きがあるが、ひょっとしたらいわれのないことではないと思った。

というのも、だれかが匿名《とくめい》の長い手紙を青年の母親に送りつけ、息子さんが人妻に溺れていると知らせ、そして、ただちに老母は、一家の子供たちのおきまりの脅威を予見し、つまり得体の知れない性悪《しょうわる》な女、魔性の女、恋の深みに妖《あや》しくも棲《す》む怪物のような女だと漠然と理解し、息子の主人デュボカージュ先生に手紙を認《したた》めると、主人はこの件で申し分なく振る舞った。四分の三時間ほども青年を引きとめて、その迷いを覚まそうとし、深い落とし穴が待っていることを知らせた。そのような火遊びをつづければ、のちのちの開業にも障《さわ》る。主人はどうか切れてくれとレオンに強く頼み、自分自身のためにそんな犠牲が払えなければ、せめてこのデュボカージュのために！

ついにレオンは、エンマにはもう会わないと誓い、そして、その約束を守らなかったことで自分をとがめ、朝、ストーブのまわりで語られる同僚の冷やかしならまだしも、この女のせいで自分に及ぶかもしれない迷惑や悪口をことごとく考えてみた。それに、自分はこれから筆頭書記になろうとしていて、いまが正念場《しょうねんば》だ。だからこんなふうに浮かれて笛を吹いている場合じゃない、高揚した恋愛感情を捨て、夢想を捨てる——なにしろ凡人はだれしも、熱気あふれる青春期には、たとえ一日でも、一瞬にすぎなくても、華々しい情熱や高邁《こうまい》な企てが自分にはできると思うからだった。どんなに凡庸な放蕩者《ほうとうもの》でも、ハーレムの女たちくらいは夢見たことがあり、どんな公証人でも、自身のうちに詩人の亡骸《なきがら》くらいは秘めている。

いまでは、とつぜんエンマがこの胸にすがって泣きじゃくるのも煩《うるさ》く、そして、ある量の音楽までしか耐えられない人びとのように、その心も、恋の喧騒《けんそう》など聞き流してまどろみ、もはやそこから洗練された音を聞き分けはしなかった。

二人は互いに知りすぎてしまったので、相手を自分のものにしていても、歓びを百倍にもするはずの非常な驚きを抱けなかった。彼女がレオンに嫌気がさしたのと同じく、彼もエンマにうんざりしていた。エンマは不倫の恋のうちに、結婚生活の単調さをことごとく見いだしていた。

だがどうやってここから抜け出せるだろう？　やがて、彼女はこのような幸福にひそむ卑《いや》しさに屈辱を感じたものの、どうしようもなく、習慣からか退廃からか、そこに執着し、そして、日増しにいっそう夢中になり、幸福を過大に欲するあまり、かえっていかなる幸福をも涸《か》らせてしまった。自分の期待が潰《つい》えるたびに、まるで自分が相手に裏切られたかのようにレオンを責め、そして、彼女は二人を引き裂いてくれる不慮の事態さえ願ったが、なにしろ自分から別れを決心する勇気がなかったからだ。

それでも、女は必ず恋人に手紙を書かねばならないという思いのおかげで、彼女はレオンに恋文を書きつづけた。

だが、書いていると、彼女には別の男が感じられるようになり、それは自分の最も熱烈な記憶と最も心地よい読書と最も激しい欲望が作りあげた幻影で、そして、ついにはその幻影がじつに正真正銘の手のとどく男のようになったので、彼女はうっとりして打ち震え、それでもその男を明瞭《めいりょう》に思い描くことはできず、それほどありあまる属性をもっているせいか、男は異教の神さながらにつかみどころがないのだった。月の光に照らされ、花の香る風がそよぎ、絹の縄梯子《なわばしご》がバルコニーに揺れているような青くかすむ国にこそ、その男は住んでいる。彼女は男をそばに感じ、やがてやって来るだろう、するとたった口づけ一つで彼女のすべてをそっくり奪ってしまうだろう。そのあとに、彼女はばったり横に倒れ、へとへとになっていたが、というのも、おぼろではあっても、ほとばしる恋は大いに愛に耽《ふけ》ったときより彼女を疲れさせたからだった。

いままでは、彼女はひっきりなしに身体じゅうに痛みを覚えた。エンマはしばしば召喚状や証印の押された書類を受け取ったが、ろくに見もしなかった。できることなら、もう生きていたくなかったし、さもなければずっと眠っていたかった。
四旬節の中日〔四旬節の第三週目の木曜日で、仮装などしたカーニヴァルなどが行なわれる〕、彼女はヨンヴィルに帰らず、夜になって、仮面舞踏会に出かけた。ビロードのズボンに赤い靴下をはき、カトガン〔うなじのところでリボンで束ねた髪型で、十八世紀に流行〕のかつらをつけ、三角帽を斜めにかぶった。彼女は一晩じゅうトロンボーンのけたたましい音にのって踊り跳ね、彼女のまわりを人びとは取り巻き、そして、午前になって気づいてみると、劇場正面の列柱のところに、荷揚げ人足や水夫に変装した五、六人の連中に混じっていて、それはレオンの仲間らしく、夜食を食べに行く相談をしていた。

あたりのカフェはどこも満員だった。連中は河港におよそ安っぽいレストランを見つけると、そこの主人に五階の小さな部屋に通された。

男たちは片隅に集まってひそひそ話していたが、おそらく費用について相談したのだろう。レオンのほかに書記が一人、医学生が二人、店員が一人いたが、自分にとって何という連れだろう！　女たちについてはほぼ全員、声の響きから、最下層の身にちがいない、とエンマはすぐに気づいた。それで彼女は怖くなり、椅子を引いて、目を伏せた。

ほかの連中は食べはじめた。彼女は食べず、額が焼けつくようで、まぶたがちくちくし、肌は氷のように冷たかった。踊る無数の足の律動的な振動を受けて、舞踏会の床がいまなお弾んでいるように、彼女は頭のなかで感じていた。やがて、ポンチの匂《にお》いと葉巻の煙にくらくらした。彼女は失神し、窓ぎわに運ばれた。

日が昇りはじめ、緋色《ひいろ》の大きな点がサント＝カトリーヌの丘のほうの色の薄い空に広がろうとしている。鈍色《にびいろ》の川面《かわも》が風に小刻みな皺《しわ》をつくり、どの橋にも人の姿は一つもなく、街灯がつぎつぎに消えて行く。

そうしているあいだにも、彼女は正気づき、ふとベルトのことを思うが、娘ははるか向こうにある女中の部屋で眠っているだろう。ところがそこに、長い帯状の鉄板をいっぱいに積んだ荷車が通りかかり、耳を聾《ろう》するほどの金属のこすれるような響きを家々の壁に投げて行く。

彼女はそっと抜け出すと、仮装を脱ぎ、レオンに帰らねばならないと告げ、ようやく「ブローニュ・ホテル」でひとりになった。何もかもが、自分自身でさえ、耐えられなかった。できることなら、鳥のように逃げだして、どこかはるか遠くの汚《けが》れのない場所に行って新しく若返りたかった。

彼女はホテルを出て、大通りを横切り、コーショワーズ広場を抜け、場末を通り、さえぎるもののない通りに出ると、庭園が見下ろせた。彼女は足早に歩き、大気に心も静まり、そして少しずつ舞踏会の群衆の顔も、仮面も、カドリーユも、シャンデリアも、夜食も、あの女たちも、すべてが風に運び去られた靄《もや》のように消えて行った。それから、彼女は「赤い十字」にもどると、「ネールの塔」の版画がある三階の小さな部屋のベッドに身を投げた。夕方の四時に、イヴェールが起こしに来た。

家に帰ると、フェリシテが置時計の後ろに隠しておいたねずみ色の書類を彼女に見せた。読むと、

《執行力を有する判決の謄本《とうほん》の名において……》

何の判決だろう？　前の日に、たしかに別の書類が一通送られてきていたのに、彼女は知らなかったので、次のような文言を見てびっくり仰天してしまった。

《国王と法と正義の名により、ボヴァリー夫人に命ずる……》

そこで、数行読み飛ばすと、次のような文言が彼女の目に入った。

《二十四時間を一切の猶予《ゆうよ》期間とする。》——いったい何だろう？《総額八千フランを支払うこと。》そしてさらに先のほうにはこうもある。《この額は、あらゆる法律の手段により、とりわけ動産ならびに財産の差し押さえ執行により拘束される。》

どうしよう？……二十四時間のうちといえば、明日だ！　ルルーがおそらく自分をまた脅そうとしているのだろうと彼女は考えたが、というのもそのとたん、商人のあ

らゆるやり口が、つまりその媚《こ》びへつらいの目的がはっきりそれと分かったからだった。極端な総額で、彼女はかえって落ち着いた。

とはいえ、大いに買いものはするのに、金は払わず、借りまくり、手形をふりだし、挙句《あげく》、その手形を書き替え、それが新たな支払期日ごとにふくらんでゆき、しまいに彼女はルルー氏に一財産こしらえてやり、この男もその金を自分の投機事業のためにじりじりしながら待っていたのだった。

彼女はざっくばらんな様子でルルーの店に顔を出した。

「ご存知でしょう、何がわたしに起こっているか？　きっと、ご冗談よね！」

「いいえ」

「どうしてなの、説明して？」

ルルーはゆっくり振り向くと、腕を組みながら言った。

「奥さん、このわしがこの世の終わりまで、神意にかなうために無償であなたの出入り商人をつとめ、金を用意するとでも思っていたんですかい？　公平に見て、こちらが立て替えた金はとりもどさなくてはなりませんからな！」

彼女は借金の額に対し食ってかかった。

「ああ！　残念ですな！　裁判所が認めたのです！　判決がありますから！　その旨《むね》

が送達されているでしょう！　もっとも、そのようにしたのはわたしじゃなくて、ヴァンサールですがね」

「なんとかあなたのお力で……？」

「ああ！　なにもできませんよ」

「でも……、そうは言っても……、よく考えてみましょう」

そして彼女は支離滅裂なことを口にし、何も知らなかった……思ってもみなかった……。

「いったいだれのせいですかな？」とルルーは皮肉っぽく会釈《えしゃく》をしながら言った。「こちらが日夜あくせく働いているのに、あなたは何度も好《い》い目にあわれたでしょうが」

「ああ！　お説教ならたくさん！」

「ぜったいにお役に立ちますよ」とルルーは言い返した。

彼女は怯《ひる》み、商人に懇願し、そして、白く長い美しい手を商人の膝に置きもした。

「よしてくださいよ！　まるでわしを誘惑しようとしているみたいじゃありませんか！」

「見下げはてた人ね！」と彼女は叫んだ。

「おや！　おや！　これまた大げさすぎますな！」とルルーは笑いながら答えた。

「あなたがどういう人か言いふらしてやる。夫にも言いつけてやる……」

「けっこうですよ、こちらにも、ご主人に見てもらいたいものがある！」

そしてルルーは金庫から千八百フランの受取書を取り出したが、それはヴァンサールに手形を割り引いてもらったときに彼女が渡したものだった。

「これをご覧になれば、いくらあの大切なご主人でも」と彼は付け加えた。「あなたのなさったちょっとした詐取《ぬすみ》に気づかないとでもお考えですか？」

彼女は棍棒《こんぼう》でなぐられたよりも打ちのめされて、その場にくずおれた。ルルーは窓と机のあいだを歩きまわりながら、繰り返した。

「ええ！　ちゃんと見てもらいますよ……ちゃんと見てもらいます……」

それから彼女のほうに寄ると、優しい声になって、

「これが愉快な話じゃないことくらい、承知しておりますが、要するに、差し押さえくらいで人が死ぬもんじゃなし、これしかこちらにはお金を返していただく手立てが残されていないんですからね……」

「で、そのお金をどこで見つけろとおっしゃるの？」とエンマは両方の腕をよじるようにしながら言った。

「おやまあ！　奥さんのようにいい方をいくらもお持ちなのに！」

そしてこの男に怖いくらい鋭い目でのぞき込まれたので、彼女は腹の底からぞくぞくと震えた。

「お約束します」と彼女は言った。「署名しますから……」

「奥さんの署名は、もうたくさんです！」

「また売り払います……」

「まさか！」と彼は肩をすくめて言った。「もう何もないじゃありませんか」

そして商人は店内を見られるのぞき窓から怒鳴った。

「アネット、十四番の利札を三枚、忘れちゃいかんぞ」

女中が顔を見せ、エンマは追い立てられたと気づいて、「どれほど用意したら告訴を取り下げてもらえますすか」と訊いた。

「遅すぎますな！」

「でも、何千フランかお持ちしたら、四分の一でも、三分の一、全額に近いお金だったら？」

「いや、むりです！　そうしても無駄です！」

ルルーは彼女をそっと階段のほうに押しやった。

「ルルーさん、なんとかそこを一つお願いします、あと数日！」

彼女はしゃくり上げた。

「ほら、また！　涙ときた！」

「ひどい方ね！」

「そんなこと意に介しませんな！」と商人は言いながらドアを閉めた。

7

翌日、執達吏アランが二人の立会人《たちあいにん》を連れて差し押さえ調書を作成しに自宅に現れても、彼女は毅然《きぜん》とふるまった。

連中はまずボヴァリーの診察室からはじめ、骨相学の頭蓋《ずがい》標本は職業に必要な器具とみなされ記入を免れたが、台所では、皿や鍋《なべ》や椅子や燭台《しょくだい》まで、寝室では、棚のつまらない物まですべて調書に加えられた。彼らはエンマのドレスや下着も調べ、化粧室のなかまで点検し、そして、彼女の生活はどんなに奥深い秘めた隅々にいたるまで、まるで検死に付される死体のように、この三人の男たちの視線の前に端から端までくまなくさらけ出されたのだった。

執達吏アランはぴっちりと黒の燕尾服《えんびふく》のボタンをかけ、白のネクタイをしめ、ズボンの裾《すそ》を留めバンド《スー・ピエ》でいやにぴんと伸ばしながら、ときどきこう繰り返した。

「奥さま、よろしいですか？　よろしいですか？」

たびたび、この男は嘆声をあげた。

「素晴らしい！……じつに見事な品だ！」

そうして、彼は左手に持った角でできたインク壺《つぼ》にペン先をひたし、また書きはじめるのだった。

すべての部屋を済ませると、彼らは屋根裏の物置に上がって行った。

彼女はそこに机を一つしまっておいたが、そのなかにロドルフからの手紙が隠されていた。それも開けなければならなかった。

「ほほう！　手紙ですな！」とアランは慎み深い笑みを浮かべて言った。「ですが、失礼します！　なにしろ箱のなかにほかのものが入ってないか、あらためねばなりませんので」

そして彼は手紙の束をわずかに傾けたのだが、まるでそこから金貨でも振り落とそうとするかのようだった。そこで、そのごつい手が、ナメクジのような赤くぶよぶよの指で、彼女の心をかき鳴らした手紙の上に触れるのを見ていると、彼女は激しい憤《いきどお》りにとらえられた。

彼らはようやく帰って行った！　フェリシテがもどってきた。彼女は女中を見張りに行かせて、ボヴァリーを引き離しておこうとし、そして、この二人は差し押さえの監視人〔当時、帰って行った連中とは別に、差し押さえたものが持ち出されないか監視する人間を置いた〕を素早く屋根裏に落ち着かせ、監視人はそこにじっとしていることを誓った。

シャルルは、その晩ずっと、何やら心配しているように彼女には思われた。エンマは不安にみちた目で夫をうかがうと、その顔の皺にまで非難の色が刻まれているような気がした。それから、視線を転じて、中国風の衝立《ついたて》を備えつけてある暖炉や、ゆったりしたカーテンや、肘掛椅子など、生活のつらさを和らげてくれたこうしたものすべてをようやく見回すと、良心の呵責《かしゃく》にとらえられ、というよりむしろ途方もない無念さを覚え、その無念さは恋情を消滅させるどころか激しくつのらせた。シャルルは両足を暖炉のわきの薪台にのせ、落ち着き払って火をかき立てていた。

あるとき、監視人がおそらく隠れ場所で退屈したのか、わずかな物音がした。

「だれか上で歩いているんじゃないか？」とシャルルは言った。

「いいえ！」と彼女は答えた。「屋根窓が開いたままで、風で揺れたのでしょう」

その翌日の日曜日になると、彼女はルーアンに発《た》って、名前を知っている高利貸を片っ端から訪ねてまわった。田舎の別荘に行っていたり、旅行中だった。彼女は嫌気《いやけ》を起こさず、そして、会えた人には、金を無心し、どうしても金が必要で、必ず返すので、と訴えた。鼻先でせせら笑う連中もいて、だれからも断られた。

二時になり、彼女はレオンの下宿に駆けつけ、ドアをたたいた。ドアを開けてくれない。ようやくレオンが姿を見せた。

「どうしてまたここに？」

「おじゃまね！」

「いいえ……、でも……」

そして家主が「女の人」を部屋にあげるのを好まない、と白状した。

「お話があるんだけど」と彼女は言葉を継いだ。

するとレオンは鍵《かぎ》に手をかけようとした。彼女は押しとどめた。

「ああ！　いや、あそこで、わたしたちの部屋で」

そして二人は「ブローニュ・ホテル」のいつもの部屋に行った。

彼女は部屋に着くなり、水を大きなコップに一杯飲んだ。顔が真っ青だ。彼にこう切りだした。

「レオン、わたしのために一肌《ひとはだ》脱いでくれない」

そして、彼の両手をきつく握ると揺すって、彼女は言い足した。

「ねえ、わたし八千フランが必要なの！」

「いったい正気ですか！」

「いまのところはね！」

そして彼女は、すぐさま差し押さえのことを話して、レオンに窮状を説明し、なにしろシャルルにはまったく知らせていないし、姑《しゅうとめ》は自分を嫌っているし、父のルオーは何もできないし、だけどレオンなら、東奔西走してこのどうしても必要な額をなんとか工面してくれるわね……。

「そんなこと言われても……？」

「何て意気地なしなの！」と彼女は叫んだ。

そこでレオンは愚かにも言ってしまった。

「あなたは困難を大げさに考えすぎですよ。おそらく千エキュ〔三千フラン〕もあれば、相手の男は大人しくなりますよ」

だったらなおさら、なにか奔走してくれたっていいじゃないか、三千フランくらい見つからないはずはないではないか。だいいち、こちらの代わりにレオンが借金をしてくれたっていいのに。

「ほら！　やってみて！　何とかして！　急いで！……ああ！　してちょうだい！　してちょうだい！　恩に着るから！」

彼は出て行き、一時間ほどしてもどってくると、まじめくさった面持ちで言った。

「三人に当たってみましたが……だめでした！」

それから二人は暖炉の左右に向き合って座ったまま、じっと動かず、押し黙っていた。エンマは肩をすくめながら足を踏み鳴らした。彼女がつぶやくのがレオンには聞こえた。

「このわたしだったら、工面してみせるのになあ！」

「いったいどこで？」

「あなたの事務所で！」

そして彼女はレオンをじっと見つめた。

燃えるような瞳《ひとみ》からすさまじい果敢さが漏れ出ていて、まぶたが扇情的にけしかけるように細まり、――だから青年は、この女の無言の意志の力を受けて気持がくじけそうになるのを感じたのだが、それは犯罪を犯すようそそのかしていた。するとレオンは怖くなり、はっきり切り出されるのを避けるように、額をたたくと大声を発した。

「今晩、モレルが帰ってくるんだった！　あいつなら頼みを断らないと思うよ（それはレオンの友人で、じつに裕福な卸売商の息子で）、明日になったらその金をおとどけします」と彼は言い足した。

エンマは、彼が想像したほどにもうれしそうにこの考えを受け入れた様子は見えなかった。嘘《うそ》ではないかと思っているのだろうか？　レオンは顔を赤くしながらつづけた。

「それでも、三時までにぼくが伺わなかったら、もう待たなくてけっこうですから。すみませんが、ぼくはもう行かねばなりませんので。さようなら！」

レオンは彼女の手を握ったが、その手はまるで反応がなかった。エンマはもういかなる感情の力も持ち合わせていなかった。

四時が鳴り、そして、彼女は習慣の力に従って、まるで自動人形のように立ち上がり、ヨンヴィルに帰ろうとした。

いい天気で、厳しいが晴れやかな三月の日和《ひより》で、じつに淡色の空に太陽が輝いている。着飾ったルーアンの人たちが幸せそうにそぞろ歩いていた。大聖堂前の広場に出た。晩課〔聖務日課で日没時に唱える〕を終えて人びとが出てきて、群衆は三つの扉口から吐き出され、まるで橋の三つのアーチをくぐって流れる川のようで、そのまっただなかに、岩よりもじっと動かずに聖堂の守衛が立っていた。

そこで彼女が思い出したのはあの日のことで、不安にさいなまれ、希望に胸をふくらませ、聖堂のこの大きな中央身廊《しんろう》に入って行くと、それは目の前に奥まで広がっていて、自分の恋する心はそれよりもずっと深く、そして、彼女はなおも歩きつづけながらヴェールのかげで泣きぬれ、茫然《ぼうぜん》自失となり、揺れ動き、卒倒する寸前だった。

「危ない！」と叫ぶ声が、開いたある邸宅の表門から発せられた。

彼女は立ちどまり、軽二輪馬車《ティルバリー》の轅《かなえ》〔馬車の梶棒のこと〕のなかで前脚を高く上げ下げする黒い馬をやり過ごしたが、操っていたのは黒貂《くろてん》の毛皮外套《がいとう》に身を包んだ紳士だった。だれだろう？　見覚えがある……馬車は駆け去り、姿は見えなくなった。

まあ、あの方だわ、子爵さまだ！　彼女は振り返ったが、通りには人影もなかった。そして打ちひしがれ、辛《つら》くて、倒れないように塀にもたれた。

やがて、彼女は思い違いをしたと思った。しかし自分には何も分からない。自分のうちにあるものも、外にあるものも、なにもかもがこちらを見捨ててゆく。自分はもうおしまいだ、名づけようのない深みの底に当てどもなく転げ落ちてゆくのを感じ、そして、「赤い十字」に着いてあのやさしいオメーの姿を目にすると、彼女はほとんど歓《よろこ》びに近いものを抱いたのだが、薬剤師は薬品類のいっぱいつまった大きな箱が「ツバメ」に積み込まれるのを見守っていて、その手には、妻への土産のシュミノ〔西フランスのドーナツ型パン菓子〕が六つ、ネッカチーフに包んで提《さ》げられていた。

　ターバンを巻いたようなどっしりしたこの小さなパンがオメー夫人の大好物で、四旬節に塩味のきいたバターをぬって食べるのだが、これは中世の食物の最後の標本とも言うべきもので、おそらく十字軍の時代に起源を持ち、かつては屈強なノルマン人たちが、黄蠟《おうろう》を塗った松明《たいまつ》の明りで、食卓に並んだ肉桂《にっけい》入りの甘いワインの酒壺《さかつぼ》や巨大な豚肉料理に混じって、むさぼり食らうべきサラセン人の首を見る思いで、このパンをたらふく腹に押し込んだのだろう。薬剤師の妻は、歯がきわめて悪いのに、このシュミノにノルマン人のように雄々しくかじりつき、だからオメー氏はルーアンの町まで出るたびに、これをきまってマサックル通りにある有名な専門店で買って、欠かさず妻に持ち帰るのだった。

「お会いできてうれしいですな！」と薬剤師は言いながら、手を貸してエンマが「ツバメ」に乗り込むのを手伝った。

　それから網棚の革紐《かわひも》にシュ、ミ、ノ、を吊《つ》るし、帽子をとったまま腕組みすると、もの思いにふけるナポレオンといった姿勢に納まった。

　だが、いつものように丘のふもとに例の盲人が現れると、オメーは大声を出した。

「理解に苦しむ、どうしてこんなよからぬ生業《なりわい》をいまだに当局は黙認しているのか！

こんな情けないやつらは監禁して、強制労働でもさせるべきなのに。間違いない、進歩とは亀《かめ》の歩みのようなものなのだな！　われわれはいまだに未開のまっただなかでもたついているのか！」

盲人は帽子を差しだしたが、それは、とめていた鋲《びょう》を抜かれたタペストリーの弛《たる》みみたいに扉のきわで揺れていた。

「こいつは」と薬剤師は言った。「瘰癧疾患《るいれき》〔リンパ節が数珠状に腫れる結核症の特異型〕ですな！」

そして、薬剤師はこのあわれなやつを知っているのに、まるではじめて見るかのように装《よそお》って、角膜とか不透明角膜〔白目を指す〕とか強膜〔眼球の外側の線維性被膜〕とか顔貌兆候といった言葉をつぶやき、それから優しげな調子で問いかけた。

「お前はそのようなひどい持病にかかってから、もうだいぶになるのか？　居酒屋で酔っ払ってなどいないで、摂生につとめるほうがよいぞ」

薬剤師はその男に、上等のワインや上等のビールを飲み、上等のローストした肉を食えと勧めた。盲人はいつもの小唄《こうた》を歌いつづけたが、この男はそもそもほとんど知的障害らしい。ようやくオメー氏は財布を開いた。

「ほら、一スーやるから、二リヤール〔一スーは四リヤール〕もどせ、そしてわしの忠告を忘れちゃいかん、きっとよくなるからな」

イヴェールは失礼にも、その効き目について大声で疑念を口にした。しかし薬剤師は、自分の調合した抗炎症軟膏《なんこう》を用いれば治せると請け合い、男に自分の住所を教えた。

「市場のそばのオメーといえば、十分に知られた名だ」

「さあ！　お礼に」とイヴェールが言った。「芸当でも見せてごらん」

盲人は膝《ひざ》を折って地面に崩れ落ちると、頭をのけ反らせ、緑がかった目をぐるぐる回し、舌を出し、胃のあたりを両手でさする一方で、まるで飢えた犬のように、こもった一種の遠吠《とおぼ》えのような声を発した。エンマは嫌悪《けんお》感《かん》にとらえられ、肩越しに五フラン硬貨を投げてやった。彼女の全財産だった。それをこうして投げ与えるのは、彼女にはすばらしいことに思われた。

馬車はふたたび動きだしていたが、そのときとつぜん、オメー氏が窓から外に身を乗りだし、叫んだ。

「でんぷん粉と乳製品はだめだぞ！　肌の上にウールを着て、患部をネズの実で燻《いぶ》せ！」

見知ったものの光景が次々に目の前に現れると、少しずつエンマを現在の苦しみから引き離してくれた。我慢できないほどの疲れが彼女を打ちのめし、家に着いたときには呆然《ぼうぜん》となり、気力も失《う》せ、ほとんど眠ったようになっていた。

「何が起ころうとかまうものか！」と彼女は思った。

このあと、どうしていますぐにも途方もない出来事が起こらないなんていえるのか、あり得ないことではないだろう？　ルルーが頓死《とんし》することだってあり得る。

彼女は朝の九時に、広場からの人の声で目を覚ました。市場のまわりに人だかりができ、柱の一つに貼《は》られた大きな張り紙を読んでいて、彼女が見ていると、ジュスタンが車よけの石にのぼって張り紙を破ろうとしていた。だがその瞬間、田園監視員に襟首をつかまえられた。オメー氏が薬局から飛び出してきて、ルフランソワの女将が人ごみのなかで長広舌《ちょうこうぜつ》をふるっているらしかった。

「奥さま！　奥さま！」とフェリシテが叫びながら入ってきた。「忌《い》まわしいったら！」

そしてこのあわれな女中は、動転しながら、玄関から剝《は》がしてきたばかりの黄色い紙を彼女に差しだした。エンマはあっという間に、自分の動産がすべて競売にかけられる旨を読んだ。

そこで二人は黙ってじっと見つめあった。女中と女主人のこの二人には、互いにいかなる秘密もなかった。ようやくフェリシテがため息をついた。

「奥さま、あたしならギヨーマンさんのところに行ってみますけど」

「そうかい？……」

そしてこの問いの意味はこうだった。

「使用人を通じてお前はあの家のことをよく知っているだろうが、ときにあそこのご主人はわたしのことなど噂《うわさ》なさるのかい？」

「はい、いらしてみてください、ご損にはならないと思います」

彼女は着替え、黒いドレスをまとい、黒玉の粒を飾ったカポート帽〔婦人用の顎紐付きの縁なし帽〕をかぶり、そして、だれかに見られないように（広場には相変わらず大勢の人だかりがあり）、川べりの小道を通って村の外れへと向かった。

彼女は息を切らせて公証人の家の鉄柵《てっさく》の前に着いたが、空は暗く、雪がちらほら舞っていた。

呼び鈴の音に、赤いチョッキを着たテオドールが玄関の階段《ステップ》のところに姿を見せ、まるで知り合いでもむかえるように、ほとんどなれなれしく彼女に門を開けて、食堂に招き入れてくれた。

磁器製の大きなストーブがぼんぼん音を立てて燃え、その上方の壁の窪《くぼ》みにはサボテンがいっぱいに置かれ、コナラの葉模様の壁紙を背に黒い木の額が並び、ストゥーベン〔一七八八―一八五六、ロシア人の画家で、歴史に材をとった人物画を多く描いた〕の「エスメラルダ」とショパン〔アンリ＝フレデリック・ショパン。ドイツ出身のフランス画家。一八〇四―八〇〕の「ポテパルの妻」〔旧約聖書のヨゼフの主人の妻で、ヨゼフを誘惑しようとした〕がかかっていた。用意の整った食卓に皿用の銀の保温器が二つ、透明なカット・ガラスのドア・ノブに寄せ木張りの床に家具類と、すべてが細やかなイギリス流の清潔さに光り輝き、窓枠の四隅はどれも色ガラスで飾られていた。

「こんな食堂が」とエンマは思った。「ちょうどうちにも欲しいわ」

公証人は入って来ると、シュロの葉模様の部屋着を左の手で身体《からだ》に合わせ、その一方で、ビロードの栗色《くりいろ》のトック帽〔縁なし帽〕を取って、またすばやく右の手でかぶりなおし、気取って右側にずらしたが、そこから、後頭部でまとめて禿《は》げた頭にぐるりとまわした金髪の先が三筋ほど垂れていた。

公証人は彼女に椅子《いす》をすすめ、自分も座ると、不作法をひどく詫《わ》びながら食事にとりかかった。

「あのう、お願いしたいことがありまして……」と彼女は言った。

「何でしょうか、奥さま？　伺いましょう」

彼女は状況を説明しはじめた。

ギヨーマン氏は生地商人とひそかにつながっていたので、事情をよく呑《の》み込んでいて、抵当貸付を結びたいと言われると、その資金をいつもこの商人のところで調達するのだった。

だから、公証人は（彼女よりもよく）この手形の長い経緯《いきさつ》を知っていて、最初はごく小額で、裏書人もさまざまに名を連ねていて、支払期日を長い間隔にしていても、絶えず書き替えているうちに、ついには生地商人がすべての拒絶証書を一手にかき集め、同じ村の連中に情け容赦もない人間と思われないように、友人のヴァンサールに依頼して、その名義で必要な告訴を行なってもらうに至ったのだ。

彼女が自分の話にルルーに対する非難をさしはさむと、その言葉に公証人はときどき応じるのだったが、煮え切らない意味のない返事だった。骨付き背肉《コートレット》を食べ、紅茶を飲むと、公証人は空色のネクタイに顎《あご》をうずめ、そのネクタイには金の鎖でつながれたダイヤのピンが二つ刺してあり、そして、媚びるようなどっちつかずの、奇妙な笑みを浮かべた。だが、彼女の足が濡《ぬ》れているのに気づくと、

「さあ、ストーブのお近くに……もっと上のほうに……ストーブにじかに」

彼女は磁器のストーブを汚すのではないかと心配した。公証人は垢抜《あかぬ》けた口調でつづけた。

「美しいものが触れても何も汚しませんから」

そこで彼女は公証人の心を動かそうとつとめ、自ら興奮しながら、家事の窮屈さやら葛藤やら必需品やらを話して聞かせるまでになった。彼はそれを分かってくれた、エレガントな女だな！　食べる手は休めずに、身体ごとエンマのほうに向きを変えたので、膝が深靴《アンクルブーツ》に触れ、その靴の裏はストーブに押し当てられて撓《たわ》みながら湯気を立てていた。

しかし彼女が千エキュ〔三千フラン〕の融資を頼むと、公証人はぎゅっと唇を結び、やがて、もっと以前から財産の管理をまかされていなくてじつに残念だと言い、なにしろ婦人にもできるじつに簡単な利殖の手立てならいくらでもあったからだった。グリュメニルの泥炭《でいたん》鉱にだって、ル・アーヴルの地所にだって、ほとんど確実な絶好の投機を行なうことができたのに、そして、そうしていればきっと手にしていたはずの途方もない金額を思って怒りに臍《ほぞ》をかむエンマを尻目《しりめ》に見ていた。

「どうしてまた」と公証人は言った。「私のところにいらっしゃらなかったのです？」

「さして理由もありませんが」と彼女は言った。

「えっ、なぜです？……私がそんなに怖く見えましたかね？　できるものなら、反対にこちらから不満を申し上げたいくらいですよ！　ほとんどお知り合いになれませんでしたからな！　それでも、あなたに心からこの身をささげておりますから、もうお疑いのないように、願えましょうか?」

彼は手を差しだし、彼女の手を取ると、そこにむさぼるような接吻《せっぷん》をし、やがてその手を自分の膝に押しとどめ、そして、彼女の指をそっと弄《もてあそ》びながら、あれこれ甘い言葉をささやいた。

さえない彼の声がさらさら音を立て、まるで小川のように流れて行くと、眼鏡のきらめき越しにその瞳からぱちぱちと火花が散り、手がエンマの袖《そで》のなかに伸び、彼女の腕に触れようとする。彼女はあえぐような息づかいを頬に感じる。ぞっとするほど男がうっとうしかった。

彼女はさっと立ち上がると、言った。

「あの、わたし待っているのですが!」

「いったい何をです?」と公証人は急にひどく青くなった顔で言った。

「お願いしたお金を」

「でも……」

そうして、頭をもたげたあまりに激しい欲情に負けて、

「よろしい、分かりました!……」

彼は部屋着が汚れるのもかまわず、エンマのほうにひざまずいたままにじり寄った。

「お願いです、帰らないでください！　あなたが好きです！」

彼はエンマの腰に手をまわした。

ボヴァリー夫人の顔にさっと紅潮《べに》が差した。彼女は凄《すさ》まじい表情で後ずさりしながら、叫んだ。

「破廉恥《はれんち》にも、人の弱みにつけこむなんて、あなた！　わたしは苦境を訴えに来たので、身体を売りに来たのではありません」

そして彼女は表に出て行った。

公証人はひどく呆然としたまま、美しいタペストリー刺繡《ししゅう》のスリッパにじっと目を落としていた。それは愛する人からの贈物だった。それを見ているうちに、ようやく心が鎮《しず》まった。それに、あんな色恋に引きずられてはひどいことになっていただろう、と彼は思った。

「なんて恥知らず！　なんて無礼なの！……なんて卑劣！」と彼女は思いながら、街道のヨーロッパヤマナラシ〔ヨーロッパ産ポプラの一種〕の並木の下を、神経の高ぶった足どりで逃げ帰った。話がうまく行かなかった落胆によって、羞恥心《はずかし》を辱められた憤りがいっそう強まり、神さままでが自分をひたすら訴えようとしているように思われ、かえって自尊心で自分を引き立てながら、彼女は自分自身にこれほど敬意を抱いたことは一度もなく、他人にこれほどの軽蔑《けいべつ》を感じたこともなかった。好戦的なものによって、彼女は興奮していた。できるものなら男たちをぶん殴り、その顔に唾《つば》を吐きかけ、連中をみんな押しつぶしてやりたい、そして、彼女は青ざめ、わななきながら、気のふれたように足早にそのまま歩きつづけ、涙ぐんだ目で空虚な視界を探り、自分を息苦しくする憎悪《ぞうお》にまるで深い歓びを感じるようだった。

自宅が見えたとき、彼女は痺《しび》れにとらえられた。もうこれ以上先に足が出ないのに、それでも前に進まねばならない、だいいち、どこに逃げるというのか？

フェリシテが戸口で待っていた。

「それで？」

「だめだった！」とエンマは言った。

そして、十五分ものあいだ、彼女は女中と二人して、おそらく自分を助けてくれそうなヨンヴィルの人をあれこれ思い巡らした。だが、フェリシテがだれかの名前をあげるたびに、エンマは言い返した。

「まさか！　聞いてくれないさ！」

「そろそろ、旦那《だんな》さまがお帰りになるころですわ！」

「承知してるわ……一人にしておくれ」

すべてはやってみた。いまとなってはもうすべきことは何もなく、そして、シャルルが姿を見せたら、だからこっちから言ってやろう。

「どきなさい。あなたの踏んでいる絨毯《じゅうたん》はもうわたしたちのものではないのです。あなたのこの家で、家具一つ、ピン一つ、藁屑《わらくず》一つにしてもあなたのものはなく、あなたを破産させたのはこのわたしです、お気の毒に！」

そこであの人は大きくしゃくりあげ、やがてたっぷり泣くだろうが、しまいに驚きが去ってしまうと、許してくれるだろう。

「そうよ」と彼女はひどく苛《いら》立《だ》ちながらつぶやいた。「あの人は許してくれるわ、たとえ百万フランくれるといったって、このわたしと近づきになったことじたい、こっちにはとうてい許すことなどできないあの人なのに……絶対にいや！　絶対に！」

こうしてボヴァリーが自分より優位に立つと思っただけで、彼女は激怒した。やがて、自分が告げようと告げまいと、じきに、ほどなく、明日になれば、どうせこの破滅をあの人は知ることになるだろうし、だからそうしたぞっとするような場面が待っていて、あの人の寛大さの重圧に耐えなければならない。もう一度ルルーのところに行ってみようという気にもなったが、それが何になるというのか？　父親に手紙を書こうか、いやもう遅い、そして、彼女は先ほど相手の言いなりにならなかったことをいまごろになってたぶん後悔しているだろうが、そのとき、裏手の小道に馬の跑足《だくあし》の音が聞こえた。シャルルだわ、柵戸《さくど》を開けるわ、漆喰《しっくい》の塀よりも青白い顔をしている。階段を跳ねるように下りると、彼女は素早く逃げ出して広場を抜け、そして、教会の前でレスチブードワと話をしていた村長夫人は、収税吏の家にエンマが入るのを見た。

村長夫人は急いでカロン夫人に知らせに行った。二人の婦人は屋根裏の物置にあがり、そして、竿《さお》に広げた洗濯物のかげに隠れて、ビネーの部屋全体を見渡すのにうってつけの場所に腰を据えた。

ビネーはひとり屋根裏部屋で、名状しがたい象牙《ぞうげ》細工の一つを木で真似《まね》て作っている最中だったが、その象牙細工はいくつもの三日月と互いに組み込み合った穴のあいた球形から構成されていて、その全体はオベリスクのようにすっくと立つものの、何の役にも立たず、そして、彼は最後の一片《パーツ》にとりかかっていて、もうゴールに手がとどく！　仕事場の薄明かりのなかに、その道具からは金色の粉塵《ふんじん》が舞い上がり、さながらギャロップで駆ける馬の蹄鉄《ていてつ》の下から飛び散る火花のようで、二つの車輪が回り、ぶんぶんうなりを上げ、ビネーは顎《あご》を引き、鼻の穴をふくらませ、笑みを浮かべていて、とうとう完璧《かんぺき》な至福にひたりきっているように思われたが、おそらく、そうした至福がまさに属しているのは平凡な仕事で、それも難しそうに見えてたやすくこちらの知性を楽しませてくれる仕事、完成することでこちらの知性を充《み》たしてくれる仕事であって、その先には何の夢もないのだ。

「ああ！　入ってきましたよ！」とチュヴァッシュ夫人は言った。

しかし、轆轤《ろくろ》の音がうるさく、エンマの言っていることはほとんど聞こえなかった。

ようやく、この婦人たちにはフ、ラ、ンという言葉が聞き取れたような気がして、チュヴァッシュのおばさんは小声で耳打ちした。

「税金の支払いを遅らせようとして、頼んでいるのよ」

「表向きは！」と相手が答えた。

エンマが行ったり来たり歩きまわり、壁ぎわにあるナプキンリングや燭台や階段の手すりの丸い装飾を丹念に眺めている姿が見え、一方、ビネーはひげを撫《な》でていて、満更でもない。

「何か注文しに来たのかしら？」とチュヴァッシュ夫人が言った。

「けれどあの人は何も売りませんもの！」と隣りにいる女は反論した。

収税吏は、まるでちんぷんかんぷんといったように目を大きく剝《む》いて、エンマの話を聞いているように見えた。彼女は愛情のこもった懇願するような態度で話しつづけた。ビネーのそばに寄り、胸は息を切らし、もう二人は口を利《き》かない。

「あの方、言い寄っているのかしら?」とチュヴァッシュ夫人が言った。

ビネーは耳まで赤くなった。エンマは彼の手を握った。

「ああ!　これは強引すぎる!」

そしておそらく、エンマは彼に忌まわしいことを持ちかけているのだろうが、なにしろ収税吏は——それでも歴戦の勇士で、バウツェンとリュッツェン〔一八一三年、ともにナポレオンがプロシャ・ロシア連合軍を破ったドイツの町〕で戦い、フランス戦役〔ナポレオンの退位に至る最後の一連の戦い〕にも参加し、叙勲候補名簿に載ってさえいたが——とつぜん、まるで蛇を見たときのように、大きく後ろへ飛び退《の》きながら、叫んだ。

「奥さま!　よく考えてのことですか?……」

「あんな女には鞭《むち》でもくれてやらねば!」とチュヴァッシュ夫人は言った。

「いったいあの女はどこに行ったのかしら?」とカロン夫人は言葉を継いだ。

というのも、こうして言葉を交わしているあいだに、エンマの姿が消えていたからで、やがて目抜きの通りを抜けて、まるで墓地にでも向かおうとするかのように右手に折れるその姿を目にすると、二人の女はあれこれ憶測して迷った。

「ロレーおばさん!」と彼女は乳母の家に着くなり言った。「息がつまるわ!……コルセットの紐《ひも》を解《ほど》いてちょうだい」

彼女はベッドに倒れ込み、泣きじゃくった。ロレーのかみさんはペチコートをかけてやり、傍らに立ったままでいた。返事がないので、やがてかみさんは向こうへ行って、糸車を手にすると亜麻《あま》を紡《つむ》ぎはじめた。

「ああ！　やめて！」と彼女はつぶやいたが、ビネーの轆轤の音を聞く思いだった。

「何が気に障《さわ》ったんだろう？」と乳母は首を傾《かし》げた。「どうしてまたここになんぞ来なすったのだろう？」

彼女は自分の家から追い立てられるような一種の恐怖に突き動かされて、そこに不意にやって来たのだ。

仰向けになったまま、動かず、じっと目を据え、呆《ほう》けたように頑《かたく》なに注意を集中したのに、物がおぼろげにしか見分けられない。彼女が見つめていたのは、壁の剝離《はくり》した薄片であり、いっしょにくすぶっている二本の薪《まき》の燃えさしであり、頭上の小梁《こばり》の割れ目をはって行く大きなクモだった。ようやく、思いが一つにまとまった。思い出していた……ある日、レオンといっしょだった……ああ！　ずいぶん昔ね……川面に夕日が輝き、クレマチスが咲き匂《にお》っていた……そのとき、ほとばしる早瀬に身をまかせるように記憶の流れに運ばれて、やがてどうにか彼女には、前日の一日が思い出されたのだった。

「いま何時かしら？」と彼女は訊《き》いた。

ロレーおばさんは外に出て、空が最も明るい方角に右手の指をかざすと、ゆっくりもどってきて、こう言った。

「じきに三時でしょうか」

「あっ、そう！　ありがとう！　ありがとう！」

だって、あの人が来てくれる。まちがいない！　金を工面してくれているだろう。けれど自分がここにいるとは思ってもみないから、あの人はおそらくあそこに行ってしまうだろう、そして、彼女は乳母に命じて家までひと走りして、あの人を連れてくるよう言った。

「急いで！」

「へぇ、奥さま、いま行きます！　いますぐ！」

いまになってみると、当初からレオンのことが念頭になく、そのことが彼女には意外でならず、昨日、たしかに約束してくれたのだし、約束を違《たが》えることなどないに決まっている、そして、彼女はすでにルルーのところで机の上に千フラン札三枚を並べている自分の姿を思い描いていた。それから、ボヴァリーにこの事態を説明する作り話をでっち上げなければならないだろう。どんな作り話にしよう？

　それにしても、乳母の帰ってくるのが遅い。だがこの田舎家には時計がないのだから、おそらく時間の長さを余計に感じるのではないかとエンマは思った。彼女は庭を一歩一歩ぐるりと歩きまわり、生垣に沿って小道に出てみたがおかみさんが別の道を通って帰ってくるのではないかと思い、急いで引き返した。とうとう待ちくたびれて、疑念に駆られ、それを押し返すうちに、もはや自分がここにずっと前からいるのかちょっと前からいるのか分からなくなり、部屋の隅に腰を下ろし、目を閉じ、耳をふさいだ。柵戸がきしむと、彼女は飛び上がり、自分が口を開くより先に、ロレーおばさんが言った。

「お宅にはどなたもお見えではありません！」

「なんですって？」

「へえ！　どなたも！　そして旦那さまは泣いてました。奥さまを呼んでいます。みんなして奥さまを探してますが」

　エンマは何も答えなかった。彼女は息を切らしながら周囲を見回し、一方、百姓女はその形相に怯《おび》えて、思わず後ずさり、エンマの気が変になったと思った。とつぜん、彼女は額をたたき、叫び声をあげたが、なにしろロドルフの記憶が闇夜《やみよ》をつんざく大きな稲光のように、彼女の魂の奥底を過《よ》ぎったのだった。あの人はとても親切で、とても思いやりがあって、とても寛大だった！　そしてそれに、あの人がこちらに一肌脱ぐのをためらっても、自分なら、たった一つの目配《ウインク》せで二人の失われた恋を呼びもどし、なんとかむりやりにでも力を貸してもらえるだろう。そこで彼女はラ・ユシェットへ向かったが、いましがたあんなにも激怒したことに、自分から進んで身をまかそうとしていることには気づかず、それがまさに売春になることなどこれっぽっちも思い至らなかった。

8

彼女は歩きながら、「どう言おう？　まず何から切り出そう？」と思案した。そして進むにつれ、灌木《かんぼく》にも、木立にも、丘を飾るハリエニシダにも、彼方《かなた》にある館《やかた》にも見覚えがあった。愛を交わしはじめたころの感覚に自分が浸っていて、あわれにもしめつけられた心が、そこで愛に包まれて晴れ晴れとした。暖かい風が頬をなぶり、雪が溶けて、木の芽から下草の上にぽたぽたとしたたり落ちていた。

彼女は以前のように庭の小さな戸口から入り、それから二列の茂った菩提樹《ぼだいじゅ》に縁どられた正面入口《まえにわ》に出た。風に音を立て、菩提樹の長い枝が揺れていた。犬小屋の犬たちがいっせいにほえ立て、そのけたたましい鳴き声が響き渡っているのに、だれも姿を見せなかった。

彼女は木の手すりのあるまっすぐな広い階段を上って行き、すると廊下に出るのだが、その敷石にはほこりがたまっていて、廊下に面していくつもの部屋が両側に一列に並び、さながら修道院か宿屋のようだった。ロドルフの部屋は廊下の端の突き当たり奥の左手にあった。錠前に指をかけたとたん、たちまち自分から力が抜けてしまった。あの人はここにいないのではと心配になり、ほとんどそう願うようになり、それでもこれが唯一《ゆいいつ》の希望であり、残された最後の救いの機会だった。彼女はちょっとのあいだ思いに耽《ふけ》り、このいまの窮乏を考えて勇気を奮って、ドアを開けた。

ロドルフは暖炉のそばにいて、両足をマントルピースにかけ、パイプをくゆらせていた。

「ほう！　あなたですか！」と彼は言いながらいきなり立ち上がった。

「ええ、わたしよ！……ロドルフ、ご相談したいことがあるの」

そして、いくらやってみても、どうにも彼女は口を開くことができなかった。

「変わりませんね。いつみても魅力的だ！」

「まあ！」と彼女は苦々しく言葉をつないだ。「魅力的でもみじめね、あなたに嫌われたんですもの」

そこでロドルフは自分の振舞の弁明をはじめたが、うまい言い訳も思いつけず、曖《あい》昧《まい》な言葉で詫《わ》びた。

彼女はその言葉に、というよりその声に、見映えのする容姿に夢中になり、だから二人の破局の言い訳を信じる振りをし、というかおそらくそのまま信じたかもしれなかったが、その言い訳とは、ある第三者の名誉や生命《いのち》さえもがかかわるような深い事情にほかならなかった。

「それでも！」と彼女は悲しげにロドルフを見つめて言った。「とても苦しんだわ！」

彼は達観したような口調で答えた。

「人生とはそんなものです！」

「その人生が、せめてあなたにとって」と彼女は言葉を継いだ。「お別れして以来、満足いくものだった？」

「ああ！　良くもなく……悪くもなく」

「たぶん、お別れしなかったほうがよかったかもしれないわね」

「ええ……たぶん！」

「そうお思いになって？」と彼女は言いながら、そばに寄った。

そして彼女はため息まじりに言った。

「ああ、ロドルフ！　分かってもらえたら！……あなたを本当に愛していたの！」

そのとき彼女はロドルフの手を取り、二人はしばらく指を絡《から》めたままにしていて
――あの初めての日、共進会のときと同じだった！　彼は自尊心のはたらきで、なんとかほろりと負けそうになるのを踏んばっていた。しかし彼女はロドルフの胸にしなだれかかり、こう言った。

「あなたなしでわたしが生きてゆけるなんて、どうして思われたの？　慣れ親しんだ幸福の味を断つことなどできやしない！　絶望したのよ！　死ぬつもりだったの！　なにもかも話してあげる、そのうちにね。そしてあなたは、わたしから逃げたわね！

……」

なにしろここ三年、彼は男に特有の生来の卑怯《ひきょう》さのせいで、周到に彼女を避けていて、そして、エンマは恋する牝猫《めすねこ》よりも甘ったれて、愛らしく頭を振りながらつづけた。

「あなたはほかにもたくさん好きな女の人がいるんでしょ、白状なさい。ほうら！　いるって分かるわよ、まったく！　でもその人たちを許してあげる、だって誘惑した

のはあなたでしょ、わたしを誘惑したように。あなたは男のなかの男ですもの！　女に自分を好きにさせてしまうのに必要なものをすべて具《そな》えていますもの。わたしたちもまたやり直しましょうよ、ね？　愛し合いましょう！　あら、わたし笑ってる、うれしいんですもの！……さあ、なにかおっしゃって！」

そして彼女は目を奪われるほど美しく、その目もとには一粒の涙が震えていて、さながら青々とした萼《がく》にとまった夕立のしずくのように見えた。

ロドルフは膝の上に彼女を引き寄せ、艶《つや》やかな真ん中分けの髪を手の甲で撫でさすり、黄昏《たそがれ》の明りのなかで見ると、髪に夕日の最後の光が当たり、まるで金の矢のように煌《きら》めいていた。エンマは額を伏せていて、とうとう彼は唇の先でそっとまぶたに接吻した。

「おや、泣いたね！」と彼は言った。「どうしたんだい？」

彼女は泣きじゃくりだした。これも恋心の突然の現れだとロドルフは思い、彼女は口を利かずにいたが、その沈黙も最後のはじらいと見なして、それで大声で言った。

「ああ！　許してください！　好きなのはあなただけだ。私は愚かで、悪いことをした！　あなたを愛しています、いつまでも愛します！……どうしたの？　さあ、言ってください！」

彼は床にひざまずいていた。

「それじゃ！……ロドルフ、わたし破産したの！　三千フラン貸してちょうだい！」

「いったい……いったい……」と彼は言いながら徐々に立ち上がったが、一方、その顔つきはきびしい表情を帯びた。

「ねえ」と彼女は早口でつづけた。「夫が全財産を預けておいた公証人が持ち逃げしたの。借金もしたし、患者さんは払ってくれないし。しかも、遺産の清算も済んでなくて、これが入るのはずっとあとになるの。でも、いま、三千フランのお金がなくて、差し押さえされそうで、それがいまなの、このたったいまなの、そして、あなたの親切が頼みの綱で、こうしてお訪ねしたの」

「ああ！　それでこの女は来たのか！」とロドルフは考え、とつぜん顔が真っ青になった。

ようやく彼は落ち着いた口調で言った。

「奥さん、それだけの持ち合わせはありません」

ロドルフは嘘をついているのではなかった。それだけの金があったなら、彼は差しだしていただろうが、もっともこれほどの立派な行ないを施すのは一般的には気持のいいものではなく、なにしろ、恋に襲いかかるあらゆる突風のなかでも金銭の無心は、最も冷たく、最も根こそぎの被害をもたらすからだった。

当初、彼女はしばらくロドルフをじっと見つめたままでいた。

「ないんですの！」

彼女は何度も繰り返した。

「ないんですの！……こんな最後になって恥をさらすことなんかなかったんだわ。あなたはわたしを愛したことなど一度もなかったのね！　あなたもほかの男たちと同じなのね！」

彼女は本心を漏らしていて、あれこれわけが分からなくなっていた。

ロドルフは彼女をさえぎると、この自分も「懐《ふところ》が不如意《ふにょい》」なのだと言った。

「あら！　お気の毒に！」とエンマは言った。「ええ、それも著しくね！……」

そして、壁に飾った武具のなかで輝いている金銀を象嵌《ぞうがん》した騎銃に目をとめると、

「でも、そんなに貧乏なら、銃床に銀なんか使えないわよね！　鼈甲《べっこう》を嵌《は》め込んだ置時計なんか買えないわよね！」と彼女はブール〔一六四二―一七三二。ルイ十四世の御用家具職人で、象牙や鼈甲などの細工に秀で、その細工は非常に高価〕の手になる置時計を指しながらつづけた。「鞭につける金メッキした銀の呼び子だって買えないわよね！」――と言いながら、彼女はそれに触れたのだ！――「時計の鎖につける小さな飾りだって無理よね！　あら！　何でもあるのね！　部屋にはリキュ

ール・セットまでそろってるのね、なにしろご自分が可愛《かわい》いのね、裕福に暮らして、館もあって、農場もあって、森まであって、馬に乗って犬を使った猟までなさり、パリに旅行にお出かけになる……まあ！　それでも、これしきのこと、くらいかもしれませんが」と彼女は叫びながら、マントルピースの上からカフスボタンをつまみ上げた。「こんなじつにつまらないものだって、売ればお金がつくれるんです！……ああ！　こんな物、欲しくない！　これ、持っておくといいわ」

そして彼女はカフスボタンを遠くへ投げつけたが、その金の鎖は壁にぶち当たって断ち切れた。

「まあ、このわたしなら、なにもかもあなたに与えてしまうでしょうね、なにもかも売り払い、この手で働き、道ばたに立って乞食《こじき》でも何でもしてしまうでしょう、微笑《ほほえ》んでもらえるなら、こちらを見つめてもらえるなら、『ありがとう！』とあなたに言ってもらえるなら。そしてあなたはそこの肘掛《ひじかけ》椅子に平然と座っていて、まるでまだわたしをじゅうぶん苦しめ足りないとでもいうみたいね。よくって、あなたさえいなければ、わたしは幸せに暮らせたのに！　どうして強引にあんなことをしたの？　賭《か》けでもなさったの？　それでも、あなたはわたしを愛してくれた、愛していると言ってくれた……それに、たったいまもまた……ああ！　はじめからわたしを追い出してくれたほうがよかったのに！　わたしの手にはあなたの接吻の熱《ほてり》が残っていてよ、それにほら、そこで、絨毯の上で、こちらの足もとにひざまずいて永遠の愛を誓ってくれたじゃありませんか。前にもあなたはわたしにそれを信じ込ませたわね、あなたは二年にもわたって、じつに素晴らしくじつに甘美な夢のなかにわたしを無理やり連れて行ってくれたわ！……ねえ？　二人で立てた旅の計画、覚えていらっしゃる？　ああ！　あなたの手紙が、あの手紙が！　こちらにとどいて、わたしの心をずたずたに引き裂いたのです！……そうしてわたしはその人のほうに、お金持ちで幸福で自由気ままなその方のもとにもどってきました！　どんな人でもしてくれそうな助けをお願いし、懇願し、こちらのありったけの愛情を持ち帰ってきたのに、三千フランほど腹をいためることになるからというので、その人はこのわたしを拒絶なさったのです！」

「ぼくにはそれだけの持ち合わせがないのです！」とロドルフは完璧な冷静さで答えたが、彼女の観念した怒りを、まるで盾で防ぐようにその冷静さで覆《おお》いつくした。

　彼女は出て行った。壁が細かく震え、天井に押しつぶされるようで、そして、彼女は長い並木道を引き返しながら、風に吹き散らされた枯れ葉の山につまずいた。ようやく彼女は鉄柵門の前の溝〔人が入れないように地所に巡らす〕のところまで達し、かなり慌《あわ》てて錠前を開けようとして、そこに爪《つめ》を当てて割ってしまった。それから、百歩も遠ざかると、息切れして、あやうく倒れるところで彼女は立ちどまった。そこで振り向くと、彼女はもう一度、無情な館に目をやり、庭園や菜園や三つの中庭や建物正面のすべての窓を見た。

彼女は呆然として途方にくれたままで、もはや自分自身を意識できるのはかろうじて脈拍だけで、その音が漏れ出てゆくのを耳にすると、まるで野原を充たす耳を聾《ろう》する音楽でも聞いているような気がした。足もとの地面は波よりも柔らかく、畑の畝溝《うねみぞ》は押し寄せる果てしない褐色の大波のうねりに思われた。頭のなかにあるすべての記憶や想念が同時に一挙に押し出てきて、まるで花火の爆《は》ぜた無数の火の粉《かけら》のようだった。父親の姿が見え、ルルーの小部屋が見え、彼方の地にあるいつもの部屋が見え、また別の景色が見えた。このまま狂気にとらえられるのか、ぞっと怖くなり、どうにか自分を取りもどしたものの、確かにぼんやりとしていて、なにしろ彼女は自分のこのひどい状態の原因を、つまりは金銭の問題を少しも思い出せなかったからだ。彼女はひたすら自分の恋に苦しんでいて、そのような思い出から魂が自分を見捨てて出て行くように感じたが、それはちょうど、出血する傷口から生命の消え去るのを感じる瀕死《ひんし》の負傷者と同じだった。

日が暮れ、カラスたちが舞っていた。

とつぜん、火の色をした小さな球がいくつも空中にはじけながら平たく広がり、ぐるぐるめぐり、さらにめぐって、木々の枝の雪に混ざり合うかのようだった。一つひとつの小さな球の真ん中に、ロドルフの顔が現れた。小さな球は増えて行き、近づいたかと思うと、彼女の身体に染《し》み入り、すべて消えてしまった。彼女は遠く霧にかすんで光を放つ家々の明かりを認めた。

そのとき、自分の置かれた状況がまるで奈落《ならく》の深みのように思い描かれた。彼女は胸がつぶれてしまうくらい息を切らした。やがて、勇壮な気持がみなぎると、彼女はほとんど嬉々《きき》として丘の斜面を駆け下り、牛を渡すための板を渡り、小道を通り、並木のある通りを抜け、市場を突っ切ると、薬屋の店の前に来た。

店頭にはだれもいなかった。入ろうとしたが、呼び鈴の音がすればだれかが出てくる、そして、裏の柵戸から忍び込み、息をひそめ、壁を手探りしながら進むと、台所の入口まで来て、そこのかまどの上にロウソクが一本ともっている。上着を脱いだジュスタンが、皿を運んで行くところだった。

「ああ！　食事中だ。待つことにしよう」

ジュスタンがもどってきた。彼女は窓ガラスを叩《たた》いた。彼は外に出てきた。

「鍵《かぎ》をちょうだい！　階上《うえ》の鍵よ、ほらそこに……」

「何ですって！」

　そしてジュスタンは彼女の顔の青白さにびっくりして見つめたままで、その顔は夜の闇を背景にくっきりと白く際立《きわだ》っていた。今宵《こよい》の彼女は異様なまでに美しく、まるで幽霊みたいに厳かでさえあるように思われ、いったいこの人が何をするつもりか分からなかったが、ジュスタンにはどことなく凄《すさ》まじいものが感じられた。

　それでも彼女は小声の早口で、甘くとろけるような声を出してつづけた。

「鍵が要るのよ！　貸してちょうだい」

　仕切りの壁が薄いので、フォークの皿に触れる音が食堂から聞こえていた。

　ネズミがうるさくて眠れないので殺す必要があるのだ、と彼女は言い張った。

「主人に知らせなくちゃ」

「いいえ！　やめて！」

　それから、どうでもよさそうに、

「ねえ！　それには及ばないわ、あとでわたしから言っとくから。さあ、足もとを照らして！」

　彼女は調剤室の入口に通じる廊下に入った。壁に、物置と札のついた鍵がかかっていた。

「ジュスタン！」と、待ちきれずにいらいらした薬剤師がどなった。

「上がりましょう！」

そしてジュスタンは彼女のあとについて行った。

鍵が錠前のなかで回って、彼女は三つ目の棚に向かってまっすぐ進んだが、それくらい確かな記憶が彼女を導き、青い広口瓶をつかみ、栓を抜き、手を突っ込み、手をもどすと、白い粉をしっかり握っていて、彼女はじかにそれを口に入れはじめた。

「やめてください！」とジュスタンは叫びながら彼女に飛びかかった。

「しっ！　人が来てしまう……」

ジュスタンは絶望して、人を呼ぼうとした。

「なにも言ってはいけないよ、そんなことをしたら責任がすべてご主人にふりかかるんだから！」

やがて彼女は急に気持も落ち着いて、ほとんど務めを果たしたあとの清清《せいせい》した気分にひたって帰って行った。

シャルルが差し押さえの知らせに動転して帰宅してみると、エンマは家を抜け出したところだった。彼はわめき、泣き、気を失ったが、エンマはもどって来ない。いったいどこに行ったのか？　フェリシテをやって、オメーの家、チュヴァッシュ氏の家、ルルーのところ、「金獅子」と、ところかまわず当たらせ、そして、断続的に不安に襲われながら、自分の尊敬も地に落ち、財産も失われ、ベルトの将来も打ちくじかれてしまったと思った！　いったいどうして？……まるで分からない！　夕方の六時まで待った。とうとう、じっとしていられなくて、エンマはルーアンにでも出かけたかもしれないと思い、街道に出て、半里〔約二キロ〕ほど行ってみたが、だれにも会わず、さらに待って、もどってきた。

彼女は帰っていた。

「いったいどうしたんだい？……なぜなんだ？……わけを言ってごらん？……」

彼女は書き物机の前に座り、手紙をしたため、ゆっくり封をすると、日付と時刻を書き加えた。それから、重々しい態度で言った。

「明日になったらこれを読んで、それまでは、お願い、何もお聞きにならないで！……ええ、何ひとつ！」

「でもお前……」

「ああ！　そっとしておいてちょうだい！」

そして彼女はベッドの上にながながと横になった。

ぴりぴりとする味を口のなかに感じて、彼女は目が覚めた。シャルルをちらりと見て、また目を閉じた。

念を入れて自分を観察し、苦しくないのか見きわめようとした。いや！　まだなんともない。置時計の音も、暖炉の火の爆《は》ぜる音も、ベッドの脇《わき》に突っ立っているシャルルの息づかいも、聞こえる。

「ああ！　これで死ねるなら、どうってことないわ！」と彼女は思った。「そのうち眠くなって、それで終わりなのね！」

彼女は一口だけ水を飲むと、壁のほうに寝返った。

あのインクのような不快な味が残っている。

「喉《のど》が渇く！……ああ！　喉が渇く！」と彼女はため息まじりに言った。

「いったいどうしたんだ？」とシャルルは言って、コップを差しだした。

「なんでもないの！……窓を開けて……息ができない！」

そして不意に吐き気に襲われたので、彼女には枕《まくら》の下のハンカチを取るのがやっとだった。

「これを持ってって！」と彼女は素早く言った。「捨てて！」

シャルルは問いただしたが、彼女は答えなかった。少しでも動いたら吐きそうで怖くて、彼女はじっと動かなかった。そうしていると、氷のような冷たさが足から心臓のほうにまでせり上がってくるのが感じられた。

「ああ！　いよいよはじまったわ！」と彼女はつぶやいた。

「なんだって？」

彼女は苦悶《くもん》に充ちたゆっくりした動作で頭を左右に振りながら、絶えず口を大きく開け、まるでその舌の上には何かとても重いものがのっているようだった。八時に、また嘔吐《おうと》がはじまった。

シャルルが注意して見ると、洗面器の底に白い砂粒のようなものがあって、磁器の内側の面に付着していた。

「こいつは異常だ！　こりゃ変だ！」と彼は繰り返した。

だが彼女は大声で言った。

「いいえ、思い違いよ！」

そこでシャルルはそっと、ほとんど愛撫《あいぶ》するように彼女の胃の上に手を当てた。彼女は鋭い悲鳴をあげた。彼はひどく怯えて後ずさりした。

やがて彼女は呻《うめ》きだしたが、最初はかすかにだった。大きくわなわなと肩が震え、引きつった指先の深く食い込んだシーツよりも顔面が蒼白《そうはく》になった。脈拍は、不整で、いまではほとんど感じられなくなっていた。

　青ざめた顔の上にいくつも汗の粒が吹きでていて、顔はまるで金属から昇華した気体の発散物に包まれて硬直したように思われた。歯がガチガチ鳴り、大きく見開かれた目は周囲をうつろに見回し、どんな質問をしても、首を左右に振って答えるだけで、二度、三度ほど微笑みさえ見せた。徐々に呻き声が強まった。鈍い遠吠《とおぼ》えのような声も漏れ、よくなってきたから、これから起き上がりたい、と彼女は言い立てた。だが痙攣《けいれん》に襲われ、彼女は叫んだ。

「ああ！　我慢できない、とんでもない！」

　シャルルはベッドの際《きわ》にひざまずいた。

「言っておくれ！　何を食べたんだ？　答えておくれ、後生だから！」

　そして彼はエンマを見たが、シャルルの目には、彼女が一度も見たことのないような愛情がたたえられていた。

「ねえ、それ……それ！……」と彼女は弱まる声で言った。

　彼は書き物机に飛びつくと、封を切り、はっきりと声に出して読んだ！　だれ、い、い、いめられましょう……。彼は読むのをやめ、目を手でこすり、また読み返した。

「なんということだ！　助けて！　だれか！」

そして彼は「毒を飲んだ！　毒を飲んだ！」という言葉をただ繰り返すばかりだった。フェリシテはオメーの家に駆けつけ、すると薬剤師は広場に出て叫び立て、ルフランソワの女将《おかみ》は「金獅子」でその叫びを聞き、起きだして隣近所にふれまわる者たちもいて、一晩じゅう村は目覚めていた。

　シャルルは取り乱して、もごもごつぶやき、いまにも倒れそうになりながら、部屋のなかを歩き回った。家具にぶつかり、髪をかきむしり、薬剤師もこれほどぞっとするような光景があり得ようとはついぞ予想だにしなかった。

　薬剤師は家に取って返すと、カニヴェ先生とラリヴィエール博士に手紙を書いた。逆上しているのか、十五枚以上も下書きを書いた。イポリットはヌーシャテル〔カニヴェの住む町〕目指して出発し、ジュスタンはボヴァリーの馬にひどく拍車を入れたので、ボワ・ギョームの丘の斜面にまで来ると、馬がへばり、ほとんど死にかけたので、そこで見限ることにした〔ラリヴィエールはルーアンに住んでいる〕。

　シャルルは医学辞典を手繰ろうとしたが、文字の列がちらついて、よく見えなかった。

「落ち着いて！」と薬剤師が言った。「問題はひとえに強力な解毒薬を何か投与することですな。毒は何ですか？」

シャルルは手紙を見せた。砒素《ひそ》だった。

「さあ」とオメーはつづけた。「定量分析をしなくてはいけないでしょうな」

なにしろ薬剤師は、いかなる中毒にも分析が必要であることを承知していたからで、
そして、相手はわけも分からず、こう答えた。

「ああ！　やってください！　やってください！　妻を救ってやってください……」

それから、彼女のそばにもどると、床の絨毯の上にへたり込み、ベッドの縁《へり》に頭をもたせかけ、しゃくりあげた。

「泣かないでちょうだい！」と彼女はシャルルに言った。「もうじきあなたを苦しめなくなりますから！」

「どうしてなんだ？　なにがあってお前はこんなことをする破目に？」

彼女は答えた。

「そうするしかなかったのよ、あなた」

「お前は幸せじゃなかったのかい？　おれのせいなのか？　それでもできるだけのことはなんでもしたのに！」

「ええ……、本当に……、あなたはいい人よ、あなたは！」

そして彼女はシャルルの髪をゆっくりと撫でた。その感触が心地よくて、彼の悲し

みはいっそう募り、逆にいまになってこれまでになくこちらに愛情を示してくれているのに、そのエンマを失わなければならないと思うだけで、自分の全存在が絶望に押しつぶされるような気がして、そして、いますぐ火急の決断をしなければならないので気持の動転が頂点に達し、なにも思いつかず、なにも分からず、思い切ってなにもできなかった。

これでケリが付く、一切の裏切りとも、背信行為とも、自分をさいなむ数え切れない欲望とも、と彼女は考えた。いまとなってはだれを憎む気もなく、混沌《こんとん》とした黄昏が自分の頭のなかに不意にたちこめ、地上の一切の音のなかで、もはやエンマにかろうじて聞こえるのは、この気の毒な男の断続的な呻き声だけで、それは穏やかで不明《ふめい》瞭《りょう》になり、まるで交響曲の最後の響きが遠のいて行くようだ。

「娘をここに連れてきて」と、エンマは片肘《かたひじ》をついて身体《からだ》を起こしながら言った。

「それじゃ、気分がよくなってきてるんだね？」とシャルルは訊いた。

「ええ！　ええ！」

娘は女中の腕に抱かれて、長い寝間着のままやって来たが、裾から素足がのぞいていて、ほとんどまだ夢見心地なのに真剣な面持ちをしていた。散らかり放題の部屋をびっくりしたようにじっと見て、家具の上にともっている燭台《しょくだい》の光がまぶしくて、しきりにまばたきした。燭台の光でおそらく元日の朝や四旬節中日の朝を思い出したのか、そんなときはこのようにロウソクのともる早い時間に起こされて、母親のベッドに連れて行かれると、そこで贈物をもらうので、娘はこう言いだした。

「いったいどこに置いてあるの、お母さま？」

そしてだれもが口をつぐむので、

「でもあたしの靴〔クリスマスなどに靴にプレゼントを入れてもらう習慣を思い出しているのか〕が見当たらないわ！」

フェリシテは娘をベッドのほうへ傾けたが、一方、娘はマントルピースのほうばかりずっと見ていた。

「婆《ばあ》やが持ってったの？」と娘は訊いた。

そしてボヴァリー夫人は、この乳母の名を聞くと、自分の不倫やその不幸の記憶が思い出され、顔をそむけたが、まるでもっと強い別の毒物の嫌な味が自分の口のなかにこみ上げてくるようだった。そうしているあいだに、ベルトはベッドの上にのせられていた。

「あら！　なんて大きな目をしているの、お母さま！　とてもお顔が真っ青よ！　こんなに汗もかいている！……」

母親はじっと娘を見つめた。

「こわい！」と娘は言うと、後ずさりした。

エンマは娘の手を取り、接吻《せっぷん》しようとしたが、ベルトはもがき暴れた。

「もういい！　娘を連れて行きなさい！」と、アルコーブでしゃくり上げていたシャルルが叫んだ。

やがて症状はひととき持ち直し、動揺も収まったように見え、そして、どうでもいい言葉の一つひとつに、少し穏やかになった胸の呼吸のたびに、シャルルは希望を取りもどした。ようやく、カニヴェが入ってくると、シャルルはその腕のなかに泣きながら飛び込んだ。

「ああ！　あなたをお待ちしてました！　ありがとう！　ご親切に！　でも持ち直しましたよ。ほら、見てやってください……」

同業者は、少しも同じ意見ではなく、いつも自分の口で言っていたように、直接的な、行動に出て、吐剤を指示し、胃のなかをからっぽにしようとした。

彼女はまもなく血を吐いた。唇はさらにきっと結ばれた。手足は痙攣し、身体は褐色の斑点《はんてん》に覆われ、脈拍は添えた指の下をすり抜けるようにかすめたが、まるでぴんと張った糸のようであり、いまにも切れそうなハープの弦のようだった。

やがて彼女は絶叫しはじめ、恐ろしいほどだった。毒を呪《のろ》い、罵倒《ばとう》し、毒が早く回るよう願い、本人よりもいまにも死にそうなくらいのシャルルが何かを飲ませようとつとめても、それをことごとく硬直した腕で押し返した。シャルルは立ったまま、ハンカチを口に当て、ぜいぜいあえぎ、泣き、嗚咽《おえつ》に息をつまらせ、踵《かかと》まで震わせ、フェリシテは部屋じゅうをあちこち駆け回り、オメーはじっとして、大きなため息をつき、カニヴェ先生は常に平静さを失わず、それでもこれはまずいと動揺を心に感じはじめていた。

「あれっ！……それでも……胃は洗浄したし、原因がなくなったからには……」

「結果もなくなるはず」とオメーは言った。「自明の理ですな」

「助けてやってください！」とボヴァリーは叫んだ。

だから、薬剤師が「これはおそらく快方に向かう発作でしょう」と推測をなおも口にするのを無視して、カニヴェはテリアカ〔阿片をふくむ解毒用練薬〕を投与しようとしたが、そのときぴしりと鞭の音が聞こえ、窓ガラスがどれも震えたかと思うと、四輪の箱馬車が耳まで泥をはね上げた三頭の馬に力いっぱい引かれて、一挙に市場の一角に躍り出た。ラリヴィエール博士だった。

神が出現しても、これほどの興奮は惹《ひ》き起こさなかっただろう。ボヴァリーは諸手《もろて》をあげ、カニヴェはとつぜん不動の姿勢をとり、オメーは博士が入ってくるよりもずっと前からトルコ帽を脱いだ。

博士はビシャ〔一七七一―一八〇二。医学者、解剖学者、近代組織学・発生学の基礎を築く〕の手術衣から輩出した偉大な外科学派に連なり、いまでは消えてしまった哲人的臨床医の世代に属していて、この人たちは熱狂的な愛で医術を慈《いつく》しみ、高邁《こうまい》な熱意と炯眼《けいがん》をもってこれに従事した！　この博士がひとたび怒りはじめると病院じゅうが震えおののき、弟子たちは博士をじつに崇《あが》め尊んだので、独り立ちするとたちまち、できるだけ師を真似《まね》ようとつとめ、その結果、周辺の町々では、メリノの裾長の綿入れ外套《がいとう》やゆったりとした燕尾服《えんびふく》をまとった弟子たちの姿が見られたが、その博士のボタンを外した袖口《カフス》がわずかに覆《おお》う両の手は、肉づきもよく、じつに美しい手で、決して手袋をはめてはおらず、まるですぐにも病苦のなかに突っ込みやすいといわんばかりだった。勲章や肩書きや学術団体《アカデミー》を軽蔑《けいべつ》し、貧者に対し手厚く寛大で親身で、徳を施しているのに徳など信じないこの博士は、その見事な才気によって鬼神と恐れられなかったら、ほとんど聖人と見なされていただろう。そのまなざしはメスよりも鋭利で、こちらの心の奥底に直接に貫き入り、いかに申し立てをしても、いかに慎み包んでも一切の虚偽を暴《あば》きたててしまう。そして博士はこうして、大いなる才能の自覚と恵まれた境遇と勤勉で非の打ちどころのない四十年の生活から与えられた温厚な威厳に充たされ、過ごしていたのである。

博士はドアを入るなり、口を開けたまま仰向けに横になっているエンマの死人のような顔を見て、眉《まゆ》を顰《ひそ》めた。それから、カニヴェの報告を聞きいる様子を見せながら、しきりに人差し指を鼻の下で動かしながら、繰り返し言った。

「そうか、そうか」

だが博士はゆっくりと肩をすくめた。ボヴァリーはそれを見逃さず、二人の目が合い、そして、それでもさまざまな苦しみをじつに見慣れていたこの男も、涙をこらえきれず、一粒の涙が胸飾《ジャボ》りの上にこぼれ落ちた。

博士はカニヴェを隣室に連れて行こうとした。シャルルはあとを追った。

「よほど悪いのですね？　カラシ硬膏《こうこう》を湿布してはどうでしょう？　どうしたらよいか分かりません！　何か方法を見つけてやってください、たくさんの命を救われた先生のことですから！」

シャルルは両手を博士の胴体にまわし、恐怖で呆然《ぼうぜん》としたように相手をじっと見つめ、懇願を繰り返し、なかば気絶したように博士の胸に身を預けた。

「さあ！　きみ、気をたしかに！　もうなにもかも手遅れです」

そしてラリヴィエール博士は顔を背けた。

「お帰りになるのですか？」

「あとでまた来ます」

博士はまるで御者に何かを命じるためにとでもいうように抜け出し、カニヴェ氏もつづいたが、氏にもまた自分の手でエンマの死を看取《みと》る気はなかったのだ。

薬剤師は広場で二人の医師に追いついた。この男は、性分からして、名士のもとを離れられない。だから薬剤師はラリヴィエール先生に、栄《は》えある名誉として、拙宅で昼食を召し上がっていただけまいかと懇願したのだった。

大急ぎで「金獅子」から鳩《はと》を、肉屋からありったけの骨付き背肉を、チュヴァッシュ家から生クリームを、レスチブードワのところから卵を取り寄せ、薬剤師みずから支度を手伝い、一方、オメー夫人は胴着の紐《ひも》を引きながら言った。

「先生、申し訳ございませんが、なにしろあいにくこんな田舎のことで、前日からでも分かっておりませんと……」

「脚付きグラスを！」とオメーは夫人に耳打ちした。

「せめてここが町でしたら、ピエ・ファルシ〔子豚の足などに詰め物をしてココット焼きにした料理。ココットとは小さめの深みのある丸い器や鍋〕でもお取りできますのに」

「黙っていなさい！　博士、食卓へどうぞ！」

薬剤師は、最初の何皿か出たところで、この災難について詳細を提供する好機と判断した。

「最初、咽頭部《いんとう》に渇感《かっかん》を覚え、ついで上腹部に激痛が走り、暴瀉《ぼうしゃ》があり、昏睡《こんすい》におちいりました」

「どうして毒を飲んだのかね？」

「それが不明でして、博士、どこでその亜砒酸《あひさん》を手に入れたのかも分からないのですが」

そのとき、皿を積み重ねて運んできたジュスタンはがたがた身体を震わせた。

「どうした？」と薬剤師は言った。

そう訊かれて、若者はすべてを床にぶちまけてしまい、ものすごい音がした。

「ばかもの！」とオメーはどなった。「そこつ者！　間抜け！　できそこないのおたんこなす！」

だが急に自分を抑えて、

「博士、私は定量分析をやってみたいと思いまして、まず第一に、慎重に試験管に入れましたのは……」

「そんなことより」と外科医は言った。「患者の喉にあなたの指を入れたほうがましだったね」

同業者のカニヴェは口を閉ざしていて、それというのも先ほど、博士と二人だけになると吐剤を与えた件でひどく叱責《しっせき》を受けていたからで、捩《ねじ》れ足手術のときにはあんなに尊大で饒舌《じょうぜつ》だったこの立派な先生も、今日はじつに控え目で、賛意を示すかのように絶えず笑みを浮かべていた。

オメーは接待役をつとめる誇らしさに喜色満面となり、ボヴァリーのことを痛ましく思い、ひきかえ自分自身を手前勝手に省みると、なんとなくうれしさを覚えた。それに、博士を自分の家にむかえたことで有頂天になっている。薬剤師は自分の教養をひけらかし、やれカンタリス沫《まつ》〔カンタリジンという有毒物質を持つハンミョウという昆虫を乾燥させた粉末〕だ、ウパス毒〔ウパスノキという有毒高木から採取されるアルカロイド〕だ、マンチニール〔トウダイグサ科の低木で、白い樹液が猛毒〕だ、マムシだとごちゃごちゃに毒物の名を挙げた。

「それどころか、博士、あまりにも激しい燻蒸《くんじょう》〔薬剤をガス状態にして密閉空間に満たし有害物質を駆除する方法〕を受けた腸詰《ブーダン》のせいで、何人もの人間が中毒を起こし、まるでほとんど即死のようだったと読んだことがあります！　とにかく、われらが薬剤師の指導者で薬学界の泰斗の一人が書いたじつに優れた報告書に載っていまして、これぞあの有名なカデ・ド・ガシクール先生にほかなりません！」

オメー夫人がまた姿を見せたが、運んできたのはアルコールランプで熱するぐらぐらした器具で、というのもオメーは食卓でコーヒーを入れたくて仕方なかったからで、おまけにコーヒーは自分の手で炒《い》り、自分の手で挽《ひ》き、自分の手で調合《ブレンド》しておいたものだった。

「博士、サッカルムをどうぞ」と薬剤師は言いながら、砂糖を差しだした。

それから薬剤師は子供たちの体格についてこの外科医の意見を聞きたがり、みな二階から来させた。

ようやくラリヴィエール先生が帰ろうとすると、オメー夫人が夫を診察してくれと博士に頼んだ。夕食後、きまって毎晩うとうとするのは、血がどろどろのせいでしょう。

「ああ！　ご主人、めぐりが悪いなんてことありませんな」

そして、いまの洒落《しゃれ》が気づかれないので少しにやっとして、博士はドアを開けた。ところが薬局は人びとでいっぱいで、そして、博士はやっとのことでどうにか人びとを切り抜けたのだが、そこにはチュヴァッシュ氏もいて、妻が暖炉の灰にしょっちゅう痰《たん》を吐くので肺炎じゃないかと心配し、それにビネー氏はときどき激しい空腹を覚え、カロン夫人は身体じゅうちくちく痛み、ルルーはめまいがし、レスチブードワはリュウマチにかかり、ルフランソワの女将は胸焼けがした。やっと三頭の馬が走り去り、博士はちっとも心づかいを示してくれなかったと広くみんなに思われた。

ブールニジャン師が聖油をたずさえて広場の前を通ると、その姿に一同の関心は逸《そ》らされてしまった。

オメーは自説に従うように、死臭をかぎつけるカラスに司祭をなぞらえ、自分としては聖職者を見るのが嫌で、なにしろ僧服《スータン》が屍衣《しい》を連想させるからで、薬剤師が僧服を見るのも嫌なのは、いくらかは屍衣への恐怖によっていた。

しかしながら、薬剤師はいわゆる自分の使命を前にしては一歩も引かず、カニヴェと連れ立ってふたたびボヴァリーの家にもどり、それは、そうするようにラリヴィエール先生が出発前に強く勧めていたからで、そして、妻の進言がなかったら、オメーは二人の息子もいっしょに連れて行き、後々その脳裏に荘厳《そうごん》な光景として残るように、教訓となり、戒めとなるように、この強烈な状況《いまわのきわ》に息子たちを慣らしておこうとしたことだろう。

二人がなかに入ると、部屋は悲痛な荘厳さにすっかり充《み》ちていた。白い布で覆われた裁縫台の上には、銀の皿に小さな球状の綿が五つ、六つあって、そばにはともった二本の燭台のあいだに大きなキリストの十字架が置かれていた。エンマは顎《あご》を胸のほうに引いて、とてつもなくまぶたを見開いていて、そして両方の手は痛々しくもシーツの上を撫《な》でこすり、もう屍衣に包まれたいと願っているような臨終の人のするおぞましくも緩慢な仕草を見せていた。シャルルは彫像のように血の気がなく、炭火のように目を真っ赤にし、いまや泣かず、彼女の真向かいのベッドの足もとに立っていて、一方、司祭は片膝《かたひざ》をついて、小さな声で秘蹟《ひせき》の文句をぶつぶつ唱えていた。

彼女はゆっくりと顔をめぐらすと、とつぜん紫のストラ〔司祭が首の周りにかけて前に並行に垂らす頸垂帯〕が目に入り、歓喜にとらえられたように見えたが、異常なまでの平静さにすっぽり包まれ、おそらく、ずっと失われていたものの、神秘への最初の憧《あこが》れがもたらしてくれた歓《よろこ》びがよみがえり、まさにはじまろうとしている永遠の至福の幻影がよみがえったのだろう。

司祭は立ち上がり、キリストの十字架を取ると、そのとき彼女は渇いた人のように首を伸ばし、「人となられた神」の聖体に唇を押し当て、いまにも尽きそうな力をありったけふりしぼって、これまでにしたなかで最も強い愛の接吻をそこにした。それから司祭は「神が憐れまんことを《ミゼレアートゥル》」と「お慈悲を《インデュルゲンティアム》」の祈りを唱えると、親指を聖油に浸し、塗油の儀式をはじめ、最初に、あれほどにも世俗のあらゆる豪奢《ごうしゃ》を渇望した目の上に、つづいて、心地よいそよ風や恋の芳香の大好きな鼻孔に、それから、開けば嘘《うそ》をつき、自尊心ゆえに呻き、愛欲に叫びをあげた口に、ついで、甘美な触れあいを大いに楽しんだ手に、最後に、かつて欲望の充足をもとめて駆けたときにはあんなにも速く、いまではもう歩むこともない足の裏に塗油した。

司祭は指を拭《ぬぐ》うと、聖油のしみた綿ぎれを暖炉の火に投げ入れ、瀕死の女のそばにもどって腰を下ろし、いまこそその身の苦しみをイエス・キリストの苦しみと一つにし、神の慈悲に身を委ねなければならない、と彼女に言い聞かせた。

霊的講話を終えると、司祭は彼女の手に祝別された大ロウソクを持たせようとしたが、それは彼女が間もなく取り巻かれることになる天の栄光の象徴だった。エンマはあまりに力なく、指を握りしめることができず、ブールニジャン師が手を添えなければ、ロウソクは床に抜け落ちていただろう。

それでも、彼女はもう前ほど青ざめてはおらず、その顔には穏やかさの表情が浮かび、まるで秘蹟によって癒《い》やされたかのようだった。

司祭はさっそくそのことを述べ立て、ときに、神が救済するにふさわしいと判断なされば、その人の寿命を延ばされることもある、とボヴァリーに説明し、そして、そういえば以前、彼女が死に瀕しながら聖体拝領を受けたことがあった、とシャルルは思い出した。

「ひょっとして、絶望してはいけなかったのかもしれない」とシャルルは考えた。

事実、彼女はゆっくりと周囲をくまなく見回し、まるで夢から覚めた人間のようで、やがてはっきりした声で、鏡が欲しいと言い、しばらく鏡をのぞき込んでいるうちに、いつの間にか大粒の涙がいくつも目から流れ落ちた。そこで彼女は頭をあおむけにしながら、ため息をもらし、枕の上に倒れ込んだ。

すぐさま胸がせわしなくあえぎはじめた。舌がそっくり口の外にだらりと垂れ、目はぎょろぎょろしながらも、消えゆく二つのランプの丸い笠《ほや》のように光が失《う》せて行き、もう死んでいると思われるほどで、それでも猛《たけ》り狂ったような息づかいで揺り動かされた脇腹が恐ろしいほど勢いを強め、まるで魂が肉体を離れるために跳躍でもしているみたいだった。フェリシテは十字架の前にひざまずき、薬剤師までが少し膝を曲げたが、一方、カニヴェ先生はあいまいに広場に目をやっていた。ブールニジャンはベッドの縁《へり》に顔をつけて、ふたたび祈りはじめたが、黒い僧服《スータン》は背後の部屋の床に長い裾を引いていた。シャルルはその反対側にひざまずき、両腕をエンマのほうに差し伸べていた。彼はエンマの手を取り、握りしめ、心臓が鼓動を打つたびにびくっと身震いし、まるで崩れ落ちる廃屋のとばっちりを受けたみたいだった。あえぎが強まるにつれ、司祭は祈りを早め、祈りの声がボヴァリーの押し殺したむせび泣きに混じり合い、ときおり、ラテン語の音のこもったつぶやきのなかに、なにもかもが消え入ってしまうように思われ、その音はまるで弔鐘《ちょうしょう》のように鳴り響いた。

とつぜん、重い木靴の音と杖《つえ》を引きずる音が歩道に聞こえ、そして、声が立ち起こり、しわがれた声で歌いだした。

晴れた日の熱気に当たればしばしば
小娘も恋の思いに誘われる。

エンマは電気を通された死体のように起き上がり、髪を振り乱し、目は大きく見開かれじっと動かない。

鎌が刈り取る麦の穂を
熱心に拾い集めようとして
ナネットねえちゃん、身体《からだ》を曲げる
麦を実らす畑の畝に。

「盲人だ！」と彼女は叫んだ。

そしてエンマは笑いだしたのだが、それは凄《すさ》まじいほどの熱狂的な必死の笑いで、あの乞食の醜悪な顔が永劫《えいごう》の闇《やみ》のなかに、まるで激しい恐怖そのものみたいに立ちはだかるのを見る気がした。

その日にかぎって大風で
短い下《ジユポン》ばきも吹き飛ばされた！

痙攣が彼女をベッドの上に押しもどした。だれもが枕辺に近寄った。もう生きてはいなかった。

9

だれかが死ぬと、きまって無感覚のような状態が生じるものだが、それくらいこの虚無の突然の出現は、納得するのも難しいし、じたばたせずに信じるのも難しい。だがシャルルは、それでも彼女が動かなくなったと気づくと、エンマの上に身を投げながら叫んだ。

「お別れだ！　お別れだ！」

　オメーとカニヴェは彼を部屋の外に連れ出した。

「自制して！」

「分かった」と彼はもがきながら言った。「聞き分けよくするさ、ひどいことはしないから。さあ、ほっといてくれ！　あいつの顔が見たいんだ！　おれの女房だぞ！」

　そして彼は泣いていた。

「泣きなさい」と薬剤師は言葉をつないだ。「本心のままに手放しで泣きなさい、そうすれば心が軽くなりますよ！」

　シャルルは子供よりもたわいがなくなり、階下の広間に連れて行かれ、やがてオメーも自宅に帰った。

　薬剤師は広場で、例の盲人に近づいて話しかけられたが、消炎軟膏《なんこう》を当てにしてヨンヴィルまでやっとの思いで歩いて来て、だれかが通りかかる度に薬剤師はどこに住んでいるかと訊《き》いたのだった。

「ああ、まさか！　これ以外にやらなきゃいけないことなんてまるでないみたいじゃないか！　ああ！　気の毒だが、あとでまた来るんだな！」

　そして彼は大急ぎで店に駆け込んだ。

手紙を二通書かねばならず、ボヴァリーに水薬の鎮静剤をこしらえてやらねばならず、中毒を隠してくれるような作り話を捻《ひね》りださねばならず、それを「灯火《ともしび》」に記事として書かねばならず、おまけに何か聞けると思って自分を待っている連中がつめかけていて、そして、そのときヨンヴィルの連中にはみな、ボヴァリー夫人がヴァニラ・クリームを作ろうとして砂糖と砒素を取り違えたという話を聞かせて、薬剤師はもう一度、ボヴァリーの家に取って返した。

見ると、ボヴァリーはたったひとり（カニヴェ先生はさっき帰ったところで）、窓辺の肘掛椅子に腰を下ろし、呆《ほう》けた視線で広間の敷石をじっと見つめていた。

「ご自身でいま」と薬剤師は言った。「式の時刻を決めていただかねばなりませんね」

「なんのための？　どういう式です？」

それから、口ごもるような怯《おび》えた声で、

「いやあ！　だめ、じゃないか、だめだ、あれは家に残しておきたい」

オメーは平静を装《よそお》って、棚から水差しを取るとゼラニウムに水をやった。

「いや！　ありがとう」とシャルルは言った。「ご親切にどうも！」

そして彼は言葉を終わりまで言えず、薬剤師の仕草を見て大量の記憶を思い出したせいで、息がつまったのだ。

そこでオメーは、医者の気をそらすには園芸の話でもいくらかするのがふさわしいと判断した、植物には水分が必要ですな。シャルルは同意のしるしに頭を下げた。

「それに、陽気のよい日々がいまにもまたやって来ますよ」

「そりゃ！」とボヴァリーは言った。

薬剤師は思案も底をついて、窓の小さなカーテンをそっと開けはじめた。

「ほら、チュヴァッシュさんが通る」

シャルルは機械のように繰り返した。

「チュヴァッシュさんが通る」

オメーは葬式の手はずについてあえてふたたび話す気にはなれず、そのことをシャルルに決心させたのは司祭だった。

彼は診察室にこもると、ペンを取り、しばらくすすり泣いてから、このように書いた。

《妻に婚礼の衣装《ウエディングドレス》を着せ、白い靴を履かせ、花の冠をかぶらせて埋葬していただきたい。髪を両肩に広げるようにし、棺《ひつぎ》は三重にして、一つはコナラの棺、一つはマホガニーの棺、一つは鉛の棺で願います。力はあるつもりですから、この私には何も言わないでいただきたい。棺の上には緑のビロードの布をたっぷりとかけてください。以

上を望みます。そうしてやってください。》

これを読んだ司祭と薬剤師はボヴァリーの小説じみた着想に大いにびっくりし、たちまち薬剤師が言いに来た。

「このビロードは余計に思われますがね。それに、費用の点で……」

「それがあなたに関係あるとでも？」とシャルルは叫んだ。「勝手にさせてくれ！　あなたはあれを好ましく思っていなかったんだ！　帰ってくれ！」

司祭はシャルルの腕を抱え、庭をぐるりと散歩させた。司祭はこの世のはかなさについて長々と弁じ立てた。神こそがまこと偉大であり、寛大であり、文句を言わずに神の決定に従うべきで、まさに神に感謝しなければならない。

シャルルは神を冒瀆《ぼうとく》する言葉をぶちまけた。

「とことん嫌いだ、あなたのいう神さまなんて！」

「反抗心がまだあなたのなかにはおありのようじゃ」と司祭はため息まじりに言った。

ボヴァリーは離れていた。大股《おおまた》で塀に沿って、果樹をはわせてあるそばを歩き、歯をきしらせ、天に向かって呪うようなまなざしを送ったが、木の葉の一枚もそよがなかった。

小雨が降っていた。シャルルは胸をはだけていたので、しまいにはがたがた震えだし、もどって台所の椅子に腰を下ろした。

六時になると、広場のほうでがちゃがちゃとした音が聞こえ、「ツバメ」が到着したところで、そして、シャルルは窓ガラスに額をくっつけたまま、乗客が次々に降りるのを最後の一人まで見ていた。フェリシテが居間にベッドのマットレスを敷いてくれ、彼はその上に身を投げると、眠り込んだ。

啓蒙《けいもう》思想にかぶれていても、オメーは死者への敬意を忘れなかった。だから薬剤師は、気の毒なシャルルに恨みを抱かずに、その晩、三冊の本とメモを取るための紙挟みをたずさえ、通夜《つや》にふたたび来た。

ブールニジャン師もそこに来ていて、アルコーブから引っ張り出したベッドの枕元には、二本の大きなロウソクがともっていた。

薬剤師は黙っているのが重荷になるので、さっそくこの「幸薄い若い女性」を悼《いた》む言葉を述べはじめ、そして、いまとなってはもうただ故人のために祈りをささげるほかない、と司祭は応じた。

「それでも」とオメーはつづけた。「二つのうちどちらかなんでしょうがね、もしボヴァリー夫人が聖寵《せいちょう》（教会用語で言う）を受けた状態で亡《な》くなったのなら、いまになってわれわれが祈る必要はさらさらないことになり、もし夫人が罪を悔い改めない(思うに、これが聖職者の言い方ですな)まま死んだとすれば、それは……」

ブールニジャンは薬剤師をさえぎり、ぶっきらぼうに、それでも祈らねばならないと言い返した。

「しかしですね」と薬剤師は反論した。「神さまはわれわれみんなの欲求をちゃんとご存じなのに、祈って何になるというのですか？」

「なんとまあ！」と司祭は言った。「祈りが何になるんですと！　いったいあなたはキリスト教徒ではないのですか？」

「お言葉ですが！」とオメーは言った。「私はキリスト教に敬服していますよ。まず、奴隷《どれい》を解放しましたし、この社会に道徳を持ち込んで……」

「そんなことを言っているのではない！　聖書のどこをとっても……」

「あれ！　あれ！　聖書ということなら、歴史をひもといてご覧なさい、イエズス会によって聖書の本文が改竄《かいざん》されたことは周知の事実ですよ」

シャルルは入ってくると、ベッドのほうに進み、ゆっくりと仕切りの幕を引いた。

エンマは右の肩のほうに首を傾《かし》げていた。口元は開いたままで、顔の下方に暗い穴のようなものをうがち、二つの親指はそれぞれ手のひらのほうに曲がっていて、白いほこりのようなものが睫毛《まつげ》に散らばって付着し、瞳《ひとみ》は姿を消しはじめて、薄い布にも見えるねばねばした青白いものとなり、まるで瞳の上にクモが巣を張ったようだった。掛布《かけふ》は胸から膝にかけてくぼんでいて、そのあと足の指先でまた高くなり、そして、シャルルには何か限りない塊のような途方もない重さがエンマの上にのしかかったように思われた。

教会の鐘が二時を告げた。築山《つきやま》の裾をぬって闇のなかを流れる川のさざめきが大きく聞こえる。ブールニジャン師はときどき大きな音を立てて洟《はな》をかみ、オメーは紙の上にペンをきしませた。

「さあ、あなた」と薬剤師は言った。「もう退出なさったほうがいい、この光景を見ていたらお辛《つら》いでしょう！」

シャルルが出て行ってしまうと、薬剤師と司祭はまた議論をぶり返した。

「ヴォルテールをお読みなさい！ ドルバック〔一七二三―八九。ヴォルテールらとともに『百科全書』派の一人〕をお読みなさい！『百科全書』をお読みなさい！」と一方が言った。

「『ユダヤ系ポルトガル人の書簡集』〔ヴォルテールの聖書に対する無知を攻撃したゲネー師の著作〕を読んでみなされ！ 元司法官ニコラ〔一八〇七―八八。弁護士、聖職者ではない神学者〕の『キリスト教の論拠』〔じっさいにはニコラの主著『キリスト教の哲学的研究』を指すと思われる〕を読んでみなされ！」ともう一方は応じた。

二人ともかっかと過熱し、真っ赤になり、同時に話して、互いに相手には耳も貸さず、ブールニジャンがこれほど大胆だとはと憤慨すれば、オメーはこれほど愚鈍だとはと驚嘆し、そして、二人がいまにも互いに罵《ののし》り合おうかというそのとき、とつぜん、シャルルがまた現れた。何かに魅入られたのか、シャルルは引き寄せられるように来たのだ。彼は頻繁に階段を上がってきた。

彼はエンマがよく見えるように正面に立ち、そのように凝視することに没頭したが、凝視が深すぎて、もう辛いどころではなかった。

彼は強硬症《カタレプシー》〔身体の筋肉を硬直させ受動的な姿勢をとりつづける症状〕や動物磁気による奇跡を思い出していて、そして、自分が大いに望めば、ひょっとしてエンマを甦《よみがえ》らせることができるかもしれないと思っていたのだ。一度などは、亡骸《なきがら》のほうに身を乗り出して、声を潜めて「エンマ！エンマ！」と呼びかけた。強く発せられた息のせいで、ロウソクの火が壁のほうへと震えなびいた。

早朝に、ボヴァリー老夫人が着くと、シャルルは母親を抱擁しながら、またしてもどっと涙を流した。薬剤師がしたように、母親も葬儀の出費について小言を言おうとした。シャルルがひどく怒ったので、母親は口をつぐんだが、彼はルーアンの町まで母親を行かせて、必要なものを買わせさえした。

シャルルは午後のあいだずっとひとりでいて、ベルトはオメー夫人のところに預けてあったし、二階の部屋の遺骸《いがい》のそばにはフェリシテとルフランソワの女将がつめていた。

　晩になると、シャルルは弔問を受けた。客が来ると、彼は椅子から立ち上がり、差しだされた手を握り、何も言葉を交わさず、それから客は、暖炉を囲んで大きく半円を描いている他の弔問客たちのそばに腰をかけるのだった。客たちは顔を伏せ、足を組み、その脚を揺すりながらときどき大きなため息をつき、そして、だれしも途轍《とてつ》もなく退屈をもてあましていたが、それでも牽制《けんせい》し合ってか、席を立つものはいない。

　九時になるとオメーがやって来たが（この二日間、広場ではまさに彼の姿だけが目についた）、樟脳《しょうのう》と安息香と香草をびっしりと身につけていた。彼は塩素をいっぱいにつめた瓶まで持っていたが、遺体から発生する臭気《どくけ》を払うためだった。このとき、女中とルフランソワの女将とボヴァリー老夫人がエンマのまわりを行ったり来たりしながら、着付けを終えるところで、そして、女たちは繻子《サテン》の靴まですっぽり覆《おお》ったぴんと張った長い幕を引き下ろした。

　フェリシテがしゃくり上げて泣いた。

「ああ！　かわいそうに、奥さま！　かわいそうに、奥さま！」

「この姿を見てご覧なさいよ」と旅館の女将がため息をつきながら言った。「なんて愛らしいこと、いまだに！　みんな思うでしょうね、いまにも起き上がってきそうだって」

それから女たちは身をかがめ、花で編んだ冠をかぶせようとした。頭を少し持ち上げねばならなかったが、すると口から黒い液体が流れ出て、まるで嘔吐しているようだった。

「あら！　まあ！　衣装が、気をつけて！」とルフランソワの女将が叫んだ。「さあ、手を貸しておくれ！」と薬剤師に言った。「あんた怖いんじゃない、ひょっとして？」

「この私が、怖いかだと？」とオメーは肩をすくめながら応じた。「なあんだ！　薬学を学んでいたころには、市立病院でごまんと死体にお目にかかっているわ！　解剖教室でポンチを作って飲んでるくらいさ！　死滅といえども究理の人を脅《おびや》かすこと能《あた》わずさ、それに、たびたび言っているように、自分が遺体になったら、それを病院に遺贈して、のちのちの科学のために役立てようと私は思っている」

司祭は来るとすぐ、先生はお元気かと訊き、そして、薬剤師の返事を耳にすると、つづけて言った。

「このような痛手も、お分かりだと思いますが、まだあまりに最近のことですからな！」

そこでオメーは、われら俗人一同とは違って、大切な伴侶《はんりょ》を失う危険にさらされていなくて司祭はうらやましいと祝意を述べると、そこから、聖職者の独身生活をめぐる議論の口火《くちび》が切られた。

「だいいち」と薬剤師は口にした。「いかにも不自然ですな、男が女なしで過ごすというのは！　現に犯罪がいくつも……」

「こら、ふざけおって！」と司祭は大声を発した。「結婚に足を取られている人間が、たとえば告解の秘密をどうやって守れるというのか？」

オメーは告解を非難した。ブールニジャンは告解を弁護し、立ち直った例を長々と述べ立て、告解は役割を果たしていると言った。泥棒がとつぜん真人間になった話などさまざまに引き合いに出した。告解室が近づくにつれ、目から鱗《うろこ》が落ちて真実が見えるようになった軍人の話。フリブール〔スイス西部の都市〕にいるある司祭は……。

相手は居眠りしていた。それから、部屋の空気が重ったるくなりすぎて司祭は少し息苦しかったので、窓を開けると、それで薬剤師は目を覚ました。

「さあ、嗅《か》ぎ煙草《タバコ》を一服どうかね！」と司祭が言った。「遠慮なく、すっきりしますぞ」

どこか遠くのほうで、犬のほえる声が長々と尾を引いている。

「聞こえますか、犬が遠吠えしてますが？」と薬剤師が言った。

「犬は死者を嗅ぎつけると言いますな」と司祭は答えた。「ミツバチがそうですな、人が死ぬと巣箱から飛び立ちます」

オメーはこの迷信にかみつかなかったが、それというのもふたたび居眠りしていたからだった。

ブールニジャン師はもっと意志が固く、しばらく小声で何やらぶつぶつ口を動かしつづけていたが、やがて分からないくらい少しずつ顎《あご》を垂れ、黒い表紙の厚い本を手から放して、いびきをかきはじめた。

二人は互いに向き合ったまま、腹を突き出し、顔をむくませ、しかめっ面《つら》をして、あれほど仲たがいをしていたのに、最後は同じ人間の弱点で一致を見せ、そして、二人はぴくりとも動かず、眠っているように見える傍らの死体と同じだった。

シャルルが入ってきても、二人は目を覚まさなかった。これで最後だった。エンマに別れを告げに来たのだった。

オメーの香草はまだ燻《いぶ》っていて、青っぽい煙の渦が外から流れ込む夜霧と窓辺で混ざり合った。いくつか星もでていて、心地よい夜だった。

ロウソクから大きな涙の滴《しずく》となって、蠟《ろう》がベッドの掛布の上に垂れていた。シャルルは燃えるロウソクをじっと見つめたせいで、目が、その黄色い炎の煌《きら》めきにさらされて疲れていた。

まるで月の光のように白く輝く繻子《サテン》の衣装の上で、モアレ模様が震えていた。エンマはその下にいて姿は見えず、そして、エンマが彼女自身の外にあふれだして、周囲の事物のなかに、この静けさのなかに、この夜の闇のなかに、吹き渡る風のなかに、立ち昇る湿気をふくんだ香りのなかに、漠然と消え入ってしまうようにシャルルに思われた。

それから、とつぜん、彼の目に浮かんだエンマの姿は、トストの庭の、茨《いばら》の生垣のそばのベンチに座っていたり、あるいはルーアンの通りにいたり、自分たちの家の戸口にいたり、ベルトーの庭先にいたりした。リンゴの木々の下で踊る陽気な男の子たちの笑い声がいまも聞こえるようで、部屋はエンマの髪の香りに充ちていて、腕のなかに抱きしめると、花嫁衣装《ウエディングドレス》がぱちぱちと爆《は》ぜる火花のようなかすかな音を立てた。そのときの花嫁衣装が、まさにこれなのだ！

シャルルはこうして長いこと、消え去ったすべての幸福を思い浮かべ、さまざまな物腰や仕草や声の響きを思い出していた。絶望が去っても、常にまた別の絶望がやって来て、限《き》りもなく、まるで満ち潮があふれ出るようだった。

シャルルは恐ろしい好奇心を起こし、ゆっくりと、どきどきしながら、指先で覆っている布をめくり上げた。だが恐怖の叫び声をあげ、ほかの二人を起こしてしまった。二人はシャルルを階下の広間に連れ出した。

やがてフェリシテが上がって来て、旦那《だんな》さまは髪の毛を欲しがっていると伝えた。

「切るがいい！」と薬剤師が答えた。

そして、女中が切れないでいると、薬剤師は自ら鋏《はさみ》を手に進みでた。薬剤師は震えがじつにひどく、こめかみの皮膚を何個所も突くばかりだった。ついにオメーは、動揺にも屈せず、二度、三度とでたらめに大きく鋏を入れたのだが、そのためあの美しい黒髪にところどころ白い痕跡《きりあと》ができてしまった。

薬剤師と司祭はふたたびそれぞれの仕事に没頭し、それでもときどき居眠りし、二人は新たに目を覚ますたびに、互いに相手の居眠りをとがめ合った。するとブールニジャン師は部屋じゅうに聖水をかけ、オメーは塩素水《クロール》を少し床にまいた。

フェリシテは気をつかって、箪笥《たんす》の上にブランデーの瓶とチーズと大きなブリオッシュを二人のために用意していた。そういうわけで、薬剤師は精根尽き果て、明け方の四時ごろになると、ため息まじりにこう言った。

「むろんここらで、いっちょう食べて力をつけようと思うんですが！」

司祭は一も二もなく賛成し、ミサを行ないに教会まで出て行って、帰ってくると、それから二人は食べかつ乾杯しながら、陰気な席のあとでこちらをとらえるあの漠然とした躁《そう》の気分に駆り立てられて、わけもなく、やや薄笑いを浮かべ、そして、最後の一杯を傾けるころになると、司祭は薬剤師の肩を叩《たた》きながら言った。

「われわれ、しまいには理解し合えるもんですな！」

二人が階下に下りると、玄関で、人夫たちに出くわした。それから二時間のあいだ、シャルルは板を打ち付ける金槌《かなづち》の音を拷問《ごうもん》のように耐えなければならなかった。やがて彼女の遺体をベッドから降ろしてコナラの棺に収め、それをまた二重の棺に入れたが、その棺が大きすぎて、マットレスのなかの羊毛で隙間《すきま》をふさがねばならなかった。最後に、三つの蓋《ふた》が平らに均《なら》され、釘《くぎ》を打たれ、外側がハンダ付けされると、棺は戸口の前に持ち出され、家じゅうがすっかり開け放たれ、ヨンヴィルの人たちがつめかけはじめた。

ルオー爺《じい》さんが到着した。棺を覆う黒いラシャ布が目に入って、爺さんは広場で卒倒した。

10

ルオー爺さんが薬剤師からようやく手紙を受け取ったのは、事件が起こって三十六時間後のことで、そして、オメー氏は爺さんの感じやすさを考慮して手紙を書いたので、その結果、事情がさっぱり分からなかった。

爺さんは最初、脳卒中に襲われたように倒れた。それから、娘は死んではいないのだと理解した。だが死んでいるかもしれない……最後に、上っ張りを引っかけ、帽子をかぶり、靴に拍車をつけると、全速力で出発し、そして、道すがら、ルオー爺さんは息も切れ切れになり、胸をしめつけられるような不安にさいなまれた。一度など、馬から下りなければならないほどだった。もう目が見えなくなり、あたりにやたらと人の声がして、自分が狂ったような気がした。

日が昇ってきて、見ると、木の枝に三羽の黒い雌鶏《めんどり》が眠っていて、爺さんはそれが凶兆《まえぶれ》に思えて不安になり、身震いした。そこで爺さんは聖母マリアに願をかけ、教会にカズラ〔司祭がミサのときに白衣の上に着る袖なしの祭服〕を三着おさめ、ベルトーの墓地からヴァッソンヴィルの礼拝堂まで裸足《はだし》で行くと約束した。

爺さんははやくも宿屋の人たちを呼びながらマロンムの村に入り、肩で宿屋の戸を押し開き、燕麦《えんばく》の袋のところに飛んで行き、秣桶《まぐさおけ》に燕麦のほかに甘いシードルを一瓶ぶちまけると、馬にふたたびまたがったが、四つの蹄鉄《ていてつ》からは火花が散った。

爺さんは、たぶん娘は助かるだろうと心に思い、医者が良い薬を見つけてくれるのは、間違いない。人から聞いた奇跡の治癒ばなしのありったけを、思い浮かべた。

やがて娘の死んでいる姿が現れた。娘はそこに、目の前に、道の真ん中にあおむけに横たわっている。爺さんは手綱を引くと、幻影は消えた。

カンカンポワの村に着くと、元気をつけようと、立てつづけにコーヒーを三杯飲んだ。

宛名《あてな》の書き間違いかもしれないと思った。ポケットに手紙をまさぐると、そこにある、だが爺さんには開けてみる勇気がなかった。

しまいには、これはひょっとしていたずらだろう、だれかの仕返しか、ほろ酔い機嫌のやつの酔狂《きまぐれ》だろうと推測するに至り、そして、だいいち、もし娘が死んでいるのなら、虫の知らせに分かるはずではないか？　だがどうだ！　野面《のづら》には特に変わったところは何もない、空は青いし、木々はそよぎ、羊の群れが通ってゆく。ヨンヴィルの村が見えてきて、人びとは爺さんが馬にまたがり、身をかがめて駆けつけて来るのを見たが、思いっきり棒で馬を叩くので、馬の腹帯からは血がぽたぽた滴《したた》り落ちていた。

爺さんは意識を取りもどすとすぐさま、ボヴァリーの腕のなかに泣きながらくずおれた。

「娘が！　エンマが！　わしの子が！　教えてくれ……？」

そして相手もしゃくり上げながら答えた。

「分からない、分からないんです！　不運としかいいようがありません！」

薬剤師が二人のあいだに入った。

「あんな恐ろしい話をこまかく話してもしょうがない。お父さんには私からお伝えしときましょう。ほら、お客が来ます。おやおや、しゃんとしてくださいよ！　平静にね！」

気の毒なシャルルは気丈夫《きじょうぶ》に見せようとして、何度も繰り返した。

「うん……、がんばるとも！」

「よし！」と爺さんも叫んだ。「わしもがんばる、何としても！　最後まで送ってやるわい」

鐘が鳴っていた。用意はすべて整った。歩きはじめねばならなかった。

そして、教会内陣の席に並んで座った二人は、自分たちの前を、三人の聖歌隊員が朗唱しながら絶えず行ったり来たりするのを見た。セルパン〔十七―十九世紀に用いられたコルネット系のリップ・リード楽器〕奏者が思いっきり吹いていた。ブールニジャン師は豪華ないでたちで、甲高い声で歌いながら、両手を上げ、腕を広げて聖櫃《せいひつ》に拝礼した。レスチブードワは鯨骨を杖にして教会のなかを歩きまわり、棺は書見台のそばに、四方をロウソクに囲まれ安置されている。シャルルは立ち上がって行き、ロウソクを消してしまいたかった。

それでもシャルルはつとめて信仰心をかき立て、来世の希望に身をささげようとしたが、そこでならエンマに再会できるだろう。エンマははるか遠くにずっと前から旅に出ているのだ、と想像した。だが、エンマはその棺のなかにいる、もうおしまいだ、土のなかに持っていかれる、と思うと、手なずけようのない、どす黒い、すてばちの憤怒《ふんぬ》にとらえられた。ときどき、もう何も感じないような気がし、そして、その苦痛の和らぐ感じを味わいながら、自分が惨《みじ》めであることを悔やむのだった。

鉄の杖で同じ間《ま》をおいて敷石をたたくような乾いた音が聞こえた。それは後方から来て、教会の側廊で急にぴたりと止まった。粗末な褐色の上着をまとった男が苦労してやっとひざまずく。「金獅子」の下男イポリットだった。彼ははじめて使う義足をつけていた。

聖歌隊員の一人が喜捨を求めて教会の身廊をひとめぐりすると、十サンチーム銅貨〔二スー、つまり十分の一フランに相当〕が次から次へと銀の盆に当たって響いた。

「急いで済ませてくれ！　このおれは苦しいんだ！」とボヴァリーはかっとなって五フラン金貨を投げ出しながら叫んだ。

教会の男は彼に感謝して、長いこと恭《うやうや》しくお辞儀をした。

歌ったり、ひざまずいたり、また立ち上がったり、切りがない！　彼は思い出したのが、一度、結婚したてのころ、夫婦そろってミサに列席したことがあり、二人は向こう側の右手の壁ぎわの席に腰かけていた。鐘がまた鳴りだした。椅子を動かす大きな音がした。担《かつ》ぎ手が棺の下に棒を三本差し込むと、一同は教会を出た。

そのときジュスタンが薬局の戸口に姿を見せた。とたんに顔から血の気が失せ、よろめくように店に入った。

人びとは葬列が通過するのを見ようとして、窓辺に身を置いた。シャルルは先頭に立ち、ふんぞり返っていた。毅然《きぜん》とした様子を装い、路地や戸口から出てきて人だかりに加わる連中にうなずいて挨拶《あいさつ》していた。

両側に三人ずつ、計六人の男たちが棺を担いで小刻みに歩きながら、いくらか息を切らしていた。司祭と聖歌隊長と聖歌隊の二人の子供は「主よ、我深き淵《ふち》より汝《なんじ》を呼べり」〔ラテン語訳聖書詩篇第一二九篇（邦訳では第一三〇篇）。死者への祈りとして唱えられる〕を暗誦《あんしょう》し、そして、その声は高くなったり低くなったりうねりながら、野面に消えて行った。ときおり、その姿は小道の曲がり角で見えなくなったが、大きな銀の十字架は木々のあいだに常にそびえ立っていた。

女たちは頭巾《フード》を垂らした黒いマントに身を包みあとにつづいたが、手に手に火を点《とも》した太いロウソクを持ち、シャルルは、蠟《ろう》と僧服《スータン》のむかつくような臭《にお》いに包まれ、祈りとロウソクの炎のひっきりなしの繰り返しに気が遠くなるように感じられた。さわやかなそよ風が吹き、ライムギとセイヨウアブラナが緑に色づき、露のしずくが道ばたの茨の生垣に震えていた。視界にはあらゆる種類の陽気な音が充ちていて、はるか彼方《かなた》の轍《わだち》を移動する荷車の音とか、繰り返される雄鶏《おんどり》の鳴き声とか、リンゴの木陰に逃げ込むのが見えた子馬の蹄《ひづめ》の音だった。澄んだ空にはバラ色の雲が点々と浮かび、イチハツ〔アヤメ科の多年草。フランスでも日本でも、茅ぶき屋根にはイチハツを植える習慣がある〕に覆われたわらぶき屋根の上には、青っぽい煙の渦がたなびき、シャルルは通りながら、農家の庭々に見覚えがあった。今日と同じような日の昼前に何度も、病人への往診を済ませ、その家を出てエンマのもとへもどったことを思い出していた。

白い涙の模様をちりばめた黒い覆い布がときどき風にあおられ持ち上がると、棺が見えた。担ぎ手が疲れて、歩みが遅くなり、棺は絶えずぎくしゃくと揺れながら進み、まるで波を受ける度に縦揺れする小艇《ランチ》のようだった。

着いた。

男たちはずっと下のほうの芝生のある場所まで進んだが、そこには墓穴が掘られていた。

一同は墓穴のまわりに並び、そして、司祭が祈禱《きとう》を唱えているあいだ、墓穴の周囲に盛り上げられた赤土が隅のほうから音もたてずに絶え間なく滑り落ちていた。

やがて、四本の綱が用意されると、その上に棺が押しだされた。シャルルは棺が降ろされるのをじっと見ていた。いつまでも降ろされてゆくようだった。

ようやく底に当たる音がして、きしむ音をたてながら綱が上がってきた。そこでブールニジャンはレスチブードワの差しだす鋤《すき》を受け取ると、右の手で聖水をかけながら、左の手ですくった土をたっぷりと力強く押しやり、そして、棺の木の部分に小石がぶつかり、ものすごい音がしたが、それはあの世《かみのみもと》からの響きのように人びとには聞こえた。

司祭は灌水器《かんすいき》〔聖水を入れる器のことで、灌水棒とともに用いられる〕を隣りの男に渡した。それはオメー氏だった。薬剤師は厳粛に灌水棒を振り、それからそれをシャルルに差しだしたが、彼は膝まで地面につけて身をかがめ、たっぷりと土を投げ込みながら「これでお別れだ！」と叫んだ。彼はエンマに接吻を送ると、自分もいっしょにのみ込まれようとして、墓穴のほうにひざまずいたまま進んだ。

シャルルは連れて行かれ、そして、彼もすぐに落ち着き、ほかのだれとも同じように、これでケリが付いたという漠とした満足をおそらく覚えたのだろう。

ルオー爺さんは、帰りながら、平然とパイプをくゆらしはじめ、それをオメーは内心ひそかにけしからんと思った。同様に薬剤師の目にとまったのは、ビネー氏が顔を出さず、チュヴァッシュがミサのあとで「さっさと逃げ」、公証人の使用人テオドールが青い服を着てきたことで、「それにしても習わしなんだから、まるで黒服が一着も見つけられなかったみたいな顔をして、なんてこった！」。そしてこうした批判を伝えるべく、薬剤師は人びとの群れから群れへと渡り歩いた。どの群れでもエンマの死を悼んでいて、とりわけルルーはそうで、この男はきっちり埋葬にも来ていたのだ。

「あの奥さんは、お気の毒なことでしたな！　さぞかしご主人も辛《つら》いでしょう！」

薬剤師はこう言葉を継いだ。

「いいですか、私がいなかったら、あの人も自ら痛ましい真似《まね》をしていたところですよ！」

「あんないい方がね！　それも、先週の土曜日にうちの店でお目にかかっているというのに！」

「墓の前で何か追悼《ついとう》の言葉でもと思ったのですが」とオメーは言った。「準備するひまもなかったですな」

家に帰ると、シャルルは平服に着替え、ルオー爺さんも青い上っ張りをまた引っかけた。上っ張りは下《お》ろし立てで、ここに来る途中、袖でしきりに目を拭《ぬぐ》ったので、顔に上っ張りの色が落ちて、そして、ほこりまみれの顔に涙の跡が何本もの筋をつけていた。

ボヴァリー老夫人も二人といっしょにいた。三人とも黙り込んでいた。ついに爺さんがため息まじりに口を開いた。

「なあ、覚えているかね、あんたが最初の奥さんを亡くしたばっかりのころ、一度わしがトストに行ったことがあったろう。あのときはわしがあんたを慰めたものだった！　かける言葉も承知していたが、今度ばかりは……」

それから、胸いっぱいの長い呻《うめ》きをもらして、

「ああ！　これでわしもおしまいだ、分かるだろう！　女房に先に逝《ゆ》かれ……それから息子にも……そして今日という今日は娘に逝かれてしまった！」

爺さんは、この家では眠れないだろうからと言って、ベルトーへすぐにも帰りたが

った。孫娘の顔さえ見ようとはしなかった。

「いや！　よしとくよ！　見たらひどく悲嘆に暮れてしまうだろうよ。ただ、接吻を代わりにしてやってくれんか！　お別れじゃ！……あんたはじつによくしてくれた！　それから、あれは忘れはせんから」と爺さんは言いながら腿《もも》をたたいた。「心配せんでいい！　必ず送るから、いつもの七面鳥を」

しかし爺さんは丘の上まで来ると、かつて娘と別れるときにサン＝ヴィクトールへの道で振り返ったように、振り返ってみた。牧草地に沈みかけた夕日の斜めの光線を浴びて、村の家々の窓が燃え上がっていた。爺さんは小手《こて》をかざし、そして、視界に塀をめぐらせた囲い地が見え、そのあちこちに、木々が白い墓石のあいだに暗い木立を作っていたが、やがて爺さんは道をつづけ、駄馬が跛行《はこう》するので、小走りで行った。

その晩、シャルルと母親は疲れていたのに、ひどく長いことずっといっしょに語り合った。二人は昔のことやこれからのことを話した。ヨンヴィルへ来て住み、家のなかをきちんとしよう、自分たちはもう別れまい。彼女は巧みになり、優しくなったが、何年も前から手にしていなかった愛情を取りもどして、内心うれしかったのだ。真夜中の鐘が鳴った。村はいつもと変わらず静かで、シャルルは眠れず、ずっとエンマのことを思っていた。

ロドルフは気晴らしに、その日、一日じゅう獲物を追って森を駆けまわり、館《やかた》で安らかに眠っていたし、そして、レオンも遠くの町で眠っていた。

その時刻に、眠っていない者がもう一人いた。

モミの木立に囲まれた埋められたばかりの墓穴の上に、少年がひざまずいて泣いていて、月の光よりも甘やかで夜の闇よりも底知れない無限の後悔の念にのしかかられて、その胸は嗚咽《おえつ》に張り裂けそうで、暗がりのなかで息も絶え絶えだった。とつぜん、鉄柵《てっさく》の門がきしんだ。レスチブードワで、先ほど忘れていった鋤を探しに来たのだった。彼は塀によじ登るジュスタンの姿を認め、そこで自分のジャガイモをくすねる犯人《やから》の正体をつかんだ気がした。

11

翌日、シャルルは娘を呼びもどした。お母さまは、と娘に訊かれた。いまは留守だが、おもちゃを持って帰ってくると娘に答えた。ベルトは何度も同じことを口にしたが、やがてそのうちにもうそのことは念頭から消えた。この娘がはしゃげばはしゃぐで、ボヴァリーは悲しみに暮れ、薬剤師の容赦のない慰めの言葉にも耐えなければならなかった。

やがて、ルルー氏がまたしても仲間のヴァンサールをつついたので、金銭問題がふたたびもちあがり、シャルルはべらぼうな額の借金を負ったが、なにしろ彼女のものだった家具類はどんなつまらないものでも売り払うことに同意しようとは決してしなかった。母親はそのことでかんかんに怒った、シャルルは母親よりもひどく憤慨した。彼はまるで変わってしまっていた。母親は家を出た。

そうなると、だれもがありつこうとしはじめた。ランプルール嬢は、一回もエンマがレッスンを受けてはいなかった（いつかボヴァリーは受け取りを見せてもらったにもかかわらず）のに、六か月分のレッスン代を請求してきたのだが、それは女ふたりのあいだで合意ができていたからで、貸本屋は三年分の購読料を請求し、ロレーおばさんは二十通ほどの手紙の運び賃を請求し、そして、シャルルが説明を求めると、心づかいを示して、こう答えた。

「ああ！　何のことだかまったく存じません！　ご用の手紙のようでしたよ」

借金を払うたびに、シャルルはこれでしまいだと思うのだった。だがまた別の借金が不意に現れ、切りがなかった。

シャルルは古い往診の未払い金を求めた。すると妻が書き送った手紙を見せられた。

そこでこっちが詫《わ》びることになった。

いまではフェリシテが奥さんのドレスを、すべてではなかったが、着ていて、それというのも、シャルルは何着かを取っておいて、彼女の化粧室に閉じこもってそれらをじっくり眺めたからで、女中はほとんど同じ丈で、その後姿を見て、シャルルはよく錯覚に襲われ、叫ぶのだった。

「ああ！　そのまま！　そのまま！」

だが、聖霊降臨祭〔キリスト教で復活祭後の第七日曜日〕の日に、女中はテオドールにかどわかされてヨンヴィルから姿をくらまし、衣装箪笥に残っていたものをすべて行きがけの駄賃にかっさらって行った。

ちょうどこのころ、デュピュイ未亡人が「イヴトーの公証人にして息子のレオン・デュピュイとボンドヴィルのレオカディー・ルブフ嬢との婚姻」を謹んで知らせてきたのだった。シャルルは祝辞を述べ送ったが、そのなかにはこんな言葉も書かれていた。

《妻がおりましたら、さぞかし歓《よろこ》んだことでしょう！》

ある日、家のなかを当てもなくうろついていたシャルルは、屋根裏部屋まで上がると、スリッパが何か踏んだような気がして、見ると薄い紙を丸めたものだった。広げて、読むと、「しっかりするのです、エンマ！　しっかりするのです！　あなたの一生を不幸にしたくありません」。ロドルフからの手紙で、箱を積み重ねたあいだの床の上に落ちていて、そこにずっとあったのが、天窓を開けた拍子に入った風で、いましがたドアのほうに吹き寄せられたのだった。そしてシャルルは、かつてエンマが絶望のあまりいまの彼より青ざめた顔で死にたいと思ったその同じ場所に、呆気《あっけ》にとられてじっと立ちつくしたままだった。ついに、手紙の二枚目の下のほうに、小さくRの文字を見つけた。だれだろう？　思い出したのは、ロドルフが足しげく訪れてきたのに、ぷっつりと姿を見せなくなり、その後二、三度ばったり会ってもどこかぎこちない様子だったことだ。しかし手紙の丁重な文面に、彼は欺《あざむ》かれた。

「おそらく二人はプラトニックに愛し合ったのだろう」と彼は考えた。

それに、シャルルは徹底的に掘り下げて究明するような人間ではなく、動かぬ証拠を前にして後ずさりし、曖昧《あいまい》な嫉妬《しっと》も果てしない悲しみのうちに紛れてしまった。

きっとエンマを愛したのだろう、とシャルルは思った。男ならだれであれ、間違いなく、エンマを渇望したにちがいない。そう思うと、彼女がいっそう美しく思われ、そして、そのことで彼は止《や》むことのない狂おしい欲望を覚え、それによって彼の絶望はかき立てられてしまったのだが、いまとなっては実現できない以上、限界のない欲望となってしまった。

まるでエンマがまだ生きているみたいだったが、シャルルは彼女に気に入られようと、その好みや着想をとり入れ、エナメル革のブーツを買い、白いネクタイをつけるようになった。口ひげをチックで塗り固め、エンマをまねて約束手形に署名した。エンマは墓の向こうから彼を堕落させたのである。

銀食器を一つまた一つと売らねばならず、やがて居間の家具を売り払った。どの部屋も空っぽになったが、あの部屋だけは、エンマの部屋だけは以前のままだった。夕食を済ますと、シャルルはそこに上がって行った。暖炉の前に丸テーブルを動かし、彼女の肘掛椅子《ひじかけいす》をそのそばに寄せる。差し向かいに座るのだ。ロウソクが一本だけ、金メッキした燭台《しょくだい》の一つにともっている。ベルトが傍らで版画に色を塗っている。

娘はひどい身なりで、編み上げ靴にはひもがなく、上っ張りは袖ぐりから腰にかけて裂けていて、そんな娘を見ると、この気の毒な男も心が痛んだが、なにしろ家政婦がほとんど気にかけないのだった。それでも娘はじつに優しく、じつにかわいく、小さな頭をとても愛想よく傾《かし》げ、そのバラ色の頰に見事なブロンドの髪を垂らしているので、見ていると限りない歓びにシャルルは充《み》たされたが、それはほろ苦さの混じる歓びで、まるで樹脂の臭《にお》いのするできそこないのワインのようだった。シャルルはおもちゃを修理したり、ボール紙で操り人形をこしらえてやったり、人形の破れた腹を縫い直したりした。やがて、裁縫箱や散らばっているリボンや机の割れ目にはさまった一本の針にふと目が行くと、シャルルは夢想に耽《ふけ》りはじめ、とても悲しそうな表情をするので、娘も同じように悲しくなるのだった。

いまではだれも二人を訪ねて来なくなったが、なにしろジュスタンはルーアンへ逃げ出し、食料品店の小僧になってしまったし、薬剤師の子供たちもますますベルトと遊ばなくなり、社会的立場に差ができたため、オメー氏は親交がつづくのを望まなかったのだ。

薬剤師の処方した軟膏でも治してもらえなかった盲人は、ボワ＝ギヨームの丘にもどると、その効果のない試みを馬車の乗客と見ればひどく吹聴《ふいちょう》したので、オメーはルーアンの町に出るときなど、「ツバメ」のカーテンの背後に隠れて、この男と顔を合わさないようにした。オメーは盲人を忌《い》み嫌い、そして、自分の名声を守るために是非とも厄介払いしようと、この男に対し秘密の方策を講じたのだが、そこに薬剤師の深遠なる頭脳と陰険なる虚栄心がさらけ出された。こうして六か月ぶっつづけに、「ルーアンの灯火《ともしび》」紙には次のように書かれた囲み記事を読むことができた。

《ピカルディーの肥沃《ひよく》な地方へ向かうすべての旅行者なら、ボワ＝ギヨームの丘に、顔面に創傷のある乞食《こじき》におそらく気づかれたことだろう。この男は人びとにうるさくつきまとい、しつこく責め立て、旅行者からまさに通行税を取り立てているといった有様だ。われわれはいまも、十字軍から持ち帰った癩《らい》や瘰癧《るいれき》を浮浪者が公共の場にさらすことの許された中世の、ぞっとするような時代にいるのだろうか？》

あるいはまた、

《浮浪禁止法にもかかわらず、わが大都市周辺には集団の物乞《ものご》いが横行しつづけている。単身でうろつく物乞いも見かけるが、それとてもおそらく、危険なことには変わりがない。都市の当局はこれをどう考えるか？》

それからも、オメーは次々と逸話をでっち上げた。

《昨日、ボワ＝ギヨームの丘で馬が怯《おび》えて……》そして、盲人がいることで引き起こされた事故の話がつづく。

薬剤師が奮闘したので、盲人は拘禁された。だがこの男は放免された。男はまたやりだし、オメーもまたはじめた。これは闘争である。オメーが勝利をおさめた、なにしろ敵は救済院に終身禁錮《きんこ》の刑を宣告されたのだった。

この成功でオメーは大胆になり、そして、それ以来、郡内で、犬がひき殺されても、納屋《なや》が燃えても、女房が殴られても、すぐさま薬剤師の筆によって公表されないものはもはやなく、常に進歩への愛と聖職者への怨恨《えんこん》に導かれていた。彼は公立の小学校と無知兄弟会〔昔、サン＝ジャン＝ド＝ディユ修道士が指導した初等教育を行なうキリスト教教育の学校。「無知」と蔑称された〕を比較し、後者を犠牲にし、教会になされた百フランの支給については、聖バルテルミーの大虐殺《だいぎゃくさつ》を連想させ、悪習を告発し、警句を連発した。それが彼の表現《きりくち》だった。オメーは斬《き》りまくり、恐るべき論客となった。

しかしながら彼は、ジャーナリズムの狭い限界にいるのが息苦しくなり、やがて本がなくてはならず、著作が必要となった！　そこで彼は『ヨンヴィル地区の一般統計、ならびに気候学的観察』を著し、統計学から哲学のほうに向かった。彼は大問題を気にかけ、それは社会問題から貧民層の教化に及び、養魚法や弾性ゴムや鉄道などにもわたった。彼はついに俗物《ブルジョワ》であることを恥じるに至った。芸術家をもって任じ、煙草をくゆらした！　ポンパドゥール様式のシックな小立像を二つ買って、客間を飾った。

薬局もなおざりにはせず、それどころか！　さまざまな発見の情報にも通じていた。チョコレートの普及にも遅れを取らなかった。「ショ＝カ」〔ココア入り小麦粉〕と「レヴァレンシア」〔エンドウ豆粉、レンズ豆粉、トウモロコシ粉をまぜたもの〕を下セーヌ県〔フランス革命でできた県名で、現在のセーヌ＝マリティーム県〕で最初に導入した。

彼はヴォルタ電池を使った「ピュルヴェルマシェ・ベルト」〔電池を使った十九世紀後半普及した壮健用の鎖状のベルト〕へ

の熱狂にとらえられ、自らも身につけ、そして、夜になってフランネルのチョッキを脱ぐと、オメー夫人はじっとしたまま、夫の身体《からだ》を覆う金色の螺旋《らせん》状の鎖を前に目もくらみ、スキタイ人よりもぴっちり身を固め魔術師のように光り輝くこの男に情熱をつのらせるのだった。

薬剤師はエンマの墓についても素晴らしい思いつきを披露した。まずはじめに飾り布をあしらった輪切りの円柱を勧め、次にはピラミッド状のものを、それから円形建物風のウェスタ〔かまどの火をつかさどる女神〕の神殿を提案し……あるいは「瓦礫《がれき》の山」はどうかと言った。そして、いずれの案にも、オメーはシダレヤナギを外せないとこだわったが、それこそ悲嘆の象徴として不可欠だと彼は考えていた。

シャルルと薬剤師はいっしょにルーアンまで行って、石材店《いしや》でさまざまな墓石を見たが――ブリドゥーの友人で、しょっちゅう駄洒落《だじゃれ》ばかり言っているヴォーフリラールという画家を伴っていた。百枚ほどの図案を検討し、見積書を求め、もう一度ルーアンに足を運んだ挙句《あげく》、ようやくシャルルは「消えた松明《たいまつ》をかかげる妖精」を主要な二面に刻んだ霊廟《れいびょう》風の墓に決めた。

碑銘はといえば、オメーが「旅人よ足をとめよ《スタ－・ヴィアートル》」という句ほど美しいものはないということだが、あとがつづかず、頭を絞って、しょっちゅう「スター・ヴィアートル

「……」と繰り返した。ついに「汝が踏みつけるは愛しき妻なれば《アマビレム・コンユゲム・カルカス》」と思いついて、それが採用された。

　奇妙なことに、ボヴァリーは絶えずエンマのことを考えているのに、彼女を忘れ、そして、その面影が自分の記憶から、どんなにつなぎとめようと努力をしても、逃れ去って行くのを感じて絶望に襲われた。それでも毎晩、夢を見るのだが、いつも同じ夢で、彼女に近づき、だが抱きしめる段になると、自分の腕のなかで彼女は朽ち果ててしまうのだった。

　一週間にわたって、夜になると、教会に入って行くシャルルの姿が見られた。ブールニジャン師のほうも二、三度彼のもとを訪れたが、やがてそれも止んだ。そもそもあいつは不寛容や狂信に陥ってきている、とオメーは言い、時代の精神に非難を浴びせ、半月ごとの説教では、だれもが知っているように、自分の糞《くそ》をむさぼり食らって死んだヴォルテールの臨終の話を必ずする。

　つましく暮らしていても、シャルルにはかつての借金が返済できなかった。ルルーはひとつも手形の書き替えをしてくれなかった。差し押さえが迫ってきた。そこでシャルルは母親に助けを求め、母親も自分の財産を抵当に入れることに同意したが、同時にエンマに対する文句もどっさり書いてよこし、そして、自分の払う犠牲の見返りに、フェリシテの被害を免れたショールを一枚求めた。シャルルは断った。二人は仲たがいした。

仲直りの歩み寄りを最初にしたのは母親で、自分のところに娘を引き取れば、家にいても慰めになる、と申し出た。シャルルは承知した。だが、娘がいざ出発というときになると、気丈な姿はすっかり影を潜めた。それで、今度こそは決定的で完璧《かんぺき》な仲たがいとなった。

自分の熱情が消えてゆくにつれ、シャルルは娘への愛を一段と密なものにした。それでも娘の様子に不安になったが、なにしろ娘はときどき咳《せき》をし、両方の頰に赤い斑《はん》が出たからだ。

シャルルの目の前では、薬剤師の一家が幸せそうに栄えた姿を誇示していて、なにもかも順風満帆だった。ナポレオンが調剤室でオメーを手伝えば、アタリーは彼のトルコ帽に刺繡《ししゅう》をほどこし、イルマはジャムの瓶に蓋《ふた》をするための丸い紙の栓を切り抜き、九九をひと息に唱えた。オメーは最も幸福な父親であり、最も幸運な男だった。

ところがそうじゃない！　秘《ひそ》かな野心に責めさいなまれていて、つまりオメーは勲章が欲しかったのだ。資格に不足はない。

第一点、コレラの流行に際し、限りない献身ぶりには目をみはるものがあり、第二点、公益に資する著書多数を自費にて出版し、たとえば……（そうして『シードル酒について、その製法と効用』と題された研究報告、さらには科学協会《アカデミー》に提出したリンゴワタムシ〔リンゴにつく綿毛のようなもので覆われたアブラムシ〕の観察、統計学的な著書、薬剤師取得論文までを彼は挙げ）、それに加えていくつもの学会の会員（といっても、じっさいには一つだったが）である。

「とにかく」と彼は叫びながら、片足でくるりと回った。「あとは火事のときにでも人目を引く活躍でもすればもう！」

　そうなるとオメーは権力になびいた。選挙のときには秘かに県知事閣下に大いに尽した。ついには身を売り、節を曲げた。国王にまで嘆願書を書き送って、「自分に正当な評価をする」よう懇願し、国王を「われらが善王」と呼び、アンリ四世になぞらえた。

　そして、毎朝、薬剤師は新聞に飛びついて、叙勲の受章発表を見つけようとしたが、そんなものは出ていなかった。とうとう、もう我慢しきれずに、オメーは庭に名誉《くんし》の星形《よう》をかたどった芝生をつくらせ、その頂点《てっぺん》から二本の小さな波打つリボンのような草をはわせ、綬《じゅ》に似せた。オメーは腕を組んで、政府の無能ぶりと人びとの忘恩ぶりに思いを巡らせながら、そのまわりを歩きまわった。

敬意からか、それとも一種の快楽によってなのか、シャルルは調べるのを遅らせていて、エンマがいつも使っていた紫檀《したん》の机の秘密の仕切りのなかをまだ開けてはいなかった。ある日、とうとうその前に腰を下ろし、鍵《かぎ》を回し、バネを押した。レオンからの手紙がすべてそこにあった。こんどこそ、疑う余地はない！　最後の一通までむさぼり読むと、部屋の隅という隅を、家具という家具を、引き出しという引き出しを、壁の背後までも探し回り、泣きじゃくり、ほえまくり、取り乱し、気のふれたようになった。箱を見つけ、足で踏み潰《つぶ》した。吹っ飛ばされたロドルフの肖像が、シャルルの顔のど真ん中に当たり、まわりに恋文が散乱した。

シャルルの落胆ぶりにみんなは驚いた。もう外出もせず、客をひとりもむかえ入れもせず、病人の往診さえ断った。すると、閉じこもって酒びたりと噂《うわさ》された。

それでもときには、物見高い男が庭の生垣越しに背伸びしてのぞくと、長いひげぼうぼうの男がみすぼらしい服を着て、凄《すご》みながら、しかも大声で泣きながら歩き回っている姿が見えて、啞然《あぜん》としてしまうのだった。

夏になると、夕方、娘を伴《ともな》い、墓に行くようになった。すっかり夜になってから帰ってくると、そのころには広場に明かりがともっているのはビネーの家の天窓だけだった。

それでも、苦しみのもたらす快楽はまだ不十分で、なにしろ自分のまわりにはその苦しみを分かち合ってくれる人がだれもいなかったからで、そして、シャルルはあいつのことが話せるだろうと、よくルフランソワの女将《おかみ》を訪ねた。しかし旅館の女将は、自分にも悩みごとがあって、うわの空でしか聞いてくれず、なにしろルルー氏が最近とうとう「商売の寵児《フェイヴァリット》」という馬車路線を開業したところであり、これまで委託業務で大いに名を馳《は》せてきたイヴェールが、給金の増額を要求していて、「競争相手に」雇われるおそれもあるのだった。

ある日、シャルルはアルグイユの市《いち》に——最後の手段として——馬を売りに出かけ、ばったりロドルフに会った。

お互い相手に気づくと、二人は真っ青になった。ロドルフは名刺を置いて行ったきりなので、最初は何か弁解じみたことをもごもご言ったが、やがて大胆になって、厚かましさを押し通し（八月でとても暑いので）、居酒屋でビールを一杯やろうとシャルルを誘いさえした。

相手と向き合って肘を突いたロドルフは、葉巻をかみながらしゃべり、シャルルはエンマが愛したこの顔を前にして夢想にふけった。彼女のなにかをまた見ているような気がした。驚嘆していた。なれるものなら、この男になってみたいと思った。

相手は農作物のことや家畜のことや肥料のことを話しつづけ、それとないほのめかしが忍び込みそうな隙間《すきま》をことごとくありきたりの言葉でふさいだ。シャルルはその話を聞いておらず、ロドルフもそのことに気づくと、彼の表情の変化から追憶に移行したことを理解した。シャルルの顔は徐々に紅潮し、小鼻は素早くひくつき、唇は震え、あるときなど、シャルルが暗い激怒をいっぱいにたたえながら、ロドルフをじっと見つめたので、この男はぎょっと一種の恐怖に包まれ、動作が途中でとまってしまった。だがやがて、シャルルの顔に、前と同じ陰気な無気力感がふたたび現れた。

「あなたを恨んでいません」と彼は言った。

ロドルフはずっと黙っていた。するとシャルルは、頭を両手で抱え、とても弱々しい声で、果てしない苦しみを受け入れた口調で繰り返した。

「ええ、あなたをもう恨んではいません！」

シャルルは大げさな言葉まで付け加えたが、それはこれまでたった一度の名ぜりふだった。

「運命のいたずらです！」

その運命を操作したロドルフからしてみれば、この名ぜりふもその状況にある男が言うには、お人よしにもほどがあり、滑稽《こっけい》でさえあり、いささかあさましく思われた。

翌日、シャルルは青葉棚の下にあるベンチに行って腰を下ろした。日射《ひざ》しが格子《こうし》のあいだを通り抜け、ブドウの葉が砂の上に影を描き、ジャスミンの花は芳香を放ち、空は青く、ツチハンミョウが花ざかりのユリのまわりでぶんぶん羽音を立て、シャルルは息がつまりそうで、まるで切ない胸をふくらませるそこはかとない恋を誘う息吹《いぶき》に包まれた青年みたいだった。

七時になると、娘のベルトが夕食に呼びに来たが、午後のあいだずっと父の姿が見えなかったのだ。

父はあおむけに塀にもたれ、目を閉じ、口を開け、両の手に長いひと房の黒髪を握っていた。

「お父さま、いらっしゃいな！」と娘は言った。

そして、父親がわざとそういうふりをしていると思った娘は、父をそっと押した。彼は地面に倒れた。死んでいた。

三十六時間後、薬剤師の求めに応じて、カニヴェ先生が駆けつけた。死体を開いてみたが、何も見つからなかった。

何もかも売り払うと、十二フラン七十五サンチームが残り、それが祖母のもとに行くボヴァリー嬢の旅費になった。老夫人もその年のうちに亡《な》くなり、ルオー爺さんは中風の半身不随で、ひとりの叔母がベルトを引きとった。この女は貧しく、生計を立てるために、娘を綿の紡績工場に働きに出している。

ボヴァリーの死後、医者が三人も相ついでヨンヴィルで開業し、だれもうまく行かなかったが、それくらいオメー氏がただちに三人を激しく攻撃したのである。氏は猛烈な数の顧客を持ち、当局も彼を丁重に扱い、世論も擁護する。

彼は最近、レジオンドヌール勲章をもらった。

解説

芳川泰久

ギュスターヴ・フローベールは、一八二一年十二月十二日に、父親が外科部長をしていたルーアンの市立病院の自室で生まれました。一家は病院の一角に住んでいましたが、市立病院は陰気な雰囲気だったようです。妹と遊びがてら、父の行なう死体解剖を覗《のぞ》き見していたとも言われています。九歳上の兄が一人いて、やがて父の跡を継いで医者になり、同じ市立病院の外科部長になります。ギュスターヴは一八三二年に、ルーアンの王立中等学校《リセ》に入り、寄宿生となります。伝統校で、規律がきびしく、監視された集団生活の苦手な少年には、いやでたまらなかったようです。

そんななか、ギュスターヴは早くも文学と書くことへの憧《あこが》れを抱きます。手書きの回覧雑誌「芸術と進歩」を独力で編集し、仲間にまわしたのです。やがて親しい仲間もできます。ルイ・ブイエとかポワトヴァンですが、連中とは若いときにありがちな卑猥《ひわい》な冗談を飛ばしもしたようです。一八三六年の夏休みには、ノルマンディー地方の海辺の町トゥルーヴィルに家族と滞在し、そこで水浴する年上のエルザという女性（不幸な結婚をした二十六歳）に魅せられ、秘めた恋心を抱きます。

やがて、大学入学の準備に追われますが、執筆意欲もたかまり、数々の習作を書きます。一八四〇年、受かるかどうか不安でしたが、ギュスターヴは大学入学資格試験《バカロレア》に合格し、父のすすめでコルシカ島に旅行します。帰途、マルセイユのホテルに逗留《とうりゅう》し、そこで、植民地に発《た》とうとしていたユラリー・フーコーという女性と初体験を経験します。ゴンクール兄弟がフローベールから聞いた話として日記に書いているところによれば、地中海での海水浴からホテルに帰ってくると、三十五歳ほどの女性に彼女の部屋に呼ばれます。彼が無垢《むく》であることを見抜き、呼んだのでしょうか。フローベールは美少年だったという証言もあります。いきなり濃厚な口づけを受け、二人は愛を交わすことになります。四日間ほどの短い体験でしたが、涙の別れとなったといいます。

一八四一年十一月に、パリ大学法学部に入学し、籍を置きますが、しばらくはルーアンにいて、フローベールがパリに出るのは翌年になってからです。法学の勉強はしなかったようです。「法学に殺されてしまうし、頭もまわらないし、がたがたにされてしまい、これをやるのはぼくには無理だ。三時間もずっと法律書に向かっても、なにも理解できない」と友人のエルネスト・シュヴァリエに書き送っているほどです。四三年になると、『感情教育』初稿といわれるものに取り組み、三月になると、マクシム・デュ・カンと知り合います。のちに『ボヴァリー夫人』を連載することになる「パリ評論」の編集人になり、『文学的回想』を著し、フローベールについての数多くの証言を残しています。一方、法学の勉強もしなければなりません。試験は八月ですが、受かると思っていた試験に失敗し、落第します。

一八四四年の一月に、深刻なことが起きます。ドーヴィルに父が所有している土地に、別荘を建てることになり、調査に向かう兄にギュスターヴも同行したのです。帰る途中、闇夜《やみよ》のなか、二人乗り馬車《カブリオレ》の手綱を握っていたのはギュスターヴでした。ポン＝レヴェックの近くに来て、とつぜん、彼はひどいめまいに襲われ、意識を失って座席に倒れ込んだのです。ギュスターヴは死んだ、と兄は当初思ったそうです。ともかくも、近くの家まで馬車を走らせ、応急処置を施すと、強硬症《カタレプシー》の状態にあった弟は意識を取りもどします。ルーアンまで連れて帰り、父が治療を引き受けました。神経症の発作です。脳溢血《のういっけつ》でも疑ったのでしょうか、父は瀉血《しゃけつ》（血を抜く昔の治療法です）を施し、下剤を与え、肉やワインやタバコを禁じるという食餌療法《しょくじりょうほう》を課しました。

ところが、この病のおかげで、息子は法律の勉強から解放されます。家族の目のとどく静かなところで暮らしたほうがいいと父は考え、ギュスターヴに隠棲《いんせい》する場所を用意しました。それが、ルーアンから数キロのクロワッセというセーヌの川沿いの土地にある別荘です。庭には菩提樹《ぼだいじゅ》の散歩道もあり、部屋も明るく、まさに執筆にはうってつけです。フローベールはこうして、当時は聖なる病《マル・サックレ》（癲癇《てんかん》を指します）と思われたおかげで、かねてから願っていた創作三昧《そうさくざんまい》の生活を家族公認のもと送れるようになったのです。

『ボヴァリー夫人』の創作と切っても切れない女性についてお話しします。恋人となった年上の詩人ルイーズ・コレです。まるで創作日誌がわりのように、執筆と並行して彼女に手紙を送り、執筆のことについて書いています。そのためには、出会いの一八四六年について語らねばなりません。この年は、出会いもあれば別れもある波乱の年でした。まず、一月十五日に父を亡《な》くします。そのあと、最愛の二歳半ほど下の妹カロリーヌに娘が誕生します。ところが、三月二十二日に、その妹が亡《な》くなってしまうのです。そうしてその胸像の制作を依頼しにパリのプラディエという彫刻家のアトリエに行き、そこで詩人のルイーズ・コレと出会うのです。当時、フローベールよりは女性詩人として名前が知られていたコレは、なかなかの発展家で、大胆で奔放な女性だったようです。初めて会った翌日にフローベールは彼女の自宅に行き、その二日後にはホテルで結ばれた、と証言する伝記もあります。一八五四年十月ごろには、彼女との関係も清算されるのですが。

一八四九年の九月十二日に、三年近くも構想を練って執筆した『聖アントワーヌの誘惑』がついに完成します。フローベールは友人のブイエとデュ・カンを呼び寄せ、読み聞かせ、作品の出来を聞こうとします。一日八時間、四日間もつづけざまにフローベールは自作を朗読したといいます。二人は何もコメントしませんでした。それでも、「ぼくたちは、そいつを火にくべてしまうべきだと思うよ、もう二度と話題にしてはいけないよ」と、ブイエは絶望的に言ったのです。評価はひどいものでした。翌日、三人が庭に出たときに、ブイエはフローベールの気持を立て直そうとして、「君はどうしてドゥロネーの話を書かないんだ？」と言ったのです。するとフローベールは急に大喜びし、「なんて妙案なんだ！」と答えたのです。この名前は、デュ・カンの『文学的回想』での記憶ちがいで、本当は、父の弟子の一人にあたる軍医のドゥラマールのことで、その年上の妻が死んだあとに結婚した若い妻が、不倫をし、浪費のために借金を作り、娘を残して自殺をし、数か月後に夫も死んだというスキャンダルな事件が起っていたのです。歴史に材をとった『聖アントワーヌの誘惑』から、同時代のことを題材にしたらどうか、という提案でもあったのでしょう。

しかしフローベールはすぐに創作にとりかかったわけではありません。彼は途方に暮れ、うんざりもし、そんな気持のまま、デュ・カンとオリエントへと二人旅に出るのです。エジプトから、ナイル川を遡上《そじょう》したり、ピラミッドに行ったり、ベイルート、パレスチナ、イェルサレム、ダマスカスに足を延ばし、ナポリやローマやヴェネツィアにも寄る旅で、一八四九年十月に出発し、パリにもどってくるのが一八五一年六月という一年半以上の長旅です。ヨーロッパにはない文化と風景を発見して、エジプトの砂漠やナイルの流れの描写がじつに素晴らしいのです。ただし、その旅行で二人とも梅毒にかかってしまいました。

いよいよ、一八五一年の九月から、『ボヴァリー夫人』は執筆開始され、四年半をかけて、この小説は完成します。その間の文章を推敲《すいこう》する姿は、当時の恋人のルイーズ・コレに宛《あ》てた『ボヴァリー夫人の手紙』（工藤庸子さんが編んだ本です）にうかがうことができます。そのなかの、一八五三年十月二十五日のものにこうあります。「この共進会〔第二部八章に出てくる「農業共進会」の場面、引用者・補記〕には、まだ優に六週間かかるでしょう（……）。でも残っているのは、仕上げの作業だけ。それがすんだら、全部を書きなおす、なにしろ文体が少々雑なものですから。いくつかの断章はもう一度書かなければならないし、ほかにすっかり書きなおすべき断章もある。

というわけで、ひとつの場面を書くのに、なんと七月末から十一月末までかけることになります！」（工藤庸子訳）。一つの章を書くのに、四か月です。いかに文章に、文体にフローベールがこだわったか、伝わってきます。一字一句という言い方が比喩《ひゆ》でないくらい、文章の推敲にこだわりました。

　そしてほぼ小説全体の完成した一八五六年四月、マクシム・デュ・カンが「パリ評論」に『ボヴァリー夫人』を掲載させてほしいと言ってきます。その懇願に負け、フローベールは原稿を雑誌に売却します。二千フランだったようです。連載は、同年十月から十二月にわたり六回ですが、その間、削除をめぐって、デュ・カンとフローベールのあいだに激しいやりとりが生じます。デュ・カンのほうには、このまま『ボヴァリー夫人』の連載をつづけるなら、雑誌が訴追を受けるおそれがある、という情報さえ伝えられたといいます。特に、第三部一章のエンマとレオンが密室状態の辻馬車《つじばしゃ》にしけ込んでルーアン市内を駆けめぐる場面、服毒自殺をはかって臨終のエンマに村の司祭が終油の秘蹟《ひせき》を施す場面、その司祭と薬屋のオメーがやり合う場面の削除をデュ・カン側は求めました。フローベールは削除に激しく抵抗しますが、結局、十二月一日号で、辻馬車の場面は削除され、十二月十五日号（連載の最終回）には、このような著者からの一文が載せられます。「私には認めがたい配慮により『パリ評論』は一八五六年十二月一日号で一部の削除を行ないました。この配慮は本号でも繰り返され、さらに『パリ評論』は数節の削除が適当と判断しました。したがって、以下の文章についての責任は筆者にはありません。読者はこの作品を完全な姿ではなく、断片の集まりにすぎないと見ていただければと思います。」

しかし、その甲斐《かい》なく、『ボヴァリー夫人』は、「公衆の道徳および宗教に対する侮辱」の罪を問われます。いわゆる「ボヴァリー裁判」です。一八五七年一月三十一日に、パリ予審裁判所第六法廷で検察側の論告がはじまり、同年二月七日、無罪判決が言い渡されます。意外に結審までが早いのですが、どうやら当局（第二帝政）の狙《ねら》いは、自由主義的な「パリ評論」を廃刊に追い込むことだったようです。さて、幸いにも、この裁判沙汰《さいばんざた》が宣伝効果を発揮し、一八五七年四月に『ボヴァリー夫人』が店頭に並ぶと、飛ぶように売れます。しかし、五年間八百フランで出版権を譲る契約をミシェル・レヴィと交わしていて、いくら売れても収入には関係なかったといわれています。発行部数が六千六百で、一万五千部ほど増刷されたという報告もあります。

一つの伝説が残されています。フローベールが「ボヴァリー夫人は私だ！」と言ったというのです。このフレーズは有名になり、一人歩きしました。しかし、この言葉じたいは、著者本人の書いたものとしていかなるテクストにも載っていません。本人をよく知る人物からの、一種のまた聞きのようにして広まったのではないでしょうか。もっとも、そのことにいくらか関係するのか、ひとつの書評が出ています。当時、まだ若い詩人だったボードレールがこの小説を書評していて、おそらくフローベールが当時の自分の小説への批評で気に入っていたこれくらいでしょうか。ボードレールは、ヒロインのエンマにフローベール自身が投影されている点を見逃しませんでした。「エンマはほとんど男であり、著者は（おそらく無意識のうちに）あらゆる男性的な資質でこの女性を飾ったのだ」と述べています。これこそ、慧眼《けいがん》です。真に文学がわかる者どうしのあいだに成り立つセリフだと思います。フローベールは、ようやく『ボヴァリー夫人』が理解されたと思ったことでしょう。

フローベールは寡作《かさく》ですが、ほかにも優れた小説を書いています。一八六二年に、同時代から一転、古代カルタゴを舞台にした歴史小説『サランボー』を上梓《じょうし》し、一八六九年に、ほぼ六年近くをかけた『感情教育』が刊行されます。もっとも自伝的な要素の濃い小説で、法科学生のフレデリックの、貞淑なアルヌー夫人への恋が描かれています。いよいよ夫人との逢瀬《おうせ》をとりつけ、その約束した日になると、夫人の子供が病気になり、それを一種の天罰ととらえた夫人は逢引《あいびき》に姿を見せません。それが一八四八年二月二十三日で、パリの通りで前日に起きた騒擾《そうじょう》が二月革命として展開されている最中です。『ボヴァリー夫人』で試みた方法を徹底した自信作でしたが、評判がいまひとつよくなく、フローベールは落胆します。そのほか、一八七七年に三作を収めた『三つの物語』を刊行して、そのあとはどれも完成を見ませんでした。一八八〇年五月八日に、フローベールが亡くなるからです。「馬鹿《ばか》の二人連れ」という点で二十世紀のベケットの『ゴドーを待ちながら』を彷彿《ほうふつ》とさせる『ブヴァールとペキュシエ』、人が考えずに口にしている紋切り型の言葉をめぐる皮肉の利《き》いた『紋切型辞典』は、ともに未完として残されましたが、そこにはらまれる問題意識は、実存主義の哲学で一世を風靡《ふうび》したサルトルのフローベール論『家《うち》の馬鹿息子』にまでこだましているようです。

ここで、この翻訳について語っておきます。細部にかかわる話になりますが、翻訳の基本姿勢をお伝えしようと思います。『ボヴァリー夫人』の文章に小説家がどれほど心血を注いだものかを実感するにつけ、私はできるかぎり原文を忠実に訳そうと思いました。少なくとも、フローベールが打った文のピリオドの位置を変えない、と心に誓ったのです。翻訳でも、句点《まる》を同じ位置に打つ、原文を勝手に切ったり、つなげたりしない、と決めたのです。ですから、ここに訳出されているのはフローベールの文の長さだとご理解ください。

訳了してから既訳を参照しましたが、じつはこのように句点《ピリオド》の位置を忠実に守った翻訳はひとつもありませんでした。長い原文を途中で切ってしまう理由があるように思いました。というのも、フローベールの文はピリオドをむかえる前に、途中で話法が切り替わることが多いのです。直接話法と間接話法の切り替わりなら、対処の仕方もありますが、これから紹介するように、間接話法の地の文で、カンマやセミコロンひとつで、それが自由間接話法に切り替わるのです。あるいは、自由間接話法から直接話法に変わることもあります。自由間接話法は、直接話法の効果に近いのですが、形の上では、間接話法なので、切り替わりがわかりにくいのです。しかも、話法の切り替わりに気づいても、そこで文を切らずに処理するのは、至難のわざになります。多くは、そこで文を切って処理するか、言葉を補って、自由間接話法を完全な間接話法として訳すことも多いようです。しかし、私は文を途中で切らない、と自分に誓いました。

自由間接話法を方法的に小説の地の文に使いはじめたのは、まさにフローベールなのです。言語学者の指摘のほうが、フローベールの文を例にあげて後からなされているほどです。しかも、プルーストの指摘によれば、この自由間接話法をさかんに地の文に使用したフローベールの方法は、物や人の見え方を根底から変える表象の革命だというのです。興味のある方は、プルーストの「フローベールの『文体』について」と「フローベール論に書き加えること」（ともに全集版に入っています）を読んでください。ともかく、フランス小説の歴史から見れば、まさに「革命」という言葉がふさわしいほどの書き方の変革を、フローベールは『ボヴァリー夫人』で行なったのです。

いったい、これはどういうものなのでしょうか。作り方は簡単です。間接話法から、導入部分（「私は言った」とか「彼は思った」とか）を省き、つづく接続詞（英語なら that、フランス語なら que、日本語なら「と言った」の「と」）も省いて、そのあとの部分をそのまま残せばできあがりです。語り手以外の、作中人物やだれかが言ったことや思ったことを会話のしるし抜きに、地の文に取り込む方法なのです。だれかの言ったり思ったりした言葉を、語り手が自分の地の文に混入させる方法です。これが難しいのは、語り手が地の文で行なう客観的な描写や説明と形の上で区別がつきにくいからです。作中人物の思いや言葉にとどまらず、世間の通説やら常套句《じょうとうく》となった言葉や考えでも、地の文に取り入れることができるので、そうなると語り手の思いや言葉なのか判別がひどく困難になります。しかし私は、これをできるかぎり見きわめ、訳文に反映したいと思いました。あれだけ文を練り上げたフローベールの意図を少しでも汲《く》まなければ、とも強く思いました。既訳を参照して、目だったところは自由間接話法として訳されていても、多くは、「と言った」とか「と思った」というテクストにないはずの導入部分を補って、完全な間接話法にしていることが多いのです。もちろん、それもわかりやすくしようという見識ですが、フローベールがやろうとしたこととはちがってしまいます。私は、一つくらいフローベールに忠実な翻訳があってもいいと考えたのでした。

さっそく、この話法をフランス語ではじめて指摘したシャルル・バイイの論文「現代フランス語における自由間接話法」(一九一二)に目を通しました。「自由間接話法(文体)」という名称も、バイイがその論文で最初に使ったものです。それによると、これは小説家が作品のなかで実践的に編み出した話法であり、その当時でも、文法家はその存在すら知らないといいます。喚起力のある効果があり、作中人物の「思いや言葉を写真のように活写し」、いきいき伝え、間接話法でありながら、直接話法の言葉づかいを真似《まね》ようとしている、ともありました。「これは文法上の形態《アングル》ではなく、まさに精神の態度であり、精神が事物を見る際の様相《アスペクト》や個々の視点にほかならない」とはっきり述べています。この「事物を見る際の様相《アスペクト》」とは、じつはプルーストが表象の革命と指摘していた文章で使っていたのと同じ言い回しです。私は確信を深め、バイイの説明に従い、間接話法ではあっても、直接話法の言葉づかいを真似て訳そうと決めたのでした。つまり、過去形の時制に縛られず（つまり、語り手より先に言ったり思ったりした人がどういう時制を使ったかを逆算すると、ほとんどが現在形か現在完了形になるのです）、一人称にはしない（そうすれば完全な直接話法になってしまいます）、かといって、三人称のままにもしておけません（そうしたら、間接話法になってしまいます）。そんな中間的な（この言葉も、直接話法と間接話法の中間、という意味でバイイは使っていました）便利な言葉が日本語にあるでしょうか？　私は一つ思いつき、これを使用した訳文もあるので、ぜひ本文を読んでいただきたいと思います。

さて、『ボヴァリー夫人』から自由間接話法の具体的な使用例を見ておきましょう。まずは、主人公シャルルの最初の妻が死ぬ場面です。私は、こう訳しました。

一週間後、彼女は庭で洗濯物を広げているときに、喀血《かっけつ》に襲われ、翌日（……）「ああ！　とんでもない！」と言って、ため息をつき、気を失った。死んでいる！何とびっくり！（三七頁）

直接話法から自由間接話法に移行していて、「死んでいる！　何とびっくり！」が自由間接話法です。おそらく、妻が気を失ったところへかけつけた夫が直接話法で言った言葉を、語り手が地の文に生き生きと取り込んでいるのでしょう。これを、自由間接話法だと取りそこねると、「死んでいた！」とか「もう死んでいた。」と単なる地の文での説明になってしまうのです。

さらには、一つの文の途中から、この話法に切り替わっている例を見てみましょう。間接話法から、カンマ（読点）を境に、自由間接話法になっています。夜中に、ベルトーの農場主が骨折治療の往診を頼むのに、使いの男に手紙を持たせて医者の寝込みを襲う場面です。

　ある晩の十一時ごろ、夫婦は馬のひづめの音に目をさますと、それはちょうど玄関先でとまった。女中が屋根裏部屋の窓をあけ、下の通りにいる男としばらく話し合った。この男は医者を迎えにきていて、手紙を持っている。（二五頁）

どこが自由間接話法かといえば、「手紙を持っている。」の部分です。ここには、対応した女中がそのように思ったと思われる内容が盛り込まれているのです。注意していても、見逃しやすい個所です。見逃せば、「手紙を持参していた。」とか「手紙をもっていた。」とか「そして手紙をもっていた。」などと地の文での語り手の説明になってしまいます。しかし、言明されてなくても、女中の視点を通して描かれています。じつは、私が引用した訳文はどれも既訳からのものです。それくらい、自由間接話法は地の文にまぎれてわかりにくいのです。そして、こうした話法を、フローベールはかなりの頻度で、『ボヴァリー夫人』の地の文に滑り込ませています。小説の書き方を根本的に変えた、といわれるゆえんです。

煩瑣《はんさ》な説明は割愛しますが、語り手が視点だけを随意に移動させ、作中人物の至近にはりつける、と思ってもらえばこの話法が理解しやすくなるかもしれません。自由間接話法が使われると、語り手は視点だけを作中人物のもとに移動させているのです。つぎの例は、視点が自由間接話法とともに作中人物に移っていることがはっきりわかる例です。これを移動しないと、語り手によるいわゆる「神の視点」からの描写になってしまいます。「神の視点」とは、たとえば壁があって見えないはずのところにいる作中人物でも、語り手にはすべて見えてしまっているように語る場合ですが、フローベールは、そうした描き方はしません。場面は、エンマのもとに、急にレオンが訪ねてくるところです。まだ、恋人関係にはなっていない時期の場面で、エンマは二階の部屋にいて、レオンが階段を上ってくるのです。語り手が、エンマの部屋にいるわけではないので、その視点だけがエンマのもとに移動しています。そう理解しないと、「レオンの姿が見えたとき」という文がうまく意味をなさないのです。それは明らかにエンマから見て、レオンがそこではじめて姿を現すということなのですから。

階段に足音が聞こえた、レオンだわ。彼女は立ち上がり、へりをかがる予定の雑《ぞう》巾《きん》の山の一番上のものを簞笥《たんす》の上から取った。レオンの姿が見えたとき、彼女はじつに手がふさがっているように見えた。(一八五―一八六頁)

自由間接話法は、最初の文の後半「レオンだわ。」と訳した部分です。おそらく、読者の方もだんだんわかってきたのではないでしょうか。原文が一つの文なので、それを切らないために、直前には読点を打っておいたので、このようになりましたが、問題は、視点がエンマとともに二階の部屋にあるから、階段を上る足音だけしか聞こえず、レオンの姿は彼女には見えていない、ということです。ですから、「レオンの姿が見えたとき」ではじめて、その姿がエンマの視界に出現します。要するに、「レオンだわ」という自由間接話法は、足音を聞いたエンマの思いでなければなりません。おそらく、その時間に階段を上ってくることで、あるいはその足音の特徴で、エンマにはレオンだとわかったのです。だから、エンマはしてもいない縫い物を手に取り、忙しく働いているように見せなければならなかったのです。忙しく見せることで、自分も好意を寄せる若者に、心のうちをのぞかせたくなかったのでしょう。しかし、この自由間接話法を取りそこなうと、「階段に足音が聞こえた。レオンだった。」とか「階段に足音がきこえた。レオンだった」とか、はたまた「階段に足音が聞えた。レオンであった。」となってしまいます。「レオンだった」と訳しては、だれが階段を上がってきたか、語り手が承知していて勝手に告げていることになってしまいますね。それこそ「神の視点」に語り手がいることになります。二階の部屋にいるエンマには見ることなどできないのに、足音だけでレオンだとわかったのに、語り手が何でも知っている視点から、それはレオンだと告げることになります。その意味で、視点の移動とは、「神の視点」をはばむ方法でもあるのです。誰が階段を上っているかを知っていて、その人物が姿を見せた、という限り、語り手から自由に移動できる視点などないことになります。しかしフローベールは、語り手に属しながらそこから自由に移動できる視点を発明したのです。それを、自由間接話法の多用で成し遂げたのです。

「神の視点」を排除したとすれば、それこそ表象の革命に値するものですね。

そして最後に、言語学者のオズワルド・デュクロが指摘した個所を見てみましょう。蓮實重彥さんもあの浩瀚《こうかん》な『「ボヴァリー夫人」論』で紹介していますが、それは、ヨンヴィルという土地にボヴァリー夫妻が引っ越して来た最初の晩、その旅館兼料理屋で、地元の薬剤師オメーや書記のレオンと会って、歓談しながら夕食を済ませたあとの別れ際《ぎわ》の村の描写です。言語学者は、そこに使われているmais（「しかし」「でも」の意味です）という言葉の存在によって、この風景を描写する地の文には、別れを惜しむ気持が紛れ込んでいると指摘しています。

村は眠っている。市場の柱が影を大きく伸ばしている。地面は夏の宵のようにすっかり灰色だ。

でも、医者の家は旅館から五十歩ほどのところにあるので、ほとんどたちまちおやすみを言い交わさなければならない、そこで連れは散り散りになった。（一五〇頁）

デュクロは、段落が変わった先頭の「mais（私は「でも」と訳しました）」に着目します。そして、初対面ながら、料理屋で楽しく歓談した別れがたさのような感情を考えないと、この「でも」が理解できなくなるというのです。料理屋を出ると、医者の家はすぐそこなので、たちまち別れなければなりません。それを惜しむ気持が作中人物に働いていて、その気持ちを通して風景が見られている、というのです。そうなると、客観描写と見えた最初の段落が、じつは別れを惜しむ気持の貼《は》り付いた主観的な眺めになってきます。だれかの目と気持を通して見られているのですから。フローベールは、これを発明したのです。客観的に見える風景にも、気分が貼り付いています。つまり、そうした意識を投影するのが自由間接話法で、デュクロはこの客観描写に見える過去時制を自由間接話法と考えなければ、次の段落の頭に出てくる「mais(でも)」が理解できないものになる、と指摘したのです。

私はその慧眼にびっくりしました。なぜなら、文章を彫琢《ちょうたく》するフローベールは、意味のない接続詞を残すようなことはしないからです。従来、客観描写として解されていた夜の光景(そのように訳せば、「村は眠っていた。市場の柱が影を大きく伸ばしていた。地面は夏の宵のようにすっかり灰色だった。」となります)が、別れを惜しむ主観を通して眺められた風景だというのです。とりわけ、夏の夜ではないのに、「夏の宵のように」と使われている比喩が、フランス語ではじつに心地よさを表す表現であり、それが作中人物の気持を伝えている、と説明されると、この客観描写に見えた風景が、まったく別のものに見えてきます。エンマなのか、レオンなのか、はたまたほかの人物なのか、思いを抱いた主体ははっきり明示されていませんが、ここには、客観描写をめぐるコペルニクス的転回があるのです。

翻訳については、あとひとつだけ指摘させてください。それは、フローベールの文の特徴で、頻出する接続詞 et（英語の and に当たる「そして」）です。簡単な接続詞ですが、フローベールには独特の使い方があって、それはセミコロン（フランス語では、ポワン・ヴィルギュール）につづけて et（そして）を置くのです。既訳を見ても、そこまでの配慮は感じられませんでした。しかし私は、その効果は無視できないと考えています。セミコロンだから、そこで文を切ってもいいし、つなげてもよいはずですが、私には、フローベールがそのどちらかの意味で「セミコロンとそして」を使っているようには感じられません。むしろ、その両方を同時に維持しているように感じられ、そこで文を切りつつも連続させて、独自のリズムというか呼吸をつけているように思われたのです。その実感を、もっとすっきり言語化してくれるものがないかと探していたとき、かつて読んだナボコフの『文学講義』（邦題は『ヨーロッパ文学講義』）の『ボヴァリー夫人』を論じたページに、その指摘があったことを思い出しました。自分では忘れていたのに、そのページをかつて読んでいたから、「セミコロンとそして」に独自のリズムを感じていたのかもしれません。ナボコフは、この「セミコロンとそして」を使った文体の効果を強調しています。

そうだ、この「セミコロンとそして（;et）」もぜひ訳文に生かすことにしよう。どんなに文が長くなっても、そこで切らずに「、そして、」と訳すことにしよう。それまでの文に休止をもたらし、でもそこで完全に文を止めるのではなく、「そして」と呼吸を置いて、つづきます。それがフローベールのやろうとしたことに近いのではないでしょうか。

翻訳をどう行なったかの説明に、ページを割きすぎたかもしれません。言い訳がましく見えるかもしれません。しかし、説明しておかねばと思うくらい、この翻訳は既訳とはちがいます。文字通り、新訳になったと思っています。しかし同時に、既訳になじんでこられた読者に、説明なしにこの翻訳を提示すれば、無用の誤解を生じるかもしれません。ならば、フローベールの文の特徴とともに、翻訳の基本的な方針を説明しておくべきだと考えた次第です。とりわけ私が生かしたいと思ったのは、プルーストが表象の革命とさえ呼んだ試みが、いくらかでも日本語に反映されることです。ひとりでも多くの読者に、そうした感触を共有してもらいたいと思ったのです。フローベールは、『ボヴァリー夫人』でいきなりフランス小説の流れを、当時にはまだ未来でしかなかったこの現代につなぎました。そのような兆《きざ》しを、この翻訳から感じ取っていただけたら、まさに翻訳者冥利《みょうり》というものです。いまの自分にできることは可能なかぎりしましたが、いたらない部分があると思います。読者の叱声《しっせい》を俟《ま》つばかりです。

最後になりましたが、翻訳にあたって底本としたのは、ジャック・ネフが注を付した「リーヴル・ド・ポシュ」版で、適宜、「クラシック・ガルニエ」版、「プレイヤッド」版を参照しました。フランス語の疑問点については、同僚のオディール・デュシユッドさんに、ラテン語については、大須賀沙織さんにご教示いただきました。ともに深く感謝します。また、文庫編集部の古浦郁さんには刊行にこぎつけるまで、たえず適切な助言と励ましをいただきました。あわせて、心より感謝する次第です。

（平成二十七年四月）

本作品中には、今日の観点からは差別的表現ともとれる箇所が散見しますが、作品の持つ文学性ならびに芸術性、また、歴史的背景に鑑み、原書に出来る限り忠実な翻訳としたことをお断りいたします。

M・ミッチェル
鴻巣友季子訳

風と共に去りぬ（1・2）

永遠のベストセラーが待望の新訳！　明るく、私らしく、わがままに生きると決めたスカーレット・オハラの「フルコース」な物語。

E・ケストナー
池内　紀　訳

飛ぶ教室

元気いっぱいの少年たちが学び暮らすギムナジウムにも、クリスマス・シーズンがやってきた。その成長を温かな眼差しで描く傑作小説。

J・オースティン
小山太一訳

自負と偏見

恋心か打算か。幸福な結婚とは何か。十八世紀イギリスを舞台に、永遠のテーマを突き詰めた、息をのむほど愉快な名作、待望の新訳。

G・グリーン
上岡伸雄訳

情事の終り

「私」は嫉心を秘め、別れた人妻サラを探偵に監視させる。自らを翻弄した女の謎に近づくため――。究極の愛と神の存在を問う傑作。

S・モーム
金原瑞人訳

月と六ペンス

ロンドンでの安定した仕事、温かな家庭。すべてを捨て、パリへ旅立った男が挑んだものとは――。歴史的大ベストセラーの新訳！

ジュール・ルナール
高野　優　訳

にんじん

赤毛でそばかすだらけの少年「にんじん」を、母親は折りにふれていじめる。だが、彼は負けず生き抜いていく――。少年の成長の物語。

バルザック
石井晴一訳
谷間の百合

充たされない結婚生活を送るモルソフ伯爵夫人の心に忍びこむ純真な青年フェリックスの存在。彼女は凄じい内心の葛藤に悩むが……。

バルザック
平岡篤頼訳
ゴリオ爺さん

華やかなパリ社交界に暮す二人の娘に全財産を注ぎこみ屋根裏部屋で窮死するゴリオ爺さん。娘ゆえの自己犠牲に破滅する父親の悲劇。

スタンダール
大岡昇平訳
パルムの僧院（上・下）

〝幸福の追求〟に生命を賭ける情熱的な青年貴族ファブリスが、愛する人の死によって僧院に入るまでの波瀾万丈の半生を描いた傑作。

スタンダール
小林正訳
赤と黒（上・下）

美貌で、強い自尊心と鋭い感受性をもつジュリヤン・ソレルが、長年の夢であった地位をその手で摑もうとした時、無惨な破局が……。

モーパッサン
新庄嘉章訳
女の一生

修道院で教育を受けた清純な娘ジャンヌを主人公に、結婚の夢破れ、最愛の息子に裏切られていく生涯を描いた自然主義小説の代表作。

モーパッサン
青柳瑞穂訳
脂肪の塊・テリエ館

〝脂肪の塊〟と渾名される可憐な娼婦のまわりに、ブルジョワどもがめぐらす欲望と策謀の罠――鋭い観察眼で人間の本質を捉えた作品。

ジッド
山内義雄訳
狭き門
地上の恋を捨て天上の愛に生きるアリサ。死後、残された日記には、従弟ジェロームへの想いと神の道への苦悩が記されていた……。

ジッド
神西清訳
田園交響楽
彼女はなぜ自殺したのか？　待ち望んでいた手術が成功して眼が見えるようになったのに。盲目の少女と牧師一家の精神の葛藤を描く。

ラディゲ
生島遼一訳
ドルジェル伯の舞踏会
貞淑の誉れ高いドルジェル伯夫人とある青年の間に通い合う慕情——虚偽で固められた社交界の中で苦悶する二人の心理を映し出す。

ラディゲ
新庄嘉章訳
肉体の悪魔
第一次大戦中、戦争のため放縦と無力におちいった青年と人妻との恋愛悲劇を描いて、青春の心理に仮借ない解剖を加えた天才の名作。

カミュ
清水徹訳
シーシュポスの神話
ギリシアの神話に寓して〝不条理〟の理論を展開、追究した哲学的エッセイで、カミュの世界を支えている根本思想が展開されている。

カミュ
宮崎嶺雄訳
ペスト
ペストに襲われ孤立した町の中で悪疫と戦う市民たちの姿を描いて、あらゆる人生の悪に立ち向うための連帯感の確立を追う代表作。

ゾラ
古賀照一訳
居酒屋
若く清純な洗濯女ジェルヴェーズは、職人と結婚し、慎ましく幸せに暮していたが……。十九世紀パリの下層階級の悲惨な生態を描く。

ゾラ
川口篤
古賀照一訳
ナナ
美貌と肉体美を武器に、名士たちから巨額の金を巻きあげ破滅させる高級娼婦ナナ。第二帝政下の腐敗したフランス社会を描く傑作。

ユゴー
佐藤朔訳
レ・ミゼラブル（一〜五）
飢えに泣く子供のために一片のパンを盗んだことから始まったジャン・ヴァルジャンの波乱の人生……。人類愛を謳いあげた大長編。

サガン
河野万里子訳
悲しみよ こんにちは
父とその愛人とのヴァカンス。新たな恋の予感。だが、17歳のセシルは悲劇への扉を開いてしまう——。少女小説の聖典、新訳成る。

サルトル
伊吹武彦他訳
水いらず
性の問題を不気味なものとして描いて実存主義文学の出発点に位置する表題作、限界状況における人間を捉えた「壁」など5編を収録。

堀口大學訳
ランボー詩集
未知へのあこがれに誘われて、反逆と放浪に終始した生涯——早熟の詩人ランボーの作品から、傑作「酔いどれ船」等の代表作を収める。

サン＝テグジュペリ
堀口大學訳

夜間飛行

絶えざる死の危険に満ちた夜間の郵便飛行。全力を賭して業務遂行に努力する人々を通じて、生命の尊厳と勇敢な行動を描いた異色作。

サン＝テグジュペリ
堀口大學訳

人間の土地

不時着したサハラ砂漠の真只中で、三日間の渇きと疲労に打ち克って奇蹟的な生還を遂げたサン＝テグジュペリの勇気の源泉とは……。

サン＝テグジュペリ
河野万里子訳

星の王子さま

世界中の言葉に訳され、60年以上にわたって読みつがれてきた宝石のような物語。今までで最も愛らしい王子さまを甦らせた新訳。

ボードレール
三好達治訳

巴里の憂鬱

パリの群衆の中での孤独と苦悩を謳い上げた50編から成る散文詩集。名詩集「悪の華」と並んで、晩年のボードレールの重要な作品。

堀口大學訳

ボードレール詩集

独特の美学に支えられたボードレールの詩的風土――「悪の華」より65編、「巴里の憂鬱」より7編、いずれも名作ばかりを精選して収録。

ボードレール
堀口大學訳

悪の華

頽廃の美と反逆の情熱を謳って、象徴派詩人のバイブルとなったこの詩集は、息づまるばかりに妖しい美の人工楽園を展開している。

ドストエフスキー
原 卓也訳
カラマーゾフの兄弟（上・中・下）
カラマーゾフの三人兄弟を中心に、十九世紀のロシア社会に生きる人間の愛憎うずまく地獄絵を描き、人間と神の問題を追究した大作。

ドストエフスキー
江川 卓訳
悪 霊（上・下）
無神論的革命思想を悪霊に見立て、それに憑かれた人々の破滅を実在の事件をもとに描く。文豪の、文学的思想的探究の頂点に立つ大作。

トルストイ
木村 浩訳
アンナ・カレーニナ（上・中・下）
文豪トルストイが全力を注いで完成させた不朽の名作。美貌のアンナが真実の愛を求めるがゆえに破局への道をたどる壮大なロマン。

トルストイ
工藤精一郎訳
戦争と平和（一〜四）
ナポレオンのロシア侵攻を歴史背景に、十九世紀初頭の貴族社会と民衆のありさまを生き生きと写して世界文学の最高峰をなす名作。

チェーホフ
神西 清訳
桜の園・三人姉妹
急変していく現実を理解できず、華やかな昔の夢に溺れたまま没落していく貴族の哀愁を描いた「桜の園」。名作「三人姉妹」を併録。

チェーホフ
神西 清訳
かもめ・ワーニャ伯父さん
恋と情事で錯綜した人間関係の織りなす日常のなかに、絶望から人を救うものは忍耐であるというテーマを展開させた「かもめ」等2編。

Title : MADAME BOVARY
Author : Gustave Flaubert

ボヴァリー夫《ふ》人《じん》

新潮文庫　フ－3－1

Published 2015 in Japan
by Shinchosha Company

平成二十七年六月一日発行
令和七年三月十日五刷

訳者　芳《よし》川《かわ》泰《やす》久《ひさ》
発行者　佐藤隆信
発行所　株式会社新潮社

郵便番号　一六二―八七一一
東京都新宿区矢来町七一
電話　編集部(〇三)三二六六―五四四〇
　　　読者係(〇三)三二六六―五一一一
https://www.shinchosha.co.jp

価格はカバーに表示してあります。

乱丁・落丁本は、ご面倒ですが小社読者係宛ご送付ください。送料小社負担にてお取替えいたします。

印刷・株式会社三秀舎　製本・株式会社植木製本所

ISBN978-4-10-208502-8 C0197